한려수도

한려수도

이철성 자서전

머리말

한산도의 제승당을 바라보는 한려수도 입구 자그마한 항구도시 통영에서 나는 태어났습니다. 초등학교를 졸업하기 직전 우리 5남매는 신문기자이던 부친을 잃고 어머니 어깨에 매달려야 했습니다.

돌이켜보면 나의 반평생은 험난한 전쟁의 연속이었습니다.

만주사변, 북지사변, 태평양전쟁, 6·25전쟁에다 월남파병에 이르기까지 영일 없는 세월이었습니다. 다행히 나는 아버지의 유덕(遺德)에 힘입어 전화(戰禍)를 면할 수 있었습니다.

또 나는 생애를 통해 살벌한 사상의 대립 속에서 살아야 했습니다.

8·15해방과 동시에 시작된 남북분단과 좌·우익의 대립·항쟁은 아직도 계속되고 있습니다. 하지만 나는 사상의 포로는 되지 않았습니다.

긴 세월의 풍파 속에서 나의 인생인들 평탄할 리가 있었겠습니까? 시골에서 자란 일개 문학소년이 만리타향 서울로 올라와 경제관료가 되고, 경제학교수가 되고, 경제평론가가 된 것은 대학 2학년 때 엉뚱하게도 공산주의 원조 '칼 마르크스'를 알게 된 것이 계기가 되었습니다.

해방 후 내 주변에도 공산주의자가 많았고, 6·25전쟁을 전후해서는 좌익운동으로 목숨을 잃은 친구들도 적지 않았습니다. 하지만 뒤늦게 내가 《공산당 선언》을 만든 칼 마르크스를 알고 그에 심취했을 때 내 주변에서 공산주의 운동가는 완전히 자취를 감춘 뒤였습니다.

대학 3학년을 앞둔 겨울방학 때 오늘의 나를 있게 한 은인이 나타났습니다.

"너 대학 졸업하면 뭐 할래?"

"글쎄 뭘 하지, 생각해 보지 못했는데……."

그의 물음에 즉답을 못한 나는, 궁리한 끝에 은행원 시험이라도 쳐 볼 작정으로 전공을 국문학과에서 경제학과로 바꿨습니다. 그리고 부산 광복동 뒷골목 헌책방을 뒤져 동경제국대학 경제학과 마이데 교수의 ≪이론경제학개요(理論經濟學槪要)≫ 등 경제관계 일본책들을 끌어모았습니다.

그 전에 ≪유물론≫, ≪경제학전사≫, ≪변증법적 유물사관≫, ≪극동에 있어서의 제국주의≫, ≪조선사회경제사≫ 등 칼 마르크스 계통의 독서로 '사회주의' 이론에 빨갛게 물들어 있던 나는, 새로 구한 책들을 읽자마자 경제학에는 마르크스주의를 능가하는 일반이론, 즉 애덤 스미스를 시초로 하는 '자본주의'가 엄연히 존재한다는 사실을 처음으로 알고 가슴이 뛰었습니다.

그때부터 나는 자본주의경제학 공부에 집중하였습니다. 사람들이 한결같이 품고 있는 '이기심(利己心)'을 바탕으로 인간이 욕망을, 기업이 이윤을 추구하는 행동원리가 과연 무엇인가를 가르치는 '시장경제' 이론에 깊이 몰두하였습니다.

그로부터 나는 마르크스주의의 평등사상을 명심하면서도 '파이'를 키우기 위해서는 수정자본주의가 불가피하다는 주의 주장에 공감하여 관계 문헌들을 밤새워 가며 탐독하였습니다.

그 공부를 해낼 수 있었던 원동력은, 일제강점기 때 일본만화를 보면서 익혀온 일본어와 한문 실력이었습니다.

"잉여가치는 노동자만이 생산한다. 아니다. 손실, 심지어 파산을 각오하면서까지 사업을 계획·운영한 기업가들이야말로 진정한 의미의 잉여가치 창조자이다.

자본가란 노동자들이 생산한 잉여가치를 착취하는 자들이다. 아니다. 현대경제에서 기업은 소유와 경영이 분리되어 있고 오늘날 기업을 지배하는 자는 노동조합이나 자본가가 아니라 전문경영인(CEO)이다.

자본주의는 무계획적이라 불경기·공황은 주기적으로 일어나게 되어 있고 만성적인 실업은 피할 길이 없다. 아니다. 현대는 글로벌시대라 모든 지식·정보가 전산화되어 세계시장에 즉각 전달되고 정부가 교역에 직접 앞장서는 '국가독점자본주의' 시대이다.

따라서 개인의 자유와 이기심을 배척하는 폐쇄적 통제경제인 사회주의체제 아래서는 경제 성장(成長)도 사회 형평(衡平)도 도저히 기대할 수 없다."

이렇게 자본주의에 심취한 나는 1955년도 고등고시 재정경제부문 필기시험에 응시하여 뜻밖에도 그 부문에서 '단독 합격'의 영예를 차지할 수 있었습니다.

내가 고시공부에 박차를 가하게 된 것은 응시과목 가운데 국사·헌법·행정법이 들어 있었기 때문입니다. 나라가 힘없이 망해간 과정을 공부하며 애국심을 불태웠고, 우리나라가 시장경제를 기본으로 한 자본주의 국가임을 헌법에서 확인하였으며, 우리의 생명과 재산은 법적 근거에 의해 확고히 보장된다는 법치주의를 행정법에서 발견할 수 있었습니다.

그 시험을 계기로 나는 기차를 처음 탔고 서울 구경도 처음 하였습니다. 재무부 이재국 이재과에서 수습행정관 생활을 시작하던 날, 걸려온 친구의 전화를 받다 말고 나는 등 뒤에서 킥킥거리는 서울 여직원들의 웃음소리를 들어야 했습니다.

"야, 니 세만이 아이가. 문둥아, 우짠 일로 서울 왔노. 참 반갑데이……. 야야, 내 옆에서 누가 전화를 엿듣는갑다. 남 부끄러버서 더 말을 모하겠다 아이가. 그러니께 끊어도, 내중에 짬 봐서 여관에 전화 걸끼니께."

나는 그만큼 시골 출신의 백면서생(白面書生)이었습니다. 하지만 50여 년 객지생활을 하는 동안 무엇을 보고, 겪고, 생각했겠습니까? 결코 무위도식하거나 허송세월하지 않았습니다. 관계에서 사무관·서기관·이사관으로, 대학에서 조교수·부교수·정교수로 승승장구하는 동안 나는 항상 겸손한 자세로 최선을 다했습니다. 그것밖에 살아남을 길이 없었기 때문입니다.

우스운 얘기지만, 그동안에 나는 국세청에서 여자배구단을 만들어 연전연승을 경험하기도 했고, 19년 만에 공직을 빼앗기는 분함을 겪어야 했고, '제2의 인생'을 살기 위해 43세 늦은 대학원생이 되어야 했고, 토건업자에게 속아 부도수표 발행자가 되기도 했고, 가업(家業)을 도모하다가 MIT 출신 젊은이에게 배신을 당하기도 했고, 가족 대신 과천구치소에 피고인으로 구속되기도 했습니다.

나의 공적(公的) 생활은 회고록 ≪영욕의 세월≫에 별도 수록하였고, 이 책에서는 시골의 일개 문학소년이 경제학자가 되어 오늘에 이르기까지, 다시 말하면 칼 마르크스를 발견한 것이 봉변이 아니라 행운이었다는 이야기를 중심으로, 나의 사적(私的) 생활을 다루었습니다.

나는 청년관료의 꿈이 깨져 대학교수로 진출한 1974년 이래로 새벽운동과 일기쓰기를 시작하여 오늘에 이르렀고, 1999년 가인(家人)의 개과천선을 당부하며 가출(家出)하면서는 뜻한 바 있어 50년 동안 피워온 줄담배를 끊고 또 평소에 게을리하던 양치질도 하루 두 번씩 꾸준히 계속하기로 결심, 실천하고 있습니다.

나는 이 책을 자식과 손자들에게 얘기하듯 알기 쉽고 재미있게 쓰려고 노력했습니다. 자녀를 두신 부모님이나 자라나는 청소년들에게 일독(一讀)할 기회가 있었으면 합니다. 발문을 써준 김일곤·조석래 박사와 독자의 입장에서 원고 손질을 도와준 아내 장혜숙에게 감사를 표합니다.

2012년 3월

풍해문화재단에서

이철성

contents

파도 헤쳐 넓은 세상으로

만선(滿船)의 꿈, 고향 길

문학소년, 경제학자 되기까지

바다를 벗 삼은 소년

1. 한려수도에서 자란 소년시절

꿈인가 생시인가? 내 앞에 '파천황(破天荒)'

파천황(破天荒)이라는 말이 있다. 사전을 찾아봐야 뜻을 알 수 있을 정도로 자주 쓰지 않는 말이다. 천황은 천지가 열리지 않은 혼돈상태를 말하고 파천황은 이를 깨뜨려 연다는 말로, 인재(人材)가 나지 않은 땅에 인재가 처음 나거나 아무도 한 적이 없는 큰일을 남보다 먼저 한다는 뜻이다.

한 번도 있어 본 일이 없다는 미증유(未曾有), 아직 한 번도 들어 본 적이 없다는 전대미문(前代未聞) 등 한자말도 다 비슷한 뜻이다.

지난 2008년 9월 15일, 미국 뉴욕에서는 투자회사 '리먼 브라더스'의 파산(破

産)보호 신청을 계기로 표면화된 서브프라임모기지론(비우량 주택담보대출) 문제가 온 세계에 금융위기(金融危機)를 몰고 온 대사건이 터졌다. 그 위기는 실물(實物) 경제에도 영향을 미쳐 우리나라를 포함한 전 세계가 동시불황(同時不況)이라는 미증유의 대혼란에 빠졌던 것이다.

일찍이 1929년 9월 10일 미국 뉴욕에서 주가(株價) 대폭락을 계기로 시작된 1930년대 경제공황은 역사상 최악의 대사건이었다. 그 사건은 미국·영국·일본 등 시장경제를 토대로 하는 자본주의 국가들 사이에서 일어난 경제공황이었다.

그러나 이번에 일어난 금융위기는 중국·러시아 등 사회주의 국가까지 다 포함되었다는 점에서 역사상 그 예를 찾아볼 수 없는, 최대·최악의 세계적 대공황이라 하지 않을 수 없다.

이 사건이 일어나기 이전에 미국은 막대한 무역 및 재정 적자(赤字)를 안고 있었다. 그런데도 미국은 각국에서 달러를 빌리고 물자를 사들여 세계 경제의 고성장(高成長)을 이끌어 왔다. 덕분에 세계 경제는 그런대로 균형과 질서를 유지해 나갈 수 있었다.

미국의 소비 주역은 개인이었고, 그들은 집값이 계속 뛰어오를 것으로 믿고, 주택을 담보로 은행에서 돈을 빌려 주택과 자동차를 마구 구입하는 등 과소비에 열을 올렸다. 그 결과 이번에 터진 금융위기는 그 같은 미국의 소비·금융 구도(構圖)를 근본적으로 붕괴시키고 말았던 것이다.

브라질·러시아·인도·중국으로 대표되는 신흥국가들도 당초의 낙관론과는 달리 동시불황이라는 폭풍을 피하지 못했다. 하지만 이들 국가들은 과거에 우리나라가 공해·노동집약·에너지대량소비 산업 등을 중심으로 고도성장을 이룩했듯이 성장의 잠재력은 아직도 많다.

세계 경제는 자본주의 국가들의 '마이너스 성장'과 이들 신흥국가들의 저성장(低成長)에 타격을 받아 장기불황(不況), 대량실직(失職) 등 어려운 문제들을 안고 당분간 고민을 거듭할 수밖에 없을 것 같다.

감히 그에 비할 바는 아니지만 1954년 어느 날, 적어도 나에게는 너무나 뜻밖의 사건이 일어났다. 그날을 계기로 평범할 뻔했던 내 인생에 천지개벽과도 같은 엄청난 변화가 나타나기 시작했던 것이다. 비록 다행스러운 사건이긴 했지만…….

22세에 첫 서울 나들이

그러면 그 일부터 얘기를 시작하자.

56년 전, 그러니까 1954년 여름에 있었던 일이다. 그때 나는 부산대학교 국문학과 3학년에서 경제학과로 전과(轉科)를 단행하고 부족한 과목들을 뒤따라가기 위해 고향에서 1년 반 동안 경제학 과목들을 독학(獨學)했었다.

4학년 1학기 학기말 시험을 치른 나는, 그 길로 고등고시 필기시험에 응시하기 위해 난생처음으로 서울행 열차에 몸을 실었다.

그 시험은 1848년에 시작, 1963년까지 실시된 국가고시였다. 지금의 행정고시와는 달리 합격자 수가 1% 미만이었고, 자격시험이 아니라 전원이 행정부나 법원에 채용되는 국가 공무원의 최고 등용문(登龍門)이었다.

고향 집을 나설 때 나는 "부두까지 전송하겠다."는 어머니의 배웅을 한사코 사양했다. 혹시 누가 보고 "어디 가냐?"고 물으면 "고시시험 보러 서울 간다."고 대답할 배짱이 없었던 것이다.

부산에서 대학생활을 시작한 지 3년 반, 하지만 부산역에 가본 것도 기차를 타본 것도 사실은 그때가 처음이었다. 그때 통영에서 부산을 왕복한 새벽 배는 조그마한 철선 복운호(福運号)였다.

6·25전쟁이 터진 지 4년째, 휴전이 성립된 지 1년째 되던 해였다. 서울과 부산을 오가는 열차편은 많지 않았고, 편도에 무려 8~9시간이 걸렸다. 열차래야 석탄을 때고 칙칙폭폭 소리도 요란한 증기기관차였다.

부산역의 승차 질서는 엉망이어서 개찰구 주변은 보따리며 가방을 든 승객들로 인산인해를 이루고 있었다. 부산역 개찰구에서 나는 책을 가득 담은 보스턴백을 안고 줄 맨 앞에 서 있었다. 하지만 개찰하자마자 달려간 객차 안은 언제 들어갔는지, 사람들로 가득 차 있었다.

부산에서부터 줄곧 서서 기차여행

사람들은 복도에, 의자 사이에, 심지어 선반 위에도 가득했다. 나는 복도에서 사람들 틈에 끼어 장승처럼 서서 이리 밀리고 저리 밀리면서 서울까지 긴 시간을 묵묵히 견뎌야 했다.

대구·대전 등 중간 역에서 오르내리는 손님들이 많았다. 하지만 나는 사람들이 내린 좌석을 차지할 엄두를 내지 못했다. 물을 마시고 싶고 소변이 마려워도 그 많은 사람들을 힘으로 헤치고 나갔다 올 용기가 없었다.

간신히 서울역에 도착했을 때 나는 마중 나온 여동생 명순(明淳) 내외와 인사 나눌 겨를도 없이 쏜살같이 화장실로 달려갔다. 참다못해 정말 오줌보가 터질 지경이었다.

친구들에게 시험을 치러 간다는 말조차 꺼내지 못한, 수줍은 시골뜨기의 첫 상경은 그처럼 바보스러웠다.

경제학과로 옮겨 '고등고시' 도전

시험장소는 지금은 위치조차 잊어버린 경동중학교였다. 매제의 안내를 받아 그곳에 도착한 나는 수많은 수험생과 그들을 응원하기 위해 모인 가족, 친구들에 놀랐다.

하지만 더 놀랐던 것은 그 소란을 외면하고 교정 한쪽 나무 밑에 다소곳이 앉아 창백한 얼굴로 책읽기에 열중하고 있던 한 여학생의 모습이었다. 그녀가 읽고 있던 책은 당시로선 최신 경제학이던 영국의 케인즈이론이 담긴 원서(原書)였다. 이전에 나는 그런 책을 구경조차 해 본 적이 없었다.

오다가다 부딪치는 수험생들의 양복 겉저고리 깃에는 서울·연희·고려대학 배지가 빛나고 있었다. 열등감을 느낀 나는 부산대학 배지를 떼어서 호주머니 속에 슬며시 집어넣었다.

시험 시작 벨이 울리자 교실에 앉은 수험생들은 읽던 책을 바닥에 내려놓고 일제히 칠판의 시험문제에 주목했다. 순간 장내는 숨소리조차 들리지 않았다. 숨이 가슴을 치받고 금세 막힐 것만 같았다.

수험장에 팽팽한 긴장감이 감도는 가운데, 첫날 첫 시험과목은 국사였다. 애국사관(愛國史觀)에 입각해 쓰인 박은식 선생의 ≪한국통사(韓國痛史)≫로 다져진 나에게 국사는 가장 자신 있는 과목이었다. 첫 번째 문제는 자신만만했다. 하지만 두 번째 문제는 반밖에 쓰지 못했다.

다음은 헌법(憲法)과 행정법(行政法) 시험. 그러나 그 답안들 역시 내 욕심에는 미치지 못했다. "역시 어림없구나. 과연 국가의 최고시험이라더니 참 어렵구나. 내가 어찌 감히……. 오늘 친 시험만 해도 이미 한 과목쯤 과락(科落)이 되고 말았을 게다. 일찌감치 포기하자." 이것이 첫날 시험을 끝낸 내가 느낀 솔직한 소감이었다.

다음 날 아침, 나는 집을 나서야 할 시간이 되었는데도 머뭇거리고 있었다. 매제는 자꾸 재촉했고…….

"형님, 시간이 없는데 왜 그러세요, 빨리 갑시다."

"매제, 나는 역시 안 되겠소. 아마 어제 시험에서 벌써 과락이 되고 말았을 게요."

"과락이라뇨?"

"고등고시는 열 과목이 각각 100점 만점인데 평균점수가 59.9점이라도 불합격되고, 평균점수가 60점 이상이라도 39.9점 이하 과목이 하나라도 있으면 안 되거든……."

포기할 뻔, 고시필기시험 둘째 날

그렇게 말한 나는 남은 시험을 포기할 뜻을 내비쳤다.

매제는 "설사 그렇다고 해도, 이왕 서울까지 올라오셨는데 다음 번을 대비해서라도 끝까지 해 봐야 하지 않겠습니까? 시험 도중에 돌아가다가 혹시 친구라도 만나면 뭐라고 변명하실 겁니까?" 하며 일어서기를 재촉했다.

이래저래 면목이 없던 나는 펜대를 반소매 흰 셔츠의 윗주머니에 꽂고, 손엔 잉크병만 하나 달랑 든 채 그를 따랐다.

"형님, 책은 왜 안 가지고 가십니까?"

"시험은 아예 포기했고, 시험 전에 책을 보다가 혹시 모르거나 잊어버린 부분이 나오면 괜히 가슴만 두근거릴 게 아니오? 차라리 빈손으로 가서 아는 대로 갈겨쓰는 게 속 편할 것 같소."

나는 시험시간 직전까지 책을 읽어 볼 수 있는 마지막 기회마저 포기했다. 그리고 전차 속에서 생각했다.

'그래, 시험문제라도 기억하고 돌아가자. 그래야 혹시 묻는 친구가 있으면 대답이라도 할 수 있을 게 아닌가?'

둘째 날 시험은 경제학(經濟學)이었다.

그런데 시험이 시작되기도 전에 시험장 안에서 사기(士氣)가 꺾이는 광경을 목격했다. 그것은 서울지역 수험생들이 지껄이는 말 속에 "이번 출제교수가 누구며 그가 강의시간에 강조한 부분이 이것이다." 등 내가 들도 보도 못한 얘기들을 주고받고 있었기 때문이다.

나는 대학에서 경제학과로 전공만 바꿨을 뿐 그 학과에서 강의라고는 한 시간도 들은 적이 없는, 그야말로 완전한 독학생이었다.

하지만 나는 기가 꺾이려는 자신을 매질했다. '지금 저들이 까불고 있지만 고등고시 합격률은 1%가 될까 말까가 아닌가? 어차피 저들 대부분도 나처럼 떨어질 텐데, 이왕 떨어질 바에야 답안만이라도 소신껏 써보자.' 이런 촌놈 배짱으로 답안 쓰기에 매달렸다.

그 기세로 셋째 날에 재정학(財政學)과 경제정책(經濟政策)을, 마지막 날에 회계학(會計學)을 돌파했다. 가장 자신 없던 회계학 과목은 어떻게 치렀는지, 나중에 "시험문제가 뭐더라?" 싶었지만 전혀 기억나지 않았다.

'수정자본주의'에 초점 맞추고

지금은 다 잊었지만, 그때 내가 쓴 경제 분야 답안은 일반 수험생들과는 분명히 달랐을 것이다.

그들 대부분은 대학 경제과에서 자본주의경제학을 열심히 공부했겠지만, 나는 자본주의와 제국주의를 철저히 비판한 바탕 위에서 출발했기 때문이다.

우리나라에 대한 미국의 경제원조는 8·15해방과 뒤이어 발생한 6·25전쟁 이래로 꾸준히 계속된 식량·공산품 등의 무상원조(無償援助)가 대부분이었다. 하지만 당시에 이르러 그 원조는 원리금을 갚는 조건으로 필요한 자본을 빌려주는 유상차관(有償借款)으로 정책이 전환되는 과도기에 있었다. 따라서 그런 원조정책의 전환기를 맞아, 우리나라가 앞으로 경제성장과 산업발전을 도모하기 위해서는 어떤 정책이 모색되어야 하는가에 시험문제의 초점이 주로 맞춰져 있었다.

나는 사회주의와 자본주의의 두 가지 경제체제가 갖는 본질을 서로 비교·분석하면서, 앞으로 이기심을 바탕으로 하여 경제적 효율문제를 중요시하는 자본주의경제로 나아가야 할 것인가, 아니면 칼 마르크스가 말하는 사회 공평(公平)을 바탕으로 하여 분배문제를 중요시하는 사회주의 내지 공산주의 경제로 나아가야 할 것인가를 비교했다. 그 결과 앞으로 우리가 지향해야 할 경제체제는 사회주의의 장점이요, 자본주의의 단점인 분배의 공평(公平)과 완전고용(雇傭)을 달성할 수 있는 방향으로 보완한 수정자본주의(修正資本主義)가 되어야 하겠다는 결론을 얻었던 것이다.

그래서 나는 다음과 같은 평소의 소신을 답안지에 마음껏 쏟았다.

"우리나라가 지금은 무상(無償)원조에 매달리고 있지만, 미국·일본 등 선진·독점자본주의 국가의 경제적 수탈(收奪) 대상이 되지 않고 경제적 자립을 도모하기 위해서는 소비재(消費財)를 위주로 한 외국의 무상원조에 한없이 매달려서는 안 된다. 설사 유상(有償)차관을 들여오는 한이 있더라도 생산재(生産財)를 중심으로 하여 하루속히 수입대체(輸入代替) 내지 수출산업(輸出産業)을 보호·육성해 나가야 한다.

우리 사회의 계층별 분배 상태를 개선하고 빈부의 격차를 완화하기 위해서는 무엇보다 먼저 정부가 앞장서서 실업자들에게 취업의 기회를 확대해야 한다. 그에 필요한 자금을 조달함에 있어서는 과거와 같이 가난한 계층에게 불리한 물품세·영업세 등 간접세가 아니라 이제는 고소득자들을 중과(重課)하는 소득세·상속세 등 직접세(直接稅) 중심으로 세법을 개혁해야 한다.

특히 해방 후 일본인이 두고 간 귀속재산을 미군정(美軍政) 요원들과 결탁해 헐값으로 가로챈 사람들, 해방 후의 혼란기를 틈타 밀수로 큰돈을 번 사람들, 미국 원조물자의 도입과정에서 권력의 앞잡이 노릇을 한 매판자본가(買辦資本家)들에 대한 정부의 단속이 한층 강화되어야 하고 악덕 자본가들의 탈세가 철저히 적발·처단되어야 한다.”

낙방 각오, 갈겨쓴 소신(所信) 답안

나는 답안을 작성하는 과정에서 국문학과에 다니면서 기른 알기 쉽고 부드러운 문장력과 아버지 생전에 야단을 맞아가며 갈고닦은 단정한 글솜씨를 마음껏 발휘했다. 그리고 일본 만화책에서 익힌 한문자(漢文字)를 알맞게 골고루 사용했다.

훗날 내가 대학교수로서 정부의 행정고시(行政考試) 시험관이 되어 주관식 답안지를 채점했을 때 같은 값이면 남다른 표현, 단정한 글씨, 알기 쉬운 문장력 그리고 한문으로 표현된 학술용어에 고득점(高得點)을 주었다.

고등고시 시험은 지금의 행정고시와는 달랐다. 고등고시는 자격시험이 아니라 선발시험이었다. 행정과는 물론 사법과를 합해 합격자 수는 연간 일이십 명에 불과했고, 전원 각 부처 사무관 또는 판검사로 등용되었다. 그랬으니 당시의 답안지는 우열을 가리기가 어려웠을 것이다. 따라서 표현력과 한문, 글씨 같은 조그마한 차이가 대세를 좌우하였을 것이다.

하지만 시험을 끝냈던 그때 나는 '합격'은 아예 생각조차 못했다. 그보다는 채점자가 내 답안지를 보고 혹시 '이 사람 공산주의자가 아닌가?' 하고 사상을 의심할까봐 그 점을 오히려 걱정했다.

하지만 "시험 결과야 어찌 되든 답안만은 소신껏 썼으니 후회할 것은 없다." 이것이 둘째 날 시험을 끝낸 후에 내가 느낀 솔직한 심정이었다. 그러니까 내가 시험 결과를 기다렸다거나 혹시 합격에 미련을 가졌다면 그것은 그야말로 낮 간지러운 허풍이었을 것이다.

꿈같은 발표, 재경직(財經職) 단독 합격

그로부터 4개월 뒤 고등고시 필기시험의 합격자 발표가 있었다. C 국회의원의 수행원으로서 서울 수송동, 옛날 숙명여고 담을 끼고 지금은 서울시 의회인 국회 청사로 터벅터벅 걸어가는 길이었다. 길 가다 우연히 본 고등고시 행정과 합격자 14명의 명단 속에 내 이름 석 자가 기적같이 들어 있었다.

"꿈이 아닌가, 정말 저게 내 이름인가." 싶었다.

지금 생각해도 꿈같은 그 일을 어찌 '파천황'이라 부르지 않을 수 있겠는가?

지방대학의 국어국문학과에서 출발해 스물두 살짜리 경제학과 독학생이던 내가 제6회 고등고시 행정과 필기시험 합격자 가운데 재정경제 부문에, 서울·연희·고려대학 출신들을 모두 물리치고 단독으로 합격했으니 친구도, 이웃도, 고향과 모교에서도 모두가 "믿지 못하겠다."고 놀랄 수밖에 없었던 것이다.

그런데 어머니는 나의 합격 소식을 듣고도 남들처럼 그렇게 놀라워하지 않았다. 상인 가문에서 태어나 관료생활과 인연이 없던 어머니는 '그 시험이 뭐기에 온 동네가 저렇게 야단들인가?' 싶었을 것이다.

자, 그러면 어쩌다가 내가 그런 기적을 만났는지, 얘기를 계속해 보자.

내 고향은 남쪽 나라

고향이여, 아름다운 땅이여,
내가 이 세상의 빛을 처음으로 본 그 나라는
나의 눈앞에 떠올라 항상 아름답고 선명히 다가온다.
내가 그곳을 떠나온 그날의 모습 그대로!

-L. 베토벤-

2대 독자 집안 장남으로

나는 국립해상공원 한려수도 어귀에 위치한 통영에서 한말(韓末) 관료집안의 외아들 이봉진(李捧振) 씨와 포목상 집 둘째 딸 구재선(具在先) 씨 사이에서 2남 3녀 중 둘째, 장남으로 태어났다.

아버지는 한문서당을 거쳐 신학문을 가르치던 통영보통학교를 졸업했다.

할아버지는 아들에게 일찍부터 관청 취직을 권유했었다고 한다. 그러나 군청에 들어가면 쌀 공출(供出)을 담당해야 하고, 경찰서에 들어가면 징병·징용을 독려해야 하고, 학교에 가면 아이들을 신민화(臣民化)시켜야 한다는 부담에서 우체국 취직을 적극 권하셨다고 한다.

그래서 아버지는 부산 통신학원을 수료하고, 거제·통영우체국에서 관리로 근무했다. 그곳에서 대리(代理)로 승진하는 등 당시로서는 비교적 순조롭게 사회생활을 시작한, 합천(陜川) 이씨 집안의 2대 독자였다.

하지만 1919년에 일어난 3·1운동을 계기로 민족의식에 불탄 아버지는 부모님의 간곡한 만류에도 불구하고 1921년, 남들이 부러워하는 조선총독부의 관리 자리를 기어이 박차고 말았던 것이다.

그 후 농촌 계몽운동을 한답시고 거제도 남부면 명사에 사숙(私塾)을 차렸다가 일본 관헌(官憲)의 박해를 이기지 못해 문을 닫았고, 서울 중동중학으로 유학을 떠났다가 가산(家産)이 기울자 도중하차하는 등 방황을 거듭했다. 내가 태어날 무렵에는 부모님 간청을 이기지 못해 통영군청에 잠시 근무하다가 기어이 퇴직하고, 동아일보 통영지국에서 기자(記者) 생활을 하고 계셨다.

그때 서울에서는 청년운동 단체로서 신간회(新幹會)가 태동했고, 고향에서도 일본 경찰이 주목하는 비밀결사 정화회(正火會)를 모체로 신간회 통영지부가 발족할 단계에 있었다. 아버지가 그런 운동에 휩쓸린 것은 너무나 당연한 일이었다.

총독부 관료 박찬, 선친 기질

아버지는 유복한 가정에서 태어나 인품이 온화하고 외모가 수려한 편이었다. 하지만 강직(剛直)한 기질 탓으로 식민지의 의식화(意識化)된 젊은이들이 겪은 운명 그대로, 짧은 생애의 후반기까지도 일본 관헌들의 감시망 속에서 살아야 했다.

내가 커서 우리 집안 족보를 챙겨 봤더니 조상 가운데는 과거(科擧) 출신이 많았고 주로 문과(文科)였다. 일제강점기(日帝強占期)였지만, 할아버지는 외아들의 관계 진출을 내심 다행이라 생각하고 순항(順航)을 바랐을 것이다.

하지만 노년에 얻은 외아들이 "일본 놈 밑에서는 절대로 녹(祿)을 먹을 수 없다."고 고집하면서 기어이 관직을 박찼을 때 그분의 실망감은 참으로 컸을 것이다.

내가 자라던 시절 고향 통영은 인구 3만 명 남짓한 반농반어(半農半漁)의 남쪽 땅 끝 자그마한 항구도시였다.

거제도를 포함한 통영군의 군청(郡廳)소재지로서 행정·교육과 수산·해운업의 중심지였다. 물산(物産)이 풍부해 일제강점기에는 남·북한을 통틀어 두 번째 부군(富郡)으로 소문났고, 시내 요지에는 한국 사람 토호(土豪)들과 함께 상권을 쥔 일본 사람들이 많이 몰려와 살았다.

일제강점기, 아버지는 동아일보 기자

내가 태어났을 때 아버지는 혈기왕성한 28세 동아일보 기자였다. 세태(世態)에 따라 가산이 기울었던 데다 기자생활을 하셨으니 살림살이가 넉넉할 리 없었다.

1926년 이 땅 방방곡곡에서는 '만세사건'이 터졌고, 1928년 3월에는 민족주의 단체인 신간회(新幹會) 통영지회가 창설되었다. 이 땅의 젊은이로서 이들 운동에 기필코 참가했을 아버지를 생각할 때 우리 집 살림살이가 어떠했을지는 짐작이 가고도 남는다.

생각해 보면 내가 유치원에 다니던 시절, 동북아시아의 정세는 중국대륙을 공략한 일본의 제국주의와 중국을 후원한 미국의 견제(牽制) 세력이 예민하게 대립하던 시대였다.

1937년 7월에는 중일(中日)전쟁이 시작되었고, 1939년 7월에는 미국이 일본과의 통상(通商)조약을 파기했으며, 9월에는 독일이 폴란드를 침공해 유럽에서 제2차 세계대전이 발발했다. 독일·이탈리아와 군사동맹을 맺은 일본이 미국·영국을 상대로 태평양전쟁을 일으키기 직전이었다. 하지만 어린 내가 그런 풍운(風雲)을 알 까닭이 없었다.

그러던 어느 날 유치원 선생님은 우리더러 "오늘 아침 반찬은 뭘 먹었지?" 하고 물었다. 내 차례가 되었을 때 나는 서슴지 않고 "김치와 국, 그리고 시금치 무친 것과 꽁치 구운 것"이라고 대답했다. 그런데 친구들은 그 말을 듣고 일제히 웃었다.

그때는 친구들 웃음소리에 부끄럽다 싶었는데, 지금 생각하면 생선이 풍부했던 고향에서 꽁치는 너무나 흔한 반찬거리였기 때문이다.

또 선생님은 우리에게 "우리 유치원 건물은 옛날 통영청년단 회관이었다. 철성이 아버지와 유지들께서 돈을 모아 세우신 것"이라고 말씀하셨다. 그때는 그 말을 듣고 쑥스럽게 생각했는데, 지금 생각하면 선친께서 어려운 처지에도 청년운동에 돈을 보태신 것을 알 수 있다.

2002년 5월 31일 문화재청에서는 옛날 동부유치원이 사용했고 지금은 통영문화원이 들어 있는 청년회관을 근대문화유산의 하나로 지정했다.

통영청년단은 1919년 3·1운동이 일어났을 때 만세사건(萬歲事件)의 주동자 박봉삼 열사를 단장으로 한 30여 명의 우국(憂國)청년들이 민족의식을 고취하고 계몽운동을 벌이기 위해 결성한 단체였다. 그리고 그 회관은 단원 400여 명의 의지가 결집되어 1923년 11월 18일 항일전당(抗日殿堂)으로 건립된 것이었다.

옛날 그 회관 2층에 동아일보 통영지국이 있었다. 그곳에서 아버지가 아래로 내려다보이는 외갓집 마당에서 어머니를 발견하고 청혼했다고 한다. 그래서 문

28

화회관은 나와도 인연이 깊은 곳이다.

내 고향은 낙천지(樂天地), 수려한 산하(山河)

통영은 1592(선조25)년 임진왜란을 계기로 3도수군(水軍)통제영(統制營)이 설치되어 해군의 요충지로 번창하기 시작한 곳이다. 통제영의 본영이던 세병관(洗兵館)은 1604(선조37)년 건립되었고, 일제강점기에는 초등학교 교사(校舍)로 남용되는 등 많은 화난(禍難)을 겪었다. 지금은 통영성을 복원하는 계획의 중심적 위치에서 옛 모습을 꿋꿋이 지키고 있다.

세병관은 경복궁의 경회루(慶會樓), 여수의 진남관(鎭南館)과 더불어 우리나라 3대 목조건물의 하나로 규모가 가장 크고 지방의 관아(官衙)건물로서는 최고라는 평가를 받는다. 2002년 7월 23일 문화재청에 의해 국보(國寶)로 지정되었다.

'통영'이라는 지명은 '통제영'의 '제' 자를 빼고 부르는 이름이다. 1953년에 통영군에서 거제도가 분리되고 1995년에는 통영군과 충무시가 합쳐져 통영시가 되었다.

육로로 통영에 들어서는 원문고개에 이르면 눈 아래 잔잔한 바다가 펼쳐지고 멀리 시가지가 신기루처럼 떠올라 고향에 다 왔다는 생각에 가슴이 두근거렸다.

하지만 지금은 산업화의 물결에 휩쓸려 사방의 해안선과 강구안(江口岸)이 마구 매립되고, 대규모 조선소가 들어서고, 고층 아파트가 치솟고, 자동차가 홍수를 이룬다. 게다가 한려수도를 조망하기 위해 미륵산 정상(頂上)을 오르내리는 케이블카가 설치되고, 거제도와 가덕도를 잇는 거가대교가 개통되어 사방에서 관광객이 몰려들고 있다. 이렇듯 도시화(都市化)와 난개발(亂開發)로 이제 그곳은 삭막하고 어수선한 지방도시로 바뀌고 말았다.

남망산에 둘러싸인 항구는 일제강점기에 징병·징용·정신대로 끌려간 남녀들과 그들을 떠나보낸 혈육들의 원한에 사무친 눈물의 현장이었다. 그 시절 일본 군대로 끌려간 젊은이들이 탄 여객선은 태평환(太平丸)·태안환(太安丸)이었다. 그 배들은 육친들의 손을 떠난 색종이 테이프를 바닷물에 적시며 일장기의 물결과 군가의 함성으로 뒤덮인 강구안을 돌다 외마디 기적소리를 남긴 채 남망산 뒤로 사라져 갔다.

옛 추억은 끝없이

하지만 일본 제국주의 교육에 깊이 물들었던 나는 그 시절 그런 광경을 보고도 민족적 비극은 전혀 느끼지 못했다.

그때를 회상할 때 생생한 기억 하나는 '여자정신대로 끌려갈 동네 처녀들이 밤마다 우리 집으로 몰려와 울며불며 몸부림치던 광경이다. 누나는 혼처(婚處)가 정해져 그 대오에서 빠질 수 있었지만 여학교에 진학하지 못한 처녀들은 무조건 징집대상자였다.

지금 생각하면 그게 바로 일본 군대를 위해 끌려간 악명 높은 종군위안부가 아니었나 싶다.

내가 고향을 떠나기 전 통영의 자연은 참으로 깨끗하고 아름다웠다. 마을 아낙네들이 한 주일 내내 흰 버선에 흰 고무신을 신고 다녀도 때 묻는 줄 모른다고 했고, 한여름이면 흰 모시 치마저고리를 차려 입던 어머니의 옛 모습이 눈에 선하다.

지금도 쪽빛 바다며 푸른 섬 그리고 해조음(海潮音) 등 자연만은 어릴 적 그대로다.

그런 자연환경 탓인지 우리 고향에는 예로부터 남의 간섭받기를 싫어하는 자유민들이 많았다. 일제강점기에는 어장주·물산객주·지주 등 부유한 집 자녀들이 서울로 동경으로 유학을 많이 떠났다. 유치환 시인의 자작시 해설집에 의하면 1920년대에 통영 출신 유학생들은 동경 한 곳만 해도 무려 60~70명에 달했다고 한다.

하지만 토지개혁으로 지주들은 완전히 몰락했고, 생선의 남획과 공해로 어장 주들도 대개 망했다. 그 시절 고향에서 행세하던 거문호족(巨門豪族)들은 자식들 따라 서울·부산 등지로 떠나고 이제는 흔적조차 없다.

남의 간섭을 잘 소화해야 하는 관계(官界)에서 성공한 사람들은 많지 않다. 그 대신 자유분방한 문학(文學)·예술계(藝術界)에 저명한 인물들은 많다. 돈에 대한 집착이 크지 않아 재계(財界) 쪽 인사들도 별로 없다.

일제강점기에는 3·1운동, 신간회 사건 등 민족운동에 참가했거나 조선총독부 의 신사(神社)참배와 창씨(創氏)개명을 거부한 주민들이 옥살이를 많이 했고, 그 가운데는 목숨을 잃은 사람들도 적지 않다.

자연과 어우러진 민초들의 성정(性情)도 그러하거니와 통영 주변에는 호수 같 은 한려수도(閑麗水道)에 백 수십 개 섬들이 그림처럼 펼쳐져 있고, 내가 태어난 1931년에 만들어진, 미륵도와 본토를 잇는 해저(海底)터널은 지금도 건재하다. 지 금은 그 물 위로 멋있는 다리가 두 개나 놓여 사람들은 그 주변을 한국의 나폴리 라 자랑한다.

내가 태어난 통영은 이런 곳이다. 환경이 그러했으니 나의 성격과 정서, 취미와 기호도 이곳을 빼놓고 말할 수 없다. 타향살이 50여 년, 옛날을 얘기할 친구들 대부분은 벌써 세상을 떠났다. 하지만 어린 시절의 아련한 옛 추억이 어린 '마음 의 고향'은 지금도 변함없이 살아 있다.

잊지 못할 '제2의 고향' 거제도 명사십리

유치원을 다니기 시작한 이래로 나는 방학 때만 되면 으레 거제도 동부면 저구리에 있던 조모님 댁에서 지냈다.

그곳은 통영에서 여객선 뱃길로 3시간 거리, 해금강에 이웃한 갯마을이었다. 6·25전쟁 때 포로수용소가 설치되었던 곳으로 지금은 옛 모습을 찾을 길이 없다.

그 시절 마을 뒤편에는 나무가 울창한 산들이 병풍처럼 둘러 서 있었고, 골목길은 아담한 돌담으로 둘러싸여 있었다. 마을 앞 해안선을 따라 모래밭이 길게 펼쳐진, 그림 같은 갯마을이었다. 그래서 지금도 명사십리(明沙十里)라 불린다.

그때 그곳은 가구 수래야 100호가 될까 말까 할 정도였고, 기와집은 모두가 조모님의 친정 양씨(梁氏)네였다. 주민들은 텃밭에서 야채를 기르고, 쪽배로 생선을 잡으며 살았고, 때가 되면 양씨네 논밭과 멸치어장으로 몰려가 품삯을 벌어 생계에 보탰다. 내가 그곳으로 가면 동네 사람들은 큰 집 손자라고 끔찍이 아껴 주었다.

그래서 일제의 가혹한 식량 공출(供出)에도 불구하고 그곳에서 나는 배고픔을 모르고 구김살 없이 자랄 수 있었다. 나의 문학적·낭만적 정서는 아마도 그 마을, 그 바닷가에서 많이 길러졌을 것이다.

옛날 어머니가 차례상에 올렸던 산자·약과·정과 등 과자들이 지금도 생각난다. 돌파래·숙주나물·박나물·생미역 등을 넣은 통영 특유의 비빔밥과 조개·합자·문어새끼를 넣어 끓인 두붓국도 생각난다. 생선도 종류에 따라 굽고 조리고 국끓이기를 달리하시던 어머니의 음식 솜씨가 눈물겹게 그립다.

초정 김상옥의 시조 <사향(思鄕)>은 이런 나의 마음을 노래한 것 같다.

송아지 몰고 오며 바라보던 진달래도

저녁노을처럼 산을 둘러 퍼질 것을

어마씨 그리운 솜씨에 향그러운 꽃지짐

시골 늦깎이 소년시절

생각해 보면 내가 태어난 1931년은 역사상 참으로 험난한 해였다.

1928년 미국 뉴욕에서 시작된 세계 대공황(大恐慌)은 온 세계를 휩쓸었다. 내가 태어난 해에는 농사도 흉작이어서 도시로 하루벌이 떠나는 농민들이 많았고, 지주들도 혹독한 곤궁을 겪어야 했다. 우리가 1998년에 겪은 'IMF 위기'나 2008년에 시작된 세계적 '금융위기'에 못지않게 험악한 암흑기였다.

그 시절 일본에서도 쌀값이 폭락하고 농촌이 궁핍하여 고향을 등지는 유랑민이 많았고, 도시에서는 실업자들이 거리에 넘쳤다.

기록에 의하면, 1918년 제1차 세계대전이 끝난 후 일본 경제는 한동안 군수(軍需) 경기에 들떠 있었다. 하지만 곧이어 들이닥친 농작물의 흉작에다 1923년 관동대지진이 겹치자 일본 본토와 식민지는 '소화(昭和)공황'이라는 대불황기(大不況期)에 접어들고 말았다. 농촌에서는 딸들을 팔아야 겨우 목숨을 부지할 지경이었고, 도시에서는 범죄자들이 거리에 넘쳤다. 일본은 그 위기를 타개하기 위해 무언가 돌파구를 찾아야 했다.

그 돌파구가 바로 1931년 일본 관동군(關東軍)이 저지른 만주사변(滿洲事變)이었다. 그들은 조선·대만·사할린에 이어 새로운 식민지로 만주, 나아가서는 중국 본토를 겨누고 무력침공을 시작했다.

만주에 주둔한 일본 관동군은 그해 9월에 류조호 폭파사건을 조작하고, 그것을 구실로 만주의 봉천·장춘·길림을 점령했으며, 조선군(朝鮮軍)까지 불러들여 1932년 2월에는 하얼빈을 점령하고 동년 3월에는 친일(親日) 괴뢰정권 만주국(滿洲國)을 수립했다.

그런 험난한 시대였으니 식민지 주민이던 우리네 살림살이는 무척 고달팠을 것이다. 조선총독부의 토지 조사 및 수탈로 우리 집도 많은 전답을 잃었고 조모님의 사치생활과 사교(邪敎) 맹신, 선친의 사학(私學) 설립과 서울 유학 등의 낭비로 가산(家産)은 기울 대로 기울고 있었다.

노는 데 정신 팔려 숙제 잊기 예사

1943년, 내가 초등학교 3학년 때였다. 일본이 중일전쟁을 시작한 지 6년째요, 미국·영국 등 연합군을 상대로 태평양전쟁을 일으킨 지 3년이 지난 해였다. 일본이 우리 청년들을 전쟁터로 끌고 가기 위해 징병제도를 시작한 것도 바로 그해였다.

선생님은 우리더러 지나사변5주년기념(支那事變五周年記念)을 붓글씨로 써오라고 하셨다. 일제강점기에는 초등학교 1학년 때부터 한문교육을 시켰다. 그런데 나는 밤늦게까지 일본사람 집에서 만화(漫畵)책 보기에 열중하거나 골목을 누비며 뛰노는 데 정신이 팔려 숙제를 그만 잊었던 것이다.

다음 날 아침, 눈을 비비며 잠자리에서 튀어나온 나는 머리끝이 쭈뼛하도록 놀랐다. 하지만 아무에게도 말할 수 없었다. 매사에 엄격하신 아버지가 가부좌를 틀고 계셨기 때문이다.

숨어서 붓글씨 쓰다 날벼락 맞고

세수를 하는 둥 마는 둥 한 나는 건넛방에서 급히 붓글씨를 갈겨썼다. 하지만 어린아이의 표정은 뻔한 것, 긴장한 내 눈동자를 읽으신 아버지가 방문을 열고 들어오셨다. 그때의 놀라움이란……

"지렁이가 기어가듯 한 이걸 붓글씨라고 썼느냐?"는 호령과 함께 나는 단단히 야단을 맞아야 했다.

마루에 꿇어앉아 수십 장으로 묶인 반지(半紙) 한 권이 다 없어질 때까지, 한 자 한 자 쓰다가 찢기고 그때마다 뺨을 맞고 또 맞았다. 반지는 얇은 반투명지로 습자지라고도 했다. 마지막 한 장이 남았을 때 아버지는 "도리가 없다."고 하시면서 당신이 쓰신 붓글씨 한 장과 담임선생님께 전하라는 메모가 적힌 명함을 건네주셨다.

등교시간이 훨씬 지난 후 교실로 들어선 나는 학우들 앞에서 심한 수치심을 느꼈다. 그로 인해 평생 글씨만은 단정하게 써야 한다고 생각했고, 덕분에 훗날 학교에서나 관청에서 글씨를 깔끔하고 반듯하게 잘 쓰는 사람으로 평가받을 수 있었다. 그에 따른 행운도 물론 많았고……

지금 생각하면 이것은 내가 아버지로부터 받은 첫 번째 은혜였다.

선친으로부터 다시 야단을 맞은 것은 초등학교 5학년 무렵, "배달하지 않은 신문들은 어쨌느냐?"는 추궁이었다.

동아일보가 폐간된 후 아버지는 다른 신문사로 자리를 옮기셨지만 그 신문 역시 강제 폐간되어 당시에는 대구매일신문 통영지국장을 맡고 계셨다. 나는 신문사 사정으로 잠시 동안 신문을 대신 배달했었다.

때마침 엄동설한이어서 온몸을 찌르는 매서운 해풍(海風)을 견디지 못한 나는 해저(海底)터널을 건너갔다 와야 하는 배달처 두 군데를 이따금씩 빼먹고 말았던 것이다.

신문배달 속이다 엄한 매도 맞고

그날 맞은 매는 모르긴 해도 아버지로부터 평생 맞아야 할 매를 한꺼번에 다 맞았다는 느낌이 들 정도였다. 아버지가 지적하신 잘못은 '독자들과의 약속을 어긴 죄, 애비를 속인 죄, 자신의 역할에 소홀한 죄'였다.

생각하면 그것은 매가 아니라 귀중한 약(藥)이었다. 더없이 소중한 삶의 덕목을 매에 실어 가르쳐 주셨던 것이다. 자기의 여명(餘命)이 얼마 남지 않은 것을 예감하고 자식의 훈육(訓育)을 서두신 것은 아니었을까? 매 때리던 아버지도 매 맞던 자식도 그 훈계(訓戒)가 훗날 얼마나 큰 가르침이 될 줄 짐작인들 했겠는가.

신의(信義)와 성실(誠實)이야말로 누구나 지키고 가꿔야 할 귀중한 덕목이다. 나는 소중한 이 교훈들을 아버지의 유산으로 물려받았던 것이다.

하지만 매 앞에 장사 없는 법, 열두 살의 어린 나는 그날 반성보다는 원망이 앞섰다. 아버지의 회초리로부터 나를 옹호해 주신 어머니가 고마웠다. 하지만 아버지가 외출하신 후 나는 어머니로부터 "감히 어른의 눈을 속이다니, 나쁜 놈!" 하고 또다시 몽둥이로 맞아야 했다.

살면서 가장 소중하게 간직해야 할 원칙들을 나는 그때 아버지와 어머니의 매를 맞으면서 배웠다. 철없던 내가 조금씩 사람다워지기 시작한 것도 아마 그때부터가 아닌가 싶다.

그때는 제국주의 일본이 태평양전쟁을 일으킨 지 2년째 되던 해였다. 일본군은 그해 2월 싱가포르를 함락시키고 수마트라·보르네오 유전(油田)을 확보하는 등

연일 승전보를 전해 왔다. 이웃에 사는 일본아이들은 기고만장했다. 초등학교 조선학생들에게도 전승품이라고 연식정구공이 하나씩 배급되었다.

일본 관헌들 역시 기세가 하늘을 찌를 듯했다. 초등학교로 올라가는 벅수골 건너편 헌병대에서는 대낮에도 고문을 당해 "아얏! 아!" 하는 비명소리가 들렸다. 반일인사(反日人士)들에 대한 일본 관헌들의 사찰과 탄압이 날로 강화되었던 것이다.

그렇게 어둡고 어려운 시절이었는데도 나는 아버지를 돕기는커녕 속이고 태만했으니 아무리 어린놈이었기로 불효막심한 노릇이 아닐 수 없었다.

자식에 실망, 아버지 한탄소리

그 일이 있은 후, 마당에서 동네 꼬마들과 장난질에 여념이 없던 나는 아버지와 어머니가 주고받는 얘기에 귀가 솔깃했다. 내 얘기였다.

"저 애가 장차 사람 노릇이나 제대로 할까?"

"아니 여보, 저 애도 사람인데 설마 제 몫 하나 못할 것 같소?"

"글쎄, 공부를 잘하나, 글씨를 잘 쓰나, 그렇다고 심부름을 제대로 할 줄 아나? 도대체 잘하는 게 없잖아?"

"어린 것을 두고 별소릴 다 하시네."

"내가 죽고 나면 걱정이야. 저게 명색이 우리 집안의 종손(宗孫)인데……."

"앞길이 구만리 같은 양반이 죽기는 왜 죽는단 말씀이오?"

"누군 죽고 싶어서 죽나? 때가 되면 죽을 수도 있다 그 말이지. 사실 요즘 같아서는 내가 살아 있는지 죽었는지 알 수가 없단 말이야."

"당신이 고생하시는 걸 모르지는 않지만, 술 좀 줄이고 제발 몸조심하세요."

"술인들 마시고 싶어 마시는가? 세상 돌아가는 꼴이 그렇고, 자식들 커 가는 모양새도 그렇고……."

"세상이야 우리 맘대로 안 되죠. 하지만 자식들은 괜찮을 겁니다. 큰놈 눈을 보세요. 광택이 나잖아요? 동네 사람들 말인데요, 저놈 눈을 보면 장차 뭔가 제 몫은 할 거라고 합디다."

"글쎄, 그랬으면 얼마나 좋겠나."

아버지의 걱정도 걱정이려니와 사실 나는 그때까지 뭣 하나 잘하는 게 없었다. 초등학교 교사나 우체국 직원이라도 되었으면 싶은 꿈조차 없었다. 그저 또래 동무들과 어울려 온 동네를 쏘다니는 한갓 개구쟁이에 불과했다.

소년시절을 돌이켜 보면 참으로 한심하다는 생각이 든다. 조그만 동네에서 유치원까지 보내주셨는데 기대에 미치지 못했으니 아버지의 실망은 참으로 컸을 것이다. 하지만 어찌 알았겠는가? 일본 만화책에 파묻혔던 그 시절이 훗날 결코 헛되지 아니할 것을 …….

그 무렵, 집안에 사건이 하나 벌어졌다. 집에 들어온 선물 꾸러미를 어머니가 맘대로 처분한 것이 말썽이 되었던 것이다.

"내가 그 부인한테서는 아무것도 받지 말라고 신신당부했는데 왜 받았어? 염치없게……."

"사양을 했죠. 그런데 당신한테 큰 은혜를 입었다면서 억지로 두고 가는 걸 어떻게 합니까? 당신은 우리 집에 양식이 있는지 없는지 알기나 해요?"

"그래 우리가 지금 굶고 있나? 적은 식량 배급으로 우리만 고생하나? 곤경에 처한 사람을 도와줬을 뿐인데……:"

그분 남편은 아버지의 동지였고 홀로 된 후 자식들과 농사지으며 살았는데,

아들이 경찰에 구속된 것을 아버지가 신문기자의 신분을 이용해 풀려나게 했던 것이다.

어려운 살림살이 꾸리신 어머니

선물소동이 벌어진 무렵, 우리 집 음식은 더욱 험해졌고 이모님 댁에 일하러 다니신 어머니의 귀가시간도 자꾸만 늦어졌다. 초저녁이 되면 나는 동생들을 데리고 대문 앞에 쪼그리고 앉아 하염없이 어머니를 기다렸다.

그때는 일본군의 패색(敗色)이 짙은 태평양전쟁의 말기여서 식량 배급은 형편없이 준 데다가 아버지의 신문지국 형편도 아주 어려웠다.

어머니는 동호동 항구(港口) 갯벌에서 반찬거리로 조개를 캐고, 마을 뒤 여황산에서 땔감으로 솔잎을 긁어모았다. 그때마다 나는 말리는 어머니 뒤를 졸졸따라다녔다. 어린 마음에도 어머니를 지키기 위해 당연히 그래야 한다고 생각했던 것이다.

그 시절 이모 댁은 전답이 많았고, 일본사람들이 즐기던 고기포(사쿠라보시)를 만들어 일본 본토와 멀리 전쟁터까지 수출하고 있었다. 통영은 한려수도의 입구에 자리 잡아 생선의 종류가 많고 맛이 뛰어나서 그 집 공장은 일본이 패전(敗戰)할 때까지 번창했다. 덕분에 나는 도미·북어·새우 같은 비싼 생선들을 원 없이 맛볼 수 있었다.

어머니는 우리 형제가 늦게 귀가하는 어머니를 원망해도 "미안하다. 배고프지?" 하시면서 밖에서 고생한 내색은 결코 드러내지 않으셨다. 아마도 자식들이 남 앞에서 기죽을까봐 일부러 그랬을 것이다.

아버지 추억 '한산도 제승당(制勝堂)'

바닷가로 밀려온 제승당 현판

아버지가 운영하시던 신문지국 주최로 매년 열린 '시민대운동회'를 앞둔 1942년 어느 날이었다. 나는 행사 준비를 돕기 위해 사무실에 불려 가 있었다.

평소에 못 보던 청년 여럿이 흥분된 목소리로 얘기를 주고받고 있었다. 나는 구석에 앉아 만화책 보기에 여념이 없었다. 하지만 작은 사무실이라 그들이 소곤거리는 소리는 쉽게 알아들을 수 있었다.

"글쎄 제승당 현판(懸板)이 바다 한가운데로 흘러가지 않고 어떻게 한산섬 바닷가로 떠밀려 왔을까?"

"선생님, 우리가 얼마나 찾아 헤맸습니까? 동네 사람들도 밤낮으로 미친 듯 찾던 것인데……."

"내가 동아일보에 있던 1933년, 전국 동지들과 한산도 제승당을 중건(重建)하고, 이순신 장군의 영정(影幀)을 모셨을 때 새로 만들어 사당에 걸어 놓았던 현판 아닌가?"

일본 관헌이 몰래 떼어다 버린 것

"그렇죠. 왜놈들이 충렬사와 제승당을 없애고 싶었을 텐데, 통영사람들 눈이 무서워 차마 손을 못 대다가 이번에 현판만 뜯어 먼 바다에 던진 모양이죠?"

"자식들, 마음이 급해서 부수거나 태워버리진 못하고 바다에 내다버린 것이 그래도 천만다행이야."

"참으로 신통한 일 아닙니까? 그 넓은 바다에서 얼마든지 딴 데로 흘러갈 수 있었을 텐데, 용케도 한산섬까지 떠밀려 왔으니……"

"그게 소위 영물(靈物)이라서 그런 게 아니겠나? 현판이라는 게 한갓 나뭇조각 이지만, 제승당에는 우리 겨레의 혼이 깃들어 있다고 봐야지."

"맞습니다. 이순신 장군의 영혼이 우리한테 도로 보내주신 게 틀림없습니다."

"옳은 말이오. 왜놈들이 통영성을 파괴하고 일부러 그 자리에 일본 천황을 섬 기는 신사(神社)를 지어 우리에게 억지 참배를 시키고, 식민지의 대표적 행정관청 인 세무서, 법원·검찰지청까지 설치하지 않았나. 그뿐인가? 그나마 남은 세병관 도 사방에 칸막이를 해서 소학교 교실로 만들어 애들한테 마구 짓밟게 하지 않 았나. 하지만 그들이 사적지만은 끝내 손대지 못한 것은 역사를, 민심을 무서워 했기 때문일 게야."

성웅(聖雄) 유적은 손 못 대고

"그럼 선생님, 현판을 그냥 달 게 아니라 고사라도 지내야 하지 않겠습니까?"

"그건 아니지. 할 수만 있다면 얼마나 좋겠냐만, 지금 왜놈들은 독이 잔뜩 올 라 있는 판국인데 공연히 자극할 필요야 없지 않겠나? 잘못했다가 놈들이 아예 현판을 없애 버릴 수도 있을 테니까. 조용히 달아놓자고. 그 대신 동네 청년들에 게 잘 지키도록 단단히 부탁해야지."

"듣고 보니 그러네요. 알겠습니다. 어쨌든 참 다행스러운 일이 아닐 수 없습니다."

승승장구하던 일본군은 1942년을 고비로 대 역전기를 맞아 패전을 향한 나락 (奈落)의 길로 빠져들고 있었다. 그해 6월에는 천하무적을 자랑하던 일본 해군이 '미드웨이 해전'에서 항공모함 네 척과 수많은 비행사를 잃는 참패를 당했고, 8월 에는 과달카날 섬에 상륙한 미군을 반격했다가 전멸당하는 사태가 벌어졌다.

아버지 손에 이끌려 해마다 참석하던 통영 충렬사(忠烈祠)의 춘추 향사(享祀)가 낮 행사로 바뀐 것도 아마 그 무렵이었을 것이다.

1976년 10월 박정희 정부가 제승당 주변을 정화하고 나무로 되어 있던 옛 사당과 수루를 시멘트 건물로 개축했다. 최근 제승당을 참배했을 때 사당 현판은 박 대통령의 글씨인 듯 낯설었고, 옛것은 사당 한쪽 벽에 멋쩍게 서 있었다.

제승당 현판 소동이 벌어진 그 무렵 아버지와 어머니가 주고받는 얘기를 나는 또 들었다. 일제의 탄압이 날로 거세지는 데다 제승당 현판사건까지 겪으신 아버지는 나의 몰골을 보고 예민하게 반응하셨던 것이다.

"여보, 저놈 요즘 하는 짓거리를 보니 왜놈이 다 되어 가는 것 같아 정말 걱정이야."

일제(日帝) 교육에 자식 걱정

"당신도 참, 어린애를 두고 별말씀을……. 그래도 이웃 일본 애들을 울리긴 해도 당하진 않던데요, 뭘."

"글쎄, 충렬사 향사에 가자면 꽁무니를 빼지, 이순신 장군 얘기만 꺼내면 딴전을 피우지, 저게 정말 내 자식인지 왜놈 새낀지 알 수가 없단 말이야."

"어린 게 무슨 철이 있겠어요. 학교에서 일본 바람을 잔뜩 불어넣은 데다 어른들만 모이는 충렬사에 어린 것이 무슨 재미로 따라가겠어요?"

"아니야. 밖에 나가서 논다는 게 일본 애들 상대로 전쟁놀이나 하고, 집에 와서 본다는 게 왜놈들 만화책 아닌가? 기껏 부른다는 노래도 일본 군가 아니면 창가 밖에 더 있어? 정말 걱정이야."

"여보, 지금 세상은 온통 일본사람 천지 아닌가요? 듣고 보는 게 일본 일색인데 우리 앤들 별 수 없잖아요."

"그래도 저 녀석은 좀 심한 것 같아. 집에 와서도 조선말은 할 생각조차 않으니……."

"제 딴엔 일본말 잘한다고 학교서 칭찬받고 국어 애용장(愛用章)을 받아 어깨에 붙이고 다니는데, 어찌 말립니까?"

"그렇지만……."

"그렇지만이 뭡니까? 우리 이웃이 일본사람 천진 데다 옆집에 고등계 형사가 이사 온 줄은 아시죠?"

"그야 알지."

"그러니까 말조심해야죠."

"원 세상에, 제 자식 앞에서까지 말조심해야 하다니……."

"그래도 어쩔 수 없잖아요? 애들이 일본 애들과 놀다 혹시 실수라도 하면……."

"설마 그럴 리가? 왜놈들 곧 망할 테니 두고 보라고."

"또 그런 소리, 제발 그런 말씀 마세요. 나는 당신 또 잡혀가는 꼴 못 보겠소."

"글쎄 두고 보라고, 놈들 얼마 남지 않았어. 내가 왜놈들 망하는 꼴을 꼭 보고 죽어야 할 텐데……."

"젊은 양반이 재수 없게 죽는다는 말씀은 왜 자꾸 하세요? 당신이 그런다고 일본이 망할 것 같아요? 어림없는 소리. 우리 자식들 생각해서 제발 조심 좀 하세요."

아버지 여명(餘命) 각오하신 듯

그때는 몰랐지만 내가 어렸을 무렵의 세상은 그러했다. 나라가 없으면 민족도 없고, 집안도 없고, 가정도 무너졌다. 식민지 백성으로 살아가는 운명은 그런 것이었다. 학교에서 일본말 잘한다고 칭찬받은 것이 집에서는 야단거리였고, 인간의 도리를 지키며 사는 삶의 끝은 죽음과 맞닿은 범꼬리 같은 것이었다. 잡고 있을 수도 놓을 수도 없는 혼돈과 어둠 같은……

지금 생각하면 그때 아버지는 그런 세상에서 사람이 살아가는 도리를 지키기 위해 애쓰신 것 같고, 그것을 지키다 못해 결국 자기 자신의 목숨과 맞바꾼 것은 아니었는지 모르겠다.

최근 ≪월간 조선≫에서 일제강점기 말기에 단파(短波)방송 사건으로 옥사(獄死)한 동아·조선일보 기자들의 옛 기록을 읽었다.

1938년 무렵부터 경성방송국 직원들이 해외에서 이승만·김구 씨가 보내는 <미국의 소리> 방송을 몰래 듣고 동아·조선일보의 전직 간부들에게 유포하다 1942년 12월 150여 명이 일본 경찰에 검거되었고, 그 가운데서 75명이 가혹한 고문과 중형(重刑)을 당한 사건이었다.

그 사건에서 뉴스 유포의 증거를 잡기 위해 일본 관헌의 잔혹한 검색과 고문이 가해졌고, 그 결과 동아·조선일보 기자 두 사람은 기어코 옥사(獄死)까지 당했던 것이다. 전직 동아일보 기자였던 아버지는 통영에 계셨지만, 그 사건과 무관할 리가 없었을 것이다.

일제강점기 독립운동, 곧 사상운동

또 나는 지난해 ≪월간 조선≫ 10월호를 읽고 일본인 변호사 후세다쓰지(布施辰治) 씨가 1928년 9월 동경을 중심으로 '관동대지진'이 발생하자 흥분한 일본 깡패들에게 학살당하는 조선 사람들을 구명(救命)하는 데 목숨을 걸고 앞장섰던 인도주의자였다는 사실을 알았다.

그가 조선문제에 남다른 관심을 갖고 변호를 담당한 것은 1919년 2월 8일 동경에서 거행된 조선청년독립단의 '2·8독립선언'과 이어서 조선 각지에서 벌어진 '3·1운동'을 보고 크게 의분을 느꼈기 때문이라고 한다.

그는 "조선인들은 일본 총독정치를 비판하거나 총독부의 정책을 시비하는 등 조선통치(統治)에 구애받고 있다. 하지만 현대는 세계 전체의 개조(改造)를 외치는 새 시대에 접어들었고, 조선문제도 이런 시대개조에 따라 해결되어야 한다."고 보았다. 그리하여 그는 식민지문제, 즉 조선문제도 계급(階級)해방을 통해 해결되어야 한다는 점을 강조하였다.

그가 말한 '신사조(新思潮)'란 지주와 자본가를 타도하여 농민과 노동자가 주체가 되는 새로운 사회를 추구할 공산주의적 계급해방(階級解放) 투쟁을 가리켰던 것이다. 이렇게 살펴볼 때 일제강점기에 우리 젊은이들이 품은 독립사상이란 곧 혁명사상이요, 사상운동이란 곧 독립운동으로 치부되기도 하였던 것이다.

아버지가 살다 가신 것이 바로 그 시대요, 1916년부터 일본 아사히신문에 <가난 이야기>를 연재하여 뜻있는 일본과 식민지 젊은이들을 감동케 한 칼 마르크스의 추종자 가와카미 교수가 한참 활약하던 때가 바로 그 시대였다.

뒤에 안 일이긴 하지만, 1920년대에 동경에 유학 중이던 통영출신 학생들이 7~80명에 달했다고 한다. 아마도 그들은 후세 변호사와 가와카미 교수의 사상(思想)에 많은 영향을 받았을 것이다.

그러나 어리고 무심했던 나는 틈만 나면 이웃에 사는 일본 애들을 찾아가 그들이 읽는 군국소년(軍國少年) 잡지와 만화책을 굶주리듯 탐독했다. 그 시절에는 그만한 책을 사는 것도 우리 처지로서는 어림없는 일이었다.

그처럼 철없던 나는 초등학교 졸업도 하기 전에, 먼저 우리 집안의 가장(家長)부터 되어야 했다.

2. 중학시절 고향에서 꾼 꿈

열두 살, 어린 상주(喪主)

아버지는 1943년 9월 한밤중에 세상을 떠나셨다. 향년 41세, 누가 봐도 애석한 나이가 아닐 수 없었다.

일본 잡지 ≪문예춘추≫에 의하면 동년 5월 12일 1만 1,000명의 미군이 알래스카 최서방의 아투 섬에 상륙하여 치열한 공방전을 벌였고, 동월 23일 일본군 2,400명이 전멸했다고 한다. 그 전투는 태평양전쟁에서 무적·무패를 자랑하던 일본군이 전멸한 첫 케이스였다.

일본의 식민지 치하에서 동아일보 기자로 그들 관헌(官憲)들의 감시 감독을 받아가며 많은 고초를 겪고 살았을 아버지는 아마도 그 소식을 듣지 못하신 채 돌아가셨을 것이다.

그때 어머니는 36세 청상이었고, 16세 누나를 필두로 3세 막내 여동생까지 우리 5남매는 어머니의 가냘픈 어깨에 주렁주렁 매달려 있었다.

평소에 우리는 아버지가 몸이 불편하신 줄은 알았다. 하지만 갑자기 돌아가실 만큼 중병(重病)을 앓고 계시다는 생각은 하지 못했었다.

어머니 36세 청상으로 남고

그전 어느 날 한밤중에 나는 아버지가 돌아가시는 꿈을 꿨다. 방정맞은 예감이었을까? 어린 마음에도 혹시나 싶어 은근히 걱정했던 것이다. 깜짝 놀라 어머니를 부르다 말고 눈을 뜬 나는 곁에서 곤히 잠드신 어머니를 보고서야 겨우 악몽임을 깨달았다. 온몸은 땀에 흠뻑 젖어 있었다.

아버지의 죽음을 지켜보던 날, 우리는 갑자기 들이닥친 엄청난 재앙 앞에 모두가 넋을 잃었다. 한 집안 가장의 별세는 남은 가족들에게 최대·최악의 비극이 아닐 수 없었다.

사람의 죽음이 어떤 것인지, 실감이 없던 우리는 통곡하시는 어머니 곁에서 불안한 눈길을 모았다.

그 순간, '이 많은 식구들을 남겨두고 아버지는 우리더러 어찌 살라고 훌훌 떠났을까?' 싶은 원망이 갑자기 솟았다. 모두가 묵묵히 슬픔에 잠겨 있던 그때 나는 자신도 모르게 엉뚱한 말을 불쑥 내뱉었다.

"엄마, 인제 우리는 어떻게 살지?"

그러자 어머니는 울던 울음을 뚝 그치고 단호하게 말씀하셨다.

"오냐, 걱정 마라. 태산이 무너져도 솟아날 구멍이 있다고 하지 않더냐? 설마 산 입에 거미줄이야 치겠느냐?"

그 순간, 어머니의 말씀이 얼마나 든든하고 믿음직스러웠는지 모른다. 그때 나는 어머니로부터 태산 같고 바위 같은 위엄과 신뢰감을 느꼈다. 그리고 어머니를 붙들고 하염없이 울었다.

그 울음은 아마도 아버지를 잃은 슬픔보다 온 세상에서 오직 한 분, 어머니께 매달릴 수밖에 없는 애비없는 자식의 애처로운 하소연이었을 것이다. 하지만 그때 어머니의 단언은 자식들에 대한 모성의 보호 본능이었을 뿐, 특별한 대책이 서 있었던 것은 아니었다.

한려수도

집안에 가장이 있어야 하고 자식들에게 아버지가 필요한 줄을 누구보다 잘 아셨을 아버지가, 그 역할을 남겨놓고 떠나면서 얼마나 불안하셨을까? 하지만 그때 나는 돌아가신 아버지의 심정을 헤아리기에 너무나 어려웠다. 하물며 어머니가 한 여인으로서 장차 겪어야 할 엄청난 고통과 고독은 짐작도 못했다.

그날부터 어머니는 우리 집안에서 아버지를 대신해 위엄과 보호를 상징하는 신앙의 대상이 되었다.

아버지 장례행렬에 앞장선 소년

아버지 장례식 날, 중앙동 정봉구 양복점에 설치된 분향소 앞 신작로에서 노제(路祭)를 마친 상여행렬은 무전동 화장터를 향했다. 나는 행렬 맨 앞에서 고인의 영정을 가슴에 안고 울면서 행진했다. 내 뒤에는 봉래극장의 전속 취주악대가 장송곡을 연주했고, 친구들께서 손수 만들어 멘 흰색 꽃상여의 멜빵 위에는 소복을 입은 기생이 올라서서 "이제 가면 언제 오나." 하며 애절한 상여가를 되풀이 불렀다.

장례행렬을 뒤따르던 문상객도, 길가에서 상여를 바라보던 시민들도 열두 살짜리 어린 상주를 보고 동정의 눈물을 많이 흘렸다고 한다.

아버지 없은 슬픔을 김현승의 시 <아버지의 마음>으로 대신해 본다.

바쁜 사람들도
굳센 사람들도
바람과 같던 사람들도
집에 돌아오면 아버지가 된다.

어린것들을 위하여

난로에 불을 피우고

그네에 작은 못을 박는 아버지가 된다.

저녁 바람에 문을 닫고

낙엽을 줍는 아버지가 된다.

세상이 시끄러우면

줄에 앉은 참새의 마음으로

아버지는 어린것들의 앞날을 생각한다.

어린것들은 아버지의 나라다. 아버지의 동포다.

아버지의 눈에는 눈물이 보이지 않으나

아버지가 마시는 술에는 항상

보이지 않는 눈물이 절반이다.

아버지는 가장 외로운 사람이다.

아버지는 비록 영웅이 될 수 있지만……

폭탄을 만드는 사람도

감옥을 지키는 사람도

술가게의 문을 닫는 사람도

집에 돌아오면 아버지가 된다.

아버지의 때는 항상 씻김을 받는다.

어린것들이 간직한 그 깨끗한 피로……

아버지의 외로움을 치유할 수 있는 것은 오로지 '어린것들의 순수한 피', 곧 자식의 올바른 성장과 순수함밖에 없다고 생각한다. 그처럼 나도 옛날 아버지가 베푸셨던 그 사랑, 그 희생에 대한 보답으로 과연 내 자식들에게 얼마나 베풀며 살아왔는지 모르겠다.

설마했던 아버지 죽음, 모두가 한탄

그 후 우리 집에는 한동안 손님들의 발길이 끊이지 않았다. 아버지가 살아 계셨을 때 주로 한밤중에 무엇인가 밀담(密談)을 나누시던 분들이었다. 지금은 거의 잊어버렸지만, 그 시절 엿들은 얘기 가운데 '김구, 장개석, 모택동, 상해임시정부' 등의 낱말들이 섞여 있었던 것 같고, 그럴 때마다 어머니는 내 귀를 손으로 틀어막고 서둘러 안방으로 끌고 가시곤 했다.

그러던 어느 날, 손님 한 분과 어머니가 나누시는 얘기를 엿들었다.

"고인께서 죽을 만큼 몸이 아팠다면 왜 우리에게 기별을 안 했어요?"

"애들 아버지가 앓아누우신 지 얼마 되지도 않았지만, 아프다는 내색을 별로 하지 않아 설마 그런 큰 병인 줄 몰랐죠. 약은 임금님 전의(典醫)를 지낸 오촌 댁 한약방에서 지어 주셨고요."

"양(洋)의사라도 좀 부르시지, 하필 한약방만……."

"고인께서 병원 의사는 한사코 싫다고 하셨고, 나도 설마 하고 생각했죠."

"결국 본인이 죽으려고 단단히 작정을 했었군. 우리가 왜놈에게 잡혀가면 신문기자라서 뒷일을 부탁하려고 각종 조직과 결사에서 고인 이름을 일부러 빼놓기까지 했는데……."

"저도 그 정도는 짐작하고 있었어요."

"앞으로 누가 경찰서나 헌병대에 드나들며 험한 일을 맡아 줄는지……."

2010년 4월 3일자 고향의 한산신문은 "일제강점기였던 1928년 3월 25일 봉래극장에서 신간회(新幹會) 통영지회 총회가 개최되어 의장에 이찬근 씨, 서기에 방정표·이봉진(李琫振) 양씨를 천거했다"는 기사를 보도했다.

그때 아버지는 새파랗게 젊은 동아일보 기자였다. 조선총독부 관리 자리를 박차고 동아일보 기자로 활동하던 시절이라 아마도 서기 일을 열성껏 잘 처리했을 것이다.

생전에 아버지는 자기가 한번 안 된다거나 해야 한다고 작정하신 일은 결코 물러서는 법이 없었다고 한다. 그것은 생활하는 데도 마찬가지였다. 아버지의 그런 강직함이 우리 집 살림을 더 궁핍으로 몰아갔다.

어쩌면 아버지는 일본 관헌과의 대립과 갈등에 견디다 못해, 동지들의 비밀을 지키고 처자식의 장래를 생각하신 끝에 적극적인 치료를 포기하신 것은 아니었을까? 자기가 살아 있으면 일본 관헌들의 모진 힐문(詰問)을 견뎌야 하고, 가족들도 그에 휩쓸려 고통을 당할 것을 두려워하셨는지 모른다.

그 대신 아버지의 생애는 우리 유족에게 귀중한 유산으로 남았다. 집안에 어려운 일이 닥치면 언제나 낯선 사람들이 찾아와 물심양면으로 많은 도움을 베풀어 주셨던 것이다. 살아생전에는 신념을 위해, 돌아가신 후에는 가족을 위해, 자기의 본분을 다하신 결과가 아니었나 싶다.

"내가 죽으면 너희들은 잘살 것"

어머니는 우리가 남의 도움을 받을 때마다 으레 네 아버지는 "내가 죽으면 대신 너희들은 잘살 것"이라고 말씀하셨다고 전했다. 나는 그때 그 말씀이 무슨 뜻인지 잘 알지 못했다. 고생하시는 어머니를 볼 때마다 우리 5남매를 남기고 돌아가신 아버지가 원망스럽기만 했다.

선친의 생전을 기억하시는 고향의 전혁림 화백을 만났을 때 뜻밖에 선친에 관한 얘기를 자세히 들을 수 있었다. 그분은 90대 고령답지 않게 몸가짐이 단단하고 기억력도 생생했다.

그분에 의하면, 선친은 신문기자로서 각종 사건 현장에는 빠진 일이 없었다고 한다. 기자 신분을 이용하여 경찰서나 헌병대 또는 검찰·법원을 찾아다니면서 동네일을 거들었고, 말년에는 불교청년회 회장직을 맡아 포교활동에도 종사했으며, 해마다 가을에는 신문지국 주최로 공설운동장에서 '시민 대운동회'를 주관하셨다고 한다.

또 선친은 문장력이 좋았고 글씨가 달필이어서 친구 집 초상이 나면 상가의 명정(銘旌)과 만장(挽章)을 도맡아 쓰셨다고 한다. 그래서 동네에 초상이 나면 타청·자청으로 달려가 만시(挽詩)·만사(挽詞)를 지어주고, 가난한 집에는 호주머니를 털어 만장을 만들어 주시기도 했다고 한다.

지금 내 손에는 결혼식 주례를 서신 선친 사진이 한 장 남아 있다. 일제강점기 때 어떻게 그런 예식이 거행될 수 있었는지, 그렇게 보면 선친은 온 동네의 애경사(哀慶事)에 빠짐없이 달려간, 고향의 마당발이 아니었던가 싶다.

조모님 원망, "금지옥엽 같은 내 자식을⋯⋯"

경향(京鄕) 친구들 주관으로 아버지 장례식이 끝나고 우리 집에 평온이 찾아온 어느 날, 거제도에서 조모님이 다녀가신 적이 있었다. 조모님은 항상 건장하고 품위가 있어 대갓집 부인다운 모습을 간직하고 계셨다.

그런데 우리 집에 머물 생각은 않고 안방에 놓인 장롱과 아버지가 쓰시던 물건들을 짐꾼 지게에 싣고 곧 돌아가시려 했다.

"어머니, 왜 이러십니까?"

"내 집안에 대대로 물려온 장롱과 내 자식이 쓰던 물건을 챙겨 가는데 뭣이 잘못되었냐?"

"아니 그게 무슨 말씀입니까? 이 집안엔 손자들이 살고 있지 않습니까? 제 애비가 쓰던 물건들을 가져가신다면……."

"가져가겠다면 어쩔 테냐? 너는 아직 젊으니까 개가(改嫁)해서 팔자를 고치면 될 게 아니냐?"

"누가 팔자를 고치겠다고 했으며, 장차 어린 이 자식들은 어쩌란 말씀입니까?"

"자식들이야 네가 못 키우겠다면 우리한테 보내면 될 게 아니냐?"

"그걸 말씀이라고 하세요? 애비 유품 아닌가요?"

"무슨 소리! 금지옥엽 같은 내 자식을 비명에 죽여 놓고 무슨 말이 그리 많으냐? 남편 잡아먹은 네 팔자 한탄이나 실컷 해라."

"세상천지에 남편 잡아먹는 여편네가 어디 있답디까?"

"잔소리 마라. 장티푸스가 죽을병이라더냐? 이 물건들은 내가 갖고 가서 자식 보듯 간수할 테니 딴말 마라."

전생에 원수가 자식으로 태어나

조모님은 그날 기어코 짐을 싣고 떠나셨다. 힘이 부친 어머니는 나를 안고 통곡하셨고…….

"엄마, 할머니는 왜 그래?"

"네 아버지가 젊었을 때 얌전하게 관청에 다녔으면 집안에 재산 많았겠다 걱정
없이 잘 살았을 텐데……. 괜히 서울 유학 간다고 돈을 들고 나가고, 농촌 계몽
운동 한다고 논밭을 팔고……. 그것뿐이겠니? 신문기자 노릇만 한 게 아니라 온
동네일을 도맡다시피 하면서 시도 때도 없이 유치장까지 들락거렸으니, 그동안
내가 겪은 고생을 어찌 말로 다할까……."

"그래서 조모님 미움을 잔뜩 사셨네요?"

"그래. 돌아가셨으니 말이지만, 네 아버지가 만약 오래 사셨다면 우리 집은 아
예 패가망신하고 말았을 거야."

"그건 또 무슨 말씀이에요?"

"잘은 모르지만 사상범으로 몰려 헌병대에 끌려갔을지 모른다 그 말이다."

"할머니는 그런 사정도 모르고 엄마만……."

그 후 조모님은 종손(宗孫)인 나를 보러 이따금 다녀가셨다. 하지만 '아들 잡
아먹은 팔자 센 며느리'라는 원망과 증오감은 끝내 풀지 않으셨다. 그리하여 시
어머니마저 돌아선 세상에서 고독한 어머니의 고난은 시작되었던 것이다.

열셋에 시작, 인생 반항

사주팔자, 관록(官祿)에 역마살까지

장례식이 끝난 후 찾아오신 손님들 가운데는 선친의 유골(遺骨)을 모신 용화
사 주지스님도 계셨다. 그분은 불교청년회 회장을 맡았던 선친과 절친한 사이였
다. 그날은 유족을 위문할 겸 내 사주팔자를 챙겨 보고 그 결과를 전하러 온 길

이었다.

　잠시라도 집에 있으면 큰 탈이라도 날듯 쏘다니던 내가 어쩐 일인지 그날은 집에 머물러 있었다.

　"어린 자식들 데리고 고생 많으십니다."

　"고인 친구들께서 조위금(弔慰金)을 많이 모아 주셔서 아직은 잘 지냅니다만……."

　"설마 살길이야 없겠습니까? 고인께서 생전에 좋은 일을 많이 하셨으니까요."

　"감사합니다."

　"오늘은 큰아드님 사주팔자 본 걸 갖고 왔습니다."

　"어째 사람구실이라도 할는지……."

　"네, 사주가 아주 좋습니다. 역마(驛馬)살이 끼어서 8도를 돌아다니면서 객지생활은 하겠지만, 관운(官運)이 좋아 큰 벼슬도 하겠고, 또 인덕(人德)이 있어 남의 도움도 많이 받겠습니다. 녹(祿)이 있어 평생 밥걱정은 없겠고, 목숨이 길고 자손도 많겠네요."

　"아, 그렇습니까? 제 애비는 사람노릇 하나 제대로 못할까봐 걱정이 많았는데……."

　"그런 걱정은 안 해도 될 것 같습니다. 옛말에 타고난 팔자는 아무도 못 바꾼다지 않습니까?"

　"사주가 좋다니 힘이 나네요. 하지만 사주에 좋은 것만 있는 건 아닐 텐데……."

　"그야 그렇지요. 다 좋기는 한데 늘그막에 재운(財運)이 없네요. 재운이란 노년에 가서는 조강지처를 가리키는 말인데……."

"제가 잘되면 그만이지, 설마 처자식한테 박대야 받겠습니까?"

"그야 그렇겠지요만……."

그런데 지나고 보니 60여 년 전 그때 그 스님 말씀이 어쩌면 그렇게 신통하게도 잘 맞는지, 특히 재운이 없을 것이라던 말씀은 놀랍기만 하다.

당시에 이르기까지 나는 기차나 여객선을 타본 적이 없었다. 객지로 나가본 적도 없었다. 그래서 역마살이니 벼슬길 또는 객지살이니 하는 두 분 얘기를 듣고도 나는 "별말씀을 다 하신다." 싶었을 뿐이다.

초교 교장 동정심, 군청에 취직

그 시절 태평양전쟁은 급박한 국면을 맞고 있었다. 1944년 10월 미군은 레이데 섬을 덮쳤고, 이듬해는 필리핀 본토에 상륙했다. 동년 2월에는 이오시마 섬에, 4월에는 오키나와 섬에 상륙하여 시시각각 일본 본토를 위협하기 시작했다. 그리고 3월 10일에는 도쿄에 미군의 무차별 대폭격이 가해져 일본의 운명은 바람 앞의 등불처럼 위태롭기 그지없었다.

하지만 우리 모두는 일본의 필승(必勝)을 철석같이 믿고 있었을 뿐, 그런 전황(戰況)은 상상조차 못했다.

그런 세월 속에서 초등학교 졸업을 3~4개월 앞둔 어느 날, 나는 강부곤 담임 선생님 인솔로 낯선 교장실로 들어갔다. 그때는 몰랐지만 교장은 일본인 다나카 키요시 씨였다고 한다.

"이 군, 자네 아버지는 우리가 존경해 마지않던 분이네. 자네는 아버지가 평생을 어떻게 사신 어른인지 잘 알고 있겠지?"

교장선생님 말씀이었다.

그 순간 나는 눈시울이 뜨거웠다. 선친의 생애가 어떠했는지 알 수는 없었지만, 남들이 아버지 얘기만 꺼내면 왠지 모르게 슬픔이 북받쳤던 것이다.

"아버지가 살아 계시다면 중학에 갈 수 있겠지만 안 계시니 아무래도 어렵겠네. 자네 졸업장은 학교서 따로 주기로 했네. 군청에 일자리를 하나 부탁했으니 가서 열심히 일하고 어머니를 잘 도와 드리게."

"네?"

'아버지가 계실 때는 남들이 쉽게 못 가는 유치원도 다녔는데 이제는 중학교를 못 가다니' 싶었다. 하지만 어쩔 수 없었다.

지금 생각해 보면 아버지는 일본 관헌들이 싫어한 조선인 신문기자여서 일종의 기피인물이었을 것이다. 그런데 어째서 일본인 교장이 나를 배려해 주었을까. 지금 생각해도 참으로 신기한 일이다.

그날 집에 돌아와 어머니께 교장선생님 말씀을 전했다.

"어린 네가 소학교 졸업도 못하고 일하러 가야 하다니……."

"엄마, 군청서 내가 할 건 뭔데?"

"글쎄, 나도 잘 모르겠다. 어쨌든 네 아버지를 아는 선생님들께서 맘먹고 걱정해 주신 건데 싫다고 할 수도 없고……."

어머니는 눈시울을 적시며 애처롭게 나를 쳐다보셨고, 나는 아버지가 안 계신 집안에서 내가 해야 할 몫이 무엇인가를 짐작했다. 그리고 마음속으로 '아버지'를 한없이 불렀다. 그리하여 나는 초등학교를 마치기도 전에 어린 일꾼이 되었던 것이다.

찬물에 걸레 빨며 울던 시절
아침 일찍 출근하여 넓은 사무실의 쓰레기통을 비우고, 책상과 의자를 걸레질

하고, 큰 주전자에 물을 담아다가 석탄난로 위에 얹었다. 낮에는 서류며 담배·차 심부름에다 등사판으로 원지를 등사해 면사무소로 공문(公文)을 발송했다. 일과는 매일매일이 고달팠다. 심부름을 위해 배운 자전거 때문에 무릎과 팔목을 긁힌 적도 한두 번이 아니었다.

동생 철건이는, 그때 내가 자전거를 태워준다고 앉혔다가 비탈길에 넘어져 뒤통수에 입힌 상처를 지금도 기억한다. 아버지가 안 계신 집안에서 제법 형 노릇 한답시고 내가 저지른 일종의 사고였다.

그 일을 시작한 것은 겨울이었다. 찬물에 걸레를 빨고, 자전거로 우체국을 왕래하고, 청사 주변을 비질하는 동안 내 손은 빨갛게 얼어붙고 손등이 터져 피가 났다. 그 모습을 본 어머니는 내 손을 어루만지며 눈물을 글썽이셨다.

"이놈아, 늦잠 때문에 학교 지각을 예사로 하던 네가, 찬물로는 세수 안 하겠다고 앙탈하던 네가, 이게 무슨 고생이냐?"

"괜찮아 엄마, 아버지가 안 계신데 어쩔 수 없잖아?"

"네가 안 벌어도 먹고살 걱정은 없는데……."

친구 부친, 도시락 심부름까지

그때 군청에는 같은 처지의 청년들이 4~5명 있었다. 그들은 나이가 20세 전후였고 키도 몸집도 컸다. 그 가운데서 신임주(申壬周)라는 급사는 어린 나를 친동생처럼 아껴 주고 힘든 일을 대신 해주기도 했다. 그들은 하루속히 급사 신분을 모면하고 말석 자리라도 군청의 정식 직원이 되는 것이 간절한 꿈이었다.

"너도 보통문관시험 통신 강의록을 받아서 공부 좀 해 봐라. 평생 이 짓만 할 수야 없잖니?"

"통신 강의록이라니요?"

"정식 관리가 되는 시험공부 책인데, 일본 동경에 돈을 보내면 매달 공부할 책들을 보내준단다."

"하지만 나는 학교 공부를 잘 못해서 그럴 재목이 못 되는데……."

나의 직속상관이던 농사과장은 지금으로 말하면 주사급이었고, 나의 초등학교 때 같은 반 친구 아버지였다. 그런데 그분은 퇴근시간만 되면 꼭 나를 불러, 빈 도시락을 갖고 가게 했다.

"야, 이거 네 아버지 벤또다."

"어라, 네가 어째서 우리 아버지 벤또바꼬를 들고 왔니?"

"응, 요즘 군청에 다니거든."

"아 그래? 그럼 너 군청 큐지(給仕)가 되었단 말이냐?"

"?"

그 후 그 집으로 가면 그 친구는 다른 친구들과 어울리다가도 곧잘 나를 놀렸다.

"큐지 왔어? 애들아, 쟤가 우리 아버지 밑에서 일한단다."

나는 군청에서 겪는 고통은 어떤 것이라도 이겨낼 자신이 있었다. 하지만 그 친구가 장난삼아 던지는 모욕적인 말은 도저히 참을 수가 없었다. 그런 창피를 당한 날 저녁때면 집 뒤뜰에 웅크리고 앉아 많이 울었다.

'왜 나는 아버지가 안 계셔서 이런 모욕까지 당해야 하는가.' 싶어 아버지가 한없이 원망스러웠다.

선친이 돌아가셨을 때만 해도 나는 '어머니만 계시다면 세상에 부러울 것도 아쉬울 것도 없다.'고 생각했다. 하지만 나이를 먹고 철이 들자 아버지의 존재가 점점 부각되기 시작했던 것이다.

그 이듬해 봄. 그 과장 아들이 중학생이 되어 일본식 군장(軍裝)을 차려입은 모습을 본 나는, 자존심이 상해 견딜 수가 없었다.

그래서 "아무리 급사라도 군청에서 월급 받는 직원인데, 과장님의 개인 머슴처럼 도시락 심부름까지 해야 합니까?"라고 말하고 사표를 던졌다.

자존심 지키려 급사 자리 박차

내가 군청을 박차고 나와 생애 처음으로 반항을 감행했던 1944년은 독일·이탈리아·일본 등 삼국동맹군의 전세(戰勢)가 연합군에 의해 자꾸 밀리던 때였다.

4월에는 독일이 오데사에서 철수했고, 5월에는 체코슬로바키아가 소련군에 의해 해방되었으며, 6월에는 연합군이 노르망디 상륙작전에 성공했다.

태평양에서도 5월에는 자야푸라 섬이 미군에 함락되었고, 6월에는 마리아나 제도의 공방전에서 미군이 승리했으며, 7월에는 사이판 섬이 함락되고 말았다. 그리고 8월 6일에는 일본 히로시마에, 9일에는 나가사키에 원자폭탄이 투하되었고, 소련군의 만주 침공을 계기로 8월 15일 일본군은 드디어 무조건 항복하고 말았다.

일본의 패전이 그처럼 눈앞에 다가왔을 때였는데도 우리 농민들에게 군량미 공출(供出)을 독려하던 군청의 한국인 과장은 전세(戰勢)도 모른 채 같은 동포요, 아들 친구인 나를 그처럼 혹사했던 것이다.

그날 밤 집에 돌아와 하소연하는 나에게 어머니는 단 한마디 "잘했다."고만 말씀하셨다.

그때 내게 만약 그 같은 굴욕감을 극복할 오기가 없었다면, 나는 그 생활을 영영 청산하지 못했을 것이다. 그리고 그 후에 있을 중학 진학도 꿈꾸지 못했을 것이다. 어찌 보면 그때 느낀 그 반항심은 선친께서 물려주신 강직한 기질이었고, 내 삶에 크나큰 전환점이자 힘차게 자립할 정신적 밑거름이 되었다고 볼 수 있다.

그 후 해저터널을 건너 20리 길을 걸어 중학교로 통학하게 되었을 때 나는 옛 군청건물 앞을 지나다녔다. 하지만 급사로 근무했던 때의 쓰라린 기억이 싫어서 그 건물은 끝내 쳐다보지 않았다. 그 건물은 문화재청에 의해 최근 지방문화재로 지정되었다고 한다. 그곳에 담긴 나의 옛 추억을 누가 알 것인가?

독서, 내 성공의 원점

해방의 감격, 일제(日帝)교육 물거품

1945년 8월 15일, 우리나라는 드디어 해방되었다. 일본 총독부가 선전, 선동하는 베이에이게키메쓰(米英擊滅), 신코쿠닛뽄(神國日本)의 필승을 굳게 믿고 살아온 나는 해방이라는 현실을 당장 받아들이기가 어려웠다.

하지만 그것도 잠깐, 온 동네 사람들이 골목골목에서 신작로로 쏟아져 나오고 손에 손에 태극기를 흔들며 "대한독립 만세!"를 외치자 나도 모르게 그 뒤를 따랐다. 그리고 어디서 들었는지 "소련 속지 마라. 미국 믿지 마라. 일본 일어난다. 조선 조심해라."라고 우리말로 외치며 동무들과 온 동네를 신바람 나게 싸돌아다녔다.

민족의식까지야 깨닫지 못했어도 '피는 물보다 진하다.'는 말처럼, 진실을 알게 되자 오랫동안 철저하게 세뇌당한 일제(日帝)의 식민지 교육도 하루아침에 먼지처럼 날아가 버리고 아버지가 생전에 나더러 "왜놈새끼 다 됐다."고 한탄하시던 심정을 비로소 이해할 수 있었다.

8·15해방을 두고 조선일보(2008. 6. 13일자)는 '사진으로 본 건국 60년'에서 "그날의 의미는 주권(主權)을 상실했던 한민족이 다시 국가를 건립했다는 데에 그치지 않는다. 수천 년 동안 왕조(王朝)가 이어진 뒤 식민(植民)지배까지 받았던 우리 민족이 비로소 자유·보통선거와 복수 정당제에 토대를 둔 의회민주주의의 역사를 시작하게 되었다는 것을 의미한다."라고 평가했다.

당시 서울에서는 조선 공산당 계열의 건국준비위원회와 상해임시정부를 옹호하는 우익(右翼)세력이 건국(建國)의 주도권을 놓고 대립하고 있었다. 하지만 나는 그런 정국의 동향을 알 까닭도 관심도 없었다.

그 무렵 우리 이웃에서는 새벽에 혹은 초저녁에 조용히 동네를 빠져나가는 일본사람들 무리가 눈에 띄었다. 젊은 여자들은 머리를 빡빡 깎고 환자처럼 업혀 가기도 했다. 아마도 우리 동포들로부터 보복을 당하는 것이 두려워 인적이 드문 그 시간에 도망치듯 떠났을 것이다.

그 후 동네에서는 일본사람들이 살던 적산(敵産)가옥을 차지하기 위한 이웃사람들의 시비가 끊이지 않았다. 우리 이웃에는 일본인들이 살던 빈 집이 많았고, 그 싸움에 다른 동네사람들까지 끼어들어 밤낮없이 소란스러웠다. 하지만 어머니는 그 소란들을 못마땅하게 여길 뿐, 끼어들 생각은 하지 않았다.

그때 일본사람들이 운영하던 어장, 상점, 공장, 양조장 등에서 일하던 한국사람들은 헐값으로 그곳을 차지해 하루아침에 팔자를 고친 경우가 많았다.

난전서 만난 일본책 《경제학전집》

해방 후 신작로 길가에서는 한동안 초저녁마다 난전(亂廛)이 벌어지고 있었다. 일본사람들이 두고 간 가구며 옷가지, 일용품, 악기류, 장난감 등 여러 가지 잡 동사니들이 널려 있었다. 그 가운데는 무게만 나갈 뿐 팔리지 않는 두툼한 책들 이 많았다.

누가 시킨 것도 아닌데 나는 그 책들에 관심이 쏠렸다. 그래서 군청에서 받은 월 급에다 어머니가 주신 용돈을 보태 전집류(全集類)와 단행본(單行本)들을 많이 사 모았다. 평소 용돈에 인색하던 어머니가 책을 사겠다는 내 말에는 한마디의 군소리 도 없으셨다. 중학 진학을 못한 아들에 대한 연민의 정이 작용했을 것이다.

전집으로는 일본 카이조사(社)의 경제학전집(經濟學全集) 50여 권을 비롯해 세계문학전집(世界文學全集), 일본문학전집(日本文學全集) 등이 있었다.

한문 섞인 일본책, 내 지식의 원천

단행본으로는 쓰루미·유스케의 《어머니》, 헤르만 헤세의 《데미안》, 기쿠치 칸의 《제2의 키스》, 《꿈이 아닌 사랑》 등이 있었다. 그때 내 나이는 13세, 사 춘기는 아직 멀었지만 그 소설들은 나의 흥미와 관심을 끌기에 충분했다.

지금 생각해 보면 그때 그 명작들은 내게 슬픔과 기쁨을, 사랑과 이별을, 좌절 과 희망을, 고독과 행복을 가르쳐 준 인생의 길잡이였다.

그때 사 모은 《경제학 전집》 안에는 《경제학전사(經濟學前史)》, 《경제학대 강(經濟學大綱)》, 《조선사회경제사(朝鮮社會經濟史)》, 《극동(極東)에 있어서 의 제국주의(帝國主義)》 등 50여 권의 책들이 들어 있었다. 주로 칼 마르크스 계 통의 책으로 훗날 나를 경제 전문가로 만드는 데 결정적인 도움을 준 책들이다.

그때 내가 취한 행동은 지금 생각해도 약간 의아스럽기는 하다. 난장에 펼쳐진 물건들 속에는 내 또래 소년이라면 으레 탐낼 법한 물건들이 사방에 널려 있었다. 그런데 어찌하여 나는 그런 것들은 다 제쳐 두고 하필이면 알지도 못하는 어려운 일본책들을 사 모았을까?

덤벙대던 소년의 순간적인 허영심이었을까? 아니면 그 안에 무엇인가 값진 것이 있을 것 같은 지적(知的) 호기심이 작용했던 것일까? 나는 그 책들을 벽에 쌓아놓고 마음이 무척 뿌듯했던 기억이 난다.

안광(眼光)이 지배(紙背)를 철(徹)하다

군청을 그만두고 중학교 진학을 못한 나는 여러 가지 책을 들추는 데 대부분의 시간을 소비했다. 처음에는 그 속에 무엇이 들어 있나 싶은 호기심에서 시작했다가 어느덧 책들이 파놓은 늪 속으로 빠져들었다.

연애소설에서 시작된 일본책의 독서열(讀書熱)과 독파력(讀破力)은 시간이 흐를수록 속도가 붙어 탐정·모험·엽기·의협소설에 이르기까지 굶주리듯 읽었다.

물론 그 책 속에는 한문이 섞여 있었다. 하지만 그 한문에는 일본어인 가타카나로 토가 달려 있었다. 의미를 완전히 파악하진 못했어도 읽는 데 큰 불편은 없었다. 한자는 표의문자(表意文字)라서 보기만 해도 그 뜻을 대강 짐작할 수 있었다.

나는 초등학교 시절 이웃에 살던 일본애들로부터 일본만화책들을 많이 빌려 읽었다. 만화책에는 한문이 섞여 있어 그 실력이 해방 후 일본책을 읽는 데 결정적인 도움이 되었다. 일본놈이 다 되었다고 아버지로부터 꾸중 듣던 일본어 실력이 내 평생을 통해 큰 힘이 되었던 것이다.

재미있는 오락이나 즐길 물건들이 지천에 널린 요즘 젊은이들은 아마도 내 말을 이해하기가 어려울 것이다. 하지만 그 시절 우리 또래 소년들의 놀이터는 골목과 바다밖에 없었다. 특히 나는 겨울이 되면 연날리기를 무척 좋아했다. 그 시대에는 창호지가 귀해 가문(家門)의 족보를 뜯어 연을 만들다가 혼찌검을 당한 일도 있었다.

"나쁜 놈, 아무리 연 띄우기에 미쳤기로 족보를 뜯다니!"

그때 어머니의 그 노여움은 지금도 창피스럽고 면목 없다. 그런 내가 읽을거리로 일본책들을 사 모았으니 참으로 다행스러운 일이 아닐 수 없었다.

책 속에는 외우고 익혀야 하는 어려운 내용만이 아니라 재미와 즐거움이 가득했다. 이해하지 못해도 좋았고 알아보지 못해도 행복했다. 책을 읽는다는 독서 행위 자체를 나는 몹시 즐겼던 것이다.

일찍 아버지를 여의고 편모슬하에서 자란 내가 도덕적으로나 정서적으로 올바르게 성장할 수 있었던 것은, 그때 그 책들을 읽은 덕택이라고 확신한다. 또 그때 익힌 한문과 일본말은 훗날 내가 대학에서 경제학과로 전과하고 고등고시 공부를 할 때, 그리고 대학교수가 되어 경제학을 연구·강의할 때 그야말로 결정적인 도움이 되었다.

만약 내가 일찍부터 일본어를 깨치지 못하고 한문을 익히지 못했다면, 오늘의 나는 결코 존재할 수 없었을 것이다.

한국어문학회의 기고문에 의하면 우리 민족은 한글이 만들어지기 전까지 천 년 동안 한문(漢文)을 써왔고, 지금 우리말 어휘의 70%는 한자로 구성되어 있다고 한다. 예컨대 사대(師大)·사대(私大)·사대(事大) 등의 한자말을 한글로만 표시할 경우 그 뜻을 어떻게 구분할 수 있겠는가?

한려수도

독서가 내 성공의 길

토크쇼의 여왕 오프라 윈프리는 현재 미국에서 가장 영향력 있는 연예인이고 연간 1,500억 원 이상의 수입을 올리는, '타임'지가 선정한 20세기 인물 100명 중 한 사람이다. 그녀에게 "당신이 성공한 힘의 원천은 무엇인가?" 물었더니 "나를 이렇게 만든 것은 독서"라고 대답했다고 한다. 번뜩이는 예지와 재치, 수준 높은 교양으로 가득 찬 '오프라 윈프리 쇼'는 바로 독서의 결과였던 것이다.

하기야 독서의 중요성은 성현들이 일찍부터 설파한 바 있어 새삼 강조할 필요는 없을 것이다. 옛말에 온고이지신(溫故而知新), 즉 '옛것을 익혀 새것을 안다.'고 하지 않았던가!

아버지 음덕(陰德), 어머니 '미곡상'

시영(市營)점포 얻어 미곡상 시작

다시 옛 얘기로 돌아가자. 해방된 해의 9월, 우리 고향 통영에도 미군 장교가 군정(軍政) 읍장(邑長)으로 부임했고, 부읍장에는 아버지를 따르던 후배 이대인(李大仁) 씨가 임명되었다.

어느 날 이대인 씨가 우리 집을 찾아오셨다. 그분은 어머니의 난감한 처지를 들으시고, 중앙시장 안에 있는 시영점포 한 칸을 마련해 주셨다. 바깥세상을 모른 채 살아오신 어머니에게 뭇사람이 오가는 낯선 장터에서 손님을 대해야 하는 장사는 몹시 부끄럽고 불안했을 것이다.

하지만 지금 와서 생각하면 그것은 분명, 우리 가족에게 너무나 큰 행운이요,

축복이었다. 그때 또 하나 행운이 겹쳤다.

그것은 부읍장을 비롯한 고향 유지들께서 멸치잡이 수산업자들에게 유족돕기 운동의 일환으로, 우리 점포에서 어장용 식량을 사주도록 일종의 캠페인을 벌였던 것이다.

그래서 어머니의 미곡상(米穀商)은 순조롭게 시작되었고, 그것으로 우리 식구들은 걱정 없이 생계를 이어갈 수 있었다. 그것은 한갓 행운이라기보다 생전에 아버지가 쌓으신 유덕(遺德) 덕분이었다.

하지만 당시에 이르기까지 나는 고향 어른들의 배려를 고마워하면서도 아버지가 남기신 유덕이 무엇인지 잘 알지는 못했다.

전쟁 말기에 조선총독부는 사람들을 동원해 육지와 섬들의 소나무를 목탄용으로, 그 뿌리를 착유용으로 수없이 뽑아갔다. 그리고 해방 후 사회혼란을 틈탄 남벌(濫伐)로 산들은 거의 벌거숭이였다. 그 결과 육지로부터 흘러들어가던 자양분이 줄고 게다가 남발된 어장 허가, 심지어 광산용 다이너마이트를 사용한 남획(濫獲)까지 겹쳐 통영 연안의 어장들은 차차 쇠퇴해갔다.

하지만 그런 악조건 속에서도 어머니의 억척같은 노력으로 가게는 꾸준히 번창할 수 있었다. 아마도 그것은 포목상 집 딸로 자라면서 몸에 밴 장사솜씨가 살아났고, 사고무친인 집안에서 '나 아니면 누가 자식들을 키울 것인가?'라는 절체절명의 모성애가 발휘되었기 때문일 것이다.

만약 어머니가 미곡상을 운영할 수 없었다면 우리 가족은 어떻게 되었을까? 생각하면 할수록 그 가업(家業)은 선친의 고마우신 유덕이 아닐 수 없다.

한려수도

어머니 돈 훔치다 혼나고

중학 입학을 못한 나는, 어리석게도 '근엄하신 아버지가 안 계셔서 속 편하다.' 싶었고, 간섭하는 사람 없는 집안에서 일본소설을 읽거나 만화를 그리거나 만사가 마음대로였다. 밖으로 나가서는 또래 꼬마들과 어울려 여름이면 바닷가로 달려가고 겨울이면 연날리기에 정신이 팔려 온 동네를 휘젓고 다녔다.

우리 집 살림은 차차 안정되어 겨울이면 대구 수십 마리를 추녀에 매달 수 있었고 정월 대보름날이면 동리 농악대를 불러 액땜하느라 온 집안을 요란스레 휘저어 놓기도 했다.

하지만 사람 사는 목적이 꼭 밥 먹기만을 위한 것일까? 생활이 안정된다 싶으면 뒤따라 샛바람이 부는 것은 어쩔 수 없는 세상사가 아닌가? 쉽게 말해서 호랑이 없는 산에 토끼가 왕 노릇하듯 내가 기어코 사고를 치고 만 것이다.

그 시절 내 또래 애들의 최대 관심사는, 개를 의인화(擬人化)한 '노루꾸라 2등병'이 일본 군대에서 겪는 병영생활을 연재한 월간잡지 ≪쇼넨쿠라부(少年俱樂部)≫였다. 그 잡지는 일본소년이면 누구나 읽지 않고는 배길 수 없을 만큼 대단한 인기잡지였다. 그가 언제 진급할 것인지, 어떻게 상관의 왕따를 당해낼 것인지, 그런 것들이 일본애들을 포함한 온 동리 애들의 큰 관심사였다.

그러던 어느 날 나는 하굣길에 책방에 들렀다가 그 책이 나온 것을 보고 흥분했다. 그 순간 이웃 친구들, 특히 일본애들도 미처 알기 전이라 어떻게든 그 책을 사다가 마음껏 자랑하고 싶은 충동이 당장 내 양심을 마비시켰다.

곧장 집으로 달려간 나는 장롱을 뒤져 어머니 돈을 훔쳐 서슴없이 만화책을 샀고 남은 돈은 '모리나가 캐러멜'을 사 먹는 데 써 버렸다.

만화책과 캐러멜은 동네 애들 앞에서 나를 잠깐 동안 영웅으로 만들었다. 하지만 절도행각이 드러난 후 내가 겪은 비참한 신세는 지금 생각해도 끔찍하다.

그 일을 저지르고 불안을 느낀 나는 이모 집으로 도망가 있었다. 하지만 나의 도피 행각이 오래 갈 리가 없었다.

"네 이놈!"

어머니의 불호령과 함께 주먹이 사정없이 날아들었고, 이모 집 일꾼들이 깜짝 놀랄 정도로 야단법석이 벌어지고 말았다.

"어쩌자고 도둑질을 했냐, 응?"

나는 대답은커녕 울음부터 터뜨렸다.

"애들이 먹는 과자가 하도 먹고 싶어서……."

"이놈아 그렇다면 먹고 싶다고 정정당당하게 말해야지, 그렇다고 에미 몰래 도둑질을 해?"

"엄마가 언제 용돈 한번 줬어?"

혹시나 싶어 대꾸를 했지만 발뺌할 상황은 아니었다.

"네가 훔친 돈이 과자 값뿐이더냐?"

"잘못했어요. 만화책이 보고 싶고 캐러멜도 먹고 싶어서……. 친구들 앞에서 자랑 한 번 한다는 게 그만……."

"그만? 잘했다, 이 나쁜 놈아!"

"?"

"안 될 나무는 떡잎부터 안다고 했다. 네 애비도 생전에 네놈이 사람 안 될 거라고 얼마나 걱정했는지 모른다. 잘한다, 이놈. 어린놈이 감히 이 에미 눈을 속이다니."

"?"

"소년과부 만사가 허사라던데……"

"소년과부 하는 짓은 만사가 허사(虛事)라던대, 네놈이 도둑질을 다 하고……. 이놈아, 너 죽고 나 죽자. 너 죽고 나 죽어!"

어머니의 매질은 사정없었고 아예 사생결단을 낼 기세였다.

"아이고, 애비 없는 불쌍한 자식을, 중학교도 못 갔는데……."

이모님이 나를 겨우 도망치게 해 준 것은 어머니가 대성통곡하며 기진맥진한 뒤였다.

그 일이 얼마나 큰 충격을 주었던지, 그 이후로 나는 '어머니를 울리는 짓은 큰 불효(不孝)'로, '돈을 훔치는 짓은 사람이 해서는 안 될 가장 나쁜 범죄'로 여기게 되었다.

그다음 날부터 나는 새벽마다 어머니를 따라 시장 내 점방으로 나가 덩치 큰 덧문을 열고 무거운 쌀 궤짝을 옮겼다. 초저녁에는 어머니가 번 돈을 가마니에 넣어 어깨에 둘러메고 집으로 돌아왔다. 어린 마음에도 어떻게든 죗값을 치르고 싶었다. 나를 때리고 우시던 어머니 모습이 내 가슴을 너무나 아프게 했던 것이다.

그때는 화폐 가치가 폭락하던 때여서 쌀 판 돈을 담은 가마니는 몹시 무거웠다. 높은 지대에 있던 우리 집까지 가마니를 옮기는데 땀을 뻘뻘 흘려야 했다. 저녁 식사가 끝나면 우리 모자는 마주앉아 구겨진 지폐를 펴고 100장씩 묶는 일로 매일 밤 고역을 치러야 했다.

어머니는 돈 훔친 전력이 있는 나를 그래도 자식이라 믿고 그 일을 맡겨 주셨다. 나는 그 신뢰에 보답하기 위해 지폐 한 장도 감출 생각은 아예 하지 않았다.

자식 속죄(贖罪)에 어머니 감격

하지만 어머니의 일은 그것으로 끝나지 않았다. 어머니는 밤늦게까지 조그만 수첩에 깨알처럼 무엇인가를 열심히 적고 있었다. 수많은 외상값 계산이었다.

"엄마, 외상값이 왜 그렇게 많아?"

"요즘 살기가 어려워서 그런지, 말로 사는 사람보다 됫박으로 사가는 사람이 더 많단다."

"낮에 준 외상값을 어떻게 일일이 다 기억해? 그중에는 떼먹는 사람도 있겠네."

"있고 말고. 잊어버린 사람이 제 발로 갖다 주기도 하고, 아예 떼먹는 사람도 있지."

"그럼 어떻게 해?"

"오죽 답답하면 몇 푼 안 되는 쌀값을 떼먹겠냐. 우리가 잘사는 것은 동네 인심(人心) 덕인데 적선(積善)이란 따로 없다. 절에 가서 시주하고 교회 가서 연봇돈 많이 내야 꼭 복(福) 받는 게 아닐 거야. 받지 못할 줄 뻔히 알면서도 외상을 주는, 그것도 일종의 적선이 아니겠냐?"

"그래도……."

"두고 봐라. '소금 먹은 놈이 물켠다.'는 옛말이 있다. 내 이 조그마한 적선이 너희들 장래에 혹시 복이 되어 돌아올지 누가 알겠느냐? 세상을 살다 보면 몰라서 속기도 하고, 알면서 속아줘야 하는 경우도 있는 거야. 알겠니?"

평생 다짐 "황금 보기를 돌같이"

나는 평생 돈내기 화투나 카드놀이에 손대지 않았다. 그 흔한 술내기 당구도 치지 않았고 돈내기 장기나 바둑도 두지 않았다. 그때 나는 호기심 많은 나이여서 어머니 돈을 얼마든지 슬쩍할 수 있었다. 하지만 한 번 훔치다 들킨 죄책감과 수치심이 너무나 컸기에 그런 생각은 아예 단념했던 것이다.

그 버릇은 지금도 여전해 용돈 외에 돈을 따로 챙긴 일은 거의 없다. 그 허점이 첫 아내의 방종심(放縱心)을 조장해 늘그막에 화란을 몰고 올 줄이야 어찌 짐작인들 했을 것인가?

아버지 유덕(遺德), 지각 중학생

바다와 하늘 색깔이 구별되지 않던 1945년 초가을 어느 날이었다. 나는 그날도 평소처럼 동네 개구쟁이들과 어울려 사방을 쏘다니며 정신없이 뛰놀고 있었다.

그런데 당연히 시장에 계셔야 할 어머니가 한낮인데 나를 찾았다. 의아하게 생각하는 나더러 무작정 "중학교로 가자."고 재촉하시는 게 아닌가.

우리 고향에는 해방되기 5년 전에야 한 학급짜리 6년제 남녀 중학교가 하나씩 생겼다. 학생 수의 절반은 일본인이었고, 나머지가 한국사람이었다. 전쟁 말기에는 입학시험제도가 없었고 당국에 협력하는 명사거나 세금을 많이 내는 자산가의 자녀들에게만 입학이 허락되었다.

문화동 고개 위에 있던 목조건물 통영중학교는 해방이 되자 2학급이 증설되었고 그해 가을 신입생을 추가 모집했다. 통영초등학교가 가교사(假校舍)로 쓰던 세병관에서 나도 입학시험을 치렀다. 그때까지 우리는 한글을 몰랐기에 답안지는 일본어로 작성했다. 하지만 나는 낙방하고 말았다. 세상에 태어나서 처음이자 마지막으로 겪은 실패였다.

공부를 가르쳐 줄 형이 없었다거나, 공부하라고 닦달할 어른이 안 계셨다거나, 초등학교를 중퇴하고 군청에 다녔다거나, 만화책 읽기에 정신이 팔렸다는 등의 변명은 핑계였다.

사실 그때까지 나는 공부를 잘한 편은 아니었다. 그런데도 공부하라고 야단을 맞거나 꾸지람을 들어본 적이 없었다. 그런 나에게 그날 어머니가 무슨 영문인지, 입학시험에 떨어진 중학교로 당장 가자고 재촉하시는 게 아닌가?

"시험에 떨어졌는데, 중학교서 공부하는 친구들 보기 창피한데……. 엄마, 거긴 도대체 뭣 하러 가자고 그래?" 하고 항변해 보았다.

하지만 "떨어진 게 뭐 큰 자랑이냐? 잔소리 말고 따라오라면 따라와." 하고 소리치는 어머니의 위세 앞에 나는 꼼짝없이 따라 나설 수밖에 없었다.

어머니가 교장실로 들어가자 복도에 우두커니 남겨진 나는 검정고무신 앞 끝이 닳도록 마룻바닥을 문질러 댔다. 어머니는 한참 후에야 창백한 얼굴로 나오셨다.

'봐라, 어림없지?'라는 뜻으로 나는 어머니 소매를 붙잡고 한시바삐 그곳을 빠져나가려 했다. 하지만 어머니는 내 손을 뿌리치고 다음에는 교직원실로 들어가시는 게 아닌가.

교장 반대, 교사들 입학 결의

당시에 통영중학교의 일본인 교사들은 전원 본국으로 돌아가 버린 터였다. 그래서 한국인 교사 한 사람밖에 남아있지 않았다. 대학의 재학생 혹은 졸업생들이 사방에서 고향으로 돌아와 '광복(光復)된 조국에서 향토 후배들을 가르치자.'는 갸륵한 정신으로 본국으로 돌아간 일본인 교사들의 빈자리를 대신하고 있었다.

어머니는 그들 가운데서 아버지의 생전(生前)을 잘 기억하시는 서양화가 김용주 선생을 붙들고 결사적으로 매달렸다.

"나라가 해방된 마당에, 명색이 청년운동·민족운동을 하다 간 고인의 자식이, 이 학교 설립 때 기성회 간부였던 사람의 아들이, 여기서 공부를 못하다니 이게 말이 됩니까?" 하고…….

지사(志士)를 자임하던 향토 출신 강사들의 끈질긴 요구와 강력한 주장으로 학교에서는 임시직원회의가 열렸고, 교칙을 앞세워 완강히 반대하던 김병로 교장은 당시에 유행하던 '민주주의'의 '다수결 원칙' 앞에 굴복하고 말았다.

내 생애에 가장 큰 은혜라 할 중학 입학은 유공자녀에 대한 일종의 기여입학이었다. 아버지가 남기신 유덕과 어머니의 억척스러운 간청이 아니었다면 나는 그해에 도저히 중학생이 될 수 없었을 것이다.

아니 자칫 잘못했으면 다음 해에도 입학하지 못한 채 그저 시골의 옛 모습을 반추하는 촌무지렁이가 되었을지도 모른다.

·

"낙제야, 돌대가리 같은 놈……"

그렇게 해서 중학생은 되었지만 막상 입학해 보니 여러 가지로 뒤처진 '지각생'이었다. 동기들은 벌써 영어 알파벳과 발음기호 등 기초교육을 끝낸 뒤였다. 그래서 영어가 사용되는 영어·수학·기하시간은 그야말로 암중모색의 연속이었다.

친가나 외가에 공부 잘하는 친척이 있었다면, 동기생들 사이에서 보결생의 낙인이 찍히지 않았다면, 뒤떨어진 공부를 열심히 뒤따라갈 의욕이 얼마든지 생길 수 있었을 것이다. 하지만 내게는 그 모두가 없었다. 게다가 사방으로 쏘다니며 놀던 못된 버릇이 몸에 배어 기초과목을 뒤쫓아 가려는 노력마저 소홀히 하고 말았다.

어영부영 보낸 1학년 1학기말이 닥쳤을 무렵, 나는 중학생으로서 맞을 첫 방학을 손꼽아 기다리고 있었다. 유치원 시절부터 방학 때면 으레 달려가던 거제도의 갯마을 친구들을 생각하고 있었다.

그러던 어느 날 담임선생님은 나를 포함, 동급생 세 명을 직원실로 불렀다.

"이놈들아, 너희들은 낙제야, 돌대가리 같은 놈들!"

"예? 낙제라뇨?"

나는 중학교에 낙제제도라는 게 있는 줄 몰랐다.

"이놈들아, 낙제가 뭔지도 몰라? 학기말 시험 평균점수가 60점 미만이면 낙제란 말이야. 학년말이면 2학년 진급이 안 되니까 1학년을 다시 다녀야 한단 말이다. 내일 등교할 때 보호자를 모시고 와, 알았지?"

"저희 어머니는 일이 바빠 못 오실 텐데요."

"뭐라고? 자식이 낙제할 판국인데 장사 때문에 못 오신다고? 그래 그게 말이돼? 잔소리 말고 집에 가서 전하기나 해."

남들은 못 믿겠지만, 나는 그때까지 낙제라는 제도를 정말 몰랐다. 참으로 한심한 열등생이었다. 하지만 그렇다고 어머니께 그 말씀을 전할 용기는 더더욱 없었다. 그날 이후 담임선생님의 재촉은 계속되었다. 하지만 나는 끝내 그 명령을 따르지 못했다.

일본 만화에서 얻은 한문실력

나는 중학생활 6년을 통틀어 술·담배는 고사하고 영화관 출입, 장발, 친구들과 노름·싸움질 등 교칙(敎則)에서 금한 짓은 한 가지도 범하지 않았다. 그것은 고생하시는 어머니에 대한 자식의 염치였다. 덕분에 내 성적표 상의 조행(操行)만은 항상 갑(甲)이었다.

만약 담임선생님께서 1학년 1학기말에 "낙제할지 모른다."는 말씀을 기어이 어머니께 하셨다면, 아마도 나는 어머니를 대할 면목이 없어 중학생활을 도중하차하고 말았을지 모른다.

다행스럽게도 나는 학년말에 이르러 국어·한문·미술·물리·역사 등의 과목에서 좋은 성적을 얻어 낙제를 면할 수 있었다. 어이없는 중학생활의 출발이었다.

하지만 그 시절 나의 한문(漢文) 실력만은 단연 우수했다. 그 시간만 되면 김천호 선생님께서 무릎을 탁 치시는 탄복소리와 아낌없는 찬사를 들을 수 있었다.

지금 생각하니 내가 한문의 단어, 숙어를 그처럼 잘 알게 된 것은, 일본어로 된 만화책과 소설책을 많이 읽었기 때문이었고, 그 글들의 의미를 다각도로 알고 다채롭게 해석하고 표현할 수 있었기 때문이었다.

덕분에 나는 한문교과서에 담긴 교훈들을 통해 인간으로서 지켜야 할 예의범절과 윤리·도덕을 마음속 깊이 간직할 수 있었다. 일찍 아버지를 여의고 편모슬하에서 자란 나에게 한문 지식은 참으로 유익하고 귀중한 재산이었다.

나의 초등학교 시절은 일제강점기여서 한글이란 말조차 들어보지 못했다. 그래서 글이라면 당연히 일본어였다.

나는 일찍부터 유난히 만화를 즐겼다. 이웃에 사는 일본애들로부터 만화책을 빌려다 밤낮없이 읽었다. 만화책에는 한문이 섞여 있었지만 그림과 문장의 앞뒤 문맥을 통해 그 뜻의 대강을 짐작할 수 있었다. 표의(表意)문자의 특징을 잘 익혔던 것이다.

나는 한문시간 이외에도 문학·예술 등의 분야에서는 비교적 두각을 나타낸 편이었다. 중학의 지각 입학이 탈이 되어 수학과 어학에서는 바보 취급을 당했지만, 다행히 다른 과목에서는 칭찬을 많이 들을 수 있었다.

김용주 선생, '아틀리에'로 불러

사람들은 나이가 들면 곤혹스럽던 기억보다 칭찬받은 추억들을 되새기기 마련인 것 같다.

그러니까 중학교 1학년 때였다. 미술선생님은 우리들에게 연필로 손가락·연필·나뭇잎 등의 데생을 시켰다. 대상물의 정확한 묘사와 원근(遠近) 및 명암(明暗)의 확실한 구분을 강조하셨다. 그런데 그림 그리기가 끝나면 그림의 본보기는 항상 내 것이 뽑혔다. 선생님이 시키는 대로 열심히 연필을 놀렸을 뿐인데 말이다.

그러던 어느 날 미술선생님은 하교 후 아틀리에로 나를 부르셨다. 아틀리에라 해 봐야 허름한 빈방에 이젤과 물감, 연필 등이 널려 있는 곳이었다. 여기저기 허옇게 굳어 있는 석고상들, 그리다 만 스케치북과 켜켜이 먼지 앉은 액자들……. 하지만 그곳에서 정작 나를 경악시킨 존재는 따로 있었다.

그것은 한 올도 걸치지 않은 벌거벗은 여자 모델, 내가 세상 나서 처음 본 여자의 알몸이었다. 때마침 사춘기였던 나는 그 순간 숨을 쉬지 못하고 그 자리에 한동안 얼어붙었다.

어쩔 줄 모르는 나에게 선생님은 다음과 같이 말씀하셨다.

"인물 모델로는 여인이 자주 등장한다. 여인 가운데서도 숫처녀일수록 몸이 더 아름답다. 그리스나 이탈리아의 유명한 회화와 조각에 젊은 여인상(女人像)이 많은 까닭이 그것이다. 그러니까 모델은 속된 의미의 여자로 보지 말고 예술품을 창조하는 고귀한 대상물로 봐야 한다."

그 선생님은 어머니가 매달려 나의 지각 입학에 결정적인 도움을 받았던 바로 그분이었다.

김춘수 선생, 문학상 주며 격려

중학교 2학년 때였다. 학교에서는 6년생까지 전교생을 상대로 통영중학교문학상의 작문 모집이 있었다. 제목은 '이순신 장군과 우리 민족'이었다. 나는 뜻밖에도 1등이 없는 2등에 당선되었고, 지도교사는 '꽃의 시인' 김춘수(金春洙) 선생님이었다.

세상에 태어나서 상(賞)이라는 것을 처음 받아본 내가 얼떨떨해하자 선생님은 재능이 엿보인다면서 장차 문학가(文學家)가 되라고 격려해 주셨다.

그때 받은 상금으로 나는 엉뚱하게도 철학사전(哲學辭典)을 샀다. 호기심에다가 일종의 허영심이 곁들여 있었을 것이다. 생각해 보면 그때 그 책은 좌익(左翼) 계통의 사전이었다. 용어의 뜻은 잘 몰랐지만, 한동안 나는 그 사전을 들고 가까운 친구들 앞에서 제법 뽐냈던 일이 생각난다. 아마도 나는 문학소년으로 끝나지 않을 운명을 잠재하고 있었는지 모른다.

그 후 내가 대학에 진학했을 때 국어국문학과를 선택한 것은 세상 물정을 몰라 법학과나 상학과는 감히 엄두를 내지 못한 탓도 있었지만, 중학시절 국어선생님께서 자신 있게 권해 준 말씀이 결정적인 계기가 되었다고 볼 수 있다.

그 시절 나는 일본 문학전집을 비롯해 앙드레 지드의《좁은 문》, 카뮈의《이방인》, 톨스토이의《전쟁과 평화》, 도스토옙스키의《죄와 벌》등 단행본으로 된 일본책들을 많이 읽었다.

하지만 중학교 고학년이 되어도 나는 예술적 소질을 발견할 수 없었다. 예술활동은 밤낮없이 미치도록 솟아나는 창작의욕이 있어야 하는데, 내게는 그런 천재성이 없었다. 미술·국어선생님께서 시키는 대로 따랐고 그 결과가 우연히 그분들 눈에 들었을 뿐이었다.

호기심 가득, 나팔 불고 연극도 하고

요즘 사람들은 자녀들에게 작문·그림 또는 음악·무용 등에 재주가 조금만 엿보여도 당장 과외를 시키거나 개인지도를 받게 한다. 심지어 대학까지 보내 그 재주를 평생 직업으로 삼게 하려고 한다. 하지만 결과는 허송세월로 끝나 인생에 실패하는 예가 너무나 많다.

우리나라 200여 종합대학교에 문학·미술·음악·무용학과가 다 있다는 사실을 잊지 말아야 할 것이다.

통영중학교 교사(校舍)가 북신동 유영초등학교 자리로 이전했을 때 나는 그림 솜씨 덕분에 학예회 때에는 무대세트 그리기를, 운동회 때에는 선전포스터 그리기를 도맡아 했다.

김구(金九) 선생께서 경교장을 찾아온 안두희에게 피살된 해였으니까 아마도 1949년 무렵이었을 것이다. 친구들끼리 그 배후가 이승만 박사가 아닐까 하고 소곤거리던 기억이 생생하다.

그러던 어느 날 내가 연극 무대의 세트를 그리는 광경을 지켜보신 선생님께서 수고한다고 위로 말씀을 해주셨다. 나는 그에 편승, 연극 연출가 김용기 선생님을 졸라 유치진 원작 학생극(學生劇) <마의 태자>에 출연했고, 작곡가 정윤주 선생님에게 부탁해 학교 밴드부에서 트롬본을 불며 학도호국단 행렬에 앞장서 보기도 했다.

말하자면 지각 입학이 탈이 되어 영·수 과목의 성적은 부진했지만, 문화·예술

분야에서는 제법 재능을 인정받아, 꿈과 호기심 많은 중학 시절을 마음껏 즐겼다.

　중학 시절 나팔 불던 여력이 남아 있는지, 지금도 나는 친구나 주위 사람들로부터 대중가요는 물론 명곡·가곡 등 여러 가지 노래를 많이 알고 음정·박자를 잘 맞춘다고 칭찬을 듣는다. 그것은 초등학교 시절 일본의 동요나 창가를 많이 불렀고, 중학교 시절 대중가요보다 명곡·가곡 부르기를 강조하신 음악선생님 덕분일 것이다. 나팔을 불며 익힌 음정·박자의 정확성은 지금도 여전하다.

　옛 노래를 부르면 그 노래를 함께 배우던 친구·여인 들이 생각난다. 그리고 벌거벗은 여인이 앉아 있던 아틀리에, 자신감 넘치던 한문시간, 연필을 세우고 마음의 무늬를 그리던 작문시간, 운동장의 흙먼지를 가르며 행렬하던 브라스밴드 등은 중학시절을 회상할 때면 항상 또렷이 되살아나는 아름다운 풍경들이다.

3. 고향 처음 떠나 부산으로

열아홉에 결단, 인생 갈림길

북한군이 38선을 돌파했다는 소식을 들은 것은 내가 중학교 5학년 1학기를 끝내기 직전이었다. 전쟁이 터지자 평화롭던 학교생활은 하루아침에 산산조각이 났다.

1950년 6월 28일 서울이 점령되자 우리는 방학이 시작되기도 전에 사방으로 흩어져야 했다. 우리 가족의 피난처는 방학 때마다 찾아가던 거제도 갯마을, 동부면 저구리 명사였다.

어머니는 장사하던 쌀가마를 가득 실은 돛단배에 우리 5남매를 싣고 일찌감치 그곳으로 떠났다.

우리는 남하한 북한군이 통영에서 8월 17·18일 24시간 머물다가 해병대에 쫓겨 갔다는 소문을 들었다. 하지만 피난처까지 포성(砲聲)은 한 번도 들려오지 않았다.

오가는 사람들 편에 들은 소문은 살벌했다. 처음에는 9월 15일 UN군의 인천 상륙작전이 성공하여 서울을 수복하고 10월 19일에는 아군이 평양에 입성했다고 들었다. 그런데 10월 25일 뜻밖에 중공군의 개입으로 새해가 밝자마자 서울을 또다시 내놓고 말았다는 1·4후퇴 소식을 들었다.

하지만 전선(戰線)과 동떨어진 거제도 갯마을에서 나는 한가로운 세월을 보낼 수 있었다. 낮에는 수영과 고기잡이로, 밤에는 고구마밭 서리와 머슴방 나들이로……

또한 해방 직후 사 모았던 일본책들을 펴놓고 많은 시간을 독서에 바쳤다. 그 책들은 피난생활을 잊게 할 만큼 흥미진진했고 나의 지식욕을 한껏 만족시켰다. 그리고 나의 인격 성장에도 결정적인 도움이 되었다.

생각해 보면, 그 시절 나는 일본책을 통해 일본인이 숭상하는 무사도, 즉 주군(主君)에 대한 충성심, 조상과 부모에 대한 효도 등 인간이 지켜야 할 미덕들을 많이 배웠다. 또 공자와 맹자의 가르침인 군신·부자·부부·장유 그리고 붕우 등 사람 사이에서 지켜야 할 '5륜(五倫)'에다 '위정자가 백성을 위해 가져야 할 인자심(仁慈心)이 어떠해야 하는가'도 배울 수 있었다.

경교생 근무로 군입대 연기

우리는 그해 9월 15일 유엔군이 인천에 상륙, 서울을 탈환했다는 소식을 듣고 피난처에서 돌아왔다. 하지만 중공군의 인해전술로 난전(亂戰)이 다시 시작되어 고향에서 우리를 기다린 것은 교문(校門)이 아니라 강제 모병하는 군문(軍門)이었다.

그때 내 나이 19세. 중학교 재학생이요, 장남이라고 해서 모면될 형편은 아니었다. 주변 상황에 불안을 느낀 어머니는 때마침 초도순시차 고향을 방문한 경남도 경찰국장 C씨를 만나 선처를 부탁했다.

그분은 일제강점기에 고향에서 소위 민족·청년 운동의 행동책(行動責)이었고, 아버지는 자금책(資金責)이었다. 그리고 동아일보 기자로서 고락(苦樂)을 같이 한 평생 동지이기도 했다. 그때 그분 도움으로 나는 통영경찰서의 경교생(警校

生)이 되어 강제 모병을 면할 수 있었다.

당시에 경교생은 의무경찰과 비슷한 근무자였다. 군대 입대가 연기된 반면, 복장과 식사는 본인 부담이었다. 가난한 정부는 부족한 경찰 병력을 대신해서 요소요소에 입초 근무를 시켰다. 경교생 가운데는 중학 선배들이 많았다.

어느 날, 전시(戰時)지만 교양을 쌓아야 한다는 유식한 경찰서장의 방침에 따라 경교생을 포함한 경찰서 전 직원이 상식 문제에 관한 테스트를 받은 일이 있었다.

성적이 발표되던 날, 나는 계급순으로 질서정연하게 도열한 줄의 맨 뒤에서 쌓인 피로를 이기지 못해 졸다시피 서 있었다. 그런데 한 순간, 도열한 사람들의 시선이 내게 집중된 것을 느꼈다. 졸다가 들킨 것으로 짐작한 나는 얼굴이 빨개졌다.

난생처음 받아본 1등상

그런데 그들이 나를 쳐다본 것은 뜻밖에도 내 성적이 최고였기 때문이었다. 세상에 태어나서 크든 작든 간에, 명색이 시험이라는 행사에서 1등이라는 기적을 체험해 본 것은 그때가 처음이었다.

그 얘기를 들은 어머니는 칭찬보다는 '그럴 리가?' 싶은 듯 의심스러운 눈으로 나를 쳐다보셨다. 그만큼 초등·중학교 생활을 통해 내가 공부로 어머니를 기쁘게 해드린 적이 사실상 한 번도 없었기 때문이다. 그 성적은 일제강점기 때 일본 만화책에 열중하면서 얻은 한문 실력과 평소에 여러 책을 읽고 쌓은 상식, 그리고 아버지 생전에 매를 맞아가며 익힌 단정한 글솜씨 덕분이었을 것이다.

그 성적을 계기로 나는 입초 등 힘든 외근직에서 벗어나 내근(內勤)직으로 자리가 옮겨졌다. 내근직은 경찰 주변의 법률 상식을 배우고 틈틈이 책 읽을 시간도 있어 좋았다. 그때 얻은 법률 상식은 신통하게도 지금까지 유용하다.

그날을 고비로 "나도 마음만 먹으면 뭔가 할 수 있다."는 가능성과 자신감을 얻을 수 있었다.

1951년 1·4후퇴를 계기로 낙동강 전선(戰線)은 일진일퇴의 교착상태에 빠졌다. 경교생 제도는 전국(戰局)을 반영하여 폐지되고 말았다. 학교 문이 아직 열리지 않아 남은 것은 군대에 가는 길밖에 없었다.

군대 대신 경찰로 들어가라는 어머니의 간청에 견디지 못한 나는 부산으로 가서 경찰학교의 입학시험을 치렀다. 정부는 경교생 제도를 폐지하면서 희망자에게는 경찰학교에 응시할 자격을 주었던 것이다. 어머니는 군대 가는 것보다 낫다고 생각, 무조건 경찰학교 행을 재촉하셨다. 뒤에 들은 얘기지만 그 학교 졸업자들은 지리산의 공비토벌 작전에 동원될 예정이었다고 한다.

어머니 뜻 어기고 경찰학교 도망

나는 그때 시험을 보기 위해 처음으로 고향을, 어머니 곁을 떠났다. 배가 강구 안을 뒤로하고 한바다로 나아갈 때 나는 멀어지는 남망산을 바라보며 마치 다시 돌아오지 못할 먼 길을 떠나는 듯한 비애를 느꼈다. 마마보이의 첫 출항이었다.

시험장소였던 부산경찰학교는 부민동의 낡은 건물이었다. 그로부터 12년 뒤 나는 증축 수리된 그곳에서 부산지방국세청 세무국장이 되고, 그 6년 뒤에는 청장이 된다. 하지만 그때는 그런 장래를 상상조차 할 수 없었다.

어머니가 안 계신 객지에서 처음으로 초저녁을 맞자 철없게도 나는 집과 어머니 생각에 못 이겨 긴 밤을 거의 뜬눈으로 지새다시피 했다.

다음 날 아침 우리는 시험을 치렀고, 나를 포함한 응시자의 반이 합격했다. 하지만 '마치 짐승 취급하는 경찰학교를 다니느니 차라리 제식(制式) 훈련을 받는 군대에 가는 편이 낫겠다.'고 생각한 나는, 고향으로 돌아가는 불합격자의 대열에 숨어들고 말았다.

어머니 분노, 매 맞아도 싼 짓

우리가 탄 배가 고향 강구안으로 접근했을 때 부두에는 "혹시 떨어져서 돌아오면 어쩌나." 싶어 마음 졸이는 가족들이 가득했고 그 속에는 어머니 얼굴도 보였다.

"이놈아, 어쩌다가 떨어졌어? 150명이나 붙었다는데 너는 어째서 그 축에도 못 끼었단 말이냐?"

"떨어진 사람도 100명이 넘는데……."

"이놈아, 붙은 사람이 많았다고 말해야지, 그게 말이 되냐?"

"군대에 갔다 오면 되잖아요?"

"이놈아, 애비 없는 너를 군대에 보내놓고 이 에미더러 혼자 어찌 살란 말이냐?"

"!"

"합격한 사람들 가운데는 너만도 못한 사람들이 많다고 하던데 바보 같은 자식, 공부는 안 하고 밤낮 소설책이나 뒤적이더니……."

어머니의 험담과 욕설은 그칠 줄 몰랐다. 듣다가 참지 못한 나는 혼자 간직키로 한 비밀을 그만 털어놓고 말았다.

"사실은……."

"사실은 뭐란 말이냐?"

"사실 합격은 했는데, 객지에서 하룻밤을 자고 나니 엄마 생각, 집 생각이 나서 그만 도망쳤지 뭐."

"뭐라, 이 빌어먹을 놈아, 지금 네 나이가 몇인데 아직도 에미를, 제 집을 잊지 못한단 말이냐?"

그 말이 떨어지기가 무섭게 나는 몽둥이로 실컷 두들겨 맞아야 했다. 나는 하도 면목이 없어 매를 피할 생각은 아예 포기했다. 그때 만약 어머니 뜻에 순종해서 경찰학교에 입학했다면, 그 후 생사(生死) 여부는 두고라도 지금의 나는 결코 없을 것이다.

다음 날 아침 어머니의 성화에 못 이겨 다시 부산으로 간 나는 C 경찰국장 관사에서 개학 때까지 가정교사 노릇을 할 수 있었다. 그 관사 옆 돌담 위 도지사 관사는 이승만 대통령의 임시 관저(官邸)로 사용되어 그 일대의 경비는 참으로 어마어마했다.

새벽 배를 타고 그곳으로 달려가신 어머니의 용기도 놀랍지만, 우리 모자의 청을 들어주신 국장 내외분의 쾌락(快諾)은 참으로 고마웠다. 지금도 그날 있었던 광경들이 눈앞에 선하다.

4개월짜리 졸업생

나의 중학 졸업식은 6·25전쟁 중이어서 그해 7월 10일 시내 극장에서 거행되었다. 그러니까 6학년 1학기는 전쟁 때문에 학기말이 잘렸고, 2학기는 시작하자마자 서둘러 끝내고 말았던 것이다.

개학했을 때 우리는 군대에 지원 입대한 동기들의 전사(戰死) 소식을 들었고, 강제 모병을 면한 친구들은 살아남은 무용담에 꽃을 피웠다. 나는 경찰서에서 입초 선 것이 화제가 되어 평소의 '철선'에다 '산타로'라는 별명이 하나 더 붙었다.

앞으로 전세(戰勢)가 어떻게 바뀔지 모르니까 졸업장이라도 속히 나눠주자는 것이 정부 방침이었다. 개학은 했어도 수업은 제대로 이뤄지지 않았고, 군사 훈련과 학도호국단 행사만 요란했다. 내가 브라스밴드부에서 한동안 트롬본을 분 것이 바로 그때였다.

60년 전 중학생 작별사

그때 어디서 나온 생각인지 모르지만, 우리는 사인 북(sign book)이라는 걸 만들어 동기생끼리 중학생활을 마감하는 아쉬움을 적어 서로 주고받았다.

나는 최근에 옛 서류 묶음 속에서 그때 친구들과 은사들로부터 받은 작별사와 덕담(德談)이 적힌 사인 북을 발견했다. 그때는 '컴퓨터'는 물론 '인터넷'도 없던 시대였다. 펜으로 쓴 글씨는 매우 단정하고, 문장과 한문 실력은 요즘 대학생이 흉내 내기가 쉽지 않을 정도다.

59년 전에 글을 써준 사람들은 대부분 세상을 떠났다. 그 가운데서 살아 있는 동기생 김동주(金銅株) 군의 글을 옮긴다.

"……벌써 육개성상(六個星霜)을 지나 이제 졸업식(卒業式)을 앞두고 슬픔을 금하지 못하겠네.

우리의 이 복잡다단한 학원생활에는 비애(悲哀), 환희(歡喜)가 있었으되 역사는 진전하고 제자리서 반복되지는 않는다.

동일한 역사는 존재할 수 없으며 상시 진보하고 있으니 이 역사의 기록엔 가지가지 피비린내 풍기는 투쟁(鬪爭)의 사실이 많을 것이다.

우리는 용감하고 기백 왕성한 거보(巨步)를 힘차게 옮기자.

역사의 새로운 창조 과정이 곧 인생항로(人生航路)일 것이다. 이 험준한 항로(航路)를 정확하게 급속히 정복하자.

군은 그 항로의 선배 조종사이며, 그 배는 이상(理想)과 희망(希望)을 실은 배다. 용감하게 나아가라! 사랑하는 친구야!"

해양대(海洋大) 간 친구 따라 부산대(釜山大) 진학

친구가 사다 준 입학원서

1951년 7월, 6·25전쟁이 소강 상태로 접어들자 서울지역 대학들 가운데서 이화여대를 제외한 대부분의 대학은 부산시내에 마련된 전시(戰時)연합대학에서 합동 강의를 시작했다. 부산·동아대학 등 부산소재 대학들은 따로 학생을 모집했고……

그 시절 부산시내는 이북에서 도망 온 월남민과 낙동강 서북지역에서 밀려 온 피난민들로 들끓었다. 대학가에서는 전선(戰線)의 추이에 따라 연합대학이 언제 어디로 이동하게 될지, 대학 강의는 앞으로 계속될지, 온갖 풍문들이 나돌아 면학분위기는 대체로 어수선했다.

정부에서는 "전쟁 교착 상태라도 인재 양성은 계속해야 한다."고 대학생들에게 병역 연기의 특전을 베풀었다. 내 주변에서도 합격 여부는 제쳐 놓고 일단 입학시험은 치르고 보자는 분위기였다. 그에 편승하여 해양대학을 지원한 친구 김상진(金祥袗) 군 덕택에 나는 부산대학에 입학원서를 제출할 수 있었다.

이왕 대학에 진학할 바에는 당연히 집안 어른이나 선배들과 의논해서 적성이나

장래성을 신중히 고려했어야 했다. 하지만 나는 의논할 어른이 집안에도 외가에
도 없었다. 이모집은 지주에다 생선가공업이 번창했고 외삼촌집은 포목상점을 경
영하고 있었다. 그런데도 사촌형·누나들 중 대학진학자는 아무도 없었던 것이다.

그래서 우선 합격이라도 해놓고 보자는 생각이 앞섰다. 중학 2학년때 통영중
학교문학상을 주신 김춘수 선생께서 "문학을 해보라."시던 말씀이 생각나서 학
과는 국어국문학과를 택했다.

평소에 시험이라면 자신이 없던 나는, 대학 진학이라는 대사(大事)를 어머니와
한마디 의논도 없이 그 친구의 권유에 따라 일단 응시원서를 냈던 것이다.

국어국문학과에 수석 입학

나는 비록 편모슬하에서 자랐지만 사농공상(士農工商)의 신분질서를 숭상하
는 관료가문의 후예로 태어났다. 그래서 돈과 관계되는 상경(商經) 계통의 학과
에는 관심이 없었다. 설익기는 했지만 문학소년이던 나는 권력과 관계되는 법정
(法政) 계통의 학과 역시 넘볼 생각이 없었다. 이른바 입신양명(立身揚名)을 바라
는 출세주의자는 아니었던 것이다.

합격자 발표가 있던 날, 나는 친구들과 함께 발표장으로 갔다. 그런데 먼저
달려갔던 친구 정창학(鄭昌學) 군이 금세 되돌아오면서 외쳤다.

"야, 합격했어. 네 이름이 합격자 명단의 맨 앞에 있단 말이야." 하고…….

발표는 문리과 대학부터, 학과는 국어국문학과부터였고 내가 수석합격이어서
내 이름이 당장 그의 눈에 들어왔던 것이다.

대학은 개학했으나 교내 분위기는 면학과는 너무나 거리가 멀었다. 부산대학
은 명색이 국립이었지만 충무동 교사는 미군부대에 접수되어 동대신동 가교사

(假校舍)에서 수업이 시작되었다. 여름철 교실은 셔츠바람에도 찌듯이 무더워 땀을 뻘뻘 흘려야 했고, 겨울에는 교실에서 외투를 입고도 뼛속까지 스며드는 추위를 견디기 어려웠다. 바닥을 밟으면 흙먼지가 풀풀 솟았다.

어려움은 교실 문제만이 아니었다. 전시(戰時)라 물자가 귀해지자 '악성 인플레'가 계속되어 물가는 하루가 다르게 치솟았다.

어느 대학 할 것 없이 교직원들의 월급은 고물가(高物價)를 따르지 못했고 그들 가운데는 미군부대에서 아르바이트하는 경우가 많았다. 물론 학생들도 예외는 아니었다.

남학생들의 복장은 잘 입었다고 해야 검게 물들인 헌 미군작업복과 낡은 군화였다. 교재는 책보다는 프린트 물이 많았고, 객지 학생들의 고민은 매번 올라가는 하숙비와 자꾸 작아지는 밥그릇이었다. 그리고 구하기 어려운 아르바이트 자리였다.

국문학과에는 소설작가인 김정한(金廷漢) 교수, 한글학회의 대들보였던 허웅(許雄) 교수, 고전문학자 정병욱(鄭炳昱) 교수 등이 계셨다. 그 가운데 허 교수는 연희대에서, 정 교수는 서울대에서 피난 오신 분들이었다.

나는 입학시험에서 학과 수석이어서 교수들로부터 모교 교수(敎授)로 남아 학과를 발전시켜 보라는 격려 말씀을 자주 들었다. 그래서인지 학기말 시험에서 항상 후한 점수를 받을 수 있었다.

공부보다 문학 활동에 열성

나는 국문학과에 다니면서 강의 수강보다 시(詩)낭독회, 시화(詩畵)전시회, 동인(同人)모임 등 외부 모임에 많이 참가하여 문예(文藝)활동에 열중했다. 하지만 문학을 평생직업으로 삼기엔 내 재능이 부족하다는 사실을 곧 깨달았다. 그리고 그때 대학교수들의 생활형편은 박봉에다 무미건조하게 보여 교수가 되기 위한 대학원 진학은 일찌감치 단념하고 있었다.

그 대신 교양 및 선택과목에서 배운 철학개론·헌법·민법총칙·형법개론·경제학개론 등 사회과학 계통의 과목에는 왠지 흥미가 끌렸다. 교과서도 없이 진행된 강의내용은 대부분 대학노트에 속기(速記)했다. 그때 과외로 배운 과목들은 나의 안목을 넓혀 주었고, 그때 갈겨쓴 서브노트식(式) 속기는 훗날 고등고시 공부와 대학의 강의 준비에 많은 도움이 되었다.

대학 진학을 계기로 도시생활을 시작한 나는 방학을 이용하여 친구들과 어울려 신기한 문물(文物)을 구경하며 학창생활을 마음껏 즐길 만도 했다. 하지만 어머니의 과보호 속에서 자란 탓인지 냇가·산비탈에 따개비처럼 따닥따닥 붙은 부산 판잣집과 피난·월남민들로 들끓는 부산 거리에 전혀 정(情)이 들지 않았다.

대학·부산생활에 흥미 잃어

그래서 방학 때는 물론 수업이 끝난 주말에는 뱃길로 2~3시간 거리인 고향으로 돌아오기 일쑤였다. 그럴 때면 어머니는 공부 걱정은 않으시고 "엄마!" 하고 달려온 아들을 그저 반갑고 대견스러워하셨다.

훗날 고등고시 시험을 치르기 위해 부산역을 찾아갈 때까지 부산에서 지낸 나의 행동반경은 충무동 하숙집과 동대신동 대학이 거의 전부였다. 국제시장은 물론 번화가였던 광복동거리를 거닐어 본 기억조차 없다. 대학에 진학해서도 나는 고향의 내 집과 어머니를 그리던, 그야말로 '마마보이'였고 촌티를 벗지 못한 시골뜨기였다.

그 대신 해방 직후 고향 밤거리 난전(亂廛)에서 사 모은 책들, 그 가운데서도 일본 카이조사(社)의 《경제학 전집》 속의 책들을 파적(破寂) 삼아 읽었다. 그 가운데는 관념론(觀念論)과 유물론(唯物論) 등 철학 책도 여러 권 있었다. 하지만 그 책들은 내용이 어려워 당장 흥미를 느낄 수는 없었다.

뒤늦은 관심, 경제·사회문제

그 시절 고향에서 중학 및 대학 선배 박태주 씨를 만나 세상얘기를 자주 들었다. 철학(哲學)이 무엇인가에 관해 얘기를 듣고 "선배는 역시 아는 것이 많구나." 싶었다.

그때 그분이 말하기를, 철학이란 인간이 살아가는 데 있어서 궁극적으로 추구해야 할 근본 원리가 무엇인가를 공부하는, 학문 가운데서도 가장 기본이 되는 분야라고 했다.

그는 철학에는 신(神)의 존재를 인정하고 인간을 포함한 우주만물을 만든 것은 신이라 믿는 관념론과, 신의 창조론을 부정하고 인간은 어디까지나 하등(下等)에서 고등(高等)으로 진화(進化)했다고 주장하는 유물론의 두 가지가 있고, 사회과학, 특히 경제학(經濟學)을 공부하는 사람들은 이들 두 가지 관점 가운데서 어느 편에 서느냐에 따라, 역사의 발전과정을 보는 눈이 근본적으로 달라진다고 말했다.

"우리가 살아가는 이 사회가 역사적으로 어떻게 발전해 왔는지 아느냐?"

"그야, 단군 할아버지께서 건국하신 이래로…… 일제강점기를 거쳐 해방·독립되고……."

"말을 막아 미안하지만, 그건 이 땅의 정권(政權)이 어떻게 바뀌어 왔는지, 권력의 변화과정을 말하는 것이네. 우리가 살고 있는 이 경제·사회가 어떻게 해서 오늘날과 같은 자본주의사회로 변천해 왔는지, 그런 역사적 필연성(必然性)을 과학적으로 설명할 수 있어야 한다, 그 말이야."

"역사적 필연성이라니요?"

"그럼, 내 말을 잘 들어 보라고. 학문에는 인문과학·자연과학 이외에 사회과학(社會科學)이라는 또 하나의 학문분야가 있다네."

원시 공산주의사회 얘기 듣고

"사회과학이란 어떤 공부인데요?"

"쉽게 말해서 인간성에 관한 학문이라 할 수 있지. 정치학, 경제학, 법학 같은 학문이 포함되는데 그 가운데서 가장 중요한 학문이 경제학이란다. 어떤 철학을 바탕으로 경제발전을 논하느냐가 참으로 중요한 문제란 말이야."

"?"

"아까 내가 신의 존재를 긍정하느냐, 부정하느냐에 따라 역사를 보는 눈이 근본적으로 달라진다고 말했지? 예를 들면, 인류 역사의 처음 단계는 계급도 사유재산도 없는 평등사회, 즉 '원시(原始) 공산사회'였다네. 하지만 인구가 늘어나자 사람들은 남보다 더 많은 생산물(生産物)을 차지하기 위해 경쟁하게 되었지. 소위 '인간의 이기심(利己心)'이 발동한 거지. 그 결과 경쟁에서 이긴 강자(强者)는 약자를 농노(農奴)로 부리게 되었고, 나아가서는 다른 부족을 침략하여 노예로 삼게 되었다네. 그게 중세(中世) 노예사회였지."

"그럼, 원시사회는 그것으로 끝났겠네요."

"그렇지. 하지만 인간의 욕심은 한이 없는 법이라 많은 재물과 노예를 차지한 실력자는 노예들을 감시·감독하고 약한 부족들을 정복·지배하기 위해 중간계급, 즉 영주(領主)를 만들고 그들 위에 제왕으로 군림하는 중세봉건(中世封建)사회를 이룩했다네."

"그때 실력자들이 바로 로마 황제와 같은 전제군주들이었군요."

"맞아. 그런데 근세(近世)에 이르러 농산물과 공산품을 파는 상인들이 국내외를 왕래하며 돈을 많이 벌어 힘이 막강해지자, 자기들을 간섭·착취하는 군주·귀족들과 차차 맞서게 되었지. 도시의 상공인들은 나아가 군주가 마음대로 세금을 매기지 못하도록 제약을 가했고, 군주와 귀족들에게 얽매인 농노(農奴)들을 해방시켜 직공(職工)으로 삼기 위해 봉건제도를 타파하기에 이르렀지. 이들 상공업자들이 궐기한 정치투쟁이 바로 영국의 '시민혁명(市民革命)'이라는 거야."

"프랑스혁명이나 미국 독립전쟁도 그래서 터진 거네요?"

현대 자본주의사회 얘기 듣다

"그렇지, 그 다음 단계가 바로 우리가 살고 있는 현대 자본주의사회란 말이야. 봉건사회를 타파한 상업·산업자본가들은 더 많은 부(富)를 축적하기 위해 정치권력과 결탁, 후진국가를 무력으로 침략하고 식민지를 확장하여 막대한 자원을 수탈했다네."

"일본 제국주의가 우리나라를 침략, 합병(合併)한 것도 바로 그런 경우군요."

"그렇지."

"그러니까 역사는 인간의 물질적인 욕심이 바탕이 되어 원시 공산사회에서 시작해, 현대 자본주의사회로 진화(進化)해 왔다 그 말씀이군요?"

"그렇지. 그런 이론을 유물론(唯物論), 그런 역사관을 유물사관이라 부르지."

"그렇다면 숫자가 많은 농민·노동자들이 일치단결, 궐기하여 평등의 이념(理念)을 실현시키기 위해 진작부터 계급투쟁(階級鬪爭)을 시작했어야 하는 게 아닌가요?"

"자네 말은 맞네만, 그게 그렇게 쉬운가? 현대 자본주의 국가는 자본가를 중심으로 권력 구조가 날로 강화되고 있다네."

"그럼 달리 해결방법은 없나요?"

"칼 마르크스는 ≪자본론≫에서 '자본주의사회는 날이 갈수록 이윤을 좇아 과잉생산된 상품들을 창고에 쌓는 반면, 소비자인 노동자들은 구매력이 줄어들어 빈부 격차가 날로 확대된다. 그 결과 경제사회에는 대량의 실업자와 팔리지 않는 상품의 체화(滯貨)가 늘어나서 필연적으로 경제공황(經濟恐慌)이 일어난다.'고 말했지. '자본주의사회는 이 같은 자기 모순을 자기의 힘만으로는 도저히 해결할 수가 없고 따라서 가까운 장래에 붕괴되고 말 것'이라고 예언했다네."

"그래서요?"

"그래서 다음에 올 평등사회를 '사회주의사회' 또는 '공산주의사회'라 말했지."

그 선배는 훗날 경제학과를 졸업, 한국은행으로 진출했다가 부산은행으로 옮겨 몇 차례 은행장까지 연임했다.

나는 그 뒤 한동안, 국문학과에서 전공을 놓고 방황했다. 하지만 내가 마르크스를 제대로 알기까지에는 좀 더 많은 시일이 지나야 했고, 실용적인 자극이 있어야 했다.

첫사랑, 풋사랑으로 끝나고

괴테의 ≪젊은 베르테르의 슬픔≫에서 베르테르는 자신이 사랑한 여자 로테로 인해 오랜 방황과 슬픔 끝에 결국 자살하기에 이른다. 젊은 시절 열정을 가졌던 사람치고 사랑의 열병을 한두 번쯤 앓아보지 않은 사람은 아마 없을 것이다.

젊은 시절 나 역시 예외는 아니었다. 베르테르와 로테의 사이를 가로지르는 강 (江)은 없었고, 그들 사이 같은 열정은 아니었을지라도 소년시절 나를 뜨겁게 달군 여인이 있었다.

훗날 공산주의자 마르크스가 한동안 내 사상을 뜨겁게 달궜다면, 그 시절 내 가슴은 그녀에 의해 달궈졌다.

대학 1학년 여름방학이 되어 고향에 돌아간 어느 날, 막내 여동생 은정이 그녀의 전갈을 전해 주었다.

"오빠, M 언니를 만났는데, 오늘 저녁에 자기 집으로 놀러 오라고 하던데요?"

"아 그래? 그런데 집에는 왜? 그 애 엄마는 나를 집 근처에 얼씬도 못하게 하는데, 하필이면 저녁에……."

그 아가씨가 바로 내 첫사랑이었다.

중학교 저학년 때 나는 어머니 심부름으로 동네 공동수도에서 요금을 받곤 했다. 아침저녁으로 물 길으러 오는 동네 여인들 가운데 여중생이 하나 있었다. 그녀가 여고를 졸업하고 그날 자기 집에, 그것도 밤에 나를 초대했던 것이다.

그녀를 이성으로 처음 의식한 것은 중학 3학년 때, 그러니까 그녀가 여중 2학년 때였다. 머리에 물통 얹는 것을 도와주고 부끄러워 거절하면 물통에다 돌을 던지기도 하면서 짓궂은 짓을 많이 했다.

6·25전쟁이 일어나자 우리는 소식을 모르고 지냈다. 그러다가 피난에서 돌아온 날, 그녀는 성숙한 여학생이 되어 있었고 나는 그녀의 교복 속에 숨겨진 도톰한 젖가슴을 처음 느꼈다.

그 후 우리의 만남은 계속되었다. 하지만 그녀 곁에는 어디서 나타났는지 언제나 그녀의 어머니가 계셨다. 그랬던 그녀가 자기 집에, 그것도 저녁에 당당히 나를 불렀던 것이다.

"안녕하십니까?"

"오, 왔니? 제 방에 있다. 들어가 봐라."

시집가기 전날 초대받은 총각

전깃불이 훤히 켜진 집 안에서는 여러 사람들이 바쁘게 오가며 열심히 일하고 있었다.

"얘, 네 어머니, 날 보면 호랑이 같더니 오늘은 웬일이야?"

"우리 엄마가 호랑이라니?"

"왠지 얼떨떨하다. 오늘 너희 집에 무슨 잔치라도 있니?"

"글쎄, 천천히 앉아서 얘기하자. 서 있지만 말고……."

이윽고 그녀 어머니가 잔치음식을 가득 차린 소반을 들고 들어왔다. 그리고 "잘 놀다 가라."며 곧 나가셨다.

"설마, 나를 사윗감으로 대접해 주겠다는 건 아니겠지?"

"그럼, 네가 그런 대접 못 받을 짓이라도 했냐?"

"그렇지는 않지만……."

"그런데 말이다. 나 내일 시집간다."

"뭐?"

"사실은 우리 어머니가 네 어머니한테 타진해 봤대. 아들 장가 안 보낼 거냐고."

"그랬더니?"

"그랬더니, 우리 아들은 이제 겨우 대학 1학년을 마쳤는데 장가는 무슨 장가냐고 해서 더 말을 못했다고 하더라. 너도 알다시피 난 대학 갈 형편은 못 되고 아버지가 딸년은 여고만 마치면 빨리 시집보내야 한다고 해서……."

"알았다. 그럼 우리 오늘이 마지막이란 말이네?"

"마지막은, 누가 죽으러 가는 거야?"

"?"

나는 더 이상 할 말을 잃고 도망치듯 집으로 돌아왔다.

훗날 듣기로, 어머니들은 딸을 시집보낼 때 평소 절친하게 지내던 총각에게 한(恨)을 풀어주고 또 결혼이라는 현실을 똑똑히 인식시키기 위해 일부러 마지막 자리를 마련해 준다고 했다.

첫사랑, 풋사랑으로 끝나고

나의 첫사랑은 그렇게 풋사랑으로 끝났다. 하지만 만약 그때 우리 어머니가 외로운 집안을 감안, 빨리 손자를 보고 싶은 속심(俗心)에서 내 결혼을 서둘렀다면 나는 어찌 되었을까?

그때 어머니가 내 결혼을 굳이 원했다면 아마도 나는 거절할 용기가 없었을 것이다. 효자라서라기보다 자식으로 자라면서 혼자 된 어머니에게 너무나 많은 마음의 빚을 지고 있었던 것이다.

대학 공부는 적성에 맞지 않고 첫사랑은 깨지고 뚜렷한 목표도 재미도 없이

1학년말 방학을 고향에서 무료하게 지내던 어느 날 초저녁, 심심하면 으레 찾아가던 아버지 친구 C 씨 댁을 방문했다.

우리 어머니는 아버지 같은 엄모(嚴母)였다. 그에 비해 그 댁 부인은 그야말로 자모(慈母)다웠다. 그런데 내가 방문한 그날 그 집은 아수라장이 되어 있었다.

"네 이놈, 어디서 무얼 하다 왔단 말이냐?"

"잘못했습니다."

"부모 형제 버리고 집 나갔으면 그만이지, 무슨 염치로 돌아와!"

"아버지, 다시는 안 그러겠습니다."

"너 지금 몇 살이야? 겨우 여중 3학년 아니야? 학교 빼먹고 객지 쏘다니다 오면 학교는 어찌 되고, 집안 망신은 어쩔 거냐? 보따리 싸갖고 당장 나가라."

육중한 체격에 화가 머리끝까지 치민 영감님 옆에서 부인은 쩔쩔매기만 할 뿐, 주먹세례를 받는 딸을 구할 방법을 찾지 못하고 있었다. 친구 아들인 나의 출현 때문인지 일단 사태는 진정되었다.

그러나 잠시 후 그 부인이 소스라치게 놀라며 외마디 소리를 질렀다.

"아이고 이 사람아, M이 없어졌네. 아무리 찾아봐도 없어. 혹시 우물에 빠져 죽은 건 아니겠지?"

연민의 정(情)이 동정과 사랑으로

나는 온 집안을 샅샅이 뒤졌다. 그리고 구석방에서 울먹이고 있는 그녀를 겨우 찾아내 집 뒤 정원 나무 밑으로 데리고 갔다. 남녘이라 해도 11월의 초겨울 밤은 무척 차가웠다. 하늘에는 눈썹 같은 그믐달이 비수처럼 달빛을 내리꽂고 있었고 정원수 그늘은 암흑세계였다.

"제발 그만 울고 들어가자, 잘못하다가 감기 들라."

"아니에요. 나는 죽어야 돼요. 학교도 못 가고 부모님 버림까지 받았으니 어찌 살겠어요?"

"글쎄, 네 아버지는 걱정해서 그러시는 거지, 정말 미워서 그러시겠니?"

"아니에요. 난 이제 꿈도 희망도 다 없어졌어요. 내가 잘못했으니 누굴 원망할 수도 없잖아요?"

나는 그제서야 그 집 소동의 전모를 알 수 있었다. 하지만 뭇 남학생들이 선망하고 내가 감히 접근할 수 없었던 그녀가 어쩌다가 정규 군인도 아닌 일개 방위군 소위에게 혼이 빠졌는지 알 수가 없었다.

그 집 본채에도 정원에도 전등불이 꺼져 온 집안은 깊은 적막에 잠겨 있었다.

"그래도 내가 있지 않니? 내가 널 보호해 줄게."

"나를요? 은정이 오빠가요?"

그다음 날부터 그녀는 아버지로부터 등교도 외출도 심지어 아래층으로 내려오는 것도 금지당했다. 아니 그보다도 그녀 스스로가 2층 방에 자기를 감금해 자학(自虐)을 시작했는지 모른다.

그런 그녀에 대한 연민(憐憫)의 정이 동정심으로, 동정심이 쌓여 연정(戀情)으로 바뀌는 데는 그렇게 많은 시간이 걸리지 않았다.

사실 그 이전에 나는 그녀를 눈여겨본 기회가 있긴 있었다.

경남경찰국장 관사에서 가정교사 격으로 소일하던 어느 날 아침이었다. 운동 겸 뒤뜰을 비질하고 있었을 때 발등에 떨어지는 하얀 손수건을 발견했다. 고개를 들어 2층을 쳐다보았더니 그녀가 미소 짓고 있었다. 고귀하고 아름다운, 그러나 어린 소녀의 얼굴이었다.

나는 손수건을 갖다 주고 곧 돌아섰을 뿐, 그녀에게 더 이상 다른 감정을 느낄 여지가 없었다. 그 댁에는 나와 남매처럼 지내는 그녀의 언니가 있었고, 그때 그녀의 모습은 너무나 황홀하여 감히 접근할 용기도 없었다.

그런 옛 사연을 가진 그녀가 자기 집을 찾아왔다 돌아가는 나에게 "쓸쓸한 이 방에서 님을 그리며……"라고 적은 쪽지를 쥐어줄 만한 사이가 되었다. 나는 한낮에는 찾아갈 명분이 없어서 신작로에서 담 위로 우뚝 솟은 그 집 2층을 우러러 보며 창가에 핀 그녀의 미소에 잠시 답하기도 했다.

하지만 우리가 조금씩 가까워져 가는 동안 예정된 비극은 우리 앞으로 서서히 다가오고 있었다. 신이 아닌 우리가 어찌 그런 운명을 짐작인들 할 수 있었을까?

무심히 읽어준 일본책 〈자살론〉

다음 해 여름방학을 맞아 귀향해 있던 나는 그녀의 어머니로부터 간곡한 부탁 말씀을 들었다.

"이 사람아, 곧 우리 큰딸 아들 백일이라 영감님과 부산을 잠깐 다녀와야겠네. 미안하지만 돌아올 때까지 집에 좀 와 있어 줄 수 없겠나?"

"네, 알겠습니다."

여부가 없던 나는 평소에 읽던 일본 작가 아쿠다가와 류노스케의 수필집 한 권을 들고 그 집으로 갔다.

내외분이 떠난 지 얼마 안 된 그날 초저녁이었다. 그 책을 읽고 있는 나에게 그녀는 책 속에 실린 〈자살론(自殺論)〉 부분을 자꾸만 읽어 달라고 졸랐다. 무슨 예감이 있었을까?

나는 어쩔 수 없이 그 부분을 우리말로 번역해 읽어 주었다. 그때 그 댁 현관에서 초인종 소리가 들렸다.

그녀가 손님과 2층으로 올라가는 발자국 소리를 듣고, 나는 "누가 찾아왔을까?" 궁금하면서도 "곧 내려오겠지." 싶어 기다리다 어느새 잠이 들고 말았다.

다음 날 아침, 잠에서 깬 내 머리맡에 그녀가 장승처럼 서 있었다. 마치 아름다운 사신(死神)과도 같은 창백한 얼굴이었다. 지금도 남아 있는 옛 기록을 보면 운명의 그날은 1951년 11월 24일이었다.

"엊저녁에 누가 다녀갔지?"

"……."

"아니, 왔다 간 사람이 누구기에 대답을 못할까?"

지나가던 식모가 답답한 듯 "새벽에 보니까 박 소위가 나가던데요."라고 대답하는 게 아닌가.

박 소위, 그 사람은 그 시절 통영에 주둔했던 방위군 사령관의 어린 아들로서 소위 군복을 얻어 입고 다니면서 어린 그녀를 여러 가지로 유혹, 가출시켜 그녀로 하여금 뼈아픈 후회와 고통을 안겨 준 바로 그 사람이었다.

'그 사람을 쫓아내지 왜 2층까지 데려가고, 또 새벽까지 뭣 땜에 함께 있었던 말인가?' 싶어 나는 마음 속으로 무척 분개했다. 하지만 차마 그 말을 입 밖에 꺼낼 수는 없었다.

그녀가 건네주는 세수 수건도, 차려주는 밥상도, 일체 묵살하고 나는 아침 일찍 그 집을 떠났다. 절규하듯 나를 부르는 그녀 목소리가 등 뒤에서 분명 들린 것 같았다.

동정에서 싹튼 사랑, 너무 약해

내가 심각한 얼굴로 집에 들어서자 어머니가 놀라시며 물었다.

"이 사람아, 남의 집 지켜 주러 간 사람이 어쩌자고 돌아왔어? 그 집엔 여자와 애들밖에 없을 텐데."

"난 몰라! 아침밥 먹고 거제도 조모님 집에나 갈래."

"저런 무책임한 녀석 봤나. 좋다고 뛰어갈 때는 언제고……. 왜 그 집에 무슨 일이라도 났어?"

나는 돌아오자마자 책상에 고이 간직했던 그녀의 연서(戀書) "외로운 이 방에서 님을 그리며……."를 꺼내 당장 찢었다.

그 집을 떠난 지 3시간 뒤 내가 거제행 여객선을 타기 위해 강구안 부두에 도착했을 때 깜짝 놀랄 소식을 전해 준 사람은, 부두에서 임검(臨檢)근무 중이던 그녀의 친척 C 순경이었다.

"그녀가 칼빈총으로 자살했다."는 소리를 듣는 순간, 나는 통영병원을 향해 쏜살같이 달렸다. 병실에 도착했을 때 의사·간호사의 만류도, 그녀 친척의 의아해하는 표정도 관심 밖이었다. 그때 울부짖었던 내 말들을 어찌 다 표현할 수 있겠는가?

후에 듣기로 전날 초저녁, 박 소위가 안면 있는 음식점 여주인에게 다음과 같은 말을 했었다고 한다.

"이번에도 만약 M 양이 기어코 나를 만나주지 않으면, 나는 평생 그녀를 뒤따라 다니면서 개망신을 시킬 겁니다."

그날 밤 막무가내로 달려드는 박 소위의 억지를 뿌리치느라 아마도 그녀는 한잠도 못 잤을 것이다. 다음 날 아침, 자기를 오해하는 나를 보고 얼마나 실망했을까? 그날 오후 고민 끝에 기어코 자살까지 결심한 그녀를, 믿어 주고 지켜 주지 못한 나는 오래도록 회한에 울어야 했다.

더구나 그녀가 사용한 칼빈총은 그 전해 내가 중학생으로서 경찰서에서 입초 근무했을 때 빌려다 쓴 그녀 부친의 호신용이었다. 내가 대학에 진학하면서 반환했을 때 그것을 건네받은 사람이 그녀였다. 그래서 그녀는 흉기의 소재를 알고 있었고, 나의 회한과 죄책감은 더욱 클 수밖에 없었다.

내 인생 바꾼 연인의 자살

젊은 시절 사랑이라는 화두는 참으로 민감한 것이다. 자칫 작은 말 실수나 조그만 오해가 큰 화(禍)를 부르기도 하고, 자신과 상관없는 주변의 강요로 사랑이 조각조각 부서지는 아픔을 겪어야 하는 경우도 있다.

요즈음 세상은 많이 개방되었다고 말한다. 하지만 이 두 가지 사랑의 금기(禁忌)만은 아직도 이어지고 있는 것 같다.

산산이 깨지는 사랑을 허탈하게 지켜보든, 자신이 만든 함정에 스스로 뛰어들든, 사랑의 아픈 경험은 분명 값진 것이다. 사랑만큼 사람을 성숙하게 만드는 예가 많지 않으니 말이다.

내 인생의 진로를 근본적으로 바꾼 것도 바로 그때였으니, 그때 그 사랑의 충격과 아픔이 얼마나 크고 아팠던지, 지금도 그때를 생각하면 가슴이 아려온다.

사춘기에 시작된 이성(異性)을 향한 뽀얀 꿈이 긴 세월 그리고 수많은 굴곡을 거쳐 결국 귀착되는 곳은 대부분 너무나 엉뚱하다. 그래서 젊은이가 맘 졸이고 눈물짓는 어릴 적 사랑은 대부분 비련(悲戀)으로 끝나는 것이 아닐까?

문학에 실망, '칼 마르크스'에 심취

대학 2학년 겨울방학을 고향에서 보내는 동안 나는 비명에 간 M 양을 잊지 못해 방황하고 있었다. 이따금 그녀 집을 방문할 때면 그녀 모친의 비탄(悲嘆)에 자극되어 참아온 눈물을 수없이 삼켰다.

그녀가 말년에 자주 부르던 윤심덕의 노래 <사(死)의 찬미>는 내 평생 잊지 못할 회한의 노래가 되었다.

내 인생 건져 준 친구의 등장

그러던 어느 날 나는 파적(破寂) 삼아 책 읽기를 시작했다. 웬일인지 그 시절 내 주변에는 공산주의(共産主義)를 소개·선전하는 사회과학 계통의 책과 잡지들이 많았다. 특히 그 가운데서 일본책 ≪가난 이야기(貧乏物語)≫는 내가 대학 전공을 바꿀 만큼 결정적인 충격을 안겨 주었다.

나의 책 읽기는 어릴 적 만화책 읽기에서 시작, 6·25전쟁 때 거제도 피난생활에서 익숙해진 독서의 영향도 있었지만, 사실은 실연(失戀)의 아픔을 달래기 위한 충격요법의 하나이기도 했다.

만약 그녀가 비명에 가지 않았다면 아마도 나는 그런 이념적인 책에 결코 빠져들지 않았을 것이고, 따라서 파란만장한 인생 역정도 겪지 않았을 것이다. 국어국문학과 학생으로 무난한 대학생활을 보냈을 것이다.

당시에 학과 교수들께서는 나더러 석·박사과정에 진학하여 모교의 교수로 남아 선배 없는 국문학과를 훌륭하게 발전시켜 보라고 자주 격려해 주셨다. 만약 M 양의 자살 사건이 없었다면 나는 틀림없이 그녀와 결혼하고 모교 교수로서 어머니께 효도도 하면서 나름대로 행복한 인생을 살았을 것이다.

그러던 어느 날 내 생애에 은인이 된 친구 한 사람이 찾아왔다. 그가 얼마나 소중한 사람인가는 차차 알게 될 것이다.

김석주(金碩周), 그는 중학교 동기생이었고, 나와 같은 대학의 상학과(商學科)에 재학 중이었다. 나보다 나이가 많고, 키가 크고, 공부도 잘했다. 그래서 그의 인물과 인품에 반한 하숙집 주인이 멸치잡이 어장을 하는 부잣집 맏딸을 중매해 벌써 아들을 하나 두고 있었다.

그의 방문을 어리둥절해하는 나에게 그는 막걸리 한 병을 부탁했다. 우리는 뒷마당 덕석 위에 김치그릇과 술병을 차린 소반을 마주 대하고 앉았다. 달빛이 유난히 밝은 초저녁이었다.

술 한 잔을 쭉 들이켠 그가 불쑥 말했다.

"넌 대학 졸업하면 뭘 할 거냐?"

그 순간, 나는 뒤통수를 한 대 꽝 하고 얻어맞은 듯한 충격을 느꼈다.

대학생활에 특별한 목적의식이 없던 나로서는 당연한 일이었다.

"대학을 졸업하면 글쎄, 대학원 진학을 할까? 아니면 중학교 선생이나 해 볼까?"

이것이 그때 내가 고작 생각해 낸 대답의 전부였다. 그때까지 나는 자신의 장래문제에 관해 깊이 생각해 본 적이 없었다. 어머니도 나의 장래문제에 관해 특별히 당부하신 적이 없었다. 그래서 나는 어머니의 과보호 속에서 하루하루를 안주(安住)하고 있었을 뿐이었다.

"너 요즘 국문과 공부는 팽개치고 경제학 공부에 재미가 붙었다면서?"

"누가 그래? 하지만 이 공부가 밥벌이가 될지 잘못하다 신세를 망칠지는 두고 봐야 알겠어."

공산주의(共産主義) 경제학에 푹 파묻혔다는 말은 친구지간이지만 차마 할 수가 없었다. 6·25전쟁을 겪은 우리 사회에서는 공산주의·사회주의란 말만 해도 역적으로 몰리던 시절이었다.

UN군의 참전(參戰)과 중공군의 개입으로 6·25전쟁은 일진일퇴를 거듭하고 있었고, 휴전 협정은 아직 체결되기 전이었다.

베를린 장벽은 아직 구축되지 않았지만 소련과 연합국에 의한 동·서독 분할은 여전했다. 중공과 소련의 개혁개방(改革開放)은 꿈도 꾸지 못하던 시대였다.

"그래, 경제학 공부가 그렇게도 재미있냐?"

"응. 탐험·연애소설보다 더 재미있어."

그런데 내 대답에는 관심이 없는 듯, 그는 자기 생각대로 말을 이어갔다.

"혹시 너 고등고시(高等考試)라는 말 들어본 적 있냐?"

"고등고시라 그게 뭐하는 시험인데?"

"판검사가 되는 사법과 시험, 군수·서장이 되는 행정과 시험에 관해 얘기 들어본 적 없어?"

"어디서 들어본 것 같기는 해. 일본의 고등문관시험 같은 거지? 서울대학 출신 수재들도 쩔쩔맨다는 그 시험 말이야?"

"그래, 고등고시에는 사법과와 행정과가 있네. 행정과 중 제1부는 일반행정(一般行政)이고, 제2부는 재정·경제(財政·經濟), 제3부는 정치·외교(政治·外交), 제4부는 교육(敎育) 분야인데 제2부의 고시과목은 주로 경제학이거든."

깜짝 놀랄 일이었다. 아니 그가 나를 조롱(嘲弄)하는 줄 알았다는 게 솔직한 느낌이었다. 그는 내 생각은 아예 무시한 채 작심한 듯 말을 이었다.

나는 경제학과로, 친구는 법학과로

"새 학기에 너는 경제학과로, 나는 법학과로 전과(轉科)를 하자. 그래서 고등고시 공부를 시작해 보자. 잘되면 다행이고, 안 되어도 해놓은 공부로 너는 은행원 채용시험에 도움이 될 거야."

그가 돌아가면서 남긴 마지막 한마디가 왠지 머릿속을 맴돌았다.

"고시 합격이란 물론 아득한 얘기지. 하지만 꿈은 크게 꿔보자. 만약 안 되어도 네가 한 경제학 공부로 장차 은행원 시험에 합격하면 넌 어머니께 효도하고 또 좋은 집 규수에게 장가도 갈 수 있을 게 아니냐?"

자본주의경제학, 처음 발견

나의 경제학 공부는 심심풀이로 시작했다가 어느새 칼 마르크스의 경제사상에 깊이 심취되어 있었다. 하지만 당시에 그 공부는 어디까지나 한가한 인텔리의 도락(道樂) 수준이었다. 그래서 친구가 말한 '고등고시 행정과 제2부 응시'란 감히 생각조차 할 수 없는, 그야말로 어림없는 얘기였다.

하지만 그의 얘기 가운데서도 은행 취직시험 얘기는 은근히 구미가 당겼다. 그리고 열심히 공부하면 어느 정도 가능성은 있을 성싶었다.

"그래 맞아, 잘 되었다. 답답한 국어선생 하느니 차라리 은행에 취직해서 어머니 고생이라도 덜어 드려야겠다."고 생각했다.

만약 그때 그 친구가 아니었다면 오늘의 나는 결코 있을 수 없을 것이다. 그때 나는 오늘의 나를 어림짐작도 못했다. 이 말은 솔직한 고백이 아닐 수 없다.

당시에는 악성 인플레가 계속되어 물가는 하루가 다르게 폭등했다. 은행에서 돈을 빌려 쌀이든 목재든 물건을 사놓기만 하면 당장 큰돈을 벌 수 있는 시절이었다. 그래서 우리 고향에서는 결혼을 앞둔 처녀들에게 은행원은 해양대학 출신과 함께 선망의 대상이었다.

대학 3학년이 되자 나는 경제학과로 전과시험을 치렀고, 그 친구는 법학과로 전공을 바꿨다.

나는 대학에 등록만 해두고 5·27 정치파동(政治波動)으로 들끓는 부산을 등지고 낙향(落鄕)하기로 결심했다.

대학 1, 2학년 때 교양과목으로 배운 법제·경제·국사관계 교재와 새로 나온 경제학과의 여러 가지 교재(教材)들을 샀다. 그리고 국제시장 뒷골목 헌책방에서 경제학의 기초가 될 만한 일본책들을 찾았다. 국문학과에서 2년간 배우지 못한 경제학과 과목들을 힘껏 따라갈 작정이었다.

경제학개론 교과서는 연희대 최호진 교수, 부산대 이정환 교수 등 국내 교수들의 책이 많았다. 하지만 나는 그 책들로 만족할 수 없었다. 나의 장기인 일본어 실력을 믿고 일본 경제학 책들도 다각도로 사 모으기로 했다.

고향에 돌아가 일본책들 가운데서 가장 먼저 손댄 책은 동경제국대학 경제학과에서 교재로 삼던 마이데 쵸고로(舞出長五郎) 교수의 『이론경제학개요(理論經濟學概要)』였다.

일본판 ≪이론경제학개요≫에 주야 몰두

그 책은 내가 자본주의경제학에 흥미와 관심을 갖게 한 결정적 요술방망이였다.

당시에 나는 고향 난전에서 사 모은 일본 책들을 많이 갖고 있었다. 그 가운데는 앞에서 언급한 일본의 마르크스 이론의 선구자인 가와카미 교수의 ≪가난 이야기(貧乏物語)≫를 비롯해 카이조사의 ≪경제학전집(經濟學全集)≫이 포함되어 있었다. 나는 그 전집 가운데서 마르크스경제학과 관계되는 책들을 많이 읽고 사회주의·공산주의 쪽으로 기울어 있었다.

그런데 마이데 교수의 책을 읽자마자 자본주의(資本主義)라는, 그 이전에는 듣도 보도 못한 뚜렷한 경제학의 주류(主流)가 엄연히 따로 있다는 사실을 발견할 수 있었던 것이다.

자연히 흥미와 관심이 그쪽으로 쏠리기 시작했고 그 이론에 일단 매력을 느낀 나는 그 분야의 책들을 구해서 밤낮없이 읽고 또 읽었다. 나중에는 자본주의에 심취한 나머지 책의 내용을 거의 외울 정도였다.

'잘되면 고등고시, 안 되어도 은행시험' 정도로 시작한 나의 경제학 공부는 시간이 흐를수록 속도가 붙고 신명이 났다. 그래서 그때부터 나의 공부는 고등고시 또는 취직시험을 위해서라는 타산적인 차원을 넘어 어느덧 광적인 학구열로 빠져 들어갔다.

내 몸속에 오랫동안 쌓여 왔던 학문에의 열정이, 갈구가 드디어 때를 만나 그야말로 화산(火山)처럼 일시에 폭발했던 것이다.

자본주의에 미친 끝에 고시까지

'자본주의경제학'에 밤낮 열중

그때 그 공부는 해야 한다고 지겹도록 강요받은 고통이 아니었다. 내 스스로 갈망한 지식의 탐구요, 희열이었다. 말하자면 흥미 있고 관심 있는 학문분야를 파고들어 간절한 소망을 이루어간 행복한 '학문의 길'이었다.

그에 촉진제가 된 것은 마르크스경제학과 자본주의경제학의 장단점을 상호 비교하는 것이었고, 그 결과 자본주의의 우월성을 똑똑히 발견할 수 있었던 것이다.

대학 3학년에 들어서자마자 시작된 독학은 마치 초등·중학교 시절 못다 한한(恨)을 단숨에 풀기라도 하듯 밤낮없이 강행되었다. 책상 위에는 사전을 쌓아올려 그 위에 석유 등잔불을 얹고 전깃불은 껐다.

불빛이 비치는 범위 안에 책을 펴놓고 시선을 집중했다. 마치 현대판 '형설(螢雪)의 공(功)'을 쌓아가듯 말이다(내가 경제학을 어떻게 공부했는지는 따로 소개하겠다).

'늦게 배운 도둑이 날 새는 줄 모른다.'고 한다. 뒤늦게 철이 든 나는 그때 죽을지 살지 구분조차 할 수 없었다. 일본 만화책에서 연마한 한문(漢文) 실력과 소설, 잡지를 탐독하며 기른 독파력(讀破力)은 마치 장인(匠人)의 손에 익은 연장과도 같았다.

'소년이노학난성(少年易老學難成)'

그 시절 나는 중학교 한문시간에 익힌 한시(漢詩)를 자주 읊으며 마음을 가다듬었다.

盛年不重來	젊은 시절은 다시 오지 않고
一日難再晨	하루의 새벽 또한 다시 오지 않는다.
及時當勉勵	때를 놓치지 말고 부지런히 공부해야 마땅하다.
歲月不待人	세월은 결코 사람을 기다려 주지 않으니

-도연명 <잡시기(雜詩記)> 중에서-

少年易老學難成	소년은 늙기 쉽고 학문은 이루기 어려우니
一寸光陰不可輕	짧은 순간인들 어찌 가볍게 여길소냐
未覺池塘春草夢	못가의 봄풀은 아직도 단꿈에 잠겼는데
階前梧葉已秋聲	섬돌 앞 오동잎은 어느새 가을 소릴 내는구나

-주희 <우성(偶成)>-

내가 공부하는 동안 크게 덕 본 것은 뭐니 뭐니 해도 한문 실력이었다. 한문은 표의문자라서 글자만 보면 당장 그 의미를 알 수 있고, 일단 기억한 글자는 잘 잊히지 않았다. 한자가 결합된 학술용어(學術用語)는 익히기가 힘들다. 하지만 일단 의미를 알고 종이에 써서 외우고 나면 유사한 학술용어와 구분이 확실하고 또 그 의미를 푸는 데 참으로 유용했다.

예를 들면 국사에서 임금 이름을 왕조별로 기억할 때 또는 헌법에서 법조문(法條文)을 장별로 기억할 때 머리글자 한 자씩만 순서대로 기억하면 알고자 하는 왕이 몇 대인지, 법조문이 몇 조인지, 당장 기억해낼 수 있었다.

특히 한문용어는 같은 음(音)이지만 의미가 전혀 다른 경우가 많다. '동화'를 사전에서 찾아보면 의미가 전혀 다른 '同化, 童話, 動畵, 同和' 등이 나온다. 이런 혼돈을 방지하기 위해서는 한문 공부가 필수적일 수밖에 없다.

사실 한문이 아니었다면 나는 감히 고등고시를 넘보지 못했을 것이다. 국사(國史)를 비롯하여 헌법(憲法), 행정법(行政法) 등은 한문투성이였고, 특히 일본책에 의존한 경제학, 재정학, 경제정책, 회계학은 한문 실력 없이는 도저히 손댈 수 없는 과목들이었다.

언감생심, 고등고시에 도전키로

공부가 본격화되어 갈 무렵 내 주변에서는 자극이 될 만한 사건들이 몇 가지 있었다.

"그 친구 고등고시 공부한다고? 남이 시장에 간다니까 따라가는 격이군." "서울대 학생도 아니요, 경제학과 학생도 아닌 주제에 언감생심 고시공부를 하다니." "그냥 놀기가 무안하니까 별소리를 다하는군." 이런 말들은 중학 시절 동기 몇몇이 비웃는 소리를 동생이 듣고 전해 주었던 것이다.

'어디서 그런 소문이 났을까?', '내가 고시공부를 한다는 사실을 친구들이 어떻게 알았을까?' 몹시 궁금했다. 하지만 가장 큰 부담은 '떨어졌을 때 겪을 망신을 어떻게 감당할 것인가?' 하는 두려움이었다.

중학교 동기들은 내가 경제학과로 전과한 사실을 알 까닭이 없었다. 그보다는 내가 중학생활 6년을 통해 공부를 그렇게 잘하는 편이 아니라는 사실을 다 알고 있었다. 그런 내가 감히 고등고시 공부를 한답시고 자기도취에 빠져 있다가 어느 날 갑자기 속내를 들킨 꼴이 되었으니 난처할 수밖에 없었다.

하지만 나는 그런 소문 따위에 위축되지 않기로 결심했다. 고등고시 시험이야 한 과목 60점에서 0.1점만 모자라도, 큰 점수가 모자라도, 떨어지기는 마찬가지가 아닌가? 최종 목표는 은행원 시험이니까 열심히 실력만 쌓으면 그만이라고 마음을 단단히 먹기로 작정했던 것이다.

"아들 시시한 대학 보내 놓고……"

그 다음에 들려온 소문은 이러했다.

"내 점방 갖고 잡상인 쫓는데 상관없는 형님께서 웬 참견이죠? 아들 시시한 대학에 보내 놓고 뭣이 잘났다고 남의 일에 간섭해요?"

이 말은 우리 점포 건너편 포목상 부인이 어머니께 내뱉은 핀잔소리였는데, 여동생이 듣고 전해 준 것이다.

그 부인이 자기 상점 앞에서 좌판을 벌인 노파들을 하도 못살게 구박하자, 보다 못한 어머니가 몇 마디 거들었다가 면박을 당했던 것이다. 나중에 남편 되는 사람이 나서서 사과하는 것으로 일은 끝났지만, 내게는 참을 수 없는 모욕이었다.

"오냐, 내가 시시한 대학생인지 아닌지는 두고 보면 알 게 아니냐. 설마 하니 E대학 다니는 당신네 딸보다 내가 못 되라는 법이 어디 있는가? 감히 우리 어머니를 모욕하다니." 이것이 그때 내가 느낀 분노요, 다진 결심이었다.

그 후 내가 고시에 합격해 재무부로 출두하기 위해 고향을 떠나던 날, E대학 여학생의 부친은 버스 정거장까지 나와 상경하는 자기 딸을 나에게 소개했다. 그분은 고향서 부산까지, 부산서 서울까지 10여 시간을 동행하는 동안 젊은 남녀 사이에 어떤 접점(接點)이 생길 것을 기대했을지 모른다.

하지만 나는 어머니가 당한 옛날의 모욕을 잊지 못해 헤어질 때까지 그녀와 정담(情談) 한마디도 나누지 않았다. 그녀는 제법 미인이었는데 말이다.

"젊은 녀석이 놀고 자빠졌다"

또 이런 일도 있었다.

"저 집 아들은 대학생이라던데, 왜 학교도 안 가고 만날 집 안에 틀어박혀 빈둥거리고 있지?" "이발이라도 좀 하지, 머리털은 산도둑 같고 얼굴은 창백해서 마치 폐병환자 같다." "늙은 에미는 시장에서 죽어라고 고생하고 있는데 젊은 녀석은 놀고 자빠졌으니 노인네만 불쌍하다." 동네 아주머니들이 수군대는 소리였다.

내가 무슨 공부를 하는지, 왜 이발할 시간도 아까운지, 들고 다니는 책이 소설인지 공부 책인지, 그들은 알 까닭이 없었다. 어머니마저 정색하며 내 공부를 말릴 정도였으니까 말이다.

"얘, 고시공부는 무슨. 서울대 다니는 학생도 어림없다던데, 괜한 고생할 필요 없다. 중학 입학시험에도 떨어졌던 네 실력이야 이 에미가 잘 알지 않냐? 이발하고 친구 집에 놀러나 다녀라. 혹시 병이라도 나면 어쩔래? 너도 명색이 대학생인데 졸업하면 설마 취직할 자리 하나 없겠냐?"

내게 꾸준히 용기를 북돋워 준 사람은, 고시공부를 하게 한 바로 그 친구였다. 어느 날 그는 여고생인 처제를 시켜 편지 한 장을 보내주었다.

고시 공부에 발동, 미칠 지경까지

"철성아, 나는 겨울방학이라 부모님 뵈러 남해로 간다. 그동안 우리 살림방을 쓰게. 이불이나 베개도 그냥 쓰고……. 우리가 없는 동안 내 처제가 방 소제와 자네 잔심부름을 해주기로 했다. 나는 처가가 망해 휴학하고 상고(商高) 강사 노릇을 하지만, 고시에 대한 미련은 아직 버리지 않았다. 자네가 합격해야 자극이 되고 용기가 나서 나도 분발할 게 아닌가. 이 점 깊이 명심해주기 바란다."

그 친구의 셋방은 전 외무부장관 김용식 씨의 누님 댁 정원 속 조그만 초당(草堂)이었다. 내가 그곳에서 지내는 동안 그 집 안주인은 내 공부에 방해가 된다고 딸들이 즐겨 부르는 노래를 말렸고 이따금 간식을 보내주시기도 했다. 그리고 그 친구의 처제는 나를 정성껏 뒷바라지해 주었다. 하지만 그곳에서 두 달을 지내는 동안에도 나는 성숙한 그녀를 한 번도 여자로 쳐다본 적이 없었다. 그만큼 정신없이 공부에 미쳐 있었던 것이다.

그 후 그 친구는 나의 고시 합격을 보고 마음을 가다듬어 제8회 고등고시 사법과에 합격했다. 부산·대구지법 판사를 거쳐 부산고등법원의 초대 법원장을 지냈고, 지금은 부산에서 유능한 변호사로 활약 중이다.

자본주의 경제학을 처음 알고 그 공부에 잔뜩 재미가 붙은 나는 남의 말, 이웃의 소문쯤은 예사로 듣고 넘길 만큼 대범해져 갔다. 자살한 M 양을 생각할 적마다 남몰래 울먹이던 비관도 어느새 자취를 감추었다.

시간을 정해 역기운동을 했고, 학술용어를 암기할 때는 꼭 아령운동을 곁들였다. 밥은 세 끼에다 밤참까지, 그것도 모자라서 어머니가 챙겨주신 간식까지 먹었다. 어머니는 아버지의 유품인 책상의 양쪽 서랍 속에 항상 찐쌀과 마른 고구마를 넣어주셨다.

하루에 잠잔 시간은 낮잠을 합쳐도 4시간 정도, 하지만 정신과 육체는 공부를 시작하기 이전보다 훨씬 튼튼해졌다. 목적의식을 가진 행동에 웬만한 병마는 얼씬도 못했던 것이다.

하지만 그 같은 강행군 뒤에는 부작용이 있기 마련이었다. 시험을 두 달쯤 앞둔 어느 날 나를 진찰한 의사는 "이대로 공부를 계속하면 큰일이 날지 모른다."고 두 번이나 경고했다. 그때 어머니는 나의 만용을 간곡히 말렸다. 될 일도 아니거니와 공연한 일로 혹시 몸이라도 상하면 어쩌나 싶어 크게 염려하셨던 것이다.

하지만 공부를 향한 나의 열정과 기세를 꺾을 사람은 아무도 없었다. 지금 생각해도 가히 미치다시피 공부에 파묻혔던 것이다.

시험과목 가운데 경제학, 경제정책, 재정학 등의 과목은 서로가 연관되어서 비록 독학이긴 했지만 재미가 붙고 신명이 나서 눈에 띄게 능률이 올랐다. 하지만 국사, 헌법, 행정법, 회계학 등 기타 과목은 무작정 이해하거나 반복 암기할 수밖에 없었다. 공부하다 힘든 대목을 만나면 으레 책상 맞은편 벽에 걸린 아버지 사진을 올려다보곤 했다.

남의 험담 분발의 자극 삼고

'나도 남들처럼 아버지가 살아계신다면 이런 고생은 안 해도 될 텐데…….' 그러나 그런 비관도 잠깐, 그런 청승맞은 생각이 떠오를 때면 나는 이를 악물고 초지일관(初志一貫)할 것을 굳게 다짐했다. 마치 베토벤이 생의 허무를 음악으로 승화시켜 영원한 존재가 되었고, 칼라일이 대학생활 4년 동안 만 권의 책을 독파하여 위대한 철학자가 되었듯이 말이다.

4. 고등고시로 맞은 새 인생

자유당과 맞선 총선(總選) 마이크

고등고시 필기시험이 끝나자 나는 '낙방은 분명한데 언제 또 서울에 올 기회가 있을까?' 싶었다. 다른 목적이면 몰라도 시험을 치기 위해 다시 올라올 기회는 영영 없을 것 같았다. 그만큼 응시 결과에 자신이 없었던 것이다.

명색이 국가공무원의 최고 등용문인데 각 과목의 출제위원들이 어느 대학의 교수인지, 그의 저서(著書)가 무엇인지, 강단에서 평소에 강조한 문제가 무엇인지 나는 아무것도 몰랐다. 게다가 내 주변에는 고등고시 행정과에 응시해 본 경험자가 한 사람도 없었다.

나는 대학 1, 2학년 동안 교양과목으로 경제학개론, 민법총칙, 형법개론, 헌법 등은 수강했다. 하지만 경제사, 경제학설사, 재정학, 경제정책 등 경제학 관계 과목들은 물론 행정법과 회계학 등은 한 번도 수강해 본 적이 없는, 완전한 생짜배기 독학생이었다.

고시 시험에 좌절감, 서울 구경이나

그러니 시험을 끝내고 난 후 일찌감치 낙방을 각오하고 재시험을 포기한 것은 너무나 당연한 일이었다.

서울에 머물면서 매제가 코치로 근무하던 경기여고 농구코트에서 선수들이 뛰는 모습을 황홀하게 바라보고, 주말에는 이곳저곳의 명승고적을 신기한 눈으로 구경하고 다녔다.

그러던 어느 날, 고향에서 한 통의 전보가 날아왔다. "선거 운동에 고전하고 있으니 속히 돌아와서 좀 도와 달라."는 요지였다. 1954년 제3대 국회의원 선거 때였고, 야당인 민국당의 공천을 받아 고향에서 출마한 C 씨 부인께서 치신 전보였다.

C 씨는 일제강점기에 동아일보 통영지국장으로 계시면서 고향의 청년·민족 운동을 주도하신 분으로 선친과 동지였고, 해방 후에는 내무부장관 조병옥 씨의 천거로 경찰에 투신하셨다. 경남경찰국장 재직 시에는 나를 경교생으로 취업시켰다가 중학교가 개학할 때까지 경찰국장 관사에 머물게 해주신 분이었다.

더구나 그분의 장녀와는 관사생활 내내 오누이처럼 지냈고, 차녀는 비명(非命)에 간 바로 그 여인이었다. 나는 주저하거나 지체할 여지가 없었다.

국회의원 선거 운동에 끌려들어

서울 구경에 미련을 남긴 채 고향으로 달려간 나는 뜻밖에도 "선전 마이크를 잡아 달라."는 부탁을 받았다.

그때 내 나이는 불과 22세. 그 이전에 대중 앞에 나서봤거나 마이크를 잡고 연설을 해 본 경험은 전혀 없었다. 하지만 무경험을 핑계로 그 일을 주저할 만큼 한가로운 선거 분위기는 결코 아니었다.

상대편 입후보자는 여당 자유당(自由黨)의 공천자로서 최고학부를 졸업한 박사로 부산 소재 대학에서 대학원장으로 근무하고 있었다. 집안 재력도 탄탄해 누가 봐도 대적하기 어려운 상대였다. 더구나 돈과 권력이 뒷받침된 관권(官權) 선거여서 유권자 매수를 위해 막걸리·고무신·비누·돈봉투가 난무하던 시대였다.

그에 비해 우리 쪽 입후보자는 학력도 무학인 데다 나이가 많고 전직 경찰국장이었을 뿐 무직상태였다. 일제강점기에는 동아일보 통영지국을 경영하며 조병옥 박사와 동지 관계였고, 그 인연으로 해방 후에 인천경찰서장에서 시작해 경남 경찰국장 등을 역임했다. 재력도 여당 후보에 비할 바가 아니었다.

우리 쪽에서 움직이는 자동차는 트럭이 겨우 한 대, 수십 개 섬마을에는 조그만 똑딱선 한 척을 임차했을 뿐이었다. 운동원들은 밤낮으로 선거비용이 부족하다고 아우성치면서도 통영사람들의 반골(反骨)정신이 발휘되어 투지만은 왕성했다.

끼니 때가 되면 선거 사무소로 쓰는 입후보자 자택의 좁은 방과 마루, 마당에 운동원들이 모여 앉아 난장판을 벌였다.

다행스럽게도 자유당 공천자는 스스로 실책(失策)을 범해 인심을 잃고 있었다. 그분은 어리석게도 경찰이 주동이 되어 관공서를 총동원한 소위 관제 선거운동에 편승해 있었던 것이다.

상대방이 관권을 동원해 우리 측을 다각도로 압박해오자 그때부터 개인적인 사은(謝恩)의 정도를 넘어 내 마음속에 잠재되어 있던 사회적인 정의감이 고개를 쳐들었다.

그때 나는 헌법 203개 조문을 달달 외울 정도로 헌법에 대한 지식이 철철 넘치는 고시응시자였다. 자본주의, 시장경제, 민주주의, 법치주의 등 우리 사회가 추구하는 가치가 무엇이며 우리가 자랑하는 자유·민주주의 선거의 본질이 무엇인지, 못할 말이 없었다. 그런 나의 진가가 마이크를 통해 유감없이 발휘된 것은 두말할 나위가 없었다. 적어도 당시의 통영에서 나에게 맞설 선전 마이크는 없었다.

선거 운동이 막바지에 접어들자 경찰은 그제야 불리한 형세를 깨달았는지 초조한 나머지 여당 입후보자의 당선을 위해 일반 관공서 직원들까지 선거운동에 동원하는 등 계속해서 시민들의 반감(反感)을 사고 있었다.

정의감·의협심 호소한 선거 마이크

심지어 그들은 마이크를 잡은 나를 잡아넣기 위해 정·사복경찰관을 파견하여 우리 측 선거사무소를 포위하고 발악했다. 그러자 우리 측에서는 하는 수 없이 입후보자의 친동생을 대신 내놓고 "내가 마이크를 잡았다."고 말하게 했다. 선거가 끝날 때까지 그는 석방되지 못했다.

나는 그에 굴복하지 않고 여당 측의 허점을 철저히 파고들었다. 마이크를 통해 고향사람들의 전통적인 정의감과 의협심에 호소하고 적개심을 선동하는 데 주력했다.

"시민 여러분, 우리는 경찰로부터 마이크에 연결된 전선(電線)을 절단당했습니다. 입을 콱 틀어 막아놓고 우리더러 어떻게 선거운동을 하란 말입니까?"

"자유당은 우리 트럭의 엔진에 물엿을 끼얹었습니다. 발목을 꽁꽁 묶어놓고 우리더러 어떻게 유권자를 찾아다니란 말입니까?"

"우리 선거운동원들이 경찰 유치장에 구속되어 있습니다. 대명천지에 대한민국 헌법이 보장하는 자유·공명선거가 바로 이것입니까?"

"우리 입후보자는 학벌이 없습니다. 자금도 없습니다. 나이도 많습니다. 있다는 것은 오직 하나 왜정 때 청년 운동, 민족 운동을 하며 일본 군경에 주리를 틀린 경력밖에 없습니다. 우리 입후보자는 민주주의를 지키고 죽겠다는 일념밖에 가진 것이 없습니다. 자유당의 탄압으로부터 민주주의를 지키고 이 사람을 살릴 사람은 오직 내 고향, 유권자 여러분밖에 없습니다."

"지금 거리에서 어린이들은 '먹어 보자 자유당, 찍어 주자 민국당!'이라고 외치고 있습니다. 여러분은 어떻습니까?"

"섬사람·시골사람들은 우리더러 시골 염려는 하지 말라고 합니다. 문제는 돈에 팔리고 술에 흔들리는, 겉 다르고 속 다른 읍내(邑內) 사람들이라고 걱정을 태산같이 하고 있습니다. 시민 여러분, 섬사람 촌사람들 말이 맞습니까, 틀립니까?"

그리하여 그해 5월 20일 C 씨는 당당히 당선되어 경남·부산지역에서 어렵게 당선된 야당 당선자 3명 중의 한 사람이 되었다.

어머니 억지, 국회의원 수행원

선거운동이 끝나자 고향사람들은 나를 두고 '앞으로 도의원, 나아가 국회의원을 시킬 만한 인물'이라고 내놓고 칭찬했다. 그리고 각급 선거 때가 되면 으레 나를 입후보자로 거명했다.

하지만 그때 나는 대학 3학년 학생이었고, 정치에는 전혀 관심이 없었다. 짐작컨대 고향 유지들은 그때 그 선거에서 마이크를 잡고 '독재정권 타도'를 외치는 내 모습에 짜릿한 통쾌감을 느꼈을 것이다. 그리고 옛날 일제강점기에 동아일보 기자였으며 불교청년회장, 시민운동회 주최자 등으로 활동하시던 선친의 아들이라는 점도 감안했을지 모른다.

선거운동이 끝나자 나는 대학으로 돌아갈 준비를 시작했다. 서울 가서 치른 고시 시험결과는 보나마나 떨어졌을 것이고, 경제학과 학생으로 돌아가 수업에 충실해야겠다고 마음을 가다듬었던 것이다.

그런데 뜻밖의 일이 또 벌어지고 말았다. 어머니가 나의 군대 입대를 걱정한 나머지 엉뚱한 생각을 하셨던 것이다.

"너 대학 졸업하면 군대 가야 할 게 아니냐? C 의원의 비서로 따라가면 선거때 공로를 봐서라도 너 하나쯤은 군대를 면(免)하게 해 줄 것."이라는 어이없는 말씀이었다.

"어머니, 국회의원 비서는 군대 안 가도 된다는 말 어디서 들었어요?"

"듣긴 누구한테 들어? 아무리 힘없는 야당이라도 명색이 한 나라의 국회의원 아니냐? 설마 너 한 사람 돌봐주지 못할 것 같으냐?"

"안 돼요. 어림없는 얘깁니다. 대학 마치고 군대 갔다 오면 될 텐데, 공부도 못하고 영감님 따라 서울 가서 고생만 실컷 할 필요가 어디 있어요? 더구나 지금은 휴전이 성립되어 전쟁이 없으니까 군대 가도 죽을 걱정은 없는데 왜 그러세요?"

그러나 내 항변은 전혀 통하지 않았다. 한사코 몰아붙이는 어리석은 모정(母情) 앞에 굴복한 나는, 당선된 C 의원을 따라 서울로 올라갈 수밖에 없었다.

한 사람 몫밖에 안 되는 비서 자리와 월급은 무직이던 최 의원의 동생에게 돌아가고, 나는 수행원이라는 신분증만 한 장 달랑 얻었을 뿐이었다.

당시에 어머니가 나를 억지로 서울로 보낸 까닭은, 법률이나 제도 등 세상 돌아가는 물정은 모르고 다만 자식에 대한 맹목적인 보호본능만 앞섰기 때문이었다. 그것은 어머니 나름의 열렬한 모성애였다. 하지만 세상을 보는 어머니 눈의 한계이기도 했다

나는 알 수 있었다. '어머니의 요구가 자식에 대한 한량없는 사랑으로부터 우러나왔다는 것을, 또 그것이 자식의 미래를 열기도 하지만 자칫하면 엉뚱한 곳으로 오도(誤導)할 수도 있다는 것을……' 그래서 그 단계에 이르러 나에게 있어 어머니는 애증(愛憎)의 갈림길에 서 있었는지 모른다.

1955년 여름, 서울에 머물고 있는 나에게 고향에서는 해수욕장의 개장 소식이 들려왔고 부산의 대학에서는 여름방학 소식이 날아왔다.

어머니의 엄명(嚴命)을 어기지 못한 나는 무더운 서울에서 답답하고 처량한, C 의원의 수행원 생활로 허송세월하고 있었다.

"엄마, 도저히 못 참겠어요. 잠자리는 C 의원의 사위 집 문간방인데 영감님 몸집이 너무 커서 한여름인데도 손발을 움직일 수 없어요. 친구들 만나볼 틈도 없고……"

"뭐? 그까짓 고생도 못 참겠단 말이냐? 옛날 경찰학교에서 그랬던 것처럼 이번에 또 도망쳐 오기만 해 봐라. 그때는 이미 내 자식이 아니다. 알았지?"

필기시험 합격, 관보(官報)에서 재확인

그러던 어느 날 늦은 아침이었다. 일과대로 나는 그 시절 국회의사당으로 사용되던 조선일보사 옆 건물로 향했다. 수송동 골목에서 기마대 본부를 거쳐 옛 숙명여고 교사(校舍) 담벼락을 따라 더위를 참으며 뚜벅뚜벅 걸어갔다.

그때 담 벼락에 커다랗게 가로로 써 붙인 하얀 종이 공고문이 보였다. 국무원 사무국의 공고(公告)였다.

'제6회 고등고시 행정과 필기시험 합격자 발표'라는 제목하에 한문으로 쓴 공고문이었다. 언젠가 이런 발표문을 보게 될 것이라고 예상은 했지만 막상 발표를 보는 순간, 못 볼 것을 본 듯 고개를 당장 앞으로 돌리고 말았다.

다시 봐야 하나 말아야 하나 하고 잠시 망설였다. 들여다봐야 낙담할 것이 뻔하고, 안 보자니 무언가 개운치 않았다.

남의 이름들일 거라고 생각하면서도 그냥 스치고 지나가 버릴 수는 없었다.

"아니?"

그 순간, 나는 내 눈을 의심했다. 도저히 있을 수 없는, 도저히 믿을 수 없는 상황이 그 하얀 종이 위에 나타나 있었다.

'제2부 수험번호 711번 경남 이철성 22세'라는 선명한 문구! 머리에 피가 거꾸로 솟구치고 가슴은 북 치듯 쿵쾅거렸다.

"도대체 이게 꿈인가, 생시인가?" 담벼락을 다시 돌아볼 용기는 도저히 없었다.

어느 틈엔가 나는 목청껏 "어머니!"를 부르고 "서울 학생들한테 이겼다!" "전국에서 나 하나뿐이다." 하고 소리치며 달렸다. 한참을 달린 후에야 내가 종로 2가 YMCA 앞에 서 있음을 발견했다.

"혹시 잘못 본 건 아니겠지?", "내가 왜 여기 서 있지?" 불안감을 느끼면서 신세계백화점 옆 제일은행 건물로 갔다. 그때 한국은행은 6·25 전재(戰災)에서 회복되기 전이라 그곳을 객장으로 사용하고 있었다. 들어가자 중학·대학 선배인 박태주 씨가 자리를 박차고 일어서며 활짝 웃었다. "관보(官報)에서 네 이름을 봤다. 정말 축하한다."고 인사말을 했다. 그제서야 나는 비로소 불안했던 가슴을 쓸어내릴 수 있었다. 헛본 공고가 아니었던 것이다. 기적이었다.

제6회 고등고시 행정과 필기시험 합격자는 14명이었다. 그 가운데서 제2부, 그러니까 재정·경제부문 합격자는 나 한 사람뿐이었다. 서울대를 비롯해 연희·고려대 등 일류대의 상경계(商經系) 학생들이 갈망하는 제2부 필기시험에 내가 단독 합격한 기적을 선배를 통해 재확인할 수 있었다. 정말 믿을 수 없는 일이었다.

나의 필기시험 합격 소식은 출신교인 통영중학교와 부산대학교에 즉시 전파되어 당장 큰 화젯거리가 되었다.

"아니 부산대 다니는 이 군, 그 사람이? 그 사람 우리 중학출신이 맞기는 맞아? 그 사람 국문과 다닌다고 했지 않나? 그런데 어떻게 고등고시를?"

　나의 합격 소식에 놀란 것은 중학 동기들도 마찬가지였다. 그들은 도저히 믿지 못하는 듯했고, 개중에는 의아하게 생각하는 사람도 있었다.

　"맞긴 맞나? 설마 사바사바¹한 건 아니겠지?"

　"무슨 소리, 명색이 국가의 최고 등용시험인데 그건 말도 안 돼."

　내 합격 소식에 놀라기는 대학 주변도 마찬가지였다.

　"그 사람 우리 대학의 국문과 학생 아닌가? 그 사람 우리 대학 출신이 맞기는 맞아? 전공이 전혀 다른 사람이 어떻게 고등고시에 합격했지?"

　그 후, 국무원 사무국 회의실에서 필기시험 합격자를 대상으로 구술시험(口述試驗)이 있었다. 첫날은 행정법과 경제학이었다. 그런데 경제학 시간에 고시위원 한 분이 시험과 상관없는 짓궂은 질문을 던졌다.

　"이력서를 보니까 당신 출신교가 부산대학교로 되어 있는데 부산대학이 언제부터 종합대학교가 되었소? 경제원론은 어느 교수한테 배웠소? 이정환 교수는 잘 있소?" 등 거만한 질문 태도였다.

　"……"

구술(口述)시험 둘째 날, 과로로 쓰러져

　내가 고시공부를 할 때 이정환 교수의 ≪경제학개론≫은 내가 택한 교본 중 하나였다. 하지만 시험공부를 독학으로 한 나는 그분의 강의는 사실 한 번도 들어본 적이 없었다. 그래서 고시위원 앞에서 이 교수에 관해 대답할 자료가 없었

---

1. 뒷거래를 통해 떳떳하지 못한 방법으로 일을 조작하는 짓−일본어

다. 하지만 수험생인 내가 왜 그때 그런 질문을 받았는지, 그분의 질문태도가 왜 그렇게 거만하게 보였는지 도저히 이해할 수가 없었다.

그날 숙소에 돌아온 나는 기분이 상한 데다 몸살에 감기까지 겹쳐 그만 자리에 드러눕고 말았다. 1년간의 고시공부, 3개월간의 국회의원 선거운동, 객지서 겪은 국회의원 수행원 생활, 필기시험 합격 후 고향에서 벌어진 축하 파티 등으로 피로가 쌓인 데다가 값싼 여관방의 건조한 공기로 기어코 KO되고 말았다.

다음 날 구술시험은 재정학 한 과목이었고 수험생은 물론 나 한 사람뿐이었다. 하지만 나는 잠자리에서 일어날 수가 없었다. 그래서 고등고시 최종 합격은 다음 해로 미뤄지고 말았다.

다음 해에 구술 재시험을 치르러 시험장으로 가자 나를 발견한 국무원 사무국 고시과(考試課) 직원은 깜짝 놀라며 말했다.

"당신 살아 있었구먼! 죽지 않았으면 업혀서라도 나오지 왜 그랬소? 작년 구술시험 때 마감시간을 넘기면서까지 당신 한 사람을 기다린 한국·산업은행의 김유택·구용서 총재께서 '이 수험생은 분명 죽은 것 같다. 살아 있다면 들것에 실려서라도 나올 텐데'라고 말씀하시더라."고 전했다.

짓궂은 시험관, 의아한 질문공세

고시 구술시험 때 고시위원으로부터 왜 그처럼 곤욕을 치러야 했는지, 훗날 대학 친구 김일곤(金日坤) 교수로부터 사유를 들을 수 있었다.

6·25전쟁 중에 부산에서 전시(戰時) 연합대학이 개강했을 때 서울 소재 대학생들과 부산시내 대학생들은 같은 과목이면 어디서 개설된 강좌라도 마음대로 선택·수강할 수 있었다. 말하자면 공통학점제가 실시되었던 것이다.

경제원론(經濟原論) 강좌에는 학생들 대부분이 서울에서 내려온 C 교수에게 몰릴 것으로 예상되었다. 하지만 막상 강의가 시작되자 당초 예상과는 달리 학생들 대부분이 부산대학 L 교수에게 몰렸다. 그때 서울에서 온 C 교수가 느꼈을 불쾌감이 어떠했을까는 내가 대학교수가 되고서야 비로소 짐작할 수 있었다. 그 C 교수가 바로 면접 때 경제학 구술시험관의 한 사람이었던 것이다.

나는 고등고시 공부를 하는 동안 경제학 분야는 주로 일본 동경제대의 교재를 사용했고, 우리 책으로는 연희대 최호진 교수와 부산대 이정환 교수 것을 참고했다. 최 교수 책은 자본주의 경제이론을 폭넓고 깊이 있게 잘 다루었지만 내가 원서(原書)로 공부한 일본 마이데 교수의 ≪이론경제학개요≫와 대동소이했다.

그에 반해 이 교수의 책은 자본주의와 사회주의 경제의 장단점을 비교하면서, 자본주의의 단점을 보완하고 장점을 살리기 위한 '수정자본주의(修正資本主義)'의 필연성을 강조하는 내용이었다.

두 분의 강좌가 부산에서 병설되었을 때는 6·25전쟁 중이라서 사회주의, 특히 '마르크스 경제학'에 대한 학생들의 호기심이 높았다. 따라서 이 교수의 강의가 학생들의 인기를 많이 끌었던 것이다.

구술 재시험 대비, '케인즈'에 매진

나는 1년 뒤에 있을 구술시험을 기약하고 귀향, 휴식을 취하고 건강을 회복하면서 때마침 경제학 분야에 선풍처럼 불어 닥친 케인즈 경제학을 중점적으로 공부하기 시작했다.

비록 미숙하긴 해도 당시에 나의 경제학 사상은 마르크스 경제학과 자본주의 경제학 사이에서 방황하던 끝에 수정자본주의 경제이론에서 활로를 찾고 있었다.

따라서 1930년대 세계대공황을 겪은 자본주의 경제가 사회주의 경제의 도전을 물리치고 이론적 우위(優位)를 확보한 당시 영국의 '케인즈 이론'은 장차 경제관료가 되려는 나에게 필수적인 학설이었다.

한 주일 빌린 '최신 경제학사전'

그러던 어느 날, 부산대학의 같은 학과에 다니던 중학동기생 오세만(吳世萬)군 집에서 우연히 《신경제학사전(新經濟學辭典)》을 발견했다.

고등고시 구술시험을 1년 앞두고 있던 나는 그 사전에 잔뜩 구미가 당겨 당장빌려 달라고 졸랐다. 하지만 손때도 묻지 않은 새 책이라 그는 겨우 1주일만 빌려 주겠다고 했다. 당시에 우리 고향에서는 그런 전문사전을 사는 이가 없어 그책은 서점에 없었다. 고마운 친구였다.

1주일에 베낀 《최신 경제학사전》 한 권

나는 우선 큼직한 대학노트 다섯 권을 샀다. 그리고 그 사전 첫 장부터 읽고 모르는 학술용어만을 골라 노트에 썼다. 필기시험 공부 때처럼 밤샘하며 매달린 끝에 나는 정확하게 1주일 만에 그 사전을 돌려줄 수 있었다. 사전을 돌려받은 친구는 퍽 놀란 표정이었다.

나는 노트 다섯 권에 담긴 학술용어를 읽고 외우며 정말 열심히 공부했다. 이해와 암기가 끝난 학술용어에는 붉은 밑줄을 그었다. 그 노력은 다음 해 구술시험 때까지 계속되었다.

그 결과 고등고시의 합격 기수(期數)는 6회에서 7회로 미뤄졌지만, 1년 동안 나는 최신(最新) 경제학을 충실히 습득할 수 있었고, 고시 동기들을 많이 얻어 인생에 도움도 되었다. 지금 와서 관료생활을 포함한 지난 인생을 되돌아볼 때 합격 기수나 승진 기회가 한 해 빠르거나 늦은 것은 별 의미가 없다고 생각된다.

나의 손때가 묻은 그 노트들은 우리가 이곳저곳 이사를 다니는 동안 많이 마모되었지만 오랫동안 내 서가(書架)에 꽂혀 있었다. 그런데 1969년 한남동으로 이사 가던 날, 누군가가 너무 낡았다고 생각했는지, 그 노트들을 잡지 잡동사니와 함께 고물상에게 넘기고 말았다.

그 노트들은 제자들에게 보여주고 자손들에게 물려주어 교훈(敎訓)으로 삼게 하고 싶었다. 만약 그 노트가 남아 있었다면 제자들에게 분발(奮發)을 촉구하는 증표로 삼았을 것이다. 무엇과도 바꿀 수 없는 소중한 유품(遺品)이 될 뻔했는데 참으로 애석하다.

하긴 물건이라는 게 다 그렇다. 아무리 피와 땀과 열정이 깃든 것이라 해도 없어지고자 하면 한순간 너무나 허무하게 사라진다. 반대로 무심하게 놓아둔 쓸모없는 물건인데 용케도 내 뒤를 바짝 따라다니는 것도 있다.

하지만 물건이란 어차피 없어지는 것, 내가 쏟은 정열과 땀방울을 기억하는 한, 그 노트는 내 가슴속에 옛 모습 그대로 영원히 남아 있을 것이다. 또박또박 쓰여진 내 꿈과 함께……

주경야독, 남원 산사(山寺)의 추억

대학 휴학, 병역기피로 몰려

다음 해에 있을 고시 구술시험을 준비하는 동안 고향에서 여유 있는 시간을 즐길 수 있었다. 아침에는 어머니 따라 시장에 나가 쌀가게의 큰 함지를 옮겨 드리고, 낮에는 집 마당에서 장작을 패어 마루 밑과 추녀 아래에 가득 쌓는 등 집안일을 열심히 도왔다. 언제 고향 내 집으로 다시 돌아와 내 몫을 할 때가 있을까 싶어서였다.

그런데 그해 초가을 어느 날 뜻밖의 사건으로 나는 낯선 땅 남원(南原)으로 거처를 옮겨야 했다. 왜 그랬을까?

이야기는 6개월쯤 앞으로 거슬러 올라간다. 어느 날, 나는 통영경찰서 뒤편 운동장에서 부산으로 호송되기 위해 대기하는 100여 명의 병역기피자들 속에 끼어 있었다. 남들처럼 머리에는 나눠준 세수 수건을 동여매고 손에는 도시락을 들고 있었다.

당시에 나는 구술시험을 준비하기 위해 대학을 휴학하고 있었다. 그래서 대학생에게 보장된 징집연기의 특전이 박탈된 상태였다. 그런데도 나는 그런 사정을 깜빡 잊고 있다가 그날 기피자로 붙들렸던 것이다.

"이대로 끌려가면 어머니 낙담은 어찌하고 구술시험은 어떻게 되지?"

이렇게 걱정하던 나는 순간 어떤 생각이 번뜩 머리에 떠올랐다. 수첩 한 장을 찢어 메모를 적었다.

"경찰서장님, 이곳 출신 고등고시 필기시험 합격자입니다. 곧 있을 구술시험이 끝나면 군대에 가겠습니다. 그때까지 입대 연기를 도와주십시오."

이렇게 적은 쪽지를 지나가는 형사에게 사정사정 맡겼다.

그런데 기도하듯 적어 보낸 그 쪽지가 행운을 가져다주었던 것이다.

달려간 나에게 초면인 경찰서장이 물었다.

"쪽지는 봤는데 무슨 말이요?"

"예, 제가 아직 군대에 가지 못했습니다. 오늘 경찰서에 붙들려 와서 낮 배로 부산 병사구 사령부로 가게 되었습니다. 군대 입대는 당연합니다만, 군대에서 구술시험을 보게 해줄지 그게 걱정입니다. 만약 시험장에 못 나가면 필기시험 합격은 실격(失格)이 되니까요."

"그래서 어떻게 해달라고?"

"제가 구술시험을 볼 수 있도록 이번 압송에서 빼 주십사 하는 말씀입니다."

경찰서장 아량으로 위기 모면

"그래, 시험 끝나면 틀림없이 군대는 가는 거지?"

"물론입니다. 고급관료가 되어 국가에 봉사(奉仕)하겠다는 사람이 어찌 병역을 기피(忌避)하겠습니까?"

그날 그 기지(機智)가 아니었다면 나는 어머니도 모르게 군대에 달랑 끌려갔을 것이다. 궁(窮)하면 통(通)한다고 사람이란 위급하면 평소에 없던 초인적인 능력이 솟아난다고 한다. 범용한 내 머리에서 어떻게 그런 용기 있는 기지가 솟아났는지 모르겠다. 나 같은 마마보이가 말이다.

내가 그날 배짱을 발휘할 수 있었던 것은 고교 3학년 때 그곳에서 경교생(警校生) 생활을 했고 또 전 직원 앞에서 교양시험을 잘 봤다고 칭찬을 들은 일이 있었기 때문일 것이다.

생각해 보면 사람이란 결코 헛고생은 하지 않는 법인지, 나의 경우 언제나 고생 뒤엔 꼭 알맞은 보상이 뒤따라 주었다. 신통하게도.

전근된 서장 따라 남원까지

그런데 얼마 후 그 서장이 남원으로 전근되었다. 그러자 나는 언제 또다시 붙들릴지 몰라 불안했다. 다시 편지로 딱한 사정을 알렸다.

"통영에서 도움받은 학생입니다. 서장님이 떠나셔서 약간 불안합니다. 구술시험 때까지 그곳에 가서 공부할 수 있게 도와주십시오."

그 편지 역시 효력을 발휘해 나는 낯선 땅, 남원으로 가게 되었던 것이다.

남원에 머무는 동안 숙소는 시가지 동쪽 변두리에 위치한 선원사의 한 객실이었다. 법당 뒤편에는 사당인지 창고인지 알 수 없는 낡은 한옥이 몇 채 있었다. 그곳에는 유골이 가득 모셔져 있었는데, 6·25전쟁을 전후해 지리산에서 빨치산 토벌에 참가했다가 전사(戰死)한 전투경찰관과 그 틈바구니에서 희생된 민간인들 것이라고 했다.

당시에 불교계에서는 독신을 지키는 비구승과 가족을 가진 대처승 사이에서 교단(敎團)의 주도권을 둘러싼 치열한 싸움이 벌어지고 있었다. 그 절 주지는 대처승이어서 자주 출타해 절을 비웠다. 그럴 때면 그 큰 절을 나 혼자서 지켜야 했다.

절에서 홀로 촛불 켜놓고

낮에도 뒤뜰 한옥을 쳐다보면 무서운 생각이 들었고, 밤에 촛불 앞에서 책을 읽노라면 적막강산에 혼자 버려진 듯 온몸에 고독감을, 심지어 공포감을 느꼈다.

"이 군, 관사는 방이 많으니까 여기 와서 지내도록 해요." 서장께서 걱정해서

하는 말씀이었다.

"감사합니다만, 너무 폐가 되는 것 같아서……."

"요즘은 주지스님도 안 계셔서 혼자 지내기가 힘들 텐데?"

"고맙습니다만, 그래도 공부하기엔 그곳이 낫습니다."

혼자 지내는 객지의 가을밤은 너무나 길고 지루했다. 하지만 고향에서 한 번, 그리고 남원에서 또 한 번 서장에게 폐를 끼친 나는 염치가 없어 도저히 더 이상 폐를 끼칠 수 없었다.

침식을 걱정하는 어머니의 편지와 선물이 배달되던 날, 나는 나잇값도 못한 채 내 집과 어머니가 그리워 울었다. 하지만 ≪경제학사전≫을 옮긴 노트를 열심히 공부하며 잡념을 쫓았다.

날이 가고 달이 가면서, 절 생활에 익숙해지자 나는 한가한 낮 시간을 어떻게 활용할까를 궁리했다. 처음 겪는 객지생활이라 역시 의지할 분은 경찰서장, 그분 밖에 없었다.

"혹시 여기 고등학교에서 특활(特活)시간 수업을 한두 시간 맡을 수 있으면 좋겠습니다만, 공부 삼아……."

낮에는 '남원농고' 시간강사로

"그래? 여기는 고등학교가 농고(農高)밖에 없는데, 교장선생님께 부탁해 보지. 학생들은 좋아할 것 같은데……."

그리하여 한동안 나는 남원농고에서 3학년 학생들을 상대로 경제 및 법제에 관한 특강을 할 수 있었다.

학교에는 나보다 나이 많은 학생들도 있었다. 고등고시 필기시험 합격자라는 사실을 신통하게 생각한 학생들은 내 강의에 열심히 귀 기울여 주었다. 주말이 되면 학생들이 절로 찾아와 요천강가에서 천렵(川獵)을 하고 산사(山寺)를 찾아가기도 했다.

그 시절 강의를 하면서 후일 내가 대학교수가 되리라 생각해 본 적은 없었다. 누가 미구에 올 자기 운명을 예측할 수 있겠는가?

나는 그곳 강의를 통해, 우리나라의 정치는 국민 손에 의해 선출된 대통령에 의해 운영되는 민주주의 국가라는 것, 우리나라의 경제 질서는 모든 사람들에게 이익을 추구하는 영리(營利)주의와 경제활동의 자유가 보장되는 시장경제라는 것을 누누이 강조했다.

고등고시 공부를 하면서 익힌 헌법 지식을 통해 마음속 깊이 간직한 우리의 정체성(正體性)을 철저히 주입시킨 것이다.

강의 틈틈이 나는 내가 왜 국문학과에서 경제학과로 전과했는지, 그 이유를 설명했다. 우연한 기회에 마르크스 경제학에 심취했지만 그와 대립되는 자본주의 이론을 발견해 그 두 가지를 비교해 본 결과, 개개인의 창의성과 능력을 마음껏 발휘할 수 있는 제도적 장치가 바로 자본주의라는 현실을 깨닫고 비로소 마르크스의 망령에서 해방될 수 있었다는 내 경험을 들려주었다.

그리고 중·고등학교 시절 약간의 재능이 보인다고 해서 부모가 나서서 자식을 작가, 화가 또는 음악가로 만들려는 성급한 생각은 자식의 장래를 망칠 수 있다고 말했다. 자기 자식에게 상당한 천재성이 보인다고 하더라도 그것을 평생의 생업으로 삼기란 어려운 법인데, 하물며 유소년이 가진 약간의 재주를 과대평가한다면 자식의 일생을 망칠 수 있다는 점을 특히 강조했다.

한려수도

남원의 낭만, 고급요정 첫 구경

남원의 낭만, 영화 <춘향전> 보고

그때 마침 남원극장에서는 배우 이민과 조미령이 주연하는 영화 <춘향전(春香傳)>이 상영되었다. 그곳 광한루 앞뜰을 거닐면서 '나도 하루속히 구술시험을 끝내고 이 도령 같은 암행어사가 되어 춘향이 같은 예쁜 아가씨를 아내로 맞았으면……' 싶은 꿈을 꾸어 보기도 했다.

그곳에 머무는 동안 내게 여러 번 혼담(婚談)이 들어왔다. 은행원, 아나운서, 교사 등이었다. 혹시나 싶어 고향 어머니께 의향을 물었지만 반응은 힐책(詰責) 뿐이었다.

"봐라, 네가 아직 월급 한 푼도 못 받아본 주제에 뭐? 결혼? 정신 나간 소리 하지 말고, 시험공부나 제대로 해라."

설사 그곳에서 춘향이 같은 규수에 정신이 나갔어도 어머니의 일갈(一喝) 앞에 한마디 대꾸도 못했을 것이다. 그만큼 어머니는 나에게 감히 범접(犯接)할 수 없는 카리스마였다.

그러던 어느 날, 이른바 요정이라는 곳을 처음 가보았다. 학교 기성회에서 개교기념일을 맞아 교사 전원을 초대했던 것이다.

숫총각 첫 요정 구경도

23세 숫총각에게 그곳은 아방궁(阿房宮)처럼 화려했다. 소문으로만 듣던 요정은 건물부터가 크고 대단했다. 정돈된 정원을 거쳐 널찍한 손님방으로 뒤따라 들어갔을 때 산수화(山水畵)가 그려진 병풍을 등에 진 아랫목 상석에는 교장과 기성회장이 자리 잡고 있었다. 그들 등 뒤엔 비단으로 만든 등받이가, 옆구리엔 팔걸이가 놓였고 자리에는 비단 보료가 깔려 있었다.

어른들 곁에 젊고 예쁜 아가씨들을 앉혀 놓고 마담은 온갖 아양을 떠느라 정신이 없었다.

젊은 우리 교·강사들은 상석이 아득하게 바라보이는 출입문 가까운 말석에 얌전히 앉았다. 나는 처음 보는 기생들의 교태(嬌態)와 어른들의 주흥(酒興)을 신기하게 바라보았다.

그런데 음식과 술, 아가씨들은 어른들이 앉은 상석에만 집중되고, 우리가 앉은 말석에서는 왕성한 식욕 탓으로 음식이 금세 동이 났다. 하지만 누구 하나 감히 불평을 말하는 이는 없었다.

하지만 음식을 기다리다 참지 못한 나는 지나가는 아가씨에게 그만 불평을 내뱉고 말았다.

요정 첫 출입, 혐오감 느껴

"여보 아가씨, 여기는 음식이 다 떨어졌어요. 상석엔 음식이 남아도는데 왜 그쪽으로만 가세요?"

"잠깐 기다리세요."

하지만 어쩌다 우리 쪽에 온 음식은 금세 없어졌고 우리들은 무료하게 상석 구경만 할 수밖에 없었다. 나는 그 자리에서 가장 어린 데다 강사라서 일어날 수도 없었다. 참다못한 나는 이번에는 지나가는 아가씨의 치맛자락을 붙들었다.

"아가씨, 아가씨, 나 좀 보세요."

"왜요?"

귀찮은 듯 휙 돌아서던 아가씨의 치마폭이 그만 푹 터지고 말았다.

"아니, 이게 무슨 짓이에요?"

그 순간, 좌중의 시선이 나에게 일제히 쏠렸고, 못마땅하게 쳐다보는 어른들의 따가운 시선, 그리고 어른들을 의식하고 안절부절못하는 젊은 교·강사들의 난감한 표정을 나는 피부로 느낄 수 있었다.

철저한 관료의식, 술자리까지

자유당 시절은 물론 그 후인 민주당 시절에도 요정 출입은 일반화되어 있었다. 사회생활을 시작한 사람들은 너나 할 것 없이 그런 곳에서 호사(豪奢)를 즐기고 싶었을 것이다. 그리고 그런 곳에 출입할 수 있는 신분과 지위를 은근히 과시하기도 했을 것이다.

나는 훗날 남원에서 겪은 그날을 깊이 명심하고, 관료생활 동안 상·하석의 구분이 엄연한 요릿집 출입은 될 수 있는 대로 피했다. 어쩌다 요정 출입이 불가피할 경우에는 상석을 반드시 치우게 했다.

젊었던 내가 만약 주석(酒席)에서도 건방지게 상사(上司) 행세를 고집했다면 아마도 나의 관료생활은 순조롭지 못했을 것이다.

그로부터 12년 후인 1966년 내가 광주국세청장 신분으로 남원을 찾았을 때 그곳에서 "선생님!" 하고 부르는 남원농고 제자 몇 사람을 만났다. 그리고 그 학교를 방문했을 때 교장실에는 내가 그곳에서 지도했던 학생들의 모의국회(模擬國會)행사 사진들이 아직도 벽에 걸려 있었다.

내가 고등고시에 응시하기 위해 열심히 공부한 헌법 지식과 국회의원의 수행원으로서 국회 출입을 하면서 배운 의사(議事) 진행 방식을 학생들에게 실연(實

演)시킨 기록사진이었다.

그 시절을 생각하면, 한 폭의 아름다운 수채화처럼 그립고 선명한 영상이 눈앞에 떠오른다. 그때 내 나이 방년 23세, 참 좋은 숫총각 시절이었다.

고시 등과(登科)보다 이별 슬픈 모정(母情)

고시 구술시험 거뜬히 통과

전 회의 합격자 수가 14명으로 너무 적었던 탓인지, 제7회 필기시험 합격자수는 50여 명으로 늘었다.

1956년 이른 봄, 구술시험장에서는 모두가 잔뜩 긴장했었다. 하지만 나는 1년간 준비한 보람이 있어 구술시험을 거뜬히 끝낼수 있었고 서울시청 2층 대강당에서 국무원 사무국이 수여하는 고등고시 행정과 제2부 합격증서를 받았다. 그해 2월 20일이었다.

≪최신경제학사전≫ 한 권을 통째로 베낀 노트 다섯 권을 들고 1년 동안 열심히 공부한 보람이 있어 구술시험을 자신 있게 마쳤던 것이다.

제7회 고등고시 행정과 최종합격자 수는 제6회 필기시험 합격자인 나를 포함해 예년보다 많았다. 그 가운데서 내 성적은 행정과 제2부에서 수석(首席), 행정과 전체에서 3등이었다.

행정과 제1부 수석은 뒤에 주택은행장·국회 재경위원장을 지낸 장재식 씨, 3부 수석은 뒤에 외무부장관·청와대 비서실장을 역임한 최광수 씨였다.

중학시절 입학시험에 낙방했고, 1학년 때는 낙제까지 할 뻔했던 나는 서울 소

한려수도

재 대학생도 아니요, 지방 대학생이며 국문학과에서 경제학과로 전과만 했을 뿐, 경제학과 강의라고는 한 번도 받아본 적이 없는, 그야말로 독학생이었다.

그런 내가 명색이 국가에서 실시하는 최고의 등용문에, 그것도 일류대학 출신들을 제치고 당당히 합격했던 것이다.

어머니께 안겨 드린 '고시합격증'

나는 고향으로 달려가 어머니께 합격증을 안겨 드렸다. 물론 C 의원의 수행원 생활은 그것으로 끝났고……

"네가 정말 합격을 하기는 했냐? 설마 거짓말하는 것은 아니겠지. 다들 어렵다는 그 시험을 내 자식인 네가 용케도 잘 뚫었다. 내가 널 낳아 기르면서 공부 잘한다는 말은 한 번도 들어보지 못했는데……"

"저도 어쩌다 합격되었는지, 마치 꿈을 꾸는 것 같아요."

"너도 그렇겠지. 아직도 나는 믿어지지 않는다."

"엄마, 그동안 참으로 고생 많이 하셨어요."

"고맙다. 이제야 너를 키운 보람을 느낀다."

"앞으로는 동네 사람들이 쌀장사 할매가 아니라 고시합격자 모친이라 부를걸요?"

"그래, 네 아버지가 살아 계시면 얼마나 좋아하셨겠니?"

"저도 야단만 치시던 아버지 생각이 많이 나요."

"그런데 너는 장차 어떻게 되는 거냐?"

"글쎄, 우리 중학에서 합격한 선배가 없어서 잘 모르겠어요. 1부 합격자는 군수나 경찰서장이 되고, 3부 합격자는 외교관이 되고, 4부 합격자는 중학교 교장이나 장학관이 된다던데, 나는 2부니까 세무서장이나 세관장이 되는 건지, 잘 모르겠어요."

"그럼, 너는 앞으로 고향을 떠나 주로 객지생활을 하게 되겠지?"

관료 등용보다 이별 슬픈 모정(母情)

"글쎄요, 서울 가서 견습이 끝나면 근무처를 정해 준다니까 가봐야지요. 세무 서장이라면 통영에 와서 근무할 수도 있을 텐데……."

"이젠 군대는 안 가도 되겠지?"

"아니요. 군대는 꼭 갔다 와야 돼요. 평생 관리 생활을 할 텐데 군대 안 가고 배길 수 있어요?"

"그래? 나는 네가 군대 가는 게 제일 싫어서, 고시에 합격하면 군대 걱정은 면 할 줄 알았지."

"참 어머니도……. 경찰학교를 도망쳐 나와서 어머니한테 얼마나 야단을 맞았 던지, 기억 안 나세요? 어머니 성화에 못 이겨 C 의원 따라 서울 가서 수행원 생 활 하느라 또 헛고생은 얼마나 했고요. 제가 만약 어머니 말씀에 순종만 했다면 지금쯤 어떻게 되었을까요? 어쨌든 이제 취직은 되었으니 더 이상 걱정할 건 없어 요."

"그래, 알았다. 하지만 앞으로 너를 객지로 보내놓고 나 혼자 어떻게 살지, 그 게 걱정이다."

"동생들이 있잖아요."

"그래도 네가 명색이 우리 집안의 장남 아닌가. 남편 없는 집안에서 네가 얼마 나 든든했다고……."

나는 그때 어머니 말씀이 무엇을 뜻하는지 이해하고도 남았다. 아버지가 돌아

한려수도

가셨을 때 36세 청상과부로서 시집식구들의 외면 속에 어린 5남매를 품에 안고 힘든 세상을 살아오신 어머니가 아닌가? 말씀은 없어도 나를 멀리 떠나보내고 쓸쓸해하실 어머니를 생각할 때 몹시도 마음이 아팠다.

"엄마, 서울 가서 자리 잡으면 모시러 올 테니까 그때까지만 참으세요."

"글쎄, 네가 월급을 얼마나 받을지 알 수 없지만, 언제 나를 데리러 올 수 있겠냐? 객지 가서 출세도 좋지만, 내 욕심대로 말한다면 평생 고향에서 함께 살았으면 좋겠다."

고향 떠나기 전, 마음먹고 효도

나는 어머니를 고향에 남겨두고 떠나야 할 날을 생각했다.

수습행정관 발령을 기다리는 동안 최선을 다해 자식으로서 할 수 있는 효도를 다 하기로 결심했다.

어머니를 따라 아침저녁 쌀가게로 나갔고 동생들이 등교한 빈집을 지키며 변소를 짓고, 장작을 패어 땔감을 만들고 동생들이 늦으면 저녁밥을 짓기도 했다.

내가 공무원 발령을 기다리는 동안 겉보기는 예사로웠어도 속으로는 남모를 걱정을 했었다. 그것은 해가 바뀌고 새봄이 와도 임관(任官)통지서가 오지 않았기 때문이다.

당시에 여당 자유당은 4사5입개헌(改憲)을 강행, 이승만에 대한 영구집권(執權)의 길을 터놓고, 제3대 대통령선거에 앞서 야당을 철저히 탄압하고 있었다. 그런데 나는 제3대 국회의원 선거전에서 야당 입후보자의 마이크를 잡고 여당을 공개적·적극적으로 공격했었다.

그래서 '혹시 그것이 탈이 되어 이승만 정부가 나를 임관대상에서 제외시키는 것은 아닐까?' 은근히 걱정했다.

더구나 그해 5월에는 민주당 대통령 후보가 유세(遊說) 도중 뇌일혈로 숨졌지만, 그에게 도전한 또 한 사람의 야당 후보 조봉암 씨의 기세 역시 만만치 않았다. 그래서 지방관청, 특히 경찰서의 관권선거와 야당 탄압은 무자비하게 진행되고 있었다.

정세의 움직임을 불안해하던 나는 임관 거부에 대비해 해군사관학교 교관(敎官)으로 갈 궁리까지 했다. 자유당 정권이 바뀔 때까지 몸을 의지하고 또 군대 복무를 대신할 생각이었던 것이다.

그러던 어느 날, 통영경찰서 사찰계 K 형사를 만났다.

"이 군, 자네에 대한 국무원 사무국의 신원조회가 와 있네."

"아 그래요? 신원조회라면 뭘 조사하는 건데요?"

"원래는 범죄를 저지른 전과(前過)가 있는지 없는지, 좌익단체에 가입해 부역(附逆)한 사실이 있는지 없는지, 그런 걸 조사해서 서울로 보고하게 되어 있지. 설마 자네 집안에 빨갱이는 없겠지?"

"글쎄요."

"원래대로라면 그렇지. 하지만 자네는 지난 국회의원 선거 때 자유당 욕을 하도 많이 해서 통영경찰서에서는 모르는 사람이 없을 정도로 유명하다네. 우리 관내에서 야당이 국회의원에 당선되었다고 해서 경찰서장과 사찰과장은 산간벽지로 좌천되어 갔고."

"……."

"나는 자네가 장차 정치할 사람인 줄 알았지. 설마 고등고시 시험을 치고 관리가 될 줄이야 꿈에도 몰랐지."

"내가 무슨 정치를……. 선친의 일제 때 동지였던 어른께서 부탁하시는 일을 잠시 도와드렸을 뿐인데……."

"통영시민들은 자네가 선친의 명망(名望)도 있고 해서 장차 C 의원의 후계자
가 될 거라고 말하던데?"

"아니오, 정치는 꿈에도 생각한 적 없어요. 지난번 선거 때는 비단 나뿐만 아니
라 통영시민이라면 대개가 다 자유당 욕을 많이 했잖아요?"

"글쎄, 그렇기는 했지만……."

"내 장래를 생각해서라도 신원조회는 잘 처리해 주세요. 제가 임관하면 그 은
혜는 절대로 잊지 않을게요."

임관 통지 받고 '경세제민(經世濟民)' 굳게 다짐

다행히 1956년 7월, 국무원 사무국으로부터 고대하던 수습행정관 임관통지서
(任官通知書)를 받았다. 나는 고등고시의 재정경제부문 합격자라서 희망부처는
제1지망에서 제3지망까지 모조리 재무부(財務部)로 적어 보냈다.

당시에 재무부는 정부의 예산(豫算), 금융(金融), 조세(租稅) 등 국가의 소위
'경제 3권'을 쥔 최대·최강의 경제부처로 소문이 나 있었다. 물론 그때까지 경제기
획원은 아직 없었고…….

그래서 나는 그곳에서 젊은 관료로 일을 시작하면서 외람되게도 세상을 다스
리고 백성을 구제한다는 '경세제민(經世濟民)의 뜻을 펴보리라.' 굳게 다짐하고
남몰래 주먹을 불끈 쥐곤 했다.

서울이래야 2년 전 고시시험을 보러 처음 갔었고 여동생 내외의 안내로 시내구
경을 잠깐 했으며 그 다음에는 C 의원의 수행원 생활로 3개월간 죽을 고생을 한
것이 전부였다. 더구나 나는 그곳에 지연도, 학연도 없었다. 서울은 그야말로 사

고무친(四顧無親)의 천리타향이었다.

남의 간섭을 잘 소화하지 못하는 통영사람들의 기질 탓인지, 그 시절 관계에서 제대로 자리 잡은 고향사람은 없었다.

그해 7월 16일 광화문, 지금의 교보빌딩 자리에 있던 재무부 청사에서 나는 대통령 명의의 수습행정관(修習行政官) 발령장을 받았다. 그날은 통영중학교 출신으로 고등고시 행정과 재정경제부문에 합격하여 '관계진출 제1호'가 탄생한 날이었다.

파도 헤쳐 넓은 세상으로

1. 황당한 세월, 수습관(修習官)시절

처음 서울생활, 황홀한 세상

나는 1956년 7월 16일 재무부에서 이승만 대통령 명의로 된 수습행정관(修習 行政官) 임명장을 받았다. 수습행정관은 앞으로 담당할 행정사무를 직접 견습하는 직무였고, 사무관(事務官)에 준한 대우였다.

예년보다 발령 날짜가 늦어서 혹시 자유당 정권이 나를 야당색 짙은 인물로 지목하여 배척하는 것은 아닌가 싶었는데 다행이었다.

"약자 돕는 관료 되자" 거듭 다짐

임명장을 받은 나는 앞으로 경제 관료로 근무하는 동안 마르크스 경제학을 공부하면서 깨달은 인간평등(平等)의 이념과 사회형평(衡平)의 정신을 잊지 말고, 항상 약하고 가난한 사람들의 편에서 일하기로 깊이 다짐했다.

서울생활을 시작한 후 한동안 나는 종로 2가에 위치한 YMCA를 방문할 기회가 있었다. 당시에 총무직을 맡고 계시던 현동완(玄東完) 박사를 만나 뵙기 위해서였다.

그 시절 YMCA 건물은 6·25전쟁으로 완전히 파괴되어 기둥 몇 개만 남아 있었고, 넓은 집터에는 부서진 벽돌과 기와 조각들이 어지럽게 흩어져 있었다.

그 대지 안쪽 한편에는 부서진 벽돌을 주워 모아 조잡하게 지은 조그마한 가건물이 하나 서 있었고 출입문 위 벽에는 영문으로 '세계에서 가장 작은 YMCA'라고 쓴 명패가 걸려 있었다. 그 건물은 고령이신 현 박사께서 청소년들과 함께 손수 지으셨고, 현판 글씨도 그분의 것이었다.

생면부지인 그분을 찾아뵙게 된 것은 YMCA 체육부에서 봉사활동을 하던 매제가 '세상에서 가장 존경하는 애국자'라고 극구 찬양했기 때문이었다.

그분은 내가 시골 출신으로 고등고시에 합격, 재무부로 진출한 것을 대견스럽게 생각하고 아버지가 안 계신 나를 친자식처럼 돌봐주겠다고 말씀하셨다.

그분은 신흥우(申興雨) 박사와 함께 평생 조국의 독립운동과 민중의 계몽운동에 몸 바쳤고, 일본 총독부 치하에서는 옥고(獄苦)도 수차 치렀으며, 이승만 박사와도 각별한 사이였다.

그때 서울에 내 친척이라고는 여동생 내외밖에 없었다. 서울 친구들과는 사귀기 전이었고 고향 친구 중 공직(公職)에 있는 사람은 아직 아무도 없었다. 그래서 시간만 나면 그곳으로 놀러가 소년부 교사로 봉사하던 여동생 명순(明淳)과 함께 전쟁고아들을 돌보았고, 현 박사로부터 교훈 말씀을 많이 들었다.

큰 사람 되려면 어른을 뵈어야

그러던 어느 날, 그분께서 재무부 장관실로 가자고 말씀하셨다. 시골서 자란 나에게 장관이라면 아득히 멀고 높은 자리라는 생각이 앞서 자꾸만 꽁무니를 뺐다. 하지만 그분은 "큰 사람이 되려면 어른을 자주 뵈어야 하고, 그런 분들을 만나면 뭔가 듣고 배울 것이 있는 법"이라고 하면서 어려운 자리를 마련해 주셨다.

당시에 재무부장관은 이중재(李重宰) 씨였다. 어마어마하다고 느낀 장관실에서 긴장한 나는 그분의 중후한 모습을 잠깐 뵌 기억뿐. 그분의 말씀은 한마디도 기억하지 못했다. 다만 그분께서 현 박사를 대하는 태도가 너무나 은근하고 조심스러워 '현 박사가 과연 대단한 어른이구나.' 싶은 느낌만 받았다.

그 후 직장에서 고등고시 동기 등 친구들과 어울리기 시작한 나는 처음 겪고 보는 서울의 유흥가에 현혹되어 다방으로, 당구장으로, 대폿집으로, 카페로 쏘다니느라 정신이 없었다. 세상에 태어나서 처음으로 술을, 담배를, 여자를 알았으니까 말이다. 그래서 현 박사를 더 이상 뵈러 갈 기회를 놓치고 말았다.

그 시절 내가 만약 그분을 친아버지처럼 섬기며 자주 뵈었다면, 마르크스 경제학을 공부하다 얻은 종교에 대한 강한 거부감에서 해방될 수 있었을 것이다. 그리고 편모슬하에서 자란 나의 인생관 형성에 많은 도움도 받을 수 있었을 것이다.

특히 그 후에 있었던 재무부 국·과의 고정배치 때 성적은 충분했지만, 소위 '백'이 없어 희망한 이재국(理財局)에 배치되지 못한 불운은 겪지도 않았을 것이다. 뒤에 안 얘기지만 당시에 재무부 이재과장이었던 이철승(李喆承) 씨는 고등고시의 대선배인 데다가 이 장관의 친조카였기 때문이다.

그때 만약 내가 희망대로 고정배치가 되었다면 그 계통에 따라 틀림없이 이재국의 과장 국장 또 그 이상으로 순조롭게 승진할 수 있었을 것이다. 그리고 지금쯤은 금융계 원로로 행세하거나 예우받을 수 있었을 것이다.

노는 데 열중, '물실호기(勿失好機)' 놓쳐

지금 생각하면 그 같은 천재일우(千載一遇)의 기회를 놓친 채 황홀한 서울거리를 쏘다녔던 어리석음이 두고두고 후회스럽다. 역시 나는 어른 없는 집안에서 안목 없이 자란 시골뜨기 촌놈이었던 것이다.

그때 나는 고향 출신 국회의원 C 씨 댁도 자주 방문했다. 그곳은 '통영여관'이라 불릴 정도로 고향 사람들의 내왕이 잦아 항상 고향 냄새가 물씬했다.

일제강점기부터 아버지의 친구요, 동지였고, 그분이 국회의원에 출마했을 때 선거운동을 도와드린 인연으로 그 댁을 자주 찾아갔던 것이다. 어머니가, 고향이 그리울 때면 더욱 그랬다. 하지만 내가 대학 2학년 때 비명에 간 그 댁 둘째 딸을 생각하면 그곳을 향한 발걸음은 항상 무거웠다.

그분은 독재자 이승만을 미워하던 통영사람들의 정의감에 힘입어 제3대에 이어 제4대 국회의원 선거에서도 당선될 수 있었다. 내가 찾아다녔을 때 그 댁은 전세 한옥에서 살고 계셨다. 하지만 국회의원이라는 지위만 버젓했을 뿐 야당 소속 국회의원인 탓인지, 집안살림은 항상 어려워 보였고, 그 흔한 지프차도 한 대 없었다.

그 댁 부인을 어머니라 부르며 찾아간 어느 날의 일이었다.

"이 사람아, 나 정말 못살겠네."

"왜요?"

"글쎄 오늘 아침 애들 고모가 다녀갔는데 빚 갚아 달라고 얼마나 떼를 쓰는지 몰라. 돈 받을 때까지 돌아가지 않겠다고 했으니까 아마 저녁에 또 오실 거야."

"아니, 무슨 돈을……?"

"이번 선거 때 고모 댁에서 돈을 많이 썼거든. 자네 모친께서도 적잖게 도와주셨고. 그걸 우리가 왜 모르겠나? 하지만 이름이 좋아 국회의원이지, 막상 올라와 보니 국회에서 나오는 세비(歲費) 말고는 돈 나올 데가 있어야 말이지."

"선거운동 한다고 남매간에 고생은 많았겠지만, 이 댁 형편이 뻔한데 선거 빚 내놓으라면 어떻게 하죠?"

"그분도 자기 돈 쓴 걸 말하는 건 아니고, 선거 막바지에 애가 타서 남의 돈까지 정신없이 끌어다 쓴 게 문제지. 사실 그 돈은 우리가 꼭 갚아 드려야 하는 건데……."

"영감님은 뭐라고 하시는데요?"

"영감은 돈 나올 데가 어디 있냐고 역정만 내시고 또 그 양반은 집만 나가시면 그만 아니냐? 대신 집안에 갇혀서 오도 가도 못하는 나만 죽을 지경이란 말이야."

시골 선거민들, 서울 와 먹고 자고

이런 일도 있었다.

"나 정말 절에라도 가버릴까 싶어."

"갑자기 왜요?"

"글쎄, 고향에서 사람들이 올라와 여관방에 진(陣)을 치고 있다네."

"자기네 돈 갖고 여관생활해 주니까 그래도 고맙네요."

"고맙기는? 차라리 없는 반찬이라도 우리 집에서 같이 지내면 덜 미안할 텐데……."

"이번에는 또 무슨 걱정인데요?"

"해무청(海務廳)에 일 보러 서울 왔다는데, 영감이 아무리 애를 써도 일이 안 된다는구나."

"애를 써도 안 되면 어쩔 수 없잖아요?"

"말이야 쉽지. 지방에서 아무리 해 봐도 안 되니까 여비 써가며 일부러 서울까지 왔는데 영감은 법규만 앞세워 안 된다고 한다며, 그렇다면 자기들이 뭣 때문에 선거운동을 했고 뭣 때문에 서울까지 올라왔겠느냐 이거야."

"그래도 법적으로 안 되는 일이라면 국회의원도 어쩔 수 없잖아요?"

"그런 말이 통하면 얼마나 좋겠나. 오늘 아침에는 나더러 남의 일 보듯 구경만 한다고 오만 가지 악담을 다 늘어놓더군."

"정말 딱하시네요."

"통영에서는 C 의원 여편네, 남편 당선되고 나니까 고향사람들 괄시한다고 얼마나 욕들 하는지, 이러다간 고향에 내려가기도 어렵겠어."

가난 속에 세상 떠난 국회의원

그 후 C 의원은 재선을 거쳤으나 결국 가난과 외로움 속에 쓸쓸히 세상을 떠났다.

생각해 보면, 당시에 야당 국회의원 지지자들은 '야당을 지지한다.'고 당당하게 내세울 수 없었고, 야당 출마자는 본부에서 선거자금의 지원은 고사하고 당원들의 당비도 제대로 거두지 못하는, 그런 정치풍토 속에서 출마했다. 그랬으니 돈 없고 처자식 거느린 사람들은 당초부터 출마 자체가 무모한 시대였다.

그분은 자기의 정치이념을 관철하기 위해 이권(利權)에 접근할 수도, 부정(不正)과 타협할 수도 없었을 것이다. 그래서 정치하느라고 자기 가족·친지들만 고

생시키고 말았던 것이다. 사실은 그의 이념도 거품처럼 덧없는 세월에 묻혀 버렸지만 말이다.

박봉(薄俸)에 놀란 공무원 초년생

고시 성적과 배경이 배치기준?

재무부에 처음 배치되었을 때 나는 용기백배하고 높은 꿈과 큰 희망에 불탔었다. 양복 옷깃 왼편에 꽂은 재무부 배지는 긍지와 자부심의 상징이었다.

하지만 외관만 버젓했을 뿐, 시간이 지나면서 마음 속에는 두 가지 걱정거리가 싹트고 있었다. 하나는 수습기간이 끝난 다음에 '어느 국에 고정(固定) 배치될 것인가?' 하는 배치문제였고, 또 하나는 '적은 월급으로 서울생활을 장차 어떻게 지탱해 나갈 것인가?' 하는 생계문제였다.

첫 출근 하던 날, 총무과 인사계장 송치성(宋熾星) 씨는 수습행정관들을 모아 놓고 재무부의 현황 설명과 몇 가지 충고 말씀을 해주었다. 그날의 광경이 하도 생생하여 지금도 그의 이름을 기억한다.

"당신들은 고등고시 합격자라 똑같은 조건으로 재무부에 들어왔소. 하지만 장차 누가 어느 국, 어느 과에 고정 배치되느냐 하는 문제는 전적으로 각자의 성적과 배경에 좌우될 것이니 잘해 보세요."

"성적이란 무슨 성적 말입니까?"

"여러분이 얻은 고등고시 성적과 앞으로 재무부 내 각국을 수습하는 과정에서 주무과장이 채점한 연수 점수를 합친 거요."

"그럼, 배경이란 무슨 뜻입니까?"

"글쎄, 배경을 무엇이라고 설명해야 하지? '백'이란 말 들어본 적 없소? 어쨌든 차차 알게 될 게요."

그날 나는 그의 얘기를 예사로 흘려들었다. 하지만 예산국·이재국·국고국·사세국·세관국·관재국 등 재무부 내 6개국을 순환하면서 진행된 수습이 끝나갈 무렵, 우리들의 공통 관심사는 '과연 희망하는 국(局)으로 배치될 수 있을까?' 하는 걱정이었다.

당시에 한국은행에 근무하던 선배 박태주 씨는 "무조건 이재국으로 가라. 그러면 재무부의 장·차관 자리는 따 놓은 당상이다."라고 말했다. 역대 재무부 장·차관은 대부분이 이재국 출신이었기 때문이다.

재무부 이재국 배치희망 좌절

고시 성적은 재무부에 배치된 동기들 가운데서 가장 좋았고, 전공은 재무부에 적합한 제2부 재정·경제 부문이었다. 그리고 행정수습 평가도 내가 작성·제출한 논문이 차관실까지 공람되었다고 들었다. 그래서 소위 '백'이 횡행하던 자유당 시절이었지만 고정배치쯤은 당연히 내 희망대로 결정될 것으로 낙관하고 있었다.

그런데 발표 전날 나는 인사계장의 호출을 받았다.

"이 수습관, 이재국을 희망했죠? 그런데 왜 제2·제3 지망은 없지요?"

"제 희망은 그곳 하나뿐입니다. 혹시 이재국에 못 갈 특별한 이유라도 있습니까?"

"글쎄, 다른 말은 할 수 없고, 그 국만 빼고 다른 국을 선택하세요."

"왜 그 국은 안 됩니까? 이유가 뭐죠?"

"그 이유는 말할 수 없고 제2, 제3지망만 말하세요."

"네?"

그 이유가 인사계장을 처음 만났을 때 들은 '백'이라는 사실을 그제서야 짐작할 수 있었다. 자유당 시절이라 내가 가진 자신감은 어리석음이 아니라 오만이었다. 세상만사가 원리원칙대로 움직여 준다면 얼마나 좋으랴마는, 세상은 책 속의 그것과는 다른 복잡한 조건과 별도의 힘을 요구하고 있었던 것이다.

당시 중앙청에 통영중학교 출신은 한 사람도 없었다. 게다가 고향출신 국회의원은 야당 소속이었고, 재무부 내에 고향사람이라고는 촉탁 한 사람이 있을 뿐이었다. 더구나 도움을 받고도 남을 YMCA의 현 박사와는 발을 끊은 지 오래되어 부탁 말씀을 드릴 염치가 없었다.

말하자면 외롭고 어리석은 촌놈이었던 까닭에 나는 자유당 정권하에서 관운(官運)을 좌우할 가장 중요한 인맥을 스스로 놓치고 말았던 것이다.

다음 선택 '재무부 사세국'

중학교 이래로 나는 수학 과목에는 별로 재능이 없었다. 그래서 이재국 이외에 숫자와 관계되는 예산·국고국과 제복을 입어야 하는 세관국 그리고 업무가 다 끝나가던 관재국을 피하다 보니 결국 남은 것은 사세국(司稅局)뿐이었다.

그래서 나는 배경을 따지던 시대에 '백'을 동원하지 못한 단 한 가지 이유로 생면부지의 재무부 사세국에서 관료생활을 시작하게 되었던 것이다.

그래도 거기까지 진출할 수 있었던 것은 오로지 고생하시는 어머니를 생각하고 그 은혜에 보답해야 하겠다는, 자식 된 나의 의지와 분투의 결과였다.

초등학교 교장선생님의 추천을 무시하고 군청을 박차고 나온 것도, 어머니의 간청에도 불구하고 경찰학교 합격자 대열에서 도망쳐 나온 것도, 공산주의자 마르크스에 심취했다가 자본주의 경제학을 발견해 고등고시 시험까지 도전한 것도, 모두가 다 그 의지의 산물이었다. 그리고 ≪최신경제학사전≫을 빌려다 밤을 새워 통째로 베껴가며 구술시험을 치러낸 성과 역시 그런 노력의 결과였다.

그때 괴테가 쓴 <파우스트>의 한 구절을 문득 떠올렸다. '모든 이론은 회색이며 오직 푸르른 것은 저 생명의 소나무다.' 과연 그랬다. 이론과 논리가 아무리 버젓해도 그것이 현실 속에서 실현되지 못한다면 무슨 소용이 있겠는가?

현실의 세계는 이론의 세계와는 너무나 달랐다. 뜻밖의 사건이 벌어지고 생각지 못한 악재(惡材)가 끼어들기도 했다. 하지만 가장 중요한 것은 그런 사건이나 악재에 부딪쳤을 때 그에 굴복하지 않고 꿋꿋하게 싸워나가는 굳은 의지와 노력이었다.

머릿속의 가짜세상이 아니라 눈앞에 펼쳐지는 진짜세상에서 뜻을 이뤄야 했고, 그 길에서만 푸른 생명을 얻을 수 있다고 굳게 믿었다.

그래서 나는 다짐했다. "관계(官界)에 있는 동안 영전·승진 등 소위 출세는 결코 서둘지 말자. 그 대신 일단 일을 맡아서는 절대로 없어서는 안 될 사람, 즉 철저한 장인(匠人)이 되자. 그리고 같은 조건에서는 누구에게도 뒤지지 않는 사나이의 오기를 기르자."고.

그 길만이 객지에서 혼자 힘으로 관청생활을 헤쳐 나갈 수 있는 유일한 지혜요, 남의 도움 없이도 관료로 살아남을 유일한 담보가 될 수 있다고 믿었던 것이다.

쥐꼬리만 한 월급, 생계 걱정 시작

그다음 걱정거리는 생계문제였다. 어머니의 배려로 종로구 적선동 설렁탕집 별채를 전세로 얻어 서울생활을 시작했다.

그런데 첫 월급을 받아보고 깜짝 놀랐다. 왜냐하면 월급은 생활비는 고사하고 용돈에도 모자랄, 너무나 적은 금액이었기 때문이다. 지금은 사정이 엄청나게 달라졌지만, 당시에 공무원들의 봉급은 쥐꼬리라는 말 그대로였다.

고향에서는 내가 군수 또는 경찰서장급인 고급공무원으로 출세했다고 소문이 자자했다. 하지만 나의 서울생활은 어머니의 재정 원조 없이는 어림없었다. 달이 가고 해가 가도 자립할 수 있다는 소식이 없자, 어머니의 항의 편지가 날아오기 시작했다.

"네 월급이 정말 그것밖에 안 되냐? 여기 경찰이나 세무서 직원들은 월급 갖고 처자식 잘도 먹여 살리는데, 너는 명색이 고급공무원이요, 홀몸인데 어째서 자기 한 사람 앞가림도 못한단 말이냐? 나는 네 덕 볼 생각 없으니 자립해서 장가갈 생각이나 해라."는 말씀이었다.

어머니의 항의는 당시에 만연한 공직사회의 부패풍조에 비춰 너무나 당연했다. 주위에서 주사·서기급은 물론 임시 직원들도 가정생활을 걱정하는 이가 없었다. 하지만 그들이 무슨 부수입을 얻고 있는지를 알기 위해서는 좀 더 시간이 필요했던 것이다.

정부에서 지급된 수습행정관들의 첫 월급은 아마도 그때 돈으로 9,200원 정도였을 것이다. 그 돈은 산비탈 집 문간방에서 점심 없는 하숙비를 겨우 충당할 정도였다.

점심 굶는 동기와 고향 노래 부르고

그때 고시동기 가운데 문교부에서 수습하던 장인숙(張仁淑) 군이 있었다. 그 친구는 종로구 누상동에서 문간방 하숙생활을 하고 있었다. 그 친구는 점심시간만 되면 6·25전쟁으로 폐허가 된 옛 총독부 건물의 옥상 첨탑(尖塔)에 올라가 시내를 굽어보며 배고픔을 달랬다. 내가 우연히 그 사실을 알게 된 그날부터 우리는 내 집에서 점심을 나눠 먹는 사이가 되었다.

우리는 자주 첨탑에 올라가서 신세타령도 하고 노래도 불렀다. 그때 그 친구와 불렀던 <내 마음>, <내 고향 남쪽바다> 등 가곡을 들으면 지금도 고생하던 그 시절이 가슴 저리게 되살아난다.

그런 생활이 계속되는 동안 내 주위의 고시동기들, 그 가운데서도 총각들 사이에서는 결혼 뒤에 겪을 가계문제가 항상 화제였다.

"이런 적자생활을 언제까지 계속해야 하는가?"

"이래 가지고 과연 결혼생활을 할 수 있을까?"

당구 치고, 바둑과 담배·술을 배우고, 친구를 사귀자 월급과 어머니의 송금만 갖고는 어림없었다. 그러다가 유흥비가 궁하면 "어머니, 옷이 날개라는데 서울에서 행세하려면 양복을 잘 입고 다녀야 합니다. 새 양복 맞춰 입게 돈 좀 보내주세요." "어머니, 윗사람한테 잘 보이려면 선물을 자주 해야 한다는데 돈 좀 보내주세요."라고 거짓말까지 꾸며대야 했다.

그 시절 우리가 즐겨 찾던 음식점이래야 주로 청계천 가에 벌집처럼 따닥따닥 붙어 있던 판잣집 정도였다. 지금도 남아 있는 반듯한 음식점은 추어탕 잘하는 용금옥, 선짓국과 비빔밥 잘하는 부민옥, 대표적인 대중음식점 한일관 정도이다.

그때 명동을 쏘다니다가 우연히 기인(奇人)을 만난 적이 있었다. 그는 내 고향에서 어린 M 양을 유혹했다가 그녀를 자살로 몰고 간 방위군 박 소위 그 사람이었다. 초저녁에 서울 유흥가를 초라하게 지나가는 그를 보고 순간 증오감이 솟구쳤다. 하지만 곧 측은한 마음을 금할 수 없었다.

당시에 내 주변의 고시동기들이 장래의 생계문제를 놓고 궁리 끝에 찾아낸 활로(活路)는 이런 것이었다.

"우리가 죽도록 고생해서 여기까지 왔는데 관직을 포기할 수야 없지 않나. 관료생활을 계속하자면 맞벌이부부가 좋겠고, 그러자면 직업을 가진 규수에게 장가드는 수밖에 없다."

그때 선호한 최고 배우자 '약사'

그때 여성들의 사회 진출은 지극히 제한되어 있었다. 맞벌이할 만한 여성 직업이라고는 교사, 은행원, 의사, 약사 정도였다. 그런데 교사와 은행원은 한낮에 집을 비워야 하고, 의사는 몸에서 약 냄새를 풍기는 게 탈이었다. 그 대신 약사는 가게와 살림을 한 집에서 할 수 있고 또 애를 낳아도 키우기 편해 가정주부의 부업으로서는 가장 안성맞춤이라 생각했다.

물론 동기들 가운데는 정계의 유력자나 소문난 재력가 집안으로 장가든 친구들이 많았다. 하지만 나와 절친한 친구들은 서둘러 약사에게 장가를 들었다. 생각하면 너무나 순진하고 어리석은 총각들이었다.

나도 그때까지 서울 아가씨들의 청혼을 받았고 국장 비서들의 유혹도 받았다. 어머니는 며느리 맞을 생각에 큰 집을 따로 마련해 놓고, 기회 있을 때마다 "빨리 장가가라."고 독촉하셨다.

하지만 나는 그때까지 병역을 마치지 못하고 있었다. 그리고 비명에 간 M 양과의 사랑도 잊지 못하고 있었다.

장차 결혼을 하게 된다면 가급적이면 고향 규수에게 장가를 들고 싶었다. 홀로된 어머니가 노경(老境)에도 고향 떠나기를 원치 않았기 때문이다. 그래서 어머니를 돌봐줄 처가가 고향에 있어야만 내가 안심하고 객지생활을 할 수 있겠다고 생각했다. 집안의 장남으로서 며느리만은 어머니 맘에 쏙 드는 규수를 안겨 드리고 싶었던 것이다.

현상논문 상금 타 어머니께 송금

나는 모처럼 어머니께 효도할 기회를 얻을 수 있었다. 재무부 사세국에서 주관한 '납세도의와 국가재정'이라는 현상논문의 공개모집에 응모해 당선되었던 것이다.

그때 나는 영예보다 상금(賞金)이 꼭 필요했다. 그래서 논문 쓰는 데 혼신을 다했다. 응모하면서 친구 하숙집 주소와 동생 이름을 빌렸다. 효심에 하늘도 감동했던지, 1등으로 당선되어 그때 돈으로 제법 많은 10만 환을 받았다. 현상 관계 공무원들은 설마 내가 응모했을 줄이야 짐작도 못 했을 것이다.

그 상금을 편지와 함께 어머니께 보냈다. 그제서야 어머니는 내가 처한 형편을 정확하게 파악하고 다음부터는 나의 송금 요청을 결코 거부하지 않으셨다. 그래서 어머니의 미곡상 영업은 기약 없이 계속될 수밖에 없었다.

고향 사람들이 어머니더러 "아들이 출세했는데 청승맞게 아직도 이 고생이냐?" "돈에 환장한 게 아니라면 가게는 집어치울 때가 되었다."고 핀잔하면, 아들 월급이 적다고는 말씀하지 못하고 "육신이 멀쩡하니 파적(破寂) 삼아 일한다." "늙은이가 집에 처박혀 있으면 뭘 하겠느냐?"는 등 엉뚱한 대답으로 일관했다고 한다.

편지와 상금을 받기 전에 어머니는 자주 오는 나의 돈타령 편지를 받고 낯선 서울 땅에서 혹시나 주색잡기(酒色雜技)에 빠진 것은 아닌지, 크게 걱정하셨다고 한다.

괄시 받던 수습행정관 시절

수습행정관으로서 사세국 세정과(稅政課)에서 행정수습을 하던 어느 날, 지금도 잊히지 않는 속상한 일이 한 가지 벌어졌다. 같은 과 행정계 차석(次席)이던 K주사가 도저히 납득할 수 없는 지시를 했기 때문이었다.

"이 주사, 이 편지는 과장님께 온 청탁 편지요. 내용을 읽어 보고 거절하는 답장을 적당히 적어 보내시오."

우선 주사라 부른 호칭이 불쾌했다. 수습행정관은 명색이 3급이요, 고급공무원인데 어째서 일반공무원인 4급짜리 주사로 부르는가? 과장에게 온 편지라면 사신(私信)인데 본인이 아닌 나더러 읽어 보라니 편지 보낸 사람에 대한 실례가 아닌가?

답장을 어떻게 써야 할지도 몰랐지만, 여직원이 따로 있는데 나더러 우체국까지 가라니, 도대체 이게 어찌된 영문인가 싶었다.

하지만 꾹 참을 수밖에 없었다. 설사 불평한다고 해도 여직원보다 젊은 나를 이해하거나 용납해 줄 사람은 주위에 아무도 없었다. 어쩌면 자식 같은 나를 두고 일부러 심술을 부렸는지 모를 일이었다.

이날 겪은 불쾌한 일은 사세국 국·과장들이 내가 어떤 사람인가 계획적으로 시험해보기 위해 테스트한 것인 줄을 훨씬 뒤에야 알게 되었다. 정식사무관으로 임명되었을 때, 고시출신 가운데서 본국 계장으로 누구를 남길 것인지 간부들이 한 테스트인 줄을 그때는 전혀 눈치 채지 못했던 것이다.

직원들, 특히 주사(主事)들은 사세국뿐만 아니라 다른 국에서도 고등고시 출신들을 의도적으로 무시했고, 심지어 적대감을 내비치기도 했다. 그런 경향은 타 부처에서도 마찬가지였다.

수습행정관들은 사무실 안에서는 마치 물 위에 뜬 기름처럼 괄시를 받았고, 업무 면에서는 말단직원과 같은 고역을 치러야 했다. 고시동기들은 모두 수습이라는 딱지가 떨어져 정식사무관이 되어 확실한 직책을 보직(補職) 받을 날을 손꼽아 기다릴 수밖에 없었다.

이때 노먼 빈센트 필의 명언이 나에게 큰 힘과 용기를 주었다.

"'노(no)'를 거꾸로 쓰면 전진을 의미하는 '온(on)'이 된다. 모든 문제에는 반드시 문제를 푸는 열쇠가 있다. 끊임없이 생각하고 찾아내어라."

논산 훈련소에서 익힌 인생철학

군의학교서 만난 고시동기생

수습행정관 시절 미루어 왔던 병역의무를 다할 기회가 왔다.

1957년 늦가을 어느 날, 나는 마산 시가지 서쪽에 위치한 육군군의학교의 넓은 연병장 건너, 교사가 바라보이는 나지막한 언덕 위에 서 있었다. 논산훈련소에서 3개월간 전반기 신병훈련을 마친 300여 명의 동료들과 함께 후반기 위생병 교육을 받기 위해서였다.

훈련병들의 막사인 퀀셋이 몇 개 나란히 서 있었고, 내무반 배치와 점호가 끝난 우리는 언덕 위에 모여 앉아 저녁 배식(配食)을 기다리고 있었다.

때마침 늦가을 궂은비가 스산한 바람에 휘날려 낡고 얇은 여름 군복에 스며들었다. 하지만 누구 한 사람도 비와 추위를 피해 막사 안으로 들어가려는 사람은 없었다. 모두가 젊은 신병들이라 아마도 고향을, 어머니를 그리워하고 있었을 것이다.

넓은 연병장(練兵場)에 장막을 치듯 어둠이 서서히 내려앉을 무렵, 돌연 연병장 건너편에서 우산을 쓰고 걸어오는 두 사람의 모습이 신기루처럼 나타났다.

훈련병들 속에 있던 나는 용수철 튀듯 자리에서 벌떡 일어났다. 그리고 그들을 향해 쏜살같이 언덕 아래로 달려갔다.

"인숙아!" 하고 부르면서……

그는 고시동기요, 중앙청 꼭대기에서 함께 노래를 불렀던 친구 장인숙 군이었다.

그날 낮 마산역에서 육군군의학교로 행진하는 도중 나는 행인에게 준비한 메모쪽지를 맡긴 일이 있었다. 그 친구는 수습행정관을 지내는 동안 점심을 나눠 먹던 친구였고, 영양실조에 걸려 마산 자택에서 요양 중이었다.

하지만 그 친구가 연병장에, 그것도 그날 당장 나를 찾아온 것은 너무나 뜻밖이었다. 훈련병 신세가 너무나 따분하고 처량하던 차에 나타난 외래객이 '내 친구였으면 좋겠다.'고 생각했다가 '내 친구일 것이다.' '아니 내 친구라야 한다.'고 비약해 나도 모르게 달려갔던 것이다.

뒤늦게 들어간 신병훈련소

신병으로 육군에 입대한 것은 그보다 3개월 전의 일이었다. 대학동기들은 4학년을 마치자마자 광주에서 장교훈련을 받고 전원이 법무, 행정, 경리 등 장교로 임관된 후였다. 고등고시 2차 시험인 구술시험을 기다리느라 대학을 휴학했고, 그 후 수습행정관으로 임명되었지만 병역은 아직 필하지 못한 상태였다.

병역 미필자 가운데서 고시 사법과 합격자는 전원이 군 법무장교로 입대했고, 행정과 합격자도 곧 행정장교로 입대시킬 방침이라는 말이 나돌고 있었다. 나는 정부 방침이 정해지는 대로 장교로 입대할 마음의 준비를 하고 있었다. 그런데 그 방침이 가부간 결정되기 전에 길을 가다 병사구 사령부 요원에게 병역기피자로 붙들렸던 것이다.

휴전이 성립된 지 5년이 지났지만 그 시절에도 병사(兵事)행정은 여전히 엉성했다. 대학 4학년 때 광주 보병학교로 가서 장교훈련을 받았어야 할 나는, 병역미필자였는데도 공무원 임관(任官)에는 아무 지장이 없었다. 이따금 징집요원이 재무부로 찾아와도 대면만 피하면 그만이었다. 하지만 그렇다고 해서 무작정 병역을 미룰 수는 없었다.

붙들렸다는 소식을 듣고 빼주려는 유력인사가 수용소로 달려오기도 했다. 하지만 더 이상 지체할 일이 아니라 그 기회에 병역의무를 깨끗이 마치기로 작정했다. 남동생에게는 나의 입대를 어머니께는 절대로 알리지 말도록 신신당부했다.

논산에서 훈련병 생활을 하는 동안 나는 적잖은 진풍경을 목격했다. 때로는 우스웠고 때로는 분하기도 했다.

붙들린 몇몇 장정들은 병사구 사령부의 대기소에 수용될 때부터 시작해 논산훈련소로 호송되는 도중에, 훈련소에서 까까머리로 삭발되다 말고, 심지어 제식훈련을 받는 대열에서도 빠져나갔다. 그들은 그 길로 육군병원에 소위 나이롱환자로 입원해 의병(依病)제대라는 요식절차만 밟고 군대를 빠져나갔던 것이다.

"군대는 요령이야. 바보야"

M1소총으로 집총훈련을 받던 날, 우리는 훈련장에서 기간(基幹)사병의 호령에 맞춰 땀을 뻘뻘 흘리고 있었다. 그런데 훈련장 건너편 시원한 나무그늘에서 한가롭게 노는 몇몇 훈련병을 발견했다. 휴식시간이 되자 우르르 그들에게 달려

한려수도

갔다.

"이 새끼들, 너희들은 뭔데 훈련도 안 받고 놀고 자빠졌어? 무슨 '백'이야?"

"허허, '백'은 무슨 '백', '백'이 있다면 벌써 나이롱환자가 되었겠지만 그건 못 되고 이동주보(移動酒保) 신세 좀 지고 있지. 바보들아, 군대는 요령이야. 그것도 몰라? 얼간이 새끼들!"

"뭐? 이동주보, 그게 뭔데?"

"저 아주머니 좀 봐. 광주리에 떡을 잔뜩 담고 있지? 저걸 사 먹는 사람은 훈련을 면제시켜준다 그 말이야."

'이동주보라, 그것 참 희한하다.'고 하면서 요령은 배웠지만, 명색이 고급관료요, 마르크스 경제학을 공부하면서 맘속에 간직한 평등사상이 고개를 들어 내 양심은 그 짓을 허락하지 않았다. 당시 엉성했던 군대 풍경의 하나였다.

또 '사쿠라 고지(高地)'라는 것도 있었다. 그 고지는 훈련병들이 가설된 철조망 밑을 기어 건너편으로 빠져나오는 포복훈련장이었다. M1소총을 가슴에 안고 팔꿈치와 무릎으로 지면(地面)을 기어 건너편으로 나와야 했다. 지면이 울퉁불퉁한 데다가 땅바닥에 돌멩이와 자갈이 깔려 있어 모두가 팔꿈치와 무릎에 찰과상을 입었다. 그 상처에서 나온 피가 군복 밖으로 스며 나온 모양이 마치 벚꽃 같다고 해서 그곳을 사쿠라 고지라 불렀다. 물론 그곳에도 이동주보는 있었다.

눈물의 고지, 화생방 훈련

'사쿠라 고지'와 비슷한 '눈물의 고지'라는 것도 있었다. 병역을 마친 사람들이 술자리에서 가장 많이 들먹이는 훈련소의 가스실이 바로 그것이다.

훈련병들이 커다란 천막 안에 들어가 피워놓은 가스를 맡으며 견뎌내는 화생방 훈련. 캄캄한 천막 안에서 흩어지지 않게 서로가 앞사람의 어깨에 두 손을 얹고 기간사병의 호령에 맞춰 앞으로 뛰어야 했다.

그런데 기간사병은 뛰면서 큰 소리로 구호를 외치게 했으니 가스가 눈에, 코에, 목구멍에 스며들밖에……. 훈련병들은 눈물, 콧물을 흘리며 기침을 하고 가래를 뱉었다. 그래서 그곳을 '눈물의 고지'라 불렀던 것이다.

신병 훈련병들에게 가장 힘든 고통은 격렬한 훈련보다 부족한 식량문제였다. 하루 세 끼 배식되는 식량은 잡곡밥 한 그릇, 우거지 조각이 떠다니는 된장국 한 사발, 소시지 한두 토막, 짠 김치 한 젓가락이 전부였다.

요즘 젊은이들은 도지히 못 믿겠지만 이건 거짓말이 아니다. 밥을 국에 말아 휘저어 배식판 모서리를 입에 대고 젓가락으로 쓸면 목구멍으로 넘어가는 것이 숨 몇 번 쉴 시간밖에 걸리지 않았다.

모두가 배고팠던 그 시절, 가슴 아픈 옛 추억이 아닐 수 없다.

멍석처럼 펼쳐졌던 군대 부조리

어느 한밤중엔 이런 일도 있었다.

힘든 훈련에 지쳐 죽은 듯 잠들어 있던 우리는 "기상!" 하는 기간사병의 호령 소리에 눈을 떴다. 선잠에서 깬 우리는 모두가 제정신이 아니었다.

그런데 기간사병이 한 사람씩 불러 "오늘 배급받은 담배는 몇 개비였냐?"고 물었다.

모두들 사실대로 대답했지만, 기간사병이 기대한 대답이 아니었다. 설사 제정신인 사람이라도 기간사병이 기대하는 거짓말을 당장 내뱉을 수는 없었다. 기간사병은 정량(定量)보다 적게 줬지만 대답은 정량을 받았다고 거짓말 해주기를

한려수도

바랐으니 말이다. 그가 일러주는 대로 정량을 확실하게 말할 수 있을 때까지 우리는 잠자리에 들 수 없었다.

말도 안 되는 일들, 불합리와 부조리가 눈앞에 멍석처럼 펼쳐져도 말 한 마디할 수 없던 공간이, 그 시절의 군대였다. 어쩌면 당시의 군대는 6·25 전후에 있었던 빈한(貧寒)한 대한민국의 부패상을 보여준 하나의 축소판이었는지 모른다.

그러나 시간은 만사를 미화(美化)시키는가, 옛날의 쓰라린 추억들도 이제는한갓 그리움으로 남았다.

애인 기다리다 자살한 훈련병

이 기회에 또 하나 남기고 싶은 얘기가 있다. 역시 논산훈련소에서 일어났던 일이다.

연병장에 서서히 적막이 내리던 어느 일요일 늦은 오후, 나는 중대본부에서 보급계 조수로 전표 정리를 하고 있었다. 그때 지척 간에서 공기를 찢듯 날카로운 M1소총 소리가 들렸다.

"오발(誤發)이다!" 소리치며 밖으로 뛰어나가는 기간사병들을 뒤따라간 내 앞 전방 15여 미터 거리에는 흙담에 기댄 훈련병 한 명이 새파랗게 질려 몸을 떨면서 죽어가고 있었다. 거꾸로 쥔 총이 손에서 벗어나 땅으로 떨어지고 그의 몸도 힘없이 넘겨졌다. 어스름에 가려 얼굴은 알 수 없었지만, 훤칠한 키에 이목구비가 잘생긴 양가(良家) 출신 같았다.

웬 자살소동인가 싶었는데, 알고 보니 자살한 병사는 명문 S대학 정치외교학과에 재학 중인 학보병(學保兵)이었다. 자살 동기는 실연(失戀)이라고 했다. 그에게는 재색(才色)을 겸비한 명문 E대학 영문과에 재학 중인 애인이 있었고, 두 사람은 외교관으로 세계를 누빌 장래를 꿈꾸며 맘껏 사랑을 가꿨을 것이다.

거의 주말마다 오다시피 하던 어느 날, 면회장에 나타난 그녀는 마감시간이 다 되도록 애인을 찾지 못했다.

지금이야 군번만 있으면 컴퓨터로 간단히 사람을 찾을 수 있지만, 그때는 면회소에서 전화로 훈련병들을 하나하나 불러내야 했다. 그리하여 토요일 오후 내내 그녀는 애인을 애타게 기다렸던 것이다.

당시 훈련소에서는 M1총격훈련의 사격 성적이 나쁜 훈련병들을 낙제시키는 제도가 있었다. 낙제생은 총격훈련의 기본자세부터 가르치는 후방부대로 후송되었고, 후송자를 받은 분대에서는 그들을 고문관(顧問官)이라 부르며 왕따시켰다.

그들은 불침번 근무, 변소 청소, 식사 당번 등 훈련병들이 싫어하는 힘들고 궂은일을 도맡아야 했다. 그가 만약 부잣집 아들이거나 명문대 출신이면 심술궂은 학대는 더 심했다.

함께 입대해 고락을 같이한 입대동료들이 다 떠나 버린 낯선 내무반에서 낙제생이 겪는 고독감과 고통은 참으로 비참했다.

자살한 훈련병이 바로 그런 낙제생이었고, 면회소의 무성의와 내무반원들의 놀림으로 그의 소재 파악은 토요일을 훌쩍 넘기고 말았던 것이다.

논산 삼거리 값싼 주막에서 뜬눈으로 밤을 새운 E여대생이 다음 날 간신히 찾은 애인으로부터 그 사실을 고백 받았을 때 그녀는 무엇이라 대답했을 것인가?

"아니 못 배운 시골 촌놈도 군사훈련 잘 받고 총도 잘 쏜다던데, 그래 무엇이 부족해서 낙제했어? 창피하지도 않아? 나 다신 면회 안 올 거야!"

일요일에야 겨우 애인을 찾은 그 여학생은 들고 온 음식 꾸러미를 던져두고 그 길로 당장 돌아가 버렸던 것이다.

한려수도

그 훈련병은 주말마다 애인을 기다렸으나 허사였다. 사고가 난 그날, '설마 이번 주말은……' 싶어 기다렸으나 그날도 애인은 끝내 나타나지 않았던 것이다.

그가 만약 가문이나 사회적 신분을 의식하지 않고 다른 훈련병들처럼 훈련에 전념했다면, 결코 낙제는 안 했을 것이다. 또 낯선 후속부대의 내무반에서 놀림을 받았어도 '이 시간만, 이 세월만 지나면 나에게는 양양한 전도(前途)가 있다.'고 인내심을 가졌다면, 애인의 일시적 히스테리쯤은 얼마든지 참을 수 있었을 것이다.

나는 명색이 고급관료의 신분이었지만 군대에서 훈련병·위생병 생활을 아무런 마찰 없이 참아냈다. 그리고 1974년 청년 관료의 원대한 꿈을 하루아침에 빼앗긴 그때에도, 힘든 학위과정과 교수 생활을 끝내 이겨내고 '제2의 인생'에 성공할 수 있었다.

지금 생각하면 사람이 아무리 험한 상황에 처했더라도 몸을 낮추어 그 자리에 꼭 필요한 역할을 하고, 아래에서 위로 억척같이 기어오를 줄 아는, 논산훈련소에서 배운 인생철학이 나에게 큰 힘이 되었다고 생각한다.

가난한 나라, 버림받은 상이군인

군대, 바로 남자들 세계

논산훈련소에서 훈련을 받고 있을 때 같은 중대(中隊)에는 경북대학 출신 학보병이 많았다. 그들이 대학생이라 반가웠고, 그들도 내가 연장자인 데다 고등고시 합격자라는 사실을 알고 형처럼 따라 주었다.

"선배님, 돈 있는 집 자식들은 미국 유학이다, 신검(身檢) 불합격이다, 나이롱

제대다 하면서 다 빠지고 애꿎은 우리들만 고생하지 않습니까? 6·25 전쟁터에서 졸병들은 '백' 하며 죽었다던데 나라가 이래 가지고 되겠습니까? 선배님은 고시 출신에다 재무부 간부라서 얼마든지 빠질 수 있을 텐데 뭐하러 여기 와서 고생하시죠?"

"글쎄, 나도 빠질 생각은 해 봤지만, 막상 들어와 보니 늦게라도 잘 왔다고 생각하네. 앞으로 사회질서가 잡히면 군대에 안 간 친구들은 절대로 그냥 넘어가지 못할 거야. 우리가 힘들게 훈련을 받고 기합도 받지만 다 같이 울고 웃잖아. 이게 바로 남자들 세계라는 거 아니겠어?"

"그렇지만 훈련병 생활은 배가 많이 고프고, 복무기간도 너무 길어요."

"아니야, 자네들 장차 사회에 나가 보라고. 밖에 나가면 우선 자유가 많아서 좋겠지. 하지만 말이다, 밖에 나가면 우리들의 의식주를 누가 보장해주냐 그 말이다. 부모가 우릴 평생 돌봐 주겠어? 아니지. 우리가 밖에 나가 생존경쟁에서 이기지 못하면 배가 고파도, 옷이 없어도, 병이 들어도 돌봐 줄 사람은 아무도 없다 그 말이야. 안 그래?"

"그건 그렇습니다만……."

"물론 군대생활은 뺨 맞고 욕 듣고 자유가 없지만 그래도 의식주에 불편은 없잖아. 군대생활이 긴 것 같아도 지나고 보면 잠깐이야. 이걸 못 참고, 못 이기는 사람이 사회로 나간다면 그는 별수 없이 인생의 낙오자가 되고 말걸. 안 그래?"

"말씀은 잘 알겠습니다만 그래도 무식한 기간사병들한테 얻어맞고 욕 듣고 나면 정말 화가 불끈불끈 나거든요."

"이 사람들아, 대학도 못 다니고 봉급도 적은 직업군인 ST 졸병들에게 신경 쓸 것 없네. 자네들이 사회에 나가서 성공만 하면 장교나 장군인들 부러울 게 뭐

한려수도

가 있겠나? 제대한 뒤에 사회에서 장교·장군다운 사회인이 될 수 있느냐 없느냐, 그게 더 중요할 거야. 신병생활 하는 동안 우리는 뺨쯤 내놓고 산다고 생각하자고. 또 기합받지 않는 날은 밥맛이 떨어진다고 생각하면 되겠지. 알겠나?"

그 같은 신병훈련소 생활 3개월을 마치고 후반기 교육을 받기 위해 보충대로 떠날 때 우리는 새 군모·군복·군화를 지급받았다. 그런데 보충대에 도착하자마자 그 군장(軍裝)들은 당장 헌것으로 바뀌고 말았다. 이유가 있을 수 없었다. 그래서 '그래도 졸병생활은 훈련소 시절이 제일'이라 하지 않던가.

군의학교 교관 노릇도 하고

그런 내가 후반기 교육을 받기 위해 마산에 도착한 그날, 서울에서 헤어졌던 친구를 만났으니 그 기쁨과 반가움은 이루 헤아릴 수 없을 정도였다. 가히 지옥에서 부처님을 만난 격이었다.

그 친구는 마산에서 요양하는 동안, 간호사관 생도들의 교육과정에서 심리학을 강의하고 있었다. 그 친구의 소개를 받은 군의학교 교장은 나를 부속실 당번병으로 지명하고 영문(營門) 출입을 허락하되, 신병·위생병들의 교관(敎官) 노릇을 해달라고 했다.

여부가 있을 리 없었다. 교내에서 하얀 군모에다 깨끗한 제복으로 단아하게 차려입고 다니는 삼삼한 여자 간호사관 후보생들을 나는 눈부시게 쳐다보곤 했다. 훈련병들 복장은 낡고 초라했기에 총각인 나는 그녀들에게 접근할 용기가 없었다. 그 대신 외출허가를 얻어 지척 간인 고향은 자주 찾을 수 있었다.

첫 외출날 군복을 입고 쌀 점포에 들어서는 나를 맞은 어머니는 깜짝 놀라 할 말을 잊으셨다. 서울서 편안히 관료생활을 하고 있을 줄 알았던 아들이 그처럼 두려워하던 군복을, 그것도 졸병 옷을 입고 나타났으니 얼마나 놀라셨을까? 하지만 나의 건강한 모습과 태연한 설명을 듣고 그제야 안심하시는 것 같았다.

"애, 너 장가보내려고 밭 딸린 큰 집을 사 놓았다. 제대하거들랑 잔소리 말고 당장 장가나 들어라."고 독촉하셨다. 어머니에게 나는 여전히 어린 자식이었다.

고역 치른 위생병 생활

위생병 교육을 마친 나는 부산의 외곽, 황량한 들판에 있는 육군병원에 위생병으로 배속되었다. 그곳에는 손발이 절단된 상이군인들이 '생계를 보장하라.'는 요구조건을 내걸고 제대를 거부한 채 여생을 보내고 있었다.

당시에 정부는 그들을 병원 밖에서 돌볼 시설이나 생계자금을 마련하지 못해, 퇴원을 강요하지 못하고 있었다. 그들 대부분은 팔다리가 절단된 환자들로 무료할 때 병원 밖으로 나가 극장에 무료입장하거나 길가 가게에서 금품을 구걸하기도 했다.

부산은 내 고향과 다름없는 도시였다. 그곳에서 대학을 다녔고 나를 아는 세무서 직원들이 많았다.

만약 당시에 부산시내에서 내가 아는 사람을 만났더라도 그들은 나를 알아보지 못했을 것이다. 겨울용 누빈 군복은 낡아서 넝마 같았고, 천으로 된 군화는 신발 끈이 끊겨 슬리퍼 같았다. 흐트러진 머리카락, 돋아난 턱수염, 파리한 얼굴, 혹시 아는 사람을 만날까봐 불안한 표정 등이 그때 나의 처량한 몰골이었다.

극장이나 가게에서 상이군인들이 하는 행동은 호소나 부탁이 아니라 강요나 협박이었다. 그들을 자주 대한 탓인지, 극장이나 가게 상인들의 표정은 곱지 않았다. 그들은 내가 상이군인들을 일부러 데리고 온 사람으로 보였는지, 이따금

한려수도

험한 욕설을 내뱉기도 했다.

국가가 마땅히 여생을 보장해야 할 상이군인들에게, 돌아갈 집도 일터도 없는 그들에게, 사회마저 등을 돌리고 있었으니 그 틈바구니에서 애꿎게 위생병들만 곤욕을 치렀던 것이다.

칼 마르크스의 옛말대로, '상이군인들은 국가로부터 건강했던 신체(身體)와 애국심(愛國心)을 착취당했다. 국가가 나서서 희생자들의 복지(福祉)와 생활을 책임지는 것은 너무나 당연한 일'인데도 말이다.

그런데 당시에 우리 국가는 그렇지 못했다. 나라 재정(財政)이 가난하면 군기(軍紀) 역시 무너질 수밖에 없었다. 가난한 재정에서 파생된 사회적 문제들이 그같이 도처에서 책임감을 해이시키고 있었던 것이다.

상이군인들의 희생에 힘입어 마땅히 나눠야 할 고통을 면제받은 국민들은, 대신 최소한의 경제적 의무는 다해야 하고, 그것은 납세와 공평한 배분을 통해 당연히 실현되어야 할 일이었다.

이것이 곧 재무공무원들에게 맡겨진 신성한 임무요, 국가가 유공자(有功者)들에게 보장해야 할 당연한 책무인 것이다.

2. 짧았던 세월, 19년 관료생활

꿈 많은 출발, '재무부 조사계장'

수습행정관으로 임명되어 재무부 사세국에 배정되자 사세국장 권택상(權澤相) 씨는 나를 세정과 조사계(調查係)에 배치했다. 그 과에는 행정, 경리, 조사 등 3개 계가 구성되어 있었다.

조사계는 국민소득에 관련된 통계업무가 주된 일로 나이 많은 기성관료들에게는 생소한 분야였다. 그래서 최신 경제학을 공부한 사람을 아쉬워하던 터였다.

그 계에서는 한국은행으로부터 요소소득에 의한 국민소득이라는 통계자료를 제출받아 그것을 토대로 국민의 조세부담률, 산업별 경제성장률, 직·간접세 구성 비율 등 각종 재정지표(財政指標)를 작성해서 예산의 편성자료로 제공하고 있었다.

케인즈 이론으로 무장한 적임자

최신 학문이던 '케인즈 이론'을 공부한 내가 배치되어 가자 과장은 때마침 적임자를 만났다고 무척 기뻐했다.

일제강점기 때부터 근무해 온 과장들은 물론 고참 직원들은 '케인즈 이론'은 고사하고 새로 등장한 미국 매스 그레이브의 '공공재정(公共財政) 이론'에 당황하고 있었던 것이다.

한려수도

매스 그레이브는 재정에 의한 국민의 소득재분배 기능은 현대국가가 피할 수 없는 재정정책의 목표 중 하나라고 주장하고, 국민 경제 가운데서 재정의 비중을 높일 뿐 아니라 세금에도 저소득층을 고려하는 정책을 도입할 것을 촉구했다.

비록 개발도상국에 머물러 있었지만, 미국의 영향을 크게 받고 있던 우리나라는 예산 편성이나 세제 개선에서 그의 이론을 적극 반영시키지 않을 수 없었다.

동료와 상사들은 내 글씨가 단정하고 한문 실력이 뛰어나며 문장력이 유창하다고 칭찬을 아끼지 않았다. 대학에서 국문학과를 다닌 덕을 톡톡히 보았던 것이다.

내가 그 일을 맡게 되자 재무부 예산국과 한국은행 조사부의 실무자들 역시 대환영이었다. 하지만 그 계의 일이 세무(稅務) 고유의 사무와는 관련이 없는 통계·조사업무여서 나는 적잖게 불만을 느꼈다. 숫자와 통계업무가 싫어 일부러 예산·국고국을 피했는데 사세국에 오자마자 그런 일을 맡게 되었으니 '재수가 없다, 잘못 걸렸다.' 싶었던 것이다.

국민소득 조사사무는 거시경제학, 국민소득론 등 경제학의 최신 이론을 마스터한 사람이라야 취급할 수 있는 업무였다. 나는 그때 불평이 많았고, 그때 공부하고 경험한 지식들이 훗날 대학교수가 되어 경제원론·재정학을 강의할 때 유용한 지식으로 활용될 줄 짐작조차 못했다.

그 시절 공부한 책들은 고등고시를 준비할 때와 마찬가지로 일본에서 발간된 최신판들이었다. 일본어 해독능력이 크게 효력을 발휘했던 것이다. 50여 년째 지금도 읽고 있는 일본 월간잡지 ≪문예춘추(文藝春秋)≫를 구독하기 시작한 것도 바로 그 무렵이었다.

프랑스 철학자 '알랭'은 행복의 조건으로 첫째, 직업을 위한 전문지식을 갖추는 것, 둘째, 한 가지의 외국어를 익히는 것, 셋째, 한 가지의 스포츠를 익히는 것, 넷째, 하나의 악기를 다루는 것이라고 말했다. 일본어를 익힌 것이 내 인생을 행복하게 해 준 조건의 하나였음을 부인할 수 없다.

남들이 싫어하고 나 역시 힘들었던 조사계 업무가 장차 나에게 전화위복(轉禍爲福)의 기회를 가져다줄 줄 그때 어찌 예상이나 할 수 있었겠는가?

정부의 1959년도 시무식(始務式)이 끝나자 사세국에서는 수습행정관 전원에게 정식사무관(事務官)의 임명장과 함께 각각 보직(補職) 발령장을 교부했다.

연수받던 같은 과 계장으로

그날 보직발령을 받은 사람들은 지방의 3급지 세무서장 또는 도청소재지의 지방사세청 조사과장 등으로 발령되었다. 그런데 뜻밖에 나 혼자만 수습해온 그 과 그 계의 계장(係長) 자리에 바로 앉게 되었던 것이다.

나는 재무본부의 보좌역(補佐役)인 계장 자리보다는 다른 동기들과 마찬가지로 보직되기를 바랐다.

큰 책상을 안고 회전의자에 앉아서, 부하를 여럿 거느리고, 결재서류에 도장을 찍는 자신을 상상했다. 그렇게 되면 미혼인 나는 사회적 지위가 확보되어 고대하던 결혼도 할 수 있을 것으로 생각했던 것이다.

그런데 장·차관을 비롯해 국·과장 등 수많은 직속상관을 모셔야 하는 층층시하인 데다가 아랫사람이래야 겨우 2명, 게다가 무미건조한 통계·조사업무를 계속 맡게 되었으니 기분이 좋을 리 없었다. 군대 제대의 날만 애타게 기다리신 어머니께 결혼을 하겠다는 소식을 전할 수도 없었다.

하지만 시일이 차차 지나자, 재무본부의 계장 자리는 내가 생각하듯 그렇게 예사로운 자리가 아니라는 사실을 깨닫기 시작했다.

본부 계장은 지방관청에서 근무하는 수백 명 고참 사무관들 가운데서 우수하다고 선발된 사람들이었고, 서기관으로 승진할 경우 영(零)순위이며, 모든 서류는 자기 책임하에 기안(起案)하되 그 서류가 상관의 결재만 받으면 전국을 지휘하는 사세국장의 행정지침(行政指針) 혹은 재무부장관의 정책방향(政策方向)이 된다는 사실을 알게 되었던 것이다.

그제서야 본부 계장 자리가 상관들의 특별한 배려와 발탁의 결과라는 것과 다른 동기들에 결코 뒤지지 않는 자리라는 것을 깨달을 수 있었다.

예산·세법 심의에 동원되고

내가 그곳에서 한 일은 통계업무만이 아니었다. 사세국장이 국회의 예산 및 세법심의에 참석할 때마다 그분을 수행해야 했다. 국회의원들의 정책질의에 답변자료를 적어 드리고, 대통령의 연두교서와 재무장관의 예산안 제안 연설문을 작성할 때 사세국 소관은 내가 도맡아 써야 했다.

그 결과 사세국 국·과장의 신임과 총애가 나날이 깊어갔다.

당시 기안(起案)한 공문서는 대부분 필기로 작성되었다. 초등학교 시절 붓글씨를 잘 못 쓴다고 아버지로부터 야단 맞으면서 갈고 닦은 내 글솜씨는 날이 갈수록 상사들의 신임과 주위의 찬사 대상이었다.

그 발령을 계기로 나는 혈연·학연·지연 등 '백'이나 아부·상납과 같은 처세술 없이도, 확실한 실력과 성실한 태도만 있으면 얼마든지 성공할 수 있다는 자신감을 얻을 수 있었다. 어릴 때부터 나는 화투나 마작 같은 놀이를 멀리했고, 혹시나 하고 요행을 바라지 않았다.

사세국 계장 생활을 통해 얻은 이 같은 자신감은 관료생활 19년을 통해, 그리고 그 후 '제2의 인생'을 거쳐 오늘에 이르기까지 나의 변함없는 신념으로 굳게 자리 잡았던 것이다.

새로운 인식과 예우받고

본부 계장이 되자 나는 주위로부터 과거와 다른 예우를 받을 수 있었다.

첫째로 내부의 서기·주사급 직원들과 외부인사들의 나에 대한 호칭이 당장 영감으로 바뀌었다. 지금은 이상하게 생각하겠지만, 당시에는 새파랗게 젊은 검사·판사들도 모두 영감으로 불렸다. 일제강점기의 관료주의 잔재가 그대로 남아 있었던 것이다.

둘째로 당시 사세국은 조직상 재무부장관 하부기관이었지만, 기능면에서는 국장을 정점으로 독립된 외청(外廳)처럼 운영되었다. 일반행정의 총수는 내무부 지방국장이었고, 경찰의 총수는 내무부 치안국장, 세관의 총수는 재무부 세관국장이었다.

사세국은 세법의 입법(立法)과 예규통첩을 직접 기안했고, 지방사세청과 일선 세무서의 행정을 지휘·감독했다. 그리고 사무관급 이상 고급공무원의 전근·승진 등 인사권(人事權)을 독점적으로 행사했다.

본국의 계장급은 사세국장 또는 재무부장관을 지척에서 보좌하는 참모로서 자기 능력을 마음껏 발휘하고 평가받을 수 있는 최적의 위치에 있었다.

셋째로 지방사세청이나 일선 세무서에서는 회의석상에서나 지방 출장 때 나를 1계급 상위직인 서기관급에 준하는 신분으로 우대했다. 당시에 사무관이 승진할 경우에는 주로 1·2급지 세무서장인 사세관(司稅官)이나 지방사세청의 국장 혹은 본국 과장인 서기관(書記官)으로 승진되었다.

따라서 나에 대한 본국 계장 발령은 상관들의 신임과 기대를 모은 소위 발탁 인사로서 관료사회에서는 모두가 부러워하는 영전이었던 것이다.

상관의 사랑과 신뢰 쌓이고

4·19혁명이 일어나기 직전, 송인상 재무부장관은 전직 사세국장 김만기 씨를 세제고문으로 기용했다. 김 고문은 나를 보좌관으로 선택하여 민주당 정권이 들어설 때까지 나는 고문실에서 파견근무를 해야 했다.

거기서 근무하는 동안 나는 코피를 쏟아가며 '세제 개혁안'의 초안 작성을 도왔다. 김 고문은 그 같은 나의 근무태도에 감동했는지, 틈만 나면 세상살이에 관한 교훈을 들려주고 공직자가 지녀야 할 기본자세를 가르쳐 주셨다.

어른을 모시고 길을 걸을 때는 왼편 반보 뒤에서 따라가고, 자동차·안방·사무실 등은 물론 음식점에서도 상하 좌석이 엄격하게 정해져 있으니 조심하고, 음식을 먹을 때는 어른이 수저나 술잔을 든 후에야 들고, 어른이 방에 들어오실 때는 일어나서 맞고 그분이 자리에 앉은 후에야 뒤따라 앉는다는 것 등이었다.

점심시간이 되면 자기가 즐겨 찾는 음식집으로 데려가 주셨고, 휴일에는 나와 친구들을 자기 집으로 불러 술병을 꺼내 주시기도 했다.

19년간 관직생활을 하는 동안 나는 역대 직속상관들로부터 공사(公私) 간에 많은 사랑과 깊은 신뢰를 얻었다. 속된 말로 인덕(人德)이 많고 관운(官運)이 좋았던 것이다. 단 한 가지, 훨씬 뒤에 겪은 1974년의 악몽 같은 파직사건은 제외하고……

1960년 4월 18일, 그날 나는 광화문 거리가 훤히 내려다보이는 재무부 2층에서 김 고문께서 구술하시는 '세제 개편안'을 열심히 받아 적고 있었다. 오후 3~4시쯤이었을까, 갑자기 창문 밖에서 콩 튀듯 수십 발의 칼빈총 소리가 고막을 때렸다.

이기붕을 부통령에 당선시키기 위한 자유당의 조직적인 3·15 부정선거를 규탄하는 이른바 4·19 민주혁명이 터지기 전날이었다.

그날 10만 명의 서울시내 대학생들과 고등학생들은 해일(海溢)처럼 거리로 뛰쳐나왔다. 그때 경찰의 총격으로 180여 명의 학생과 시민이 목숨을 잃었다. 내가 목격한 것은 경무대로 진군한 데모학생들을 뒤쫓아 광화문까지 출동한 개미떼 같은 경무대 경찰관들이었다.

이승만 대통령은 4월 26일 결국 하야했고, 허정(許政) 씨가 과도정부의 내각수반으로 취임했다. 허정 수반은 김만기 고문을 재무부 사세국장으로 다시 기용했다.

그분의 보좌관 역할이 인연이 되어 나는 한동안 3·15 부정축재자에 대한 조사업무를 보좌했고, 5·16 군사 쿠데타로 그 업무가 중단되자 사세국 직세과 원천세계장으로 전근되었다. 드디어 세금과 직접 관련 있는 세무행정의 핵심 업무에 접근할 수 있었던 것이다.

그때부터 나는 세무(稅務) 고유의 실무 틈틈이 고시를 공부할 때 읽던 일본 ≪경제학전집≫ 속의 ≪조세론(租稅論)≫ 상·하권과 김만기 국장이 저술한 ≪조세개론(租稅槪論)≫을 복습했다. 그리고 부기(簿記)·회계학(會計學) 실무도 본격적으로 공부하기 시작했다.

어머니 고집, 교수 딸과 혼례

그 단계에 이르러 나는 "이제는 어머니가 소원하신 결혼을 할 수 있겠다."는 생각이 들었다. 하지만 정열을 불태운 여인들은 다 떠나고 막상 결혼하자니 상대가 문제였다.

어머니는 남원에서 내가 마음에 들어 했던 아가씨나 서울에서 화제에 오른 규수들은 물론, 내가 소원하던 고향 규수들마저 자기 나름대로 갖가지 이유를 들어 모조리 반대하셨기 때문이다.

그 대신 나와 절친한 고시동기 장인숙 군이 추천한 규수만은 단연 예외였다. 그녀는 충청도 출신에다 대학교수 차녀이며 중학교 교사였고 온 가족이 독실한 크리스천이라 했다.

어머니는 규수 부친께서 일제강점기에 대구고보(高普) 영어교사로 계시면서 학생들에게 한글을 가르치고 고학생들을 도와주는 등 선행을 베푸신 것을 크게 칭송하셨다. 그리고 규수 모친께서 남편이 병고에 시달릴 때 삯바느질까지 하시면서 가계를 지탱한 부덕(婦德)을 높이 찬양하셨다.

어머니는 "드디어 때가 왔다."고 확신하셨던지, 내가 싫은 기색을 보이지 않자 서둘러 그 댁과 혼인 절차를 진행시켰고, 그래도 내가 주저하자 서울로 전보를 치신 것이다. '모 위독 시급 귀가'라고……

내가 객지 혼사를 주저한 까닭은 가급적이면 고향사람과 결혼하고 싶었기 때문이다. 바닷가에서 자란 나는 생선과 해초에 입맛이 유달라서 이왕이면 음식문화가 같은 고향사람을 바랐고, 특히 규수와 같은 고향이라면 내가 객지생활을 하는 동안 처가에서 어머니의 노후(老後)를 돌봐줄 것으로 기대했기 때문이다.

하지만 어머니의 고집은 효도에서 우러나온 나의 결혼관을 끝내 물리쳤다. 그때 나는 29세로 어머니가 결혼을 서둘 만한 나이이기는 했다.

내 인생을 좌우할 결혼문제를 어머니 고집에 맡긴 이유는, 결혼상대가 아내이기 전에 어머니의 며느리라는 고정관념이 내 머릿속에 깊이 박혀 있었기 때문이다. 그리고 어머니가 35세 소년과부로 우리 5남매를 안고 너무나 많은 고생을 해 오신 과정을 내눈으로 직접 지켜보았기에 맏며느리만은 어떤 일이 있어도 어머니 마음에 꼭 차야 한다고 생각했던 것이다.

하지만 결혼에 즈음하여 내가 취한 애매한 태도가 훗날 이혼이라는 큰 회한(懷恨)의 씨가 될 줄을, 나는 물론 어머니 역시 그때는 상상도 못했었다.

고향의 아가씨 가운데 사실은 마음에 드는 아가씨가 몇 명 있긴 있었다. 첫 번째는 대학동기의 처제로 나의 고시공부를 열심히 뒷바라지해 준 규수였다. 하지만 고교 출신에다 장모 될 분이 계모라는 점이 어머니의 반대 이유였다. 고향 출신의 약사도 있었다. 재색을 겸비한 그녀는 고등고시 선배가 적극 추천했지만 그녀 역시 모친이 계모였다.

그녀들 이외에 부산 부두에서 만난 대학 후배가 또 한 사람 있었다. 처음에 어머니는 그녀를 나보다도 더 찬성하셨다. 하지만 조카딸을 시집보내려는 이웃 부인의 모함에 속은 어머니는 그녀가 폐병환자라는 소문을 듣고 한사코 반대하셨다.

"병이 가볍고 설사 낫는다고 해도 뭐가 부족해서 그런 사람과 혼인한단 말이냐? 만약 그녀와 꼭 결혼하고 싶다면 모자(母子)의 연을 끊자."고까지 말씀하셨다.

그리하여 어머니의 노후를 생각한 사모곡(思母曲)도, 뱃머리에서 만난 후배와의 늦사랑도 모두 가슴에 묻고, 결국 나는 어머니 고집대로 벼락 혼례(婚禮)를 치렀다. 대구 예식장에는 이전 나의 마산세무서장 행을 극력 말리시던 김만기 국장께서 부인을 보내 축하해 주셨다.

"이 사람아, 오래 찾고 기다린 보람이 있지, 얼마나 좋은가? 장차 태어날 자식들을 위해서라도 과분한 상대이다. 처갓집에서 혹시라도 애비 없이 자란 경상도 촌놈이라고 흉보지 않게 부디 처신 조심해야 한다.”

어머니의 신신당부였다.

효자임을 자임(自任)한 나는 어머니 뜻에 순종하면서도 마음속으로는 ‘열 길 물속은 알아도 한 길 사람 속은 모른다던데…….’ 싶었다.

그때 만약 어머니가 당신의 고집을 꺾어 주셨다면 나는 촉망받던 관계에서 파직(罷職)이라는 불운을 겪지 않았을 것이다. 또 학계에서 한창 활약하던 시절 아내 대신 과천구치소에 수감(收監)되는 수모도 겪지 않았을 것이다. 그 어떤 경우라 해도 이혼이라는 비극만은 면했을 텐데…….

우리가 서울 한남동에 새집을 마련했을 때 장인어른은 당대의 명필 소재향 씨의 휘호를 받아 주셨다. “흰머리가 파뿌리 되도록 잘 살라.”는 뜻이 담긴 백두해로(白頭偕老)라 쓰인 액자였다. 하지만 그 바람이 허사로 끝날 줄이야 그 분인들 어찌 상상인들 했을 것인가?

30세 이립(而立)에 ‘재무부 감사과장’

그렇게 결혼한 나는 지나간 곡절은 모두 다 덮고 마음을 새롭게 가다듬었다. 그리고 남편으로서 아내에게 몇 가지를 당부했다.

“첫째, 오늘의 내가 있기까지 어머니의 고생이 참으로 많았으니 부디 효부(孝婦) 노릇을 게을리 하지 말아 달라. 둘째, 관계(官界)는 동료 간에도 경쟁이 심해 밤낮으로 긴장을 풀 수 없으니 시집 식구들과 집안일은 당신이 전적으로 맡아서 선처해 달라. 셋째, 권력기관은 외부의 주목과 유혹을 받기 쉬우니까 관료의 아내 행세는 절대로 하지 말아 달라."고……

신혼생활을 시작한 지 1년도 되기 전에 나는 서기관(書記官)으로 또다시 급속 승진했다. 수습행정관에 임명된 지 5년 만에, 사무관에 임관된 지 3년 만에 맞은 벼락감투였다. '5·16 군사 쿠데타' 덕분에 생긴 새 직책이었다.

내가 쿠데타 소식을 들은 것은 그날 아침방송을 통해서였다. "은인자중하던 군부(軍部)는 드디어 금조 미명(未明)을 기해 일제히 행동을 개시하여 행정·입법·사법의 3권을 완전히 장악하고 이어 군사혁명위원회를 조직하였습니다……."

헌법 절차에 의해 합법적으로 수립된 민주당의 장면 정부가 무너지는 역사적 순간이었다. 그 배후에는 박정희 소장이 있었다.

그 시절 서기관이던 중앙청 과장들과 지방청 국장들은 대개가 50대 초반이었고 빨라야 40대 후반이었다. 그때 내 나이 30세였으니 재무부에서는 그런 예가 아마도 처음이자 마지막이었을 것이다. 나도 한동안은 어리둥절했었다.

나의 선후배들은 그 소식을 듣고 "통영중학교에서 서기관 제1호가 나왔다."며 놀라워했다.

하지만 관료사회를 모르는 어머니는 그보다 그 무렵 얻은 첫손자 소식에 희색이 만면하셨다. 정통파 직업관료로서 예상 밖의 승진에다가 첫 득남(得男)까지 했으니 지금 생각해도 참 좋은 시절이었다.

하지만 평소에 나는 출세보다는 국가공무원법이 정하는 정년 60세를 의식하고 오로지 맡은 일에만 열중하기로 결심했다. '승진을 서둘면 엎어지기 쉽고 빨리 올라가면 그만큼 빨리 잘린다.'고 생각했던 것이다.

대기만성(大器晩成)하는 편이 좋겠다고 생각했고, 호사다마(好事多魔)를 경계했다. 나는 지방대학 출신에다 서울에서 도움을 받을 연고라고는 아무도 없었다. 어릴 적부터 어머니가 많이 고생하시는 모습을 지켜보며 자랐기에 관료생활을 하는 동안 자신의 고집이나 야심을 위해 처자식을 희생시키는 일은 결코 없어야 하겠다고 다짐했다.

그 대신 아내에게는 "암탉이 울면 집안이 망한다는 말이 있다. 관직은 남편 것이지 당신 것이 아니니까 절대로 나서지 말고, 집안일과 애들 교육에만 전념해 달라."고 신신당부했다.

30대에 사무관이면 서두르지 않더라도 40대에 서기관, 50대에는 직업공무원의 별이라는 이사관(理事官)까지 넉넉하게 승진할 자신이 있었다. 차관, 장관 등 정무관으로 승진하거나 국회의원에 출마하는 일은 그때 가서 고려해도 늦지 않으리라 생각했다.

그런 내가 30세에 벌써 서기관으로 승진했으니 아무래도 전도(前途)가 순탄치 않을 것 같았다. 그랬으니 승진을 스스로 기뻐하거나 남에게 자랑할 생각은 별로 없었던 것이다.

5·16 쿠데타로 전격 승진

그러면 어찌하여 어린 나이에 중앙청 과장이 될 수 있었는지, 그 경위를 잠깐 말해야 할 것 같다.

5·16 군사정권이 들어서자마자 재무부 사세국에는 감사과(監査課)라는 예상치 못한 기구가 하나 신설되었다. 그것은 일제강점기부터 존재해 오던 세무관서(稅務官署)에 사무감사(監査)와 복무감찰(監察) 기능을 새로 창설하여 국세행정에 일대 혁신을 기하겠다는 혁명정부의 야심찬 의욕이 담긴 계획에 따른 것이었다.

혁명정부는 5·16 쿠데타의 명분을 세우기 위해 집권하자마자 1961년 7월에 경제기획원(EPB)을 신설하고 1962년도부터 제1차 경제개발5개년계획에 착수했다. EPB에는 경제발전의 정책 방향과 개발정책의 수립, 정부예산(豫算)의 편성과 각 부처에 대한 통제 등 막강한 권한이 주어졌다.

군사정부는 경제개발에 필요한 재정자금(財政資金)을 조달하기 위해서 징세(徵稅)업무를 획기적으로 강화해야 하겠다고 판단, 동년 11월 21일 재무부 사세국에 감사과를 신설했던 것이다.

그런 사명을 띤 감사과의 과장 자리에는, 당시 재무부에서 쟁쟁하던 김학렬·김정렴·이철승 국장의 추천으로 내가 선발되었다.

재무부 안팎에서 그 소식을 듣고 "새파란 과장 얼굴이라도 한번 보자."고 사무실을 기웃거리는 사람들이 많았다. 하지만 나는 결코 권력지향적인 출세주의자가 아니었다. 그리고 승진을 서둘 하등의 이유가 없었다. 오히려 앞으로 해 나갈 직무에 대한 책임감이 앞섰고, 가까운 중학 동기생들마저 한동안 내 소식을 몰랐을 정도였다.

감사과에는 전국 사세관서의 복무 및 업무감찰을 담당할 감사계, 납세자의 세무불복(不服)을 심사·처리할 조사계, 탈세(脫稅)사건을 조사·처리할 사찰계 등 3개 계가 설치되었다.

감사계장에는 서울출신 이정옥, 조사계장에는 대구출신 백낙준, 사찰계장에는 광주출신 정래유 씨를 난생처음 내 손으로 선발·배치했다.

나는 관직생활 19년을 통해 직원들을 적재적소에 배치하고 신상필벌(信賞必罰)로 다스렸다. 그 결과 공직 재임 중은 물론 이임·퇴임 후나 대학에 진출한 후에도 인사문제로 뒷말을 들은 적이 없다.

당시는 납세자 수와 징세액이 지금에 비해 훨씬 적었다. 하지만 그때 감사과는 지금 국세청의 조사국·심사국·감독관실의 기구와 기능을 모두 겸하고 있었다. 그랬으니 만약 내가 그 권한을 제대로 행사했다면 재무부 내외에서 그 영향력은 엄청났을 것이다.

하지만 나는 그 권한을 의식하거나 행사할 생각을 하지 않았다. 왜냐하면 막강한 권한의 행사에는 저항이 있기 마련이고, 동료 간에도 반드시 시샘이 뒤따른다고 믿었기 때문이다.

당시에 사세국에는 감사과 이외에 기존과(旣存課)로서 5개 과가 있었고 직원 대부분은 고참(古參)들로 포진되어 있었다. 감사과의 업무는 바로 이들 기존 각 과와 대립(對立)관계에 있었던 것이다.

처음 실천해 본 '기관장 마음가짐'

그 자리에 취임하자마자 가장 먼저 손댄 일은 중앙청 앞 독립청사에서 옛 총독부 건물을 수리한 중앙청 청사로 이사하는 일이었다. 불과 5년 전 1956년, 수습행정관이던 내가 배고픈 친구를 따라 첨탑에 올라가 노래를 불렀던 그 건물이었다.

하루 사이에 당장 짐을 싸라는 국무총리의 엄명에 웬 날벼락인가 싶었다. 알고 보니 군인출신 송요찬 총리가 말을 잘 듣지 않는 재무부 천 장관을 당장 자기 곁으로 옮기게 한 것이었다.

온 직원이 이삿짐 싸기로 밤샘하던 날, 나는 어린 마음에도 저녁식사와 새벽 해장국은 내가 사야 한다고 생각했다. 당시 관공서에 정보비 예산은 없었다. 그래서 과장이 호주머니를 털 수밖에 없었다. 그 대신 나는 그날부터 ≪고시계(考試界)≫, ≪재정(財政)≫ 등 월간잡지에 원고를 쓰기 시작했다. 그 원고료 수입으로 사무실에는 '구론산'을 상비했고, 힘든 일이 끝난 저녁에는 반드시 전 직원들과 회식하기를 잊지 않았다.

재무부장관의 세제고문이었고 그 후 사세국장으로 재기용된 김만기 씨로부터 듣고 배운, '직원을 거느리는 간부의 마음가짐'을 직접 실천했던 것이다.

"술은 당신이 사고, 돈은 내가 내고……"

과장이 된 후 기억에 남는 장관에는 한국은행 부총재 출신 천병규 씨가 있다. 그분과의 일화 한 토막은 지금도 기억에 또렷하다.

재무부가 중앙청으로 이사를 끝낸 다음 날 저녁, 차관을 비롯한 재무부의 과장 이상 전원의 위로회가 마련되어 장관의 도착을 기다리고 있었다. 지루하다 싶은 시간에 장관이 도착하고 첫 잔은 비어 있었다. 하지만 모두가 긴장한 탓인지, 술병을 드는 사람이 없었다.

그 시절에는 술자리에서도 계급의식이 철저했다. 딱딱한 분위기를 느꼈는지 장관은 손뼉을 쳐서 주인을 불렀고, 곧 젊은 아가씨가 나타났다.

장관은 그 아가씨를 껴안고 덥석 입을 맞추며 말했다.

"왜들 가만히 있어요? 술집에 처음 와 봤나? 기획실장, 예쁜 애들 좀 오라고 해요. 여러분 급하게 이사하느라 수고 많았으니 실컷 술이나 들어요."

그 말을 기다렸다는 듯이 좌석은 단번에 무르익었다. 한참 출출하던 터라 나는 선배과장들을 재촉, 술을 권하고 음식을 먹으며 신바람이 났었다.

그런데 아뿔싸 목소리가 너무 컸던지, 장관이 나를 지목했다.

"여보 차관, 말석에 앉은 저 사람 누구요, 아직 어려 뵈는데?"

"네, 최근에 발족한 사세국 감사과장입니다."

"아, 그래? 이봐, 감사과장!"

"네?" 나는 깜짝 놀라 대답했다.

"앞으로 할 일이 많을 텐데 신명도 좋네."

좌중은 소나기가 그치듯 갑자기 조용해졌다.

"아, 예……."

"당신 신명내는 걸 보니까 기분이 좋아 술 한잔 얻어 마시고 싶네. 어때요 감사 과장, 오늘 술은 당신이 내면?"

"네?"

순간, 나는 대답할 말이 없었다. 엄청난 술값도 문제려니와 젊은 녀석이 까불다가 혼난다고 수군거리는 소리가 주위에서 들리는 것 같았다.

"그럼, 오늘 술은 당신이 내는 거요?"

"네, 알겠습니다."

좌중에선 술값이 문제가 아니라 장관에게 단단히 찍혔다는 동정 어린 분위기가 역력했다.

"좋아. 술은 당신이 내고, 대신 술값은 내가 내지. 알겠소?"

그 순간, 좌중에서 누가 먼저인지 알 수 없게 함성과 함께 박수갈채가 터졌고, 때마침 술집 아가씨들도 입장해 좌석은 점점 무르익어 갔다.

집으로 돌아오면서 내가 장차 재무부장관이 된다면 천 장관과 같이 부하를 아끼는 멋있는 상관(上官)이 되리라 다짐했다.

실무(實務)단련 위해, 부산 국장으로

새로 발족된 감사과는 준비해야 할 일들이 많았다. 먼저 착수한 일은 공무원의 비위(非違)감찰이나 기업체의 탈세조사 등 적극적인 권한 행사가 아니었다. 각 세법에 흩어져 있는 세금에 대한 구제(救濟)규정을 한 군데로 모아 잘못된 세금을 간편하고 신속하게 고칠 수 있도록 '국세심사청구법'을 제정하는 일이었다.

내가 직업관료인데도 권한(權限) 행사에 앞서 민원(民願) 해결에 앞장선 까닭은 마르크스 경제학을 공부하면서 마음속 깊이 간직했던 약자(弱者)에 대한 동정심, 다시 말하면 일종의 정의감이었다. 이 같은 정신과 자세는 공무원생활 19년 동안 꾸준히 지킨 나의 신조였다.

그 작업을 위해 나는 법제처로, 국회로 밤낮없이 뛰어다녔다. 그러다가 1962년 10월 17일, 부산사세청 세무국장(稅務局長) 자리가 비자 그곳으로 발령되었다.

그 발령은 장차 세무관서의 보스가 될 사람에게 실무를 직접 체험시켜야 한다는 K 사세국장의 강력한 의지가 반영된 결과였다.

내가 부산역에 도착, 부산청 간부들의 마중을 받았을 때 그들의 표정은 뭔가 어색했다. 짐작은 했지만 동생 같고 조카 같은 어린 상관의 모습에 그들은 선뜻 "국장님"이라는 호칭이 나오지 않았던 것이다.

하지만 일제강점기부터 내려온 세무관서의 관기(官紀)에다 신분상 및 행정상 엄연히 상관인 나를 그들은 잠시 후 깍듯이 예우하기 시작했다.

행복했던 관료생활, 대학 출강도

그 자리에서 근무한 3년은 나의 관료생활 19년을 통해 가장 행복한 시절이었다는 생각이 든다.

부산시와 경상남·북도를 관할구역으로 하고 산하 세무서장을 비롯한 직세·간세과 간부 및 직원들을 직접 지휘·감독하는 그 자리는 직권면(職權面)에서 참으로 막강했다. 부산·경상도의 유수한 공장·회사·양조장·병원·어장 등이 내야 할 각종 국세를 직접 또는 간접으로 조사·결정하는 실권자가 바로 나였던 것이다.

그런 막강한 자리에 있었지만 나는 소위 권력의 묘미는 누리지 못했다. 나는 너무나 어렸고, 문학청년 티를 벗지 못했다. 더구나 재무부 본부에서 주로 기획·통계·입법 업무에 종사했을 뿐, 세무서 과장이나 서장들처럼 민간인을 상대로 한 현업(現業)에 종사해 본 경험이 한 번도 없었기 때문이다.

그때까지 사무실 주변에는 아직도 일제강점기 이래로 유지되어 온 관료주의가 여전했다. 그래서 연상(年上)의 부하들로부터 결재·회의·순시 등 공식석상에서는 철저한 복종을, 사적 좌석에서는 공손한 예우를 받을 수 있었던 것이다.

그때 만약 내가 관료의식이 강했다면 넓은 관할구역 내 세무서나 공장, 양조장을 차례차례 순시하면서 호사(豪奢)를 즐겼을 것이다. 당시에 삼성재벌의 대표적 기업이던 부산의 제일제당과 대구 제일모직의 지배인들은 나의 공장시찰을 수없이 간청했다. 하지만 나는 응하지 않았다. 그 결과 그들 본사에서는 지배인들이 무능하다고 문책론까지 거론되었을 정도였다.

나는 그런 측면은 철저히 외면했다. 하지만 업무 면에서는 지방도시보다는 대도시에, 중소기업보다는 대기업에, 제조업보다는 도·소매업에 중점을 두고 공평성 확보에 최선을 다하고자 노력했다. 그리고 나의 방침에 어긋나는 부하들의 처사는 결코 용서하지 않았다.

그때 아내는 결혼 2년차 새댁이었고, 첫아들은 4개월 된 갓난아기였다.

그 시절 재무부에는 우리 역사에 등장하는 인물들이 많았다.

예산국장에는 후에 재무부차관을 거쳐 대학으로 진출, 대학총장과 사회원로로 활약한 이한빈(李漢彬) 씨가 있었다. 그분은 내가 사무관 시절 대통령의 시정연설문과 재무부장관의 예산안 제안 설명문을 작성할 때마다 사세국 대표로 참가한 것이 인연이 되어, 나를 몹시 아껴주셨다.

사세국장에는 후에 재무차관을 거쳐 재무부장관과 경제기획원장관 그리고 대통령 비서실장으로 활약한 김학렬(金鶴烈) 씨가 있었다. 그분은 고등고시 선배로서 공사 간 후배들을 잘 챙겼고, 나에게는 장차 큰 인물이 되라고 자주 격려해 주셨다.

이재국장에는 후에 재무부장관을 거쳐 대통령 비서실장으로 오랫동안 활약한 김정렴(金正濂) 씨가 계셨다. 그분은 복도에서 만나기만 하면 으레 오른손을 번쩍 들어 반가움을 표시했고, 가까이에서는 어깨를 두드리며 격려 말씀을 잊지 않았다.

이분들은 모두가 우리나라의 산업화 시대에 재정경제 분야에서 주도적 역할을 맡아 많은 업적을 남긴 정통 재무관료 출신들이다.

수습행정관 시절 만약 내가 이재국으로 고정배치되었다면, 아니 그 이후에라도 군인출신 국세청장의 편애(偏愛)에서 벗어나 재무본부로 돌아갈 수 있었다면, 이분들의 신뢰와 촉망 속에서 정통파 재무관료로 대성(大成)하여 국가와 민족을 위해 좀 더 많은 헌신과 봉사의 기회를 가질 수 있었을 것이다.

참으로 애석하고 원통한 일이 아닐 수 없다.

헬렌 켈러는, "행복의 문 하나가 닫히면 다른 문이 열린다. 그러나 우리는 대개 닫힌 문을 멍하니 바라보다가 우리를 향해 열린 문을 보지 못하고 만다."고 말했다. 하지만 나는 뒷날 다른 열린 문을 발견할 수 있었기 때문에 그 문을 통해 새 삶을 꿋꿋이 개척해 나갈 수 있었다고 생각한다. 지나온 긴 세월을 뒤돌아보면 나 스스로가 참으로 대견스럽다는 생각이 든다.

약관 35세, '서울지방국세청장'

이사관 승진, 처음 겪은 '기관장'

1966년 중국에서는 북경대학과 청화대 부속 중학에서 '문화혁명'을 예고하는 대자보가 나붙기 시작했고, 국내에서는 금성사가 국산 TV를 처음 만들었다. 그해 6월 1일 서기관 생활 4년여 만에 나에게 다시 급속 승진의 기회가 왔다. 그때 내 나이는 35세였다.

'직업관료의 별'이라는 이사관(理事官)으로 승진하여 전라남·북도와 제주도를 관할하는 광주지방국세청에서 처음으로 꿈에 그리던 기관장(機關長) 생활을 시작했던 것이다.

고시동기 가운데는 내가 승진하기 전에 벌써 국세본청의 국장직으로 승진한 사람이 있었다. 하지만 나는 실무경험을 착실하게 쌓겠다는 생각으로 아무 불평 없이 맡은 바 직무에 충실하고 있었다.

그러던 내가 어느 날 갑자기 수직 승진하여 그곳 청장으로 발탁되었으니, 그때 내가 느낀 감격과 흥분은 이루 말로 다할 수가 없었다.

원래 지방관청에서 기관장은 타 지방에서 승진되어 오는 경우가 대부분이었다. 그런데 내가 광주청 국장에서 청장으로 바로 승진했으니 직원들은 물론 그 지방에서 한동안 큰 화젯거리였다. 더구나 그때 내 나이 35세, 그 지방의 관공서 책임자들 가운데서 과거에 예가 없던 파격인사(破格人事)였으니 사방에서 탄복 소리가 터져 나올 수밖에……

당시 광주국세청의 직원 수는 1,300여 명, 청장의 관용차 번호는 '전남 관7호'였다. 차번호는 도지사를 비롯한 고·지법원장, 고·지검장, 국립대 총장 등 그곳

기관장들의 일종의 서열이었다.

　세상에 태어나서 처음으로 많은 부하를 거느리고 넓은 지역을 다스리는 기관장 자리에 앉고 보니 가장 먼저 떠오른 것은 내가 열두 살 때 돌아가신 아버지 생각이었다.

　그 생각을 하자마자 눈시울이 뜨거워졌다. 야단맞던 일, 매 맞던 일, 걱정하시던 일 등이 주마등처럼 눈앞을 스쳐갔다. 칭찬받은 일이라곤 아무리 생각해도 한 가지도 떠오르지 않았다.

　불효막심한 자식이었다. 아버지가 만약 살아 계셔서 오늘의 내 모습을 보신다면……. 살아 계실 때 내가 일본말만 쓰고, 공부를 게을리 하고, 붓글씨를 잘 못 쓰고, 신문배달을 빼먹고, 야단을 듣고 매도 많이 맞았는데……. 장차 사람 노릇을 제대로 할까, 집안의 종손 노릇이라도 할 수 있을까, 걱정도 많이 하셨는데…….

　만약 아버지가 생전에 고향에서 많은 덕(德)을 쌓지 않았다면 어머니는 미곡상할 시영점포를 얻지 못했을 것이고 우리들은 생계를 유지하기가 어려웠을 것이다. 나는 중학교는 물론 대학진학을 꿈꾸지 못했을 것이고, 고등고시 합격은 물론 취직시험조차 엄두를 내지 못했을 것이다.

　하지만 아버지 대신 어머니나마 아직 건강하게 살아 계시다는 것에 많은 위안을 느꼈다.

　"옛날에 내가 고집대로 군청 급사 자리를 뛰쳐나왔을 때 어머니가 그걸 말리셨다면, 창피하다고 도망 다니는 나를 붙들어 중학교로 끌고 가지 않으셨다면, 싫다는 나를 억지로 경찰학교에 집어넣으셨다면, 아마도 오늘의 나는 도저히 없을 것"이라고 생각하기도 했다.

　　　　　　　　　　　　　　　　　　　　　　　　　　　한려수도

광주청장실에서 어머니께 첫 전화

그런 생각에 잠겨 있던 나는 탁상 위 전화기를 집어 들었다.

"어머니, 여기가 광주청장실입니다. 제 목소리가 들립니까? 제가 지방청장이 되었다 그 말씀입니다."

"아 그래? 세무서장보다 높은 자리냐?"

"네, 어머니 그동안 고생 많이 하셨으니 이젠 여기 와서 우리와 함께 사셔야죠."

"광주? 손자도 볼 겸 한번 다녀오고 싶다만, 장사는 그만둘 수 없네."

"왜요?"

"네가 청장이 되었다고 해도 월급쟁이 신세는 마찬가지 아니냐? 높은 자리라고 해서 뾰족한 수도 없을 게고……."

"이젠 자식들이 대부분 결혼해서 그곳 생활은 외롭고 쓸쓸하실 텐데……."

"무슨 소리, 여기서 자식들 잘되었다는 소식 듣고 사는 게 얼마나 신난다고……. 요즘은 나더러 '쌀장사 할매'라고 함부로 부르지 않고 '이 국장 모친'이라고 제법 공손하게 불러 준다. 장사는 고향친구들과 소일 삼아 하면서 네 여동생 시집보낼 걱정이나 할란다."

"그래도요."

"쓸데없이 내 걱정 하지 마라. 그 대신 세무공무원들은 여기서도 말썽이 많으니까 직원들 단속 잘하고 몸조심해야 한다. 알았지?"

어머니는 어쩔 수 없는 분이었다. 고집 세고 자식들 걱정을 베개 삼아 주무시는……. 어쨌든 고향을 떠나지 않겠다는 어머니의 고집을 나는 끝내 꺾을 수 없었다.

기관장이 되자 걱정은 우선 '직원들이 혹시 부정이라도 저지르거나 사고를 내면 어쩌나?' 싶은 것이었다.

봉급이 적었던 그 시절 공무원들의 부정은 예사였다. 특히 세무공무원들이 취급하는 업무는 직접 금전과 관계되는 일인 데다 소위 인정과세(認定課稅)가 일반화되어 있던 시절이라 상인들은 세금을 적게 내기 위해 세무공무원들을 온갖 방법으로 유혹했다.

그래서 먼저 공무원들의 비위(非違)를 단속하는 경찰·검찰·정보기관 책임자들과 긴밀한 연락망을 구축하기로 했다.

"이 청장님, 젊은 양반이 빨리 출세하셨습니다."

"감사합니다. 본청에 기구가 늘기도 했지만, 우리 계통에도 4·19, 5·16을 계기로 고위직 선배들이 많이 도태되는 바람에 빨리 승진된 셈이죠."

"여기 전라도 지방은 대부분이 농어촌지대고 도시는 소비지역이라 기업(企業)다운 기업, 산업(産業)다운 산업이 별로 없습니다. 양조장이래야 삼학·보해·백화 정도이고, 버스회사는 광주·금남 여객, 공장은 로켓건전지 정도죠. 전남·일신방직과 호남제분이 있지만 모두 객지 사람들 게고. 청장께서 부산이나 서울 등지를 생각지 마시고 이곳 기업체들을 잘 돌봐 주세요."

"잘 알겠습니다. 제가 여기 있는 동안 지방산업의 보호·육성에 각별히 힘쓰겠습니다. 대신 우리 직원들이 혹시 사고를 냈을 경우에는 입건하기 전에 미리 알려 주세요. 가능하면 제 손으로 엄격하게 처리할 테니까요."

"잘 알겠습니다. 적극 협력하지요."

그 후 광주의 도지사·법원장·검사장·한은지점장 등 기관장들은 광주국세청의 청사 뒷마당에 설치된 연식정구장을 자주 찾아와 나와 함께 땀을 흘렸다. 그리고 지방순시 때는 각 기관의 현지책임자들이 영접을 나와 주는 등 유관기관과

한려수도

의 협조가 잘 유지될 수 있었다.

다행히 그곳에서 근무하는 동안 직원들의 불상사는 한 건도 없었다.

광주청장 3개월에 서울청장으로

처음 해 보는 기관장 생활에 흥미와 의욕을 불태우고 있던 1966년 5월 23일, 나는 국세본청 청장의 전화 호출을 받았다.

"우리 국세청은 세수증대·오명불식·국민계몽 등 3대 목표를 달성하기 위해 발족했소. 첫 연도인 올해 세수(稅收)목표는 700억 원, 이것은 우리가 어떤 일이 있어도 달성해야 할 지상과업이오. 서울시, 경기·강원도를 관할하는 서울지방국세청은 우리가 전체 세수목표액을 달성하느냐 못하느냐를 좌우하는 수도청(首都廳)이오. 알겠소?"

"네, 잘 알고 있습니다만……."

"그런데 현재까지 추진된 서울청의 진도로 봐서 올 연말까지 목표액 달성은 도저히 어려울 것 같소. 그래서 당신을 서울로 불러와 이 임무를 맡겨야 하겠소."

"네? 저 말씀입니까?"

"그렇소. 이 일은 주저할 수도, 거절할 수도 없소. 비단 내 개인의 책임문제일 뿐 아니라 국세청을 개청하신 대통령 각하의 영도력에도 영향이 미치는 일이요. 곧 발령할 테니 즉시 상경하시오."

"아시다시피 저는 서울청에서 서장도 국장도 해 본 경험이 없습니다. 또 나이도 어리고 기관장 생활도 광주청에서 이제 겨우 3개월……."

"그걸 누가 모르오? 일의 승패를 걸고 당신을 남자로 믿고 어렵게 결단한 일이오. 더 이상 딴소리 마시오. 나와 본청 각국이 적극 후원하겠소."

정말 청천벽력 같은 통고였다. 광주에서 기다리던 아내는 어깨가 축 처져 귀가하는 나를 보고 깜짝 놀랐다.

"내가 그 일을 어떻게 감당하겠소. 차라리 사표를 내고 말지."

"그래도 여보, 당장 사표를 낼 수야 없잖아요, 불신을 받은 것도 아닌데 일단 서울로 올라가 봅시다. 만약 서울 가서 그래도 도저히 일을 감당할 수 없다면, 그때 가서 사표를 내도 늦지 않을 것 아닙니까?"

서울청장으로 발탁되었다는 소식이 알려지자 청 내는 물론 광주의 관가는 또 다시 발칵 뒤집혔다. 그곳은 기관장들이 승진해서 부임해 오거나 아니면 그곳에서 정년을 맞는 경우가 대부분이었다. 그곳에서 수직 승진한 예도 없었지만, 승진 3개월에 또다시 서울로 영전한 예는 더더욱 없었기 때문이다.

두려움 앞선, 서울 요직(要職)들

주위 사람들은 내 마음속에 가득 찬 주저와 불안감을 알 까닭이 없었다. 비단 세무관서뿐만 아니라 법원·검찰·경찰 등 권력기관에서도 서울의 책임자 자리는 막강한 인사권(人事權)과 집행권(執行權)을 쥐는 까닭에 고급관료라면 누구나가 탐내는 최고의 자리였다. 하지만 내 사정은 남들과는 달랐다.

"서울청장, 서울 와서 본청 분위기 봤죠?"

"네, 소름이 끼칠 정도라서 겁부터 납니다."

"여보, 정부는 제1차 경제개발5개년계획을 성공적으로 마무리 짓고 이제 제2차 계획을 준비 중에 있소. 앞으로 제2차 계획을 차질 없이 추진하기 위해서는 무엇보다 필요한 재정자금(財政資金)이 제때에 제대로 확보되어야 하고, 그것이 곧 경제개발정책의 성패(成敗)를 좌우할 게요."

"하지만 700억 징수목표는 작년보다 배(倍)나 되는 엄청난 규모인데……."

"우리가 만약 이번에 세수목표를 달성한다면, 경제개발계획을 자금면(資金面)에서 성공적으로 뒷받침함은 물론 과거에 세금을 예사로 빼먹던 대기업들의 납세의식이 획기적으로 개선될 게요. 과거에 경찰·검찰에서 중·소납세자들을 함부로 손대던 폐단을 단호하게 근절시켜 앞으로는 세무관서만이 납세자를 상대할 수 있도록 '세무사찰 일원화(一元化)'도 꼭 달성할 수 있을 게요. 무슨 뜻인지 알겠소?"

"알겠습니다."

서울국세청의 1966년도 세수목표액은 서울시내를 비롯, 경기도·강원도를 누빈 2,000여 직원들의 헌신적인 노력에 힘입어 기어코 달성될 수 있었다. 서울국세청이라는 관청의 관료로서 겪은 오만 가지 힘든 과정들은 회고록 《영욕의 세월》에서 밝혔다.

그 성과를 올릴 수 있었던 것은 종사 공무원들의 노력이 컸지만, 그보다는 그 과정에서 우리 경제가 경제개발계획에 힘입어 고도성장을 이룩했고 또 우리 납세자들이 그 부담을 감당해 낼 만큼 세원(稅源)이 크게 성장했기 때문이었다.

그러므로 한 나라의 재정(財政)을 안정적으로 운영하기 위해서는 우선 경제의 고도성장이라는 '파이'를 키워야 하고, 그에 힘입어 세원(稅源)이 충분히 배양되어야 비로소 세수가 확충될 수 있다는 사실을 위정자는 항상 잊지 말아야 할 것이다.

청년관료 원대한 꿈, 권력에 꺾이다

1971년 10월 11일 중국에서는 모택동의 숙청을 예측하고 함께 북경을 탈출하던 임표(林彪)와 가족·심복들이 몽골 상공에서 비행기 사고로 몰사(沒死)했다는 외신뉴스가 들려왔다.

그때 나는 서울청장, 국세본청 조사국장에 이어 직세국장으로 전근되어 있었다. 1966년 9월 서울청장으로 발탁되어 연말 징수목표액 달성에 밤낮없이 쫓겼고, 본청 조사국장을 맡아서는 정치사건에 연루된 골치 아픈 탈세조사에 고민하기도 했다.

영예(榮譽)도 공명(功名)도 싫던 나는 1968년에 이르러 기어코 부산으로 후퇴를 결심했다. "여보시오, 서울청장·조사국장이라는 요직(要職)을 다 역임한 사람이 뭣이 답답해서 좌천을, 그것도 자진해서 간청한단 말이요?" "부산은 내 고향과 다름없는 곳이라 그곳에서 지방청장을 꼭 한번 해 보고 싶습니다."

그렇게 억지를 부려 간신히 부산국세청장으로 피해갈 수 있었다. 부산, 그 고장은 내가 경찰학교 입학이 싫어 도망쳤던 곳이요, 대청동에 있던 청사는 그 학교가 일시 사용하던 건물을 보수·개축한 곳이었으며, 불과 6년 전 내가 세무국장으로 근무했던 건물이었다. 그곳에 착임했을 때 나는 감개무량함을 금할 수 없었다. 하지만 그 자리도 잠깐, 또다시 본청으로 불려오고 말았다.

여자실업배구단장도 맡고

직책이 바쁘게 변경된 것만큼 직무도 숨 쉴 틈 없을 정도로 격무(激務)였다. 게다가 사단법인 세우회(稅友會) 이사장이라는 만만찮은 직책도 겸무해야만 했다.

한려수도

세우회에서는 매달 월간잡지 ≪국세≫를 편집·발간했다. 또 세무공무원에게 기금을 적립하게 했다가 퇴직할 때 생계에 보탬이 되도록 공무원연금(年金) 이외에 또 하나, 공제금을 지급하는 제도를 관리·운영했다.

나는 그 일 이외에 세무공무원의 단결과 납세자와의 융화를 도모하기 위해 만든 '국세청 여자실업배구단'을 관리·훈련하는 단장 역할도 맡고 있었다.

아내가 "당신 본무(本務)가 무엇이오?"라고 물을 정도로 나는 밤낮없이 바쁘게 움직였다. 국세청장은 옛날 재무부 사세국장들이 그랬던 것처럼 나를 공적으로는 바른팔로, 사적으로는 친동생처럼 아껴 주었다.

개청 원년 700억 세수목표액 달성의 주역이던 나는 그 일이 끝난 후 재경(財經)부처에서 한동안 유명인사가 되었다. 하지만 재무부 본부를 떠나 국세청에서 근무한 햇수가 쌓이자 현직(現職)에 대한 회의와 갈등은 점점 깊어 갔다.

당시에 나는 고시파·정통파·재래파 직업관료로서 맡은바 직무에 최선을 다했고, 상사로부터 최고의 신뢰(信賴)와 예우(禮遇)를 받았다. 약관 35세에 서울지방국세청장을 거쳐 다음 해에는 속칭 경제계의 FBI라는 조사국장직을 무사히 감당했다. 현직에서는 조정사채(私債)의 국세청 대책본부장을 맡아 그 일을 성공적으로 끝냈다. 그때 그 공적으로 대통령의 하사금이 국세청의 말단직원에게까지 지급되기도 했다.

사단법인 세우회 이사장을 겸무하면서 월간잡지 ≪국세≫를 충실히 편집·발행했고, 선배들로부터 재무협회의 막대한 재산을 증여받아 세우회 공제기금을 조성했으며, 여자실업배구단을 직접 조직·운영하여 기적 같은 연전연승을 기록하기도 했다.

세무(稅務)전문직에 회의감

그런데도 나는 '고등고시 재정·경제 부문에 합격한 정통(正統) 재무관료로서 경제(經濟)전문가라야 하는데, 어째서 한정된 세무(稅務)전문가로 끝나야 하는가?'

'다 같이 국록(國祿)을 먹는 직업공무원인데 나는 일을 하면 할수록 칭찬받는 조장(助長)행정가가 아니라 미움받는 수납(收納)행정가로 취급돼야 하는가?'

'관직 생활을 세무공무원으로 끝낼 수밖에 없단 말인가?'

이런 생각들이 머리를 떠나지 않았다. 당시에 행정 각 분야에서는 타 분야 사람들의 침입을 배척하는 소위 '먼로주의'의 벽이 철저했다. 재무부 내에서도 사세국 출신이 예산·이재·외환 등 다른 국으로 진출한 예가 과거에 한 번도 없었다. 그리고 역대 재무부차관·장관 가운데서 사세국 출신은 단 한 분 인태식(印泰植) 씨뿐이었다.

당시는 철통같은 유신정국이 강화되어 박정희 정권의 붕괴는 상상조차 할 수 없던 암흑시대였다. 그래서 내 힘만으로는 세무관서를 도저히 벗어날 수 없다고 판단한 나는 외부의 도움을 받을 계획을 다각도로 궁리했다.

국민의 재산에 직접 손대야 하는 세무공무원은 어떤 정권이 들어서도 과거의 행동이 문책을 받지 않는 '정치적 중립성'이 보장되어야 한다. 그래야만 처자식을 거느리고 생계를 꾸려가야 하는 직업관료로서 안심하고 직무에 충실할 수 있고 또 자기의 면 장래에 대해서도 꿈과 희망을 가질 수 있기 때문이다.

국민의 자유와 생명에 영향을 미치는 경찰·검찰·정보 등 권력행정도 세무행정과 마찬가지로 정치적 이용물이 되어서는 안 되고, 그에 종사하는 엘리트들은 국가가 책임지고 신분과 장래를 보장해야 옳은 것이다.

그런데도 과거에는 집권자가 정권의 유지와 연장을 목적으로 야당인사나 야당을 돕는 기업인들을 탄압하기 위한 수단으로 권력기관을 악용한 예가 많았다. 그래서 그런 분야에 종사하던 엘리트들은 정권이 바뀔 때마다 하루아침에 억울한 제물로 도태되어 가족은 생계에 위협을 받고 자식들이 학업을 중단하는 비참한 경우도 많았다.

대학교수인 장인은 만날 때마다 "자네 직장은 말썽이 많아 항상 마음이 조마조마하다."고 불안해하셨고, 아내는 내가 오해받는다고 자기 친구들의 우리 집 방문을 꺼리자 내 직업을 은근히 못마땅하게 여기기도 했다.

그래도 무심한 세월은 흘러 1973년 이른 봄, 서울시내에는 평소에 없던 진풍경이 벌어지고 있었다.

그해 3월 10일에 개정·발효된 <경범죄처벌법>에 따라 명동 입구에서 무릎 위 30cm까지 올라간 '초미니 스커트'를 입고 가던 여성이 파출소로 연행된 사건이 있었다.

그날 경찰은 가위와 자를 들고 '장발(長髮)'과 무릎 위 17cm 이상 '미니'에 대해 집중단속을 벌였다. 그 결과 그해만 해도 1만 2,870명이 장발단속에 걸려 머리를 깎이는 등 많은 화제를 뿌렸던 것이다.

국세청장에 또 군인 출신

그해 가을, 청와대에서 근무하던 군인 출신 K 씨가 국세청장으로 부임했다. 국세청의 역대 청장들은 항상 5·16 주체세력 아니면 박 대통령의 신임이 두터운 군인 출신들이었다.

그런 청장들은 명색이 기술사무인 세무행정의 이론(理論)은 물론 실무(實務)를 알 까닭이 없었다. 말이 쉬워 그렇지 대기업의 생산과정과 경리장부를 면밀히 분석하고 탈세 여부를 검증하기 위해서 전문적인 지식과 풍부한 경험은 필수적이었다. 그런데도 역대 청장들은 실무 국장들의 충고나 조언을 좀체 귀담아 듣지 않았다.

그 대신 영전·좌천 등 직원들에 대한 인사권(人事權)을 독점하고 그 권한을 휘둘러 관료들을 꼼짝 못하게 지배하면서 자기에게 맡겨진, 행정적·정치적 임무에 철저한 편이었다.

그렇게 되자 일부 약삭빠른 직업관료들은 조세이론이나 관계법령에 비추어 청장의 비위를 맞춰서는 안 될 경우라도 보복이 두렵거나 아부를 위해 직권을 남용하는 경우가 적지 않았다. 그럴 때면 정통파 관료인 나의 울분과 고민은 자꾸만 깊어 갔다. 그런 경우 나는 믿을 수 있는 동료 부하들과 줄담배로 고민을 달래고 말술로 울분을 삭히곤 했다.

그때 부임한 K 청장은 유달리 군인기질이 강해 보였다. 과거의 L 청장은 초등학교 교사 출신답게 성실하고 인정이 많았으며, O 청장은 해병대 출신답게 대범하게 사람을 잘 믿고 일을 맡기는 편이었다. 하지만 새 청장은 왠지 자꾸만 남을 의심하는 기색이 역력했다.

그가 부임하자마자 청 내에서는 '국세청 차장(次長)은 ○○지역 출신으로 교체될 것이다.', '실정을 가장 잘 아는 이 국장이 있는 한 청장은 행세를 제대로 못할 것이다.', '이 국장은 곧 밀려날 것이다.' 등의 풍문이 그럴싸하게 떠돌았다. 이 국장이란 나를 가리키는 말이었다.

그때 국세본청의 국·실장 가운데서 재래파인 직업관료들은 대부분이 재무부나 지방청으로 전근되어 나가고 본부에는 나 한 사람만 남아 있었다. 나머지 실·국장들은 역대 청장들이 타 부처에서 데리고 왔거나 5·16 세력들이 정실(情

實)로 밀어 넣은 군 장교 출신들이었다.

당시에 정부에서는 기회가 있을 때마다 공무원들의 외식과 골프를 금지했다. 그 결과는 항상 용두사미로 끝나긴 했지만 말이다. 그들 외래파 실·국장들은 어쩐 일인지 골프의 명수요, 점심은 으레 외식이었다.

그들은 골프를 치지 않고 외식도 잘 하지 않는, 그러면서도 사무적으로는 도저히 적수가 될 수 없고 또 정통·재래파 관료들의 절대적인 지지를 받는 나를 얄미워하면서도 한편 두려워했다.

국세청은 떠나고 싶은데……

나는 맡은 직무에만 충실했을 뿐, 외래간부들과는 불가근불가원의 거리를 유지했다. 명색이 기술사무를 다루는 국세본청에서 외래파 실·국장들에게 둘러싸인 나의 존재는 새 청장에게 유용(有用)하면서도 한편 경계(警戒)의 대상이었을 것이다.

새 청장 부임을 계기로 여러 가지 소문을 듣자 나는 울고 싶을 때 뺨 맞은 격으로 이제는 정말 국세청을 떠나야 할 때가 왔다고 생각했다.

그래서 찾아간 곳이 전임 청장이었던 상공부 L 장관이었다. 하지만 "지금 청장이 당신을 놓아 줄까 그게 문제"라는 대답을 들었다. 고등고시 동기인 K 재무부 차관은 "청장이 군인 출신이라 성격이 워낙 강해 빼낼 수 있을지 모르겠다."고 대답했다. 고등고시 선배인 K 농림부장관 역시 "부탁은 해 보겠지만, 청와대 출신이라 어떨지……."라는 소극적인 대답이었다. 그 시대에는 모두가 그만큼 박 대통령을, 청와대 출신을 두려워했던 것이다.

국세청을 떠나기로 작심하고 나니 조바심은 자꾸만 더해 갔다. 견디다 못해 대구 장인어른께 의논을 드렸다.

장인어른은 일제강점기에 경북중학에서 영어교사로 재직했는데, 수업 도중에 학생들에게 조선말을 가르치고 민족의식을 깨우치는 등 학생들의 존경을 받던 교육자였다. 당시에 중앙 무대에서 활약하던 TK(대구·경북) 출신 요인(要人)들의 대부분은 장인의 제자들이었다.

장인어른에게서 경북중학 시절 제자였던 여당 재정위원장 K 의원을 찾아가 보라는 말씀을 듣고 소개장을 받았다.

그러던 어느 날, K 청장은 어디서 소문을 들었는지, 나를 조용히 불렀다.

"이 국장, 여기서 도망갈 생각을 하고 있는 것 같은데, 그건 절대로 안 돼요. 나는 당신을 태산같이 믿고 있고 앞으로 더 중용(重用)할 생각인데……."

"글쎄요."

"글쎄라니? 당신이 여길 떠날 때는 나와 함께 나갑시다. 나도 여기서 관직을 끝낼 생각은 아니니까."라며 단단히 못을 박았다.

"……."

하지만 재무부 이재국장으로 자리를 옮겨 주겠다는 K 위원장의 언질을 나는 태산같이 믿었다. 그리고 그날을 학수고대했다.

그런데 그날이 오기 직전 청천벽력 같은 뉴스를 접했다.

내무부장관에 대한 국회의 불신임 결의안을 부결(否決)시키라는 박정희 대통령의 밀명을 어긴, 소위 '오치성 항명(抗命)사건'이 터지고 말았던 것이다.

'천재일우(千載一遇)'의 기회 끝내 무산되고

항명사건의 주동자, 소위 여당의원의 4인방 가운데 한 분이 내가 태산같이 믿던 K 위원장이었다.

세무관서를 떠나 금융전문가로 비약할 천재일우의 기회가 좌절되자 나는 별 수 없이 평소와 다름없는 바쁜 일과에 쫓겨야 했다.

그때 국세청 직세국에서는 나의 평소 소신이던 공평(公平)과세를 관철시키기 위해 착수한 '대중세(大衆稅)행정 혁신방안'이라는 이름의 개혁작업을 전국적으로 진행시키고 있었다. 그에 흥미와 관심을 느낀 K 청장은 일선세무서에 대한 나의 지도·확인 현장에 거의 매일 동행하다시피 하고 있었다.

그러던 중 청장은 무슨 생각을 했던지, 1974년 1월 본청을 포함한 서울시내 사무관 이상 간부 전원을 중앙청 제2회의실에 모아 놓고, 관기쇄신(官紀刷新)을 다짐하는 궐기대회를 개최했다. 그리고 며칠 뒤에는 전국의 사무관 이상 584명 전원에게 '세무행정에 대한 사회의 불만에 도의적 책임을 느끼고 사표를 내라.'고 지시했다.

법도 사정도 없던 관직(官職) 박탈

도의적 일괄사표, 강요당해

직무의 성격상, 밖에서 괄시받는 것도 서러운데 감싸주기는커녕 무조건 사표 까지 내라는 청장의 지시에 재래파·정통파 관료들의 자존심은 크게 상했다. 관기쇄신을 다짐하는 궐기대회는 무엇이며 도의적 사표는 또 무엇인가 도저히 납득이 되지 않았다.

하지만 명색이 법치국가에서 아무 죄과(罪過)도 없는 직업공무원을 설마 공무원법의 신분보장 규정까지 어겨가며 어쩌랴 싶었다. 그래서 그의 요구는 일과성 데몬스트레이션으로 끝날 것으로 생각했지, 그것이 곧 내 인생을 비틀 폭행(暴行)이 될 줄이야 꿈엔들 생각했겠는가?

간부들의 사표가 선별적으로 수리되고 나도 포함될 것 같다는 풍문이 들렸다. 하지만 나는 관직에 근무하는 동안 징계는 고사하고 시말서 한 장도 쓴 일이 없었다. 물론 사정(司正)기관의 혐의를 받거나 문초를 받은 일 역시 없었다.

그 전전년에는 8·3 조치의 국세청 대책본부장으로서 박 대통령으로부터 직접 치하말씀을 들었고, 전년에는 성실한 공무원이라고 내 계급상 최고 훈장도 받았다.

그런 자신이 있었기에 나는 고등고시 제2부 재정경제부문 출신의 정통파 재무관료로서 하루속히 재무부로 돌아가 경세제민(經世濟民)의 큰 뜻을 펴볼 꿈과 희망에 불타고 있었다.

그래서 그런 소문들을 듣고도 '설마' 하면서 내가 그런 풍문에 오른 것만 갖고도 '재수가 없다.'고 생각했다.

그 사건이 막바지에 이를 무렵 청장 주변에서는 우리 집이 2층집이라서 문제가 될 것 같다는 소문도 흘러나왔다. 하지만 그 집은 한강에 나룻배가 다니던 시절, 우리가 고생하며 변두리였던 언덕에 지은 집인데 문제가 될까 싶었다. 그리고 설마 '자식들과 사는 살림집을 가지고…….' 싶기도 했다.

그 이전에 아내가 그 집에 이사 가기를 꺼리는 나에게 "이 자그마한 집이 문제가 된다면 그런 정부 밑에서는 공무원 노릇 그만두면 될 게 아니오?"라고 하던 말이 불현듯 생각났다.

사나이 대장부가 땀과 노력으로 쌓아올린 명예와 지위가 얼마나 소중하고 자랑스러운지, 독재 권력이 휘두르는 칼날이 얼마나 잔인한지, 중학교 교사 출신 아내는 알 까닭이 없었다.

그런데 그때 아내의 방정맞은 옛말이 기어코 적중하고 말았으니 기가 막힐 수밖에 없었다.

설마 하면서도 '만약의 경우에 대비하여 한참 기세등등하던 TK(대구·경북)라인을 통해 구명(救命)운동을 벌여볼까.' 잠시 생각해 보기는 했다. 하지만 곧 그만두기로 했다. 그만큼 세무관서에 대한 염증이 쌓여 평소에 '자살은 못할망정 차라리 타살이라도 되었으면……' 싶은 생각에 잠겨 있었던 것이다.

'설마'가 사람 잡은 113명 파직사건

1974년 2월 12일 아침이 밝았다. TV를 켜고 조간신문을 들춰보기 전까지만 해도 나는 그날이 내 관운(官運)의 마지막 날이 될 줄은 꿈에도 몰랐다.

조간신문과 TV뉴스에서는 '국세청 간부 대량숙정(大量肅正)'이라는 제목 아래 사표 처리된 사무관 이상 113명의 숫자와 이사관급 5명의 이름이 일제히 대대적으로 보도되었고, 내 이름이 단연 맨 앞자리를 차지하고 있었다.

청장 부임 당시에 지방에서 들려오던 소문이 그대로 적중, 현실화되었고 '설마가 사람 잡는다.'는 속담이 꼭 그대로 들어맞았던 것이다.

그리하여 고등고시 출신이라는 명예와 긍지, 국가와 민족에 봉사해야 하겠다는 사명감, 그리고 장차 이 나라의 재정을 맡아 역사에 길이 남는 명관(名官)이 되겠다고 다짐한 청년관료의 큰 꿈이 하루아침에 무참히 깨지고 말았다.

그때 내 나이 불과 43세, 남들은 서기·주사로 시작해 아들·딸을 시집·장가보내는데 나는 19년이라는 짧은 공무원생활을 그것으로 마감했고, 분하게도 권력의 희생자가 되고 말았던 것이다. 손때 묻은 직장, 정든 부하들과 마지막으로 하직하는 퇴임식도 없었다.

그때 아내는 40세, 자식들은 초등학교 6학년인 큰아들을 포함해 2남 3녀였고 막내딸은 5세였다. 어린 자식들을 둔 한 집안의 가장이, 꿈과 희망을 가진 40대 초반의 고시 출신 청년관료가, 고향과 모교의 촉망을 받고 있는 인물이, 파직당해야 할 만한 무책임한 행동을 범했을 까닭이 있겠는가?

5·16 주체세력 또는 정권의 비호를 받는 고급관료 및 당료들 중에는 남을 속이기 위해, 주택의 지하를 깊게 파서 방을 만들고 외관상 단층으로 위장한 경우, 또 아파트로 이사 가서 상·하층 또는 옆방에 통로를 만들어 두 채를 사용하면서도 외관상 한 채인 것처럼 위장하는 경우가 많았다. 또 결혼예물로 받은 롤렉스시계를 풀고 일부러 청와대 시계를 차고 다니면서 검소한 생활을 과시하는 위선자도 있었다.

5·16 주체들 대저택이 사건 유발

공직자들의 주거문제는 박 대통령이 한남대교를 지나다가 고려원양 L 사장의 거대한 저택을 보고 격분, 혁명주체들의 주택 사정을 조사하게 한 것이 발단이었다.

그런 소문을 들은 나는 잠시 불안을 느끼긴 했다. 하지만 권력을 갖고 치부(致富)한 그들의 위장생활을 흉내 낼 필요성은 느끼지 않았다. 그러나 그 결과 우직하게도 K 청장의 벼락을 맞았던 것이다.

그 일을 당하자, 무엇보다도 나를 믿고 계신 어머니께 죄송스러웠다. 또 나를 자랑스럽게 아껴주던 고향친구들을 대할 면목이 없었다. 그리고 어린 5남매의 장래가 걱정스러웠다.

큰아들에게는 공부를 열심히 해서 실력 하나로 험한 세상을 개척해 나가라는 뜻에서 문(文) 자를, 작은아들에게는 태어난 광주를 따서 빛나는 일생을 살라는 뜻에서 광(光) 자를 넣어 이름을 지었다. 그리고 딸들에게는 '여자는 역시 남편 복(福)이 제일'이라는 생각에서 일부러 작명가에게 부탁하여 래(來) 자를 돌림자로 넣은 이름을 지어 주었다.

억지 파직(罷職)을 당하자 30여 년 전 초등학교 6학년 때 아버지를 잃었던 그 날이 불현듯 생각났다. 하지만 그날 홀로 5남매를 안고 우시던 어머니에 비해 그 때 나는 자식들을 돌볼 물심양면의 여지가 있었다. 더구나 나이가 40대로서 '제2의 인생'에 대비할 여력이 아직 남아 있었던 것이다.

유신(維新)정국에 편승한 '관가(官街) 폭행'

생각하면 당시에 군인 출신 K 청장이 취한 파직조치는 가히 독선적인 폭행이요, 치욕스러운 재난이었다.

K 청장은 도의적인 일괄사표를 받아놓고, 그 가운데 사무관 이상 고위직 공무원 중에서 무려 113명을 주관적·편파적으로 선정, 숙정(肅正)이라는 누명을 씌웠다. 더구나 그는 그 내용을 신문·TV에 대대적으로 보도해 해당자들에게 수치심과 모욕감까지 안겨 주었던 것이다.

박 대통령이 1972년 10월 17일 '유신헌법'을 통해 영구집권(執權)의 토대를 구축했고, '긴급명령'을 잇따라 발표해 1973년 말부터는 야당 및 재야세력들의 개헌론(改憲論)을 철저히 억압했다. 정국(政局)은 그야말로 무시무시하고 살벌했다.

특히 그해 4월 3일 박 정권은 "유신헌법을 반대하는 자는 공산당에 영합하는 불순분자"라는 극언까지 토하면서 전국민주청년학생연맹과 그에 관련된 단체를 조직하거나 가입·찬양·고무·동조하는 등 직간접으로 유신헌법을 반대하는 일체의 행위를 금지하는 내용의 '긴급명령 4호'를 발동했고, '민청학련' 관계자 54명을 긴급 구속하기도 했다.

K 청장의 고위공무원에 대한 사회적 학살은 박정희 정권의 방침이 아닌 청장 개인의 독선(獨善)이었다. 하지만 무자비한 유신체제에 편승하여 저질러진 수많은 폭행의 하나였음은 부인할 수 없을 것이다.

유신시대의 험악한 세파 속에서 나의 관직생활은 그렇게 분하게 끝났고, 그 시작의 황당함만큼이나 끝남의 허무함 역시 깊었다.

그것은 마치 오래된 상처와도 같은 것이었다. 그 시대엔 누구라 할 것 없이 그렇게 당한 아픔을 하나 둘씩은 다 갖고 있었고, 나에게도 그것은 깊은 흉터로 남았다. 하지만 그때 만약 내 욕심대로 공화당 K 위원장의 도움을 받아 재무부 이재국장으로 전근되었다면, 그 뒤에 나는 어떻게 되었을까?

여당의 정치자금을 취급한 공로로 박정희 정권에서 깜짝 출세는 할 수 있었을 것이다. 그리고 그다음에 들어선 전두환·노태우 정권에서 자리를 부지하기 위해 한두 번쯤 곡예인생을 살았을 것이다. 그때는 처가와 인연이 깊던 소위 TK(대구·경북)의 전성시대였으니까 말이다.

하지만 내가 대학으로 진출하여 정년 65세까지 대학교수 및 경제평론가로서 관료생활 이상으로 '제2의 인생'을 활짝 꽃피운, 귀중하고 자랑스러운 세월을 보장받기는 분명 어려웠을 것이다.

이렇듯 세상만사는 그야말로 새옹지마(塞翁之馬)인 것이다.

3. '제2의 인생' 24년 교수생활

집념의 인생길, 43세 대학원생

현직 때 재정 역군(役軍), 파직 후 무직자

삶의 어느 고비인들 시작 아닌 때가 있으랴만 나는 43세, 불혹(不惑)의 나이에 들어섰을 때 불확실한 장래를 걸고 인생을 다시 시작해야 했다.

당당하고 자랑스럽던 고등고시 출신의 관직을 독재 권력의 횡포에 짓밟혀 하루아침에 허무하게 빼앗기고 말았던 것이다.

너무나 뜻밖의 변고(變故)를 당했지만, 그렇다고 의원면직이라는 형식으로 나를 파직시킨 사람을 증오하고만 있을 수도, 간 크게 새집에 이사 가서 나를 그 지경으로 만든 아내를 원망만 하고 있을 수도 없었다. 그때 내 나이 43세, 좋건 싫건 '제2의 인생'을 다시 시작해야 했다.

파직된 후, 과거 19년간 어김없이 출근하던 아침시간이 되어도 나는 갈 곳이 없었다. 당장은 그게 가장 큰 고통이었다. 자식들 보기가 부끄러웠다. 그렇다고 애들이 하늘처럼 받드는 아내에게 책임을 돌릴 수도 없었다.

한동안 친지들이 위문차 찾아오고 전화를 걸어오기도 했다. 또 일간신문의 가십난에서는 내가 '경상도 출신의 우두머리라서 당했다.' '전임 청장의 심복(心腹)들은 다 밀려났다.' '이번 조치는 청장의 본의(本意)가 아니라 주도하는 제3자가 있다.'는 등 그럴듯한 풍문들이 여기저기서 들려오기도 했다.

하지만 그런 위문도 풍문도 잠깐, 나는 나무에서 떨어진 원숭이처럼 한길 가에 내동댕이쳐진 처량한 신세였다. 관직에 있을 때는 주위에서 국가에 유익한 재정역군이라는 칭찬을 들었고 그 전 해에는 훈장까지 받았다. 하지만 맡은 바 직책이 사회적으로는 고역(苦役)이요, 개인적으로는 악역(惡役)이었기에 파직된 후 한동안은 친구나 친지들을 만나기가 쑥스러웠다.

그들 가운데는 "평생 관리생활을 할 것 같더니 나이 50도 못 되어 벌써 쫓겨났네." 또는 "고급관료로 행세하는 걸 보고 배가 아프더니 고소하다."고 입을 삐죽이는 사람도 있었을 것이다.

파직된 지 1주일이 지나자 나는 겨우 충격에서 벗어나 다소 마음을 수습할 수 있었다. 그때 무심히 그리고 정말로 우연히 손에 잡은 것은 옛날 고시공부할 때 손때 묻은 헌책(冊)들이었다. 나는 무미건조한 그 책들을 챙겨서 읽기 시작했다.

사람이 살다가 갑자기 억울한 봉변을 당하면 홧김에 술을 퍼마시고 쏘다니거나, 도박판에 끼어들어 사생결단을 내거나, 난봉을 피우며 사방을 싸돌아다니거나, 집안 식구들을 못살게 들볶거나, 방구석에 틀어박혀 세상을 비관하는 등 여러 가지 타입이 있다고 한다.

그 가운데서 가장 지독한 사람은 책상에 앉아 '책을 읽는 사람'이라고 했다.

그때 나더러 공부나 하라고 충고해 준 사람은 물론 아무도 없었다. 설사 누가 시킨다고 해도 불난 집에 부채질하듯 하는 그런 말을 들을 나도 아니었다. 그런데 어째서 하필이면 공무원 시절, '바쁘다, 피곤하다' 등의 핑계로 한 번도 앉아본 적이 없던 책상에 앉아 무미건조한 헌책들을 다시 뒤적였을까?

지금도 나는 그 점에 대해 의문을 금할 수 없다. 마치 옛날 대학 국문학과에서 경제학과로 전과(轉科)해 못 배운 과목을 따라가기 위해 독학하던 끝에 고등고시 도전을 결심했을 때를 회고하고 '어떻게 그렇게 간 큰 생각을 했을까?' 싶던 생각과 똑같은 의문이었다.

과분한 발상, '대학교수의 꿈'

온 가족이 잠든 깊은 밤, 나는 책을 읽다 말고 '남은 인생을 어떻게 살아 갈 것인가?'를 놓고 수없이 고민을 거듭했다.

'공화당 B 의장 말씀대로 공화당 전문위원으로 들어가 관료생활로 복귀할까?', 대기업체 K 회장의 청을 받아들여 그 회사의 경영자(CEO)로 취직할까?', 'S 의원의 선거구를 물려받아 고향에서 국회의원 선거에 출마해 볼까?', '가산(家産)을 정리해서 무엇인가 생업(生業)을 찾아볼까?' 등 여러 가지 진로를 놓고 많은 생각을 했다. 그 끝에 내린 결론은 너무나 엉뚱한 것이었다.

그것은 내가 생각해도 깜짝 놀랄, '대학교수가 되었으면' 하는 것이었다.

그때 내 나이 43세, 회갑 때까지 남은 세월을 헤아려 봤다. 17년이 남아 있었다. 이 기간 동안 모든 노력을 다해 강사에서 시작해 대학교 정교수가 되고, 석사에서 시작해 경제학 박사학위를 딸 수 있었으면 했다.

그때 만약 나에게 김일곤 교수의 도움으로 관료시절 받아둔 대학졸업장이 없었다면 그런 꿈은 아예 꿔보지도 못했을 것이다. 하물며 중학 친구 김상진 군의 권유가 아니었다면 대학 진학은 생각도 못했을 것이다. 참 고마운 친구들이 아닐 수 없다.

사람들은 될 수 있으면 인생을 편하고 쉽게 살려 한다. 그러기 위해 권력을 이용하거나 속임수를 쓰기도 한다. 그리고 인생의 목표를 대개는 권력이나 돈 그리고 여자를 좇는 데 두기 마련이다. 탐재호색(貪財好色)이라 하지 않던가?

그런데 그런 편한 길이 나에게도 분명히 있었는데 어째서 나는 그런 길들을 마다하고 하필이면 고독하고 힘든 학문(學問)의 길을 택했을까?

물론 그 이전에 교단(敎壇)과 인연을 맺은 적은 있었다. 1955년 고등고시 구술시험을 앞두고 남원농고(農高)에서 한동안 시간강사로 일했고, 1962년 부산사세청 세무국장 시절에는 부산대학에서 2년간 시간강사를 한 적도 있었다.

하지만 그때 내가 만약 요즘 유행하는 명예퇴직자 또는 조기퇴직자였다면, 아마도 나는 딱딱한 책들을 집어 들고 대학교수가 되어 보겠다는, 외람된 꿈을 감히 꾸지는 못했을 것이다.

경세제민(經世濟民)의 큰 뜻을 품고 천직(天職)이라 생각하던 관직을 너무나 분하고 원통하게 파직당했기에, 무엇보다 먼저 그 원한을 풀고 명예회복을 해야하겠다는 간절한 소망과 강한 집념이, 나로 하여금 그같이 간 큰 결심을 하게 했던 것이다.

"이대로 질 수 없다." 바로 그것이었다.

내가 만약 대학교수가 될 수 있다면 관직생활에서 해결 못한 예산과 세금에 관한 부조리·불합리한 문제들을 바로잡기 위해, 그에 관한 개선책을 학술논문으로 작성해서 세상에 널리 알릴 수 있겠다고 생각했다.

관계에서 이루지 못한 '경세제민의 꿈'을 학문을 통해서라도 기어코 추구하고야 말겠다는 강렬한 야심도 분명 있었을 것이다.

하지만 '그 꿈이 끝내 이뤄지지 못할 경우 어떻게 해야 할 것인가'에 생각이 미치자 다시금 나는 심각한 고민에 빠졌다. 하지만 설사 그런 경우가 오더라도 연고를 좇아 관직을 넘보거나 민간회사에 취직하여 후배들에게 전관(前官)예우를 구걸하는 짓은 절대로 해서는 안 되겠다고 생각했다. 그 대신 가장 확실하고 알맞다고 생각되는 생업(生業)을 하나 따로 염두에 두고 있었다.

교수 안 될 경우 예비한 '일식 요리사'

남들은 웃을지 모르겠지만, 그때 생각해 두었던 생업은 일식(日食) 요리사였다. 전문 요리사 수련을 위해 일본과 부산에서 각각 6개월씩 고행할 각오를 했다.

바닷가에서 자란 나는 생선을 참으로 많이 먹었다. 특히 이모 댁에서 일본식 고기포(사쿠라보시) 공장을 해방 후까지 운영하여, 우리집 밥상에는 값비싼 생선의 머리며 뼈다귀로 끓인 매운탕이 끼니 때마다 올랐다. 그래서 나는 생선 종류를 많이 알았고 생선마다 맛을 구분하는 데 남다른 감각도 가질 수 있었다. 따라서 대학교수가 안 될 경우에는 나의 장기(長技)를 발휘하되, 남에 의해 여생(餘生)이 좌우되는 공직 또는 고용사장 같은 직업은 절대로 갖지 않기로 결심했던 것이다.

나는 일찍이 일본을 대표하는 최고급 일식 요릿집 이름이 '길조(吉兆)'라는 것과 그 창업주는 명문 동경제1고에 합격한 수재였다는 것, 그리고 주방장 일을 하던 부친이 학업(學業)보다 기능(技能)을 연마하는 편이 낫다고 고집을 부려 진학을 포기하고 오늘의 '길조'를 이룩했다는 글을 읽고 감명을 받고 있던 터였다.

영국에는 일하는 영감님들이 많다고 한다. '블랙캡'이라 부르는 런던의 택시 운전사 가운데는 은행이나 대기업 출신의 나이 지긋한 어른들이 많다고 한다. 2009년 1월 서울시에서는 외국어에 능통한 외국인 전용 택시운전사 235명을 모집했는데 뽑힌 사람 가운데는 경찰간부, 동시통역사 등 다양한 경력자들이 있었다고 한다.

내가 만약 일식 요리사가 되었다면 틀림없이 노란 신문에 "전직 서울국세청장 일식 요리사로"라는 대문짝만 한 기사가 실렸을 것이다. 틀림없이 나는 '길조' 창업자와 같은 장인(匠人)이 되어 직업의 귀천(貴賤)을 가리지 않고 성공한 전직 고관(高官)의 첫 케이스가 되었을 것이다.

관직을 잃은 사위가 대학교수를 지망한다고 하자 딸 때문에 면목이 없던 장인어른은 크게 안도하시는 것 같았다. 아내 역시 대찬성이었다. 특히 그녀는 13년 전 부산사세청 시절에 내가 관직이 싫어 그만두고 싶다면서 자기에게 부업을 준비해 보라고 권했던 그날을 상기시켰다.

"여보, 부산에서 당신은 국장 자리를 내놓고 대학교수가 되고 싶다면서 나더러 미용학원을 다니면 어떻겠느냐고 말했지요. 그게 오늘로 미뤄진 셈이네요. 당신은 그동안 오래 참았어요. 앞으로 집안살림은 내게 맡기고 당신은 더 이상 아래위 눈치 볼 것 없이 실컷 공부하고 운동도 하세요."

아내는 남자들이 품고 있는 입신양명(立身揚名)의 꿈을, 그것이 꺾였을 때 느끼는 좌절감을 알 까닭이 없었다. 오히려 남의 주목을 받던 관료생활에서 벗어나 앞으로 누릴 자유로운 가정생활을 꿈꾸는 눈치였다.

아내는 교육자 가정에서 태어났지만 풍요와 영달(榮達)을 꿈꾸며 자란 것 같았다. 내가 관직을 떠날 때 느낀 아픔은 물론 앞으로 겪을지 모를 수치심과 고통은 짐작도 못한 채, 자기 나름대로 편안한 여생을 꿈꾸고 있었는지 모른다.

아침운동 · 일기쓰기 시작하다

관직을 떠난 후 새벽 6시가 되면 나는 잠자리에서 벌떡 일어났다. 남산체육관으로 달려가서 매일 두 시간씩 아침운동을 시작했다. 그리고 공무원 시절에는 복무규정에 묶여 못 하던 일기쓰기와 건국대학 경제학과 석사과정에서 만학(晩學)도 시작했다. 그리고 그해 9월에 이르러 재정 및 조세 문제에 관해 이론과 실무를 겸비한 교수요원을 찾는다는 소식을 듣고, 성균관대학교 경영대학원의 교수(敎授) 모집에 지원서를 제출했다.

대학원장의 추천을 받아 박동묘 총장을 처음 만났을 때 그분은 뜻밖에도 따뜻한 위로의 말로 나를 맞아주었다.

"총장님, 저는 숙정(肅正)이라는 이름으로 관직을 박탈당한 사람입니다. 저 같은 사람이 깨끗한 대학에서 교수직을 감당할 수 있겠습니까?"

"별말씀을, 선생이 당한 파직은 법률에 위배되는 폭행인 줄을 알 만한 사람들은 다 알고 있습니다. 그동안 상심이 얼마나 컸습니까? 만사를 잊고 대학에서 새 생활을 시작해 보세요. 그런대로 보람 있는 세월이 될 겁니다. 월급이 적은 것이 탈이긴 합니다만."

하지만 발령은 6개월을 더 기다려야 했다. 박 총장이 재단의 미움을 받아 퇴임당하자, 박 총장이 추천한 사람이라는 이유로 재단이 승인을 보류했던 것이다.

그 후 오해가 풀려 성대 재단의 이병철(李秉喆) 이사장이 발령 서류에 결재를 하면서 내가 재무관료 출신이라는 보고를 받고, 의아하게 생각하면서도 한편 대견해 하더라는 얘기를 들었다.

"내가 수십 년간 사업하면서 퇴직관리들에게 일자리를 제공해 봤지만 선생 하겠다는 사람은 처음 본다. 행세깨나 하고 다니던 고급관료가 하필이면 힘든 대학교수 노릇을 하겠다니 갸륵한 일이 아닌가? 본인이 희망한다니까 결재는 하겠지만, 아마도 이 사람 오래가진 못할 거야, 두고 보자고."

높은 문턱, 심한 텃세, '교수 입문(入門)'

'호사다마(好事多魔)'라던가……

그런데 호사다마라는 말이 있듯이, 정신적 안식처로 여기던 대학이 하루아침에 지옥으로 바뀐 듯한 위기감을 느낀 사건이 발생했다. 내가 성대 교수로 취임한 지 불과 3~4개월밖에 안 된 어느 날이었다.

당시 대학 내에서는 일부 학생들이 '재단(財團) 퇴진'의 구호를 내걸고 연일 시위를 벌이고 있었다. 그 시절 박정희 정권은 유신헌법을 근거로 긴급명령을 잇따라 발동했고, 급기야 5월 13일에는 긴급조치의 결정판이라는 제9호를 선포하기에 이르렀다. 그러자 성대에서도 그에 대응하여 학생들이 전열(戰列)을 가다듬기 위한 일종의 준비 데모를 벌이고 있었던 것이다.

대성로와 금잔디 광장은 학생들의 집회로 조용할 날이 없었고, 벽에 걸린 대자보(大字報)에는 어디서 나왔는지 재단의 비리와 부조리라는 내용의 학생들 성토가 줄을 이었다.

대학의 내부 사정을 잘 알지 못하던 나는 소문으로만 듣던 학생들의 시위 현장을 신기한 눈으로 쳐다봤을 뿐이었다. 그러던 어느 날 나는 뜻밖에도 깜짝 놀랄 소식을 들었다.

구면이 된 경제학과의 C 교수가 학생들이 재단을 배척하는 이유 가운데 나의 교수 임용문제가 포함되어 있다는 소식을 전해 주었던 것이다.

그 이유는 첫째 내가 대학의 야간부 출신이라는 것, 둘째 성대는 원치 않는데 재단이 국세청의 압력을 받아 억지로 채용한 정실인사(情實人事)라는 것, 셋째 내가 정부에서 숙청된 부정공무원 출신이라는 것 등이었다.

대학에 진출했을 때 어느 선배가 다음과 같은 충고를 해준 적이 있었다.

"사람들은 상아탑이니 뭐니 하면서 대학을 신성시하지만 알고 보면 그곳에서도 텃세는 심하다네. 관료 출신으로서 대학에서 성공한 사람이 거의 없다는 것도 알고 보면 다 까닭이 있지. 특히 재무관료 출신인 자네에 대한 대학 내부의 거부감은 짐작보다 심할지 모르니까 부디 몸조심하게."

선배가 들려준 염려가 바로 그때 현실로 나타났던 것이다. 앞으로 이 문제를 어떻게 해결해야 할지, 참으로 난감한 일이 아닐 수 없었다.

만약 대학에서 이런 이유로 물러난다면 나를 억지로 밀어낸 K 국세청장 이하 관계자들은 "언감생심 대학교수를 꿈꾸더니 잘 되었다."면서 조롱할 것이고, 평소에 시샘하던 사람들은 "감당 못할 대학에 공연히 들어가더니 꼴 좋다."고 조소할지 모른다고 생각했다.

나는 관작에 이어 또다시 사화에서 매장을 당할 것 같은 심각한 위기감을 느꼈다.

마음을 가다듬고 우선 내 문제가 누구에 의해 발설(發說)되었는지 알아보았다. 그 결과 경영학과 출신의 L 교수가 진원지라는 사실을 알 수 있었다. 주저할 일이 아니라 당장 사생결단을 내야 할 일이라 생각했다. 마음은 답답했지만 외견상으로는 당당한 태도로 그 젊은 교수의 연구실로 찾아갔다.

"대학의 정의·양심은 어디로……"

"교수님, 제가 이철성입니다. 바쁘시겠지만 잠깐 얘기를 나눌 수 있겠습니까?"

"좋습니다. 앉으세요. 무슨 말씀인지?"

"여기 온 이유는 교수님께서 제 문제를 학생들의 재단 배척사유에 포함시켰다는 소문을 들었기 때문입니다. 혹시 소문을 잘못 들은 건 아니겠죠?"

"아니오. 소문은 사실이오. 뭐가 잘못되었소?"

그는 자신만만한 태도로 나를 맞았다.

"저를 야간대학 출신이라고 말씀하셨다면서요?"

"당신 이력서를 보니까 재무부 근무 중에 대학졸업장을 받은 걸로 되어 있던데, 그게 증거가 아니오? 부산대학이라면 주간대학 출신이라도 감히 우리 대학에 오기 어려울 텐데 하물며……."

"교수님, 그건 사실과 다릅니다. 나는 대학 재학 중에 고등고시에 합격한 사람입니다. 졸업장은 내가 재무부 근무를 시작한 후에 받았습니다. 그리고 부산대학은 국립대학이라 야간부가 없습니다. 당장 문교부에 확인해 보시겠습니까?"

"뭐라고요? 그게……."

L 교수의 얼굴이 약간 창백해지는 것을 느꼈다.

"둘째로 저의 교수 임용을 재단의 정실(情實)인사라고 말씀하셨다는데?"

질문이 계속되자, 잠시 후 그는 정신을 차리고 대답했다.

"그렇소. 국세청에서 삼성재단에 압력을 넣어 우리 대학에 정실로 들어온 게 아니오?"

"나는 국세청장이 억지로 밀어낸 사람입니다. 뭐가 예쁘다고 나를 위해 압력을 넣어 주겠습니까? 또 내 내신(內申)서류에는 이 대학교 경영대학원장의 추천서가 분명히 붙어 있고, 이사장의 발령은 총장의 내신서가 재단에 올라간 지 6개월 만에, 그것도 총장이 새 사람으로 바뀌어 다시 내신을 받고서야 겨우 결재가 났습니다. 이것도 대학본부에 알아보시겠습니까?"

그의 얼굴에서 핏기가 사라졌다. 당혹해하는 표정이 역력했다. 하지만 그는 물러설 기색이 아니었다.

한려수도

"그래요? 그것까지는 일단 당신 말이 옳다고 칩시다. 하지만 당신은 부정을 저질러 정부에서 쫓겨난 소위 숙청(肅淸)공무원 아니오?"

그는 내가 쉽게 굴복할 사람이 아니라고 짐작한 듯했다. 나의 가장 아픈 치부를 찔러 기어코 끝장을 내고야 말겠다는 전의가 역력했다.

"교수님, 우리나라는 법치국가입니다. 유괴범·살인범 등 극악범도 재판을, 그것도 3심까지 변호사의 입회하에 공개적으로 처리하지 않습니까? 나는 도의적인 일괄사표를 내라고 요구받았을 뿐 징계를 받은 일도, 해명할 기회를 얻은 적도 없으며 사표가 왜 수리되었는지 그 이유조차 모르고 해직 통지서도 받지 못한 사람입니다. 요즘 학생들이 왜 데모를 합니까? 권위정권으로부터 폭행당한 나를 동정은 못할망정 정의와 양심의 전당이라는 대학에서, 독재 권력의 희생자가 된 사람을 이렇게 매도해도 되겠습니까? 이것이 대학의 정의입니까, 양심입니까? 만약 내가 행정상 또는 법률상 한 점 과오가 있었다면 당신이 보는 앞에서 즉시 사표를 내겠습니다."

그는 더 이상 말을 계속하지 못했다. 그의 태도가 달라지자 나는 숨 쉴 틈도 주지 않고 마지막 공세를 폈다. 화근을 철저히 뽑아야 하겠다고 결심했던 것이다.

"그 대신 내 말에 한 치 틀림이 없는데도 당신이 만약 내 일을 다시 거론하거나 후배 학생들을 선동한다면 나는 당신을 절대로 그냥 두지 않겠소. 명색이 이 나라의 고등고시 출신이요, 공무원의 별이라는 이사관(理事官) 생활을 10년이나 한 내가 갈 만한 곳을 다 제쳐 두고 하필이면 힘들고 박봉(薄俸)인 대학에, 그것도 일개 조교수로 왜 왔겠습니까? 여기 올 때 내 각오가 어떠했는지, 당신은 아마 짐작도 못할 게요."

"……."

남모를 고민, 두 가지 걱정거리

나의 정실(情實)임용설은 그것으로 끝날 수 있었다. 관료시절, 특히 국세청 근무시절, 이권(利權)이나 인사(人事)에 말썽이 있었다면 그때는 물론 그 후에라도 나는 결코 무사하지 못했을 것이다.

하지만 대학교수가 되고서도 남몰래 품은 걱정거리는 몇 가지 따로 있었다.

첫째로, 강단에 서면서 느낀 신학문(新學問)에 대한 실력 부족 문제였다.

교양학부에서 맡아야 할 과목에는 경제원론, 경영대학원에서는 재정학이 들어 있었다. 교재로 서울대와 고려대의 ≪경제원론≫과 ≪재정학≫을 사용했다. 그런데 이들 분야에는 내가 고등고시 공부를 했을 때나 재무부 조사계장 때 업무의 필요상 공부했던 때의 학설(學說)과는 비교할 수도 없을 만큼 대단히 많은 변화와 진보가 있었다.

특히 신학문인 케인즈 이론은 교재의 도처에 반영되어 나의 이해와 강의를 어렵게 했다. 물론 나름대로 공부는 열심히 했지만 강단에서 학생들이 알기 쉽게 설명하는 데는 여전히 많은 부족을 느꼈다.

나는 서울대 대학원 학생 한 사람을 가정교사로 초빙, 사무엘슨 교수의 경제학 원서(原書)를 가지고 개인지도를 받았다. 그리고 방학 때는 부산으로 달려가 절친한 친구 김일곤 교수로부터 난해한 대목들을 되풀이해서 묻고 배웠다.

강의 내용에 대한 이해와 해독이 불충분한 상태에서 학생들 앞에 서야 했던 그 시절, 내가 느낀 불안감은 참으로 컸다. 그것이 조건반사가 되어 그 후에도 나는 강단에 올라설 때마다 항상 긴장과 불안을 금할 수 없었다.

그래도 내가 그처럼 힘든 교수생활을 견뎌낼 수 있었던 것은, 누구 앞에서나 배우고자 하고 선배를 어려워할 줄 아는 겸손한 태도가 마음속에 깊이 자리 잡고 있었기 때문일 것이다. 그리고 어릴 적부터 갖추어 온 한문과 일본어 실력 덕분에 일본의 최신 경제관계 서적과 논문 그리고 신문, 잡지들을 손쉽게 해독할 수 있었기 때문이었다.

둘째는, 명색이 한 집안의 가장으로서 아내에게 손을 내밀어야 하는 가계문제였다.

당시에 성대 교수의 봉급수준은 서울시내 대학들 가운데서는 상위급을 유지하고 있었다. 하지만 대학의 봉급수준은 일반적으로 기업체에 비해 낮은 데다 직급별 보수가 상후하박(上厚下薄)이어서 나의 조교수 봉급은 너무나 적었다. 더구나 나는 주경야독하는 교수 겸 학생이었다.

그때 나는 고향출신 대기업 회장의 고문역(顧問役)을 맡아 적잖은 도움을 받았고 여기저기서 들어오는 원고료 수입도 적지 않았다. 하지만 그런 부수입만으로는 대학원 등록금, 서적 구입비, 교통비, 교제비 등의 지출엔 역시 부족했다.

아내는 평소에 집안살림은 걱정하지 말라고 장담했지만, 그래도 명색이 남편으로서 체면이 말이 아니었다. 적잖은 갈등을 느꼈다. 고향 출신 대기업 회장이 별세하자 미망인은 나에게 대학을 아예 그만두고 그룹 전체를 맡아 달라고 간청해 왔기 때문이었다.

외제 캐딜락 승용차를 제공하고, 많은 월급과 활동비를 지급하며, 장차 국회의원에 출마하면 자기네 선거기반을 동원해서라도 힘껏 돕겠다고 했다. 그분의 부탁은 남편의 유언이기도 했다.

대학에서 교수임용에 말썽이 있었고, 공부하기가 몹시 힘들었으며, 가계문제가 예사롭지 않자 한동안 그분의 간청에 마음이 동요한 것은 사실이었다.

하지만 사나이가 한번 결심한 것을 쉽게 바꿀 수는 없었다. "파직공무원이라는 손가락질을 받아가며 평생을 구차하게 살 수 없다.""명예를 회복하고 처자식에게 자랑스러운 남편과 아버지가 되어야 하겠다.""대학에서 존경받는 교수가 되고 학계에서 인정받는 학자가 되고야 말겠다."고 거듭 다짐했다.

대학이 나에게 중요했던 또 하나의 이유는 삶의 새로운 가능성을 찾아보는 것이었고, 그것은 인생의 정당성에 대한 강력한 믿음이기도 했다.

만약 내가 생활의 방편이나 입신양명(立身揚名)의 수단으로 대학에 잠시 머물기로 작정했다면, 나는 그 피눈물 나는 어려움을, 괴로움을 도저히 이겨내지 못했을 것이다.

우여곡절 겪고 대학 강단에

대학에서 그런 우여곡절을 겪으면서 나는 경영대학원 경영학과의 세무학 전공 주임교수직을 맡아야 했다. 그런데 강의가 진행되고 있는 실정을 살펴보니 강의가 각종 실정법(實定法)의 해설과 실무에 치중되고 있었다.

명색이 대학원의 석사 과정인데 마치 훈련소나 연수원처럼 강의가 이론 연구보다 실무 훈련에 치우쳐 있었던 것이다.

세금문제를 제대로 연구하고 교육하기 위해서는, 적어도 경제학의 측면에서 재정이론을 비롯해 조세론·한국경제론·한국재정론·조세정책 등을, 법학의 측면에서 헌법·행정법·세법이론·내국세법·관세법·지방세법 등을, 회계학의 측면에서 부기원론·기업회계·세무회계·조정회계 등을 유기적으로 연관시켜 체계적으로 연구·강의해야 옳다고 생각했다.

교과과정을 내 생각대로 학술적 방향으로 개편하는 것까지는 쉬웠다. 하지만 학술강의와 논문지도를 제대로 감당해 줄 만한 실력 있는 외부 강사 구하기가 참으로 어려웠다.

모르는 사람들은 대학강사를 일반적으로 전임교수보다 낮게 평가한다. 그래서 자기 본직을 가진 권위 있는 의사·변호사·세무사·전문경영인 등은 강사로 초빙하려 해도 잘 응해주지 않는다. 내가 찾은 강사들이 바로 그런 수준의 실력자들이었다.

관계 출신인 나에게 집중되는 대학과 학계의 관심을 의식하면 할수록 마음은 초조했다. 중국 삼국시대에 유비가 제갈량의 초옥을 세 번이나 찾아 군사로 삼았다는 '삼고초려(三顧草廬)'처럼 실력 있는 외부강사 초빙에 많은 애를 태운 나는, 학과의 주임교수 취임 1년이 지나서야 겨우 강사진을 구비할 수 있었다.

대학에 진출한 후 따뜻한 위로와 격려를 아끼지 않은 사람들 가운데는 국세청에 출입하던 신문·방송기자들이 많았다. 그분들 가운데서 전에 보도자료 문제로 몹시 못살게 굴던 기자일수록 정이 두텁고 따뜻함을 느낄 수 있었다.

그들은 국세청장이 강요한 일괄사표와 그의 선별(選別)처리가 불법 처사라는 사실을 누구보다 잘 알고 있었기 때문일 것이다. 더구나 그들은 국세청에 출입하면서 나에게 기자단의 '명예 간사장'이라는 애칭까지 붙여 줄 만큼 공사(公私)간에 밀접한 인간관계를 맺었던 사람들이었다.

"이 국장, 세상이 말세라 당신이 당한 일을 우리가 내놓고 떠들 수는 없지만, 이번 파직조치는 누가 봐도 참으로 가혹하고 잔인했어요."

"염려해줘 감사합니다. 사람이 살다 보면 뜻밖의 봉변을 당하는 경우가 있지 않습니까? 나는 이번 일을 그런 경우로 생각하고 있습니다."

"과거에 신문사들을 정치적으로 세무사찰했을 때 이 국장이 신문사들을 다치지 않게 하려고 청와대 등 상부의 여러 가지 압력을 견디면서 많은 고생을 한 것을 우리는 다 알고 있습니다."

"신문사가 개별적으로는 문제가 있었지만, 대부분이 결손(缺損) 상태여서 세금을 추징할 만한 담세력(擔稅力)이 있었어야 말이죠."

"기자단 행사가 있을 때 물심양면으로 찬조를 많이 해준 것도 고맙게 생각하고 있고요."

"그건 평소에 술대접이라도 하겠다는 외부 인사들에게 나 대신 기자단을 좀 도와 달라고 부탁한 것일 뿐, 생돈을 낸 건 아니죠."

"앞으로 대학에 계속 계실 작정이십니까?"

"네, 아직 얼떨떨하지만 재정학 연구와 교육에 여생을 바칠 생각입니다."

"왜 하필 대학이죠? 고생이 많으실 텐데."

"그동안 나는 명색이 고등고시 합격자로서 국가의 번영과 사회의 안정에 기여하겠다는 일념으로 열심히 일해 왔습니다. 그런데 이제 와서 권위정권에 아부하거나 전관예우(前官禮遇)를 팔아 남의 회사에 고용사장으로 들어가 후배들에게 부담을 주어가며 연명할 수야 없지 않겠습니까?"

내가 파직을 당한 후 '동아·조선' 등 신문사와 방송국에서는 '편집권에 도전한다.'는 이유로 적잖은 기자들이 해직당하는 불상사가 벌어졌다. 신문사 사주(社主)들이 유신·독재정권의 압력에 굴복해 많은 기자들의 목을 자른 1976년의 소위 언론파동(言論波動)이었다.

그 사건의 희생자들 가운데는 내가 파직되었을 때 유달리 분개하던 기자들이 많이 섞여 있었다. 그래서 이번에는 내가 그들을 위로할 차례가 되었다. 우리는 대폿집에서 자주 만나 박정희 정권의 월권과 횡포에 분개하고 그에 굴복한 언론 사주들을 개탄하며 서로의 불운을 위로했다.

매스컴 타고 신문 논설도 쓰고

당시에 신문·방송국에 남은 기자들도 무심치 않아 해직 동료들을 돕는 일이 많았다. 그런 기자들의 신의가 반영되어 대학교수로 취임한 이후 나는 신문·잡지와 TV·라디오 등 각종 매스컴을 많이 타고 또 10여 년간 매일경제신문사의 비상임 논설위원으로 활약할 수 있었다. 그것은 능력도 평가되었겠지만 그런 기자들의 신의가 적잖게 작용했다고 볼 수 있다.

내가 대학교수로서 각종 매스컴에 자주 등장하자 당시에 한국경제 연구원 김진현 원장은 나를 만나면 곧잘 놀렸다.

"이 교수님, 대학에서 선전비(宣傳費) 많이 받으시죠?"

"선전비라뇨. 무슨?"

"보세요. 팽창예산, 교육세, 잡부금, 8·3 사채신고, 금융실명제 등 요즘 우리 사회에서 큰 이슈가 생길 때마다 신문, 잡지, TV에 '성대 교수 이철성 박사'의 이름이 빠지는 날이 없지 않습니까? 신통찮은 운동팀을 하나 두느니 유능한 교수 몇 사람을 밀어주는 편이 대학 선전에 훨씬 유익하지 않겠습니까? 학교에서 선전비쯤 내도 아깝지 않을 텐데요……."

"별말씀을, 나더러 매스컴을 많이 탄다고 '탤런트 교수', 토론회·협의회 등에 자주 나간다고 '보따리 장수'라고 흉보는 교수들도 있는데요."

"소견 좁은 사람들이야 그런 말도 하겠죠. 부러워서 심술을 부리기도 하겠고. 하지만 전문지식을 가진 교수가 정부의 중요정책에 참여하여 비판도 하고 제안도 해 주는 것은, 우리나라의 경제성장과 국가발전을 위해서도 바람직한 일이요."

"이해해 주시니 고맙습니다. 대학에서 선전비 받은 셈 치고 대포 한잔 사지요."

그분은 내 선친이 일제강점기에 몸담았던 동아일보 출신이었다. 내가 그런 사람의 아들인 줄은 아마 몰랐을 것이다.

외부교수 절대 금기(禁忌), 대학 보직(補職)

관료생활에 지친 심신(心身) 단련

내가 대학교수로 자리를 옮겼을 때 남산체육관에서는 종신(終身)회원을 모집하고 있었다. 관료시절 내 밑에 있었던 이정옥(李正鈺) 씨가 회원가입을 권유해 주었다.

매일 아침 6시면 집을 나와 그곳에서 맨손체조, 달리기, 역기 들기 등으로 땀을 흘리며 19년간 관료생활에서 찌든 때를 씻어내고 쇠약해진 몸을 단련했다.

내가 가입했을 때 회원들 가운데는 각계각층의 기라성 같은 명사들이 많았다. 국회의원에 당선되었거나 장·차관으로 등용되어 어깨에 힘을 주고 으스대는 사람이 있었고, 사업이 잘되어 신바람 난 기업 사장도 있었다. 나의 중학 선배 김영삼 전 대통령도 야당 당수시절 한동안 그곳 회원이었다.

그로부터 37년, 그때 가입했던 종신회원들은 대개가 다 떠나 버렸다. 돌아가신 분도 계시지만, 살아 있어도 정계·재계·관계에서 낙오된 분들이 많다. 그 한 곳의 역사만 봐도 '화무십일홍(花無十日紅)'이요, '권불십년(權不十年)'이라는 말이 실감난다.

대학으로 간 나는 주경야독하듯 학위과정도 열심히 밟았다. 그리고 대학 내외에서 청탁받은 학술논문과 신문·잡지사에서 청탁받은 원고를 열심히 집필했다. 공무원 시절 못지않은 바쁜 생활이 계속되었다.

매일경제신문에는 <절세(節稅)>라는 고정칼럼을, 월간잡지 ≪회계와 세무≫

에는 <생활경제학> 코너를 연재했고, S문화재단에는 <한국의 장기세제(長期稅制)>에 관한 학술논문을 작성·제출했다. 그 결과 13년 동안 타고 다니던 관용차(官用車)를 반납한 지 2년 만에, 자가용차를 살 수 있었다.

그와 같은 성과를 얻는 대신 나는 평소보다 담배를 많이 피우고 술을 자주 마셔야 했다. 예산·세금 등에 관한 글들은 시사성(時事性)이 많아 청와대나 중앙정보부의 주목을 받기 쉬웠다. 그래서 자료·통계의 정확한 수집·분석에 많은 시간이 걸렸고, 상황 판단에 고도의 전문성(專門性)이 필요했다.

신문·잡지 가운데서도 신문의 경우에는 원고 마감시간에 쫓기는 경우가 많았다. 그야말로 피를 말리는 작업의 연속이었다.

글을 쓰고 연구하면서 답답하고 초조함을 메우는 방법은 줄담배였고, 그래서 내 재떨이는 접시가 아니라 커다란 항아리였다. 간신히 원고가 끝나면 신경이 곤두서서 입맛과 단잠을 잃는 경우가 많았다. 텁텁한 목구멍에 넘기기 쉬운 것은 술이요, 칼칼한 입맛을 달래는 데는 자극성 있는 술안주가 제격이었다.

그 같은 정신적·육체적 고역을 이겨낼 수 있었던 힘은, 매일 꾸준히 계속한 새벽운동의 도움도 컸지만, 자기가 마음먹은 것을 맘껏 표현할 수 있는 자유와 만족감 그리고 글 쓴 뒤에 느끼는 성취감, 바로 그것이었다.

바쁜 몸 그러나 마음은 가볍고

교수생활은 관료생활에 비해 몸은 비록 바빴으나 마음은 비할 데 없이 편안했다. 군인 출신 상관들에게 공로를 빼앗길 염려도, 외부 출신 동료들의 질투를 참아야 할 필요도, 정보기관원들의 주목을 받을 불안도, 출입기자들의 간섭을 받을 부담도, 세무관리라는 사회의 지탄을 받는 굴욕감도 없었다. 내 앞에 있는 것은 오로지 학문을 두고 펼치는 자신과의 피눈물나는 싸움뿐이었다.

특히 그 시절 나는 한복을 좋아했다. 여름에는 흰 모시 저고리에 흰 고무신을, 겨울에는 색깔두루마기에 중절모를 애용했다. 대학 강의실에서나 TV·신문의 대담에서도 나는 그런 복장을 주저하지 않았다. 그것은 아마도 19년간의 관청 근무를 통해 제복과 같은 단정한 복장을 지켜왔고, 또 그 과정에서 항상 긴장을 풀지 못했던 구속감에서 해방되었기 때문일 것이다.

나에게 교수발령장을 전달하면서 황산덕 총장은 다음과 같이 말했다.

"하루속히 박사학위 과정에 진학하고, 매년 학술논문을 한 편 이상 발표하며, 대학 강의에 충실해 달라. 그리고 만약 조교수 3년 동안 이들 조건이 충족되지 못할 경우 부교수 승진은 고사하고 조교수 재임용(再任用)에서 탈락될 수도 있다."는 경고였다. 바쁘게 살아야 하는 내 팔자는 대학에 가서도 마찬가지였다.

갑작스러운 보직, 대학본부 기획실장

대학생활에 보람과 재미를 느끼기 시작하던 1978년 3월 어느 날 밤이었다. 신학기 개강을 앞두고 입학시험 채점과 합격자 발표를 끝낸 성대 교수들은 속리산 관광호텔에서 2박 3일간 연례 교수세미나에 참가하고 있었다.

그날 저녁 동료 교수들과 어울린 나는 술자리에서 한참 신바람을 내고 있었다. 그 자리에서는 겨울방학 중에 성취된 우리의 '수출 100억 불, 1인당 국민소득 1,000불'이 큰 화젯거리로 등장했다.

그 전년 12월 22일 서울 장충체육관에서는 '수출의 날' 기념식이 거행된 바 있었다. 그 자리에서 박 대통령은 떨리는 목소리로 "친애하는 국민 여러분, 우리는 드디어 수출 100억 불을 돌파했습니다."라고 선언했다.

말이 쉬워 100억 불이지 경제개발5개년계획이 시작된 1962년의 수출액은 5,000만 불에 불과했고 1964년에 1억 불, 1970년에야 겨우 10억 불이었다. 그랬으니 그 성적은 가히 '한강의 기적'을 이뤘다고 자랑할 만했다. 그 성과 앞에서는 유신체제에 반대하던 재야(在野)·학생 세력들도 손뼉을 치며 환호성을 지르지 않을 수 없었다.

그런데 그날 저녁 갑자기 현승종(玄勝鐘) 총장이 찾는다는 전갈을 받고 달려간 나는 뜻밖의 말씀을 들었다.

"이 교수님, 민관식 재단이사장과 상의를 끝내고 교수님을 본교 기획실장으로 발령했으니 그리 아시고 잘 도와주세요."

"네? 그게 무슨 말씀이십니까? 저는 대학에 온 지 얼마 되지 않았고, 아직 조교수에 불과합니다. 괜한 농담하지 마십시오."

"갑작스러운 얘기라 당황하실 줄 압니다만 불가능한 일은 아니겠죠. 조교수는 부교수로 승진될 때까지 서리(署理)발령을 내면 그만이고, 교수님은 정부에서 행정(行政) 경험이 많으시니까 기획실 일쯤은 큰 부담 없으리라 생각합니다만."

"그래도 안 되겠습니다. 저는 강의도 벅차거니와 지금 박사과정에 재학 중이고 또 부탁받은 교내·외의 연구논문과 수시로 청탁받는 신문·잡지 원고도 많습니다. 제 개인 사정으로는 도저히……."

그때 약속이나 한 듯 교무·학생·사무처장이 들어왔다. 내 반응은 이미 예상했다는 듯한 표정들이었다.

"이 교수님, 대학교수는 강의만 하는 게 아니고 행정도 맡아야 하지 않겠습니까? 개인 사정을 말하자면 우리들도 마찬가지지요."

"저는 정말 안 됩니다. 여러분은 원로교수들이니까 강의 준비나 학위과정 같은 부담은 없지 않습니까?"

"무슨 말씀, 학문이야 하다 보면 평생 끝이 없지요. 내일 아침 교수세미나 시간에 교무처장께서 발표하실 텐데, 어쩔 수 없으니 그리 아세요. 더 이상 딴 말씀 마시고요."

"아무리……."

보직 발령에 일반 교수들 불평불만

그런데 서울로 돌아와 대학본부 기획실장에 취임하자마자 교수 휴게실 쪽에서 이상한 소문이 들려오기 시작했다.

"이 교수 그 사람, 웃기는 사람 아니야? 일개 조교수 주제에 감히 대학본부 처장(處長)이라니."

"대학에 온 지 얼마나 되었다고……. 교내 사정도 잘 모를걸? 박사학위도 없고, 학술논문도 발표한 게 없다지 않소?"

"그 사람 관료 출신이라더니 대학에 왔으면 공부나 강의에 전념할 것이지, 어느 틈에 재단과 총장을 꾀어 보직부터 맡았을까?"

"현 총장 하는 짓이 다 그렇지 뭐. 우리 대학에 처장 할 만한 인물이 그렇게도 없단 말인가?"

교정에서, 연구실 복도에서, 교수 휴게실에서 일부 교수들의 멸시인지, 질투인지, 반감인지 모를 시선을 의식해야 했다. "결코 원한 보직이 아닌데, 그렇게도 싫다고 거절했는데……." 변명해 봤자 소용없는 일이었다.

난처한 처지를 아는지 모르는지, 취임 다음 날 총장은 또 하나 '사서교육원 원장'의 겸직 발령장까지 교부했다.

나에 대한 일부 교수들의 반응이 왜 그렇게도 나쁜지, 그들 불평불만의 원인이 어디 있는지, 기획과장에게 물어보고 나서야 비로소 알 수 있었다.

처장은 대학본부에 독립된 사무실과 여비서가 배정되고, 주당 책임시간이 9시간에서 6시간으로 줄어들어 강의시간을 초과할 경우에는 초과수당이 지급되며, 학교 승용차를 이용할 수 있고, 보직수당을 따로 받으며, 교무위원으로서 교무위원회에 참석해 대학의 정책결정에 참여하고, 입학 및 학위수여식 등 대학의 중요행사 때는 행사장의 단상(壇上)에 자리가 마련되고, 외부에서는 무보직교수보다 보직교수를 높게 평가해주기 때문이라 했다.

솔직히 말해 '사촌이 논을 사도 배가 아프다.'는 게 세상인심 아닌가? 밖에서 활약하던 사람이 대학에 들어왔으면 죽은 듯 엎드려 있어야 하는데 나의 경우 그게 아니었으니 대학 내 불평객들에겐 분명 눈에 거슬렸을 것이다.

나는 대학에서 좋은 강의와 연구업적을 남겨 존경받는 교수가 되고 촉망받는 학자가 되기 위해 대학 문을 두드렸다. 그래서 대학총장도 아닌 학·처장 등 보직(補職)교수 자리에는 전혀 매력을 느낄 수 없었다.

1976년에는 삼성문화재단에서 연구 용역을 맡아 <한국의 장기세제 방향>, 1977년에는 <세무회계와 기업회계의 조정>이라는 정책논문을 발표했다. 그리고 1978년에는 교내 경제연구소에서 <공해(公害) 과세문제에 관한 소고>라는 학술논문을 발표했고, 문교부로부터 전국 경상계 대학의 평가위원으로 위촉되어 정부의 자문(諮問) 역할도 맡기 시작했다.

그 같은 교내·외의 활약을 가장 기뻐하신 분은 장인이었다. 1978년 2월 25일, 경북대학교에서 있었던 명예문학박사 학위 수여식에 참석한 가족들 앞에서 "작은 사위는 우리 집안에서 내 뒤를 이을 교육자로 성공해 내게 가장 큰 기쁨을 안

겨준 효자"라고 기뻐하셨다.

1979년, 나는 박사학위 과정을 마치고 부논문 3편을 제출했고, 곧이어 5과목의 학위논문 제출 자격시험을 치러야 했다. 그리고 박사학위 청구논문 작성 등 일거리가 태산처럼 쌓여 있었다.

그래서 겸손해서가 아니라 대학에서 그런 보직을 맡을 시간적 여유가 없었다. 하지만 그렇다고 해서 일단 맡은 직책을 무책임하게 그냥 던져 버릴 수는 없었다. 공무원 생활 19년간 몸에 밴 철저한 책임감이 고개를 들었던 것이다.

기획실장으로 취임하자마자 가장 먼저, 대학 내에 설치·운영되고 있는 학술연구소를 순방해서 현황과 문제점들을 점검·파악했다. 그리고 이공대학 각 학과의 실험·실습기기의 현황과 투자 소요액을 파악·집계했다.

원래 대학을 상아탑이라 존중하는 이유는, 진리 탐구의 전당으로 인식되고 있기 때문이다. 그래서 교수에게 강의는 일반 교사들과 마찬가지로 당연히 맡아야 할 의무이고, 대학교수로서의 특별한 임무는 논문이나 작품 등의 창작을 통해 학술연구나 문화·예술 발전에 기여하는 일이라 믿었다.

한편 총장과 함께 성대를 맡을 새 재단을 다각도로 물색하는 데 힘을 보탰다. 그리고 수집한 자료들을 토대로 장차 새 재단이 추진해야 할 대학의 장·단기 사업계획과 투자해야 할 소요금액, 대학 자체가 보완·개선해야 할 정책과제 등을 차트로 요약·작성했다.

대학보직 1년 되자 등기로 사표

기획실장 1년이 다 되어 갈 무렵, 재단이사장과 이사들 그리고 대학총장과 학·처장을 모시고 그분들 앞에서 브리핑 차트를 넘겨가며 그 내용을 상세히 설명하고 질문에도 일일이 답변했다.

　설명회가 끝나자 재단 측과 대학 측에서는 나의 노고를 치하하고, 계속해서 많은 수고와 협력을 당부했다. 총장과 재단의 신임이 두터워지자 교내에서는 '부총장'이라는 모함까지 들려올 정도였다. 하지만 그 다음에 취할 내 계획은 따로 있었다.

　설명회가 끝나자마자 등기우편으로 기획실장 사표를 총장에게 발송했다. 재단 측에서는 "당신을 믿고 대학 운영에 참가했는데 그만두면 어쩌냐?"고 원망했고, 총장은 직원을 전담시켜 나를 찾는 소동을 벌이기도 했다. 하지만 나는 더 이상 지체할 수 없었다.

　사표 제출설(說)은 즉각 교수휴게실의 화제가 되었고, 그날부터 나에 대한 일부 교수들의 비난은 완전히 자취를 감추고 말았다.

학계·언론계서 활짝 핀 '제2의 인생'

　1978년은 세계 경제사상 특기할 만한 해였다.

　그 전 해 중국 수상 주은래가 사망하자 그를 추모·지지하는 군중들이 대규모 데모를 벌였다. 하지만 그가 옹호하던 등소평(鄧小平)은 실각하고 말았다. 그러나 등소평은 그 해 11월, 모택동의 문화혁명을 계승하려는 급진파(急進派)들의 제압에 성공한 실용파(實用派)들의 도움을 받아 오뚝이처럼 부활할 수 있었다.

　그는 시장경제를 도입하기 위한 개혁개방정책을 단행하여 그 누구도 예상치 못한 중국의 역사적 번영을 이끌어낼 수 있었다.

그해 여름방학이 다가왔을 때 나는 어머니를 모시고 모처럼 고향을 방문할 계획에 여념이 없었다. 그러던 어느 날 선배교수 한 분이 찾아오셨다.

"이 교수님, 새 학기에 우리 학과에서 '사회개발지표론(社會開發指標論)' 강좌를 개설하게 되어 있습니다. 그런데 여러 대학에 알아봤지만 그에 관한 교수·강사도, 교재·자료도 도저히 구할 수가 없네요. 전공이 재정학이신 교수님께서 이 강좌를 좀 맡아 주실 수 없겠습니까?"

"교수님, 선배 청을 거절해서 죄송합니다만, 저 역시 그런 학문이 있다는 말조차 들어본 적이 없습니다."

"물론 그러시겠죠. 정 어려우시다면 교수님께서 강의하시는 재정학의 정부예산 중에서 '사회개발비(社會開發費)' 부분만 떼어서라도 맡아 주실 수 없겠습니까?"

"명색이 대학의 학부 3학년 강의인데 어찌 그렇게 취급할 수 있겠습니까? 도저히 안 되겠습니다."

<사회개발지표론> 억지 강좌 맡고

하지만 그분은 단단히 각오하고 찾아온 것이 분명했다. 토박이 교수는 아니지만, 신문사 논설위원 출신인 그분에게 평소에 친밀감을 느껴온 터라 나는 결국 설득당할 수밖에 없었다. 최악의 경우에는 편법강의라도 하기로 하고…….

그날부터 나는 여름방학을 잊은 채 눈코 뜰 새 없이 바쁜 나날을 보냈다. 먼저 고려대학으로 달려가 하버드대학 출신인 김완순 교수로부터 한국개발원(KDI)에서 사회개발실 실장을 맡고 있는 주학중 박사를 소개받았다.

"초면에 실례합니다. 나이만 먹고 별로 아는 게 없습니다. 대신 술은 잘합니다."

"농담도 잘하시네요. 저도 술이야 사양치 않습니다. 무슨 일이신지?"

"신학기에 낯선 강좌를 부탁받고, 혹시 교재감이라도 있을까 싶어 찾아왔습니다. 그 분야에 대해서는 아주 백지거든요."

"그래요? 그 분야는 학문으로 체계화된 것은 아직 없고, 유사한 개념으로 '사회지표(社會指標)·복지지표(福祉指標)' 등의 이론은 이미 나와 있습니다. 문헌들을 잘 정리하면 아쉬운 대로 한 학기 강의안쯤은 준비할 수 있을 겁니다. 책을 몇 권 빌려 드릴까요?"

그분과의 대화에서 고도 자본주의사회에서 일어나고 있는 빈부의 격차를 해소시키기 위한 사회정책적 과제도 '사회개발'이라는 범주에 들어 있다는 사실을 알았다.

그는 "이제 우리나라도 국민의 복지를 돈으로 계산하는 GNP지표에만 의존할 것이 아니라, 건강·교육·환경·교통·여가·범죄·빈부 등 가치와 행복 요소를 나타내는 사회지표를 정하고, 그의 개선(改善)수준을 숫자로 표시하여 우리나라의 과거와 현재 그리고 외국과 우리나라를 서로 비교해 나가는 날이 하루속히 와야 한다."고 강조했다. 자기가 맡은 사회개발실이 바로 우리나라에 알맞은 그런 지표를 연구, 개발하는 곳이라고 했다.

따라서 우리나라의 경제정책도 이제는 경제성장과 아울러 사회복지를 조화시켜 참다운 의미의 복지국가를 건설해야 한다는 등의 화제를 놓고 우리는 시간 가는 줄 몰랐다.

자본주의의 단점인 빈부의 격차(隔差)를 해결하고 마르크스주의의 이념인 사회평등을 도모하기 위해서는 물론 자연환경을 정비하며, 오염을 방지하고, 교통사고를 방지하기 위해 사회개발지표가 우리나라에 하루속히 도입되어야 하겠다는 확신을 얻었다.

두 달 반의 긴 여름방학 동안 나는 빌려온 책들을 붙들고 고등고시를 공부하던 때처럼 많은 땀을 흘렸다. 고시 구술시험을 앞두고는 ≪경제학사전≫을 빌려 1주일간 밤을 새워 가며 베끼기도 하지 않았던가?

그렇게 노력한 보람이 있었던지, 2학기에 시작한 그 강의에서 나는 학생들로부터 많은 관심과 높은 호응을 얻을 수 있었다.

자본주의의 장단점 철저히 분석

그 강의를 통해 나는 학생들에게 다음 사항을 특히 강조했다.

"미국·영국 등 민주주의 국가가 추구하는 자본주의와 소련·중국 등 공산주의 국가가 신봉하는 사회주의를 비교하면, 두 가지 경제체제는 각각 나름대로 장단점(長短點)을 갖고 있다.

자본주의가 가진 장점, 즉 경제활동의 자유와 국민생활의 수준을 향상시키기 위해서는 그의 단점인 실업과 분배 문제를 국가가 책임지고 해결할 수 있어야 한다. 그러기 위해 앞으로 우리 정부는 경제개발정책과 함께 하루속히 사회개발 정책을 도입·추진해 나가야 할 것이다.

우리나라의 국민소득이 1960년대 이래로 정부의 고도성장정책에 힘입어 크게 늘어난 것은 사실이다. 세계 최빈국(最貧國)의 하나로서 봄마다 겪어야 했던 보릿고개며 인구 80%가 낫 놓고 ㄱ 자도 모르던 높은 문맹률이 사라진 지 벌써 오래되었다. 하지만 물질적 풍요(豊饒)의 대가로 지금 우리 사회에는 여러 가지 '부(負)의 효과'가 나타나고 있다.

경제성장에 따르는 빈부의 격차라든지, 만성적인 실업문제 이외에도 자연·환경·자원·정신·체력 문제 등 수많은 과제들이 쌓여 있는 것이다."

고도성장의 '마이너스 효과' 발견

그때 나는 사회개발의 필요성을 다음과 같은 예를 들어 강조했다.

"첫째로 경제가 고도로 성장함에 따라 우리의 자연과 환경은 크게 파괴되고 있다.

공장지대와 대도시에서는 산업폐기물과 생활배설물이 공장과 주택 밖까지 흘러넘친다. 그 결과 자연의 자동정화(自動淨化) 능력을 초과한 폐기물과 배설물은 우리의 건강과 생명을 크게 위협하고 있다. 이뿐만 아니라 산과 바다 그리고 개천에는 부도덕한 사람들이 버린 빈 깡통과 빈 병들이 흩어져 있고, 지방자치단체들은 서둘러 무분별한 각종 개발사업을 벌이고 있다. 그 결과 우리가 보듯 자연환경은 자꾸만 파괴되어 가고 있는 것이다.

둘째로 우리의 사회환경도 크게 파괴되고 있다.

경제가 성장하고 각 기관의 중추적 관리기능이 강화됨에 따라 중공업공장들이 대규모의 노동자들을 산간벽지로부터 대도시의 공단으로 집중시킨다. 그 결과 도시에서는 사람이 차고 넘치는 과밀(過密)현상이, 지방에서는 개소리도 들리지 않는 과소(過疎)현상이 가속화되고 있다.

도시에서는 집값이 뛰어오르고, 통근시간이 길어지고, 교통사고가 빈발한다. 그 반면 지방에서는 교통·교육·의료·금융 등의 기관들이 철수하고, 취업의 기회가 줄어들며, 가난한 사람들은 생계(生計) 유지를 위한 행상·날품팔이 등을 위해 집을 떠나 장사에 나선다. 그 결과 가정의 안정이 크게 위협받게 된다.

셋째로 생산자원도 점차 고갈되어 가고 있다.

나라가 갖는 자원의 한계를 무시한 경제의 지나친 고도성장은 그 결과로서 공산품(工産品)의 수요를 확대시키고, 자원의 대량 소비를 촉진시켜 자연자원을 탕진한다. '로마클럽'과 같은 세계적 연구단체에서는 인류가 만약 지금처럼 석유를 계속 대량으로 소비할 경우 매장량은 20~30년 안에 고갈되고 말지 모른다고 경고한 바 있다.

게다가 인적자원인 노동력도, 젊은이들이 더럽고 힘들고 위험한 소위 '3D업종'의 취업을 기피하고 있다. 임금의 상승, 노동 시간의 단축, 가치관의 변화 등에 따라 노동의 생산성은 날이 갈수록 떨어진다. 그 결과 노동력의 공급 면에 있어서도 심각한 제약이 나타나고 있다.

넷째로 사람들의 욕구 불만이 갈수록 고조되고 있다.

대량생산, 대량소비를 특징으로 하는 현대경제의 고도성장은 그 결과로 '소비가 미덕'이라는 생활양식을 사람들에게 심어 주었다. 소비자들의 허영심을 자극해 아직도 쓸 수 있는 물건인데도 버리게 만드는 기업들의 '진부화(陳腐化)정책'으로 말미암아 가구·가전용품·자동차 등 내구성 전자제품들이 이제는 한갓 소모성 상품으로 바뀌고 있다.

사람들은 상품의 실용성보다는 신기한 것, 남이 갖지 않은 물건에 더 높은 가치를 부여하고 끊임없이 새로운 것을 추구하는 생활양식이 고착화되고 있다. 게다가 욕구불만에서 오는 심리적 갈등으로 말미암아 많은 사람들이 생활에 점차 안정감을 잃어 가고 있다.

다섯째로 체력(體力)·정신력(精神力)·지력(知力)이 점점 낮아지고 있다.

냉난방이 잘된 실내생활은 외기(外氣)에 대한 사람들의 적응 능력과 환경의 변화를 이겨 낼 체질을 약화시키고, 승강기와 자동차의 보급 및 이용은 사람들의 발과 허리를 더욱 허약하게 만든다.

이와 같은 생활의 편리성은 사람들의 체력을 약화시킬 뿐 아니라 나아가서는 인내심·지속력과 강인한 의지력 등 정신력도 잃게 한다. 더구나 소득수준이 높아 감에 따라 사람들의 안일한 생활태도와 부모의 과잉보호는 청소년들에게 창조적인 활동에 대한 의욕을 잃게 하고, 순간적인 쾌락에 빠지게 하는 원인을 제공하고 있다.

여섯째로 사람들이 점차 정신적으로 황폐화되고 있다.

욕망의 극대화와 생활환경의 악화에 따라 사람들에게 나타나는 스트레스 등 정신상태의 불안, 경제의 고도성장 과정에서 모든 재화와 용역을 돈이나 효율이라는 척도에서만 측정하려는 생활태도 등은 사회의 건전한 가치관을 점차 마비시키고 있다.

사랑이 없는 남녀관계, 갓난아이를 거리에 버리는 모성, 자기가 일류대학으로 진학하기 위해서는 친구의 실패나 불행을 바라는 학생, 이윤을 극대화시키기 위해서는 사회적 책임도 예사로 외면하는 기업활동 등 오늘날 우리 사회에서 나타나는 정신적 황폐 현상은 그 예가 너무나 많다."

경제성장은 수단, 목적은 '복지사회'

그동안 우리 경제는 인간의 이기심(利己心)을 바탕으로 한 시장경제에 힘입어 괄목할 고도성장을 이룩했다. 하지만 그 부산물로 이상과 같은 수많은 병폐(病弊)가 생겨난 사실을 결코 잊어서는 안 된다. 소위 '부(負)의 성장' 상태를 더 이상 방치해서는 절대로 안 된다.

그 대책으로 생활환경을 정비하고, 자원 절약형 생활방식을 확립하고, 풍부한 인간성과 능력 그리고 덕성(德性)을 개발하고, 국가가 앞장서서 국민소득의 재분배를 실시하는 등 많은 노력을 게을리 하지 말아야 할 것이다.

그러기 위해서는 우리나라도 정부의 주도 아래 사회개발정책이 하루속히 수립·추진되어야 하겠다고 생각했다.

그동안 역대 정부가 추진해 온 고도성장정책은 어디까지나 경제정책의 수단이지 목적은 아니었다. 그 궁극적인 목적은 어디까지나 '가난으로부터의 해방', 나아가서는 '국민생활의 향상'을 도모하기 위한 복지(福祉)사회의 건설에 있었다고 봐야 한다.

그러므로 복지사회를 지향하는 소득재분배(所得再分配) 정책도 단지 가난한 사람들을 구제하기 위한 구빈(救貧)정책에 그쳐서는 안 된다. 앞으로는 저소득층에게 돈으로 물건을 살 수 있는 구매력, 즉 유효수요(有效需要)가 늘어날 수 있도록 정책방향이 근본적으로 바뀌어야 한다. 그와 함께 저소득층일수록 더욱 불리한 불황(不況)을 타개하기 위해 고용정책은 한층 강화되어야 할 것이다.

다시 말하면 사회개발이란 경제성장을 가로막는 장애가 아니라 경제성장을 뒷받침하는 촉진수단임을 잊어서는 안 된다.

따라서 앞으로 우리나라는 1인당 GNP 3만 불 시대를 바라보는 경제지표 상의 '양(量)적 증가'에만 초점을 맞출 것이 아니라, 국민생활의 질(質)을 나타내는 여가·의료·보건·환경·교육·사회보장·교통·격차 등 사회지표상의 '질(質)적 개선'이 뒤따라야 한다는 점을 명심해야 할 것이다.

'고도(高度)자본주의' 폐단에도 주목

칼 마르크스는 "자본주의는 대중을 굶주리게 하고 실업예비군을 조성하여 소비대중들의 구매력을 억제한다. 그 반면 거대한 공장에서 생산되는 대량생산품은 판로(販路)를 얻지 못해, 팔리지 않는 체화(滯貨)가 쌓여 수시로 공황(恐慌)이 일어나기 마련이다. 그 결과 자본주의는 구조적 모순에 의해 조만간 붕괴될 수밖에 없을 것"이라고 단언했다.

그에 대해 조지프 슘페터는 1942년 그의 저서 ≪자본주의·사회주의·민주주의≫를 통해 "자본주의가 만약 그의 폐단을 피해가거나 그로 인한 폐해를 스스로 줄이지 못한다면 사회주의의 등장은 필연적일 수밖에 없다. 그러나 만약 자본주의가 체제의 폐단을 스스로 자각하고 그의 개선에 적극 나선다면 자본주의는 계속 성공하고 번영할 수 있을 것"이라고 강조했다.

빈부(貧富)문제는 경제대국 미국이라고 해서 예외는 아니다.

열성 강의, 학생들 높은 호응

그 강의를 맡은 시절, 시국은 유신독재체제하였다. 하지만 대학교수들은 정부 시책에 상당한 비판세력으로 활동하던 시대였다.

그래서 사회의 약자들을 보호하기 위한 국가의 책임을 강조한 이 같은 요지의 강의는 학생들로부터 많은 지지와 호응을 얻을 수 있었다. 특히 정부가 작성·발표한 <한국의 사회지표>, <예산개요>, <경제통계> 등 살아 있는 자료들을 분석·평가한 것을 토대로 한 강의는 현실문제에 대한 실천적인 인식과 판단력을 기르는 데 많은 도움이 되었을 것이다.

그 시간만 되면 나는 학생들과 혼연일체가 되어 우리나라가 당면한 경제·사회적 과제들을 놓고 마음껏 토론하는 기회를 가졌다. 강의가 끝나면 방공호 술집으로 달려가 맛깔스러운 안주를 곁들여 투박한 막걸리를 퍼마시며 사제(師弟)간의 정을 마음껏 나누기도 했다.

그러던 어느 날, 그러니까 1979년 10월 26일 밤이었다. 사제 간에 주흥(酒興)이

도도하게 무르익고 있을 때 박정희 대통령은 효자동 안가(安家)에서 심복 김재규의 권총에 맞아 절명(絶命)했다. 역사적인 그 순간을 우리는 알 까닭이 없었다.

다음 날 그 일을 알게 된 나는 7년 전 옛일을 생각했다. 국세청에서 8·3 긴급조치 국세청대책본부장 자격으로 그분 앞에서 조정사채(私債)의 신고·독려상황을 보고했을 때였다. 그분은 따뜻한 격려 말씀을 했고 하직할 때는 부드러운 손으로 내 손을 잡아주시기도 했다. 그랬던 분이 비명에 갔던 것이다. 새삼 인생무상을 느끼지 않을 수 없었다.

하지만 나의 <사회지표론> 강의는 오래 계속되지 못했다. 왜냐하면 그 강의를 간청했던 O 교수 후임으로 S 교수가 학과장이 되자마자 그 강좌를 폐강시키고 말았기 때문이다.

그 소식을 듣고 일부 학생들은 후배들을 위해서라도 그 강좌를 부활시켜야 한다고 대학총장에게 반기(反旗)를 들기까지 했다. 대학 사회에서는 전례 없는 사건이었다. 나는 학생대표를 연구실로 불렀다.

"나는 전공이 경제학이지 사회학이 아니고 성대 출신 교수도 아니다. 자칫하면 내가 너희 학과 교수로 가고 싶어 학생들을 선동했다고 모략을 받을 수도 있다. 또 주동학생들이 학과교수들로부터 학점 등 불이익을 당할지 모른다."고 설득, 간신히 그들을 달랬다.

하지만 그 강좌를 준비하고 강의하는 과정에서 내가 쏟은 노력은 결코 헛되지 않았다. 내가 학문적으로 안목을 넓히고 지식을 축적하는 데 크게 도움이 되었던 것이다.

왜냐하면 내가 재정학을 통해 수정자본주의 이론을 발견하고 마르크스경제학의 망령에서 벗어났을 때, 해결해야 할 자본주의의 단점, 즉 실업과 분배문제 그

한려수도

리고 1930년대의 경제 대공황을 계기로 등장한 경기(景氣)대책적 과제들이 참으로 많았다. 그 과제들은 오늘날 사회개발(社會開發)이라는 새로운 개념에 집약되어 그 중요성이 날로 부각되고 있다.

시작은 선배교수의 강요에 의해서였지만 결과는 나를 당당한 수정자본주의 이론가로 키워 주었다. 학문이란 역시 깊고 폭넓게 연구하면 할수록 유익하고 보람 있는 성과를 얻기 마련인 것이다. 정말 '공부해서 남 주나'였다.

연구비 받아 자가용차 사고

우리 아버지 최고! 아내 사랑 고백도

속담에 세월이 약(藥)이라더니, 대학교수로 취임한 지 6년째 되던 1979년, 나는 지겹던 교무위원 직책을 벗어던지고 부교수로 승진되어 대학생활에 차차 자리가 잡혀 갔다. 학문연구에도 익숙해지고 강의에도 탄력이 붙었다.

TV·라디오의 출연료와 신문·잡지의 원고료 등의 수입에다 S문화재단의 당시로서는 거액인 1,000만 원짜리 학술연구비와 정부의 2,000만 원짜리 정책연구비를 받아, 그때 한참 유행하던 최신식 자동차 '뉴코티나'를 샀다.

아내는 쑥스럽게도 "당신을 대신해 죽을 수 있다."고 때늦은 사랑타령까지 했고 자식들은 박장대소하며 "우리 아버지가 최고!"라고 기쁨을 감추지 못했다.

자기 탓에 관직을 빼앗긴 남편이, 생소한 대학에 가서 자리를 잡은 것만 해도 대단하다고 생각했을 것이다. 그런데 한 걸음 더 나아가 교내·외에서 활발한 학술·연구활동까지 벌이자 마치 전화위복이라도 된 듯 기뻐했던 것이다. 그 세월

속에 숨겨진 피눈물 나는 나의 고역을 식구들은 어림짐작도 하지 못한 채……

사실 그 시절 원고쓰기, 즉 집필은 나에게 1석3조(一石三鳥)가 아니라 가히 1석 5조의 행운을 가져다주었다. 연구는 힘들었지만 공부한 지식을 강의에 활용하면 학생들의 호평을 얻었다. 외부 세미나에 나가면 유식하고 소신 있는 학자로 대접받을 수 있었다. 원고를 쓰면 원고료를 받았고 인쇄가 되면 책 또는 기록으로 남았고, 독자의 칭찬을 들으면 절로 신명이 났다.

특히 두툼한 연구비와 원고료 수입은 연구와 집필에 지친 내가 친구들과 신나게 어울리는 술값에 손색이 없었다. 그리고 아내와 자식들을 자가용차에 싣고 소문난 토속음식점을 찾아갈 때는 참으로 의기양양했다. 남의 눈치가 보이던 관료시대와는 도저히 비할 바가 아니었다.

서울대병원 조직·관리체계도 작성

강단에서 그처럼 행복한 시간을 보낸 것도 잠깐, 나는 또다시 일구덩이로 끌려갔다. 왜냐하면 문교부 친구의 간청에 못 이겨 서울대학병원 원장의 자문위원으로 위촉되었고, 공인회계사 10여 명을 동원해 <서울대학병원의 조직·관리체계에 관한 연구>라는 6개월짜리 프로젝트를 주관해야 했기 때문이다.

내가 그 연구를 거절하지 못한 것은, 만약 대통령이 참석하기로 되어 있는 병원의 개원일까지 준비가 안 되면 관계자들의 목이 달아나게 되어 있었기 때문이다.

당시에 서울대학병원은 일제강점기에 지은 목조건물 가운데서 본관(本館)만 남겨두고 나머지 전부를 해체한 상태였다. 80,635㎡나 되는 넓은 대지에 그 전보다 열 배나 큰 540,734㎡ 규모의 철탑 콘크리트 건물이 완공단계에 있었다. 박정희 대통령의 특별지시로 예산이 확보되었던 것.

서울대학교와 문교부에서는 그 규모에 부합되는 새로운 조직 및 관리 체계를 도입하기 위해 연구책임자를 서울대를 비롯 사방에 수소문하고 허둥대던 끝에 그 화살이 내게 날아왔던 것이다.

나는 대학원 제자인 김익래(金翼來) 씨를 비롯한 공인회계사 10여 명으로 연구팀을 구성하고, 그들과 함께 문교부와 병원 측의 행정·진료·간호·약국·설비요원들과 연구·토의를 거듭했다.

한편 선진국 병원의 최신 매뉴얼을 다각도로 수집·연구했다. 그리고 문교부 주선으로 요원들과 일본으로 건너가 한 달 동안 표본이 될 만한 최신병원(最新病院)들을 두루 시찰하고 필요한 자료들을 수집했다.

6개월의 연구기간을 거쳐 우리나라에서 처음으로 서울대학병원에 컴퓨터를 중심으로 한 현대적 조직·관리체계를 완성할 수 있었다. 서울대학교 의과대학에서는 그 보고서를 토대로 역사상 처음으로 의사가 아닌 교수에 의해 <병원경영학>이라는 새로운 강좌가 개설되기도 했다.

그 보고서는 국내외의 대학 및 대형병원에서 지금도 널리 실용(實用)되고 있다고 한다.

그 작업을 진행하는 동안 나는 그 병원에 진료를 비롯, 운영·설비 등에 부원장(副院長) 3명을 두도록 건의했다. 그에 대해 "의사가 아닌 행정요원이 어떻게 의사들을 지휘·통솔할 관리부원장을 맡을 수 있느냐?" "의사의 지휘와 명령을 받아온 간호사·약사·의료기술자 들이 어찌 의사보다 상위직인 설비부원장이 될 수 있느냐?"는 등 의사들의 항의 소리가 높았다.

그 이전까지는 고작해야 간호과장이 최고 지위였던 간호사들이 앞으로는 간호부장, 나아가서는 설비부원장도 될 수 있는 길을 열었던 것이다. "교수님이 바로 여성운동의 실천자"라고 목메어 감격하던 한 간호사의 얼굴이 지금도 잊히지 않는다.

물론 나는 페미니스트는 아니다. 다만 병원체계를 효율화·합리화하는 작업과 정에서 나온 대안이었고, 경영원칙에 충실한 결론이었을 뿐이다. 하지만 오랜 세월 의사 위주의 폐쇄적이고 계급적인 병원체계에 길들여진 약사·간호사·의료기계기술자 등 상대적 약자이던 그들에게 나의 제안은 병원사회에서 천지개벽이요, 일종의 복음이었을 것이다.

진찰을 받기 위해 이따금 나도 거대한 그 병원을 찾는다. 수없이 오가는 의사, 간호사 등 관계자들의 발걸음은 바쁘다. 그들은 내가 누구인지 알 리 없다. 하지만 '책임연구자 이철성'이라 적힌 그 연구보고서는 지금도 그 병원 어딘가에 소중하게 보관되어 있을 것이다.

성공 향한 신바람, '제2의 인생'

제2의 인생을 대학교수로 시작한 나에게 그 시절은 그야말로 봄날처럼 활짝 핀 득의만면(得意滿面)의 시절이었다. 직업관료에서 대학교수로 변신해 인생을 마음껏 구가한 전화위복(轉禍爲福)의 세월이었다고 할까?

1980년 2월 10일에는 건국대학교에서 대망의 경제학 박사학위를 취득했다. 그야말로 그 어떤 부(富)도 권력도 명예도 심지어 대학총장이나 행정부장관 등 남들이 부러워하는 그 어느 현직고관(顯職高官)도 부럽지 않던, 참으로 행복하고 자랑스러운 시절이었다.

인생 정점(頂点)에서 어머니 잃다

하지만 1980년 12월 30일 어머니는 지병이던 저혈압(低血壓)을 이기지 못해 끝내 세상을 떠나셨다.

'생전에 어머니는 내가 피땀 흘려 얻은 대학교수직을, 경제학박사 학위를 얼마나 흡족해 하셨을까? 또 자식 키운 보람을 얼마나 느끼셨을까?' 생각해 보았다.

내가 제2의 인생을 힘차게 개척하고 그 성과를 구가하는 긴 세월 동안 어머니는 홀로 외롭고 쓸쓸하셨을 것이다.

'방학기간 동안 어머니를 모시고 고향에라도 한 번 다녀왔더라면……. 친구들과 관광버스로 명승지 여행이라도 하시게 해드렸더라면…….' 싶은 후회가 이제는 아무 소용없게 되었다. 몇 푼 용돈을 허리춤에 감추시고 걱정되는 자식들을 찾아 나 몰래 고향길로 나서시던 어머니를 이제는 뵐 수 없게 되었다.

잘난 척하고 신바람 나게 일했어도 나는 효자 노릇 한가지만은 끝내 못하고 말았던 것이다.

시인 이해인의 '어머니께 드리는 노래'에 내 마음이 드러난 듯한 구절이 있어 여기에 옮겨 본다.

……제 앞길만 가리며

바삐 사는 자식들에게

더러는 잊혀지면서도

보이지 않게 함께 있는 바람처럼

끝없는 용서로

우리를 감싸 안은 어머니……

만선(滿船)의 꿈, 고향 길

1. 타향에서 부른 '망향(望鄕)의 노래'

드라마센터 밝힌 '통영의 밤'

마음의 고향 통영

옛말에 '남쪽에서 날아온 새는 언제나 고향 가까운 가지에 앉는다.'는 뜻의 '월조소남지(越鳥巢南枝)'라는 글귀가 있다. 나 역시 객지생활 50여 년 동안 고향을 잊어본 적은 한 번도 없다.

부모님 그리고 이웃과 친구들 대부분이 세상을 떠난 지금 고향의 옛이야기는 아득한 추억 속에 잠겼다. 하지만 고향산천을 생각하면 그곳은 언제나 어머니 품속처럼 포근하고 따스하다. 고향을 찾을 때면 아직도 가슴이 설레고 떠날 때는 마치 다시 못 올 이별이라도 고하듯 마음이 쓰리다.

일찍 홀로된 어머니가 시영(市營)점포를 얻어 우리 가계를 이어갈 수 있었던 것도, 멸치잡이 어장주들이 우리 가게에서 마음 먹고 쌀을 사준 것도, 내가 중학교에 지각 입학을 할 수 있었던 것도, 6·25전쟁 때 길거리에서 마구 잡아가던 강제 모병을 면한 것도, 자유당에 맞서 야당의 선거운동을 한 내가 신원 조회를 무사히 통과할 수 있었던 것도 다 고향의 따뜻한 인심 덕분이었다.

그래서 나의 남다른 고향생각은 예사로운 사랑과 그리움에 그치지 않았고, 나는 언젠가 그 은혜에 보답해야 하겠다는 감사와 보은(報恩)의 뜻을 항상 간직해 왔다.

서울 중구에서 남산으로 올라가는 언덕바지 입구 왼편에는 신극(新劇)의 요람지인 드라마센터가 지금도 아담하게 자리 잡고 있다.

'시와 음악과 연극의 밤'

지금부터 40여 년 전 1969년 7월 6일 초저녁, 그곳에서는 건물 안팎에 전깃불이 환하게 켜진 가운데, 독특한 경상도 사투리가 범벅이 된 '통영의 밤' 행사가 열렸다.

그해 박정희 정부는 전자공업 종합5개년계획을 내놓았다. 그에 따라 삼성전자가 앞서 달리던 금성사와 처음으로 경쟁 체제에 돌입하여 전자입국(電子立國)의 태동(胎動)을 알린 역사적인 해였다.

'통영의 밤' 행사를 주관한 것은 재경 통영중고등학교 동창회였다. 회장이던 나는 물론 그 행사에 참가한 사람들도 대부분은 그곳이 매우 낯설었다.

그날 극장 객석에는 통영중·고의 졸업생들뿐만 아니라 서울에 사는 통영사람들이 남녀노소 할 것 없이 가득 모여들었다.

한려수도

나타난 사람들 가운데는 초대 국회의원 김재학 씨를 비롯해 전 통영군수 박명국, 전 충무시장 김기섭, 변호사 김종길, 국제수산 사장 이평기 씨 등 원로들과 극작가 유치진, 시인 김상옥, 작곡가 정윤주, 서양화가 김형근·이한우 씨 등 예술가들 그리고 대법원 판사 이일규, 치안국장 한옥신, 대검 특수부장 김성재 씨 등 공직자들도 많았다.

특히 춘추 높으신 어른들 가운데는 일제강점기인 1928년 우리 고향 봉래극장에서 있었던 신간회(新幹會) 통영지회의 창립에 참가했던 김재학(초대·2대 국회의원) 씨가 계셨는데, 나의 선친 생각이 많이 났을 것이다.

막이 오르자 통영수고 출신 이종묵 씨가 지휘하는 밴드가 고향 그리는 경음악을 연주해 흥을 돋웠고, 통영중학 교가가 우렁차게 합창되었다. 타향에서 고향을 빛낸 인사(人士)들을 한 분 한 분 소개하는 순서가 되자 박수갈채가 장내를 진동했다.

그 행사에서 소개된 명사들 가운데는 통중에 재학했던 야당 국회의원 김영삼 씨, 고향에 관광호텔을 처음 짓고 한려수도에 쾌속정 '엔젤호(號)'를 띄운 서정귀 씨, 해방 후 처음으로 충남도지사로 승진한 서정화 씨, 사업가로 성공한 시티즌 시계 사장 하원대 씨, 국전(國展)에서 대통령상을 수상한 서양화가 김형근 씨와 국무총리상을 받은 조각가 심문섭 씨, 행정고시 합격자 정해주 씨와 사법고시 합격자 윤우정 씨 등도 포함되어 있었다.

밴드 연주로 '고향 생각'이 감회를 자아내는 가운데 변호사 김종길 씨가 무대에 나와 그날을 맞은 감격을 말했고, 밴드 마스터 부인인 인기가수 김세레나 씨가 찬조 출연해 막간의 흥을 돋웠다. 극작가 유치진 씨가 고향사람들을 처음 만난 기쁨을 말했고, 시인 김상옥 씨가 고향을 기리는 자작시를 지어 낭랑하게 낭독했으며, 작곡가 정윤주 씨가 이은상 시, 김동진 작곡의 가곡 <가고파>를 열창해 참석자들을 감동시켰다.

그때 김상옥 시인께서 낭독하신 시는 통영향인회가 1990년에 발간한 책 ≪망향(望鄕)≫에 '망향가(望鄕歌)'로 수록되어 있다.

　1. 인왕(仁旺)의 거센 바람 옷깃 날려도

　　눈 감으면 떠오르는 고향 앞 바다

　　마음은 물새처럼 천리(千里)를 날아

　　그림 같은 한려수도 굽어보누나.

　2. 산호빛 동백꽃은 곱게 망울져

　　수난을 이겨내던 영광의 고장

　　기운 기둥 바로 세운 꿈을 받들어

　　그 자취 그 산천(山川)에 다시 새기리.

2부에서는 유치진 원작인 연극 <조국>이 공연되었다. 연출은 아동극작가 주평 씨가, 미술은 번역가인 정창수 씨가 담당했다. 배역은 박정도 역에 주평, 장서방 역에 오정래, 정도 아들 혁이 역에 차우준 씨 등 동문들이, 정도어머니, 일본헌병, 학생, 군중 역에는 외부 인사들이 찬조 출연했다.

역대 '통영의 밤'에서 공연된 연극은 제1회 유치진 씨 원작인 <조국>이었고, 2회부터는 주평 씨의 작품으로 <동충>, 3회 <선주>, 4회 <냇물>, 5회 <뱃고동>, 6회 <샛터>, 7회 <출세기(出世記)> 등 통영의 바다 냄새가 물씬 나는 작품들이었다.

연극이 끝나면 드라마센터 앞마당 환한 불빛 아래서는 매번 파티가 벌어졌다. 통영서 보내 온 충무김밥과 봄멸치회에다 막걸리를 곁들여 푸짐하게 벌인 통영 사람들의 신명나는 한마당 잔치였다.

"다 나오믄 토영(통영의 사투리말)은 누가 지키노?"

그때 고향사람들은 다음 같은 얘기들을 주고받곤 했다.

"야아, 너까지 서울 왔나? 그라믄 토영이 완전히 싸악 다 비어 버렸겠네."

"토영에 혼자 남아 있어 봐야 할 일이 뭐 있어야지. 자식들 직장 따라 나도 떠나올 수밖에……."

"아이구 사돈, 우리가 첨 서울서 만난 지가 얼마 만이오?"

"우리 할매는 허리가 아파 몬 오고, 나만 혼자 겨우……."

"아이구 행님, 살아 계셨네. 참 오랜만이네요."

"그래. 영감은 벌써 세상을 떠났다고? 객지라서 길을 몰라 문상(問喪)도 못 가보고……."

"봐라. 이거 토영 뱃머리서 파는 김밥 그거 맞제?"

"꼴뚜기하고 속박김치 맛이 정말 옛날하고 똑같네."

"봄멸치와 쑥갓을 멸치젓에 무쳐서 맛이 참말로 기가 차네."

"토영 막걸리 들이켜는 이 맛은 또 어떻고?"

"고향이 어찌 되었는지, 내가 죽기 전에 한 번은 꼭 가봐야 할 긴데 하도 멀어서……."

"나는 떠날 때, 가진 거 다 팔고 와서 인제 고향에는 집도 절도 아무것도 없다네……."

　향인들이 손을 맞잡고, 서로 껴안고, 목이 메어 눈물을 글썽이며 주고받는 대화를 들으면서 임원들은 멀리 고향을 떠나온 향인들에게 상봉의 자리를 마련해 드린 보람을 뿌듯하게 느낄 수 있었다.

'통영의 밤' 개최하기까지

　그러면 그때 일개 중학교 동창회가 어떻게 그런 큰 행사를 치르게 되었을까?

　1967년 당시에 나는 국세청 조사국장으로 근무하고 있었다. 고등고시에 합격, 관계에 진출한 지 13년 만에 그 자리까지 진출해 있었다.

　그 직책의 성격상 외부 인사와의 접촉을 꺼리던 나에게 어느 날 고향 선배 한 분이 찾아오셨다. 그분은 제1회 졸업생으로서 선박회사에 근무하면서 재경 통영중학교 동창회의 회장직을 맡고 계시던 신태범 씨였다.

　그분은 거창 출신으로 우리 중학교에 진학한 유학생이었는데, 해양대학을 졸업하고 그 회사에 임원으로 활약 중이었다. 나와는 초면이어서 그날 우리는 인사만 나누고 후일을 기약했다.

　그런데 그 후 종로 비원에서 동창회가 열렸을 때 선배들은 다음 회장 자리를 내게 맡기기로 미리 각본을 짜놓았던 것이다. 회장 자리는 통영 출신이 맡아야 마땅하다는 이유였다. 그때까지만 해도 선후배 사이에는 일제강점기의 학풍(學風)이 남아 있어서 선배들이 작정한 자리를 내가 거절하기란 애시당초 불가능한 일이었다.

　그때 내 나이 36세, 아직 젊었고 일단 맡은 바에야 회원들이 점심 또는 저녁 한 끼를 함께 먹는 정도로 끝낼 것이 아니라 무엇인가 뜻있는 행사를 추진했으면 싶었다.

그래서 1969년, 오정래·주평 씨 등 선배들과 의논 끝에 통영사람의 신명을 살려 서울에서 '통영의 밤' 행사를 한번 멋지게 펼쳐 보기로 의견을 모았던 것이다.

'시와 음악과 연극의 밤'을 생각해 낸 것은 내가 중학시절 시를 쓰고, 연극무대의 세트를 그리고, 브라스밴드에서 스라이트롬본을 불어본 경험이 있었기 때문이었다.

향인회는 그때까지 유명무실했고, 통영수고·여고·상고 등의 동창회는 아직 결성되기 전이었다. 우리는 힘들여 마련한 행사를 이왕이면 내 부모·형제와 다름없는 고향사람들에게도 개방하기로 의견을 모았다.

장소를 드라마센터로 정한 것은, 극작가 유치진 선생과 내가 가진 각별한 인연 때문이었다. 그때까지 나는 물론 고향사람들도 대부분 그분을 잘 알지 못했다. 그분은 객지생활이 대부분이었고, 춘추가 높았으며, 직업이 신극이라는 특수 분야였기 때문이다.

그분과의 인연은 참으로 우연이었다. 그로부터 1년 전 어느 날 그분은 중학선배 정창수 씨의 안내로 서울국세청 청장이던 나를 찾아오셨다.

정창수 씨, 그분은 통영중학교에서 소문난 수재(秀材)였다. 몸이 건장하고, 용모가 수려했으며, 주말이면 자기 집 과수원에 줄 통장군을 지고 시내를 예사로 활보했다. 영어에 능통했고 중학 시절에는 미술부장을 맡았었다. 나는 그분의 지도 아래 연극의 세트며 학예회·체육대회의 포스터를 그렸다. 나와 절친한 동기생 정창학 군이 그의 동생이었고, 그분이 모시고 온 어른이 바로 유 선생이었다.

드라마센터는 5·16 주체세력의 한 사람이던 당시의 정보부장 김종필 씨의 주선으로 국유지에 지어진 건물이었다. 하지만 짓고 난 후가 문제였다. 당시까지 오페라나 뮤지컬 등 신극은 대중성이 없어 극장 운영은 적자를 면치 못했다. 그렇게 되자 국유지에 대한 임차료(賃借料)가 쌓여 관할 세무서에서는 건물을 자진 철거하거나 아니면 강제 철거하겠다는 통고를 여러 번 보내고 있었다.

그런 처지에 놓인 유 선생은 때마침 그 댁에 기식하던 정창수 씨로부터 내 얘기를 듣고 '잘 되었다.' 싶어 찾아오셨던 것이다. 김종필 씨가 박 대통령의 미움을 받아 자의 반 타의 반으로 외국에 나가 버려 답답하던 차에 꼭 필요한 관직에서 고향사람을 찾았으니 아마도 그분은 대단히 반가웠을 것이다.

당시에 국유재산의 관리와 처분에 관한 사무는 국세청이 관할하고 있었다. 나는 중학생 시절 그분이 각본을 쓰신 <조국>, <마의태자> 등 학생극에 출연 또는 관여한 일이 있었을 뿐, 그분을 잘 알지 못했다. 하지만 고향 어른께서 궁지에 몰린 사정을 듣고 어떻게든 도와 드리고 싶었다.

담당 국·과장을 불러 "이분은 고향 어른이시고 우리나라에 하나밖에 없는 신극 무대를 어렵게 만들고 지켜 오신 분이오. 가능한 한 도와 드리고 싶소."라고 말했다. 그때가 어수룩한 시대였던지, 청장의 권력이 막강했던 탓인지, 그 후로 강제 철거설은 들리지 않았다.

그 연고를 믿고 나는 '통영의 밤' 행사 장소로 드라마센터를 부탁했고 그분은 기꺼이, 그것도 매번 경비 일체를 무료로 제공해 주셨던 것이다.

그로부터 '통영의 밤' 행사를 세 차례 끝낸 후 나는 후임에게 자리를 물려주고 본무(本務)에 전념했다. 하지만 후임자는 그 행사를 한 번 치러 보고는 그만 손을 들고 말았다.

그렇게 되자 중학교 동창들은 물론 향인회(鄕人會) 어른들께서 야단이었다. 1년에 한 번, 그것도 친구를 친척을 고향사람을 만나고 고향소식을 듣는 소중한 기회를 어찌 없앨 수 있냐고 아우성들이었다. 물론 그 행사를 시샘하는 몇몇 사람들은 나를 가리켜 "국회의원에 출마하려고 한다."는 등 듣기 거북한 험담을 늘어놓기도 했다.

하지만 그 행사를 치르면서 멀리 고향을 떠난 향인들께서 사무친 그리움과 외로움을 달래며 눈물짓던 광경을 도저히 잊을 수 없었다. 그래서 다시 동창회장을 맡을 수밖에 없었다. 그 사이에 나는 타의(他意)에 의해 관계를 떠나야 했고, 대학으로 진출해서는 다시금 바쁜 생활을 시작했다. 하지만 '통영의 밤' 행사는 그것을 이유로 빠뜨릴 수가 없었다.

바쁜 생활, 학술연구 신문원고도

그런데 교수생활을 시작하자마자 나에게 대학 본부의 기획처장직이 맡겨졌고, S문화재단 연구위원으로 위촉되어 학술연구를 시작해야 했다. 그리고 매일경제 신문에서는 '절세(節稅)'에 관한 연재물을, 잡지 ≪세무와 회계≫에서는 〈알기 쉬운 경제학〉을 연재하기 시작했다. 더구나 대학원 석사과정의 학점을 따기 위해 주경야독(晝耕夜讀) 생활이 이어졌다. 그야말로 눈코 뜰 새 없이 바쁜 세월이 시작되었던 것이다. 그렇게 되자 나는 고향 행사를 더 이상 감당할 수가 없었다.

'통영의 밤' 행사는 동창들은 물론 고향사람들에게 1년에 한 번 향수를 달래는 소중하고 간절한 기회였다.

유력한 주간 잡지들은 그 행사를 '이색(異色) 향인회'라고 대서특필했고, 향인들은 타지 사람을 만나면 스스럼없이 행사 자랑을 하곤 했다.

하지만 그 행사는 1976년 7회를 마지막으로 문을 닫고 말았다. 그만큼 준비에 물심양면으로 부담이 컸기 때문이다.

그 행사를 지탱해 주신 유치진 선생과 참석해 주신 어른들 대부분이 가시고 이제 안 계신다. 하지만 그 밤을 기억하는 동창들과 고향사람들은 아직도 많다. 지금도 그 건물 옆을 지나면 '통영의 밤'이 열렸던 40여 년 전 그날 밤의 함성과 열기가 생생하게 떠오른다.

그 행사가 씨알이 되어 통영향인회를 비롯, 통고·수고·상고·여고 등의 재경(在京)동창회가 활발하게 조직·운영되고 있다. 참으로 감개무량하다.

일제강점기에 신문사 지국장을 맡아 매년 시민체육대회를 개최하신 아버지께서 저승에서 아마도 "역시 내 아들이구나" 하셨을 것이다.

고향에 돌려준 국유지 '남망산'

통영의 산, 어머니의 산

고향 통영의 항구 안 서편에는 수문장(守門將)처럼 강구 안을 품에 안은 남망산이 아담하게 자리 잡고 있다. 높이라고 해 봐야 고작 80m, 넓이 역시 0.12㎢에 불과한 반도(半島)이다.

하지만 통영사람이면 누구나가 어릴 적부터 밤낮 바라보며 자랐고, 객지에서 고향을 생각할 때면 가장 먼저 떠오르는 풍경이 바로 이 산이다. 고향의 산, 통영사람의 산, 어머니의 산 그리고 내게는 향수와 함께 지금도 잊히지 않는 추억한 토막이 서려 있는 산이기도 하다.

1968년, 그해는 우리나라에서 주민등록증이 처음 등장한 해였다. 그 주민등록증은 문밖을 나갈 때 가지고 다녀야 할 '외출 필수품'이었고, '성인식의 전주곡'이었으며, 술값의 '외상 담보물'이었고, 때와 장소를 가리지 않는 '불심검문(不審檢問)의 대상'이었다. 그해 역시 박정희 정권하에서 여·야당의 대치 정국(政局)이 긴박하게 돌아가고 있었다.

야당 신민당과 재야인사들은 서울 YWCA 강당에서 박 대통령의 3선 개헌안(三選改憲案)을 반대하는 범국민 투쟁준비위원회를 결성했다. 그러나 여당 공화당은 닥쳐올 정치적 파국(破局)을 예측하지 못한 채 그해 4월 14일 국회 별관에서 3선 개헌안과 국민투표 법안을 변칙 통과시켰고, 10월 17일에는 개헌안에 대해 국민투표를 강행했던 것이다.

그때 나는 국세청 조사국장을 거쳐 부산국세청 청장으로 전근되어 있었다.

그때 나를 찾아온 사람은 통영시의 전신인 충무시 시장과 지방의회의 역할을 대신한 시정자문위원회 위원장이라는 분이었다. 시장은 타향 출신이요, 위원장은 고향사람이라 했다. 하지만 객지생활을 해 온 나로서는 모두 초면이었다.

웬일인가 싶은 나에게 그들은 뜻밖의 부탁 말씀을 했다. 즉, 통영에 있는 남망산은 시유지(市有地)가 아니라 국유재산(國有財産)이라는 것, 그래서 그곳에 방치된 노후(老朽)건물과 불용(不用)시설을 철거하고 환경을 보존하고 휴식 공간을 개발하고 도로를 새로 개설하려 해도 시로서는 아무런 권한이 없어 전혀 손을 댈 수 없다는 것, 충무시는 통영읍 시절부터 이 산을 읍유화(邑有化)하는 것이 오랜 숙원사업이라는 것이었고, 이번에 고향사람인 내가 국유재산의 관리 책임자로 부임했으니 이 호기(好機)를 도저히 놓칠 수 없으며 어떻게 하든지 이번 기회에 남망산을 꼭 시유화시켜 달라는 얘기였다.

"아니 남망산이 시민 것이 아니라 국유재산이라뇨?"

"허허, 시민들 대부분도 시유재산으로 알고 있답니다."

'그것 참 별일이다.' 싶어서 담당 국·과장을 불러 찾아온 손님을 소개하고 방문한 취지를 설명했다. 그리고 고향의 숙원사업이라니 꼭 해결되도록 잘 연구해 보라고 부탁했다. 그때 나는 통영중·고 재경동창회장을 맡아 애향심에 불타고 있었다. 그래서 어떻게 하든 그 일을 성사시키고 싶었다.

국·과장은 국유지를 불하할 경우에는 상대가 지방자치단체라고 해도 땅값은 법에 따라 정당하게 평가해야 하고, 불하(拂下)대금은 적기에 납부되어야 한다는 등의 조건을 강조했다.

그런데 시장은 충무시의 재정(財政)이 너무나 빈약해서 남망산을 불하 받고 싶어도 돈이 없어 오늘날까지 지체되어 왔고, 앞으로 만약 국세청의 평가액이 비싸게 나오거나 납기를 짧게 할 경우 단시일 내에 큰 돈을 마련하기는 어렵다고 호소했다.

남망산은 내 고향 통영의 상징

나 역시 어릴 적부터 남망산을 바라보며 자랐다. 어머니의 품속처럼 항상 그에 안겨 살았다는 말이 옳을 것이다. 서울사람이 남산을 자기 산처럼 아끼고 사랑하듯 통영사람이면 누구나 남망산을 고향의 상징처럼 생각했다. 그런 남망산이 시유지가 아니고 국가재산이라니, 통영사람이라면 누가 그 말을 믿었겠는가?

내가 자랄 때 그 산 뒷자락에는 금광 굴이 깊이 뚫린 공기섬이 매달려 있었다. 자그마한 그 섬 서쪽 편 바닷가는 수심(水深)이 얕아 소규모 조선소가 있었고, 동쪽 편 바닷가는 물이 깊고 맑아 운반선의 부두로 사용되고 있었다. 여름이면 서쪽 바닷가에 벌거벗은 청소년들이 사방에서 모여들어 멍게·해삼을 줍고, 물장구며 헤엄치기로 하루 종일 신나게 놀곤 했다.

우리 집은 중앙동에 가까운 문화동 언덕바지에 있었다. 집 아래로 시가지를 건너 내려다보이는 강구안은 호수처럼 손에 잡힐 듯 가까웠고 강구안에 뜬 배들은 탐스러운 장난감 같았다.

중학 시절 도화지 한 장과 수채화 물감만 가지면 시간 가는 줄 몰랐다. 호수 같은 수면 위로 남망산과 그 너머 거제도를 그리기 시작하면 혼자서 얼마든지 한낮을 보낼 수 있었다. 그 산 중턱에는 중학시절 첫사랑이 살던 집이 있었고, 그녀가 시집가기 전날 초저녁에는 그녀 어머니의 배려로 그 집에서 작별의 시간을 갖기도 했다.

그리고 6·25전쟁이 일어나 남하(南下)한 인민군이 우리 고향으로 쳐들어오기 직전에는 보도연맹 가입자들의 일부가, 인민군이 24시간 만에 쫓겨 간 후에는 부역자들의 일부가 '공기섬' 안에 있던 폐광(廢鑛) 굴로 끌려가 떼죽음을 당한 슬픈 이야기도 남아 있다.

현장답사 후 시유화(市有化)하기로 결심

나는 충무시장 일행이 다녀간 후 주말을 이용하여 고향으로 달려갔다. 남망산의 외관이야 여전했지만 꼬불꼬불 산길을 따라 꼭대기로 올라가면 정상 광장에는 이순신 장군의 동상이 우뚝 서 있을 뿐 사방은 황량했다.

길은 꼭대기를 향한 꼬부랑길이 하나 있을 뿐, 빗물로 씻긴 비포장도로에는 여기저기 큰 홈들이 패어 있었다. 길가에는 잡초며 칡넝쿨이 미친 여자의 머리칼처럼 엉켜 있었다. 그리고 용도를 알 수 없는 낡은 가건물(假建物)과 조잡한 베이비 골프장 등이 널려 있었다. 산기슭은 어디까지가 민간 땅인지 분간할 수도 없었거니와 산중턱을 향해 당장이라도 기어오를 듯한 민가(民家)들이 어지럽게 자리 잡고 있었다.

나는 현장을 돌아보고 '이 산을 더 이상 주인 없는 산으로 방치해서는 안 되겠다. 시민들의 휴식공간으로 개발할 수 있도록 도와 드려야 하겠다.'고 결심을 굳혔다.

월요일에 출근한 나는 당장 담당 국·과장을 불렀다.

"어제 현장에 가보니 남망산을 충무시에 꼭 넘겨주어야 하겠다는 생각이 간절했소. 그 산을 보존하고 활용하기 위해서라도 말이오. 남망산은 국가의 잡종재산이라 무료로 넘겨줄 수는 없겠지만, 어떻게든 시청에 부담이 적게 가는 방향으로 양도 방법을 적극 찾아보도록 하시오."

"법에 저촉되지 않는 범위 내에서 가장 값싸게 평가하고 긴 기간 동안 조금씩 분납(分納)할 수 있도록 방법을 강구해 보겠습니다."

그리하여 남망산은 충무시의 시유재산(市有財産)이 될 수 있었다.

그때 나는 소위 '권력의 묘미'가 어떤 것인지 다시 한 번 체험할 수 있었다. 첫 번째 경험은 서울 드라마센터의 강제 철거를 모면케 해 드린 경우였다.

최근에는 당시에 충무시 총무과장이던 서양화가 김형근(金炯菫) 씨를 만나 잊고 있던 옛 상황을 들을 수 있었다.

"당시에 충무시장은 육사 4기 출신의 박경호(朴京虎) 씨였고, 남망산의 불하대금은 13만원, 납부기간은 3년으로 하되, 연납(延納)도 가능하도록 했습니다. 그러니까 그 산은 법적인 요식절차만 밟고 거저 넘겨받은 셈이죠."라고 말하면서 그 경위를 다음과 같이 설명했다.

"지금 남망산 통영시민문화회관이 서 있는 자리에는 과거에 한산대첩 기념행사를 개최하기 위한 가건물(假建物)이 하나 서 있었지요. 그 행사가 열릴 때는 박정희 대통령을 비롯해 경남 도지사, 진해 해군통제부 사령관, 인근 지역의 시장·

군수, 충무시의 유지 등 다수가 참석했습니다. 물론 해군사관학교와 충무시내 중·고교 학생들도 참석했고, 시민들도 많이 참관했지요. 그런데 그 행사를 거행할 때마다 시청이 불편을 느낀 것은, 남망산에 도로를 정비하거나 행사용 영구건물을 하나 짓고 싶어도 그 땅이 국유지라 손을 댈 수가 없었기 때문이었죠. 그때 마침 이 박사께서 부산국세청장으로 발령되었다는 소식을 듣고, 내가 시장에게 '이 청장은 애향심이 강한 사람이니까 직접 찾아가서 부탁해 보시라.'고 건의했습니다. 그게 남망산이 시유화된 결정적 계기가 된 셈이죠."

남망산에 '나전칠기공예학원'도

당시에 충무시장은 감사의 표시로 공개적인 자리를 마련해, 시민들에게 그 공로를 널리 알리겠다고 말했다. 하지만 현직 공무원으로서 비록 법에 어긋나진 않았어도 직권을 이용, 정실(情實)이 개입된 것은 사실이었고, 그 사실이 만약 밖에 알려지면 내가 마치 정치적 야심이라도 있어 한 짓처럼 모함을 받을 위험성이 있다고 강조하고, 그의 호의를 극구 사양했다.

그 후 남망산은 시청에서 공원으로 지정하여 가건물을 철거하고 도로를 정비했으며, 세무서에 있던 정원수 나무를 많이 옮겨 심었다.

행사용 가건물을 철거한 자리에는 2층짜리 건물을 지어 한동안 '경남도립충무 나전칠기공예학원'을 설치하기도 했다. 당시에 원장은 도지사가, 부원장은 나전칠기 인간문화재 김봉룡(金奉龍) 옹이 맡았고, 상급학교에 진학하지 못하는 청소년들에게 나전칠기 기술을 무료로 전수해 주었다. 지금 그 자리에는 시민회관이 우람하게 자리잡고 있다.

그때 배출된 나전칠기 기술자는 약 2백 명, 그 가운데는 지금도 서울·원주·부산 등지에서 자개 및 옻칠기술자로 활약하는 유명 인사들이 많다.

　김봉룡 옹을 따라가 원주에서 뿌리를 내린 자개(줄음질) 인간문화재 이형만(李亨萬) 씨와 고향에다 '통영옻칠미술관'을 세운 김성수(金聖洙) 씨 등이 대표적이라 할 수 있다. 자개(끊음질) 인간문화재로는 나전칠기의 고장 통영에서 그 맥을 외롭게 지키고 있는 송방웅(宋芳雄) 씨도 있다.

　내가 알기로 남망산 광장 한편에는 한동안 우리 고향의 3·1운동 동지회가 건립한 '3·1 운동 기념탑'이 서 있었다.

　그 사실을 기억하는 까닭은, 충무시장과 경찰서장의 요청으로 내가 1972년 충무시 체육관장을 맡기 위해 내려갔을 때 그 광장에 기념탑 세우는 일을 도왔기 때문이다.

　그때 기념탑을 세우려는 유족 측과 시민의 광장 사용에 방해가 된다고 반대하는 시청 측이 서로 강력하게 대립하고 있었다.

　유족 측 대표인 남강인쇄소 박태균(朴台均) 사장을 비롯, 상공회의소 박진열(朴震烈) 국장, 통영초등학교 박준인(朴準寅) 교장 등의 통사정을 듣고 현장에 달려가, 그곳에서 충무시장을 만나 장소 문제를 간신히 해결할 수 있었다. 내가 남망산 시유화의 유공자라는 사실을 그들이 이미 알고 있어서 내 의견을 존중해 주었기 때문이다.

　그 일로 인해 나는 유족회가 그 자리에서 마련한 기념비의 제막식(除幕式)에 참석, 감사장을 받고 축사도 했다. 그 과정에서 나는 1919년 3·1 독립만세운동을 계기로 집안의 만류를 뿌리친 채 조선총독부의 관리직을 내던지고, 고향에서 민족신문 동아일보 기자로 변신·활동하신 아버지의 옛날을 생각했다.

　그분 자식으로서 기념비 건립에 작은 힘이나마 기여했다는 점에서 위안을 느낄 수 있었다. 일제강점기에 초등학교 학생이던 내가 집에 돌아와 일본말만 쓰고, 일본군가를 부르고, 일본애들과 자주 어울리자 "아무리 왜놈 교육이 무섭다고 하지만 저게 내 자식인가? 왜놈이 다 되었네!" 하며 한탄하시던 아버지 말씀을 지금도 기억하고 있기 때문이다.

고향사진 걸어 놓고 옛날 추억

서울의 내 사무실 입구에는 남망산을 중심으로 찍은 통영 시가지 사진이 큼직하게 걸려 있다. 고향에서 무시로 바라보듯 아침저녁으로 사무실을 드나들며 사진을 쳐다보고 고향을, 어머니를, 옛날을 생각한다.

서울서 맡은 고향 체육관장

옛날에도 그랬지만 지금도 직장에 매인 사람들은 공식적인 휴가나 출장 틈새가 아니고는 고향 나들이란 쉽지 않다. 나 역시 어른이 되었어도 고향은 항상 그립고 어머니는 언제나 만나 뵙고 싶었다. 하지만 그게 맘대로 잘 되진 않았다.

박정희 집권 시절 대통령 또는 국회의원 선거 때 혹은 유신헌법에 대한 국민투표 때는 정부·여당에서 관청·공기업의 간부들 가운데 고향에서 인심을 얻고 영향력을 갖고 있는 사람들에게 일부러 고향을 다녀오게 했다.

국민투표 때마다 동원된 공직자들

고향에 가서 친지 친척들에게 '정부·여당 쪽에 지지 내지 찬성 표를 던지도록'

설득하고 오라는 일종의 정치적 압력이었다.

당시에 박정희 대통령은 제2차 경제개발5개년계획을 강력히 추진하여 1970년 7월에는 총연장 428km에 달하는 경부고속도로를 개통시켰으며, 동년 10월에는 '잘 살아보세'라는 구호 아래 '새마을운동'을 전국적으로 전개했다.

1972년 7월에는 이후락 정보부장을 북한(北韓)에 파견하여 남북의 자주평화통일을 전격 합의하는 '남북공동선언'을 발표했고, 여세를 몰아 유신 명목으로 장기집권의 야심을 불태웠던 것이다.

그날은 1972년 늦겨울, 유신헌법에 대한 국민투표가 실시되기 직전이었다.

"조사국장, 고향에 좀 다녀와야 하겠소." 5·16 주체세력의 한 사람인 O 국세청장이 말했다.

"갑자기 무슨 일입니까?"

"내가 보내는 게 아니라 여당 측에서 당신을 좀 보내 달라는 요청이 있어서요."

"예?"

"지난 10월 17일 유신을 단행한다는 대통령 선언이 있었고, 뒤이어 전국적으로 계엄령이 선포되지 않았소?"

"그래서요?"

"오는 11월 21일 개헌안(改憲案)에 대한 국민의 찬반(贊反)투표가 있을 예정인데, 그에 대비해서 당신을 고향에 보내 달라는 요청이 현지(現地)에서 올라와 있단 말이오."

"왜 하필 나를? 나는 정치인도 아닌데……."

"여보, 당신이 고향에서 제법 인심을 얻고 있는 모양이오. 국민투표에 도움이 될 것 같으니까 일부러 당신을 보내 달라고 부른 게 아니겠소? 유지(有志)들에

한려수도

대한 지방여론은 여당뿐만 아니라 현지의 CIA나 경찰 등에서도 수시로 수집, 중앙당에 보고한답디다."

"?"

짐작컨대 내가 일제강점기 때 선친 친구였던 야당(野黨) 입후보자의 선거 마이크를 잡은 일이 있었고, 고향에서 고시 행정과 합격은 해방 후 처음 있는 일이었으며, 시청의 숙원사업이던 남망산을 시유화했고, 남산 드라마센터에서 '통영의 밤' 행사를 여러 차례 주최한 것 등이 여론(與論)에 반영된 것 같았다.

애향심의 일환으로 고향이나 고향사람들에게 조그마한 성의라도 표시하면, 사람들은 그것을 순수한 성의로 보지 않고 곧잘 "국회의원에 출마하라."고 권하거나 아니면 "국회의원에 출마하려 한다더라."는 등 뒷말이 많았다. 나는 '고시출신 정통파 고급관료가 뭣이 부족해서?' '그까짓 국회의원이 뭔데?' 싶은 거부감에서 그런 뜻으로 나를 대하는 동창생 또는 고향사람이 싫었다.

그래서 청장의 그런 칭찬도 솔직히 말해 별로 달갑지 않았다.

하지만 정권에 매인 신분이라 가타부타 말할 처지가 아니었다. 서릿발 같은 비상계엄령(戒嚴令)이 선포되었던 그때 그 상황에서 관직을 박차고 나올 배짱이 없는 한, 도저히 그런 지시를 거부할 수는 없는 일이었다.

그해 10월 17일 저녁, 박 대통령은 비상(非常)조치 특별선언을 발표하고 전국에 비상계엄령을 선포했다. 국회를 해산하고, 정치활동을 정지시키고, 열흘 후 새 헌법(憲法)을 공포한다고 발표했다. 언론·출판·방송에는 사전 검열이 실시되어 우리 역사상 헌정(憲政)이 중단된 가장 긴 암흑기였다.

덕택에 나는 모처럼 고향을 찾고 어머니를 만나 뵐 수 있었다.

선배 노릇으로 득표(得票)활동 대신

고향에 도착한 나는 먼저 시장과 경찰서장을 찾았다. 물론 두 분 다 낯선 객지 사람이었다.

"상부 지시로 오긴 왔지만, 통영사람은 기질이 곧고 정의감이 강해서 내가 혹시 말을 잘못했다가는 오히려 역효과만 날 것 같은데 어쩌지요?"

"우리도 그런 사정은 충분히 짐작하고 있습니다. 국장님 집안사람이나 친지들 가운데서 믿을 만한 사람을 골라 알아서 말씀 잘 해주세요. 그 정도라도 적잖은 도움이 되겠습니다."

"귀향한 대학생들 동향은 어떻습니까?"

"대학이 강제휴교 중이라 부산·서울 등지에서 공부하는 학생들이 대개 돌아와 있습니다만 이곳에서 조직적인 움직임은 아직 없습니다……."

"다행이네요."

"서울역에서 데모하던 학생들이 이화여대에 피신했다가 경찰의 습격을 받자 도망가다가 학교 담에서 떨어져 부상자가 생겼다는 등의 소문은 벌써 들어와 있습니다."

"나도 그런 소문은 들었습니다."

"오늘은 서울서 학생들이 탱크에 깔려 죽었다는 등 터무니없는 소문이 새로 들려오고……."

"내가 어제 서울을 떠났지만 그런 소문은 못 들었는데……."

"우리도 정보망을 통해 그게 유언비어라는 것을 알고, 통반장을 통해 오해 없도록 시민들에게 계몽은 단단히 시키고 있습니다만……."

"내가 오기는 왔지만, 아무 도움도 안 될 것 같아 걱정이네요."

한려수도

"국장님께서 서울에서 '통영의 밤' 행사를 열어 객지에서 외롭게 사시는 고향 어른들을 여러 번 위로해 주셨고 또 대학에 다니는 통영 출신 유학생들에게 여러 가지 친절도 베푸셨다는 소문은 잘 듣고 있습니다. 국유지이던 남망산을 우리 시에 헐값으로 넘겨주신 공로도 알 사람은 알고 있고요. 여기 2~3일 머무시는 동안 식사나 술자리에 믿을 만한 사람들을 불러 서울서는 별다른 동요가 없다는 정도로 잘 말씀해 주시면……."

"알겠습니다. 알아서 하지요."

그래서 통영에 머무는 동안 나는 중학교의 동기·후배들과 어울려 식당으로, 술집으로 몰려가 출세한 사람, 성공한 선배로서 한 턱씩 내는 정도로 고향 온 역할을 대신했다.

그들은 정부의 고급관료인 내가 국민투표를 앞두고 갑자기 귀향했다는 점을 감안한 탓인지, 정부·여당의 횡포를 내놓고 탓하거나 욕하지는 않았다. 말은 없어도 서로가 서로의 처지를 이해하고도 남음이 있던 시절이었다.

그런데 갑자기 시장과 서장이 서울로 돌아가려는 나의 소매를 붙들었다.

느닷없는 제안, 고향 체육관 관장

"우리 시에는 중·고교학생들을 상대로 태권도·유도·역도 등 세 가지 운동을 가르치는 시영 체육도장(體育道場)이 하나 설치·운영되고 있습니다. 국장님께서 이 체육관의 관장(館長) 자리를 좀 맡아주시면 어떨까 싶어서……."

"예? 여기 살지도 않고 또 체육인도 아닌데, 체육관 관장을 맡으라니요?"

"아시다시피 여기는 수산업 말고 먹고살 거라곤 관광업밖에 없지 않습니까? 그런데 철없는 일부 청소년들의 풍기(風紀)가 좋지 않습니다. 객지에서 오신 손님들에게 친절을 다해도 모자랄 판국인데, 그분들을 건드리고 괴롭힌다면 관광지의 면목을 어디서 찾겠습니까?"

"아니 청소년들이 뭐 할 일이 없어서 그따위 짓을 한단 말입니까?"

"말씀 마십시오. 못된 애들은 당구장, 다방, 술집, 여관 등지에서 낯선 사람이 다 싫으면 괜히 시비를 걸고 못살게 군다니까요. 날치기·좀도둑도 적지 않고요."

"그래서요?"

"그래서 시청과 경찰에서 체육관을 설치·운영해 단원들에게 앞장서서 비행청소년들의 풍기를 단속하고 또 관광객들에게 친절을 베풀도록 적극 지도하고 있습니다. 그런데 문제는 이 체육관의 관장을 맡아줄 마땅한 어른이 없어서……."

"지금도 없단 말입니까?"

"네, 사범(師範) 세 사람이 의논해 가면서 체육관을 끌고 가긴 합니다만, 단체에는 역시 뚜렷한 리더가 있어야 하겠기에……."

"통영에는 역도하는 왕종관(王宗寬) 씨, 권투하는 한충갑(韓忠甲) 씨 등 체육인들이 많이 계실 텐데……."

"글쎄, 불문곡절하고 오신 김에 관장 자리를 꼭 맡아주세요. 뒷일은 우리가 알아서 감당하겠습니다."

더 이상 '나 몰라라' 하고 도망칠 수가 없었다. 그분들 부탁이 간절하기도 했지만, 나를 고향까지 일부러 불러 내린 목적의 하나가 '바로 이것이구나.' 싶었기 때문이다.

출발 시간을 미루고 체육관에 가봤다. 예상한 대로 명정동 골목에 위치한 체육관은 건물과 운동기구가 빈약했고, 관내 분위기는 창고처럼 썰렁했다. 사범들은 모두 무직자(無職者)였다. 그제야 관장 자리를 군이 내게 맡기려는 시장·서장의 의도를 짐작할 수 있었다.

통영 세무서장을 만나 체육관 사범 세 사람의 취직자리를 간곡히 부탁했다. 그리고 사범들을 불러 단단히 주의를 시켰다.

"통영은 수산업과 관광업이 시민들의 생업인 줄은 너희들도 잘 알게다. 수산업은 자연조건에 따라 성패가 좌우되어 항상 불안하다. 하지만 관광업은 업자와 시민이 합심 단결해서 친절하고 정직하게 서비스만 잘한다면, 고적이 많고 산천이 수려한 우리 고장에서는 발전할 여지가 아직도 많다고 본다. 이번에 여러 회사에서 여러분을 직원으로 받아 주겠다는 까닭은, 당신들이 이 고장을 질서 있고 명랑하게 만드는 데 앞장서 줄 것을 기대하기 때문이다. 또 하나, 당신들은 그 회사에서 필요한 사람은 아니지만, 스포츠맨이라 맡은 일에 최선을 다하는 모습이 일반 직원들에게 모범이 될 것으로 기대하기 때문일 것이다. 이 점을 깊이 명심해 주기 바란다."고 당부했다.

개성 출신으로 시내에서 양화점을 경영하던 왕년의 역도선수 왕종관 씨를 부관장으로 위촉하여 현장 책임을 맡겼다. 그리고 운영자금은 한려개발·호남정유 등을 소유·운영하던 서정귀 회장께서 용돈에 보태라고 이따금 주신 격려금을 그에 충당했다.

끝없는 고향생각, 서울 향인(鄕人)들

선배·향인들 권고, 향인회장
박정희 대통령이 장충체육관에서 소위 '체육관 선거'로 재선출되고 유정회 의

원을 포함한 제9대 국회가 구성된 1973년, 정국은 반대세력들이 숨을 죽인 가운데 한동안 소강(小康)상태를 유지하고 있었다.

그해 가을, 초등학교 친구 박근배(朴槿培) 군이 나를 찾아왔다. 그는 통영 출신 3·4·5대 국회의원을 지낸 민주당 구파 소속 C 의원 비서였다가 5·16 군사 쿠데타로 실직하자 서정귀 회장이 회사에 자리를 하나 마련해줘 여생을 보내고 있었다.

서 회장은 충무시 출신 민주당 신파 소속 제5대 국회의원을 지냈고 장면 정권 때는 재무부 정무차관을 역임했다. 5·16 이후 대구사범 동창인 박정희 대통령을 도와 곽상훈·박순천 씨 등 민주당 신파 소속 중진(重鎭)들을 정권과 연결시키는 데 힘썼고, 실업계에 진출해 호남정유·범한해상화재보험·흥국상사 등의 회사를 럭키그룹과 공동으로 설립·운영하고 있었다.

통영 바닷가 명승지에 최신식 관광호텔을 짓고 부산·충무·여수 간에 쾌속정 '엔젤호'를 투입하여 국내외 관광객 유치에 힘쓰는 등 고향 발전에 기여하고, 놀고 있는 젊은 향인들에게 적잖은 취직자리도 마련해 주고 있었다.

그분이 재무부 정무차관일 때 사세국 사무관이던 나를 불러 1급지인 마산세무서의 서장으로 영전시키고자 호의를 표시해 준 적이 있었다.

당시 직속상관이던 사세국장 김만기 씨는 내 보고를 듣고, "장가도 안 간 28세 젊은 총각이 마산과 같은 큰 도시에 가서 늙은 간부들이나 노회(老獪)한 업자들의 농간에 놀아나 주지육림(酒池肉林)에 빠지면 어쩔 것인가?" 걱정하면서, 혹시나 있을지 모를 나의 과욕을 "절대로 안 된다."고 단호하게 꺾은 일이 있었다.

그런 관계를 알고 있는 그 친구는 재촉하듯 말했다.

"서 회장께서 곧 있을 향인회(鄕人會) 모임에 너를 꼭 데리고 오라고 말씀하셔서 찾아왔다."

"향인회라면 서울에 와 계신 고향 어른들께서 주관하시는 모임 아닌가. 그 모임에 꼭 나오라는 까닭이 뭔가?"

"사실은 며칠 전에 성북동 서 회장 댁에서 이평기·염인모 사장, 김종길 변호사 등 고향 어른들의 모임이 있었다네."

"뭣 하러?"

"향인회는 지금 서 회장께서 맡고 계시지 않나? 그런데 최근 들어 건강상태가 좋지 않아 후임자를 구해야 하겠다는 얘기가 나왔다가, 그럼 누구를 후임으로 뽑을 것인지, 의견교환이 있었다네."

"그래서?"

"단도직입적으로 말한다면 그날 후임에 자네가 결정되었다 그 말이야."

나이 핑계로 향인회장 끝내 사양

"뭐 어쩌고 어째, 내가 향인회 회장이라고? 이 사람아, 내 나이가 40대 초반이야. 나에게 회장을 시키려면 앞으로 20년은 더 기다려야 할걸. 어림없는 얘기 하지도 말게."

"그래, 자네가 그렇게 나올 줄은 어른들도 다 짐작하고 계신다네."

"그래도 나는 고향을 생각해서 지금 통영중학교의 재경동창회장을 맡고 있지 않은가? 그런데 또 무엇을 더 맡으란 말인가?"

"그걸 누가 모르나. 말하자면 자네가 동창회와 향인회를 다 맡든가, 아니면 동창회는 후배에게 맡기고 향인회만 맡든가 해서 1년에 한 번 향인들이 기다리는 '통영의 밤' 행사만은 꼭 계속해 달라는 게 어른들 말씀이야."

"'통영의 밤' 행사는 중학교 동창회가 계속 맡아줄 텐데 뭐."

"아니야, 그동안 중앙의 신문·잡지에서는 이 행사를 동창회 행사로 보지 않고 '이색(異色) 향인회'라 대서특필했고, 서울 사는 향인들도 이 일을 통영중·고 동창회에 염치없이 무한정 맡겨둘 게 아니라 이제는 향인회가 맡아서 연례행사(年例行事)로 자리를 단단히 잡아가야 한다는 여론이 높거든. 그래서 자네를……."

"서 회장께서 나를 시키자고 딱 찍었단 말이냐?"

"역정만 내지 말고 내 말 좀 들어 보게. 나이나 순서로 봐서는 국제수산 이평기(李坪基) 사장이나 한국제지의 염인모(廉仁模) 사장, 김종길(金鍾吉) 변호사 아니면 이화산업 최혁상(崔赫祥) 씨 등도 향인회장으로는 적합하겠지. 하지만 앞으로 '통영의 밤'과 같은 행사를 조직적으로 계속 밀고 나가기 위해서는 리더가 젊어야 하고 조직도 탄탄해야 하겠다 그 말이야."

"정신 나간 소리 말게. 고향을 사랑하고 고향을 위한 일이라면 남에게 뒤질 생각은 없네만, 내 나이에 향인회장이라니 누가 들어도 웃을 일이 아닌가?"

"글쎄, 그리고 그 자리에서는 자네가 혹시 국회의원에 출마할 경우에 서 회장께서 자기의 옛 선거기반을 총동원하고 선거자금도 회사에서 충분히 지원하겠다는 말씀도 하셨다네."

"말씀은 고맙지만 안 될 소리 작작하게. 국회의원? 나는 그런 생각 꿈에도 없다네. 그날 총회에는 아예 나가지도 않을 테니 그리 알게."

"자네가 총회에 불참해서 향인회를 망치든 말든 내가 알 바 아니야. 내가 전할 말은 다 했으니 이젠 가네." 하면서 그는 도망치듯 돌아가 버렸다.

관계에 일찍 진출한 탓도 있었지만 '통영의 밤' 행사를 여러 번 치른 탓으로 나는 서울에 와 계신 고향 어른들을 많이 알고 있었다. "그런 내가 만약 향인회 모임에 무작정 불참한다면 뒷일은 누가 처리하며, 고향 어른들의 원망은 어찌 감당할 것인가?"

K 장관에게 떠넘긴 향인회장

그렇게 생각한 나는, 때마침 영국대사로 있다가 귀국하여 통일원장관으로 발령된 김용식(金容植) 씨를 떠올렸다. 그리고 무작정 그 댁으로 달려갔다.

"고향은 통영이지만 객지로 외국으로 많이 돌아다녀서 사실은 고향사람들을 잘 몰라요. '통영의 밤' 행사 소문은 들었지만 아직 한 번도 가보지 못했고……."

"네, 잘 압니다. 하지만 아무리 맡을 만한 사람이 없다고 해도 명색이 한 고을의 향인회장 자리인데 저 같은 애송이가 맡아서야 되겠습니까? 남부끄러울 일입니다."

"5·19 후에는 이 국장보다 젊은 사람들이 얼마나 많은 일을 했습니까?"

"장관께서 회장 자리만 받아주신다면, 다음 일은 제가 부회장을 맡아 알아서 잘 처리하겠습니다. 이번 기회에 고향에 모처럼 은혜를 갚는다고 생각하시면 안 되겠습니까?"

"글쎄……."

"사실은 제가 고등고시 공부할 때 한동안 통영에 있는 장관님 누님 댁 초당(草堂)에서 공부한 적이 있었습니다. 지금은 판사가 되어 있는 친구가 통영상고에서 강사로 일하느라 그곳에 세 들어 살다가 방학 동안 나에게 빌려주었기 때문이지요. 누님께서는 동생이 일제 때 고등문관시험 공부하는 걸 지켜봤다고 하시면서, 공부에 방해가 될까봐 따님들이 즐겨 부르던 노래를 말려 주신 적도 있었습니다."

그렇게까지 해서 나는 향인회 회장 자리를 모면할 수 있었다. 그런데 큰소리는 꽝 쳤지만 막상 향인회가 앞으로 무슨 일을, 어떻게 해야 할지가 문제였다. '향인들에게 무엇인가 도움이 될 일이 없을까' 궁리한 끝에 생각해 낸 것은, 서울에 와 있는 언론계 향인들을 모아, 그분들 힘으로 뭔가 고향 출신들에게 도움이 될 일을 시작해 봤으면 하는 것이었다.

나는 즉시 한국일보 논설위원으로 활동하고 있던 경기고·서울대 출신 이형(李馨) 군을 찾아갔다. 그는 나의 초등학교 동급생이었고 과거에 박정희 정권과 당당히 맞서 싸운, 한국일보사의 맹렬 정치부장 출신이었다.

언론인 모임 '남망회'도 돕고

우리는 서울에서 활동하고 있는 고향 출신 신문·통신·TV·방송기자들을 모아 남망회(南望會)를 조직하고, 뒷일은 내가 돕되 회장은 이 위원이 맡기로 했다.

서울에 사는 향인들은 살아가다가 간혹 경찰서·보건소·구청·세무서 등의 경미한 단속에 걸려 생업(生業)에 위협을 받거나 주위 사람들로부터 억울하게 봉변을 당하는 경우가 많았다. 그런 경우 관계관청에 출입하는 통영 출신 기자들이 편의를 봐주는 정도라도 큰 도움이 되겠다고 생각, 우선 그 일부터 시작하기로 했던 것이다.

'남망회'가 30여 명으로 창립총회를 열었을 때 김 장관은 만사를 제쳐 놓고 참석하셨고, 우리가 음식점에서 2차 술집으로 옮길 때는 나를 불러 "내가 가진 돈은 이 정도밖에 안 되니 뒷일은 이 국장께 잘 부탁하겠소." 하며 봉투를 쥐어 주시기도 했다.

그 후 1974년 11월 김용식 장관이 영국대사로 발령받아 떠나자 향인회 회장 문제가 다시 거론되었다.

믿을 만한 유지들은 모두가 바쁘다는 이유로 극구 사양하고 결국 사람 좋은 한국특수제지의 염인모(廉仁模) 사장이 후임을 맡았고, 그분이 이민을 떠나자 김종길 변호사가 그 뒤를 이어 오랫동안 많은 수고를 하셨다. 하지만 나는 정치적 냄새가 나는 그 역할을 끝끝내 사양했다.

2. 과욕이 부른 고난의 세월

가혹한 세금 추징, 십년감수 행정소송

빌딩공사 인부들 들이닥쳐

사람이 한평생을 무사히 보내기란 참으로 어려운 법인지 모른다. 관계(官界)를 떠나 대학에서 재기(再起)에 성공하여 '제2의 인생'을 구가하고 있던 나에게 어느 날 엄청난 재난이, 그것도 잇따라 터졌다.

'호사다마(好事多魔)'라더니 정말 말 그대로였다.

첫 번째 사건은 대학교수 및 경제평론가로서 한창 바쁘게 활동하고 있던 1983년 2월 21일, 초저녁에 일어났다. 우리 집에 날벼락이 떨어졌던 것이다.

대문 밖에서 사람들의 고함소리가 들리는가 싶더니 쿵쿵 담을 뛰어넘는 소리, 뒷마당에서 응접실 창문을 주먹으로 탕탕 거세게 치는 소리, 일단의 침입자가 있었다.

재난 부른 강남 빌딩공사

"돈 내놔! 너희들은 따뜻한 방구석에서 편안히 지내면서 우리더러 엄동설한에 굶어 죽으란 말이야? 안 나와? 문을 때려 부수고 쳐들어갈까?"

깜짝 놀란 나는 무슨 영문인지 몰라 급히 아내를 불렀다.

"여보, 도대체 이게……?"

"강남의 우리 공사를 맡은 건축회사가 노임을 안 주니까, 터파기공사를 하청

받은 토건업자가 인부들을 시켜 보낸 모양인데, 그들이 우리 집을 어떻게 알았을까요?"

"우리 힘에 벅찬 일을 제발 벌이지 말라고 얼마나 신신당부했소? 괜한 일을 벌여 큰 봉변을 당하게 생겼네."

"?"

어리석게도 그때는 빌딩 공사에 따른 소란이 그 정도로 끝날 줄 알았다. 하지만 뒤이어 들이닥친 엄청난 재난들이 내 여생을 송두리째 뒤집을 줄이야 어찌 짐작인들 했겠는가?

"내가 나가 볼까?"

"잘못하면 봉변당할 텐데요."

"그렇다고 무작정 앉아 있을 수도 없잖소."

아내의 만류를 뿌리치고 그들 앞에 나섰다. 그들은 대부분 취해 있었고 개중에는 소주병을 들거나 조는 사람도 있었다.

"진정들 하시오. 나는 당신들이 누군지 몰라요. 우리는 당신들과 계약한 게 아무것도 없지 않소? 한밤중에 남의 집에 쳐들어와 불문곡절하고 난동을 부리다니 이래서야 되겠소? 도대체 주동자가 누구요? 얘기 좀 합시다."

돈 걱정 말라던 토건업자

"당신 누구요?"

"이 집 주인이오."

"그럼 얘기가 되겠군."

그제서야 그들은 입을 열기 시작했다.

"당신네가 건설회사에게 공사 대금을 안 주니까 우리가 노임을 못 받는 게 아니오?"

"공사대금은 돈이 없으니까 공사가 끝난 뒤에 입주자들로부터 받아서 주기로 건설회사와 처음부터 약속이 되어 있었소. 코리아건설에 가서 물어보시오. 건설회사가 공사를 맡을 욕심에서였는지 모르지만, 공사가 다 끝날 때까지 돈 걱정은 절대로 시키지 않겠다고 단단히 약속을 했단 말이오. 그런데도 당신들이 토건업자에게 놀아나 이렇게 난동을 부린다면, 우리는 경찰을 부를 수밖에 없소."

태연한 태도와 사리에 맞는 반격에, 그리고 경찰을 부르겠다는 위세 앞에 그들은 주춤거리다 돌아갔다. 하지만 흙파기 공사는 중지된 채였다. 그렇다고 그들은 공사장에서 떠나지도 않았다. 답답한 것은 공사에 쫓긴 우리 측일 수밖에……

사리(事理)야 열 번이라도 우리 말이 맞았다. 법적으로도. 하지만 하루벌이 인부들이 노임을 요구한 것은 생존의 몸부림이었고, 노임을 대불(代拂)할 자금능력이 없는 시공업자에게 공사를 덥석 맡긴 것은 우리의 큰 실수였다.

노임에 쫓겨 입도선매도

하는 수없이 복덕방을 시켜 4층을 헐값에, 그것도 적지 않은 커미션까지 주어 가며 입도선매(立稻先賣)할 수밖에 없었다.

당시에 우리는 강남에 문제가 된 임대용 건물을 짓고 있었다. 소위 '강남 개발 붐'이 일어나기 전인 1960년대 초에 사둔 땅이었다.

처음 600여 평이던 땅을 상후하박인 대학의 조교수 월급이라 그동안 빚이 쌓여 3분의 1을 팔았고, 남은 3분의 1은 언젠가 팔아 그 돈으로 남은 땅에 조그만 빌딩이라도 지어 여생에 대비했으면 싶었다. 그때 판 땅에 지어진 건물이 지금도 유명한 뉴욕제과이다.

그랬던 것이 1963년 서울시에 군인 출신 시장이 부임하여 시내를 확 뒤집어 놓았다. 시내 주요 간선도로가 35~40배로 확장되었고, 느린 전차 노선이 완전히 철거되었다. 사직·남산 1·2호 터널이 뚫리고 청계 고가도로가 건설되었다.

1969년 12월에 제3한강교(지금의 한남대교)가 놓이자 '강남 개발'의 신호탄이 터졌고, 은행들은 앞 다투어 강남에 지점망(支店網)을 확장하기 시작했다.

코리아건설 사장, 그 사람은 일거리를 얻기 위해 강남 일대를 돌아다니면서, 빈터에 재산세를 5배 물리겠다는 시청의 공한지세(空閑地稅)로 골치를 앓고 있는 지주(地主)들을 찾아다녔다.

그는 아내에게 "댁에서 빌딩에 입주할 은행 지점만 하나 유치해 준다면 공사는 우리가 책임지고 완성해 드리겠소. 공사대금은 건물이 완성된 후에 입주사들이 내는 전세금과 건물을 담보로 은행 융자를 받아 찾아가겠소. 그러니까 시공주는 돈 걱정 없이 빌딩을 지을 수 있다 그 말씀이오."라고 유혹했던 것이다.

현모양처 믿은 남편

나는 평소에 애들에게 "너의 어머니는 좋은 가문에서 태어나 교육자인 외할아버지 밑에서 교양을 쌓았고 사범대학을 나와 교육계에 종사한 모범생이다. 어머니 말씀을 잘 들어야 한다."고 강조했었다.

그만큼 나는 아내가 현모양처 노릇에 전념하고 있는 줄 알고 집안일은 전적으로 그녀에게 맡기고 있었다. 특히 젊은 행정가(行政家)로서 구만리 같은 장래를 꿈꾸어오던 내가 1974년 2층집에 산다는 이유 한 가지로 분하게 실각당한 이래로 아내는 더욱 조심하고 있을 줄 믿었다.

그런데 아들딸들이 유치원에 다니기 시작하자 아내는 원아 자모들과 교류를 시작했고 나아가서는 교수·변호사 등으로 구성된 전문직업여성클럽(BPW)에 가입하면서 사람이 확 달라졌던 것이다.

흔히들 '암탉이 울면 집안이 망한다.'고 빈계지신(牝鷄之晨)을 경계하지만, 적어도 내 아내에게 그 같은 일이 일어나리라고는 꿈에도 생각지 못했다. 그만큼 나는 아내를 철석같이 믿고 있었다.

하지만 집안에서 정숙하게 지낼 줄로 믿었던 아내는 세상물정도 잘 모르면서 토건업자의 감언이설에 속아 그만 그같이 큰일을 저지르고 말았다.

뒤늦게라도 내가 그 일을 알았으면 어떤 애로가 있더라도 그 일을 당장 중지시켰어야 옳았다. 그런데도 나는 방관만 하다가 기어코 일생일대의 파란(波瀾)을 부르고야 말았던 것이다.

그 공사는 당초부터 무리였다. 당시에 시중은행들은 지점을 사방에 개설해 그 수가 다방 수보다 많다고 할 정도였다. 은행들 사이에서 벌어지는 고객 유치 경쟁을 보다 못한 한국은행은 앞으로 시중은행이 지점을 이전하거나 신설할 경우에는, 반드시 먼저 설치된 은행지점과 500미터 이상의 거리를 두어야 한다는 내규(內規)를 만들기까지 했다.

그런데 외환은행이 우리와의 교섭을 끝내고 지점의 설치 허가를 신청했을 때 중소기업은행이 우리 땅 옆에 먼저 인가를 받아 놓았던 것이다.

은행지점의 유치를 전제로 시작된 우리 측 공사는 당연히 단념할 수밖에 없었다. 하지만 벌여 놓은 흙파기 공사며 주문에 들어간 건축자재의 처리는 결코 간단한 문제가 아니었다. 집안에서 그 일을 맡아 처리해야 할 사람은 나밖에 없었다.

은행지점 이전 난관, 재무부 후배가 해결

기업은행과 외환은행의 두 은행장을 CPX장[도상(圖上) 작전 훈련장]에서 만나 어렵게 교섭한 끝에 진퇴유곡에 빠진 나를 구출해준 사람은 재무부 후배인 이형구(李炯九) 제1차관보였고, 장관은 김만제(金滿堤) 씨였다.

"재무부 출신 대학교수 제1호인 이 교수는 우리가 자랑하는 선배인데 그가 처한 난관을 후배들이 못 본 척할 수야 없지 않소?" 하며 두 은행장 설득에 적극 나서주었던 것이다.

인부들이 난동을 부렸을 때 나는 사전에 한마디 상의도 없이 큰일을 저지른 아내가 몹시 원망스러웠다. 그리고 그 후에 겪은 일들을 생각하면 그 공사를 당장 중지시키지 못한 나의 판단 미스가 몹시 후회스럽기도 했다. 하지만 때는 이미 늦었고 '내 생애에 돌이킬 수 없는 큰 실수'는 그렇게 무작정 진행되고 있었다.

노임 소동이 끝난 어느 날, 이번에는 시공업자가 약속어음을 끊어 달라고 달려들었다.

"어음을 끊어주지 않으면 공사를 중단할 수밖에 없소."

"뭐요, 약속이 틀리지 않소? 아내는 처음부터 돈은 없다고 말했고, 당신들은 돈 걱정은 절대로 하지 말라고 장담하지 않았소? 또 기독교 교인이라 절대로 거짓말을 하거나 공사를 속이는 일은 없을 테니 믿어 달라고 애걸도 하지 않았소?"

"그거야 공사 맡을 욕심으로 그랬죠. 건축 자재는 외상이 되지만 노임은 현금을 줘야 하는데, 우리 회사에 그런 큰돈이 없으니 어쩔 수 없잖아요?"

"어음이 꼭 필요하다면, 내 이름으로 발행해 드리죠." 아내가 나섰다.

"안 돼요. 대학교수인 당신 남편 것이라야지, 집안에 있는 전업주부 것은 아무

소용이 없어요."

부도수표 발행자로 쫓기고

"왜 하필 남편 것이라야 되죠?"

"그래야 사채업자가 믿어 줄 게 아닙니까?"

"건물에 들어올 회사들은 입주(入住) 날짜를 잡아 놓고 기다리고 있는데, 공사가 늦어지면 어떻게 해요?"

"우리만 죽어요? 당신네도 마찬가지지……."

"만약 어음을 끊어주면 어떻게 할 거요? 은행 교환에 돌려봤자 우리 집에는 돈이 없으니 부도가 날 게 뻔하지 않소?"

"그런 걱정은 마세요. 은행 교환에는 절대로 돌리지 않도록 사채업자에게 단단히 말해둘 테니까요."

하지만 결제 날 어음은 교환에 돌려지고 결국 1차 부도가 나고 말았다. 그 후 24시간, 부도수표를 남발한 형사책임을 면하기 위해 우리 내외는 생후 처음으로 친척과 친구들, 심지어 제자들까지 찾아다녀야 했다. 그 후 나는 어음 부도자 명단에 올라 5년 동안 금융거래를 정지당하기도 했다.

토건업자의 행패는 그것으로 끝나지 않았다. 준공검사 단계에 이르자 그는 신청서류에 도장을 찍어주는 대가로 가욋돈 2억 원을 요구했던 것이다. 입주할 회사들과의 약속을 지키기 위해서는 준공검사와 소유권 등기가 시급한 사정을 뻔히 간파한 그의 농간이었다.

세상에는 남의 약점을 악용하는 3대 도둑놈이 있는데 그 가운데는 토건업자가 끼어 있다고 했다. 정말 맞는 말이었다.

그 난중(亂中)에서도 나는 대학교수의 본분을 지키기 위해 1986년 ≪한국재정론(韓國財政論)≫에 이어 1988년에는 ≪최신조세법(最新租稅法)≫을 저술·출간했다. 대학원 경영학과에서 재정학을, 학부 법학과에서 세법을 강의하고 있었기 때문이다.

뜻밖의 '양도세 추징(追徵)고지서'

건물 준공과 책 출간을 간신히 끝내자 나는 방학을 이용, 홀가분한 마음으로 한 달 동안 외국어대 최광(崔光) 교수와 약속한 영국 여행을 떠났다. 그런데 귀국한 1989년 12월 28일, 집에는 또 하나의 엄청난 사건이 나를 기다리고 있었다.

그것은 서울 용산세무서로부터 막대한 금액의 양도소득세를 추가 납부하라는 추징고지서였다. 추징하겠다는 세금의 크기로 보나 세법 교수인 나의 체면으로 보나 참으로 중대한 사건이 아닐 수 없었다.

토건업자의 갖은 농간과 행패를 참아가며 후배들의 도움까지 얻어 간신히 끝낸 건물은 외환은행 지점을 비롯, 여러 입주회사들로부터 받은 보증금·전세금 등을 갖고 공사대금을 간신히 치른 뒤였다.

그런데 여러 층을 전세로 쓰던 삼성전자가 갑자기 본사 건물로 이전하게 되자, 돌려줘야 할 거액의 전셋돈 마련이 큰 문제로 등장했다. 비축해 놓은 돈도, 달리 조달할 만한 곳도 있을 턱이 없었다.

고심 끝에 찾아낸 유일한 해법(解法)은, 1·2층에 세 들어 있는 은행에 그 층들을 아예 팔아 버리는 방법이었다. 주저 끝에 재무부 후배인 정인용(鄭寅用) 은행장을 찾아가 매각대금에서 은행의 전세금을 뺀 나머지 잔액(殘額)과 그래도 전

세금 반환에 부족한 자금을 융자해 줄 것을 부탁했다. 그리하여 나는 겨우 전세금을 돌려줄 수 있었다.

문제가 된 양도소득세는 4층을 건축 도중에 입도선매(立稻先賣)했을 때의 요령대로 세무사가 세금을 자진신고·납부했었다. 그런데 뜻밖에도 그에 대한 거액의 추징고지서가 날아왔던 것이다.

고문 세무사에게 따졌다. 나의 신분과 경력을 생각하고 "혹시나 잘못은 없는지, 큰일이 벌어지기 전에 솔직하게 대답해 달라."고 윽박질렀다. 그랬더니 그는 우리 측의 신고·납부를 자신만만하게 설명하는 게 아닌가.

만약 추징고지서대로 세금을 추가 납부해야 한다면, 매가(賣價)에서 전세금을 돌려줄 여지가 없고, 따라서 1·2층은 처음부터 팔아야 할 하등의 이유가 없었던 것이다. 그런데도 세무서에서는 과거에 4층을 입도선매했을 때 적용한 계산방법을 무시하고 자기네 멋대로 새 방법을 들고 나왔으니 황당할 수밖에 없었다.

해당 세무서장은 나를 대선배로 예우한다고 하면서도 세금 추징을 주장하는 담당직원을 설득할 방법이 없다고 나를 달래려 했다. 생각 끝에 대학원 제자인 김익래(金翼來) 회계사를 불렀다. 왜냐하면 한국조세학회에서 그가 연구·발표한 <세법상 원가계산(原價計算)개념 도입에 관한 연구> 논문이 생각났기 때문이다.

그에게 이론상의 검토를 부탁하는 한편, 고문 세무사에게 양도소득세 추징이 부당(不當)하다는 이의(異議)신청서를 즉시 내게 했다.

이의신청·부당항변, 그러나

세무서 측에서는 "부동산을 양도한 경우에 취득가액과 양도가액이 확실할 때에는 두 가지 가액의 차액에 대해 양도소득세를 부과하게 되어 있다. 이 교수의 경우 취득가액은 장부에, 매도가액은 계약서에 각각 명시되어 있다. 그렇기 때문에 그 차액을 건물 전체의 평수로 평균(平均)해서 1·2층에 해당하는 부분에 대해 세금을 추징하는 처리방법은 정당하다."고 강조했다.

그에 대해 우리 측에서는 "1·2층은 사전에 은행 임대용으로 건축되어 천장이 높고 금고·객장 등 구축물(構築物)이 많다. 따라서 다른 층에 비해 건축비가 많이 들었고, 또 1·2층은 다른 층에 비해 그 가격이 몇 갑절 비싼 값으로 거래된다. 그런데도 원가를 전체의 단순평균치로 계산한다면 그 매각 차액의 대부분은 세금으로 흡수되고 말 것이다. 따라서 모든 층에 원가(原價)를 똑같이 평균해서 적용할 게 아니라 1·2층은 매도가액을 기준으로 세법에 있는 역산(逆算) 방법으로 계산해야 하고, 따라서 세무서의 추징조치는 취소되어야 한다."고 항변했다.

이 사건은 회계사·세무사·변호사 등 후배들의 소견(所見)을 첨가해 지방국세청과 국세심판소에 심사(審査)·심판(審判)청구서를 제출했다. 당시에 국세청의 심사위원장과 국세심판소 소장은 국세청 시절 나를 따르던 후배였다. 하지만 그 사건은 많은 논란이 있었으나 결국 '이유 없다.'고 기각되고 말았다.

듣기로 심리과정에서 관계 실무자들은 "다투는 세액이 크고, 청구인이 전직 고위간부라서 정실(情實)에 흘렀다고 오해받을 염려가 있고, 또 꼭 이길 자신이 있다면 차라리 법원에 가서 구제받으면 피차 좋을 게 아닌가." 하는 책임회피론(責任回避論)이 대세를 좌우했다고 한다.

가증스러운 것은 그때 교수이던 비상임 심판관은 내 앞에서는 "지당하다."고 말해 놓고 회의석상에서는 함구로 일관, 기각 편을 들었다고 한다. 소신이 없었던지, 심술을 부렸던지, 어쨌든 그 두 가지 중 하나였을 것이다.

배수의 진 치고 행정소송

다음은 별수 없이 고등법원에 낼 행정소송을 생각할 수밖에 없었다. 하지만 만약 정부를 상대로 재판을 벌일 경우 전직(前職)을 이유로 말썽이 일어날 위험이 있고, 실정 모르는 사람들은 내가 세법 지식을 악용하다가 덜미가 잡혔다고 곡해할 수 있으며, 후배들은 자기가 몸담았던 직장에 반기(反旗)를 든다고 원망할 수도 있을 것 같았다. 정말 '진퇴양난'이었다.

더구나 당시에 나는 일간신문사의 예산 및 세제전문 논설위원이었고, 국무총리·재무부·경제기획원·내무부·상공부, 게다가 국세청의 정책자문(政策諮問)위원으로 활동하고 있었다. 그리고 대학에서는 재정학과 함께 세법 교과서를 펴낸 현역 교수였던 것이다.

그러니까 내가 만약 그 사건에서 패소(敗訴)한다면 세금을 추징당하는 경제적 부담과 함께 모든 공직을 떠나야 하는 사회적 위험도 각오해야 했다.

소송에 착수할 결단에 이르기까지 나는 많은 고민을 거듭했다. 세상물정을 모르는 아내가 가계에 보탬이 되겠다고 간 크게 저지른 그 일을 막지 못한 내가 참으로 한심스럽고 또 후회스러웠다. 더구나 그 건축과정에서 현역 교수인 내가 겪어야 했던 수많은 고초(苦楚)들을 생각할 때 울래야 울 수 없는 심정이었다.

그런데 많은 제자들이 중지를 모아 작성·제출한 행정소송 역시 고등법원에서 패소하고 말았다. 그 이유는 세법을 모르는 판사가 세무서의 논리를 액면 그대로 답습한 결과였다. 그리하여 혹시나 하던 기대는 산산이 무너지고, 고민은 공

한려수도

포감으로 바뀌고 말았던 것이다.

만약 대법원에서도 패소한다면 나는 고향 선후배에게 얼굴을 들고 다닐 체면(體面)이 없어질 것이며 그 수치심으로 인해 고향으로 돌아갈 염치(廉恥)도 영영 사라지고 말 것 같았다.

하지만 더 이상 물러설 여지는 없었다. 패소할 최악의 경우를 각오하고, 대법원 상소라는 배수(背水)의 진을 치기로 결심했다. 그리고 자칭 세법전문가라는 엉터리 변호사를 아예 배제시키고 내가 직접 <상소이유서>를 작성·제출했다.

나와 우리 집안의 운명이 걸린, 1991년 9월 13일 아침이 밝았다. 그동안 잠인들 제대로 잤을 까닭이 없었다. 하지만 최선을 다했을 뿐 최종 판결은 운명에 맡길 수밖에 다른 도리가 없었다.

초조하게 기다린 끝에 내린 대법원 판결은 '원심판결을 파기하고 사건을 서울 고법에 환송한다.'였다. 사필귀정(事必歸正)이라 할까, 기어코 내가 승소(勝訴)했던 것이다.

1년 8개월 만에 사필귀정

추징고지서를 받은 1989년 말로부터 무려 1년 8개월 16일이라는 기나긴 시간이 지난 후에야 비로소 나는 엄청난 고민과 고통에서 해방(解放)될 수 있었다. 그동안 겪은 수많은 고민과 고통은 도대체 누가 보상해 줄 것인가?

그 세금의 추징을 고집하는 부하 직원을 만류할 수 없다던 세무서장은 감사원 출신으로서 양도소득세의 해설서(解說書)까지 내고 그 분야의 전문가로 자처한 사람이었다. 담당 과장은 아내의 여고 동창생의 남편이었다. 그리고 그 서장·과장 앞에서 끝까지 세금 추징을 고집하던 담당직원은 그 후 휴가 중에 남해 바다에서 익사했다고 들었다.

행정부든 사법부든 사람들이 직장을 떠난 후 후배들이 선배에게 재량의 범위 안에서 편익을 봐주는 혜택을 가리켜 전관예우(前官禮遇)라 한다. 하지만 그것을 기대하거나 믿다간 그야말로 패가망신을 각오해야 한다. 내가 바로 그 본보기가 아닌가 싶다.

무서운 젊은이, 짓밟힌 노후사업

내 욕심에 운명의 신이 노했는지 모른다. 아내가 간 크게 건축공사를 벌여 조용한 대학교수 집안을 화들짝 뒤집어 놓은 것이 그녀의 철없는 실수였다면, 늘그막에 미지(未知)의 사업에 손댄 것은 그야말로 세상을 얕잡아 본 나의 어리석은 과욕(過慾)이 아닐 수 없었다.

내 인생에서 두 번째 실수는 무모한 기업(起業)이었다.

두 번째 실수, 컴퓨터 사업

지금도 마찬가지지만 나는 컴퓨터에 들어가는 서체(書體)가 무엇인지, 그에 관한 전문지식은 고사하고 컴퓨터를 다뤄 본 경험조차 없는 문외한이다. 서체의 시장 사정이나 업계의 동향 역시 알 까닭이 없었다.

아내 역시 세상 물정을 모르기는 마찬가지. 그 이전에 사업합네 하고 직물 수출, 화랑 운영 등에 손을 댄 일이 있긴 있었다. 하지만 그런 사업은, 생판 모르기도 했지만 돈을 꼭 벌어야 하겠다는 절실한 목적의식도 없어서 손댈 때마다 직원

한려수도

들에게 속고 적잖은 돈만 날렸다.

장사꾼 집에 태어나 장삿속을 웬만큼 안다고 해도 '산 사람 눈 빼 먹는다.'는 세상에서, 의욕만 앞세우고 시작한 아마추어에게 사업 실패란 당초부터 예견되고도 남음이 있었다. 돈 벌기가 얼마나 어려운 줄을, 남을 데리고 장사하기가 얼마나 힘든 줄을 우리는 너무나 모르고 있었던 것이다.

그런 내가 아내로부터 목사 부인인 친구의 아들이요, MIT출신이라는 젊은 기술자 K 군을 소개받고, 어리석게도 그와 합자(合資)계약을 덥석 맺은 것은 1991년 4월 29일이었다.

그해는 5·16 군사 쿠데타에 의해 중단되어 오던 지방의 기초·광역의원 선거가 주민들의 직선(直選)으로 부활·실시된 역사적인 해였다. 그런 경사스러운 시기에 나는 생애에 두 번째 큰 실수를 저지르고 말았던 것이다.

자식 생각 노파심

대학 정년을 의식할 나이가 되어 갈 무렵 나는 집안과 자식들의 장래를 걱정하기 시작했다. 그 끝에 궁리해 낸 것은 '우리 집안에 가업(家業)이 하나 있으면 좋겠다.'는 생각이었다. 지나고 보니 누에는 뽕잎만 따 먹고 살아야 하는 건데 분수에 넘치게 과욕(過慾)을 부렸던 것이다.

큰아들은 외국에 나가 미술공부를 하고 있지만 귀국해서 작품(作品) 활동에 전념하기 위해서는 생계에 염려가 없어야 하겠다고 생각했다. 작은아들은 법대 졸업을 앞두고 사업에 투신할 의욕을 불태우고 있지만 우리 내외가 살아 있는 동안 사업의 토대라도 잡아 주었으면 좋겠다 싶었다.

큰사위는 장래가 촉망되는 판사지만 훗날 혹시 있을 변호사 개업에 대비해 고

문변호사 자리 하나쯤은 마련해 주는 것이 좋겠다고 생각했다. 둘째 사위도 재벌회사에서 두터운 신망은 받고 있지만 오너 가족이 아닌 바에야 언젠가 돌아갈 직장이 한 군데 있어야 하겠다고 생각했던 것이다.

말하자면 세상 부모들이 흔히 갖는 일종의 기우(杞憂)라 할까 아니면 분수에 넘친 과욕(過慾)이었다.

자본주의 사회에서 한 가문(家門)이 안정되고 발전하기 위해서는 가정 경제의 물질적 토대가 될 업체 하나쯤은 꼭 있어야 하겠다고 생각했던 것이다. 지금도 그 생각에는 변함이 없다. 의사·변호사 등 전문직이나 공무원·회사원 등 고용직은 자기가 지내는 동안은 좋지만, 그 자리를 자기 자식들에게 물려줄 수는 없기 때문이다.

때마침 젊은 사업가에게 걸려들고

그 같은 초조감이 전파되었는지, 아내는 여러 번의 사업 실패에도 불구하고 서체기술자 K 군을 만나자마자 그의 얘기에 그만 솔깃해 버렸다. 나름대로 신중을 기한답시고 제3자를 시켜 그 회사를 미리 체크까지 했었다고 말했다.

새 투자자를 구하고 싶은 K 군, 그에게 화유된 제3자가 만든 사업검토보고서는 뻔한 것이었다. 아내가 만약 그런 계획을 사전에 귀띔해 줬다면 나는 제자 회계사를 동원했을 것이고, 그랬으면 무책임한 결론은 결코 나오지 않았을 것이다.

그 계획을 나에게 사전에 알리지 않은 것은 아내의 조급함이었다. 남편을 관직에서 물러나게 했고 그동안 여러 가지 사업들을 벌이긴 했지만 한 번도 성공하지 못한 자책감을 변상이라도 하듯 K 군을 강력히 추천했던 것이다.

한려수도

"설마 이번에야!"

그래서 우리는 우매하게도 '설마 이번에야?' 싶었다. 게다가 K 군은 아내의 여고 동창생의 아들인 데다 미국의 명문 MIT 출신 총각이고 부친이 목사인 독실한 크리스천이라 했다.

나는 아내에게 명예 회복의 기회를 한 번 더 주기로 결심했다. 믿는 친구의 아들이라니 설마 했고, 직장 없는 막내 처남에게 일자리를 만들어 처가 어른들 걱정을 덜어 드리고 싶기도 했다. 하지만 그런 기업(企業)이 얼마나 어리석고, 그 결과가 얼마나 무서운 줄을 그때까지도 나는 짐작하지 못했던 것이다.

"K 군, 가족들은 어디 계신가?"

"아버지는 미국에서 목사로 계시고 어머니와 형님 등 가족들은 함께 살고 계십니다."

"한국에 나온 지는 얼마나 되었는가?"

"4~5년 되었습니다. 지금 저와 같이 일하는 사람 중 한 사람은 MIT 출신 후배이고 한 사람은 선배입니다."

"그래? 이 사업은 안심해도 되겠는가?"

"네, 위험성은 전혀 없습니다."

"장래성은?"

"돈벌이가 크게 잘되진 않지만, 장래성은 괜찮습니다."

"보다시피 나는 더 이상 일을 벌일 나이가 아니네. 또 욕심을 낼 필요도 없네. 다만 다음 세대를 생각해서 믿을 만한 사람과 가업(家業)을 하나 만들고 싶다네. 알겠는가?"

"알겠습니다."

"나는 대학교수이고 자네는 미국 국적이니까 국적을 회복할 때까지 회사 대표는 아내에게 맡기겠네. 친어머니처럼 생각하고 만사를 잘 의논해서 하게."

"알겠습니다."

명문대 출신 크리스천과 동업 결심

"회사를 하다 보면 은행과 거래를 해야 할 텐데, 어음은 부도날 위험이 많으니까 담보 제공과 어음 발행을 포함, 자금수급(資金需給)만은 당분간 내가 맡기로 하겠네. 괜찮겠지?"

"네, 오히려 든든합니다."

개업 6개월에 벌써 파탄

그리하여 그해 3월 주식회사 SM이 영업을 시작했다. 그런데 불행하게도 개업 불과 6개월 만에 파탄이 일어나기 시작했다.

첫째, 회사의 유일한 개발품인 서체가 다른 수요자에게 벌써 매각되어 버린 사실을 뒤늦게 발견했던 것이다. 하지만 지난 일을 시비하면 K 군에 대한 불신이 가중될 뿐, 그래서 상품의 개량·보완을 계속 독려할 수밖에 없었다.

둘째, 서체 판매, A/S비용 수금, 재고 정리 등이 담당직원에게 전담되어 회사의 내부통제가 전혀 안 되고 있는 사실을 발견했다. 하지만 K 군이 직원들을 완전히 장악해 사실상의 사장 노릇을 하고 있던 판국이라 우리 내외가 회사 운영에 더 이상 관여할 여지가 없었다.

셋째, K 군은 아내를 대외적으로 전주(錢主)라 부를 뿐 대표이사 사장으로 존중하는 태도가 아니었다. 그는 직원들을 사병(私兵)처럼 장악하고, 대외적으로는 회사가 자기 개인 것이라는 인식을 심는 데 주력했다.

넷째, 내가 할 수 있는 유일한 역할, 즉 K 군이 매달 월초에 작성·제출하는 자금수급계획을 월말에 맞추어 보면 제대로 들어맞는 경우가 거의 없었다. 그 이유를 따졌으나 창업 초라는 변명과 장래에 대한 낙관론만 나열할 뿐이었다.

답답하고 불안한 채로 1년이 다 되어 갈 무렵 경리담당자로부터 그동안 회사의 손실이 엄청나다는 보고를 받았다. 하지만 더 큰 실망은 회사에 장래가 보이지 않는다는 사실이었다.

나는 K 군에게 사장 행세만 하지 말고, 다른 기술자들과 머리를 맞대고 새 시스템을 개발하여 활로를 찾자고 간곡히 부탁했다.

하지만 그는 놀랍게도 그새 딴 생각을 하고 있었다. 더 이상 우리를 속여 먹을 여지가 없다고 판단했음인지, 회사에서 개량·보완하고 선전·보급해 온 서체와 그에 따른 기계의 판매권을 들고 밖으로 도망갈 궁리를 하고 있었던 것이다.

K 군은 거북한 내가 아니라 만만한 아내를 상대로 공작을 펴기 시작했다.

"사장님, 회사가 예상대로 잘되지 못해 죄송합니다. 미안해서 더 이상 머물 염치가 없네요."

"K 군, 그렇다고 사방에 일을 벌여 놓고 그만둔다면, 우리는 어떻게 하고?"

"그래서 제가 자본주(資本主)를 따로 물색해 놨습니다. 교수님 댁에서 투자한 돈과 리스에 제공한 담보물은 새 자본주가 다 보상하기로 했습니다. 댁에서 이 일을 더 이상 감당하기가 어렵지 않겠습니까?"

"K 군, 기술적으로 무지(無知)하다는 점에서는 새 자본주도 마찬가지가 아니겠나? 이왕 시작했으니 힘을 모아 활로를 찾아보자고."

"아닙니다. 교수님께서 저를 불신임(不信任)하시는 것 같기도 하고……."

동업 1년 만에 허점 발견

그 일을 두고 나는 많은 고민을 했다. 그런데 아내가 그의 행실을 알아본 결과 그의 비행이 속속 드러나기 시작했던 것이다.

리스로 들여온 회사의 기계들이 터무니없이 고가(高價)로 계약되었고, 사용리스로 해야 할 계약을 불리한 금융리스로 하여 회사에 큰 손실을 끼쳤으며, 미수금 정리는 직원에게 전적으로 방임한 상태였던 것이다. 아내는 그의 소행을 더 이상 묵과할 수 없다고 단언했다.

하지만 나는 아내의 감정적 제안에 반대했다.

"여보, 이 일을 시작한 지 불과 1년, 그동안 우리는 리스와 차입용으로 얼마나 많은 담보물을 내놓았소? 만약 K 군이 도망간다면 그 빚은 우리가 전부 둘러써야 하고 기계들은 고철이 되고 말 게 아니요? 기술자란 원래 못된 근성이 있기 마련인데 우리가 그걸 참지 못하고 벌써 손을 들다니⋯⋯."

철석같이 믿은 MIT 출신의 배신

내가 말리는 동안에도 K 군은 도망갈 계획을 착착 진행시켜 사무실을 따로 얻고 직원들과도 떠나기로 묵계가 끝나 있었다. 더 이상 어쩔 수 없다는 판단을 내리고 내가 그와 해약(解約)조건을 서면화(書面化)하려 했을 때 그는 이미 없었다.

그리하여 우리에게 뼈아픈 회한과 고난의 세월이 시작되었던 것이다.

우리가 그의 사기행각에 당한 세 번째 희생자라는 사실을 안 것은 훨씬 뒤였다. "눈 뜨고 코 베어 먹는다." "젊은이가 무섭다."는 등 요즘 세상을 두고 하는 얘기는 들었지만, 설마 우리가 그런 제물이 될 줄이야 어찌 짐작인들 했을 것인가?

"모르는 분야는 절대로 손대면 안 된다." "회사 직원이 회사 약점을 쥐면 꼭 업주를 협박한다." "회사 기술자가 회사 알맹이를 빼갖고 도망가는 예가 많다." 심지어 "월급쟁이 돈은 먼저 본 사람이 임자"라는 말도 들었다. 하지만 설마 우리가 그런 소문의 당사자가 될 줄이야……. 자신의 무지를 한탄하고 인심을 원망했지만 행차 떠난 뒤 나팔 불기였다.

유교적 가문에서 태어나 원리·도덕을 중요시하는 관직과 진리탐구·인재양성이 목적인 교직(敎職)이 내 인생경험의 전부였다. 그런 내가 무지와 허욕의 결과로 또다시 큰일을 저지르고 말았으니, 누구를 원망할 것인가?

황무지 과수원에 들어앉아 고된 개간작업

나는 껍데기 사장 노릇을 한 아내를 탓할 것도 없이 어머니 유체가 묻힌 야산으로 거처를 옮겼다. 집안 선산(先山)으로 삼기 위해 사놓았던 오지의 과수원 터였다.

그곳에서 대학으로 직접 출퇴근하면서 나는 반성과 자학의 시간을 보냈다.

용돈을 아끼느라 30여 년간 구독해 오던 일본 월간잡지 《문예춘추》의 구매를 중단했다. 대신 친구가 읽고 난 헌책을 얻어다 읽었다.

대학 강의가 없는 주말과 방학 때는 작업모와 작업 복장을 차려입고 관리인과 아침 일찍부터 밤늦게까지 잡초 제거, 잡목 자르기, 바위 옮기기, 돌 줍기 등 개간(開墾) 작업에 구슬땀을 흘렸다.

덥수룩한 얼굴은 햇볕에 탔고, 손바닥에는 군살이 박혔으며, 허리는 끊어질 듯 아팠다. 하지만 아내와 K 군을 믿은 자신의 실책(失策)만 후회될 뿐 달리 원망할 곳은 없었다.

일을 하다가, 잠을 자다가 불현듯 지난 일들이 생각나면 당장 담배를 물었고 막걸리며 소주를 들이켰다. 10년째 맡아 오던 M신문사의 객원논설위원은 그만두었고, 신문·잡지에 투고해 오던 글쓰기 역시 포기했다.

하지만 가장 힘든 일은 대학 교단(教壇)에 서는 일이었다. 제대로 된 교수라면 한 시간 강의에 적어도 두세 시간 준비는 해야 한다. 그런데 그 시절 나의 강의안(講義案) 준비는 항상 부족했다.

농장에서 대학으로 출근할 경우에는 아내 회사에 혹시 무슨 변고(變故)가 없는지 몹시 두려웠고, 강의 도중에는 다른 데 정신을 팔다 혹시 실수라도 하면 어쩌나 싶어 염려스러웠다.

이따금 아내가 농장으로 찾아오면 나는 내색을 하지 않으려 무척 애를 썼다.

"여보, 내가 당신에게 K 군을 소개하지 말았어야 하는데……. 내가 그 일을 한사코 말렸어야 했는데……." 하며 아내는 곧잘 눈물짓곤 했다.

"아니오. 우리가 그보다 더한 악질을 만났다면 내가 교단엔들 남아 있겠소?"

"백 번을 생각해도 그 사람이, 제 부모를 생각해서라도 어찌 그럴 수가……."

"요즘 우리처럼 세상물정 모르는 사람들이 악질을 만나면 으레 당하게 되어 있소. 우리가 어리석고 욕심이 과했던 게지."

"하지만 너무 분해서……."

"우리 어머니는 30대에 청상과부가 되어 혼자 힘으로 우리 5남매를 키웠소. 당신은 지금 남편이 있고 다 키워놓은 자식들이 있지 않소?"

세상물정 모르면 당할 수밖에

"그래도 당신 고생하는 걸 보면 마음이 아파 견딜 수가 없어요."

"중학교 입학시험에 떨어졌다던 내 옛 얘기를 기억하고 있지? 대학 입학도 국문학과였고, 그게 내 밑천의 전부요. 그런데 지금의 나는 어떻소? 박사에다 대학 교수요. 아들딸까지 있고……."

"당신 말씀 들으면 위안은 되지만……."

"여보, 용기를 냅시다. 우리가 남에게 나쁜 짓 한 건 아니잖소. 죄 지은 놈은 못살아도 당한 사람은 산다고 합디다. 설마 하늘이 무너져도 솟아날 구멍이야 없겠소?"

길었던 세금소송과 엄청난 사업실패로 사실상 나는 녹초가 되어 있었다. 세상을 믿을 수 없었고 사람을 만나기가 싫었다. 잊고 싶어도 잊히지 않는 악몽이었다.

그런데 '악재(惡材)는 혼자 오지 않는다'고 했던가? 운명의 마수(魔手)는 아직 도 나를 놔주지 않았다.

아내 대신 '과천구치소'까지

운명의 신은 짓궂게도 나를 과천구치소까지 끌고 갔다.

컴퓨터 기술자 K 군의 사기·배신으로 서체(書體)사업은 파탄되었지만, 그 다음 단계로는 내가 나서서 기술자를 보강하고 회사의 위기를 직접 수습했어야 옳았다. 하지만 나는 사업 실패에 따른 충격으로 만사에 의욕을 잃었고, 사고를 수습할 자신이 있다는 아내의 장담을 액면대로 믿고 말았다. 중학교 교사였던 아내가 회사 경영에 있어 나보다 나을 것이 하나도 없는 줄 뻔히 알면서 막중한 그 일을 아내에게 미루고 말았으니 얼마나 어리석고 무책임한 처사였던가?

썩은 가지는 하루속히 단호하게 잘라내야 했다. 그런데 혹시나 싶은 미련을 버리지 못한 나는, 아내에게 그 책임을 미루고 말았으니 생애에 두 번째 저지른 큰 실수였다.

그 혼란 속에서도 나는 회사에 남은 이스라엘 S사 제품의 총판권(總販權)만은 꼭 지켜야겠다고 생각했다. 그래서 농장에 칩거하면서도 '한·이 상공회(商工會)'의 창설을 서둘렀다. 그 회가 상공부의 인가를 받고 아내가 회장으로 선출되자 나는 큰 걱정은 덜었다고 생각하고 일단 안심했다. 아내가 회장 자격으로 대사관과 외교적인 관계를 맺는다면 우리 측의 총판권쯤은 보호받을 수 있을 것으로 낙관했던 것이다.

그러나 재난은 천천히 다가오고 있었다.

설상가상 악운(惡運) 나를 덮치고

K 군이 저지른 아내 회사의 사고 수습과 농장에서 겪는 노역으로 심신이 지칠 대로 지쳐 있던 1995년 9월 5일, 나는 서울구치소에 수감되고 말았다. 설상가상(雪上加霜)이라더니 세금소송에서 간신히 이겨 겨우 한숨을 돌리고 있었는데 SM 회사의 파탄에 이어 또다시 엄청난 변고(變故)가 나를 강타했던 것이다.

그 일이 있기 전 어느 날, 나는 검찰청 직원들이 아내 회사와 내 명의의 빌딩에 찾아와 관세(關稅)·외환(外換)·임대(賃貸)관계 서류를 몽땅 압류해 갔다는 얘기를 농장에서 듣게 되었다.

사업 실패에 직원 배신까지

건물에 관한 서류는 임대료 수입을 속였는지 조사한다고 했다. 하지만 우리 건물에서 그런 속임수는 쓰지 않고 있었다. 아내가 내 구좌에서 미국에 송금한 40여 만 달러는 뉴욕에 유학 중인 아들딸의 숙소와 화랑의 미술품 구입비로 아내가 몰래 송금했다고 고백해 알고 있었다.

그래서 외환관리법 위반문제는 최악의 경우, 벌금쯤은 각오해야 하겠다고 간단히 생각했다.

하지만 아내 회사가 홍콩에서 가져온 이스라엘 S사 제품의 A/S 부품에 부과되는 소액 관세의 납부에는 아무래도 문제가 생길 것 같았다. 그래서 장차 관세청으로부터 누락된 관세의 추징과 벌과금 부과가 있을 것을 예상하고 있었다.

그런데 아내는 사태의 중요성을 전혀 모르고 있는 것 같았다. 도망간 K 군의 뒷수습을 위해 새로 뽑은 간부들과 밤을 새워가며 고민하고 있을 줄 알았던 아내는, 중책(重責)을 남들에게 맡긴 채 한·이 상공회 회장 자격으로 각종 사교모임에 열중하고 있었다. 기막힐 노릇이었다.

그 정도의 예비지식을 가진 나는 검찰의 출두 요청에 응하기 전에, 혹시나 싶어 대검 특수부장과 법제처장을 지낸 H 변호사를 만나 우리 사건에 대한 검찰 측 동향을 알아봐 달라고 부탁했다.

그런데 검찰에서는 아내 회사의 관세 탈세와 아내가 내 구좌에서 미국으로 편법(便法)으로 송금한 달러문제를 짐작보다 심각하게 보고 있더라고 했다. 깜짝 놀란 나는 농장에서 짐을 꾸려 당장 서울 집으로 돌아왔다.

아내는 구속 대상에

"여보, 검찰에서 당신을 관세 탈세 및 특별범죄가중처벌법과 외환관리법 위반으로 지목하고 있다는데, 사건 내용은 알고 있겠지?"

"외환관계는 애들이 공부하는 뉴욕 빌라 값으로 송금한 것이지만, 관세탈세는 무슨 말인지 모르겠는데요."

"그래? 혹시 통관관계 서류에 멋모르고 도장을 찍어준 일은 없었어?"

"최근에 직원이 'A/S 부품을 정상통관할까요, 변칙통관할까요?' 하고 문서를 들고 왔기에 정상통관란에 ㅇ표를 찍어준 기억은 나요. 그런데 무슨 일이 생겼어요?"

"그랬군. 그래도 당신은 명색이 회사 대표 아니오? 직원이 고의로 사고를 조작했다고 해도 회사일은 무조건 당신이 책임져야 할 거야."

"어쩌죠? 내용도 모르고……."

며칠 후 H 변호사가 정말 놀랄 소식을 전해 주었다.

"교수님, 사모님 사건은 아무래도 구속까지 갈 것 같은데요."

"뭐요?"

"부부를 함께 구속하는 관례는 없으니까 사모님 구속을 꼭 막으려면 교수님이 대신 각오를 하셔야 할 텐데……. 빌딩의 세금문제는 괜찮겠죠?"

"빌딩 세금문제는 걱정할 게 아무것도 없어요. 달러 송금문제는 아내가 간 크게 저질렀지만, 돈이 내 구좌에서 나갔다니까 벌금은 내가 물어줘야 하겠죠."

"하지만 검찰에서는 관세와 달리 두 가지 문제를 놓고 사모님 구속을 기정사실화해 놓고 있던데요?"

그 순간, 나는 최악의 상황을 상상했다. 자존심이 강한 아내가 구속될 경우 아마도 기절하고 말 것이다. 설사 깨어난다 해도 사방에서 개망신을 당할 것이다. 더구나 뉴욕에서 공부하는 아들딸이 자기들이 사는 빌라 분납금(分納金) 문제로 어머니가 구속된 줄 안다면 얼마나 상심하며, 아내가 구속되고 없는 집안에서 내가 어떻게 견디랴 싶었다.

대학교수도 학자도 소용없어

생각해 보니 관세문제는, 아내가 아무리 내용을 몰랐다고 해도 사장인 이상 형사책임은 면할 수 없을 것이고, 달러문제 역시 금액이 많아 그 돈 전부를 자식들 학비라 변명해도 노회한 검사 앞에서는 딴 데로 흘러간 사실을 자백할 수밖에 없을 것이라 생각했다. 더구나 회사 내용을 캐다 보면 사채(私債)문제도 불거져 나올 것이 분명했다.

그때 나는 현직 대학교수요, 명색이 한국조세학회의 이사장이었다. 우리나라의 예산 및 조세문제에 관해 정계·실업계·언론계에서 인정해 주는 경제평론가였고, 10년째 매일경제신문의 객원 논설위원으로 활약하고 있었다. 그리고 국무총리실을 비롯한 기획·재무·상공·내무부와 국세청 등 정부의 6개 부처에서 정책자문위원으로 활동하고 있었다.

말하자면 대학교수로서 얻을 수 있는 최고의 지위와 명성을 마음껏 누리고 있는 중이었다. 그런데 그 사태를 당하여 '어찌할 것인가?'를 고민하던 나는 무모하게도, "아내의 구속만은 어떻게든 막아야 하겠다."고 결심했던 것이다.

그 순간 서울·고향의 친구들, 대학의 교수·제자들 얼굴이 떠올랐다. 만약의 경우, 그들이 나를 어떻게 받아들일 것인가를 생각하니 참으로 아득했다. 어머니가 돌아가시고 안 계신 것이 그나마 다행이었다. 하지만 법치(法治)국가에서 현직 대학교수인 나를 설마 구속까지야 시키랴 싶었다. 더구나 문민정부라는 김영삼 정권에서……

관직에서 억지 파직(罷職)을 당했을 때 나는 속이 많이 상하면서도 아내가 상심할까봐 내색하지 않으려고 애를 많이 썼다. 하지만 이번 사건은 나만 참아서 될 일이 아니었다. 내가 나서지 않으면 아내의 구속은 도저히 막을 길이 없을 것 같았다.

검찰 출두 날을 앞두고 큰아들과 함께 H 변호사 댁을 방문했다.

"내 문제는 알아서 할 테니 당신은 무슨 수를 써서라도 아내의 구속만은 꼭 막아주시오. 남편의 의리상 아내가 묶여가는 꼴을 도저히 볼 수가 없소."

"네?"

"검찰에서 나더러 사실 확인차 한번 다녀가라니까 갔다 와서 다시 의논해 봅시다."

사태를 너무나 쉽게 생각한 나의 그때 그 판단은 돌이킬 수 없는 엄청난 결과를 가져왔다.

때는 초가을 맑은 날 오후였다. 나는 차비 1만 원을 바지 호주머니에 집어넣고 남방셔츠 주머니에 피던 담배 한 갑을 꽂은 채 이웃집 나들이 가듯 서울지검 특수부로 들어갔다.

그날 심문을 받아보니, 조사자는 사실 확인만 하고 일을 간단히 끝낼 생각이 아니라는 예감이 들었다. 아내가 아니면 나라도 한 사람은 꼭 구속시키고 말겠다고 단단히 벼르고 있는 것 같았다.

계획된 무고사건인 줄도 모르고

"당신 이름으로 된 건물에 관련된 경비에 과다지출이 있었어요. 실무자들이 다 인정했소. 또 미국에 유학 중인 자녀들에게 보낸 돈이 당신 구좌에서 나간 사실은 알고 있죠? 1인당 만 불이라는 송금 한도를 넘겼으니 외환관리법 위반이요."

나는 세금문제에 관해 만약 잘못된 부분이 있다면 가산세(加算稅)를 붙여 세금을 추징조치하면 된다는 점을 조사자에게 누누이 알기 쉽게 설명했다.

하지만 달러문제는 골치가 아팠다. 왜냐하면 달러문제는 내가 만약 모른다고 할 경우 아내는 검찰의 수사망을 도저히 빠져나갈 수 없겠다는 생각이 들었다. 게다가 아내는 회사의 관세 탈세문제로 이미 꼼짝달싹할 수 없게 묶여 있었던 것이다.

그 순간, 자식들 생각이 들었다. 나는 "어쩔 것인가"를 놓고 한참 고민한 끝에 빌딩의 탈세는 문제가 되지 않을 것으로 보고 "달러의 불법 송금 문제만은 내가 책임지겠다."고 검찰조서에 도장을 찍고 말았던 것이다.

그런데 그 결과가 긴급구속이라는 엄청난 결과로 나타날 줄이야 어찌 짐작인들 했겠는가?

조사를 마치고 나가려는 나를 조사자는 기다리라고 했다. 순진하게도 나는 대기실에서 무작정 기다리고 있었다. 그러나 초저녁에 이르러 결국 나는 포승줄에 묶이고 말았다. 그리고 검찰청 지하도에서 쇠창살로 닫힌 압송차에 실려 불빛이 찬란한 초저녁 서울거리를 달려 과천구치소로 압송되었다.

흉기 유무를 살핀다고 옷을 벗겨 항문까지 들여다보는 등 굴욕적인 수감절차를 마치고, 잡범(雜犯)들과 함께 좁은 감방에 둘러앉자 나의 육체적 고통은 이루 말할 수 없었다. 하지만 죄의식이 없던 나는 정신적 고통은 견딜 만했다.

긴급 구속한 검사가 아무리 구속영장을 청구하고 싶어도 세금문제는 어디까지나 행정(行政)사건이지 사법(司法)사건이 아니었다. 그래서 세무서장은 절대로 고발조치를 취하지 못할 것이라는 나름대로 확신을 갖고 있었다. 설사 세무서장이 검찰의 압력에 못 이겨 고발조치를 취한다고 해도 영장담당 판사가 세법의 기초 지식만 가졌다면 내 케이스가 영장을 발부할 사건이 아니라는 판단쯤은 얼마든지 할 수 있을 것으로 낙관했던 것이다.

판사, 도서실 ≪최신조세법≫ 책도 모르고

전국의 법원 도서실에는 당시에 대법원 도서관장이던 이강국 판사가 구입·배포한 내 저서 ≪최신조세법≫이 비치되어 있었다. 그리고 나에게 해당된 관계법령은 조세범처리 절차법(節次法)의 ABC에 속하는 지극히 초보적인 상식 문제였다. 그래서 영장 발부는 절대로 있을 수 없다고 자신한 나는 감방 안에서도 얼마든지 담담할 수 있었다.

외환관리법 위반사건은 법을 어긴 것이 사실인 만큼 최악의 경우 벌금쯤은 각오하되, 소득세법 위반을 내세운 검사의 억지 구속은 세무서장의 고발 거부나 판사의 영장 기각으로 간단히 석방될 것으로 믿고 있었다.

그런데 긴급 구속된 지 사흘이 지나도 면회를 와야 할 아내나 변호사가 나타나지 않았다. 병원에 긴급 입원한 환자 뒤따르듯 아내가 내의와 영치금을 갖고 당장 뒤따라올 줄 알았다. 그런데 그들이 오기도 전에 어이없게도 '조세범 처벌법 및 외환관리법 위반'이라는 두 가지 죄목의 기소장(起訴狀)이 내 감방으로 배달되어 왔던 것이다.

참으로 황당한 일이 아닐 수 없었다.

"어찌 이럴 수가?" 깜짝 놀라는 나를 보고 잡범들이 비웃었다.

"곧 석방될 거라더니 어찌된 게요?"

"구치소 들어온 사람치고 죄 지었다고 말하는 사람 없거든."

"당신 현직 대학교수가 맞기는 맞소?"

"당신 가족이 서울에 살고 있기는 있소? 아직 면회도 안 오고……."

아내를 애타게 기다리는 동안, 나는 그에 못지않은 또 하나의 괴로움에 몸부림쳐야 했다. 구속된 지 사흘째 되는 날은 선친(先親)의 제삿날이었고 그 사흘 후는 추석이었다. 명색이 제사와 차례를 받들어야 할 가문의 장남인 나는 감방에 갇혀 남몰래 불효자의 눈물을 흘려야 했던 것이다.

형사소송법 제199조가 규정한 '피의자에 대한 수사는 불구속을 원칙으로 한다.'는 대원칙은 그때 내게는 죽어 있었다.

내가 만든 '보석신청 사유서'

아내가 뒤늦게 면회 왔을 때 나는 내 연구실 책장에 꽂혀 있는 ≪세법전≫과 내 저서 ≪최신조세법≫을 당장 갖고 오게 했다.

내가 구속되었을 때 아니, 늦어도 영장이 발부되기 전날까지라도 아내가 찾아왔다면, 나는 제자 이중광(李重光) 변호사를 시켜 C 국세청장에게 내 처지를 알리게 했을 것이다.

그는 내가 신뢰하는 후배였고, 검찰총장과 함께 당시에 소위 PK(부산·경남) 인맥의 한 사람이었다. 그리고 그는 내 사건이 형사사건이 아니라는 사실을 누구보다 잘 아는 세법전문가였다.

그 책들이 구치소에 차입되자, 뻔했지만 만일의 경우에 대비, 관계조문과 해설

내용을 다시 확인해 보았다. 법도 잘 모르면서 공명심에 들뜬 담당 검사의 행패는 고사하고 세법을 알고도 남아야 할 영장(令狀)담당 판사의 무식에 기가 막혔다.

현직 대학교수의 신병 처리와 같은 중대한 인권사건을 어쩌면 그렇게도 무책임하고 경솔하게 다룰 수 있었을까 싶은 생각에 깊은 절망감마저 느꼈다.

당시는 소위 문민정부라 지칭하던 김영삼 정권 때였다. 그가 민정당, 민주당, 공화당의 '3당 합당(合黨)'을 달성하고 여소야대(與小野大) 정국을 일시에 뒤집어 1992년 12월 대선에서 당선된 직후였다.

김 대통령은 군대 내 최대의 사(私)조직인 '하나회'를 해체시켰고, 정치군인들을 추방했고, 금융자산 실명제(實名制)와 고위공직자의 재산공개를 단행하는 등 개혁의 칼을 크게 휘둘렀다. 하지만 국정(國政)의 행정 면에서는 적재적소(適材適所)의 선발 기용에 미숙하여 많은 아쉬움을 남겼다. 그런 정부하에서 현직 대학교수인 내가 그렇게 당했던 것이다.

내가 구속된 후 쓸데없이 정계(政界) 요인들을 찾아다니느라 시간만 낭비한 아내가 뒤늦게 선임한 변호사는 퇴임한 지 얼마 안 된 서울형사지법의 부장 판사 출신이었다. 하지만 그 역시 세법에는 문외한이었다. 아내는 법조계의 전관예우(前官禮遇) 관행을 믿고 나의 보석에 도움을 받기 위해 그를 선임했던 것이다.

변호사가 처음 면회 왔을 때 나는 다음에 올 때는 휴대용 PC를 꼭 갖고 오라고 신신당부했다. 그리고 내가 부르는 대로 보석신청(保釋申請) 사유서를 적게 했다.

"이 교수님, 보석신청서는 변호사들이 흔히 쓰는 '주거·신분이 확실하고 증거인멸이나 도주의 우려가 없다'는 등 문구가 따로 있습니다만?"

"변호사님, 제 사유서는 그런 관례대로 적어서는 안 됩니다."

"왜요?"

"내 사건은 여기에 올 이유가 없는, 어디까지나 행정(行政)사건에 불과합니다. 영장담당 판사가 그걸 모르고 영장을 발부했습니다. 그러니까 보석담당 판사를 위해 세법상의 소득개념부터 시작, 소득세의 신고납세제도, 탈세의 기수(旣遂)시기, 통고처분(通告處分) 및 형사고발 절차 등을 순서대로 알기 쉽게 적어야 하겠습니다."

"그렇게까지 할 필요가 어디 있습니까? 보석금 내고 나가면 그만인데……."

옥중에서 변호사 세법교육

"아닙니다. 내 보석은 장차 있을 정식 재판에 대비해야 하니까 사유서를 미리 작성해 두어야 하겠다 그 말씀입니다."

"그래도 검찰에서는 이 사건을 형사사건으로 보고 있는 것 아닙니까?"

"의사나 변호사들이 자기 소득을 100% 신고하고 있습니까? 세무서에서는 납세자 전원을 일일이 조사할 수 없으니까 납세자들에게 일정한 신고율을 제시하고 자기네가 원하는 일정수준까지 세금을 자진해서 신고·납부하도록 권고하고 있습니다. 그런데 만약 납세자가 신고를 하지 않거나 적게 신고했다고 판단할 경우에는 별도로 세무조사를 하게 됩니다. 그 결과 과소(過少)신고를 발견할 경우에는, 세금을 더 내도록 추징(追徵)고지서를 발부하게 되어 있습니다."

"네, 요즘 의사나 우리 변호사들은 세무서가 하도 못살게 굴어 죽을 지경입니다."

"제가 바로 그런 경우와 같습니다. 이런 경우를 세법에서는 당장 탈세로 모는 게 아니고 과소신고라 해서 세금 추징에 가산세(加算稅)라는 또 하나의 세금을 붙여 추징고지서를 떼게 되어 있지요."

"그래도 확대해서 말하면 일종의 탈세로 볼 수 있지 않을까요?"

"아닙니다. 세법에서는 자기 소득이나 재산에서 직접 내는 세금, 예를 들면 소득세나 상속세 같은 직접세(直接稅)는 모든 사람들이 다 내기를 싫어한다는 전제하에 세법이 만들어져 있어요. 그래서 만약 납세자가 이들 세금을 적게 신고·납부할 경우에는 당장 탈세로 모는 게 아니고, 세무조사와 추징고지라는 행정단계를 하나 거치게끔 되어 있죠. 만약 그렇게 해놓지 않으면 의사나 변호사는 물론 사업자들은 누구라도 세무당국이 마음만 먹으면 얼마든지 처벌될 게 아닙니까?"

"세금에는 그런 특례(特例)가 다 들어 있습니까?"

"아닙니다. 양조장이 내는 주세(酒稅), 정유공장이 내는 석유류세(石油類稅), 사업자들이 내는 부가가치세(附加價値稅) 같은 세금들은 최종 소비자인 우리가 술값이나 기름값, 물건값에 포함시켜 물건을 살 때 양조장이나 공장에 내고, 그들은 그것을 모아두었다가 우리를 대신해서 세무서에 냅니다. 그래서 이들을 간접세(間接稅)라 부릅니다. 이런 간접세를 과소신고·납부한 경우에는 남이 낸 세금을 업자가 횡령(橫領) 또는 착복한 게 되니까 탈세로 간주하여 당장 형사사건이 성립되는 거죠."

"아, 그렇군요."

생후 처음으로 두 손에 수갑을 차고 포승에 묶인 치욕적인 모습으로 닭집 같은 호송차에 실려 과천에서 서초동 법원청사로 오갈 때 지나가는 행인들은 우리를 못 볼 것 쳐다보듯 했다. 그때 나는 인생 최대의 수치심을 느꼈고 지금도 그 느낌은 생생하다. 내 처자식은 그 모욕감을 짐작인들 했겠는가?

보석담당 판사의 심문을 마치고 구치소로 돌아와 감방 문 앞에 걸린 이름표를 쳐다봤더니 어느새 내 죄목에서 '조세범 처벌법 위반'은 사라지고 '외환관리법 위반'만 남아 있었다.

메모로 옥중일기(獄中日記) 대신하고

그날부터 밖에서 하던 버릇대로 구치소에서 보고 느낀 것을 노트에 메모하기 시작했다. 그리고 한 방에 수용된 사람들이 돈 없고 힘 없어 민사사건이 형사사 건화되었다고 억울해하는 하소연과 신세타령을 듣고 재판장에게 보내는 탄원서 를 대신 써주기도 했다. 그리고 하루 세 끼 배식되는 밥과 반찬을 맛있게 먹고, 옥외운동을 열심히 하고, 마음껏 단잠도 즐길 수 있었다.

면회 온 친구·제자들은 내 모습을 보고 '정말 뜻밖이다.' 싶은 것 같았다.

"교수님, 얼굴이 농장에서 일하고 계실 때보다 훨씬 좋아진 것 같습니다. 어쩐 일이세요?"

"하루 세 끼 제 시간에 맞춰 밥 잘 먹고, 소독된 따뜻한 물로 몸 닦고, 한가롭 게 신문 읽고, 이따금 군것질도 하지. 이건 정부가 선심을 쓰는 게 아니야. 국민이 세금을 많이 내서 국가재정이 그만큼 넉넉해진 덕이야. 하하하."

"농담은 여전하십니다만 그래도 힘드시죠?"

"죄 짓고는 정말 못 살 곳이야. 하지만 자기 혐의를 벗어날 자신이 있거나 어음 부도로 빚쟁이한테 쫓기던 사람에겐 한 번쯤 와볼 만한 수양처 같아."

"그런데 교수님은 왜 공직자들이 따로 수용되는 독방에 가시지 않고 잡범들과 같이 지내십니까?"

"입소할 때 공직자는 손을 들라고 하더군. 딴 방에 따로 수감해 주겠다고 말 이야. 하지만 오래 있지 않을 걸 미리 알고 있었으니까 구태여 그럴 필요가 없다 싶어 그냥 있다네."

30여 일 만에 구치소에서 나오던 날, 석방 수속을 밟으면서 나는 그곳에서 적 은 일기장을 압수당하고 말았다. 혹시나 싶어 당국이 싫어할 구절들은 언급조차 안 했는데, 그들은 규칙을 내세워 막무가내였다.

집에 돌아온 즉시 나는 아내와 애들을 불러놓고 다음과 같은 당부를 잊지 않았다.

"내가 공무원 시절에는 직무에 충실하느라 남편 노릇을 제대로 못했고, 대학에 와서는 연구와 강의에 쫓겨 애비 노릇을 충분히 하지 못했다. 이번 과천행은 그에 대한 속죄의 뜻도 있다. 내가 이번에 몸소 당했듯이, 지금 우리 사회에는 남의 무지와 허욕을 틈타 사기와 배신을 저지르는 인간들이 너무나 많다. 교수생활에 전념한 죄밖에 없는 내가 왜 이처럼 엄청난 피해와 고통을 당해야 했는지, 너희들은 그 이유를 잘 알 것이다. 그동안 내가 당한 피해와 고통을 너희들이 생생한 교훈으로 삼는다면 너희들의 긴 장래를 위해 전화위복이 될 수도 있을 것이다. 깊이 명심해다오."라고…….

그렇다. 인생은 새옹지마가 아닌가.

구치소에서 수갑을 차고 포승에 묶인 제 남편, 제 애비의 모습을 처자식들은 상상인들 했을까? 석방된 날 내가 그들에게 당부한 말을 얼마나 명심하고 있을까?

아내 친구들은 '아내를 대신해 감옥을 다녀온 사나이 중에 사나이'라고 한동안 야단법석이었다. 하지만 내게는 아무런 위안이 될 수 없었다. 다만, 구속되었을 때 아내의 친구 남편 주광조(朱光朝) 씨가 "화급(火急)한 데 혹시 필요할지 모른다."면서 무기한·무이자로 큰돈을 보내준 고마움은 지금도 잊지 못한다.

이상의 사건들은 늘그막에 찾아온, 참으로 힘들고 괴로운 사건들이었다. 젊어서라면 '고생은 사서라도 해 본다.'지만 삶의 마감을 준비해야 할 나이에 그 같은 고초를 겪었으니 참으로 큰 치욕이요, 불운이 아닐 수 없었다. 더구나 그 시련들은 하나같이 나의 잘못과는 아무런 상관이 없는, 속된 말로 억울하게 당한 봉변

한려수도

이었다. 만약 의지가 약한 사람이라면 그 분함과 억울함이 너무나 간절해 생병을 앓았거나 미쳐 버릴 수도 있었을 것이다.

IMF 한파(寒波)가 덮친 '죽음의 항로'

내가 아내의 사업 실패에 따른 후유증에 시달리고 있는 동안 세상에는 큼직한 사건들이 벌어지고 있었다.

1995년 6월 29일 오후 5시 55분, 서울 서초동의 지상 5층 지하 4층, 연면적 7만 4,000㎡ 규모의 삼풍백화점 건물이 순식간에 무너져 버렸던 것이다.

그 건물의 붕괴로 사망자 502명, 부상자 937명이 발생했다. 그 사고는 무단 설계변경과 부실시공(施工), 행정감독 소홀 등이 복합적으로 작용한 '총체적 부실'에 원인이 있었다.

나는 그 참사현장과 구조광경을 TV화면을 통해 지켜보면서 말단 행정의 해이(解弛)가 얼마나 무서운 참화를 불러오며 피해자와 그 가족들이 얼마나 큰 고통을 당하고 있는가를 절실히 느꼈다. 그리고 내가 겪은 봉변을 그에 비교하면서 마음을 억지로 달래기도 했다.

하지만 운명의 신은 아직도 나를 놓아주지 않았다.

구치소로 부른 학생대표

구치소에서 1995년 10월 9일 석방된 나는 가장 먼저 교수로서 마땅히 해야 할 학술강의와 논문지도를 시작해야 했다.

구치소에 있었을 때 나는 경영대학원 세무학과의 학생대표를 면회소로 불러 몇 가지 당부를 잊지 않았다.

"K 군, 내가 강의한 소득세법상의 신고납부 절차, 조세범 처벌법상의 통고처분 절차, 통고처분을 이행하지 않았을 때 세무서장이 하는 형사고발 절차, 그리고 검찰의 기소(起訴)는 반드시 세무서장의 고발이 있어야 한다는 것 등의 대목들을 잘 기억하고 있겠지?"

"네, 교수님. 세법에는 일반 국민의 납세의무 등을 규정하는 실체법(實體法) 부분이 가장 중요하지만, 신고·납세·추징·처벌 등 세금을 내고 받는 수속절차법(手續節次法) 부분도 결코 소홀히 해서는 안 된다고 강조하신 말씀, 명심하고 있습니다."

"살인이나 폭행·강간 등은 법이 있기 이전부터 죄가 되는 자연범(自然犯)이지만, 세법이나 노동법 같은 것은 법이 생겼기 때문에 비로소 범죄가 성립되는 것으로 이것을 위반한 경우 법정범(法定犯)이라 한다네. 그래서 이들 법정범을 처벌하기 위해서는 반드시 법적 근거가 있어야 하고, 또 그런 범죄의 미수범(未遂犯)은 특별 규정이 없으면 절대로 처벌할 수 없다는 사실도 잘 알고 있겠지?"

"네, 교수님."

"그래 잘 알고 있구면. 내가 여기 들어온 까닭은, 세무행정상의 단순한 추징(追徵)단계를 형사상의 처벌(處罰)단계로 알고 판검사가 잘못 처리했기 때문이네."

"우리는 신문을 보고 뭔가 잘못 되었구나 싶어 의문을 느끼고 있었습니다."

"이 일을 당하고 보니까 육법(六法)밖에 모르는 사법고시 출신 판검사들은 물론 변호사들에게 세법·노동법·컴퓨터보호법 등 특별법(特別法) 교육을 많이 시켜야 하겠다는 생각이 드네. 나 같은 세법전문가도 판검사의 무지와 횡포로 이렇게 봉변을 당하는 판국인데, 하물며 전문지식이 없는 일반서민들은 얼마나 억울할까 생각하니 기가 막히네. 밖에 나가면 교내·외에서 세법을 좀 더 널리 교육·계몽해야 하겠다는 사명감을 느끼네."

"그래서 세무사는 물론 공인회계사·변호사 들도 우리 세무학과에 공부하러 많이 오지 않습니까?"

"곧 나갈 테고, 나가면 이번에 겪은 체험을 살려 세법강의를 좀 더 실감나고 충실하게 할 수 있을 거야. 그동안 빠진 강의는 나가서 보강(補講)할 테니까 학생들에게 잘 전해주게."

우리 사회 '무죄추정(推定)주의'는 죽어 있었다

구치소에서 석방되자 나는 경영대학원의 주임교수와 원장에게 "출소했으니 곧 속강(續講)하겠다."고 전화를 걸었다. 그런데 그들의 반응은 뜻밖이었다.

"수고했다." "건강하냐."는 등 그 흔하디 흔한 위로의 말 한마디가 없었고, 그저 "그러냐?"는 대답뿐이었다. 의아하게 생각한 나는 형제처럼 지내던 당시 서울대 교무처장 윤계섭(尹桂燮) 교수를 전화로 찾았다.

"윤 교수, 염려해 준 덕에 무사히 다녀왔어요."

"고생이 많았습니다. 교수님이 그 일을 당하신 후 우리 학회의 학회장과 이사들이 격분하고, 함께 면회 가자고 했습니다만, 교수님께서 곧 나갈 텐데 일부러 올 필요가 없다고 말씀하신다고 해서 그만뒀습니다. 이번 일은 절대로 그냥 넘겨서는 안 되겠습니다. 명색이 문민정부하에서 현직 대학교수를 함부로 구속시킨 검찰과, 사실과 다른 내용을 함부로 보도한 신문에 대해 우리 학회가 무엇인가 항의 표시를 해야 하겠다고 생각하고 있습니다."

"그건 그렇고, 서울대학의 경우 기소(起訴)된 교수가 강의하는 데 특별히 지장 받는 일은 없어요?"

"기소가 되었다고 해도 죄가 확정된 것은 아니잖습니까? 우리 대학의 경우 대법원에서 죄가 최종 확정될 때까지 교수의 신분(身分)은 물론, 강의나 논문지도에 아무런 방해를 받지 않습니다. 형사소송법에도 죄가 확정되기 전에는 피고인을 결코 죄인으로 취급해서는 안 된다는 소위 '무죄추정주의 원칙'이 엄연히 살아 있고, 그래서 미결수는 구치소에, 기결수는 형무소에 각각 구분해서 수감하지 않습니까?"

"그렇군요."

"성대에서 누가 말썽을 부립니까?"

"글쎄요, 필요할 때 따로 의논하죠."

나는 서울대학의 경우를 예로 들면서 학과장과 원장에게 강의 복귀를 요구하는 한편, 총장에게 면회를 신청했다. 하지만 그들은 마치 약속이나 한듯 아무런 반응을 보이지 않았다. 그런데 학생들이 또 하나 기막힌 소식을 전해주었다.

"교수님 강좌는 전부 외부강사들에게, 교수님의 논문지도 역시 다른 교수 및 외부강사들에게 다 맡겼습니다."라고······.

그리고 한 외부강사가 전해준 말을 듣고 원장·주임교수·총장 등이 왜 그처럼 애매한 태도를 취했는지, 비로소 그 이유를 알 수 있었다. 즉 그들은 모두가 성대 출신들이었다.

"교수님 강좌를 주임교수가 강사들에게 각각 나눠 맡으라고 했습니다만 나는 전공분야가 아니라서 거절했습니다. 교무과에서는 자꾸 독촉했지만······."

짐작컨대 그것은 내가 구치소에 수감되어 있는 동안 내 교수 TO를 타 학과로 빼돌리려는 성균관대 출신 몇몇 보직교수들의 조직적인 흉계(凶計)가 분명했다.

한려수도

나에 대한 불리한 처사의 배후에는 S학과에서 내 강좌를 빼앗았던 S 교수가 항상 있었다.

그때 우리 사회, 심지어 대학사회에서도 형사소송법상의 무죄추정주의(無罪推定主義)는 죽어 있었고, 그 틈새를 악용한 권력은 도처에서 힘없고 무고한 사람들을 괴롭히고 있었던 것이다.

형사무고(誣告) 원인, 총판권(總販權) 탈취 음모

석방된 후 두 번째로 착수한 일은 내가 왜 그런 억울한 원죄(冤罪)를 뒤집어써야 했는지, 그 원인을 찾는 일이었다.

정보를 모으고 사건 전후를 맞춰본 결과 아내 회사에 근무하던 영업부장 K가 아내 회사에 남아 있던 이스라엘 기계의 국내 총판권(總販權)을 빼앗기 위해 차장과 결탁, 아내와 나를 검찰에 무고(誣告)했다는 사실을 알 수 있었다.

그 총판권은 회사가 당시의 돈 1억 원을 주고 매수했던 것으로 제품은 세계적으로 유력한 이스라엘의 전자인쇄기 브랜드였고, 장래성도 매우 높은 것이었다.

당시에 검찰의 혐의는, 아내가 직원들에게 기계의 A/S 부품에 대한 소액 관세(關稅)를 탈세토록 지시해 탈세액이 특정범죄가중처벌법상의 중죄(重罪)에 해당된다는 것이었다. 그러나 그 탈세액은 다 합쳐도 3년간에 2,000여 만 원이어서 월별로 평균하면 한 달에 100만 원도 안 되는 소액이었다.

명색이 대표이사라는 사람이 직원들에게 몇 푼 안 되는 관세를, 그것도 범법(犯法)까지 하면서 탈세시킬 하등의 이유가 없었다. 그런데도 검찰에서는 아내를 무작정 구속시키려고 백방으로 서둘렀던 것이다.

회사의 반란자들은 그들의 공작대로 아내와 나, 두 사람 가운데서 한 사람이 구속되면 그 기회를 이용, 외부에 사무실을 얻고 전원이 퇴사해 따로 영업, A/S를 시작할 계획이었다.

그들이 그처럼 간 큰 범행을 모의할 수 있었던 것은, 검찰에 있던 그들 친구가 검사 입회서기를 매수해, 나중에 석방되든 말든 일단 사장이 아니면 남편이라도 구속시켜 달라고 단단히 매수공작을 벌였기 때문이었다.

그 후 듣기로, 사건을 주동한 K 부장은 관세탈세 행위자로 적발되어 형사소추(訴追)를 받았고, 빼앗아 간 총판영업도 오래 견디지 못했다고 한다. 그리고 그의 앞잡이가 되어 검사 입회서기를 매수했던 자는 그 뒤 교통사고로 횡사(橫死)했다고 들었다.

형사법정 3년 만에 무죄 확정

세 번째로 해야 할 일은 내게 걸려 있던 조세범처벌법 및 외환관리법 위반사건에 대한 형사재판을 치르는 일이었다. 1995년 10월 18일 오전 10시, 보석 중이던 나는 팔자에 없던 형사피고인 신분으로 서울지방법원 형사법정에 섰다. 아내를 두둔하다가 대신 둘러쓴 원죄(冤罪)였다.

그날 공판은 준비 부족을 이유로, 11월 15일에는 심리절차를 바꿔야 한다는 이유로 계속 연기되다가 12월 12일에 가서야 겨우 첫 공판이 열렸다.

1996년 4월 4일, 증인으로 나온 세무서 직원은 혐의가 형사사건이 아닌데도 "왜 검찰에 고발조치를 취했느냐."는 판사의 질문에 "그쪽에서 무조건 고발하라는 압력이 와서 도저히 견딜 수가 없었다."고 답변했다.

그러자 방청석에서는 일제히 냉소(冷笑)가 흘렀다. 그러자 공판담당검사는 어색한 표정을 감추지 못했고, 일찌감치 공소 취하(取下)를 내비치기까지 했다.

1심의 선거공판은 해가 두 번 바뀐 1997년 1월에야 열려, 두 사건 모두에 대해 '무죄'가 선고되었다. 나는 서울구치소에서 석방된 지 1년 4개월 9일 만에, 전후 14회에 걸친 공판을 끝으로, 무고한 혐의를 벗을 수 있었다.

무죄 이유는 전자의 경우는 내 주장과 일치했고, 후자의 경우는 대법원의 판례(判例)가 인용되었다. 판례까지 찾아가며 무죄를 선고해 준 주인공은 조병훈 판사로 지금은 변호사 자격을 갖고 단국대학교의 법대 교수로 활동 중이다.

헛된 공명심으로 입회서기의 농간에 놀아나 나를 그 지경으로 만든 서울지검 특수부 검사는 동향과 다름없는 거제도 출신이었다. 이름은 불쌍해서 그냥 덮어두기로 한다.

그 후 이 재판은 1심에서 일찌감치 무죄가 선고되었음에도 검찰의 지루한 항고가 계속되었다. 그리하여 약 3년이 지난 1998년 9월에야 비로소 대법원에서 무죄가 확정될 수 있었다.

형사보상금 200만 원

구속 1개월, 하지만 나에게 돌아온 것은 구치소 생활 30여 일에 대한 형사보상금(刑事補償金) 200여 만 원뿐, 이스라엘 사이텍스사와의 총판(總販)계약은 회복되지 못했고, 동아·조선 등 양대 신문에 '무죄 사실'을 게재해 달라고 요구한 나의 무죄공시(無罪公示)에 대해 검찰은 아무 대꾸도 없었다.

세금소송, 가업실패, 형사무고에 이르기까지 대학교수인 내게 연이어 불어닥친 풍파는 문자 그대로 '호사다마(好事多魔)'였고 내 인생의 후미를 까맣게 물들인 크나큰 액운(厄運)이 아닐 수 없었다.

물론 그 사건들은 1981년 아내의 무모한 빌딩 착공에서 시작, 무능한 회사 경영과 파산에 이르는 약 20년간에 걸친 봉변들이었다. 그 사건들로 인해 입은 경제적 피해와 사회적 상처는 너무나 컸다. 만약 나에게 '이대로는 절대로 죽을 수 없다.'는 불굴(不屈)의 투지가 없었다면 아마도 나는 도중에 좌절하고 말았을 것이다.

하지만 그런 사고, 그런 사건마저 없었다면 내 인생은 어쩌면 너무나 단조롭고 무미건조했을지도 모른다. 꿈보다 해몽(解夢)이라더니…….

IMF 외환위기, 또 한번 최대 위기(危機)

그러나 노년에 들이닥친 고난의 행군은 그것으로 끝나지 않았다. 1997년의 IMF 외환위기는 설상가상이라는 말 그대로 나를 죽음의 문턱까지 끌고 갔다.

그해 10월 28일 부총리 겸 경제기획원장관은 느닷없이 "IMF에 200억 달러의 지원(支援)을 요청키로 했다."고 발표했다.

연초부터 한보·삼미·진로·대농과 같은 대기업이 줄줄이 도산했고, 재계 8위인 기아가 설마설마 하다가 7월에 가서는 기어이 부도처리되고 말았다. 그렇게 되자 외국 투자가들은 한국 금융기관에 대한 대출금을 회수하기 시작했고, 그에 따라 우리나라의 외환(外換) 보유고는 당장 고갈되어 갔다.

그다음 해인 1998년 한국경제는 실업률 7.0%와 경제성장률 −6.7%라는 최악의 위기에 빠졌다. 그해 실업자 수는 200만 명, 노숙자(露宿者) 수는 6,000명을 넘었고 기업들은 조직의 대규모 축소와 대량 감원(減員)을 단행할 수밖에 없었다. IMF한파가 이 땅을 여지없이 뒤덮고 말았던 것이다.

당시에 우리 빌딩에는 증권·보험 등 금융기관의 지점이 여러 군데 세(貰) 들어 있었다. IMF 위기가 터지자 이들 본점들은 위기 극복을 위한 구조조정에 착수하여 본·지점의 기구를 통폐합하고 간부·직원들을 대대적으로 감원(減員)했다.

그 결과 우리 빌딩에 세 들어 있던 금융기관 지점들도 대부분 폐쇄되었다. 본사로 철수하는 그곳 책임자들은 자기네 전세금을 당장 환불해 줄 것을 요구했다.

빌딩 퇴거자들, 전세금 아우성

"이 혼란기에 전세금을 받고 돌아가도 살아남기가 어려울 판국인데, 빈손으로 가면 우리는 죽은 목숨과 다름없소. 우리 처자식을 어쩌란 말입니까?"

그들의 주장과 항의는 너무나 당연했다. 그런데 문제는 내어 주어야 할 돈의 비축(備蓄)이 한 푼도 없었다. 아내가 사업하다 실패하는 바람에 전세금, 월세보증금은 없어진 지 이미 오래였고, 그래도 부족해 은행과 금고에는 엄청난 빚까지 남아 있었던 것이다.

당시에 우리 경제는 IMF 위기로 완전히 마비 상태에 빠져 있었다. 친구와 제자들을 찾아다니는 등 아무리 발버둥 쳐봐도 입주할 회사는 하나도 없었다. 1·2층과 4층은 이미 남의 것인 데다 임차자의 상당수가 떠나 버린 텅 빈 건물을 보고, 전체든 층별이든 살 사람이나 돈 빌려 줄 곳은 아무 데도 없었다.

게다가 3개 층에 세 들어 있던 대형 A여행사는 'KAL 747기의 괌도 추락사건'으로 도산하여 텅 빈 채 방치되어 있었다. 그야말로 만신창이요, 파산 직전이었다.

빌딩은 비어도 유지·관리비, 세금·기타 공과금은 한 푼도 줄일 수 없었다. 수십억 원의 빚은 물론 매달 내야 할 이자 수천만 원, 구조조정으로 퇴거한 입주회사들에 내줘야 할 전세금에 지연(遲延)보상금 연 26%의 부담도 겹쳐 있었다.

그 채무들은 나와는 아무런 상관이 없는 것들이었다. 담보로 제공한 빌딩의 소유자 명의가 이철성이라는 단 한 가지 이유로 나는 그 엄청난 빚을 혼자서 몽땅 뒤집어쓰고 있었던 것이다.

그런 빚더미 속에 나를 남겨두고 아내는 일찌감치 행방불명이었다. 집에 남아 있던 아들딸은 아무 소용이 없었고…….

홀로 남은 나는 매일 금융기관들의 빗발치는 전세금 독촉과 그 직원들의 온갖 모욕을 묵묵히 견뎌야 했다. 빌딩의 상무는 퇴직시키고 차장 자리는 후임을 채우지 않았다. 운전기사와 여비서도 내보냈다. 남녀직원 두 사람을 데리고 복도에 떨어진 담배꽁초를 주워가며 직원들의 빈자리를 내가 대신했다.

혼자 주리 틀린, IMF 위기

답답한 가슴을 줄담배로 달래고, 거리에서 파는 2,000원짜리 김밥으로 끼니를 때우고, 소주로 밤을 지새는 등 처절한 고난의 나날이 계속되었다. 30년 가까이 다니던 새벽운동도 빠지는 날이 많았다. 그때까지 써오던 일기도 무력감(無力感)에 지친 넋두리만 나열한 빈칸들이 많았다.

게다가 우리 건물 엘리베이터 한 대가 덜커덩 고장이 나고 말았다. 그대로 방치하면 남아 있는 입주회사들마저 도망갈 것이 뻔했다. "어찌할 것인가"를 고민하던 나는 때마침 불경기라 매출이 없는 엘리베이터 회사를 주목했다. 그리고 불문곡절하고 엘리베이터를 전부 교체했다.

상황은 언제 풀릴지, 암담하고 아득하기만 했다.

강남 곳곳에서 IMF 외환위기를 견뎌내지 못한 건물주들이 고민 끝에 병상에 쓰러지거나 심지어 자살하는 사태가 벌어졌다. 우리 건물도 주인이 바뀐다는 소문이 일찍부터 자자했다.

해가 바뀌자 문을 닫은 금융기관 지점에서 담보로 잡은 빌딩과 부담보로 잡은 우리 살림집까지 '성업공사를 시켜 헐값으로라도 팔아서 전세금을 찾아가겠다.'고 나섰다.

하지만 그에 대처할 방법은 아무것도 없었다. 어쩔 수 없는 무력감 속에서 나는 시시각각 주리를 틀리는 신세였다. 그 빈사(瀕死)의 순간에도 나는 친구나 제자, 동생이나 출가한 딸들에게 비명을 지르거나 구원을 요청할 수 없었다. 그들에겐 사태를 막을 힘도 없거니와 설사 적은 힘을 보탠다고 해도 그들을 희생자로 끌어들일 뿐, 사태가 근본적으로 해결될 수 없기 때문이다.

그래서 그 사태를 혼자 견디되 최악의 경우에는 외국으로 도망가거나 아니면 스스로 인생을 마감할 각오까지 했다. 하지만 인간이란 미련을 버리지 못하는 법인지, 죽지 못하고 인고(忍苦)의 나날만 무심히 흘렀다.

"차라리 재산 몰수당했으면……"

그러던 어느 날 밤, 내 꿈에 북한군이 서울로 쳐들어와 내 집과 재산을 몽땅 몰수했다. 하지만 재산과 함께 빚도 날아간 나는 아무 불평 없이 강제노역장에서 주는 죽 그릇을 안고 오히려 안도의 한숨을 내쉬었다.

그만큼 나는 밤낮으로 빚에 쫓기고 있었던 것이다.

하지만 그런 난중(亂中)에도 나는 정신을 잃지 않았다. 유서를 쓰는 심정으로 자서전과 회고록 자료를 모으기 시작했다. 생후 처음으로 죽음을 각오해 본 나는 "이대로 끝낼 수 없다. 내 인생의 발자취를 결코 그냥 묻어 버릴 수 없다."고 굳게 다짐했다.

내가 인생을 어떻게 살아왔는지, 어떻게든 글로나마 증언(證言)을 남기고 싶었다. 만약 그때 이 책을 쓸 결심을 하지 않았다면 아마도 오늘의 나는 없었을 것이다. 그리고 고독과 무력감에 빠졌던 그때 그 심정을 글로나마 달래지 못했다면 아마도 나는 그 어려운 정신적 고비를 넘기지 못했을 것이다.

그 험악한 고난과 절망의 마지막 고비에서 빈사상태의 나를 살려준 사람 역시 재무부 후배들이었다.

나는 최후의 연명(延命)이라 각오하고 재무부장관과 은행장을 역임한 재무부 시절의 후배 이용만(李龍萬) 씨를 찾아갔다. 아마도 그때 내 모습은 참으로 초라했을 것이고 호소는 필사적이었을 것이다.

"IMF 위기는 천재지변과 같은 불가항력적 사건이 아닙니까? 고리채 이자 같은 지연보상금까지 챙기면서 채무자의 빌딩과 어린 자식들이 사는 살림집까지 헐값으로 공매처분하겠다니 너무 심하지 않소? 대학에 진출한 우리 선배를 좀 도와주세요." 하며 후배들이 금융기관의 최고책임자들에게 어렵게 통사정을 해주었던 것이다.

만약 그 같은 도움이 없었다면 나는 험난한 IMF의 파고(波高)를 도저히 넘지 못하고 길거리에 나앉았을 것이다. 그야말로 천우신조와도 같은 재무부 후배들의 의리와 인정이었다.

그로부터 2년여 만에 새 입주자를 물색하여 금융기관의 전세금을 간신히 돌려준 어느 날, 나는 아내를 조용히 불렀다. "더 이상 외부활동은 중지하시오. 절약하면 쌓인 빚도 조금씩 갚을 수 있을 거요. 한숨 돌리고 틈틈이 외국여행이라도 다닙시다."

하지만 아내의 대답은 의외였다. 해오던 외부활동을 그만둘 수 없다고 했다. 어느새 '역마살'이 짙게 끼었던 것이다. 늘 분주하게 여행하고 돌아다니도록 되어 있는 액운(厄運) 말이다.

한려수도

3. 추억의 항해, 행복한 귀항

국세청 억지사표, 대법원 위법(違法)판결

강요된 일괄사표, 무효판결

내 생애를 통해 겪은 수많은 사건들 가운데서 지금 생각해도 잊지 못할 희소식의 하나는 1975년 6월 28일 조선일보 사회 면에 보도된 머리기사였다.

<강요된 일괄사표(一括辭表) 무효>라는 제목 아래 총무처 소청심사위원장이 낸 '의원면직 처분 무효화 확인 청구소송' 상고심(上告審) 공판에서 대법원은 국세청장에 의해 파직된 세무공무원이 국가를 상대로 '강요된 사표는 무효'라고 제기한 행정소송사건을 고등법원에서 승소(勝訴)시킨 원심 판결을 그대로 확정, 승소 판결을 내렸던 것이다.

대법원에서는 "공무원에게 사임할 의사가 없는데도 불구하고 오직 사직원이 제출되었다는 형식적인 사실에만 근거해 면직시킨 것은 잘못된 행정처분이며 위법(違法)이므로 마땅히 취소되어야 할 것"이라고 판결 이유를 밝혔다.

그리고 "공무원은 국가공무원법 제68조 규정에 따라 형(刑)의 선고, 징계처분 또는 법이 정하는 사유에 의하지 아니하고는 자신의 의사와 반대로 면직(免職) 당할 수 없다."고 밝히고, "임용권 남용으로부터 공무원의 신분을 보장할 필요가 있다는 원심 판결은 정당하다."고 판시했던 것이다.

1974년 2월, 국세청에서 '의원면직'이라는 형식으로 억지 파직(罷職)을 당했을 때 나는 참으로 분하고 창피스러웠다. 그래서 주위로부터 "너무 억울하고 분하지 않느냐?"는 소리와 함께 "행정소송을 제기해 끝까지 싸우라."는 끈질긴 권유도 받았다. 같은 처지에 놓인 사람들 중 일부가 그 같은 수속을 밟고 있다는 소식도 들었다.

그에 반해 우리를 퇴직시킨 K 청장은 권력기관을 동원, 퇴직자들이 혹시나 제기할지 모를 집단소송(集團訴訟) 사태를 방해하기 위해 구체적인 대응책을 준비하고 있다는 소문도 들렸다. 그래서 "나도 소송을 내서 한번 함께 싸워볼까?" 싶어 한동안 반발심을 불태우기도 했다.

숙정공무원 누명 깨끗이 벗다

당시에 내가 소청·소송을 포기한 것은 눈에 보이지 않는 권력기관의 압력에 굴복한 것이 아니었다. 또 K 청장이 직장을 알선해 주겠다며 전화를 걸어와 그의 말에 회유된 것도 역시 아니었다.

세무공무원이라는 직무의 성격상, 우리 사회에서 자기 직업을 자부하며 근무하기가 어려운 세무관서에서 일단 떠났으니, 이제는 과거에 대한 미련을 깨끗이 버리기로 작정했다. 그 대신 새로운 분야에서 자신의 능력을 마음껏 발휘해 보고 싶은 포부와 의욕에 가득 차 있었던 것이다.

다행히 그 승소 판결은 뒤늦게나마 숙정(肅正)공무원이라는 누명을 법적으로 깨끗이 벗겨 주었다는 점에서 큰 위안이 아닐 수 없었다.

생각해 보면 그 사건 당시는 박정희 정권이 유신헌법을 토대로 서릿발 같은 긴급명령을 잇따라 발동하던 시기였다. 만약 내가 그 사건으로 행정소송을 제기했다면 일괄사표를 선별적으로 처리당한 다른 파직자들 대부분이 재래파요, 정통파인 나를 뒤따랐을 것이다. 그리고 짐작컨대 그 결과는 크나큰 정치적 파란(波瀾)을 몰고 왔을 것이다.

그 사건이 있은 후 언론계에서는 "C지역 출신 청·차장이 K도 출신들을 집단적으로 도살(屠殺)했다."고 보도했다. 여당 공화당과 청와대에서는 그 사건에 대한 진상조사를 실시했고 그 결과인지 청와대에서는 인편으로 위문의 전갈을 보내주었고, 공화당 정책위원회에서는 경제기획원 담당 전문위원(1급 공무원 대우) 자리를 제의해 오기도 했다.

여당 전문위원 제의받고

당시에 공화당에서 찾아온 사람은 정책위원회 전문위원 서영수(徐英洙) 씨와 박조현(朴祚鉉) 씨였다.

"오늘 우리가 찾아온 것은 교수님을 우리 당(黨) 정책위원회의 전문위원으로 모시자는 B 의장님 말씀을 전하기 위해서입니다. 빠르면 6개월, 늦어도 1년만 고생하시면 1계급을 특진시켜 희망부처로 복귀시켜 주시겠다는 말씀입니다."

"감사합니다만 일단 대학에 들어온 이상 딴 생각은 일절 하지 않기로 결심했습니다."

"말이 쉬워 그렇지, 그 대학 출신들의 텃세를 어찌 감당하며, 또 적은 월급과 좁은 교수연구실에서 고생이 많으실 텐데요?"

"대학에 와서 숙정공무원 출신이라는 등 지독한 텃세를 벌써 당했어요. 정말 큰일 날 뻔했지요. 앞으로 그런 일이 또 있을지 모르지만 이제는 웬만큼 이겨낼 각오가 되어 있습니다. 관계(官界) 복귀는 단념한 지 오래고, 정계 진출은 적성에 맞지 않거든요."

"글쎄, 교수님 지금 나이가 얼맙니까? 언제 박사학위를 따고 언제 부교수·정교수가 되시겠습니까? 나중에 후회하지 말고 이번 기회에 우리 따라 갑시다."

"사실은 나도 대학생활에 불만이나 불편이 전혀 없는 것은 아닙니다. 또 주위에서는 아직도 관직에 대한 미련을 말하는 사람이 있습니다. 하지만 앞으로 남의 눈치 볼 것 없이 자기 실력(實力)대로, 자기 소신(所信)대로, 그 대신 자기가 얻은 성과는 절대로 남에게 뺏기지 않는, 그런 교수생활·학자생활에 여생을 바칠 각오입니다. 의장님께 감사하다는 말씀이나 잘 전해 주세요."

"그렇게까지 결심하셨다면……."

국회의원 출마 권유도

그 후 여당 공화당에서는 고향에서 국회의원 선거에 출마해 달라는 권고가 있었다. 나를 찾아온 사람은 정책의장 B 씨의 비서관 이경우(李景雨) 씨였다. 그는 내 동서 엄진현 씨와 서울법대 동기 동창생이었다.

"지역구에서 올라온 여론조사에 의하면 통영·고성에서 당선 가능성이 가장 높은 분으로 이 교수 이름이 올라왔는데 어찌 된 일입니까?"

"모르는 일인데요."

그렇게 대답하면서 마음속으로는, 옛날 이승만 정권 시절 제3대 국회의원 선거 때 고향에서 야당 입후보자 편에서 마이크를 잡고 관제(官製)선거를 강력히 공격해 여당 입후보자를 압도했던 일이 생각났다. 그리고 선거철만 되면 진담 반 농담 반으로 입후보를 권해주던 고향 유지들 얼굴이 떠올랐다.

이 비서관이 말하는 고향 여론이란 짐작컨대 그런 분들의 얘기가 전해졌을 것이었다.

"혹시 출마할 생각이라면 우리 당과 의논하셔야지, 설마 야당(野黨) 출마를 생각하고 계신 것은 아니겠죠?"

"천만의 말씀입니다."

"그런데 어째서 우리 당에 이름이 올라왔을까요?"

"정말 모르는 일입니다. 며칠 전 귀당 소속 국회의원 C 씨가 나더러 다음 총선(總選)에 출마할 생각이라면 먼저 자기와 의논하자고 말해, 나는 그럴 생각이 없다고 잘라 말한 적은 있지만……."

"그래요?"

"그럼요, 보세요. 제가 당선될지 어떨지도 모르지만 설사 당선된다고 해도 일개 국회의원의 힘으로, 그것도 초선(初選)의원이 국가나 선거구를 위해 무슨 일을 얼마나 할 수 있겠습니까?"

"그건 무슨 말씀인지?"

"대통령 중심제인 우리나라에서 여당 정책의 대부분은 대통령이 지배하는 정부와 당 총재가 주도하는 당직자들 사이에서 좌지우지되지 않습니까? 자기를 밀어준 선거구민들의 여망(輿望)과 소속정당의 방침(方針)이 어긋난다면 지역구 출신들은 어떻게 처신해야 하죠? 당 소속 국회의원들은 정부·여당의 방침에 반드시 순종해야 하고, 따라서 거수기(擧手機) 노릇밖에 할 수가 없지 않습니까?"

"?"

"또 국회의원이 자기 역량을 제대로 발휘하려면 지역구나 언론기관을 상대로 정치자금을 뿌려야 할 텐데, 당에서 주는 활동비는 뻔하고, 국회에서 주는 세비·활동비는 선거구의 경조사 부조금에도 부족하지 않습니까? 그걸 갖고 정치활동을 어떻게 하겠습니까? 결국 국회의원은 이권에 개입하거나 부정과 타협할 수밖

에 없지 않습니까? 당직을 맡고 싶어도, 장관을 하고 싶어도, 초선·재선 국회의
원에게 그런 기회가 돌아오기란 하늘의 별따기 아닙니까?"

"그래도 사람들은 대개가 국회의원을 해 보고 싶어 야단들 아닙니까?"

"그거야 사람들 나름이겠죠. 저는 지금 대학에서 교수생활을 잘 하고 있잖아요.
예산·세금 등 당면문제에 관해 발언하고 싶으면 신문·잡지에 글을 쓰고, TV·
라디오에 출연하고, 각종 토론회에 참가하면 되죠. 또 학술논문도 교내·외에서
얼마든지 연구·발표할 기회가 있고요. 그래서 내가 이런 멋진 생활을 포기하면서
까지 국회에 나갈 이유가 없다 그 말씀입니다."

"그럴수록 이 교수 같은 양반이 국회에 가서 전문적 지식과 풍부한 경험을 토
대로 지역개발과 국정발전에 적극 참여해야 할 게 아닙니까?"

"말씀은 고맙습니다만 그것도 자기 뜻대로는 안 되죠. 국회 상임위원회의 배
정(配定)도, 국회 본회의의 발언도 모두가 본인의 전문성이나 능력은 둘째고 우
선은 당의 방침, 특히 원내총무의 손에서 좌지우지되거든요. 만약 여당 소속 국
회의원이 정부나 당직자의 뜻을 거역하다간 죽은 목숨과 다를 바 없죠."

"이 교수께서 국회 사정을 참 많이 아시네요."

"제가 대학생 때 선거 운동을 해 드린 고향 출신 국회의원의 수행원 생활을 잠
시 한 일이 있었고, 사무관시절에는 재무부 사세국의 국회 담당관이었어요. 사세
국 소관 대통령의 시정연설문과 재무장관의 예산제안설명문 기안(起案)도 전적
으로 제 몫이었죠. 지금은 내 전공이 나라살림, 즉 국가의 예산과 세금을 다루는
재정학(財政學)과 조세법(租稅法) 아닙니까?"

"혹시 야당으로 출마하실 생각은 아니겠죠?"

"천만에요. 옛날부터 정치는 제 적성에 맞질 않아 안 하기로 작정했습니다. 여

당은 물론 야당도 보스 한 사람을 중심으로 운영되는 정파(政派)들이지, 외국처럼 상공·노동당, 보수·진보당과 같이 역사와 전통을 가진 정당들이 아니잖습니까? 우리 고향에서 올라왔다는 여론은 일부 유지들의 희망사항일 뿐, 나와는 아무 상관이 없습니다."

"그처럼 교수생활에 애착과 자부심이 대단하다면 국회의원 하다가 대학에 다시 돌아가면 될 게 아닙니까?"

"모르시는 말씀, 여당(與黨) 국회의원 하다가 교수 자리로 돌아가고 싶어도 되돌아갈 대학, 받아줄 학생이 없단 말씀입니다. 또 야당(野黨)의원을 하다가 일단 정치 바람이 들면 설사 대학에서 다시 받아준다 해도 골치 아픈 연구·강의가 도저히 손에 잡히질 않는다고 해요. 대학은 일단 떠나면 그만이죠. 정부에 불려 갔다가, 정치 바람이 들었다가, 대학으로 되돌아오지 못하고 길거리를 헤매는 교수 출신 실직자들이 얼마나 많은지 이 비서관은 모르세요?"

정치에 열망을 가진 사람들에게 정치만큼 사람을 휘어잡는 매력은 없을지 모른다. 마치 젊은이들이 전쟁 게임에 빠지듯이 말이다. 하지만 그들 대부분은 후회만 안고 끝나지 않았던가? 정치판에서 떠난 군상(群像)들의 쓸쓸한 뒷모습을 나는 너무나 많이 봐 왔다.

끝내 물리친 정·관·재계 유혹

자문자답 "대학교수 후회 없나?"

대학교수로 재직하는 동안, 솔직히 말해 관계(官界) 복귀에의 미련을 완전히 버린 것은 아니었다.

대학에 들어간 지 얼마 안 된 어느 날, 여당 공화당의 당의장 L 씨와 정책의장 B 씨가 의논 끝에 청와대의 양해를 얻어, 당의 경제기획원 담당 전문위원으로 오라는 제안을 해왔다. 관직 파직이 잘못되었다는 TK(대구·경북) 출신 여당 중진들의 공감대가 형성되었던 것이다. 그분들은 주로 장인의 경북고보 제자들이었다.

하지만 그때 나는 그 제안을 사양했다.

관계(官界)에서 억지로 파직당한 분함을 회복하려는 욕심이나 권력에 미련이 전혀 없었던 것은 아니다. 하지만 그 유혹은 어렵게 대학교수를 선택한 나의 결심을 바꿀 만큼 강력하지는 못했다.

대학생활이 차차 궤도에 오르자 이번에는 '정말 교수생활에 후회가 없는지' 자문자답(自問自答)할 기회가 있었다.

대학에서 가장 먼저 실망을 느낀 것은 전공분야인 정통파 재정학(財政學)을 학부 학생들에게 마음껏 강의하고 싶은 희망이 끝내 좌절되고 말았기 때문이다.

재정학에는 크게 정통학파, 마르크스학파, 공공경제학파의 세 학파가 있다. 대학에서 제대로 학문을 가르치기 위해서는 이들 세 학파를 다 알고 또 다 가르쳐야 옳다.

그런데 우리 대학들에서는 영국·미국 쪽에서 공부하고 온 교수들이 주로 공공경제학을 가르쳤다. 그래서 공산주의자들의 주의·주장은 물론, 세금을 내는 납세자 편에서 국가재정이 지켜야 할 원리·원칙을 제대로 교육시키지 못하고 있었다.

대학에 아직도 '선취특권(先取特權)' 폐습

그때 성균관대의 경제학과에는 나와 전공이 같은 교수가 한 분 있었다. 그의 전공은 정통학파 쪽이었다. 게다가 재정학 과목은 다른 학과에도 강좌가 개설되어 교수 한 사람만 가지고는 그 많은 시간들을 도저히 소화해 낼 수가 없었다.

그런데도 선임교수는 소위 '선취(先取)특권'이라는 교수 사회의 폐습을 내세워 타 학과의 재정학 강의를 외부 강사(講師)에게 맡기면서도 내부 교수인 나에게는 한 시간도 배정해 주지 않았다.

짐작컨대 그는 마르크스학파에서 시작, 정통학파와 케인즈학파를 거쳐 온 나와 학력(學力) 면에서 또 재무부에서 재무실무를 다룬 경력(經歷) 면에서 비교가 될까봐 부담을 느꼈을 것이다.

그 시절 K대학의 박사과정에 재학 중이던 나는, 바쁜 가운데서도 그 대학의 요청을 받아 경제학과의 재정학 강좌에 출강하고 있었다. 그 대학에서는 나더러 아예 자기 대학의 재정학 교수로 전근해 오기를 간절히 바랐다. 하지만 나는 동요할 수가 없었다.

첫째로 관료 출신인 나를 선뜻 받아 준 대학재단(財團)의 은혜를 배반할 수 없었고, 둘째로 데모가 심한 학부에서 학생들에게 끌려다니면서 시간을 낭비하느니 차라리 경영대학원 소속 교수로 남아 연구와 집필에 전념할 시간을 얻는 편이 낫겠다고 생각했으며, 셋째로 성균관대보다 하위권 대학으로 스카우트된다는 점에서 별로 흥미를 느낄 수 없었기 때문이다.

만약 내가 그때 K대학으로 자리를 옮겼다면 그 대학의 경제학과에서 나의 소신인 정통파(正統派) 재정학을 마음껏 강의할 수 있었을 것이고, 마르크스에 물든 운동권 학생들을 수정자본주의자로 바꿀 이데올로기 교육을 자신 있게 할 수 있었을 것이다. 그리고 그 대학에서 학·총장 등 대학 행정가로 활동할 기회도 얼마든지 있었을 것이다.

노교수들 결탁, 학과장 막아

두 번째 실망은, 대학의 총·학장이 내게 지명한 신설 학과의 학과장(學科長) 자리를 고참 교수 몇 사람이 결탁, 엉뚱한 제3자에게 넘긴 일이었다.

그 학과는 청와대 정무비서관이던 대학 선배 C 수석이 신임교수는 대학의 기존학과에서 자리 잡기가 어렵다면서 배려해준 야간대학 회계학과였다. 당시는 서울의 인구 집중을 방지한다는 정부방침에 따라 서울시내 대학의 학과 증설(增設)은 사실상 불가능한 시절이었다. 따라서 파격적인 배려가 아닐 수 없었다.

당시에 인문·사회과학 계열의 학과 가운데는 졸업생이 장차 사회에 나가도 취업이 어려운 학과가 많았다. 평소에 나는 우리 사회에서 취업난(就業難)이 심각하다는 사실을 걱정해오던 터라, 학생 본인은 물론 졸업 및 취업을 애타게 기다리는 부모나 연인들의 심정을 헤아릴 수 있었다.

그래서 그 학과에서는 학자가 될 학생은 석·박사과정으로 진학을 유도하되, 취직해야 할 학생들에게는 주산·계산기의 조작에서부터 시작해 스파르타식 강훈(强訓)을 해야겠다고 생각했다.

부기·회계학과 세법·세무회계 등의 이론을 실무와 접목시켜 기능직(技能職) 같은 '경리(經理)전문가'로 양성할 계획이었다. 그리하여 장차 어떤 불경기가 닥쳐오더라도 생업(生業)만은 평생 보장될 수 있는 실력과 인품을 갖춘 졸업생을 배출하고 싶었다.

그런데 내가 신설 학과의 교과과목 작성에 의욕을 불태우고 있는 동안, 노회한 L 교수가 나서서 동년배 교수들을 선동해 학과 창설의 공로는 고사하고 총·학장의 지명마저 짓밟아 버렸다.

그 일을 주동한 노교수들은 자기편 교수가 학과장을 맡아야 장차 자기 제자

342

들에게 신설 학과의 교수 자리를 나눠줄 수 있다고 계산했던 것이다.

세 번째 실망은, 내가 맡아 온 학부강좌를 성균관대 출신 보직교수가 심술을 부려 아예 폐강(閉講)시켜 버린 사건이었다.

나는 학부 S학과에서 <사회개발지표론>을, 학부 L학과에서 <조세법>을 수년간 강의했다. 타 학과의 강의라 방학을 이용해 강의안을 열심히 준비했고, 강의에는 남다른 열성을 쏟았다. 그 보람이 있었던지 학생들은 뜨거운 호응을 아끼지 않았다.

전통 있는 L학과에서는 출강하는 나를 위해 강의 요일과 시간을 편리하게 배정하는 등 많은 편의를 제공했고, 학과장과 학장은 수시로 나를 위로해 주기도 했다.

그런데 S학과의 S 교수는 학과장이 되자마자 강의시간 배정(配定)은 학과장의 고유 권한이라면서 강좌를 당장 폐강시키고 말았던 것이다. 그 강좌는 전임 학과장이 간청해서 내가 교재 준비에 많은 시간과 노력을 기울인 과목이었다.

그 후 그는 교무처장이 되자 직위를 이용, 나의 L학과 조세법 출강마저 막아 버렸다. 그 뒤 내가 무고(誣告)사건으로 구치소를 다녀왔을 때 경영대학원의 강의와 논문 지도를 서둘러 빼앗은 것도 바로 그의 소행이었다.

학자들의 주의·주장, 공허한 메아리

네 번째 실망은, 내가 대학 안팎에서 국가재정의 위기를 신문·잡지를 통해 자주 글로 쓰고 TV·라디오를 통해 소리를 높여도 기대한 만큼 사회적 실효성이 없는 것이었다.

경영대학원에서 <한국경제론>, <한국재정론>을 강의하는 동안 우리 경제가 후진공업국 단계에서 신흥공업국 단계로 비약적인 발전을 거듭해 온 사실은 물론 재확인할 수 있었다. 하지만 우리나라의 경제정책은 아직도 소수(少數) 독점자본가들의 보호와 육성에 치중되어 있고, 재정정책은 여전히 유력한 정치인 및 관료집단 그리고 소수의 재벌들에 의해 농단(壟斷)되고 있었다.

그 결과 우리 사회에서 재벌들의 횡포는 언제 어떻게 개선될 것인지, 아득한 생각이 들었다. 학자들의 간절한 주의·주장들이 보람 없이 묵살되고 말 바에야 차라리 직접 국회나 정부에 들어가서 평소의 소신(所信)을 한 가지라도 실천해 보는 편이 낫지 않겠는가 싶은 생각이 들기도 했다. 짐작보다 무력한 교수생활에 적잖은 회의와 환멸을 느꼈던 것이다.

관계·업계 유혹에 한동안 동요

대학생활에서 이 같은 실망과 환멸을 느끼고 있을 무렵 나는 외부로부터 또다시 관계(官界) 복귀와 실업계(實業界) 진출의 유혹을 받았다. 그 결과 '대학을 떠나지 않겠다.'던 나의 결심이 이따금 흔들린 것은 사실이었다.

그 가운데서 비교적 확실하고 또 실현 가능성이 높았던 경우는 1981년 1월, 소위 신군부(新軍部)의 핵심인물로부터 새 정부에 참여하라는 권고였다.

"이 교수, 당신은 고급관료 출신 아니오? 그동안 대학에서 박사학위를 받고 강의도 실컷 했으니 이제는 새 정부에서 그동안 쌓은 실력을 마음껏 발휘해 보면 어떻겠소? 여러 부처에서 자문위원도 하고 신문에 논설도 쓴다면서요?"

"감사합니다. 하지만 나는 교수생활이 좋습니다."

"물론 좋겠죠. 하지만 교수는 당신 아니라도 얼마든지 할 사람이 있을 게고, 이 교수같이 이론과 실무를 겸한 재정(財政)전문가는 대학보다 정부에서 일하는 편이 국가적으로 더 유용할 것 같은데……."

"과찬의 말씀입니다. 제가 관계(官界)에서 어이없이 파직당한 경험 때문인지, 바깥세상은 겁이 납니다."

"그 심정은 이해할 수 있지만 육사(陸士) 출신은 참모총장이 꿈이듯이, 고시(高試) 출신은 장관이 목표가 아니겠소?"

"저도 한동안 그런 꿈을, 그런 목표를 갖고 살아온 세월이 있었습니다만……."

"이 교수가 정부에 나가 능력을 십분 발휘하는 편이 국가·사회에 유익하겠다는 소신(所信)에서 말씀드리는 겁니다. 어떻습니까?"

"그럴 생각이 전혀 없습니다."

"대학에는 관계(官界)에 진출하지 못해 안달하는 교수가 많지, 진출이 가능한데도 대학에 눌러 있겠다는 교수가 얼마나 되겠어요? 나중에 후회 말고 한번 나서 보시지요."

"감사합니다만……."

만약 내가 그때 그분의 권고를 따랐다면 전두환 정권의 국보위(國保委)에 참가해 적어도 청장 또는 장관 등 현관(顯官) 자리 한두 번쯤은 차지했을 것이다.

그런 일이 있은 지 얼마 후, 고등고시 후배요, 관직에서 부하였던 청와대 비서관 O 씨가 찾아왔다.

"그동안 소식이 없더니 그곳에는 언제 갔소?"

"12대 국회의원 선거가 끝나고 선배 추천으로 자리를 옮겼습니다."

"청와대에 들어가면 나올 때 한 계급 승진은 맡아 놓은 당상(堂上)이라던데 조심해서 잘해 보세요."

"감사합니다. 그런데 이 선배님, 제가 각하께 선배님 말씀을 드린 적이 있습니다."

"당신 참 간 큰 사람이구먼. 설마 놀리자는 얘기는 아닐 테지?"

"물론입니다. 청와대가 어떤 곳입니까, 말 한마디 잘못하다가는 당장 목이 날아가는 곳 아닙니까?"

"얼마 전에도 그런 권고가 있었지만, 나는 아무래도 대학에 남아 있어야 하겠소. 일의 성사(成事)도 알 수 없거니와 대학을 떠날 마음의 준비가 전혀 안 돼 있어요."

관계 복귀 권유 끝내 물리쳐

그 후에도 관계 복귀의 유혹은 심심찮게 있었다. 1988년 2월 어느 날, 이번에는 아내가 정색하며 물었다.

"당신 정말 관직(官職)에 나갈 생각 없어요?"

"대학교수 아내로 끝내자니 아쉽단 말인가?"

"아뇨. 혹시 관직에 미련이 있나 싶어서……."

"무슨 미련 말이요?"

"당신이 관청에서 억지 파직(罷職)을 당했을 때 이런 변을 당할 이유가 하나도 없는데, 이건 틀림없이 우리가 2층집에 산다는 게 시빗거리가 됐을 거라면서 나를 원망했잖아요?"

"그때야 홧김에 그랬지. 하지만 다 지나간 옛 얘기고 지금은 전화위복(轉禍爲福)이 됐다고 생각하고 있소."

"그래도 그때 내가 한 말이 지금도 가슴에 맺혀 있어요. 당신이 말썽난다고 이사 가기 싫어하는 것을, 새집에 가서 말썽이 난다면 그런 공무원 생활은 때려치우면 될 게 아니냐고 했던……."

한려수도

"허허, 그때는 화풀이를 좀 했지."

"그러니까 위신(威信) 회복도 할 겸 관계 복귀를 다시 한번 생각해 보면 어떻겠어요?"

"글쎄……."

"다행히 요즘은 큰 집에 선(線)을 댈 수가 있고 또 소위 킹메이커라는 K 의원도 건재하시고……."

"내게 관계(官界) 복귀를 권해 준 사람이 있긴 있었소. 하지만 전혀 마음이 내키지 않으니 어쩔 수 없지 않소?"

"당신 혹시 군인정권이라고 꺼리는 건 아니겠죠?"

"군인정권? 두 김 씨가 다투다가 어부지리(漁父之利)로 생긴 정권인데 누가 흉볼 수 있겠소?"

"그래요?"

"내가 대학에서 '독재정권 물러가라'는 데모를 수없이 겪기도 했지만, 이 정부 역시 맘이 내키지 않소."

"그래도 남자가 태어나서 소신을 마음껏 한번 펴보는 것도 멋있는 일 아니겠어요?"

"설사 내가 정부에 들어간다 해도 소신대로 일하기는 어려울 게요. 들어갈 때는 언제 물러나도 좋다는 각오가 돼 있어야 하는데, 막상 들어가면 권력의 마력(魔力)인지 그게 그렇게 되지 않는단 말이오. 내 성격상 사회평등 등 학문적 신념은 꼭 관철해야 할 텐데 사방에 기득권자들이 단단히 자리 잡고 있어서 자칫 잘못하다간 망신만 당할 게 십중팔구란 말이오. 장관들 평균수명이 6개월밖에 안 되는 줄 알기는 해요?"

"장관 하다가 대학으로 도로 가면 되잖아요?"

"미안하지만 그게 안 돼요. 우리 재정학 분야에서도 존경받던 교수 몇 분이 장관 또는 총리로 들어갔다가 불과 1·2년 만에 쫓겨나 지금은 떠돌이 신세가 돼 있소. 또 우리 대학에도 입각(入閣)했다가 복직 못한 사람이 여럿이란 말이요."

"그럼 당신 관계(官界) 복귀는 아예 단념했단 말씀이죠?"

"그렇소. 당신이 아는지 모르지만 행정은 정치적 중립을 지키면서 반드시 원리원칙을 지켜야 하고, 하급공무원들에게는 최소한의 문화적 생활비를 보장해 줘야 해요. 그런데 공직사회의 정치적 중립성은 아직도 요원하고 공무원들 처우 역시 아득한 마당에 내가 정부에 들어가서 무엇을 할 수 있겠소?"

"?"

아마도 그때 아내에게는 역마살이 끼고 있었을 것이다. 하지만 나는 대학에서 여생을 명예롭게 끝내리라 다시 다짐했다.

그 뒤에 등장한 대통령은 중학교 선배였다. 만약 내가 권력지향형이었다면 권력에 접근할 기회는 여러 번 있었다. 때때로 교수생활에서 불평불만을 느낀 적은 있었지만, 관직 복귀는 교수직을 포기할 만큼 매력적이지 않았다.

관학(官學)공로 인정받은 <동탑산업훈장>

직장 후배들 앞 단상에 서다

1991년 3월 3일 대학교수 신분으로 정부로부터 <동탑산업훈장>을 받았다. 1972년 7월 1일 공무원으로 재직하면서 받은 <홍조근정훈장>에 이어 생애 두 번째 훈장이었다.

장소는 '조세(租稅)의 날' 기념행사가 열린 서울 종로구 광화문 소재 세종문화회관 대강당이었고, 국세청 근무 시절 '세금의 날' 행사가 열렸던 자리였다.

1·2층에는 국세청 및 관세청의 사무관 이상 간부들과 서울시내 직원들이, 단상에는 정영의(鄭永儀) 재무부장관을 비롯한 양청 청장과 내빈들이 점잖게 자리 잡고 있었다.

훈장이 수여된 것은, 대학교수로서 재무부의 정책자문위원회 위원과 세제발전심의회 위원으로 위촉되어 국가의 재정(財政)발전에 크게 기여해 왔고, 한국조세학회를 창설해 우리나라 조세학의 발전에 기여한 공로가 평가되었기 때문이었다.

우리 사회에서 훈장을 받았다고 해서 알아주는 사람은 별로 없다. 하지만 그날 훈장을 받은 인사들은 나름대로 각자 감회가 깊었을 것이다. 그날 나는 세무관서 출신으로서 소위 숙정(肅正)이라는 누명을 쓰고 강제파직(罷職)을 당한 지 17년 만에, 그것도 옛 직장 후배들이 지켜보는 가운데서 국가가 수여하는 품격 높은 훈장을 받았으니 감회가 남다를 수밖에 없었다.

"이 선배님, 수훈을 축하드립니다."

"정 장관, 훈장 추천을 감사드립니다."

17년 전 국세청을 떠났을 때 나는 내가 경제학박사 및 대학교수가 되어 그 자리에 다시 설 수 있으리라고는 꿈에도 생각지 못했다. 후배들 대부분도, 권력에 의해 처량하게 거세(去勢)당한 내가 설마 그렇게 빨리, 당당하게 '제2의 인생'에 성공해서 그 자리에 나타나리라곤 상상조차 하지 못했을 것이다.

그날 훈장을 달아 준 정 장관은 그가 재무부 이재국장이었고 내가 성균관대 조교수 시절, 조선호텔 앞길에서 만났을 때 답답한 듯 내뱉은 자기 말을 그 자리에서는 아마 잊고 있었을 것이다.

"대학에서 정교수(正敎授)로 오라고 해도 갈까 말까 할 판에 부교수도 아니고 조교수로 가시다니, 그게 말이 됩니까?"

"정 국장, 미안하네요. 선배가 불민(不敏)해서 죄송해요. 그 대신 대학에서는 절대로 후배 망신시키는 일은 없을 테니 안심하세요."

당당히 밝힌 조교수 신분

그와 만났던 그 시절, 나는 매일경제신문에 <탈세의 사각(死角)지대>라는 칼럼을 연재하고 있었다. 이재국장으로 한창 날리던 그는 그 칼럼의 필자 소개란에서 내가 밝힌 조교수라는 직위를 봤던 것이다.

물론 그 신문사에서는 "성균관대 교수면 되었지 구태여 조교수라고 밝힐 필요까지는 없지 않느냐?"고 반문했다. 왜냐하면 조교수들이 직함을 교수로 사용하는 경우가 예사였기 때문이다.

하지만 나는 마음속으로 '대학 사회에서는 일반적으로 전임강사 이상이면 조교수든 부교수든 모두가 다 교수로 부르니까 신문에 직위를 교수라고 표시한들 시비할 사람은 아무도 없겠죠? 또 귀사에서는 신문의 품격을 높이기 위해 직위를 교수로 높여 표시하기를 바라겠지요. 하지만 나는 계급사회인 정부에서 19년 간 잔뼈가 굵은 사람입니다. 이제 새 직장으로 온 이상, 비록 직위는 낮지만 조교수에서 시작해 정교수까지 정정당당하게 승진하기로 결심했어요. 그러니 조교수라 표시해도 하나도 거리낄 게 없소.'라고 당당하게 말해 주었다.

훈장을 받은 그날, 나는 집에 돌아오면서 관직을 떠난 후 겪어 온 세월들을 찬찬히 회상해 보았다. 그리고 국세청의 강제해직처분이 대법원에서 무효로 판결

됨으로써 법적(法的)인 명예회복이 된 데 이어, 그날 정부로부터 국가가 수여하는 훈장을 받아 사회적(社會的) 명예회복까지 되었으니 생전에 그 기회를 베풀어 준 '운명의 신(神)' 앞에 깊은 감사를 드리지 않을 수 없었다.

대학교수 되어 역대 청장 만나고

나를 파직시킨 전직 청장 K 씨를 다시 만난 것은 파직된 지 10년이 지난 1983년 3월 3일이었다. '세금의 날' 기념행사가 열리던 날 초저녁 전직 세무공무원들을 위로하기 위해 국세청이 마련한 파티 장소에서였다.

나는 파티장으로 올라가는 도중에 만난 조관행 국장의 권유를 받아 3층 청장실로 들어갔다. 그곳에는 현직 A 청장을 비롯, 전직 청장들이 담소하고 있었다.

내가 들어서자 모두가 일제히 주목하는 가운데 전직 K 청장의 표정이 당장 굳어지는 것을 느낄 수 있었다.

"이 교수님, 잘 오셨습니다. 앉으시죠." 현직 청장이 자리에서 일어나며 미소 띤 얼굴로 맞아주었다. 청장은 자기 밑의 차·국장들로부터 내가 그 전에 당한 '억울한 사정'을 들어 알고 있는 것 같았다.

"이 박사, 요즘 당신 탤런트가 다 되었던데요?" 전직 L 청장이 반기며 인사했다. 신문·잡지에 글을 많이 쓰고 TV·라디오의 대담프로에 자주 등장하는 것을 두고 하는 인사말이었다.

"이 교수님, 조세 분야에서 벌써 태두(泰斗)가 되셨습니다. 축하드립니다." 전직 K 청장이 벌떡 자리에서 일어나며 하는 인사말이었다. 순간 '태두라는 말은 내게 어울리지 않는 과찬의 말씀인데……' 싶었다.

당시에 전직 L 청장은 상공부장관을 거쳐 재벌회사의 고문으로 재직 중이었고, K 청장은 건설부장관을 거쳤으나 80년 신군부에 의해 숙청(肅淸)당한 채 무직상태였다. 그분들과 담소하는 동안, 나를 국세청에서 빼내 주지 못한 전직 L 청장이 원망스러웠지만 지나간 얘기라 생각하며 마음을 달랬다.

그러나 막상 나를 파직시킨 K 청장을 만나니 그 일을 당했을 때 느낀 충격과 분노가 다시금 떠올라 착잡한 심정을 금할 수 없었다.

파직된 그날로부터 무려 10년, 그동안 얼마나 힘들고 고달픈 세월을 살아왔던가? 조교수에서 시작해 부교수·정교수가 되기까지 지방대학 출신, 재무관료 출신이라는 교내의 텃세와 괄시 속에서 얼마나 많은 고생을 했던가?

하지만 나는 그날 파티장을 떠날 때까지 마음의 평정을 잃지 않았다. 그 원동력은 '제2의 인생'이 일찌감치 결실을 맺어 대학교수 및 경제학박사로서 당당히 그 자리에 설 수 있었기 때문이다.

만약 내가 '제2의 인생'에서 성공하지 못했다면 어찌 그런 장소에 가며, 역대 청장들과 대면인들 할 수 있었겠는가?

고시출신 고관(高官)모임 초청강연도

그해 4월 어느 날, 변호사로 개업 중인 고등고시 동기 전용성(田容星) 씨로부터 "경제문제에 관해 강연을 한번 해 줄 수 없느냐?"는 부탁을 받았다.

"이 교수, 요즘 신문·잡지와 TV에서 당신이 발언하는 걸 자주 봤는데, 그새 중견(中堅)교수가 다 된 것 같습디다."

"과찬의 말씀, 아직도 교수 수업 중이죠."

"그건 그렇고, 고등고시 출신 전직 3부요인(三部要人)들이 모여 월례회를 만들었는데, 요즘 우리 경제가 어떻게 돌아가는지 모두들 궁금해하고 있소. 이 교수께서 어디 얘기 한번 해 줄 수 없겠소?"

"경제학은 그 분야가 대단히 넓은데 내 전공분야인 나라살림, 즉 재정학 분야의 얘기라면 평소 생각대로 한 번쯤 얘기할 수 있겠어요. 그래도 괜찮겠습니까?"

나는 전공이 국민생활과 관계 깊은 재정학 분야라서 기회만 있으면 자주 소신(所信)을 밝혀 각계각층의 각성과 협력을 얻어야 하겠다고 생각해 왔다. 그랬으니 동고회의 초청을 사양할 이유가 없었다.

대학 강의, 신문사설, 신문·잡지에의 기고, TV 대담, 각종 토론회 등에서 다듬어진 나의 소신은 그 모임에 참석한 사람들에게 적잖은 흥미와 감동을 준 것 같았다.

우리 사회 격차문제 등 지적

특히 "우리 경제가 고도성장의 결과로 사회에서는 '빈부(貧富)의 격차'가 날로 확대되고, 특히 중산층은 자기들이 느끼는 빈곤을 절대적 빈곤이 아닌데도 자기들보다 잘사는 사람들과 비교해 '상대적 빈곤감(貧困感)'을, 그리고 자기들이 못사는 이유를 잘사는 사람들이 자기들에게 돌아올 몫을 빼앗아갔기 때문이라고 보는 '상대적 박탈감(剝奪感)'을 느끼고 있다.

국민의 세금부담은 해마다 늘어나지만 그것은 주로 중산층 이하에 치중되는 불공평한 세금, 즉 '간접세(間接稅) 위주'로 징수되고 있고, 각 부처에서는 갖은 명목으로 제2의 세금, 즉 '잡부금'을 함부로 거두고 있다. 그 결과 이들 부담금도 세금과 마찬가지로 물가 인상의 방법으로 중산층 이하 저소득층에게 전가되고 있다.

그럼에도 불구하고, 정부는 과도한 경비 지출에 급급한 나머지 해마다 '엄청난 규모의 국가채무(國家債務)'를 누적시키고 있다. 공무원 수는 해마다 늘어나지만 대민(對民) 봉사하는 실무자보다 차관보, 기획·감사실장, 심의관 등 고위직 공무원이 대부분을 차지하고 있다. 그 결과 일반국민에게 정직하고 성실해야 할 하위직 공무원에 대한 보수는 문화적 생계비에도 미치지 못해 부정부패가 성행할 수밖에 없게 되어 있다.

그동안 우리 정부나 지도층은 국정(國政)지표를 국토방위·경제개발·복지증진 등으로 그럴듯하게 포장해 왔다. 하지만 절대적 빈곤층에 대한 국가의 생계비 보조는 '명목' 수준에 그쳐 권력(權力)을 가진 정부·여당과 부(富)를 가진 대기업·재벌들에 대한 빈곤층의 '반감(反感)'은 나날이 높아가고 있다. 따라서 지금 우리 사회에서는 국가안보·범죄예방·사회안정의 측면에서 볼 때 심각한 위기가 조성되고 있다고 봐야 한다."는 점을 강조했다.

나는 결론 삼아, 다음 말을 덧붙였다.

"재정을 알면 국가 명운(命運)도" 강조

"남의 집 형편은 그 집 부엌을 들여다보면 잘 알게 되어 있다. 지금 우리가 처해 있는 나라의 부엌, 즉 국가재정을 놓고 재정학자로서 솔직히 말한다면, 이래 가지고는 이 정권이 아니라 이 나라가 언제 망할지 모르겠다."는 극언까지 했다.

강연이 끝나자 그들은 잠시 넋을 잃은 듯했다. 그리고 만장일치로 이사관에 그친 나에게 그 회의 정회원(正會員)으로 가입할 것을 요청했다.

"과거에 우리가 입법·사법·행정부에서 장·차관 등 요직(要職)을 지냈지만, 지금은 평민(平民) 아니오? 이 교수, 이 박사보다 나을 게 뭐 있소? 현직(現職)에서 활약하고 있는 이 교수를 우리 회에 정회원으로 모십시다."

그 회의 이름은 <동고회(同考會)>였다.

'인생역전(人生逆轉)'이라는 말이 있다. 삶이 승부를 가리는 경주가 아닌 바에야 역전이라는 말은 어울리지 않는다. 그보다는 오히려 '인생순리(人生順理)'라고 말해야 옳지 않겠는가?

일생을 통해 나는 많은 것을 이룩하지 못했고 또 충분히 능력을 발휘해 보지 못했다. 하지만 지나간 세월을 되돌아볼 때 크게 후회는 없다. 오히려 성공한 인생이라 자부심을 느낀다.

인생은 결국 순리대로 돌아가기 마련이고, 그 순리가 사람의 운명을 만드는 게 아닐까 싶다.

영광의 세월, 추억의 '70개 성상(星霜)'

내가 국세청에서 근무하는 동안 발행인직을 두 번 맡았던 월간잡지 ≪국세(國稅)≫ 1981년 8월호에, 관직을 떠난 지 7년 만에 처음으로 회고담 '제2의 인생'을 썼다.

그때는 나를 파직시킨 군인 출신 K 청장이 떠나고, 개청 후 처음으로 민간인 출신이 국세청장으로 취임한 뒤였다. 그래서 내 글이 비로소 그 잡지에 실릴 수 있었다.

그 글을 다음에 요약한다.

『재앙 없는 인생은 없다

사람은 누구나 무사한 한평생을 바란다. 하지만 누구 한 사람도 탈 없고 재앙(災殃) 없는 일생을 보낼 수 없다. 문제는 그 탈이나 재앙이 한 사람의 인생의 축을 크게 뒤바꿔 놓았을 때 그가 느끼는 후회의 내용은 그의 장래에 대단히 중요한 의미를 갖는다고 생각한다.

A. 쇼펜하우어는 말했다.

'벌써 될 대로 다 되어 버렸다. 다시 말하면 벌써 바꿀 수 없을 만큼 불행한 사고에 부딪혀 버린 뒤에, 이렇게까지 되지 않고도 끝날 수 있었을 것을 또는 조금만 더 주의했더라면 달리 방책이 있었을 것을 등등의 생각에 몸을 태울 필요는 없다. 이와 같은 생각이야말로 참을 수 없는 고통을 수반하는 것으로서 그 결과는 단지 자기 견책(譴責)만 더 할 뿐'이라고.

물론 옳은 말씀이다. 하지만 R. 브라우닝의 다음 말에 더 공감이 간다.

과거 후회보다 미래 결심이 중요

'세상에는 과거에 자기가 행한 행위에 대해 후회하는 사람이 많다. 하지만 그보다는 오히려 앞으로 해야 할 일을 하지 않는 행위에 대해 더 후회해야 할 것이 아닌가? 일생의 끝에 가서 했어야 하는데 하지 않은 여러 가지 일들이야말로 진실로 우리를 비탄(悲歎)과 절망(絶望)의 연못에 빠지게 하는 것이다.'

되씹을수록 뜻깊은 말이라고 생각한다.

어느 날 내게 생애에 처음이자 마지막이 되었으면 싶은, 엄청난 재앙이 밀어닥쳤다. 천직이라 믿었던 관직을 하루아침에 일방적으로 박탈당하고 말았던 것이다. 1974년에 일어난 일이니까 벌써 오래된 옛 얘기다.

막상 그 변(變)을 당했을 때 나도 별수가 없었다. 남들처럼 지난 일을 후회하고 앞날에 대해 커다란 불안을 느꼈다. 가족이 모두 깊이 잠든 밤을 혼자 무수히 지새우기도 했다.

그러던 어느 날, 나는 종이를 꺼내 놓고 한 장의 연대표(年代表)를 만들어 보았다.

제일 왼쪽 칸에 내가 태어난 1931년부터 차례로 연수를 적어 내려갔다. 마흔세 번째 칸을 적고 보니 1974년, 바로 올해였다. 생각한 끝에 열일곱 칸을 더 적기로 했다. 무작정 적기로 한다면 예순다섯 살까지, 아니 여든 살까지도 적지 못할 바는 아니었다. 하지만 욕심 부리지 않고 내가 회갑(回甲)이 되는 해까지만 보태기로 했다.

당당하던 관직도 떠나면 그만

그해, 즉 내가 61세, 회갑이 되는 해가 1991년이었다.

그 다음 칸에 아내, 큰아이, 둘째아이…… 이렇게 가족들이 태어난 해로부터 시작, 내가 회갑이 되는 해까지 그들의 나이를 각각 적어 내려갔다. 마지막 해에 큰아들은 서른 살, 막내딸은 스물세 살로 대학 4학년생이 된다는 것을 알 수 있었다.

그때까지 내가 만약 살아 있고 활동을 계속할 수 있다면, 그들이 각자 자립할 수 있도록 어느 정도 뒷받침해 줄 시간적 여유가 남아 있었다.

　불행 중 다행이 아닐 수 없었다. 하지만 '앞으로 내가 무엇을 할 수 있고, 또 무엇을 해야 할 것인가' 가 더 큰 문제였다.

　먼저, 사회생활을 시작한 첫해로부터 시작, 억지 파직(罷職)을 당한 그날까지 지나온 과거를 차분히 정리해 보았다. 1956년 스물다섯 살이던 해에 고등고시(高等考試)에 합격, 재무부 수습행정관에 임명되었고, 사무관을 거쳐 서른 살에 재무부 서기관으로 승진했으며, 서른다섯 살에 국세청 이사관으로 다시 승진되어 도합 19년간 관계에서 활동했다는 것을 알 수 있었다.

　그동안 내게 있었던 일들이 주마등처럼 눈앞을 스쳐갔다. 의욕과 영광에 가득찬 세월이 선명하게 되살아났다. 하지만 그 모든 것은 이미 과거에 묻혔을 뿐, 나는 혼자였고 내게 남은 것은 지나간 시절의 발령장(發令狀)과 훈장기(勳章記)뿐이었다.

　어리석게도 나는 공무원의 법적 정년 60세를 믿으며 살아왔기에 훗날에 대비한 자격증도, 학위기도, 영업허가장도 한 장 없었다.

　다음에는 내가 회갑이 되는 1991년까지를 헤아려 보았다. 지나온 공직생활과 맞먹는 18년이 공백으로 남아 있었다.

　앞으로 '남은 이 기간 동안 나는 무엇을 할 수 있고 또 무엇을 해야 할 것인가?' 하고 깊은 상념에 빠져 시름 찬 나날을 하염없이 보냈다.

　'앞으로 다시는 일방적 파직과 같은 봉변을 당하는 일은 없어야 하겠다. 절대로 요행을 바라지 말고 돌이 아니라 종이를 쌓아가듯 조심스럽게 살아야 하겠다. 처자식에게 명예로운 직업을 선택해야 하겠다. 이제는 그 일차적인 공과(功過)가 상사나 기관이 아니라 오직 나한 사람에게 귀속되는 일을 해야 하겠다. 늙어서 고향에 돌아갈 때 추호도 부끄러움이 없어야 하겠다. 인생이 끝날 때 후회함이 없도록 긴 안목에서 착실히 살아가야 하겠다.'

그리하여 내가 그때부터 해나가야 할 일을 개척해 보기로 했다. 그 일은 쉽게 할 수 있는 일은 아니었다. 다만, '꼭 해야 할 일이 바로 이것이다.'라고 깊이 다짐한 것이었다.

무모하게도 그 여백(餘白)의 첫 칸에 대학원 1학년과 대학의 시간강사 1년차, 마지막 칸에 박사학위와 전임교수라는 단어를 적어 넣었다. 첫해에 시작, 1991년까지 남은 18년을 모두 바쳐 '오로지 경제학박사 학위(學位)와 대학교 정교수라는 신분(身分)으로 내가 죽으리라.' 결심했던 것이다.

그날로부터 어느덧 7년 반의 세월이 흘렀다.

자랑스러운 '제2의 인생', 박사·교수 되고

그사이 경제학 학설도 재정학 이론도 이미 옛날의 것은 아니었다. 기억력은 감퇴되고, 눈은 자꾸만 나빠져 처음으로 안경을 써야 했다. 하지만 문제는 진보된 학문이나 신체상의 장애, 조롱하듯 쳐다보는 주위의 시선이 아니었다.

진실로 괴로운 일은 자기 자신의 내부에서 반복해 일어나는 방황(彷徨)과 갈등(葛藤)이었다. 하지만 오늘까지 내가 정신적 어려움을 딛고 꿋꿋하게 일어설 수 있었던 것은, '결코 숙정공무원이라는 이름으로 끝낼 수 없다.'는 집념(執念)이 있었기 때문이다.

그리하여 회갑 때까지 남은 18년간을 바쳐 이룩하려던 경제학박사 학위와 전임교수라는 지위의 두 가지 소망을, 다행스럽게도 결심한 그 날로부터 6년 만에 달성할 수 있었다.

이제 나는 '제2의 인생'을 멋있게 산다. 물론 날이 갈수록 학문의 세계는 넓고 아득하다. 하지만 그 학문은, 그 업적은, 결코 남이 빼앗지 못하고, 교단은 교수에게 보장된 신성한 영역이라는 사실을 알게 되었다. 비록 역사의 냉엄한 심판은 있을지라도 내가 쌓은 학문, 내가 베푼 교육은 영원히 내 것으로 남으리라 굳게 믿게 된 것이다(1981. 7. 9)."

나의 진로, 후배들에게 교훈

이 글이 발표되자 재무부(재경원)·국세청·관세청과 그 산하기관에 근무하는 재무공무원들 사이에서 한동안 화젯거리가 되었다고 한다. 그리고 이 글을 읽은 후배들 가운데는 '제2의 인생'에 대비하기 위해 세무사·회계사 시험에 응시하거나 박사학위를 취득하기 위해 대학원에 진학한 이가 적지 않았다고 한다.

이 글은 그들에게 그들의 직장이 결코 평생직장이 아니라는 '냉엄한 현실'을 깊이 깨닫게 해준 중요한 전기가 되었던 것 같다.

국가에 충성하고 국민에게 봉사하는 정신으로 윗사람을 따르고 직무에 충실해야 할 직업공무원이 자기의 장래에 불안을 느끼고 만약의 경우에 대비해 주위의 눈치를 살피거나 배수진(背水陣)을 치고 살아야 한다면, 그들에게 경국제민(經國濟民)을 위한 청렴(淸廉)과 결백(潔白)을 어찌 기대할 수 있겠는가?

훈장을 받은 그해 가을, 나는 가족들을 데리고 어머니 유체가 묻힌 묘비석 앞에 섰다. 어머니는 1980년 12월 30일, 71세를 일기로 불효한 이 자식을 남긴 채 한 많은 생을 마감하셨다. 한동안 나는 어머니를 잃은 비애감(悲哀感)에 미칠 것 같았다. 어머니가 언제까지나 살아 계실 줄 믿었던 자신이 한없이 어리석게 느껴졌다. 그야말로 불효부모사후회(不孝父母死後悔)라는 말 그대로의 심경이었다.

"어머니는 자식들이 남들과의 경쟁에서 혹시나 기가 죽을까봐 평생토록 고생스럽다는 내색을 하지 않으셨는데……. 내가 군대에 가면 죽는 줄 알고 한사코 입대를 말리셨는데……. 고시 공부하다 병이라도 나면 어쩌나 싶어 밤샘 공부를 극구 말리셨는데……. 장가들면 장모 사랑이 제일이라고 계모 딸과의 결혼을 기어이 막으셨는데……."

생소한 대학생활에 적응한다고, 학위 취득에 몰두한다고, 신문·잡지에 기고한다고, 노경에 처한 어머니를 오랫동안 처·자식에게만 맡겼던 불효를, 나는 그분이 돌아가신 후에야 깨닫고 뒤늦게 통곡했다.

불효자식 후회, "어머니 죄송합니다"

"차라리 옛날 외부 권고대로 여당의 전문위원으로 들어갔다가 관계(官界)에 복귀했다면, 고향 선배의 요청대로 한려그룹 사장에 취임했다가 국회의원에 출마했다면, 시간적 여유를 갖고 어머니께 물심양면으로 좀 더 많은 효도를 할 수 있었을 텐데……."

"대학교수라는 지위와 경제학박사라는 명예가 노경(老境)에 처한 어머니에게 얼마만큼 위안과 보람을 안겨 드렸을까?"

나의 후회와 반성은 끝없이 이어지고, 그 말미마다 어머니 얼굴이 눈앞에 아른아른한다. 평소에 나는 겸손을 가장 큰 미덕으로 삼고 살아왔다. 하지만 '제2의 인생'을 교수생활로 고집한 데는 솔직히 말해 자기도취(自己陶醉)와 명예욕(名譽慾)이 적잖게 작용했을 것이다.

그래서 혹시나 나는 인생을 어리석게, 세월을 허망하게 살아온 것은 아닌지 모르겠다.

아버지가 돌아가신 후, 아버지 동지들께서 유자녀가 너무 어려서, '훗날 제 애비 묘(墓)를 제대로 돌볼 수 있을까?' 싶어 걱정한 나머지 선친의 유체를 화장해버린 옛일을 생각했다. 아버지가 별세하신 날 나는 12세였고 우리 5남매는 오직 한 분, 어머니의 가냘픈 두 어깨에 매달려 있었다.

그때 아버지 친구들께서 우리의 장래를 얼마나 염려했을까? 내가 이처럼 자라 어머니 묘에 비석(碑石)을 세울 수 있으리라 기대인들 했을까 싶다.

그래서 어머니 비석에 '아버지의 흔적'이라도 남겨야겠다고 생각했다. 비석 말은 내가 짓고 글씨는 성균관대와 고려대 교수를 지낸 한학자 청계 임창순(任昌淳) 씨께 부탁했다.

"1908년 통영에서 출생하여 1929년 아버지 합천 이공 봉진(捧振)과 성혼했다. 아버지는 적(敵) 치하에서 언론계에 종사하시면서 청년운동을 계속해 항상 일본 관헌들의 감시를 받아 고생하시다가 옥고까지 치렀다. 집안은 항상 불안하고 생계는 어려웠으나 어머니는 아버지의 뜻을 잘 받들어 살림을 꾸려가며 우리 2남 3녀를 기르며 가르쳤다. 아버지는 조국의 광복(光復)을 보지 못하고 1944년 세상을 떠나셨다. 통영에서는 주민들이 장례를 엄수하여 고인의 높은 뜻을 세상에 알렸다."

어머니를 생각하면 세상 천지에 죄스럽지 않을 자식이 어디 있으랴만, 내게도 남다른 죄의식이 하나 있다. "내가 죽은 뒤라도 부디 교회에 다녀라."라는 유언을 나는 아직도 따르지 못하고 있는 것이다.

마르크스에서 시작, 경제학자 되다

마르크스 경제학에 처음 눈을 떴을 때 나는 기독교에 대한 거부감과 함께 강한 비판의식을 가졌었다. 유럽의 제국주의적 자본주의 국가들이 동북아시아의 봉건적·쇄국적 후진국가를 침략했을 때, 그들은 먼저 무력을 앞세워 영토를 빼앗고 반항하는 주민들을 살육했으며, 다음에는 선교사를 파견하여 주민들의 적개심과 반항심을 마비시켰다.

그 같은 역사적 사실을 공부하면서 내 머릿속 깊이 각인된 기독교에 대한 강한 거부감이 살아 있었기 때문이다.

하지만 나이가 들면서 내 생각은 바뀌었다. 경제사상은 공산주의에서 자본주의로, 철학관은 무신론에서 유신론으로 바뀐 것이다.

첫째, 과학의 세계가 아닌 신비·불가사의·우연 등의 현상은 아직도 신(神)의 영역이라는 점, 둘째, 성경은 어디까지나 선행(善行)을 권장하는 것이지 악덕(惡德)을 조장하는 것은 아니라는 점, 셋째, 인간은 궁극적으로 고독한 존재여서 처자식에 의해서도 보호받기가 어렵다는 점, 넷째, 교회의 행실은 얼마든지 비판할 수 있어도 종교의 교리만은 함부로 비판해서는 안 되겠다는 점, 끝으로 종교는 마르크스 사상과 마찬가지로 정치가에 의해 악용되었을 뿐 결코 근본이념에 잘못은 없다는 점 등을 깨달았기 때문이다.

평소에 나는 수많은 역경을 겪으면서도 인생을 비교적 자신만만하게 살아왔다. 고등고시 출신의 재래파·정통파 고급관료로서, 다음에는 상위권 대학의 당당한 전임교수로서⋯⋯. 하지만 어머니의 별세는 나에게 참으로 큰 충격을 안겼고 지나간 세월이 너무나 덧없이 느껴졌다.

혼자서 이룩한 것 같은 많은 일들이 사실은 '어머니'라는 큰 기둥이 있었기에 이뤄질 수 있었던 것이다.

물론 어머니의 존재는 자식의 안녕에 대한 염려의 범위를 맴도는 한계가 있었다. 하지만 그 염려와 사랑이 없었다면 나는 그 한계를 자신의 의지와 노력으로 극복하기도 전에 벌써 자포자기해 버렸을지 모른다.

수구초심(首丘初心), 망향가

만약 어머니가 안 계셨다면 나는 소년가장으로서 대학은 고사하고 중학 진학도 못한 채 생활전선에 파묻혔을지 모른다. 전쟁터에 나가 전사(戰死)했을 수도 있다. 각종 시험에 짓눌려 공부 자체를 아예 포기했을지도 모른다. 생계에 집착하다 관직에서 부정과 타협했을 수도 있다. 늙어서는 돌아갈 고향도 없이 객지를 떠도는 처량한 신세가 됐을 수도 있다.

고향이 있고 어머니가 계셨기에, 그 사랑과 헌신에 보답해야 하겠다는 의지와 용기가 있었기에 오늘의 내가 있다고 믿는다. 다시금 주름진 눈에 눈물이 고인다.

여우가 죽을 때 머리를 고향 언덕을 향해 돌린다는 옛말로 '수구초심(首邱初心)'이라더니 이 글에 손대자 고향 생각이 더욱 간절하다.

통영, 태어나고 자란 한려수도의 작은 항구도시, 쪽빛 물결과 시퍼런 파도를 헤치며 남망산을 뒤로하고 객지로 떠나온 지 어언 50여 년, 그동안 나는 학연도 지연도 혈연도 없는 낯선 땅 서울에서 용케도 잘 살아왔다고 생각한다. 가히 행운아였다.

내가 고등고시 공부로 뼈를 깎던, 아버지의 유산 고향 집도, 어머니가 장가보 내다고 사주신 넓은 집도 친척의 실수로 남의 것이 되고 말았다. 그래서 고향에 는 땅 한 평이 없다. 하지만 꿈속의 고향, 마음의 고향만은 영원히 나의 것이다.

이제 나는 짐을 챙겨, 떠나올 때처럼 설레는 가슴을 안고 고향으로 돌아가려 한다. 아무 거리낌 없이 세상에 내놓은 회고록(回顧錄)과 남길 자서전(自敍傳)을 안고, 그리운 귀향(歸鄕) 길로 나서는 것이다.

문학소년, 경제학자 되기까지

1. 세상에 눈뜨게 한 '마르크스 경제학'

세상물정 몰랐던 고교시절

요즘 사람들은 경제문제에 관해 대부분 일가견을 갖고 있는 것 같다.

대통령은 구름 위에 솟아 있는 제왕처럼 통치하는 사람이 아니라 국민경제가 성장하고 첨단산업이 발달할 수 있도록 앞장서야 할 '한국주식회사'의 최고경영자(CEO)라는 것, 국민을 먹여 살리는 일은 이제 국가가 아니라 기업의 몫이라는 것, 가난한 사람을 구제하는 일은 정부가 적선하듯 최저생활을 돌보는 데 그칠 것이 아니라 실업자에게 일자리를 만들어줘야 한다는 것, 임금·근무조건 등 노동단체들의 요구가 지나치게 높으면 국내자본은 외국으로 도망가고 외국인 투자도 위축되어 국민경제가 침체되고 만다는 것, 세금은 받되 과실·불로소득을 잡아야지 원본(元本)에 함부로 손대면 납세자의 조세저항이 일어난다는 것, 경제가 활성화되지 못하면 근로자의 대량 실업이 일어나고 빈부의 격차가 확대된다는 것 등은 이제 상식에 속할 정도다.

농경시대 우리는 최빈국(最貧國)

1961년 우리가 본격적으로 경제개발계획에 착수한 이래로 우리나라는 농경(農耕)사회에서 산업(産業)사회로, 다시 정보화(情報化)사회로 발전을 거듭해왔다. 그 결과 2009년 현재, 우리 국민의 1인당 연평균 GNP는 2만 불을 넘어섰고, 경제규모는 세계 제13위를 기록해 선진국 대열에 들어섰다.

지난 1960년까지만 해도 우리나라는 농촌이 전체 가구의 53.6%와 총인구의 56.1%를 차지하여 가난과 보릿고개를 걱정해야 했고, 낫 놓고 ㄱ 자도 모르는 문맹인(文盲人)이 국민의 70%를 차지한 '최빈국(最貧國)'의 하나였다. 그랬던 우리나라가 불과 50년 사이에 이같이 엄청난 발전을 이룩한 것이다.

선진국의 식민지였다가 제2차 세계대전이 끝난 후 독립한 나라로서 경제적 번영에 성공한 나라는 우리밖에 없다고 한다. 또 외국의 경제원조를 받아온 나라에서 원조를 베푸는 나라로 바뀐 나라 역시 우리밖에 없다고 한다. 하지만 다가오는 시대는 우리라고 해서 낙관만 하고 있을 수 없다.

전 지구적(全地球的)인 과제를 놓고 중지(衆智)를 모아온 세계적 두뇌집단 '로마클럽'은 지난 1972년 발표한 그들의 연구보고서 <성장의 한계>를 통해 지구의 앞날을 크게 우려한 바 있다. 즉 '인구의 증가와 환경의 파괴가 지금과 같은 속도로 계속 진행된다면, 자원의 고갈과 환경의 악화로 인하여 인류의 성장은 100년 안에 한계에 도달할 것'이라고 경고하였던 것이다.

한려수도

최대 관심사, 경제문제 등장

그런데 문제는, 그때가 되기 전인데도 인류사회에는 벌써부터 대혼란(大混亂)의 징조가 도처에서 나타나기 시작했다. 즉 20세기 초에 20억에 불과하던 세계 인구는 1970년에 37억이던 것이 지금은 벌써 66억에 달하였고, 오는 2050년에는 무려 90억을 초과할 것으로 예상되고 있다.

그런데 이 엄청난 인구의 절반은 지금도 하루에 2달러 이하의 가난한 생활에서 벗어나지 못하고 있고, 10억이 넘는 사람들은 교육을 받지 못했거나 초등학교밖에 나오지 못했으며, 7억 8,500만 명의 성인들은 아직도 글을 읽지 못한다고 한다.

더구나 지금 지구에서는 식량과 음료수가 부족하고 석유와 빙산(氷山)이 도처에서 고갈되는 등 로마클럽이 예언한바 '암흑의 시대'가 눈앞에 다가오고 있다.

인류에게 석유의 매장량은 얼마나 남아 있는가? 식량의 자급 능력은 얼마나 되는가? 인류사회와 마찬가지로 우리 가계나 기업은 물론 국가재정(財政)도, 경제문제에 관한 한 장래를 결코 낙관할 수가 없다. 그래서 경제문제는 예나 이제나 우리 모두가 다 같이 각별한 관심을 가져야 할 필수적 과제인 것이다.

세상 물정 모르던 초년생(初年生) 시절

나는 중학시절은 물론 대학생이 된 후에도 한동안은 경제·사회문제에 관해서 별로 관심이 없었다. 부잣집 아들딸들은 부모를 잘 만나 잘살고, 가난한 집 애들은 부모를 잘못 만나 고생을 하겠거니 생각했을 정도였다.

경제학이라는 학문이 따로 있다거나 그것이 시장경제를 중심으로 운영되는 자본주의와 계획경제를 강조하는 마르크스주의의 두 가지 학파로 나눠지고, 그에 따라 세계가 자본주의 국가와 사회주의 국가의 양대 진영(陣營)으로 분리·대립되고 있다는 사실조차 잘 알지 못했다.

하물며 내가 장차 경제학을 공부해서 국가의 최고 등용문인 고등고시에 합격하고 박사가 되고 대학교수가 될 줄이야 어찌 꿈엔들 생각했겠는가?

따라서 우리나라가 경제적으로는 자본주의 국가로서 사유재산(私有財産)제도와 영리주의(營利主義)를 보장하고, 정치적으로는 민주주의 국가로서 자유선거를 통해 정권(政權)이 교체되고 인권(人權)이 법률에 의해 보호되는 등 선진국가의 여러 가지 최신 시스템이 완벽하게 도입·실시되고 있는 줄도 잘 알지 못했다.

당시에 소련에서는 1917년에 성취한 공산주의 혁명을 토대로 스탈린의 공산독재가 패권을 휘두르고 있었고, 중국은 1949년 공산혁명에 성공한 모택동이 장개석을 대만으로 추방하고 영구집권을 강화하던 때였다.

나는 국문학과 학생으로서 어학공부보다 시(詩) 낭송회나 동인지(同人誌) 제작에 참가하고 시화전(詩畵展)에 자주 다녔다. 그러던 내가 어쩌다가 뒤늦게 경제·사회문제에 눈을 떠서 경제학을 평생 학문으로 공부하게 되었는지 얘기해 보려고 한다.

지금은 거론하는 사람조차 드문 역사적 문헌의 하나로 ≪공산당 선언≫이라는 것이 있다.

이것은 옛 소련과 중국으로 대표되는 공산주의 국가는 물론 자본주의 국가의 노동운동에서 이론적 지주(支柱) 역할을 해왔고, 아직도 그들의 행동지침서가 되고 있는 역사적 문헌이다. 이 선언을 작성·선포한 사람은 독일사람 칼 마르크스로 나는 지극히 우연한 기회에 책을 통해 그를 알게 되었다.

내가 그에 관한 책을 읽고 감동과 공감을 느낀 것은 다음과 같은 그의 말 때문이었다.

"앞으로 우리 앞에는 빈부(貧富)의 격차가 없는 풍족한 사회가 실현되어야 한다. 그리고 모든 사람들에게 소외(疏外) 없는 충실한 인생이 보장되어야 한다. 즉 인간에게는 사는 목적, 사는 희망이 꼭 필요한 것이다."라는…….

6·25 전후 우리 사회, 좌우익(左右翼) 대립

지금은 버젓하지만 중학시절 나의 학교성적은 별로였다. 그림 그리기를 좋아하고, 작문을 잘하고, 연극에 참가하고, 브라스밴드부에서 나팔을 불던, 호기심 많은 시골의 문학소년이었다.

농사를 짓거나 장사하는 사람들 그리고 돈 문제에 지나치게 집착하는 사람들을 약간 천시하는 그런 가정 분위기 속에서 자랐다.

초·중등학생 때는 물론 대학에 진학하여 2학년을 마칠 때까지도 내가 장차 사업을 해서 돈을 벌어야 하겠다거나 열심히 공부해서 관료나 학자가 되어 출세해 봐야 하겠다는 등 야심도 없었다.

어머니는 아버지가 일찍 돌아가신 집안에서 큰아들인 나를 남편 대신 의지하고 지극한 사랑을 베풀었을 뿐, '커서 뭣이 되었으면……' 하고 특별히 당부하신 적이 없었다. 건강하게 잘 자라주는 것만도 대견해 "일찍 일어나라.", "공부 좀 잘 해라." 등 잔소리는 전혀 없었다. 그만큼 나는 어머니의 과보호 속에서 하루하루를 그저 안주(安住)했을 뿐이다.

생각해 보면 6·25전쟁이 일어나기 전에 우리 고향에서도 공산주의와 자본주의, 즉 좌우익(左右翼) 사상과 관련된 사건들이 많았다.

1948년 여수·순천 반란사건이 일어났을 때 장사꾼들이 그곳에 쌀을 사러 갔다가 경찰에 붙들려 사상을 의심받고 곤욕을 치렀다는 얘기가 있었다. 대구에서 10·12 좌익폭동이 터진 후에는 시내에 낯선 청년들이 나타나 공산주의자를 때려잡는 서북(西北)청년단이라면서 거리를 누비고 다녔다. 6·25전쟁이 일어나기 직전에는 좌익사상을 가진 사람들이 '보도연맹'이라는 관변(官邊)단체에 가입되어 우익으로 전향했다는 얘기를 들었다.

또 우리 중학에서는 학생연맹이라는 우익단체가 조직되어 '감찰' 완장을 두른 우람한 학생들이 어깨에 힘을 잔뜩 넣고 몰려다니기도 했다.

6·25 전후 내 주변에도 공산주의자

사실 내 주변에도 공산주의자 내지 그의 동조자가 전혀 없었던 것은 아니다.

이종사촌 형은 부잣집 아들이라, 좌익(左翼)운동 전과자들을 선도한다는 명분으로 만든 보도연맹의 강제 가입을 모면할 수 있었고, 외사촌 형은 좌익 활동 전과(前科)를 감추기 위해 한동안 경찰에 투신했다. 자형은 형무소에서 직접 징역살이까지 했고, 서울 살던 작은이모 내외는 공산군이 북한으로 철수할 때 그들을 따라 아예 월북(越北)해 버렸다.

그런 시대, 그런 환경 속에서도 나는 공산주의 사상에 물들지 않고, 그런 운동에 유혹받지도 않았다. 아마도 내가 나이에 비해 육체적으로나 정신적으로 미숙했기 때문이었을 것이다.

6·25전쟁이 소강 상태에 들어섰던 1951년, 나는 친구들과 어울려 부산대에 진학했다. 중학시절, "문학을 해 보라."고 권해주신 시인 김춘수(金春洙) 선생의 영향을 받아 전공은 국어국문학과를 선택했다.

운명의 책, 가와카미 교수 ≪가난 이야기(貧乏物語)≫

대학 진학, 국문학과로

내가 학과에 수석 입학한 것을 아신 국문학과 허웅(許雄)·정병욱(鄭炳昱)·김정한(金廷漢) 교수는 대학원에 진학, 교수가 되어 학과를 크게 발전시켜 보라고 격려해 주셨다. 하지만 문학 활동을 해 본 나는 문예에 더 이상 재능이 없다는 사실을 깨달았다. 게다가 국어학 공부는 답답해 이래저래 대학생활에 흥미와 관심을 잃고 있었다.

그 시절 부산 거리는 이북에서 월남했거나 사방에서 도망 나온 피난민들로 가득했다. 국제시장은 군수·밀수품을 가득 쌓은 장사꾼들의 호객소리로 시끌벅적했다. 그리고 낡은 전차는 출입구에 사람들을 가득 매달고 힘겹게 달리고 있었다.

때마침 1·4후퇴로 임시수도(首都)가 이동해 와서 정치의 중심 무대가 된 부산은 거창 양민학살사건을 비롯해 판문점에서 시작된 정전(停戰)회담, 이승만 대통령의 평화선 선포, 발췌개헌안을 둘러싼 정치파동과 계엄령(戒嚴令) 선포 등 연이은 사건들로 사방이 몹시 어수선했다.

대학에서도 거리에서도 정(情)을 느끼지 못한 나는 방학 때는 물론 주말만 되면 여객선으로 3시간 거리인 고향으로 돌아가 혼자 지내기 일쑤였다. 고향에서 많은 시간을 보낸 그 시절, 나는 사랑하던 여인의 죽음으로 한동안 실의(失意)에 잠기기도 했다. 하지만 어릴 적부터 몸에 밴 습관 그대로 책읽기만은 게을리 하지 않았다.

그러던 어느 날 나는 정말 우연히도 운명적인 일본책 한 권을 만났다. 일본의 대표적 칼 마르크스 학자인 가와카미 하지메 교수가 지은 ≪가난 이야기(貧乏物

語)≫였다. 그때 나는 몰랐지만 이 책은 일제강점기 때부터 의식화(意識化)된 우리 학생들의 비밀서클에서도 많이 읽혀진 책이었다.

운명적인 만남 ≪가난 이야기≫

이 책이 1917년 세상에 나왔을 때 일본은 물론 일본의 식민지였던 우리 땅에서도 인텔리들이 자본주의를 제대로 비판할 학문적 지식을 아직 갖추기 전이었다. 그래서 젊은이들은 사회적 평등을 부르짖는 공산주의 계통의 책들을 읽고 공산주의 학자들의 주의·주장에 일방적으로 감화된 경우가 많았다.

우리나라에서 대학에 경제학과가 처음 설치된 곳은 일제(日帝)가 우리 땅을 강점한 1907년 보성전문학교였고, 서울대와 연희대는 해방 다음 해인 1946년에 가서야 경제학과가 겨우 설치되었다. 게다가 마르크스 경제학은 6·25전쟁을 겪은 이래로 대학에서도 완전히 배척을 받아 금단(禁斷) 과목이 되었던 것이다.

다음은 2008년 6월 26일자 조선일보 <형장(刑場)의 조봉암>의 내용이다.

"······그는 1926년 조선공산당 창립에 참여한 한국 공산주의운동의 핵심적 인물이었다. 그러나 1946년 노동계급의 독재(獨裁)와 자본계급의 전제(專制)를 모두 반대하는 중도(中途)통합 노선을 주장하고 공산당과 결별한 뒤 대한민국 건국에 참여했다. ······신익희의 급서(急逝) 때문이기도 했지만 3대 대통령 선거에서 216만 표를 얻어 이승만을 위협했다. ······북한과 접선해 자금을 전달받았다는 혐의로 기소······ 주요 혐의가 1심에서 인정되지 않다가······ 3개월 뒤 2심에서 갑자기 모든 혐의가 인정되고 1959년 2월 27일 대법원에서 사형(死刑)이 선고되었다······."

그런 우리나라에서 마르크스 경제학이 대학의 정식과목으로 개설되고 전임교수가 배치된 곳은 그로부터 30년이 지나 노태우 정권이 들어선 다음 해인 1989년 서울대학교 경제학과가 처음이었다.

우리 사회 절대 금기(禁忌) '공산주의(共産主義)'

그러니까 우리나라에서 마르크스 경제학이 하나의 학문으로서 본격적·체계적으로 연구되고 공개적으로 토론·교육되기 시작한 것은 너무나 늦었다는 것을 알 수 있다.

물론 그 이전에도 대학 강단에서 마르크스 이론이 거론된 적은 있었다고 한다. 하지만 6·25전쟁을 겪은 우리 사회가 북한 공산주의에 대해 품은 강렬한 적개심과 역대 정권의 강력한 반공교육으로 인해 그 같은 학문은 교수들의 자습(自習) 범위를 넘을 수 없었다.

이전에 우리 대학에서 마르크스 강좌가 잠시 개강된 적은 있었다고 한다. 정부의 초대 기획처장을 지내고 좌우(左右) 합작운동에서 활약하다가 6·25전쟁 때 월북(越北)한 이순탁이 그 사람이다.

그는 1919년 일본 경도제국대학 경제학부 청강생으로 입학하여 ≪가난 이야기≫의 저자 가와카미 교수를 만났고, 동료들이 '조선의 가와카미'라고 부를 정도로 그를 따랐다고 한다. 가와카미 교수의 영향을 받은 그는 월북하기 직전까지 연희전문학교의 상과 교수였다.

그러면 ≪가난 이야기≫의 저자 가와카미 교수는 누구며, 그 책은 어떤 내용을 담았기에 일본과 그들 식민지인 이 땅에서까지 한 시대를 풍미(風靡)했던 것일까?

가와카미 교수는 경도제국대학 교수로서 일본에서 자타가 공인하는 경제학 및 경제학사의 권위자였다.

가와카미, 일본 공산주의 선구자

1916년 아사히신문에 ≪가난 이야기≫를 연재하기 시작하여 자본주의 경제가 발전함에 따라 나타나는 사회악(社會惡)과 빈곤(貧困)문제를 처음으로 거론하여 수십만 독자들로부터 열렬한 호응을 얻어 일본 사회에 엄청난 반향을 불러일으켰다. 우리나라의 80대 인텔리들, 특히 일본 유학파들 가운데는 아마도 그 시절을 기억하는 이가 많을 것이다.

그는 1919년부터 개인잡지 ≪사회문제연구≫를 발행, 마르크스주의의 연구와 소개에 착수했다. 당시는 일본·중국·조선 공산당이 러시아 공산당 극동국의 지령(指令)을 받아 움직이기 전이었다. 그의 책은, 공산주의자들이 조국으로 받드는 국제공산당(코민테른)이 아시아 3국에 조직의 손을 뻗친 1920년보다 앞서 발간된 것이었다.

그러니까 가와카미 교수는 일본 공산당이 창건되기 이전에 일본에서 '마르크스 선풍'을 불러일으킨 선구자였다고 볼 수 있다. 그는 1926년 마르크스주의를 지도 원리로 하는 학생운동에 개입한 혐의로 가택 수색을 당했고, 일본 공산당에 대한 검거선풍이 크게 분 1928년에는 정부의 탄압을 받아 대학교수직에서 물러날 수밖에 없었다.

공산당에 대한 사직당국의 무자비한 검거선풍이 불었던 1928년 이후의 수년간을 일본에서는 '치안유지법(治安維持法)시대'라 부른다.

일본 공산당 절대 반대 '천황제(天皇制)', '사유재산제'

일본 공산당은 천황제를 완강히 부정하고 사유재산제도를 철저히 반대했다.

천황을 절대적 신(神)으로 받들고 유사시에는 천황을 위해 목숨을 초개같이 바치기로 맹세한 일본의 극우(極右) 및 군부(軍部)세력들과 영리주의·자유경쟁을 바탕으로 사유재산제도를 철저히 지키는 자본가들이 공동의 적인 공산당을 그냥 놓아둘 까닭이 없었다.

동경에서 젊은 군인들의 친위(親衛) 쿠데타인 3·15사건이 일어났을 때 경찰과 헌병은 그 사건에 편승하여 마르크스 혁명운동에 참가한 사람들은 물론, 단지 공산당을 조직했거나 그에 가입한 사람들까지도 일망타진해 무려 1,500명을 구속시켜 고문·처벌했던 것이다.

그런데 당시에 일본 지배층이 깜짝 놀랐던 것은, 첫째로 명부상 당원수가 400명에 불과했던 공산당에서 엄청나게 많은 사람들이 조직자·참가자의 명단에 포함되어 있다는 사실, 둘째로 검거된 사람들 가운데는 일본의 최고 명문으로 자타가 공인하는 동경·경도제국대학 학생들이 다수 포함되어 있다는 사실이었다.

치안당국은 공산당의 배후 인물로 가와카미 교수를 지목했고, 그는 정부의 계속된 압력에 견디다 못해 기어이 대학을 떠났던 것이다.

하지만 그렇다고 해서 치안당국이 기대하듯 일본 사회에서 '마르크스 선풍'이 당장 잠잠해졌던 것은 아니다. 그때를 계기로 오히려 마르크스주의에 대한 호기심에 불이 붙어 그것을 다룬 각종 출판·문헌들의 전성시대가 왔고 그 책들은 가히 일본 전국을 휩쓸다시피 했다.

카이조사(社)·이와나미문고·고분칸 등 일본의 유명한 출판사들은 좌경(左傾) 학자들을 동원하여 ≪마르크스·엥겔스전집≫, ≪자본론≫ 등 수많은 책들을 앞

다퉈 출판했던 것이다.

특히 카이조사가 발간한 52권짜리 ≪경제학전집≫은 큰 인기를 끌었는데 그
전집을 대표하는 제1권은 가와카미 교수가 칼 마르크스의 ≪자본론≫을 풀어서
쓴 ≪경제학대강(經濟學大綱)≫이었다.

이 책은 내가 해방 직후 고향의 길가 난전에서 단지 호기심을 이기지 못해 사
모은 일본책들 속에 섞여 있었다. 그 전집에는 ≪경제학전사(經濟學前史)≫, ≪조
선사회경제사(朝鮮社會經濟史)≫, ≪극동에 있어서의 제국주의(帝國主義)≫, ≪유
물론(唯物論)≫, ≪자본론(資本論)≫, ≪변증법적 유물사관(辨證法的唯物史觀)≫
등 좌익계통의 책들이 많이 들어 있었다. 하지만 당시에 나는 중학교에 입학하기
전의 애송이였다. 그래서 그 책들이 어떤 책인지 잘 몰랐다.

≪자본론≫의 일본판 ≪경제학대강(經濟學大綱)≫

대학 2학년을 마칠 무렵 가와카미 교수의 ≪가난 이야기≫를 읽은 나는 ≪경
제학전집≫에 제1권으로 수록된, 그의 ≪경제학대강≫을 찾았다. 그는 대학에서
퇴직하자마자 칼 마르크스의 대표작 ≪자본론≫을 번역했고 이어서 그 책을 해
설한 ≪경제학대강≫을 저술했다.

그가 ≪가난 이야기≫ 한 권의 출판에서 얻은 인세(印稅)만 해도 1만 5,000엔으
로 당시로는 상상하기 어려운 거금(巨金)에 달했다. 그 책은 일본 본토에서만 해
도 무려 15만 권 이상이 팔려, 그는 그야말로 경도제국대학의 심벌 같은 존재였
다. 아마도 그 책은 당시에 식민지였던 조선·대만에도 많이 흘러들어갔을 것이다.

그는 저서와 원고 집필로 얻은 막대한 돈을 지하에 숨은 공산당원들에게 원
조했고, 1931년 이후에는 거액의 기부금을 공산당 본부에 정식으로 제공하기도

했다.

심지어 그는 1932년 일본 공산당에 입당하여 지하운동에 들어갔다가 검거되어 5년간 징역형을 산 후 1937년에 석방되기도 했다.

남들은 '칼 마르크스를 알면 신세를 망친다.'고 한다. 하지만 나는 ≪경제학대강≫ 등 좌익계통의 책을 통해 그들의 사상과 이념(理念)을 알고 경제·사회문제에 처음으로 눈떴다.

그 연장선상에서 전공을 국문학에서 경제학으로 바꾸고, 경제학을 본격적으로 공부하던 끝에 자본주의 경제학을 처음으로 발견하게 되었던 것이다.

만약 그때 내가 그 책들을 만나지 못했다면 모교에서 국문학과 교수가 되어 무난한 정년을 맞았을 것이다. 그리고 어머니께 효도하는 자식이 될 수 있었을 것이다.

하지만 그때 만난 가와카미 하지메와 칼 마르크스는 내 인생에 가장 큰 전기(轉機)를 가져다 준 은인이라 할 수 있다. 그러면 그 과정을 간단히 소개한다.

나를 눈뜨게 한 마르크스 ≪자본론≫

그러면 내가 자본주의 경제학을 알기 전에 "이 세상은 부자들에겐 천국이요, 가난한 자들에겐 지옥"이라는 대목을 읽고 큰 충격과 감동을 받았던 책, ≪가난이야기(貧乏物語)≫를 우선 다음에 요약한다.

『시험 삼아 유럽의 세계적 도시에 한번 가보라. 거기서는 수백만 시민들이 아침마다 갖가지 욕망을 품고 눈을 뜬다.

대부분의 사람들은 아직도 깊은 잠에 빠져 있다. 그런데 먼 교외에서는 신선한 야채를 가득 실은 수레를 끌고 시장으로 들어오는 사람이 있는가 하면, 다른 편에서는 살찐 소를 도살장으로 끌고 가는 사람이 있다. 빵 가게는 솥을 빨갛게 달구며 바쁘게 움직이고, 우유 배달부는 자전거를 달려 집집마다 우유를 배달한다. 택시가 여기저기서 알지 못하는 손님들을 싣고 달리는가 하면, 여러 상점들은 언제 찾아올지 모를 고객들을 기다리며 문을 연다.

그리하여 시가지는 차츰 단잠에서 깨어나 하루의 잡답(雜沓)을 시작한다. 그렇다면 수백만 시민들이 매일같이 빵이나 고기, 우유나 야채, 맥주나 포도주 같은 식품을 공급받아 무사히 그들의 가정생활을 영위할 수 있게 하는 그 원동력은 과연 무엇인가?

생각해 보자. 그것은 필경 우리 모두가 한결같이 갖고 있는 '이기심의 소산'이 아니고 무엇이겠는가?

잘난 경영자가 사회에 나타나서 아무리 계획을 잘 세운다고 한들 수많은 사람들의 오만 가지 잡다한 욕망들을 어찌 제대로 충족시킬 수 있겠는가?

개인주의자들은 세상을 이렇게 묘사하며 '자유로운 경제조직이야말로 이 세상에서 가장 올바르고 좋은 제도'라고 노래한다.

부자에겐 천국, 빈자에겐 지옥?

하지만 이 세상은 단지 부자들에게만 소중할 뿐이다.

생각해 보라. 돈 가진 사람들의 식탁에는 어느 것 하나 그들이 손수 만든 물건이 있는가? 하나도 없다. 봄이 와도 씨를 뿌릴 걱정이 없고 태풍이 닥쳐도, 가뭄이 계속되어도 비나 눈을 걱정할 필요 없이 매일매일 쌀밥을 마음껏 먹을 수 있다. 그 쌀은 자신이 모르는 사이에 어딘가에서 누군가가 많은 수고를 해서 만든 것이다. 그것은 또 여러 사람의 손을 거쳐 산을 넘고 바다를 건너 운반되어 온 것이다.

자기는 남을 위해 손발도 까딱하지 않는데, 세상 사람들은 이렇듯 서로가 앞다투어 자기에게 친절을 베풀어 준다.

이럴 때 돈 가진 사람들은 생각한다. "이 세상만큼 편리하고 잘되어 있는 것은 없다. 누가 명령하거나 계획한 것도 아닌데 사람들은 남을 위해 열심히 일한다. 오늘날 이 시스템은 놀라울 정도로 교묘하기 짝이 없다. 이것을 사람의 지혜만 갖고 생각해 내기란 도저히 불가능한 일이다."

그러니까 누군가가 현대의 이 경제조직을 변경시키거나 개조하려 한다면, 돈 가진 사람들은 일제히 또한 맹렬하게 그들을 비판하고 탄압할 것이다.

하지만 불쌍한 것은 돈 없는 빈자(貧者)들. 속담에 '지옥도 돈 나름'이라 말하지 않던가? 돈만 있으면 지옥에 떨어질 사람도 극락에 갈 수 있고 돈이 없으면 극락에 가야 할 사람도 지옥에 떨어질 수밖에 없는 것이 지금 우리가 살고 있는 이 세상이 아닌가?

다만, 세상 사람들이 내게 친절을 베풀지만 그것은 많건 적건 간에 내게 재산이나 소득이 있기 때문이다. 만약 내게 그런 것이 없거나 떨어진다면 이 넓은 세상에서 나는 잠잘 곳을 찾지 못할 것이요, 그처럼 친절하던 신문배달이나 우유배달은 당장 내게서 발길을 돌리고 말 것이다.

그러기에 돈 없는 사람에게 지금의 이 세상만큼 불편하고 고통스러운 시스템은 없다.

그런데 이상하게도 초기의 경제학은 경제조직의 좋은 점만 관찰하고 구가했다. 그리고 이런 조직에서는 사람들의 이기심을 바탕으로 한 활동을 자유롭게 내버려두는 것이 사회의 공익(公益)을 증진시키는 데도 가장 바람직한 방법이라고 강조했다.

영국 자본주의 고전 ≪국부론≫

이와 같은 주장이 바로 18세기 초에 영국에서 시작된 정통학파(正統學派)의 경제사상이고, 그 후 여러 학자들의 손을 거쳐 1776년 애덤 스미스에 의해 완성된 책이 ≪국부론(國富論)≫이다.

그러나 놀라운 사실은 오늘날 문명국가요, 부유한 국가로 자타가 인정하는 영국 등 선진자본주의 국가에 엄청난 숫자의 실업자와 빈곤문제가 존재한다는 사실이다.

이들 국가에서 실업자와 빈곤자의 대부분은 노동자들이고 그들이 지불하는 식비를 비롯해 피복비, 주거비, 연료비, 기타 잡비의 최소한도를 빈곤선(貧困線)이라 가정한다면, 그들은 육체적 건강을 유지할 소득조차 충분히 얻지 못하는 빈곤선상에 방치되어 있는 것이다.

어찌하여 자본주의 국가에는 빈곤인(貧困人)의 수가 이렇게도 많은가?

노동자들은 매일 규칙적으로 열심히 일한다. 하지만 임금이 너무 적어 빈곤선 이하로 떨어지는 경우가 태반이고, 4명 이상의 자녀를 거느린 근로자를 포함할 경우 근로자의 7할 이상은 빈곤선상에 놓여 있다.

유럽의 문명국가에서는 기계의 발달로 상품의 생산력이 과거보다 수천 배 또는 수만 배로 증가했다. 그럼에도 불구하고 실업자와 빈곤인이 너무나 많다는 사실은, 참으로 이상한 일이 아닐 수 없다.

≪인구론(人口論)≫의 저자 T. R. 맬서스는 '인간의 2대 욕정(慾情)은 색(色)과 식(食)이다.'라고 말하고 닥쳐올 인류의 앞날을 다음과 같이 걱정했다.

즉, 우리 인간은 자손을 번식시키고 음식물을 섭취하여 생명을 유지한다. 하지만 과거에 생활에 필요한 음식물의 생산 증가율(增加率)은 인구의 번식률(繁殖率)을 도저히 따라가지 못했다. 그래서 사회에서 일어나는 온갖 범죄와 빈곤은 인간이 태어날 때부터 짊어지고 나온 일종의 숙명으로 보았던 것이다.

그러나 최근 새 기계들의 발명에 힘입어 음식물의 생산력은 인구의 번식률을 훨씬 능가한다. 그런데도 불구하고 문명국가에서 빈곤문제가 여전히 존재하는 까닭은 무엇인가?

그것은 맬서스가 주장한 것처럼 인구의 번식률보다 생산물의 증가율이 낮기 때문이 아니다. 그 진실한 이유는, 발달된 생산력이 노동자에게 돌아가야 할 생활필수품(生活必需品)의 생산에 투입되지 않고, 한 줌에 불과한 부자들이 향락할 호화사치품(豪華奢侈品)의 생산에 투입되고 있기 때문이다.

오늘날 경제조직에 있어서 이익이 많은 사치품에 대한 강력한 수요(需要)가 나타나면 이익이 적은 생필품의 공급(供給)은 당연히 감소할 수밖에 없다. 따라서 근로대중들은 더욱더 빈곤해질 수밖에 없다.

날로 심취한 '마르크스 사상'

한편 가와카미 교수는 ≪가난 이야기≫의 상(上)편에서 '얼마나 많은 사람들이 굶주리고 있는가?', 중(中)편에서 '많은 사람들이 굶주리는 이유는 도대체 무엇인가?', 하(下)편에서 '어떻게 하면 굶주림을 뿌리 뽑을 수 있겠는가?'를 자기 나름대로 상세하게 분석해보았다.

그는, "자본주의가 궤도에 오르게 되면, 빈곤문제는 반드시 뒤따르게끔 되어 있다. 그러니까 자본주의 경제학은 탄생하자마자 가난문제를 숙명적인 과제로 안을 수밖에 없다."고 강조했다.

그때까지 나는 인간이 갖는 보편적인 이기심을 바탕으로 한 '자본주의(資本主義)'라는 확고하고 지배적인 경제이론을 미처 알기 전이었다. 그런 상태에서 부자와 자본가를 공격하기 위해 창설된 사회주의(社會主義) 이론에 현혹되어 그들의 주의·주장에 점차 빠져들어 갔던 것이다.

가와카미 교수가 살던 시대의 일본은 1894년의 청일(淸日)전쟁에 이어 1904년에는 세계적 군사대국(軍事大國) 러시아와의 노일전쟁에서도 승리하여 기고만장했고 1914년 제1차 세계대전이 일어나자 무기산업을 중심으로 눈부신 경제발전을 도모하고 있었다.

당시에 일본 자본가들은 경제의 고도성장과 인플레에 힘입어 엄청난 부(富)를 쌓았다. 하지만 도시와 농촌에서는 흉작과 수출부진으로 수많은 빈민층이 나타나기 시작했다.

가와카미 교수는 그런 현상을 보고 빈곤이란, 가난한 생활을 강요당하는 인간이 져야 할 개인의 책임이 아니라 빈곤을 낳은 그 사회에 책임이 있다고 강조했다.

자본주의의 숙명 '빈곤문제'

그리하여 그는 '① 현재와 같은 자본주의의 경제조직이 그대로 유지되는 한, ② 사회에 현격한 빈부(貧富)의 격차가 존재하는 한, ③ 부자가 경제적 여유에 힘입어 불필요한 각종 호화사치품을 계속해서 구입하는 한 자본주의 사회에서 빈곤문제는 도저히 해결될 가망이 없다.'고 단정했던 것이다.

그는 빈곤문제를 해결하기 위한 시도로서 ① 만약 세상의 부자들이 일체의 사치행위를 자진해서 폐지한다면, ② 어떤 방법으로라도 빈부의 격차를 축소시킬 수 있다면(예를 들어 부자들의 돈을 빼앗아 빈자들에게 나눠줄 수 있다면), ③ 생활필수품의 생산·공급을 민간에게 맡기지 말고 국가가 직접 맡아서 책임지고 해결한다면 빈곤문제는 어느 정도 완화될 수 있을 것으로 기대했다.

그러나 인간의 이기심(利己心)을 바탕으로 하여 영리주의·자유경쟁이 보호되고 사유재산제도가 확립되어 있는 자본주의 사회에서 그 같은 그의 기대는 도저히 실현될 가망이 없다는 현실을 깨달았던 것이다. 그리하여 그는 수많은 고민을 거듭하면서도 끝내 뚜렷한 해결책을 내놓지 못하고 말았다.

그는 죽기 전에 일본 천지를 뒤덮다시피 한 그의 저서 ≪가난 이야기≫를 더 이상 출판하지 못하도록 절판(絕版)시키기도 했다.

이상과 같은 ≪가난 이야기≫를 읽고 나는 커다란 충격과 감동을 받았다. "가난의 원인은 태만(怠慢)이 아니라 자본주의라는 경제구조(構造)의 모순에 있다.", '부자에게는 천국이요, 빈자에게는 지옥'이라는 이 경제사회를 그냥 둬서는 절대로 안 되겠다는, 일종의 의분(義憤) 같은 것을 느꼈던 것이다.

나는 그 책의 저자가 신봉하던 칼 마르크스가 과연 어떤 사람인지, 우선 그것이 궁금했다. 물론 내가 살고 있는 이 자본주의 사회가 어떤 원리·원칙에 의해 조직·운영되고 있는지 아직 알기 전이었다.

날로 높아간 관심, '마르크스 사상'

마르크스는 뜻밖에도 소작인·노동자 등 무산(無産)계급 출신 프롤레타리아가 아니라 독일의 부유한 변호사의 아들로 태어나 행복한 소년시절을 보낸 유산(有産)계급 출신 부르주아였다.

그는 법학교수를 꿈꾸다가 철학을 공부했다. 정(正)·반(反)·합(合)이라는 변증법(辨證法)을 창설했고, 신(神)의 절대성을 부인하고 '신은 인간이 만든 것이고 따라서 신도 변한다.'고 주장한 게오르크 헤겔의 역사철학과 '인간에게는 관념(觀念)이 아니라 실제로 눈에 보이고 손에 잡히는 존재(存在)가 가장 중요하다.'고 주장한 루트비히 포이어바흐의 유물론(唯物論), 그리고 인류의 자유·평등과 박애사상을 선포한 프랑스혁명에 영향을 받아 '변증법적 유물사관'을 완성했던 것이다.

그는 신문·잡지사의 편집장을 역임하면서 프러시아 귀족의 딸과 행복한 결혼을 했고, 돈 많은 방직공장의 사장 아들 프리드리히 엥겔스를 만나 생계에 많은 도움을 받았다.

말년에 그는 엥겔스와 함께 저술한 ≪공산당선언(共産黨宣言)≫에서 '만국의 노동자여 단결하라.'고 호소했다. 하지만 1848년 혁명에 실패하고 프랑스 파리에서 배척을 받아 영국 런던으로 망명의 길을 떠났던 것이다.

영국여왕의 왕관, 세계침략의 상징

마르크스가 런던에서 정치활동을 펴는 한편 ≪자본론(資本論)≫을 저술하면서 목격한 1700년대 영국은 산업(産業)혁명을 거쳐 상품의 생산기술이 비약적으로 발전하던 시대였다.

중상(重商)주의의 깃발 아래 강력한 해군을 발판으로 세계를 제패하여 인도·북아메리카·오스트레일리아 등 세계 도처에 식민지를 확장·지배하던, 그야말로 대영제국(大英帝國)의 전성기였다.

당시에 엘리자베스 여왕이 대관식 때 썼던 왕관의 무게는 무려 2.5kg이었다. 그래서 국회 개원식에 나갈 때는 빅토리아 여왕이 썼던 가벼운 왕관을 대신 썼다고 한다. 왕관에 박힌 보석은 루비·에메랄드·사파이어 등이었고 다이아몬드만 해도 278개나 되었다. 그 보석들은 대부분 영국이 식민지에서 빼앗은 전리품(戰利品)이었다.

한편 사채놀이와 장사로 큰 돈을 번 영국의 신흥자본가들은 날이 갈수록 부(富)를 쌓아 가장 풍요롭고 사치스러운 생활을 누리고 있었다. 그리고 그들이 쌓은 자본(資本)의 축적은 경제학자 애덤 스미스 등에 의해 영국의 국부(國富)로 치부되었던 것이다.

마르크스가 본 영국노동자 참상(慘相)

그에 반해 당시 영국 노동자들의 상황은 참으로 비참했다. 그들은 저임금에 혹사당했고, 젖먹이 아이들의 사망률은 90%에 달했다. 먹고살기 위해서는 네 살짜리 사내아이까지도 노동에 끼어들어야 했고, 노동자의 평균 수명은 28세에 불과했다고 한다.

그 광경을 직접 목격한 마르크스는 자본주의의 창시자인 애덤 스미스의 ≪국부론≫에 비판과 공격의 화살을 겨누고 그의 역사적 역작인 ≪자본론≫을 써서 세상에 내놓았던 것이다.

그는 빈민계급이 무력혁명을 통해 정치를 지배함으로써 영주나 큰 부자들이 갖고 있는 재산을 빼앗아 국가가 직접 관리하고, 그 자산을 산업기반과 공장 건설에 투자해야만 가난한 노동자들이 잘 살 수 있는 사회를 만들 수 있다고 확신했던 것이다.

≪국부론(國富論)≫ 겨눈 마르크스 ≪자본론(資本論)≫

애덤 스미스의 경제학은 자본가들이 이룩한 '부(富)의 축적'을 높이 찬양하고, 자본주의야말로 인간사회에서 영원히 존속할 '가장 이상적인 경제체제'라고 확신했다. 하지만 영국에서 나타난 초기의 자본주의 사회는 그가 예언했던 지상낙원과는 너무나 거리가 멀었다.

프리드리히 엥겔스는 <영국 노동자계급의 상태>라는 글을 통해 자유방임(自由放任)을 부르짖는 영국 자본주의가 노동자계급에게 얼마나 비참하고 가혹한 운명을 강요했는가를 생생하게 묘사했다. 마르크스주의는 자유경제(自由經濟)의 톱니바퀴 속에서 억압당하고 있던 노동자들을 대변해 반자본주의(反資本主義)를 소리 높이 외친 무산계급(프롤레타리아)의 절규였던 것이다.

자본주의 비판서 《자본론》

마르크스가 운명 직전까지 썼고 그가 죽은 후 평생의 동지였던 프리드리히 엥겔스에 의해 제2·3권이 완성된 역사적인 책이 바로 《자본론》이었다.

마르크스는 그 책에서 영국 자본주의의 실상(實相)을 연구대상으로 삼고, 영국 정부가 초창기에 내걸었던 자유방임(自由放任)주의가 노동자계급에게 얼마나 가혹한 운명을 강요했는가를 분석하는 데 역점을 두었다. 그리고 엥겔스와 함께 영국의 자유무역에 대한 반항의 목소리를 높였다.

그는 '상품 생산에 직접 참가하지 않는 노동은 진정한 의미의 노동이라 할 수 없다. 상품의 가치를 창출하는 것은 토지·자본 등 원가가 회수되는 불변자본(不變資本)이 아니라 인간이 제공하는 노동력, 즉 가변자본(可變資本)이고, 상품의 생산과정에서 원가(原價)를 초과해서 창출되는 잉여가치(剩餘價値)의 원천은 오로지 인간의 노동력뿐'이라고 단언했다.

이것이 그가 말하는 '노동가치론' 또는 '잉여가치론'이다.

자본가가 상품의 생산과정에서 땅의 사용료인 지대(地代), 자본의 사용료인 이자(利子), 노동력의 대가인 임금(賃金)을 지불하고도 남는 잉여가치, 즉 초과(超過)소득은 마땅히 그것을 생산한 노동자들에게 돌려줘야지, 상품의 가치 창출에 아무런 기여도 하지 않은 자본가가 가로채는 일은 절대로 있어서는 안 된다. 따라서 잉여가치를 가로채는 자본가의 행위는 바로 '노동가치의 착취'라고 단정했던 것이다.

《자본론》의 핵심 '노동가치론', '노동착취론'

마르크스는 "자본주의 사회에서는 자본가들이 보다 많은 잉여가치를 얻기 위해 최신기계를 도입하고 생산조직을 고도화하여 그 결과 남아도는 노동자들은 공장에서 내쫓기게 마련이다. 그래서 실업자, 즉 산업예비군(産業豫備軍)이 늘어나게 된다. 인류의 역사란 가진 자와 못 가진 자, 자본가와 노동자, 착취자와 피착취자, 지배자와 피지배자라는 상반된 두 계급 사이에서 벌어지는 계급투쟁(階級鬪爭)의 기록"이라 주장했다.

마르크스와 엥겔스는 영국에서 노동자들이 겪는 참상을 보고 자본가계급과 대결하기 위하여 노동자들이 단결하고 궐기하기를 촉구하는 '공산당 선언'을 선포하기에 이르렀다.

"지배계급으로 하여금 공산주의 혁명 앞에서 전율케 하라! 프롤레타리아트가 이 혁명을 통해 잃을 것이라고는 단지 쇠사슬밖에 없고, 그들이 손에 쥐게 될 것은 전 세계(全世界)이다. 만국의 프롤레타리아트여, 단결하라!"고……

마르크스 경고, '자본주의' 곧 '제국주의'

마르크스주의자들은 "자본주의가 발달하면 할수록 대자본가는 소자본가를 경쟁에서 밀어내고 국내시장을 독과점한다. 시장경쟁에서 살아남은 대자본가는 그들끼리 다시 경쟁을 벌인다. 이들 경쟁에서 이긴 독점자본가들은 다음에는 국가권력과 결탁하여 나라 밖으로 눈을 돌린다.

이들 선진자본주의 국가들은 후진국가들로부터 풍부한 원료를 약탈하고, 헐값으로 노동자를 부리고, 자기네 실업자들을 취업시키고, 자기들 공산품을 비싸게 팔아먹을 식민지를 차지하기 위해 후진·약소국가를 무력으로 침략하는 '제국(帝國)주의 국가가 된다."고 말한다.

다시 말하면 자본주의가 성숙하고 고도화되면 그 나라는 필경 제국주의 국가가 되지 않을 수 없다는 것이다. 이것이 마르크스가 말하는 이른바 '자본주의의 제국주의화(帝國主義化)이론'이다.

그들은 "제국주의자들이 식민지를 공략할 경우에는 먼저 군대를 보내 현지인을 무력으로 진압하고, 현지 자본가인 매판(買辦)자본가를 앞장세워 식민지 시장을 공략한다. 다음에는 교회의 전도사들을 보내 종교를 아편처럼 전파시켜 주민들의 저항력을 마비시킨다."는 말로 제국주의자들의 수법을 여지없이 공격했다.

특히 '그대는 원수를 사랑하라. 남이 그대의 왼뺨을 때리면 바른 뺨을 내줘라. 하나님을 믿고 찬양하라. 그러면 그대 앞에 천당의 문이 열릴 것이다.'라고 한 성경 구절을 제국주의자들이 즐겨 악용했다고 강조했다.

자유자본주의, 시장독점자본주의로

마르크스주의자들은, "자본주의 경제는 자본가들의 이기심에 입각하여 운영된다. 그러기에 어떤 상품을 얼마나 시장에 생산·공급해야 할 것인가를 결정하는 것은 기업가들의 주관적 판단에 따라 무정부적(無政府的)으로 이뤄지기 마련이다.

이 같은 생산(生産)은 공업의 놀라운 성장과 발달로 대규모 기업들에게 집중·결합되고, 대기업들은 시장을 독점하기 위해 다시 서로 협정을 맺어 자유시장을 독과점(獨寡占)한다. 따라서 국내에서는 거대한 독점자본가들의 과잉생산으로 말미암아 상품이 창고에 쌓일 수밖에 없다.

그 반면 노동자들은 저임금에다 만성적인 실업으로 인하여 상품의 구매력(購買力)을 더욱 잃게 된다.

그리하여 한편에서는 추위와 굶주림에 허덕이는 실업자가 넘치고 다른 편에서는 팔리지 않은 상품이 창고에 쌓여, 그 결과로 자본주의 사회에서는 경제공황

(恐慌)이라는 현상이 주기적·필연적으로 일어나기 마련이다.

자본·권력의 결탁 '국가독점자본주의'

공황이 일어나면 경제는 언제 끝날지 모를 장기 침체(沈滯)에 빠진다. 그럴 경우 자본가들은 상품의 값을 낮추거나 팔리지 않는 상품을 가난한 사람들에게 나눠주는 것이 아니라 독점가격을 지키기 위해 상품을 바다에 버리거나 사막에 묻거나 심지어 태우기까지 한다.

남아도는 상품을 팔아먹기 위해 몸부림치던 독점자본가들은 활로를 찾기 위해 권력을 가진 집권당 또는 군부(軍部)세력과 결탁하여 식민지 개척에 나서기 마련이었다. 그 결과 제국주의국가 간의 대립과 경쟁은 더욱 치열해지고, 자본주의는 권력과 재벌이 결탁하는 소위 '국가독점자본주의(國家獨占資本主義)'로 강화되는 것이다.

식민지 쟁탈을 목적으로 한 강대국 간의 전쟁은 서로 죽고 죽이는 엄청난 비극을 초래한다. 따라서 자본주의는 자기 체제의 모순으로 인해 필연적으로 파멸되고 말 것"이라고 단언했던 것이다.

마르크스의 예언, '자본주의 붕괴론(崩壞論)'

그러면 1930년대에 일어난 세계대공황이 얼마나 비참했는지 알아보자.

1929년 9월 미국은 '영원한 번영의 정점'에 우뚝 서 있는 것처럼 보였다. 그리고 전 세계는 제1차 세계대전이 끝난 후에 다가온 평화와 호경기(好景氣)를 마음껏 즐기고 있었다.

유럽 국가들은 미국으로부터 전쟁 중에 짊어진 막대한 채무(債務)를 안고 있었다. 하지만 미국은 이들 국가에게 자기 나라에서 팔다 남은 상품(商品)과 투자하고 남아도는 자본(資本)을 수출했다. 그 결과 미국과 유럽제국은 다 함께 경제부흥(復興)을 도모할 수 있었다.

선진공업국가에서는 공산품 생산이 크게 증가했다. 최신기계를 사용하여 능률이 더욱 향상되자 자본가들은 남아도는 종업원들을 대량 감원(減員)하기 시작했다. 한편 후진국가와 식민지에서는 생산에 필요한 농업·목축·임업 등 각종 원료(原料)를 많이 생산했다. 하지만 선진국가에서 만든 공산품에 대한 구매력은 여전히 미미했다.

급증하는 공산품의 생산에 비해 그것을 소비해야 할 구매력이 선·후진국가에서 부족하자 농산물 가격이 폭락하는 소위 '농업공황(農業恐慌)'이 일어났던 것이다.

1930년 대공황, 주가 폭락·5,000만 실업자

그에 뒤이어 공업생산도 위축되기 시작했다. 평균 452달러이던 뉴욕의 주가(株價)는 그해 11월 거의 절반 값으로 폭락했다.

그와 같은 미국의 경기 후퇴(後退)는 미국 시장에 의지해 온 유럽 및 아시아 국가들의 국제수지(國際收支)를 크게 악화시켰고, 이들은 생존(生存)을 위해 외국상품의 수입(輸入)을 더욱 억제할 수밖에 없었다.

사태가 이 지경에 이르자 미국은 유럽 각국에 투자했던 자본을 회수하기 시작했고, 그에 따라 발생한 금융공황(金融恐慌)은 독일·오스트리아·중남미 각국으로 번져, 역사상 가장 가혹한 세계대공황(大恐慌)이 터지고 말았던 것이다.

그때 세계의 공업생산은 1925년 평균을 100으로 했을 때(소련 제외) 1932년 3/4분기에는 65.9로 떨어졌고, 세계 무역은 그 기간에 무려 70.8%가 줄어들었다. 그리고 실업자 수는 3,000만 명에서 5,000만 명으로 늘었고, 국민소득은 40%나 감소했다고 한다.

대공황 다음에 온 '노동운동', '독립운동'

그 결과 미국을 중심으로 하여 유지되어 오던 세계평화와 민주주의 시대는 막을 내리고, 선진공업국가에서는 노동운동(勞動運動)이, 식민지에서는 독립운동(獨立運動)이 달아오르기 시작했다. 그렇게 되자 선진공업국가에서는 노동자들의 저항을 막기 위해 정치적·경제적 통제를 강화했다. 그리고 국가 간에는 식민지 쟁탈을 놓고 대립과 갈등이 심화되어 1939년 기어코 제2차 세계대전이 터지고 말았던 것이다.

가와카미 교수는 ≪경제학대강≫을 통해 현대사회를 자본주의 사회로, 현대경제학을 '자본가적 경제학'으로 규정했다. 그리고 그의 단점과 모순을 다음과 같이 파헤쳤다.

"인류 역사는 원시 공산(共産)사회에서 시작하여 중세 봉건(封建)사회를 거쳐 근세 자본주의 사회로 발전해 왔고, 근세 자본주의는 상업·산업자본주의 단계를 거쳐 현대와 같은 고도의 독점자본주의(獨占資本主義) 단계로 발전했다.

고도의 독점자본주의는 통제되지 않는 상품의 과잉(過剩)생산, 팔리지 않는 상품의 체화(滯貨) 등 경제체제의 모순으로 인하여 주기적으로 공황(恐慌)을 맞을 수밖에 없다. 그 결과 자본주의는 조만간 성장의 한계에 부딪혀 스스로 무너지고 말 것이다."

한려수도

따라서 선진 자본주의가 고도의 독점단계에 이르면 경제체제가 새로운 단계로 개선·발전되는 것이 아니라 인류역사의 첫 단계인 원시(原始)공산주의 사회와 유사한 사회주의(社會主義) 내지 공산주의(共産主義) 사회로 되돌아갈 것이라고 예언했던 것이다.

나는 1930년대의 대공황과 같은 역사적 사건들을 통해 과거에 마르크스가 말한 변증법적 유물사관이 실제 역사와 기막히게 부합된다고 보고 가슴 벅찬 감동을 금할 수 없었다. 그리하여 그의 학설 탐구에 더욱 심취해 갔던 것이다.

때마침 나는 도스토옙스키의 소설 <어머니와 아들>을 읽고, 노동운동에 참가한 젊은이의 고뇌와 그가 겪어야 했던 수많은 고난과 박해, 그리고 그 아들을 위로하고 격려하는 어머니의 눈물겨운 모성애에 크게 감동하기도 했다.

그리하여 어느덧 마르크스 사상에 깊이 빠져들었고, 사회과학 계통의 책이라면 닥치는 대로 읽고 또 읽었다.

당시에 내가 고도의 자본주의, 즉 제국주의에 대해 남다른 반감과 증오감을 느낀 것은 우연히 손에 넣은 박은식 선생의 ≪한국통사(韓國痛史)≫를 읽고 나서였다. 그 책은 1915년 중국 상해에서 발간된 것이었다.

그분은 우리나라에 '황성신문'이 창간되자 주필이 되었고 독립협회가 해산되자 국민계몽운동에 힘을 쏟았으며, 1910년 우리나라가 일본제국주의의 식민지가 되자 동지들과 함께 만주로 망명했다.

그가 저술한 책들은 뚜렷한 민족사관(民族史觀)에 의해 서술되었다. 그는 조국에 대한 무한한 애착심을 가지고 국권(國權)의 유지를 주장하였고, 일본의 제국주의 침략을 폭로하고 민족정신을 고취하는 데 역점을 두었다.

하지만 일제강점기에 초등학생이었던 나는 조국이나 독립운동 등을 전혀 자각하지 못했다.

그러다가 뚜렷한 민족의식을 가지고 쓴 ≪한국통사≫를 읽고 자본주의·제국주의의 역사적 죄악상을 알고 나서 솟아오르는 의분(義憤)을 누를 수 없었던 것이다.

다행히 내가 마르크스 경제학에 심취했을 때 내 주변에서 공산주의 사상을 구체적 행동으로 옮기자고 유혹한 사람은 없었다. 6·25전쟁을 전후해 공산주의자 내지 그의 동조자 대부분이 국군과 공안당국에 의해 철저히 도태된 이후였기 때문이다.

2. 유럽 제국주의에 짓밟힌 극동 아시아

제국주의에 개국(開國)당한 동북아시아

일본 경제학 전집에 포함된 책 ≪극동에 있어서의 제국주의≫를 통해 나는 자본주의가 고도로 발달함에 따라 어떻게 제국주의화되어 갔는지 그 과정을 알 수 있었다.

그러면 쇄국(鎖國)·봉건(封建)주의에 갇혀 있던 중국·일본·조선 등 극동제국이 유럽의 제국주의국가들에 의해 어떻게 강제 개국(開國)되었는지 살펴보자.

19세기 중엽에 이르러 유럽 각국에서 자본주의가 점차 발달하고 그들 세력이 동방(東方)으로 팽창하자 대국(大國) 청국을 중심으로 조용하던 동북아시아의 기존 질서에 일대 동요(動搖)가 나타나기 시작했다.

유럽 강국 가운데서도 특히 영국은 엘리자베스 여왕 시대에 이르러 스페인의 무적함대를 격파하고 국력이 나날이 팽창해 갔다. 우세한 해군력을 발판으로 세계무대에 등장한 영국은 때마침 경제의 고도성장에 힘입어 미주(美州)와 인도(印度)를 휩쓸고 다시 중국(中國) 대륙의 주도권 장악에 나섰던 것이다.

유럽 열강(列强)의 대표 주자, 영국

영국은 1600년 인도에 동인도회사를 설립하여 식민지 침략의 총본산으로 삼았다. 당시에 인도 연안에는 포르투갈·네덜란드·프랑스 등 유럽 열강의 세력이 산재해 있었다. 하지만 그들은 막강한 영국의 무력(武力) 앞에 도저히 적수(敵手)가 되지 못했고, 18세기 말에 이르러 영국은 드디어 인도에서 확고부동한 독점적 지위를 확보할 수 있었다.

그동안 영국은 산업혁명(産業革命)에 성공하여 그들의 목면(木棉)공업을 위한 원료(原料)공급지 및 상품시장으로서 인도는 대단히 중요했다. 영국정부는 동인도회사에 주고 있던 인도 무역의 독점권(獨占權)을 폐지하고, 1833년 인도 전역을 본국 산업자본의 자유시장으로 개방했다. 그에 따라 영국의 값싼 공산품이 인도에 대량으로 유입되기 시작했고, 그때부터 인도는 영국자본주의를 위한 완전한 식민지로 개편되고 말았던 것이다.

당시에 아시아에서 독립을 확고하게 유지하고 있던 나라는 일본·태국 정도에 불과했다. 캄보디아·라오스·베트남은 프랑스, 인도·미얀마·말레이시아는 영국, 인도네시아는 네덜란드, 가장 큰 나라였던 청국은 영국·러시아·프랑스 등 유럽 세력에게 많은 영토를 잠식당하고 있었다.

제국주의 서막, '아편(阿片)전쟁'

영국은 인도 경영을 발판으로 삼아 1833년까지 동양무역(東洋貿易)의 주역이던 동인도회사의 활동을 통하여 청국과의 통상관계를 발전시켜 나갔다.

그러나 청국은 영국에게 무역의 독점권은 허용하지 않았고 무역항도 광동(廣東) 한 곳만 허락했다. 더구나 영국의 주상품인 면직물은 비단을 좋아하는 청국에서 판매가 지지부진할 수밖에 없었다. 그에 반해 영국 노동자들의 기호품인 중국차(茶)의 수출은 급증하여 중국에 대한 영국의 무역수지는 점점 악화되어 갔다.

그에 견디다 못한 영국은 18세기 후반에 이르러 중국과의 통상 불균형을 타개하기 위해 인도에서 생산한 마약(痲藥) 아편을 중국으로 밀수하기 시작했다. 1729년에 약 200상자에 불과하던 아편의 반입은 밀수가 성행하던 1828년에는 9,222상자, 1832년에는 16,225상자, 1838년에는 무려 80,200상자로 급증했다.

그 같은 아편의 밀수는 중국 은화(銀貨)의 대량 유출, 은·동 가격의 격변, 농민의 궁핍화, 국가재정의 위협뿐만 아니라 중국사회에 도덕적 해이와 사회적 부패를 가져오는 원인이 되기도 했다.

당연히 청조 정부는 수차에 걸쳐 아편의 금지령을 내렸다. 하지만 매번 실효를 거두지 못하자 1838년에 이르러 마침내 그 문제를 전담할 흠차대신(欽差大臣)을 임명하여 강력한 아편 소탕작전에 나섰던 것이다.

쇄국주의 청국, 영국의 포함(砲艦) 외교로 개국

북경에서 보낸 흠차대신 임직서가 광동에 도착한 것은 1839년 정월이었다. 그는 도착 즉시 아편 엄금(嚴禁)을 공포하고, 영국 상사(商社)에 대해서는 3일 안으로 아편을 전량, 청국 측에 인도하되 앞으로 아편 밀수는 일체 중지할 것을 서약하게 했다.

그러나 영국 상인은 단지 1,037상자의 아편만 내놓았을 뿐, 더 이상 반응은 보이지 않았다. 그렇게 되자 임직서는 아편 거상(巨商)의 체포를 명령하고 서약서 제출을 거듭 요구했다. 그래도 불응하자, 영국 상관(商館)을 포위하고 강제수색을 단행하여 20,283상자의 아편을 강제로 뺏어 석회와 해수를 이용, 그 전량을 소각처분하고 말았다.

영국 상인의 호소를 듣고 그 사실을 알게 된 영국정부는 극동함대를 구룡반도에 급파하여 청국 병선(兵船)과 정면대결을 벌였다. 그러자 그 위협에 굴복한 청조 정부는 아쉽게도 선전(宣戰)을 포기할 수밖에 없었다.

하지만 영국정부는 그것으로 만족하지 않았다. 1840년 원정군(遠征軍)의 파견을 일방적으로 결정하여 극동함대를 중심으로 군함 20척, 무장선박 14척, 병사(兵士) 약 1만 명을 중국에 파병(派兵)했던 것이다.

청국, 영·불 제국주의에 굴복

광동 하구에서 시작된 영국군의 압박과 공격은 천진(天津)을 거쳐 중국 연안(沿岸) 일대를 점령했고, 이어 상해(上海)를 거쳐 남경(南京)을 포위하기에 이르렀다.

사태가 그에 이르자 견디다 못한 청조 정부는 1842년 영국에게 홍콩을 97년간 할양(割讓)하고, 강동·복주·상해 등 항구를 개항(開港)하고, 배상금 2,100만 달러를 지불하기로 약속하는 등 치욕적인 남경조약을 맺을 수밖에 없었다.

그러나 영국 정부의 야심은 그것으로 끝나지 않았다.

아편전쟁을 통해 청조 정부를 얕잡아 본 영국 정부는 프랑스 선교사의 변사 사건을 구실 삼아 1856년 프랑스와 연합군(聯合軍)을 결성하고 다시금 천진(天津)과 북경(北京)을 점령했으며, 북경 근교의 이궁(離宮) '원명원'을 대대적으로 포격하여 산산조각이 나도록 부수고 불태워 버렸다.

그러자 깜짝 놀란 청조 정부는 어쩔 수 없이 1860년 영·불 정부에게 천진을 개항하고, 구룡반도를 영국에 할양하고, 프랑스 선교사의 중국 내 활동을 보장하고, 배상금을 증액 지불하는 등 또다시 굴욕적인 북경조약을 맺고 말았다.

그렇게 되자 청조 정부를 업신여긴 독일·포르투갈·덴마크·네덜란드·스페인 등 유럽 각국들도 늙은 사자에게 달려드는 이리 떼처럼 청조 정부를 위협하여 앞다투어 불평등조약을 맺었던 것이다.

제국주의로 무장한 유럽 자본주의 국가들이 식민지를 차지하기 위하여 동양에 진출한 것은 18세기였다. 이 같은 서세동점(西勢東漸)의 대세 앞에 청국 다음으로 개국(開國)을 강요당한 나라는 일본이었다.

　일본은 200여 년간 쇄국(鎖國)정책을 굳게 지켰다. 18세기 후반에 이르러 청국처럼 일부 항구를 개방하기는 했지만 일본에 처음 진출한 나라는 유럽 열강이 아니라 러시아 및 미국이었다.

일본 제국주의의 대두

일본에 러시아·미국의 개방(開放) 압력

　베링해협을 거쳐 북태평양에 진출한 러시아는, 땔감과 식량을 공급받고 통상(通商)관계를 맺기 위하여 1792년 이래로 수차에 걸쳐 일본에게 개항·통상을 요구했다. 그러나 부동항(不凍港)을 찾는 러시아의 남하(南下)정책은 일본 막부(幕府)의 경계심을 자극하여 오히려 북해도를 막부의 직할지로 지정하는 등 경계태세만 강화시키고 말았다.

　1825년에 이르러 일본 근해에는 고래잡이를 위해 영국·미국 포경선이 활발하게 출몰하기 시작했다. 그러자 일본 막부는 전국의 영주들에게 외국 선박에 대한 격퇴령(擊退令)을 내리고 경계를 한층 강화했다.

　일본의 막부 정부는 청조 정부가 1940년 아편전쟁에서 굴복당한 사실을 남의 일로만 생각하지 않았다. 그들은 유럽의 위력을 정확하게 파악하고 위기(危機) 의식을 가졌다. 청국의 전철(前轍)을 밟지 않기 위하여 1842년 외국 선박에 대해

탄수(炭水) 공급만은 허락하는 방향으로 방침을 일부 완화하기도 했다.

그러나 1846년 이래로 꾸준히 계속되어 오던 미국의 개항(開港) 압력은 해마다 가중되어 갔다. 미국이 개항을 요구한 까닭은, 미국 포경선의 연안 활동에 도움을 받고자 한 것과 미국이 장차 청국과의 통상관계를 맺기 위해서는 태평양 횡단로의 중간에 위치한 일본과의 수교(修交)가 불가피했기 때문이다.

1852년 말에 이르러 미국 동인도함대 제독 페리는 4척의 군함을 이끌고 일본 우라가항에 도착해 막부정부에게 자유통상(通商), 포경선의 편의 제공, 저탄소(貯炭所)의 설치 등을 요구했다.

미국은 일본이 개항을 계속 거부할 경우에 대비하여 무력으로 오가사와라 섬의 일부를 점령할 계획까지 세워놓고 있었다. 같은 시기에 러시아도 사할린에 침입하여 막부에게 통상의 자유와 국경선의 확정을 요구하고 나섰다.

쇄국주의 일본, 개방 압력에 굴복

1854년 1월 미국제독 페리는 또다시 일본에 도착해 1852년에 제출한 미국의 요구조건에 대한 회답을 강요했다. 그러자 더 이상 견디지 못한 막부정부는 미·일 화친(和親)조약을 통해 시모다를 포경선의 기항지(寄港地)로, 하코다테를 개항지(開港地)로 하고, 미국 선박에 탄수(炭水)와 식량을 공급할 것을 약속하고, 미국 영사의 일본 주재(駐在)를 승인하기에 이르렀다.

그 후 막부 정부는 미국의 계속되는 압력에 못 이겨 나가사키·나가다 등 5개 항구를 추가로 개항하고, 개항장에 거류하는 외국인에 대한 치외법권(治外法權)을 허용하였으며 관세(關稅)협정을 체결하였다. 그와 같은 불평등조약은 미국에 뒤이어 영국·프랑스·러시아·네덜란드·프로이센 등 유럽 각국과도 맺을 수밖에 없었다.

일본의 개국 역시 이와 같은 무력시위(武力示威)에 강요당한 것이었다. 일본은 청국의 경우와는 달리 전쟁을 겪지는 않았다. 하지만 통상조약 자체는 강요된 굴욕적인 불평등조약이라는 점에서 피차일반이었다.

일본에서는 개항을 계기로 허약한 막부(幕府)정권의 힘만 가지고는 몰려오는 국난(國難)을 도저히 극복할 수 없다는 지사(志士)들이 궐기했다. 그들의 노력으로 막부는 타도되고 천황을 중심으로 한 중앙집권적 제국(帝國)정권이 수립되었다. 그것이 유명한 일본의 명치유신(明治維新)이다.

일본은 명치유신을 계기로 국가의 목표를 부국강병(富國强兵)과 문명개화(文明開化)에 두고 강력한 중앙집권적 제국정부를 수립하였고, 온 국민의 힘을 모아 널리 해외문물(文物)을 도입하고 군비를 강화하며 산업진흥에 국력을 총동원했던 것이다.

조선에 대한 일본의 개방(開放) 압력

서세동점(西勢東漸)의 거센 물결에도 불구하고 동북아시아에서 가장 늦게까지 쇄국(鎖國)의 단꿈에 빠져 있던 나라는 조선, 즉 구한국(舊韓國)이었다. 조선은 유럽의 선진 자본주의 국가가 아니라 후발 자본주의 국가 일본에 의해 강제 개방되었다는 점에서 특이하다고 볼 수 있다.

조선(朝鮮) 말엽에 이르러 우리나라에도 미국·프랑스 등에 의한 통상 요구가 시작되었다. 하지만 대원군(大院君) 집권시대에 일어난 외국의 무력시위는 청국·일본이 겪은 것에 비해서는 그렇게 강력한 편이 아니었다. 하지만 척화(斥和)·쇄국정책이 그런대로 유지될 수 있었던 것은 대원군의 쇄국정책이 성공했기 때문이 아니었다. 조선에 대한 자본주의 국가들의 흥미와 관심이 청국이나 일본에 비해 아직 미약했기 때문이었다.

그 시기에 일본은 번벌(藩閥)정치를 폐지하고 천황을 중심으로 강력한 제국정권을 구축하는 단계였다. 명치(明治) 정부는 반대파들의 불평불만을 해소시키기 위한 수단의 하나로 수차례 조선 정벌(征伐)을 계획하기까지 했다. 당시에 일본의 조선 침략계획은 약육강식(弱肉强食)의 세계에서는 필연적인 현상이었다.

일본 정부는 1875년에 이르자 그들이 미국·영국 등으로부터 강압당한 수법 그대로 조선에 대한 무력 도발을 감행하여 불평등조약을 강요하기에 이르렀다.

즉 명치 정부는 조선이 수교(修交) 요구를 계속 거부하자 1875년 5월과 6월 부산에 군함 운양호를 파견했고, 영흥·강화도에서 무력시위를 벌였으며, 9월에는 강화도에 함포(艦砲)사격을 강행했다. 이와 같이 일본 역시 함포외교를 통하여 쇄국주의 조선에게 통상조약의 체결을 강요했던 것이다.

쇄국주의 조선, 포함(砲艦) 외교에 굴복

그 후 일본의 전권대사는 군함 4척과 병력을 실은 수송선 4척을 이끌고 부산항에 도착하여 무력(武力)시위를 벌였고, 1876년 1월에는 그들 군함이 남양주까지 진출했다. 그런데도 조선 정부는 쇄국정책을 계속 고집했다. 하지만 근대화에 성공한 일본의 전쟁 위협은 날로 강화되었고, 태산같이 의지하던 청국 사신(使臣)마저 무력함이 드러나자 조선 정부는 1910년, 마침내 굴복하여 12조로 구성된 한일수호(修好)조약에 조인하고 말았다.

그 내용은 조선이 자주국임을 밝혀 청국이 조선에 대해 갖고 있던 종주권(宗主權)을 박탈하고, 서울에 일본 공사관을 설치하고, 항구 세 곳을 개항하고, 개항장에 일본 관리를 주재시키며, 조선 근해의 측량과 해도(海圖)작성을 허락하고, 조선 내 일본인에 대한 일본 영사의 재판권을 보장하는 등 철저한 불평등(不平等)조약이었다.

강화도조약에 입각하여 부산·원산·인천이 개항(開港)되자 일본사람들이 속속 입국하여 일본 상품을 팔기 시작했고, 특히 일본의 면(棉)제품은 삽시간에 조선 시장을 완전 독점했다. 그 반면 식량(食糧)이 일본에 수출되어 그때부터 조선은 일본을 위한 식량 공급지가 되었고, 곧이어 그들 자본주의 상품(商品)의 시장으로 전락하고 말았다.

당시에 국왕을 비롯한 우리 집권자들은 청국이 아편전쟁에 참패하고 제국주의의 제물(祭物)이 되어 가는 운명을 지켜보면서도 끝내 근대화 노력에 소홀하였다. 1894년 동학혁명의 수습을 이유로 우리 땅에서 청일전쟁이 일어났지만 청국은 일본의 적수가 되지 못했다. 그 결과 일본의 거듭되는 불평등조약 체결 요구에 굴복할 수밖에 없게 되었고, 그를 계기로 우리나라는 36년간 일본의 식민지로서 배타적·독점적 착취대상이 되고 말았던 것이다.

1882년에 이르러 조선정부는 미국과 한미 수호통상(修好通商)조약을 체결했다. 그것은 우리나라가 자주적인 위치에서 맺은 최초의 조약이었다. 하지만 그때를 계기로 우리나라를 독차지하기 위한 청국·일본·러시아 3국의 각축전(角逐戰)이 본격화되기 시작했다.

조선조(朝鮮朝) 말인 1894년에 일어난 청일전쟁, 1904년에 일어난 노일전쟁은 우리 땅을 차지하기 위해 제국주의 국가인 청국·일본과 러시아가 각축을 벌인 식민지(植民地) 쟁탈전이었다.

오만한 제국주의 일본의 말로

1929년 미국 뉴욕에서 주식 값이 대폭락하여 세계공황이 시작되자 생사(生絲)의 수출로 명맥을 유지하던 일본도 대미(對美)수출의 길이 막혀 '쇼와(昭和)공황'이라는 경제적 대혼란을 맞게 되었다.

일본 동북부지방 농민들은 수년간 쌀값이 하락하고 농사마저 흉작이 계속되자 딸을 판다는 소문이 자자할 정도였다. 동경으로 돈벌이하러 갔던 시골사람들은 일자리를 잃어 고향으로 돌아가려 해도 차비가 없어 철도 선로 위를 걸어서 돌아가야 했다.

일본 청년장교 반란, '2·26사건'

이 같은 고향의 비참한 소식을 전해 들은 일본의 청년장교들은 구국(救國)사상에 불타올라 고향 농어촌을 구제하기 위해서는 군대가 궐기해야 한다고 결의했다. 그들은 그 같은 사태가 야기된 책임은 천황을 잘못 보좌하는 측근들에게 있다고 단정했다. 수상과 각료 등 정치요인(要人)들을 살해·제거하고 군사정권을 수립하기로 모의하여 일으킨 친위(親衛) 쿠데타가 바로 1936년의 '2·26사건'이었다.

그 사건은 천황의 명령으로 겨우 진압되긴 했다. 하지만 그것은 청일·노일전쟁을 승전으로 이끌면서 조장된 일본 군부의 오만과 독선이 빚은 사건이었다. 군부는 만주사변에서 시작하여 일본을 태평양전쟁으로 몰고 가 일본 국민을 기어코 패전(敗戰)의 구렁텅이로 밀어 넣고 말았던 것이다.

일본이 1904년 러일전쟁에서 승리했을 때 일본 측은 러시아에 대해 "사할린을 내놓아라, 배상금을 더 내라."고 요구했다. 그러나 러시아 측은 그에 응하지 않고 "발틱함대는 몰락했지만 육군은 아직 건재하다. 한 번 더 싸울 테면 싸워 보자."고 대들었다. 결국 양자를 중재한 것은 미국의 루스벨트 대통령이었다. 그는 그 공로로 노벨평화상까지 받았다.

그러나 전승(戰勝)소식에 극도로 흥분한 일본국민들은 정부에 대해 "땅을 더 빼앗아라", "배상금을 더 받아내라."고 항의하면서 연달아 대중집회를 열고 정부를 규탄했다. 그리고 도처에서 파출소에 불을 지르며 항의소동을 벌였다.

"우리나라의 형편이 전쟁 끝내기에 급급한 판국인데 웬 소란들이냐."고 나라의 실상(實相)을 알린 어느 신문사의 사옥(社屋)은 불태워지기까지 했다.

"당시에 노일전쟁이 만약 한 달만 더 계속되었다면 만주에 있던 일본군은 병력과 탄약이 바닥을 드러내 대패(大敗)하고 말았을 것"이라는 증언이 일본의 권위 있는 ≪문예춘추≫ 1,000호의 기념논문에 나와 있다.

일본 군부(軍部) '노일전쟁' 승리에 도취

1939년, 외몽고에 주둔하던 소련군이 만주의 국경선을 넘은 '노모안사건'이 발생했다. 일본 관동군(關東軍)은 현지 부대에 즉각 격퇴를 명령했다. 하지만 외몽고군에 가세한 소련군은 화력과 전차부대를 증강하여 일본군을 일시에 제압하고 말았다. 그때 일본은 자기네 전력이 사실상 얼마나 열세(劣勢)인가를 깨달아야 옳았다.

그런데 일본의 역대 지배층(支配層)은 그 사건의 전말을 밝히기는커녕 나라의 약점(弱點)을 국민들에게 솔직하게 알리기를 꺼렸다. 2·26사건 이래로 정권을 독차지한 일본의 군부세력은 그럴 용기가 없었던 것이다.

쇼와(昭和)시대 이래로 일본 군부는 국제적인 안목이 부족했고 박약한 군사력마저 자각하지 못한 채 시세(時勢)의 흐름이라는 마력에 이끌려갔다. 그것은 청일전쟁에 이어 노일전쟁에서 뜻밖에 대국(大國) 러시아를 격퇴할 수 있었던 옛날의 기적(奇蹟)이 오랫동안 그들을 '천하무적'이라는 환상 속에 묶어두었기 때문이다.

태평양전쟁에서 패배할 때까지 일본인들만큼 자기네 천황과 정부를 철석같이 믿은 백성은 아마 없을 것이다. 국민들은 "우리 천황과 군부는 과오(過誤)를 범할 까닭이 없다."고 까닭 모를 미신을 품고 살았다. 일본의 역대 군사정권은 그 같은 국민의 맹신(盲信)에 편승하여 군사·외교를 오만하게 운영해 나갔다.

정부에 대한 국민의 그 같은 신뢰가 일본의 근대화를 이룩한 원동력이었음은 분명하다. 하지만 그 같은 국민적 습성을 교묘하게 악용한 것은 군부와 우익단체 및 재벌들이었다. 그들의 허세(虛勢)는 곧 '애국의 길'로 착각되었고, 결국 1945년 일본을 망국(亡國)의 낭떠러지로 떨어뜨리고 말았던 것이다.

1941년 12월 7일 일본이 진주만을 기습(奇襲)했을 때 일본 국민들은 이를 침략 전쟁이 아닌 성전(聖戰)으로 알았고, 미국을 가장 증오해야 할 악당이라 생각했다. 그리고 그들은 일본이 시작하는 전쟁은 언제나 정당하며 언제나 승리할 것이라는 미신(迷信)을 품고 있었다.

태평양전쟁이 4년 만에 일본의 완전 참패(慘敗)로 끝나자 국민들은 그제서야 역사에 유례없는 비일본(非日本)적 세력들에 의해 자기들이 오랫동안 지배되고 기만당해 온 사실을 비로소 깨달았던 것이다.

국력 과신, 비참한 패전(敗戰)

당시에 일본군이 진주만을 기습하기 전에 동남아 지역을 침공하면서 내세운

명분은 유럽 제국주의 국가들로부터 착취당해 온 아시아 여러 식민지들을 해방시키기 위한 '대동아(大東亞) 건설'이었다. 그러나 그들의 속셈은, 북지(北支)사변을 속결하고 대미(對美)전쟁에 대비하기 위하여 그곳에서 석유(石油)자원을 확보하는 데 있었다.

이 사실 역시 당시 일본 국민들의 대부분은 알 까닭이 없었다. 그때까지 조선과 대만은 일본제국주의의 손아귀에 묶인 식민지였다. 그러니까 일본이 진실로 '대동아 건설'에 목적을 두고 전쟁을 일으켰다면 이들 식민지부터 해방시켜야 옳았다.

자료에 의하면, 태평양전쟁의 개전(開戰)을 앞둔 1941년 12월 일본 정부 내에서는 어떻게 하든 전쟁을 피해 보려는 초조한 몸부림이 있었던 것 같다.

그 이유는 첫째, 전쟁을 벌일 경우 승전(勝戰)의 전망이 불확실하고, 둘째, 미국과 전쟁을 벌일 경우 러일전쟁에 패배했던 소련이 보복참전(參戰)할 위험이 크며 셋째, 일본이 동맹을 맺은 독일·이탈리아로부터 군사원조를 받아내기가 어렵겠다는 점 등이었다.

토죠(東條) 총리도 이 같은 우려에 공감했고, 천황은 육군참모총장에게서 다음과 같은 다짐까지 받았다고 한다.

"미국과 외교 교섭이 성립될 경우에는 더 이상 군대를 발동시키지 않을 것이며 전투행위를 즉시 중지하고 대명(大命)에 따라 군대를 철수할 것"이라고……

이 같은 일본 측 동향과 마찬가지로 미국 역시 처음에는 태평양전쟁을 상당히 주저했다고 한다.

첫째, 미국의 군사전략은 '대서양 제1주의'에 있었다. 유럽에서는 영국·프랑스와 독일·이탈리아 관계가 날로 악화되고 있었다. 미국이 만약 일본과 전쟁을 시작하면 양면(兩面)전쟁의 부담을 각오해야 했던 것이다. 둘째, 영국은 동남아에 식민지가 많아서 미국의 개입을 원했지만 미국은 식민지가 없었기 때문에 전략상 군이 전쟁에 개입할 필요가 없었다. 셋째, 미국은 전통적으로 고립(孤立)주의가 확고했다. 유럽은 민주주의를 지키고 독재주의와 투쟁한다는 명분이 있었지만 미국인이 아시아에서 피를 흘릴 이유는 전혀 없었던 것이다.

이와 같은 이유로 미국은 관계국과의 협의를 거쳐 동년 11월 26일 미국 국무장관 이름으로 일본에게 중국·동남아에서 즉시 철군(撤軍)할 것 등을 내용으로 하는 최후통첩을 보냈다.

진주만 기습(奇襲)이 없었다면, 우리 운명은?

당시에 일본이 만약 그 제안을 받아들였다면 일본군이 철수한 중국 땅에서 중국 국민당과 공산당은 내전(內戰)을 벌였을 것이다. 그리고 그 통첩에 누락되었던 한반도 우리 민족의 운명은 어찌 되었을지 알 수 없다.

그러나 일본의 호전적인 군부세력은 미국이 일본 정부에 보낸 최후통첩 시간이 도래하기도 전에 진주만을 새벽에 기습공격하고 말았다.

자료에 의하면 일본이 태평양전쟁을 치르는 동안 전투원의 사망자(死亡者) 수는 육군이 165만 명, 해군이 47만 명에 달했다. 그 가운데는 수송선이 격침(擊沈)되어 전투를 한 번도 해 보지 못한 채 황량한 바다에서 개죽음을 당한 희생자 수가 무려 70%에 달했다고 한다.

일본은 청일·러일전쟁에서 낙승(樂勝)하고 조선합방(合邦)에서 시작하여 만주 괴뢰정권의 수립, 중국 북부지방의 정복, 동남아 지역의 침공 등 호전적(好戰的)인 공격을 일삼았다. 일본 군국(軍國)주의자들의 교만과 탐욕이 얼마나 비참한 결과를 가져왔던가는 역사가 여실히 증명하고 있다.

미국 허버트 벅스 교수는 그의 저서 ≪히로히토 평전≫을 통해 "일본천황 히로히토는 일본 제국주의의 팽창을 주도했으며 3,000만 명 가까운 아시아인, 310만 명이 넘는 일본인, 그리고 6만 명이 넘는 연합국(聯合國) 사람들의 목숨을 앗아간 전쟁으로 국가를 몰고 갔다."고 증언한 바 있다.

하지만 나 역시 일본이 패전할 때까지, 즉 초등학교 6학년이 될 때까지는 우리나라가 일본의 식민지라는 것도, 우리글인 한글이 따로 있다는 것도 모른 채 일본의 전쟁 만화책 읽기에 밤낮으로 넋을 잃고 있었던 것이다.

3. 고시공부 계기로 자본주의 발견

국문학과에서 경제학과로

대학 3학년 개강을 앞두고 고향에서 ≪변증법적 유물사관≫, ≪극동에 있어서의 제국주의≫ 등 사회과학 계통의 책읽기에 여념이 없던 어느 날, 대학 친구 김석주(金碩周) 군이 집으로 찾아왔다.

그는 "흥미 없는 국문학과를 포기하고 아예 경제학과로 전과(轉科)하면 어떠냐?"고 물었다. 나는 생각하던 끝에 장차 은행 취직이라도 해 볼 욕심으로 3학년 초에 경제학과로 전과 시험을 치렀다.

막상 전과를 하고 보니 경제학과의 3학년 과목을 따라가기 위해서는 그 학과 학생들이 1·2학년 때 배운 공부를 보충해야 했고, 그러자면 경제학의 기초부터 시작하는 편이 낫겠다고 생각했다. 그리하여 1년쯤 독학(獨學)할 생각으로 낙향(落鄕)을 결심했던 것이다.

전과(轉科) 계기로 경제학 공부 본격화

낙향할 때 나는 대학 경제학과에서 정식으로 가르치는 국내판 경제학 교과서들을 빠짐없이 준비했다. 하지만 그것만으로는 부족하다는 생각이 들었다. 한문(漢文)이 섞인 일본책 읽기에 자신이 있던 나는, 부산 광복동 뒷골목 헌책방에서 경제학 관계 일본서적들을 끌어모았다.

그 책들은 오늘의 나를 있게 해준 명저(名著)들이었다. 그 책들을 살 때 나를 도와준 사람은 물론 아무도 없었다. 그런데도 내가 어찌하여 그런 책들을 선택할 수 있었는지, 지금 생각해도 참으로 신기하다.

그 책들 가운데는 마이데 쵸고로 교수의 ≪이론 경제학개요≫를 비롯해, 사토 수수무 교수의 ≪경제정책≫ Ⅰ·Ⅱ권, 아베 켄이치 교수의 ≪재정학≫, 다카하시 카메키치 교수의 ≪경제학의 기초지식≫ 등이 들어 있었다. 그런데 그 책들을 읽어본 나는 그동안 열중해 온 마르크스 경제학과는 그 내용이 너무나 다르다는 사실을 발견, "아니 이럴 수가?" 하고 깜짝 놀랐다.

그동안 심취했던 마르크스 경제학은 자본주의 경제의 모순을 신랄하게 비판하고 그 바탕 위에서 경제·사회 개혁(改革)을 강조하여, 나는 그것이 경제학의 일반이론인 줄 잘못 알고 있었던 것이다.

마이데 교수는 일본 동경제국대학에 경제학과가 창설된 1919년에 조교수로 출발했고, 그의 저서 ≪이론경제학개요≫는 논리 정연하고 알기 쉽게, 참으로 잘 쓰인 경제학 교과서였다.

그 책에서는, "사람이 영위하는 사회생활에는 여러 가지 국면이 있다. 경제생활은 사회생활의 수단에 불과한 것이다. 다시 말해 경제학은 국가·사회생활에 있어서 궁극적(窮極的), 결정적인 것이 될 수는 없다. 따라서 나로서는 경제에 편중된 사회이론, 특히 유물론적(唯物論的) 내지 경제적 역사관 같은 것은 도저히 받아들일 수 없다. 국가사회 조직을 단지 경제의 소산(所産)이라 주장한다거나, 본래부터 계급적(階級的)인 것으로 단정하는 것과 같은 학문적 태도는 단호하게 배척하는 바이다."라고 명기하여 마르크스주의에 단호하게 반기를 들고 있었던 것이다.

그 책에 정신이 팔린 나는 밤낮으로 그 책 읽기에 몰두했고, 나중에는 마르크스 이론과 자본주의 경제학을 서로 비교하면서 그 책을 거의 암기할 정도로 열중했다. 만약 내가 그때 그 책을 만나지 못했다면 ……. 생각만 해도 아찔하다.

그러면 어떻게 해서 내가 일본어와 한문에 그만큼 통달할 수 있었는지 잠깐 언급하고 넘어가자.

일제강점기인 유치원·초등학교 시절 나는 한글이 있는 줄 몰랐다. 학교에서 일본어로 교육을 받았기 때문이다. 나는 아버지로부터 "일본 놈이 다 되었다."고 야단을 맞을 정도로 일본 만화책에 파묻혀 살았다. 이웃에 일본사람들이 많아 그 집 애들이 읽다 버린 만화책이 지천으로 깔려 있었기 때문이다.

만화책에 적힌 한문에는 일본어로 토가 달려 있었다. 그래서 글 읽기가 쉬웠고, 한문자의 뜻은 여러 가지 상황이 그림으로 표현되어 있어서 그 의미를 대강 짐작할 수 있었다. 덕분에 나는 일찍부터 표의문자(表意文字)인 한문과 일본어에 숙달할 수 있었던 것이다.

옛날에도 그랬지만, 지금도 유사한 책이라면 표음문자(表音文字)인 한글책보다는 한문이 섞인 일본책에 선뜻 손이 먼저 간다. 나는 일본책들을 통하여 마르크스 경제학과는 전혀 다른 자본주의 경제의 여러 가지 특징과 작용원리를 처음으로 배울 수 있었다. 참으로 다행스러운 학문적 발견이었다. 이 행운은 평생토록 이어진다.

자본주의 경제학에 눈 크게 뜨다

그 결과 나는 처음으로 자본주의 경제가 갖는 몇 가지 중요한 특징을 배울 수 있었다.

첫째로 원시(原始) 공동사회에서는 그 사회 또는 단체가 구성원들의 생활을 책임지고 돌봐야 했다. 하지만 현대에 와서는 사회가 아니라 구성원 자신이 스스로 자기생활을 책임지고 유지·관리해 나가야 한다. 그래서 현대사회를 가리켜 '경제적 개인(個人)주의'가 작용한다고 말한다.

둘째로 개인이 자기생활을 유지·확보하기 위해서는 각자가 생산수단을 소유해야 한다. 그리고 그것을 이용해 필요한 물자를 생산·취득하고 처분·소비할 권리를 보장받아야 한다. 자본주의 사회가 보장하는 이 같은 제도가 바로 '사유(私有)재산제도'였다.

셋째로 현대사회에서는 각자가 자기생활을 스스로 책임져야 한다. 따라서 개개인이 경제활동을 전개한 결과로 나타나는 손익(損益) 역시 사회가 아니라 각자에게 귀속될 수밖에 없다. 사람이란 누구나 손해는 적게 보되 이익은 많기를 바란다. 경제행위에 있어서도 될 수 있는 대로 비용은 적되 많은 잉여(剩餘)를 추구하기 마련이다. 다시 말해 현대경제에는 '영리(營利)주의'가 철저히 작용하고 있는 것이다.

넷째로 오늘날 영리활동에 참가하는 사람들은 모두가 생산에 직접 관여하는 것은 아니다. 생산에 참가하는 사람들은 마르크스가 말하는 자본가가 아니라 그들과 다른 기업가(企業家)라는 제3의 전문가들인 것이다. 경영학에서는 이런 사람들을 전문경영인(CEO), 그들의 대표를 최고경영자(最高經營者)라 부른다. 과거에 생산과 기획을 담당한 자는 자본가 자신이었고, 토지나 자본 등 생산수단의 소유자(所有者)와 그의 이용자(利用者) 역시 대부분의 경우 같은 사람이거나 그의 가족이었다. 하지만 '기업가'가 새로운 직업으로 등장한 현대사회에서 이들은 과거의 자본가들과는 전혀 기능이 다르다.

기업가는 자기가 갖는 생산수단 내지 노동력뿐만 아니라 남들이 갖는 생산수단 내지 노동력까지 이용하여 자기의 기획과 책임하에 생산활동에 착수하는 경우가 많다. 삼성·현대·롯데 등 대기업 내지 재벌의 경우에도 경영자는 가족이 아닌 전문경영인인 경우가 대부분이다.

이와 같이 현대경제는 생산 및 기타 경제행위가 대부분 노동자나 자본가가 아니라 기업가라는 새로운 전문가의 손에 의해 기획되고 운영된다. 그래서 현대경제를 가리켜 '기업주의 원칙에 입각하여 운영되는 경제체제'라 말하는 것이다.

자본주의의 제약(制約)조건 발생

이상과 같은 자본주의 사회의 여러 가지 현대적 질서는 각국에서 확고히 자리잡고 있다. 하지만 그에 대한 반동적(反動的)인 현상도 서서히 나타나기 시작했다.

첫째로 여러 가지 사회정책적인 시설이 필요하게 되었다. 왜 그럴까?

개개인이 누리는 경제활동의 자유는 생산기술을 향상시키고 막대한 부(富)의 증가를 가져와 현대경제의 발전에 크게 이바지한 것은 사실이다. 하지만 기술이 진보하고 부가 증가함에 따라 자본가와 노동자 사이에 엄청난 격차(隔差)가 생겨 영리활동의 자유가 오히려 비판의 대상이 되었다. 그 결과 양자의 격차를 완화하기 위하여 국가는 연금·보험·사회부조 등 여러 가지 사회복지 제도를 도입·실시하게 된 것이다.

둘째로 자발적인 독점조직이 결성되었다. 그 이유는 무엇일까?

한려수도

경제활동의 자유와 사회정책적 제도화를 도입·실시했음에도 불구하고 자본가 사이에는 경쟁이 나날이 격심해 졌다. 물론 그 과정에서 자본가들이 생산 원가를 절감시키기 위하여 기술과 경영을 개량하고 생산시설을 확대했던 것은 사실이다.

하지만 생산시설이 날로 확대되자 경기변동에 따른 생산의 신축(伸縮)은 점점 어려워졌다. 그렇게 되자 자본가들은 기업을 합병하여 국내시장의 독점을 도모하고, 나아가서는 외국기업과의 경쟁에서 승리하기 위하여 국가가 앞장서서 독점 기업의 결속을 적극 뒷받침하게 된 것이다.

셋째로 국민경제에 통제화 내지 계획화가 날로 강화되고 있다. 왜 그럴 필요가 있었을까?

세계대전이 끝난 이래로 각국은 전재(戰災)를 복구하고 불황을 타개하기 위하여 국내시장을 관리하고, 해외시장을 개척하기 위하여 우호 국가들과 경제협력을 강화해 왔다. 그 결과 이제는 정부가 나서서 자본가들의 국내시장 독점을 조성하고 나아가서는 국가의 재정활동을 통해 국민경제의 운영을 직접 계획·통제하게 된 것이다.

끝으로 오늘날 국제 정세가 긴박하게 돌아가고 전쟁의 위험이 되살아나자 각국은 국방(國防)을 계속 강화하여 이런 측면에서도 경제의 통제가 불가피하게 강화되고 있다. 따라서 '자유 경쟁'이라는 자본주의의 전통적 질서 내지 원칙은 점차 수많은 수정이 불가피하게 되었다.

예를 들면, 사유재산제도에 있어서는 개인주의적인 관념이 일부 제한되고 전체에 대한 책임이 강조되며, 경제활동의 자유에 있어서는 생산·노동·소비의 각 측면에서 상당한 제약이 가해지고 있다. 영리주의에 있어서도 국가적 이익을 중요시하여 기업 간의 거래와 이윤 등에 대해 국가의 통제가 점점 강화되고 있는 것이다.

자본주의의 수정·보완 필요성

자본주의는 원래 자유주의 단계에서 출발했다. 하지만 독점 단계를 거쳐 오늘날에 와서는 통제적·계획적 단계에 이르렀다. 자본주의는 앞으로도 계속 수정·보완되어야 하겠지만 이 체제가 갖는 근본적인 자유주의가 포기되는 일은 결코 없어야 할 것이다.

내가 만약 대학에서 경제학과로 전과하지 않고 따라서 자본주의 경제학을 발견하지 못했다면 아마도 나는 영영 마르크스 경제학의 포로가 되고 말았을지 모른다. 다행스럽게도 자본주의 경제학을 발견한 나는 누가 시킨 것도 아닌데 가히 미쳤다 싶을 정도로 재미가 붙어 그 공부에 열중하였던 것이다.

그 과정에서 내가 얻은 가장 큰 소득은, 인류의 역사는 마르크스가 주장하듯 원시 공산사회에서 시작하여 봉건·자본주의 사회를 거쳐 필연적으로 공산주의 사회로 되돌아가는 것이 아니라, 자본주의가 수많은 수정과정을 거치되 앞으로 계속 발전해 나갈 것이라는 확신을 얻었던 것이다.

재미 붙은 공부, '자본주의 경제학'

자본주의 경제학에서는 그의 특징을 '영리(營利)를 추구하는 상품생산(商品生産)'이라 규정한다. 그리고 자본가가 영리추구를 목적으로 상품을 생산 또는 교환하기 위해 기업에 투자하는 것을 '자본(資本)'이라 하고, 자본을 투자함으로써 생산(生産)이 시작되며 그런 투자는 어디까지나 자본을 증식(增殖)하는 데 목적을 둔다. 따라서 이와 같은 생산을 '자본주의적 생산', 이런 생산이 행해지는 현대 경제를 '자본주의 경제'라 부른다.

자본주의가 겪은 '1930년대 대공황'

그렇다면 자본주의는 순조롭게 발전을 거듭해 왔는가? 불행하게도 그렇지 못했다. 마르크스가 말한 불황(不況)이 주기적·반복적으로 발생했기 때문이다.

특히 자본주의 국가들은 1930년대에 세계대공황(大恐慌)을 맞아 붕괴의 위험에 직면하기까지 했고 경기의 자율적인 회복 능력을 잃어 한동안 크게 방황하기도 했다. 마르크스가 말하는 '자본주의의 붕괴론'이 말 그대로 입증되는가 싶은 시기가 바로 그때였다.

당시에 러시아는 1917년에 일으킨 공산(共産)혁명을 성취하고 제1차 5개년계획에 의욕적으로 착수한 시기였다. 그들은 국가가 물자를 계획적으로 생산하고 인력(人力)을 직접 관리하여 경제적 공황을 모르고 살았다.

공산주의자들은 미국과 유럽 각국에서 일어나는 대공황의 혼란을 주의 깊게 살피면서 마르크스가 예언한 대로 자본주의가 곧 붕괴할 것이라고 그날을 호시탐탐 기다리고 있었다. 하지만 자본주의는 수많은 시행착오를 거치기는 했지만 결코 붕괴되지 않았다.

그러면 그 같은 세계적인 경제위기에 처했을 때 자본주의 국가들은 과연 어떤 대책을 내놓았던 것일까?

미국 '경기(景氣)의 자동회복기능' 과신

불행하게도 당시의 미국 대통령은 세계대공황의 진원지(震源地)가 뉴욕이었음에도 '신의 은총(恩寵)에 힘입어 미국 경기는 곧 회복될 것'이라고 낙관했다. 즉 오랜 역사를 가진 영국과 미국은 그때까지도 자본주의에 대해 확고한 신뢰와 자신감을 갖고 있었다.

그들은 공황 또는 불황이라는 현상은 단지 경제활동의 마찰에 의해 일시적으로 일어나는 현상일 뿐, 그냥 내버려두면 언젠가는 스스로 회복될 것이라는 확신을 가지고 있었던 것이다.

그러나 불황은 극복되기는커녕 오히려 더 심각해져 갔다. 불황이 한층 심각했던 1933년 실업자 수는 독일에서 800만 명, 미국에서 1,400만 명이었고, 세계 전체에서는 무려 5,000만 명에 달했다. 세계대공황에 직면해 엄청난 고통을 당한 것은 비단 미국만이 아니었다. 일본도 독일도 이탈리아도 일본의 식민지였던 우리 땅 역시 예외가 아니었다.

그때까지 자본주의를 지탱해 온 경제이론은 현실의 경제정세에 알맞은, 무엇인가 새로운 대안(代案)이 절실히 요구되는 단계에 와 있었다.

그해에 미국 대통령으로 선출된 프랭클린 루스벨트는 고심 끝에 공황을 극복하기 위한 특별 처방(處方)으로 소위 '뉴딜정책'을 입안·실시했다. 소련을 제외한 선진 자본주의 국가들 대부분도 미국의 뒤를 따랐다.

한편 독일·이탈리아에서는 히틀러와 무솔리니가 중심이 되어, 스탈린이 지배하는 소련과 국제공산주의 운동에 대항하고 그들 국가가 당면한 경제공황에 대처해야 한다는 명분을 앞세워 왕정(王政)을 타도하는 혁명에 성공하여 전체(全體)주의 정권을 수립했다.

정권 탈취에 성공한 파쇼세력들은 집권하자마자 국민을 선동하여 군비(軍備) 확장에 착수했다. 그들은 한편 군수(軍需)산업을 일으켜 공산주의의 위협에 대비하면서 또 한편으로는 국내경기(景氣)의 활성화를 도모하기 위한 돌파구를 찾았던 것이다.

1931년 유럽에서는 독일·이탈리아 '파쇼정권'에 의해 유럽전쟁이 터지고 말았다. 하지만 미국은 그때까지 1,000만 명이 넘는 엄청난 실업자 문제를 안고 고립(孤立)주의를 지키고 있었다.

1936년에 이르러 영국에서 자본주의자 J. M. 케인즈에 의해 역사적 논문인 <고용·이자 및 화폐의 일반이론>이 발표되었다. 케인즈는 이 이론을 통해 루스벨트의 뉴딜정책을 뒷받침하여 미국의 불황(不況) 타개에 적극 기여했다.

하지만 미국의 경제문제는 뉴딜정책이나 케인즈의 이론만 가지고 해결된 것은 결코 아니었다. 독일과 이탈리아의 동맹군이 전 유럽을 휩쓸고 영국을 넘볼 기세를 나타내자 미국은 결국 '고립주의'를 포기하고 영국·프랑스를 도와 '독·이 동맹'에 대항하여 유럽의 병기창(兵器廠)으로 등장했다. 그에 힘입어 미국의 군수(軍需) 경기가 크게 활성화되었고 세계대전과 함께 미국의 불황도 마침내 끝날 수 있었던 것이다.

대공황, 세계대전으로 겨우 수습

말하자면 세계대공황은 그 결과로 '파시즘 정권'과 '제2차 세계대전'을 몰고 왔지만 세계대전은 미국 경제에 절망적인 공황상태에서 탈피할 결정적 계기를 제공했다. 불황의 늪에서 헤매던 미국을 건져낸 것은 뉴딜정책이나 케인즈 이론이 아니라 1941년 12월 8일 루스벨트가 제2차 세계대전에 참전(參戰)할 것을 결심한,

바로 그 결단(決斷)이었다.

　그는 양원 합동회의에 나가 일본·독일·이탈리아 등 추축국(樞軸國)을 상대로 한 선전포고(宣戰布告)를 요구했다. "현 상황(진주만 사건)에 대해 책임소재를 따질 것이 아니라 미국이 그런 상황에 놓여 있다는 본질적인 사실에 집중해야 한다."고 강조하고, 미국의 참전이 방위(防衛)를 초월하는 고결한 목적을 가지고 있음을 선언했다. "인간의 본질적인 4대 자유, 즉 언론의 자유, 종교의 자유, 빈곤으로부터의 자유, 공포로부터의 자유에 바탕을 둔 세상을 창조하자."고.

　그러면 세계 대공황이라는 위기의 극복에 기여한 '케인즈 이론'을 잠깐 살펴보자.

새로 등장한 '케인즈 경제학'

대공황에 대처한 '케인즈 이론'

　케인즈(1883~1946)는 1930년대의 공황을 고비로 자본주의 경제가 '눈에 보이지 않는 신(神)'의 손에 의해 자율적으로 해결된다고 믿어 온 과거의 자동경기조절(自動景氣調節) 기능이 더 이상 가동되지 않는다는 사실에 주목했다. 그리하여 그는 애덤 스미스 이래로 자본주의 사회가 신봉해 오던 전통적인 자유방임(自由放任)주의 시대가 끝났음을 선포하기에 이르렀던 것이다.

　그가 보기에 1930년대에 세계 각국을 습격한 경제적 재난은 물리적인 파괴가 원인이 아니었다. 물자부족보다는 오히려 물자가 남아돌아 안 팔리는 데서 오는 경제적 파탄에 더 큰 원인이 있었다. 미국에서는 석유를 바다에 흘려 버렸고, 브라질에서는 기관차의 보일러에 석탄 대신 커피를 태우기까지 했다고 한다.

이와 같이 자본주의사회에서 일어나는 기막힌 현상들을 케인즈는 '풍요 속의 빈곤'이라 불렀다. 그의 과제는 그 원인이 어디 있는가를 규명하는 것이었다.

우리가 길을 걷다 보면 여러 가지 상품들이 상점에 진열되어 있는 것을 본다. 하지만 그 가운데서 우리의 건강과 생존에 꼭 필요한 상품은 사실 한두 가지에 불과하다. 오늘날의 경제는 상품이 제대로 팔려야 원활한 운행(運行)이 가능하게끔 되어 있다. 그런데 사람들이 만약 자기의 생존에 꼭 필요한 상품만 구입·소비한다면 경제는 도대체 어떻게 돌아갈 것인가?

저축시대 가고 소비미덕(美德)시대 오다

'그렇다면 절약은 미덕(美德)인가, 악덕(惡德)인가?'

만약 물건이 팔리지 않는 불황이 닥쳐온다면 상품의 체화(滯貨)가 늘어나고 생산기업 및 상업의 침체를 가져와 고용이 축소되고 대량실업이 발생할 것은 불을 보듯 뻔하다.

절약 또는 검약이라는 행위가 개인에게는 부자가 되기 위한 최선의 방법일 수 있다. 하지만 모든 사람들이 다 같이 이 같은 행동에 나선다면 사회 전체로 볼 때 이것은 엄청난 재난의 씨가 될 것이다. 이것이 케인즈 이론의 기본적인 생각이었다.

기업이 상품을 생산하는 경우 한편에서는 지대·이자·노임·배당금 등 화폐소득이 지주·자본가·노동자·주주에게 지불된다. 다른 편에서는 상품이 시장에 진열되고, 그 상품들은 소득자들이 구입하게 된다. 하지만 문제는 그들 소득의 전부가 소비에 지출되지 않는다는 데 있는 것이다.

불황(不況)의 근본 원인, '수요(需要)의 부족'

소비자 가운데서 소득이 낮을수록 그의 소득에서 소비에 지출되는 비율, 즉 소비성향(消費性向)은 높아지기 마련이다. 하지만 반대로 소득이 높을수록 소비 성향은 낮아진다. 그래서 사회 전체로 볼 때 생산된 물품 가운데서 팔리지 않는 부분이 생길 수밖에 없게 된다. 다시 말하면 생산물이 완전히 소비되기 위해서는 저축(貯蓄)되는 부분만큼의 부족한 수요(需要)를 보충할 신투자(新投資)가 반드시 뒤따라야 한다는 것이다.

그런데 불경기가 닥칠 경우에 기업가는 이윤(利潤)에 대한 전망이 불투명해서 신투자를 꺼릴 수밖에 없다. 이와 같이 민간의 투자의욕이 약화되었을 때, 그 대책으로 정부가 나서서 어떤 방법으로든지 투자유인(誘引)을 자극하여 투자를 활성화시키지 않으면 안 된다.

이것이 케인즈가 문제 삼은 현대 자본주의의 실태인 것이다.

드디어 수정자본주의 등장

그는 영국의 경제학자로서 자본주의의 앞날을 결코 낙관적으로만 보지 않았다. 왜냐하면, 첫째, 자본의 이익률은 점점 저하(低下)되는 경향에 있다는 것, 둘째, 일반대중들의 소비도 상대적으로 더욱 축소(縮小)되는 경향에 있다는 것, 셋째, 이들 경향은 모두가 자본주의의 발전을 저해(沮害)하는 작용을 하고 있다는 것 등을 그는 솔직히 인정하지 않을 수 없었던 것이다.

하지만 그는 마르크스가 말한 것처럼 자본주의가 반드시 붕괴될 것이라는 등 절망적인 견해에는 결코 동의하지 않았다. 자본주의는 잘 수정하고 관리하기만 하면 얼마든지 영생(永生)할 수 있다는 확고한 신념을 가지고 있었다.

그는 단순한 필요성에 의한 수요가 아니라 실제로 돈을 가지고 물건을 살 수 있는 수요, 즉 유효수요(有效需要)를 일반대중들의 소비(消費)와 기업가들의 신투자(新投資)로 구분했다. 그리고 그 수요의 부족에 불황의 근본 원인이 있다고 보았던 것이다.

국가재정의 새 역할, 불황(不況) 극복

그는 불황을 극복하고 완전고용(完全雇用)을 달성하기 위한 대책으로 다음 세 가지를 들었다.

첫째는 정부가 고액소득층에 대한 증세(增稅)정책을 통해 국민이 소유하고 있는 부(富)의 분배구조를 바꿔 사회 전체의 소비성향(消費性向)을 높이는 것이다. 일반적으로 고액소득자는 소비성향은 낮고 저축성향은 높다. 그러니까 고액소득자에게 세금을 많이 매겨 그 돈을 복지시설을 통해 저소득자의 소비 지출로 돌린다면, 사회 전체로 볼 때 소비성향은 얼마든지 높일 수 있다. 그러므로 이 같은 복지비 지출이라는 방법을 통해 유효수요의 증대를 도모하자고 주장했던 것이다.

둘째는 정부가 이자(利子)정책을 통해 은행의 이자율을 낮게 책정함으로써 기업가의 투자가 수지맞을 수 있도록 도와주어 민간의 왕성한 투자활동을 유도하는 것이다. 은행이 이자 부담을 낮춰주면 기업의 생산원가가 그만큼 줄어들어 채산(採算)이 맞게 된다는 것이다.

셋째는 정부가 재정(財政)을 통해 고속도로·항만·댐·철도·공항 등의 건설을 위한 공공(公共)지출을 확대하여 유효수요의 부족을 메워주자는 것이다. 투자에 대한 자본의 이윤율이 낮으면 민간인은 투자를 꺼릴 수밖에 없다. 그럴 경우에 정부는 민간을 대신해서 재정자금을 가지고 직접 투자를 확대해야 한다. 재정자금이 부족할 경우에는 정부가 적자(赤字)예산의 편성이나 국채(國債)의 발행도 서슴지 말아야 한다는 것이 케인즈의 주장이었다.

자본주의에 눈뜨고 마르크스 극복

경제학을 본격적으로 공부하면서 나는 우리가 살고 있는 현대사회를 지배하는 경제원리가 바로 자본주의라는 사실을 깨달았다. 자본주의 경제학은 영국에서 시작된 이래로 수많은 제안(提案)과 시행착오를 거쳐 오늘에 이른 것이다.

그렇다면 자본주의 경제학자들은 마르크스 ≪자본론≫의 핵심을 이루는 이론, 즉 '노동가치론', '노동착취론', '자본주의붕괴론' 등을 어떻게 비판하고 극복해 왔는지 다시 한 번 살펴보기로 하자.

마르크스 '노동가치론'을 비판

기업가가 사업을 해서 얻는 총이득(總利得) 가운데는 남으로부터 빌린 돈에 대해 지불해야 할 이자(利子)와 그 이자를 초과해서 얻어지는 이득, 즉 기업가 이득(企業家利得)의 두 가지가 포함되어 있다.

기업가의 입장에서 볼 때 기업가 이득은 총생산물의 가액(價額)에서 기계·설비의 감가상각비와 원료의 구입비 등 생산원가(原價)와 이자를 빼고 남은 순소득(純所得)인 것이다. 하지만 국민경제 전체에서 볼 때 이와 같은 이득은 생산의 기획을 맡고 생산수단을 결합하고 생산과정을 주관하고 그 성과에 책임을 지는, 기업가들의 능력에 대해 사회가 제공하는 대가, 즉 보수(報酬)로 봐야 한다.

물론 기업가에 따라서는 그가 행한 기능보다 더 많은 보수를 차지하는 경우가 있고 또 반대의 경우도 있을 수 있다. 하지만 이들 초과분은 기업가 내지 자본가가 노동자에게 돌아가야 할 몫을 수탈하거나 착취했다고 봐서는 안 된다. 그보다는 그들의 기업 활동에 수반해 발생할 수 있는 위험부담에 대한 대가(對價)로 봐야 옳다는 것이다.

왜냐하면 기업가에게 돌아가는 이득은 임금이나 이자와 같은 확정소득이 아니라 어디까지나 기업 활동의 성패(成敗)에 따라 좌우되는 불확정(不確定)소득인 것이다. 그러기에 기업이 원가(原價) 이상으로 이득을 올렸을 경우에 기업가는 초과이득을 차지할 수 있지만, 그렇지 못하고 손실이 발생할 경우에 기업가는 그 손실의 전부(全部)를 자기가 혼자서 부담해야 한다. 노동자는 물론 기업 내의 다른 어떤 사람도 그 손실을 분담해 주지 않기 때문이다.

마르크스 '노임(勞賃)착취론'을 비판

다음으로 마르크스 경제학이 자본가들의 착취대상이라고 규탄하는 '노임'을 자본주의 경제학자들은 어떻게 보고 있을까?

영리를 목적으로 하고 기업을 중심으로 운영되는 현대경제에서 노동력은 시장에서 거래되는 일반 물건과 마찬가지로 일종의 상품으로 봐야 한다.

돈을 가지고 상품이나 서비스를 사고파는 현대 교환(交換)경제에서 공짜란 있을 수 없다. 그런 까닭에 누구라도 자기 생활에 필요한 물건을 얻기 위해서는 구걸을 하지 않는 한, 그 대가로서 자기의 생산물 또는 돈이나 기타 상품을 반드시 제공해야 한다.

노동자는 노동력밖에 가진 것이 없다. 그렇기 때문에 그것을 제공해 기업가에게 고용되고 그의 지휘에 따라 노동에 종사해야 비로소 보수를 받을 수 있다. 따라서 현대경제에서 노동력은 엄연히 상품의 한 가지로 취급되는 것이다.

하지만 노동은 보통 상품들과 성격이 같다고 봐서는 안 된다. 왜냐하면 노동력은 각자의 인격과 관념상으로는 유리시킬 수 있어도 현실적으로 완전히 분리할 수 없기 때문이다. 노동자가 기업가에게 지배·구속되는 범위는 고용계약에 따라 결정되기 때문에 강제적인 지배 내지 구속의 경우와는 그 성격이 전혀 다르다고 봐야 한다.

생산요소의 하나로서 노동이 갖는 특징에 곁들여 그의 소득인 노임의 성격에 대해서도 생각해 봐야 한다.

노임이란 노동력을 제공하는 노동자에게 주어지는 대가이다. 다시 말해 노임이란 기업가가 피고용(被雇傭)노동자 혹은 임금노동자에게 지불하는 보수이고, 필경은 노동력의 가격이라 할 수 있다. 노임은 법정대리·음악·의료 등 서비스업에 종사하는 근로자들에게 지불되는 대가(代價)인 까닭에 변호사·음악가·의사 등 독립된 '기능인'이 받는 보수(報酬)와도 그 성격은 전혀 다른 것이다.

노임의 특수성, 자본주의로 정리

또 노임은 자기가 생산한 상품을 시장에 내다 파는 수공업자들의 소득과 비교해도 그 성질은 다르다고 봐야 한다. 왜냐하면 보수나 소득은 생산물의 가격에 따라 좌우되기 때문에 판매가 끝나야 그 크기를 알 수 있다. 하지만 노임은 계약에 따라 처음부터 그 크기가 정해져 있기 때문이다.

또 자본주의 경제학에서 노동력의 산출(産出)은 노동자의 생활과 밀접하게 관련되어 있다. 따라서 노임은 그들의 생활과 분리해서 생각해서는 안 된다.

바꿔 말하면 노동자의 생활은 현재의 노동력을 생산할 뿐 아니라 장래에 있을 노동력도 공급한다. 또 노동력은 다른 상품들처럼 영리를 목적으로 마음대로 생산할 수 없고 인간의 생활 자체에서 산출된다. 이와 같은 특징을 생각할 때 노동력은 보통 상품과 그 성격을 엄격히 구분하여 취급해야 하는 것이다.

노동력은 노임이 치솟는다고 해서 당장 공급(供給)이 늘어날 수 없거니와, 일정 한도 이상의 공급은 노동인구의 자연적인 증가를 기다릴 수 밖에 없다. 반대로 노임이 아무리 하락(下落)하더라도 공급을 즉시 줄일 수 없다. 왜냐하면 노동자는 노임 없이는 살아갈 수 없기 때문에 비록 임금이 낮다고 하더라도 불리한 조건을 감수할 수밖에 없기 때문이다.

이와 같이 노동력에는 다른 상품과는 달리 '수요공급의 원칙'이 제약될 수밖에 없다. 그래서 장기적·평균적으로 볼 때 노임은 기업가에게 돌아갈 통상이윤(通常利潤) 이상으로 높일 수 없고, 노동자에게는 보통의 생활수준(生活水準) 이하로 낮출 수 없다고 봐야 한다. 왜냐하면 기업가는 손해를 봐 가면서까지 노동자를 고용할 까닭이 없고, 노동자 역시 자기생활을 희생해 가면서까지 노동을 계속할 수 없기 때문이다.

4. 재정학에서 찾은, 자본주의 활로(活路)

자본주의로 무장, 마르크스 비판

경제학을 공부하면서 나는 '사회적 공평(公平)'을 앞세우는 사회주의냐?' '개인적 이기심(利己心)을 존중하는 자본주의냐?'의 두 가지 방향을 놓고 오랫동안 많이 방황했다. 하지만 마침내 명쾌한 결론을 얻을 수 있었다.

'마르크스 경제학'의 재음미

그러면 마르크스 경제학이 내세우는 사회주의 경제를 다시 한번 정리해 보자.

"첫째로 사회주의 사회는 노동 이외의 생산수단을 사회가 전부 회수해서 공유(公有)로 한다. 그래야만 자본주의 경제에서 일어나는 온갖 폐단의 근원인 '사유재산제도'를 폐지할 수 있기 때문이다.

둘째로 경제사회가 필요로 하는 물품을 얼마나 생산·공급해야 하는가를 결정하는 권한을 독점자본가들에게 전적으로 맡기지 않고 정부가 계획·조정해서 결정한다. 그래야만 시장경제에서 일어나는 과잉(過剩)생산이나 경기(景氣)변동과 같은 폐단들을 바로잡을 수 있다.

셋째로 경제활동의 목적을 독점자본가의 이윤(利潤)추구에 두지 않고 사회의 공동(共同)이익을 도모하는 데 둔다. 그러기 위해서는 자본가들을 후원하는 민주정부가 아니라 농민·노동자를 대변하는 공산당이 정권을 장악하여 경제·사회문제를 직접 해결해 나가야 한다."라고 마르크스는 강조했다.

그런데 그들이 말하는 독점자본주의의 모순과 그 모순으로 인한 경제체제의 붕괴가 역사적·필연적 귀결이라면, 어째서 최초의 공산주의 혁명은 그가 ≪자본론≫을 저술한 영국이나 빈부의 격차가 가장 심한 미국·일본 등 선진자본주의 국가에서 일어나지 않고, 1917년 후발 자본주의 국가였던 제정(帝政)러시아에서 일어났던 것일까?

이들 문제에 의문을 느끼면서 나는 자본주의 체제가 오늘날 미국·영국·일본 등 선진자본주의 국가에서 계속 건재(健在)하다는 사실을 다시 한 번 확인했다.

사회주의와 자본주의 비교

그러면 사회주의와 자본주의의 두 가지 경제체제가 갖는 장단점을 정리·비교해 보자.

첫째로 기업을 생산적·효율적으로 운영하여 이윤을 극대화한다는 측면에서 볼 때 자본주의 경제 쪽에 훨씬 장점이 많다고 생각한다.

이윤의 극대화를 추구하는 자본가들의 영리활동은 설사 그것이 주관적으로 이루어진다 하더라도, 기술혁신·품질향상·시장개척 등 그들이 이윤 추구를 위해 쏟아붓는 피나는 노력은 관료적인 정당이나 독재정권이 벌이는 탁상(卓上)계획만 갖고는 도저히 따라잡을 수 없다고 본다.

기업이 품질 개선이나 시장 경쟁에서 낙오될 경우 입게 되는 피해와 손실은 정부나 노동자가 아니라 오로지 기업가 또는 자본가가 짊어질 수밖에 없기 때문이다.

둘째로 생산물을 대중들에게 공평하게 분배해야 한다는 측면에서 볼 때 사회주의 경제 쪽에 분명히 장점이 많다고 생각한다.

사회주의 사회에서 생산물의 분배는 노동량의 크기에 따라 좌우된다. 그에 반해 자본주의 사회에서 이루어지는 분배는 근로자의 임금을 비롯하여 자본가가 가진 기계, 공장 등 생산수단(生産手段)의 사용료, 전문경영인(CEO)의 경영능력(經營能力)에 따라 지불되는 보수 등의 지급을 통해 이뤄진다.

이들 가운데서 생산수단이라고는 단지 자신의 정신적·육체적 노동력밖에 없는 노동자들은 불리할 수밖에 없다. 정부가 설사 실업보험과 생계부조 등 복지제도를 동원한다고 하더라도 그것은 어디까지나 사후적이며 일시적인 보완책에 불과한 것이기 때문이다.

셋째로 노동자에게 고용의 기회를 확대하고 실업문제를 해결해야 한다는 측면에서 볼 때 사회주의 경제 쪽에 장점이 많다고 생각한다.

사회주의 사회에서 노동력은 국가가 전적으로 관리하게 되어 있다. 그래서 할 일이 있건 없건 간에 노동자는 정부가 강제적으로 사역(使役)하기 마련이다. 그에 비해 자본주의 사회에서 노동력은 일종의 상품인 까닭에, 경제가 발달하면 할 수록 생산시설이 고도화되고 그 대신 취업자 수는 점점 줄어들게 된다. 그리고 상품생산의 과잉으로 인해 경기불황이 주기적으로 일어난다. 그럴 경우 시장에서 가장 먼저 도태될 대상자는 노동자일 수밖에 없다.

넷째로 국민생활의 향상이라는 측면에서 볼 때 자본주의 경제 쪽에 장점이 많다고 생각한다.

자본가들이 남보다 많은 이윤을 얻기 위해서는 같은 값이면 질(質) 좋은 상품을, 같은 품질이면 값싼 상품을 남보다 먼저 생산·공급할 수 있어야 한다. 그 결과 소비자들은 같은 값에 좋은 물건을, 같은 물건을 싼값에 구매·소비할 수 있다. 그래서 그만큼 많은 편익(便益)을 얻게 된다. 그 결과 이윤의 극대화를 추구하는 자본가들의 분발과 노력은 나아가서 국민경제 전체의 성장과 국민생활의 향상에도 크게 기여할 수 있는 것이다.

자본주의 위기, 정책개발로 극복해야

그동안 자본주의 국가에서는 이와 같은 체제의 단점들을 수정·보완하기 위하여 여러 가지 대책들이 수립·추진되어 왔다. 그러면 그동안 자본주의경제가 그 체제의 단점을 수정·보완하기 위하여 펴 온 정책들을 살펴보자.

첫째로 경제문제에 대한 정부의 시장개입이 점차 늘어나고 국민경제에서 정부가 차지하는 비중이 더욱 높아지고 있다.

자본주의사회에서 대자본가들이 시장의 독과점을 강화함에 따라 물가를 중심으로 상품의 수요와 공급이 원활하게 조절되던 소위 '눈에 보이지 않는 손', 즉 시장의 자동조절(自動調節)기능에 고장이 생기게 되자 정부는 국민경제 전체의 안정과 성장을 도모하기 위하여 시장경제에 대한 통제력을 강화할 필요성이 한층 높아지게 되었다.

기업들의 무정부적인 생산경쟁으로 인해 경기가 과열(過熱)될 경우 정부는 금리·조세·고용 등 여러 가지 정책수단을 동원하여 경기의 과열을 막는다. 반면 경기가 침체에 빠졌을 경우에는 금리를 인하하고, 세금을 경감하고, 재정투자를 확대하는 등 여러 가지 시책을 동원하는 것이다.

둘째로 기업의 운영이 자본가의 자손들로부터 유능한 전문경영인의 손으로 옮아가서 오늘날 경제사회를 움직이는 세력은 자본가가 아니라 제3자인 전문경영인(CEO)으로 바뀌었다.

그 결과 새로운 생산기술이 비약적으로 발달하고 해외시장을 개척하려는 노력이 날로 강화되고 있다. 그리하여 국내시장은 물론 세계시장을 떠받치는 소위 '경영자혁명'이 도처에서 일어나고 있는 것이다.

셋째로 현대에 이르러 기업은 눈앞의 이윤추구에만 그치지 않고 먼 장래를 내다보고 이윤의 장기적 안정화를 도모한다.

과거에 자본가와 그들 가족이 독점해 온 주식이 지금은 일반대중과 외국인에게도 널리 공개되어 타인(他人) 자본과 외국인(外國人) 자본의 비중이 점점 높아지고 있다. 그에 따라 군소주주와 외국인들도 기업경영에 참가해 새로운 상품과 괄목할 기술개발로 기업 체질을 더욱 강화하고 있는 것이다.

넷째로 현대에 이르러 선진자본주의 사회에서는 소득계층 간의 분배상태가 날로 개선되고, 빈부의 격차도 크게 줄어들고 있다.

오늘날 각국에서는 주주(株主)나 지주(地主)가 아닌, 최고경영자를 포함한 회사의 전무·상무·이사 등 고급임원(任員)들의 연봉이 거액에 달하고 있고, 일반 노동자들도 그들이 가진 단결력과 단체행동을 통해 근로환경을 개선하고 노임 수준을 계속 향상시키고 있다.

대중근로자들은 물론 여·야 정당도 이제는 크게 각성·단결하여 실업문제와 생계문제를 중요한 정책과제로 삼고 고용의 확대와 사회보장의 확충을 도모하고 있는 것이다.

아베 ≪재정학≫에서 배운 것

이렇게 자본주의경제학에 심취한 나는, 다음으로 일본의 아베 켄이치(阿部賢

한려수도

一)를 비롯한 국내외 재정(財政)학자들의 책을 섭렵했다. 그 결과 '사회주의냐, 자본주의냐?'를 놓고 방황하던 나의 경제학 사상(思想)을 자본주의 쪽에 고정시킬 확고한 자신감을 얻을 수 있었다.

그러면 자본주의 경제가 실업의 만성화, 빈부의 격차 등 결정적인 단점들을 어떻게 수정·보완하고 새로운 활로를 개척해 왔는지 간단히 살펴보자.

원래 자본주의는 '무산(無産)국가'

자본주의 사회에서는 모든 사람들에게 남이 침범할 수 없는 기본적 권리의 하나로 사유재산제도가 확고하게 보장되어 있다. 따라서 재산은 개개인의 것이고 국가는 원칙적으로 재산이나 소득이 없는 무산(無産)국가인 것이다.

자본주의 사회에서는 국가라 하더라도 국토방위, 사회안전, 서민복지 등의 정책을 수행하기 위해서는 필요한 물건을 사거나 인력을 고용할 구매력(購買力), 즉 돈이 있어야 한다. 돈이 있어야 관청·군함·학교 등 물자(物資)를 구입하고, 공무원·군인·교원 등 노동력(勞動力)을 고용할 수 있다. 그래야만 비로소 정치·행정을 펴 나갈 수 있는 것이다.

전쟁이나 천재지변과 같이 국가가 중대한 위기에 처했을 때 정부는 법률에 근거하거나 국회의 동의를 얻어 사람들을 징용(徵用)하거나 물건을 징발(徵發)할 수 있다. 하지만 그것은 비상시에 일시적으로 허용되는 임시방편일 뿐이다.

만약 그와 같은 징용·징발이 끝없이 계속된다면 신체의 자유와 사유재산제도가 보장되어 있는 자본주의 사회에서 일반 국민들은 도저히 견딜 수 없을 것이다.

물론 국가라고 해서 재산이나 소득이 전혀 없다는 뜻은 아니다. 하지만 그 재산의 대부분은 주로 학교·철도·군항·청사나 금괴·외화·주식 등 정부가 국가

활동을 수행해 나가는 데 필요한 행정(行政)재산이 대부분이다. 그래서 국가재산은 수익(收益)을 목적으로 소유하는 개개인의 사유재산과는 그 성질이 전혀 다르다.

자본주의 재원(財源)조달은 세금

국가가 각종 경비에 충당하기 위해 거둬들이는 재정수입(財政收入)에는 크게 두 가지가 있다.

첫째는 정부가 국유재산을 팔거나 빌려주고 받는 수입과 국책회사에 자금을 투자해서 받는 배당금 등 국가활동에 수반해서 들어오는 공기업(公企業) 수입이다. 둘째는 국가가 권력을 가지고 일반국민과 사업체로부터 강제적으로 받아들이는 세금과 국채를 팔아서 얻는 채무수입 등 권력적(權力的) 수입이다. 이와 같은 수입들은 매년 계속 반복해서 들어오는 까닭에 경상적 수입이라 한다.

재정수입 가운데는 외국으로부터 무상 원조(援助)를 받거나 유상 차관(借款)을 들여와 나라살림에 보태는 경우도 있다. 이런 수입은 어디까지나 일시적 수입인 까닭에 임시적 수입이라 한다.

정부는 이와 같은 방법으로 필요한 돈을 마련해서 각종 경비(經費)에 지출하고, 중요 산업(産業)에 투자하고, 쌓인 부채(負債)를 갚기도 한다.

정부가 행하는 이 같은 경제 질서를 경제학에서는 재정(財政)이라 부른다. 따라서 옛날 봉건사회는 물론 오늘날의 자본주의사회에 있어서도 재정이라는 국가활동은 항상 존재해 왔다. 다만 시대에 따라 국가권력이 의도하는 정책 방향에 따라 국가재정이 다르게 운영되어 왔을 뿐이다.

마르크스주의자들은 국가재정을 가리켜, 집권자·귀족·자본가 등 그 사회의

한려수도

지배계급들이 농민·노동자 등 피지배계급들을 수탈하고 착취하기 위한 수단이라고 주장했다. 즉 봉건주의사회에서는 전제군주나 봉건영주들을 위해, 자본주의 사회에서는 집권자와 독점자본가들을 위해 국민의 재산과 노동력을 착취하기 위한 수단의 하나로 국가의 재정권력이 악용되어 왔다고 보았던 것이다.

초기 자본주의, '작은 정부, 값싼 정부'

자본주의 초기에 국가는 산업자본가들의 자유경쟁과 자본축적을 보호·육성하기 위해 될 수 있는 대로 세금을 적게 받고, 경비를 적게 쓰고, 민간의 경제활동을 적게 간섭하는 소위 '작은 정부, 값싼 정부'를 지향했다.

그러나 자본주의가 독점단계에 들어서자 선진 자본주의 국가들은 후진·약소국가를 침략하기 위해 군사비를 확대하고, 실업·빈곤 등 사회문제에 대처하기 위해 세금을 많이 걷고 경비를 많이 쓰며 시장경제에 적극 간섭하는 소위 '큰 정부, 비싼 정부'로 바뀌고 말았다.

그렇게 되자 각국 정부는 물건 값에 포함시켜 거둬들이는 소비세는 물론 자본가들이 재산이나 소득에서 받는 소득세 수입을 경비에 충당했고, 그래도 부족하자 기업으로부터 법인세를 징수하기 시작했다. 그리고 오늘날에 와서는 일반국민의 빚이요, 장래의 세금인 국채(國債)까지 발행하여 필요한 자금을 조달·사용하게 된 것이다.

마르크스주의자들은 이 점에 주목해서 말하기를, "소작인·노동자 등 무산(無産)계급이 자본주의 국가의 중압과 세금의 고통에서 해방되기 위해서는 자본주의의 체제 자체를 '폭력'으로 뒤엎고 지주·자본가 등 유산(有産)계급으로부터 재산과 생산수단을 빼앗아 그것을 모두 국유화 내지 사회화해야 한다. 그래야만 무산(無産)대중들이 세금이 없고 가난이 없는 이상적인 사회에서 안심하고 행복하게 살 수 있다. 따라서 공산당이 일당 독재하는 사회주의 내지 공산주의 국가를 하루속히 건설해야 한다."고 강조했던 것이다.

공산주의자들은 "혁명(革命)의 초기에는 유산(有産)계급으로부터 사유재산을 빼앗기 위한 수단으로 고율(高率)의 재산세와 소득세를 강제 징수할 수밖에 없다. 하지만 혁명이 성공하여 완전한 평등사회, 즉 공산(共産)주의 사회가 완성되는 날이 오면 인류 최초의 원시(原始)공산사회와 마찬가지로 돈도, 세금도, 심지어 국가도 필요 없고 따라서 그 모두가 소멸되는 이상적인 사회에서 살게 될 것"이라고 호언장담했던 것이다.

계층 간의 갈등, 정부 책임을 인정

하지만 대다수 국민의 뜻에 따라 국가의 정책이 수립·결정되는 민주주의 국가에서는 농민·근로자·중소기업·대기업 등을 대표하는 경제단체와 저소득층·중산층·고소득층 등 여러 계층을 대표하는 사회단체들이 선거를 통해 그들을 대변하는 국회의원을 뽑아 국회로 보낸다.

국회는 국내외의 정세에 따라 여·야당 간에 벌어지는 토론과 타협을 거쳐 국가가 지향해 나가야 할 바람직한 재정정책의 방향을 결정하기 마련이다.

아베 켄이치 교수는 이른바 "재정이란 이상이나 목적 혹은 이해관계를 달리하는 여러 단체 또는 계층들 사이에서 벌어지는 정치투쟁(政治鬪爭)의 결과"라고 말했다. 즉, 한 나라에 존재하는 여러 단체 또는 계층들은 그들이 같은 목적을 가졌을 때에는 서로가 화합하고 협력하지만, 그것이 다를 때는 곧잘 반목(反目)하고 투쟁하기 마련인 것이다.

국가재정의 내용을 구성하는 여러 가지 문제, 예를 들면 공무원 조직을 개혁하기 위해 행정기구를 얼마나 축소해야 할 것인가, 기업가들의 활발한 산업 활동을 조장하기 위해 보조금(補助金)을 얼마나 추가해야 할 것인가, 세금의 종류나 징수 방법을 어떻게 개선해야 할 것인가 등의 문제들은 계층을 달리하고 직업을 달리하는 여러 단체 간에 이해 관계가 얼마든지 다를 수 있다.

이해 관계를 중심으로 만들어진 정치 단체들은 노동자당, 자본가당 혹은 보수당, 진보당 등으로 나누어지고, 그들이 내세우는 정강·정책을 보면 그 당을 지지하는 세력들이 과연 어떤 계층이고 그들이 내세우는 주의(主義)·주장(主張)이 무엇인가를 쉽게 알 수 있다.

자본주의 사회가 비록 고도의 독점단계에 이르렀다고 하더라도 그 사회의 여러 단체 혹은 계층들은 외교·국방을 튼튼히 하고, 국가의 안녕·질서를 유지하며, 산업기술의 개발을 촉진하는 등 공통적인 이해(利害)에 대해서는 이의(異議)가 있을 수 없다.

이와 같이 여러 단체 또는 계층들이 갖는 공통의 욕망을 추구하고 공통의 이상을 실현하기 위하여 국가의 재정활동은 필요하고 또한 중요한 것이다.

자본주의 위기, 납세자 '재정(財政)투쟁'으로 극복

오늘날 자본주의 사회에서 일반 대중들은 자기네 처지를 깊이 자각하고 소비자단체·YMCA·YWCA·주부클럽 등 시민단체(NGO) 또는 이익(利益)단체들을 구성한다. 그리고 그들이 지지하는 정당을 통한 '합법적인 투쟁방법', 즉 재정투쟁(財政鬪爭)을 통해 그들의 이상과 이해에 부합되는 방향으로 국가의 재정정책을 적극 유도 내지 수정해 나간다.

자본주의 경제의 단점인 실업문제를 해결하기 위해 국가에 실업보험제도를 강화하게 하고 빈곤문제를 완화하기 위해 사회복지제도를 확장하게 한다. 그 반면 고소득층에 대해서는 재산이나 소득에서 부담하는 상속·소득세 등 직접세 세율의 대폭 인상을 강력히 요구하고 있는 것이다.

하지만 자본주의 사회에서 정치적·경제적 힘이 강한 집권자나 독점자본가들이 설사 새로운 시대의 흐름에 순응하여 국민문화를 향상시키고 사회복지를 증진시킨다고 해도 그들의 양보가 곧 자본주의의 체제 자체를 근본적으로 포기하는 것은 아니다.

자본주의 장점, '자유경쟁·시장경제'

이상과 같이 이론적인 공부를 끝낸 나는 사회평등(平等)을 앞세운 마르크스주의의 경제체제하에서는, 개개인의 이기심(利己心)을 바탕으로 한 자본주의 경제의 장점인 '경제활동의 자유', '국민생활의 향상' 등의 과제들은 도저히 해결할 길이 없다는 사실을 알았다. 그리하여 마르크스주의자들의 혁명론(革命論)에 대해서는 더 이상 귀를 기울이지 않기로 결심했다.

그 대신, 자본주의 사회에서 사회적·경제적 약자인 농민·노동자 들을 보호하기 위해서는 그들이 농민당·노동당 심지어 공산당 등 단체를 구성하고 정당을 조직하여 그들의 대표자를 국회에 진출시켜, 국가의 재정정책을 그들이 원하는 이상과 이익에 부합되는 방향으로 유도해 나가는 합법적인 투쟁방법, 즉 '재정투쟁'만이 현대사회를 안정시키고 국민경제를 발전시킬 수 있는 가장 바람직한 대안(代案)이라는 결론을 얻었던 것이다.

한려수도

고시공부가 벗겨 준 마르크스 망령

시험공부 시간표, 지금도 내 손에

54년 전의 '시간표'가 적힌 낡은 수첩 하나가 지금도 내 손에 남아 있다. 고등고시 공부를 위해 만들었던 시간표였다.

헌법(憲法) 책은 유진오, 행정법(行政法) 책 Ⅰ·Ⅱ는 황병준, 국사(國史) 책은 이선근·박은식, 회계학(會計學) 책은 하세가와 야수베에, 경제학(經濟學) 책은 최호진·마이데 쵸고로, 경제정책(經濟政策) 책 Ⅰ·Ⅱ는 사또 수수무, 재정학(財政學) 책은 최호진·아베 켄이치 등으로 적혀 있다.

이들 과목 가운데서 경제이론·재정학·경제정책 등 경제학 분야는 내가 돌파해야 할 최대 난관이었다. 기타 과목 가운데서 국사는 중학에서 정식 과목의 하나로 배웠고, 헌법·행정법은 대학 1학년 때 교양과목에서 수강한 경험이 있었다. 그래서 별로 낯설지 않았고 열심히 공부하면 될 것 같은 자신이 있었다.

하지만 선택과목 가운데서 회계학만은 단연 문제였다. 친구 집에 놀러갔다가 두껍지 않은 일본의 회계학 책을 발견하고 덥석 달려들었지만, 시험 전체를 포기할 뻔했을 정도로 골치 아픈 과목이었다. 회계학은 선행과목인 부기(簿記)를 알아야 이해할 수 있는데, 무식한 나는 곧바로 회계학 책에 달려들었으니 고전할 수밖에 없었다.

7개 과목을 앞에 놓고 시험날까지 24시간의 시간표를 작성했다. 그 가운데서 경제이론·재정학·경제정책 등 경제학 분야는 공부하면 할수록 의욕과 흥미가 더해 갔다. 공부한다기보다 새로운 지식을 탐구하는 기쁨과 행복감에 가득 찼다는 게 솔직한 대답일 것이다.

국문학과 재학시절 마르크스를 알게 되어 경제·사회문제에 처음으로 눈을 떴고 경제학과로 전과하여 비로소 자본주의 경제학을 알게 되었다. 그리하여 두 가지 경제학을 비교·비판하는 과정에서 날이 갈수록 나의 관심과 흥미는 자본주의 이론 쪽에 집중되어 갔다.

내가 자본주의 경제의 우월성에다 그의 정당성을 다시 한 번 확인한 것은 고등고시의 필수과목에 들어 있던 헌법학을 공부하면서였다.

헌법 공부로 '민주주의·시장경제' 확인

나는 그 공부를 통해 헌법이란, 한 나라의 통치(統治)조직과 통치작용의 원칙을 정하고 국민의 기본권(基本權)을 보장하기 위하여 제정된 나라의 가장 기본되는 법률이라는 것을 알았다.

헌법에서는 우리나라가 자유·민주주의 국가라는 사실을 선포하였고, 우리 사회가 지향하는 자본주의의 경제질서를 다음과 같이 명시해 놓고 있었다.

제9조 '모든 국민은 인간으로서의 존엄과 가치를 가지며 행복을 추구할 권리를 가진다. 국가는 개인이 갖는 불가침의 기본적 인권(人權)을 인정하고 이를 보장할 의무를 진다.'

제32조 '① 모든 국민은 인간다운 생활을 할 권리를 가진다. ② 국가는 사회보장(保障), 사회복지(福祉)의 증진에 노력할 의무를 진다. ③ 생활능력이 없는 국민은 법률의 정하는 바에 의하여 국가의 보호를 받는다.'

제27조 제1항 '재산권(財産權)은 보장된다. 그 내용과 한계는 법률로 정한다.'

제120조 제1항 '대한민국의 경제질서는 개인의 경제상의 자유(自由)와 창의(創意)를 존중함을 기본으로 삼는다.'

그 결과 우리나라는 사유재산제도를 기본으로 하고 영리주의와 자유경쟁을 철저히 보장하는 자본주의 경제체제를 도입·실시하고 있다는 사실을 확인할 수 있었다. 따라서 마르크스 경제이론을 극복한 내가 자본주의의 우월성을 발견하고 그것이 우리나라 헌법에 엄연히 명시되어 있음을 알게 되었을 때 그 기쁨은 참으로 컸다. 만약 내가 마르크스의 망령에 묶여 있었다면 내 인생은……?

그때 내 나이 22세, 아침저녁 역기와 아령으로 몸을 단련하고 하루에 네 끼 식사와 간식을 거뜬히 먹어치울 만큼 체력(體力)도 단단했다. 그에 힘입어 나의 공부는 재미가 붙고 가속도가 붙어 나날이 실력이 향상되어 갔다.

경제학을 제대로 공부하기 위해서는 기본과목인 경제원론뿐 아니라 경제사·경제학설사를 알아야 했고, 분류과목에는 고등고시 행정과 제2부의 필수과목인 재정학(財政學) 이외에 가정학(家政學)과 경영학(經營學)이 따로 있다는 사실도 그때 알았다.

국가재정의 사명, 공공복리(公共福利)의 증진

그 가운데서도 재정학(財政學)은 가계가 추구하는 욕망의 충족과 기업이 추구하는 이윤의 극대화를 국가가 적극 보호·신장하되 생존경쟁의 결과로 나타나는 패배자(敗北者)들에 대해서는 국가가 고용 및 소득재분배 정책을 어떻게 추진해야 하는가를 연구·개발하는 학문분야였다.

재정학에도 정통재정학 이외에 마르크스 재정학, 공공경제학 등 세 가지 학파가 대립하고 있었고, 그 가운데서 나의 관심은 정통재정학(正統財政學) 쪽에 집중되었다.

마르크스 재정학은 국가재정을 집권자 및 독점자본가계급이 자기들의 권익

(權益)을 옹호·신장하기 위해 농민과 노동자 계급을 수탈·착취하기 위한 수단 (手段)으로 보고 있었다.

이 학문은 6·25 전쟁을 계기로 우리나라의 모든 분야에서 공산주의에 대한 적 개심이 팽배하여 대학에서 이런 강좌는 개설할 수가 없었고 공석(公席)에서는 거 론조차 하기 어려웠다.

공공경제학은 국가의 재정을 국민경제라는 큰 틀 속에서 이루어지는, 가계나 기업 등 경제주체(經濟主體)의 하나로 보고, 경제 전체의 안정과 성장을 도모하 기 위해서는 국가가 어떤 역할을 수행해야 하는가를 연구하고 있었다.

이 학문은 주로 케인즈 이론을 토대로 미국·영국 등 선진 자본주의 국가에서 발달하였고, 우리나라의 재정학 강좌는 주로 이 분야에 치중되어 있다. 그리고 그의 이론은 역대 정부의 경기대책에 많이 동원되었다.

그에 비해 정통재정학은 납세자인 국민의 편에서 정부가 행하는 재정활동을 감시·감독하기 위해 정부가 지켜야 할 회계연도(會計年度) 독립의 원칙, 균형예 산(均衡豫算)주의, 조세법률(租稅法律)주의 등 여러 가지 원칙과 수입내지출(收 入內支出)원칙, 국고집중(國庫集中)주의, 국세우선(優先)주의 등 수많은 제도를 제시하고 있었다.

마르크스 망령 쫓은 '정통 재정학'

특히 정통재정학은 집권자의 독선과 권리남용을 견제하고 감시·감독할 수 있 는 제도적 장치가 무엇인가를 연구·개발하고, 납세자를 대변하여 국민의 권익을 보호·신장하는 데 최대의 역점을 두고 있었다.

나는 마르크스 경제학이 비판하는 자본주의 경제의 모순과 계층 간의 갈등문제를 명심하는 한편, 공공경제학이 지향하는 국민경제 전체의 안정과 성장을 도모하는 문제에 유의하면서 정통 재정학 공부에 일로 매진했다.

그러는 동안 나는, 6·25전쟁을 전후해 공산주의 이론의 맹신자(盲信者)가 되어 월북했거나 인민군에 입대해 아깝게 목숨을 잃은 중학시절의 친구들을 생각했다.

그들은 대부분이 공부 잘하는 부잣집 아들딸, 즉 부르주아 출신이었다. 그들이 만약 마르크스의 변증법적 유물사관에 얽매이지 않고 내가 수학(修學)한 과정처럼 자본주의의 본질이 뭣인가를 먼저 알고, 자본주의가 고도로 발달하여 독점단계에 이르렀을 때 그의 폐단을 어떻게 극복·보완하여 현대와 같은 '수정(修正) 자본주의'로 발전해 왔는지, 그 과정을 알았다면 그들은 결코 감상적·맹신적 공산주의자로 끝나지 않았을 것이다.

5. 자본주의 장래 어디로?

내가 자본주의 경제학을 본격적으로 공부하게 되자 유교적 가문에서 태어나 몸에 밴 사농공상(士農工商)의 전통적인 낡은 사상, 즉 '장사꾼'이나 '돈벌이'하는 사람들을 업신여기던 과거의 잘못된 청빈(淸貧)사상을 깨끗이 떨쳐 버릴 수 있었다.

현대는 <경제제일주의> 시대라 경제지식 없이는 어떤 개인이나 단체, 심지어 국가도 유지하기가 어렵다. 설사 법학·의학·문화예술 등의 분야에 종사하는 사람들도 웬만한 경제지식 없이는 사업 발전은커녕 현상유지조차 하기 어려운 시대가 온 것이다.

과거에 사회주의자 내지 마르크스주의자들은 자본주의 국가를 가리켜 밖으로는 약소(弱小)국가를 침략·약탈하는 제국주의 국가로, 안으로는 농민·노동자계급을 착취·수탈하는 독점자본주의 국가로 규정짓고, 온갖 비판과 저주를 서슴치 않았다.

하지만 오늘날 마르크스주의를 국가권력의 기본이념으로 삼던 공산주의 국가들 가운데서 중국은 1978년에, 소련(蘇聯)은 1985년에 개혁개방(改革開放)을 단행하고, 자본주의의 기본원리라 할 <시장경제제도>를 도입·실시하고 있다.

그 결과 두 나라는 세계 각국을 선진국, 중진국, 개발도상국, 후진국 등으로 구분하는 세상에서 선진국을 바짝 뒤쫓는 신흥국(新興國)이라는 새 개념으로 평가될 만큼 신기한 학술용어(學術用語)들은 참으로 많았다. 예를 들면 물과 공기가 없으면 사람은 죽는데 값이 없는 자연재(自然財)라 말하고, 이윤을 철저히 추구하는 시장경제에서 자유경쟁은 생산자·소비자를 다 같이 이롭게 하는데 거기서 얻어지는 기업이득을 청부(淸富)라 하고 양자가 차지하는 이득을 잉여(剩餘)라 부르는 것 등이다.

그 가운데서 매력을 느낀 용어 몇 가지를 알기 쉽게 풀어서 소개하고 싶다. 마치 내 후진들에게 일러주듯이.

경제학의 출발, '희소성의 원리'

첫째로 '희소성(稀少性)의 원리'라는 말이 있다.

경제학에서는 물이나 공기처럼 무료로 사용할 수 있는 물자를 자연재(自然財), 쇠고기나 냉장고처럼 돈을 주고 사야만 사용할 수 있는 물자를 경제재(經濟財)라 말한다.

요즘은 물도 공기도 정화를 해야 마실 수 있다. 그래서 엄격한 의미에서 말한다면 이 세상에 공짜란 있을 수 없고, 우리가 논하는 대상은 대부분이 경제재인 것이다.

의식주에 대해 인간이 품는 욕망은 한없이 크다. 예나 지금이나 사람들은 잘먹고 잘살기를 바란다. 하지만 인간사회에서 그것을 충족시킬 수단, 즉 경제재의 수량은 한정되어 있으니 어찌하랴?

다이아몬드는 없어도 살 수 있지만 그 양이 적고 귀하기에 값이 비싸다. 그런 경우를 경제학에서는 '희소성(稀少性)의 원리'라고 말한다. 그래서 돈도 시장도 필요 없고 모든 것이 자급자족되는 천당에서 경제학자들은 연구할 대상이 없어져서 실업자가 될 거라는 말이 있다.

마르크스가 말하는 원시(原始)공산사회에서는 사람의 수가 적어서 의식주에 부족함이 없었을 것이고 그런 사회에서는 따로 소유욕(所有慾)이 생길 까닭도 없었을 것이다. 그러나 인구가 늘어난 반면 물자가 부족해지자 자동적으로 이기심(利己心)이 발동하게 되었을 것이다. 희소성의 원리를 토대로 생산물의 양적·질적 생산·교환·분배를 연구하는 경제학의 중요성이 날로 높아진 이유가 바로 여기에 있다.

건강하고 행복하게 살기 위해 필요한 물건들을 구입하고 소비하는 사람들의 행위를 경제(經濟)행위라 한다면, 희소성의 원리가 작용하는 자본주의 사회에서 어떻게 하면 적은 노력 혹은 적은 비용으로 보다 질(質) 좋고 양(量) 많은 서비스와 물자를 남보다 먼저 생산·판매하거나 구입·소비할 수 있을까?

그러기 위해서는 가장 합리적인 정신을 가지고 경제원칙(經濟原則)에 부합되는 경제활동을 해야 할 것이다. 나는 '희소성의 원리'를 알게 되어 우리가 마땅히 추구해야 할 행동원리(原理)가 과연 무엇인가를 비로소 알 수 있었다.

'샤일록' 곧 진정한 '경제인'

둘째로 '경제인(經濟人)'이라는 말이 있다.

이 말은 채무자가 빚을 갚지 못하면 처음 계약했던 대로 살점을 뜯어가겠다는 '샤일록'과 같은 사람을 가리키는 말이다.

문학의 세계에서는 셰익스피어의 소설 <베니스의 상인>에 나오는 샤일록을 악질 수전노 또는 못된 고리대금업자라고 하여 욕한다. 하지만 이윤(利潤)의 극대화를 추구하는 자본주의 사회에서 계약 또는 약속에 따라 정당한 대가를 요구하는 사람들의 행동 또는 행위는 어디까지나 경제원칙에 부합되는 합법적인 행동인 것이다. 만약 계약을 어긴 사람을 동정하거나 대가를 요구하는 사람을 욕한다면, 그곳에는 이미 시장경제(市場經濟)가 성립될 수 없다고 봐야 한다.

어느 누가 대가를 받지 않고 물자(物資)나 노력(勞力)을 제공하려 하겠는가? 현대사회에서 상공인은 물론 의사도, 학자도, 목사도, 신부도 심지어 국회의원이나 대통령도 모두가 다 보수(報酬)를 받고 일하는 생활인인 것이다. 도대체 누가 계약에 따라 대가를 요구하는 '샤일록'의 행동을 감히 흉보거나 욕할 수 있겠는가?

샤일록은 욕먹어야 할 악인이 아니라 우리가 마땅히 인정하고 존중해야 할 정당한 경제인임을 명심해야 하겠다.

셋째로 '자본주의 정신'이라는 말이 있다.

이것은 기업을 통해 영리를 추구하는 데 헌신·노력하는 사람들의 정신적 활동을 가리키는 말이다.

모든 직업은 귀천이 없는 신성한 것이며, 영리를 좇아 행동하는 사람들의 직업은 마땅히 존중되어야 한다. 기업을 보다 합리적·효율적으로 운영하여 자기는 물론 거래 상대방을 유익하게 만드는 기업가의 행동이야말로 '자본주의 정신'에 부합되고 기독교의 청부사상(淸富思想)에도 합치되는 행동인 것이다.

알고 보면 청빈(淸貧)사상을 숭상하는 유교에서도 '항산(恒産) 없이 항심(恒心) 없다'는 말로 물질생활을 중요시한다. 맹자가 말한 항산이란 일정한 생업(生業), 항심이란 변치 않는 절조(節操)를 가리킨다. 즉 생활이 안정되지 못하면 지조도 지키지 못한다는 뜻이다.

우리 주변에는 직업의 귀천이나 청빈을 고집스럽게 논하는 사람들이 아직도 많다. 그런 사람들은 아마도 인생의 가엾은 낙오자(落伍者)거나 아니면 뻔뻔스러운 위선자(僞善者)가 분명하다.

종교인, 정치인 가운데는 자기들은 돈을 벌 목적으로 일하는 소위 영업자가 아니라고 큰소리치는 사람들이 있다.

경제학에서 승려·목사는 종교서비스업에, 정치인·공무원은 공무서비스업에, 도·소매업자는 상업서비스업에, 의사·약사는 의료서비스업에, 술집·노래방 업주는 오락서비스업에 종사하는 직업인으로 구분한다. 그리고 이들은 GNP의 산업 분류상 모두가 '제3차 산업'에 종사하는 동업자들인 것이다.

넷째로 '생산자 또는 소비자 잉여(剩餘)'라는 말이 있다.

판매자·생산자들은 시장(市場)에서 자기 상품을 남보다 한 푼이라도 더 비싸게 팔고자 경쟁한다. 하지만 그 값은 시장에서 조금이라도 싸게 사려는 소비자들 때문에 내놓은 가격보다 대개 낮은 가격으로 팔리기 마련이다. 그 대신 싸게 내놓기로 했던 판매자는 내놓은 가격보다 비싸더라도 사겠다는 사람들의 경쟁 덕분에 생각보다 높은 값을 받는 경우도 있다. 이것은 시장에서 물건을 파는 사람들과 사려는 사람들이 서로 경쟁한 결과로 나타나는 시장효과(市場效果)라는 것이다.

시장경제, 생산·소비자 모두 이익

시장이 존재하는 자본주의 사회에서는 영리주의(營利主義)와 자유경쟁(自由競爭)을 철저히 보장하게 되어있다. 그 결과, 시장이 있음으로써 생산자도 소비자도 다 같이 이득(利得)을 보게 된다. 이것을 생산자의 경우에는 '생산자 잉여(剩餘)', 소비자의 경우에는 '소비자 잉여', 두 가지를 합칠 경우 '총 잉여'라 부른다. 시장경제는 이와 같은 '총 잉여의 극대화'에 목적을 두고 있다.

이 점이 바로 계획경제·통제경제·배급경제를 고집하는 마르크스 내지 공산주의 경제가 도저히 흉내 낼 수 없는, 자본주의 경제의 장점이라 할 수 있다.

중국의 완고한 공산주의자 모택동이 죽자 1977년 등소평이 '시장경제'를 과감하게 도입·실시하여 오늘의 중국을 세계 제2의 경제대국으로 만들었다. 그 원동력은 바로 자유경쟁을 보장하는 시장경제에 있었던 것이다.

그러나 대자본가나 거대 기업이 만약 자본의 힘 또는 정치적 힘을 악용하여 시장에서 생산자 또는 소비자 중 그 어느 한편의 공급 또는 수요를 독과점(獨寡占)할 경우 생산자 잉여나 소비자 잉여는 당장 사라지고 만다.

만약 자유경쟁이 보장되지 못하는 자본주의 사회라면 시장이 없는 공산주의 사회보다 훨씬 못한, 엄청난 폐단(弊端)이 나타날 것이다. 품귀(品貴) 현상이 나타날 경우에 그 상품을 매점매석(買占賣惜)하는 행위는 그 대표적인 예라 할 수 있다. 그래서 독과점은 자본주의 사회가 가장 경계하고 타도해야 할 반(反)시장적 범죄행위인 것이다.

산업혁명보다 큰 '경영자혁명'

다섯째로 '경영자혁명'이라는 말이 있다.

자본주의 사회는 그 단점을 보완하기 위한 수정(修正)단계에 들어선 지 오래되었다. 현대사회에서는 마르크스가 말하는 노동자나 독점자본가가 아니라 전문경영인이라는 새로운 세력이 실권을 쥐고 시장경제를 움직인다.

원래 토지나 자본 등 생산요소를 가진 사람들은 이것을 토대로 이윤의 극대화를 추구하는 기업의 지배자였다. 마르크스는 토지나 자본 등은 그 대가로서 지대와 이자를 받으면 그만인 불변자본(不變資本)이지만, 노동이야말로 임금 이상의 가치를 생산하는 유일한 생산요소로 보고, 이를 가변자본(可變資本)이라 불렀다.

따라서 초과이윤은 자본가가 아니라 잉여가치를 생산한 노동자에게 마땅히 돌려줘야 하며, 자본가가 초과이윤을 가로채는 행위는 도저히 용서받지 못할 착취행위로 단정했던 것이다.

현대기업의 지배자, 자본가 아닌 '전문경영인'

하지만 오늘날 대다수의 기업들은 소유와 경영이 완전히 분리되어 자본가는 단지 수 많은 주주(株主) 중의 한 사람에 불과하다. 그 반면 회사의 활동방향을 결정하고 경영계획을 집행하는 것은 주주들의 검증과 신임을 받은 전문경영인(CEO), 즉 사장인 것이다. 그 과정에서 전문경영인은 예상치 못한 경기변동이나 각종 위험 등 불확실성에 직면할 수 있다. CEO의 경영능력에 대해서는 주주총회의 객관적 평가에 따라 신상필벌이 가려지게 된다.

따라서 자본주의 사회에서 초과이윤을 생산하는 자는 가변자본을 제공하는 노동자밖에 없다는 마르크스의 주장은 더 이상 설득력을 잃고 만다.

여섯째로 '자본주의의 원동력은 창조적 파괴에 있다'는 말이 있다. 이 말은 영국의 경제학자 J. A. 슘페터가 ≪경제발전론≫에서 말한 것으로, 국가와 기업가 또는 개인의 역량을 개발하는 문제를 논할 때 지금도 많이 인용되고 있다.

그는, 기업가들의 끊임없는 혁신(革新)을 통해 국민경제가 발전하는 과정을 '창조적 파괴과정'이라 불렀다. 그리고 그에 필요한 핵심적 요인을 다음 다섯 가지로 요약했다.

"① 새로운 제품의 발명 또는 개발, ② 새로운 생산방법의 도입 또는 새로운

한려수도

기술의 개발, ③ 새로운 시장의 개척, ④ 새로운 원료 또는 부품의 공급, ⑤ 새로운 산업과 새로운 조직의 형성"이 그것이다.

이윤의 극대화를 추구하는 기업가 또는 CEO라면, 이들 요인 가운데서 그 어느 것 한 가지도 소홀하게 다룰 수 없는, 그야말로 '성장의 엔진'이라는 사실을 인정해야 할 것이다.

오늘날 개인이나 기업뿐만 아니라 국민경제의 성장과 국민생활의 향상은 물론, 나아가 물질문명의 발전을 도모하기 위해서도 이 같은 엔진을 어떻게 개발·활용하느냐가 곧 기업이나 국가의 성패(成敗)를 좌우한다고 봐야 한다.

예를 들면 세계를 주름잡던 미국의 GM과 일본의 소니가 심각한 어려움에 빠진 반면, 우리나라의 현대자동차와 삼성전자가 세계 제일의 자리를 차지한 원인은 바로 그 같은 창조적 파괴의 엔진을 많이 갖고 있기 때문이다.

슘페터의 충고 '자본주의 위기론'

그러나 슘페터는 자본주의가 만약 성공에 도취한 나머지 혁신의 노력을 게을리 한다면 머지않은 장래에 가서 붕괴에 직면할 수도 있다고 다음과 같이 경고했다.

"첫째, 자본주의가 발전하면 할수록 산업이 기계화되고 이 같은 기계화는 발전의 원동력이라 할 수 있는 기업가의 능력 또는 정신을 오히려 무력화(無力化)시킬 수도 있다.

둘째, 창조적 파괴 과정에서는 거대한 기업이 생기는 반면, 일부 중소기업과 근로자는 차차 뒷전으로 밀려나기 마련이다. 그에 따라 그동안 자본주의를 편들어 오던 지식계급이 반(反)자본주의적 성향을 띤 정치세력으로 바뀔 수도 있다.

셋째, 거대 기업이 일부 개인이나 가족에 의해 운영되지 않고 주식회사 형태를 취해 운영되고 주주들이 가진 주식이 일반 대중들에게 분산될 경우, 기업가들의 기업에 대한 열정은 물론 자본주의 체제를 꿋꿋이 지켜야 하겠다는 정열도 점차 식어갈 위험성이 높다."

만약 기업가들이 기업에 대한 열정과 기업가다운 올바른 정신을 잃는 경우가 생긴다면, 지금까지 자본주의를 지지해 온 수많은 사람들이 시장경제에서 떨어져 나갈 위험성이 있다. 그렇게 되면 자본주의 체제 자체가 붕괴될 수도 있다고, 그는 경고했던 것이다.

우리가 다 같이 깊이 명심해야 할 충고이다.

2008년의 경기(景氣)기습 '세계 동시불황'

2008년 여름 미국에서 표면화된 서브프라임모기지론(비우량 주택담보대출) 문제는 1년도 되기 전에 전 세계에 금융위기(金融危機)를 몰고 왔었다.

그것은 100년에 한 번 올까 말까 할 정도로 엄청난 사건이었다. 그 파동은 실물(實物)거래에도 영향을 미쳐 자본주의 국가들은 물론 공산주의 국가들도 동시에 불황을 겪는 대혼란을 가져 왔던 것이다.

그동안 세계 경제의 고도성장을 이끄는 데 견인차 역할을 한 것은 미국 경제였다. 미국은 막대한 무역적자에도 불구하고 수많은 물건들을 사들여 세계 경제의 성장을 앞장서서 이끌어 왔다.

미국의 경우 소비의 주역은 개인이었고, 개인은 집값이 자꾸 오르자 그 추세가 계속될 것으로 낙관하고 자기 주택을 담보로 돈을 빌렸다. 그리고 그 돈으로 자동차·가전제품 등을 마구 사들였던 것이다.

하지만 지나친 주택 수요와 주택 가격의 상승이 한계에 부딪치자 주택의 수요와 가격이 일시에 급락했고, 은행이 대출금을 회수하고 신규 대출을 중지하자 투자기관들의 부도·도산사태가 일시에 일어나고 말았다. 주식 가격 역시 덩달아 폭락했다.

미국 경제의 악화는, 말하자면 성자필쇠(盛者必衰)의 이치가 들어맞은 경우라 할 수 있다.

미국의 달러 지폐에는 'IN GOD WE TRUST'라는 글이 적혀 있다. 이것은 자본주의 경제학의 고전인 ≪국부론≫의 저자 애덤 스미스가 설파한 소위 '신의 보이지 않는 손'에 의해 자본주의와 시장경제는 항상 잘 운영되어 갈 것이라는 신뢰감의 표시인 것이다. 하지만 그동안 수없이 일어난 경제공황과 불경기는 어느덧 그 신뢰감이 사라지게 만들었고, 미국의 기업가와 정치인들도 어느덧 그 같은 신의 존재를 잊어버리고 말았던 것이다.

가난한 사람들을 속여 돈을 가로채서는 안 된다는 자본주의의 윤리적·도덕적 가르침을 어기고 '돈놀이'에 미쳐 날뛴 결과가 바로 2008년 여름에 터진 '세계 동시불황'이었다고 볼 수 있다.

미국의 금융위기는 소비자 금융에 일대 파탄(破綻)을 가져왔고 그에 따라 소비·수요도 싸늘하게 식어갔다. 그렇게 되자 대미(對美) 수출에 의존해 오던 일본·중국 경제 역시 심각한 공황을 맞지 않을 수 없었던 것이다.

학자들은 이번에 일어난 공황은 주기적으로 일어나는 '거품붕괴'의 한 가지 예지만, 그 배후에는 과거와 다른, 보다 크고 보다 본질적인 변화가 있다고 보기도 한다. 즉 1991년 사회주의 국가 소련이 붕괴되고 중국도 시장경제를 받아들인 지 오래되었다. 그렇게 되자 자본주의는 대립항(對立項)을 잃고 글로벌 자본주의로 확대된 끝에, 기어코 대붕괴(大崩壞)를 맞고 말았다고 보는 것이다.

21세기의 문명사회에 부합되는 새로운 경제적 명제(命題)가 무엇인지, 그것은 아직까지 아무도 모른다. 역대 노벨 경제학상 수상자들도……

'신자유주의경제'의 등장

학자들은 20세기에 들어와서 이념(理念)이 크게 요동친 사건이 세 번 있었다고 말한다.

첫째는 1917년에 일어난 소련의 볼셰비키 혁명(革命)이다. 이것은 오랫동안 계속되어 온 '사유재산제도'를 근본적으로 부인·파괴한 역사상 가장 크고 급격한 대사건이었다.

둘째는 1929년 경제 대공황(大恐慌)이다. 이것은 애덤 스미스 이래로 300년간 존중되어 온 '자유주의' 이념을 뿌리째 뒤흔든 사건이었다. 그 결과 앞으로 정부는 도둑 잡는 야경(夜警)국가에서 벗어나 경기(景氣)부양에 직접 앞장서 나갈 것을 요구받게 되었다.

셋째는 1989년에 베를린의 동·서 장벽이 무너진 사건이었다. 그 결과 세상을 휩쓸던 '공산주의' 이념이 뿌리째 뽑히고, 1929년 대공황을 계기로 뒤안길을 헤매던 자유주의가 화려하게 부활하였다.

이와 같이 부활한 '신자유주의'는 세계의 초강대국 미국의 후원 아래 최근 20여 년간 세계의 정치적·경제적 구도를 근본적으로 바꾸어 놓았다. 즉 세계화(世界化)라는 역사적 흐름을 가속화시키면서 기업 활동의 확대를 통한 부(富)의 극대화를 주도하는 이념으로 뿌리내린 것이다. 하지만 지난 2008년 가을, 뜻하지 않게 미국발 '글로벌 금융위기'가 터지고 말았다.

자유주의는 어떤 경우라도 시장에 대한 정부의 개입을 바람직하지 않다고 본다. 그 반면 신자유주의는 시장이 제대로 작동하는 데 필요할 경우에 한해서는 정부의 시장개입이 불가피하다고 보는 것이다.

그 결과 신자유주의가 세계 전체로 확대되자 한동안 각국은 더 가까워지고, 더 하나가 되고, 더 자유로워져서 세계의 부(富)를 엄청나게 키울 수 있었다. 중국 상품이 싼값으로 세계시장에 쏟아져 나오면서 각국의 물가가 크게 인하·안정되고 빈민(貧民)들의 구제율도 훨씬 높아졌다. 그러나 신자유주의에 따라 경쟁이 심해진 결과 빈부의 격차는 더욱 벌어졌다. 게다가 욕심 많은 사람이나 기업들은 환경을 파괴하면서, 특히 다국적 기업들은 공익(公益)을 무시한 채 온 세계를 휩쓸고 다니면서까지 철저히 이익을 추구했던 것이다.

특히 신자유주의가 금융업에 적용되자 탐욕과 방종에 눈이 먼 금융회사들은 세계 금융을 거대한 도박장으로 만들었다. 그 대표적인 예가 미국에서 시작된 서브프라임모기지론(비우량 주택담보대출)이었고, 은행들의 위험을 담보한 수많은 '파생(派生) 상품'들이었다. 금융기관·보험회사·상업은행·투자은행 들이 이 사업에 뛰어들었다.

그러나 2008년 주택가격의 거품이 꺼지고 부동산 담보에 관련된 천문학적 규모의 파생 상품들의 상환기한이 한꺼번에 닥치자 그에 관련된 금융기관들은 일시에 파산(破産) 상태에 빠지고 말았던 것이다.

다행히 미국정부가 주도하고 각국 정부가 동조한 재정자금의 긴급공급으로 사태는 간신히 수습단계에 들어설 수 있었다. 미국의 경우, 정부는 대형 금융기관의 파산을 막기 위하여 은행 간 대출에 정부가 보증(保證)을 서주고, 초대형 주택담보 대출회사들을 국유화하고, 그에 필요한 9,000억 달러의 구제금융 펀드를 조성하기도 했던 것이다.

중국 '원리(原理)주의'와 '실용(實用)주의' 대결

전 장에서 우리는 자본주의 경제체제가 '신자유주의'로 바뀌면서 한동안 새로운 활로를 찾을 수 있었지만, 2008년 세계적인 금융위기를 계기로 새로운 도전에 직면하게 되었다는 사실을 알았다.

그러면 마지막으로, 철저한 공산주의 '원리주의자' 모택동(毛澤東)이 죽고 그 뒤를 이은 '실리주의자' 등소평(邓小平)이 어떻게 시장경제(市場經濟)를 도입하여 오늘날 중국을 세계 제2의 '경제대국'으로 성장시킬 수 있었는지, 그 이유와 앞으로의 문제점을 살펴보자.

'대약진 운동'의 실패

1949년 인민공화국 수립에 성공한 중국은 모택동의 영도 아래 공산당의 정강 정책에 따라 즉시 '자본주의 타도', '사회주의 개조'를 위한 계급투쟁에 나섰다. 그 투쟁의 결과 적으로 지목되어 살육된 사람은 수백만에 달했다고 한다. 그들이 지목한 적이란 지주(地主)·부농(富農)·반혁명분자·우파(右派) 들이었다.

그러나 중국경제는 성장은커녕 오히려 침체에 빠져 수많은 부작용과 문제점이 꼬리를 물고 일어났다. 특히 1956년 후반기부터는 농업 생산이 급속도로 감소하기 시작했다.

중국경제에서 절대적 비중을 차지하는 농업생산이 위축된다는 것은 곧바로 공업발전에 필수적인 투자(投資)자본의 창출(創出)을 어렵게 하여 전반적인 중국경제의 발전에 크나큰 차질을 초래한다는 것을 의미했다. 그 사태를 타개하기 위하여 공산당 주석 모택동은 소련을 방문하여 경제원조를 요청하였으나 성사되지 못했다.

중국은 1957년 가을부터 봄 사이에 6~7,000만 명을 동원하여 대규모의 수리
(水利) 건설운동을 벌여 어느 정도 성과를 거둘 수 있었다. 그에 용기와 자신을
얻은 모택동은 1958년 3월 '자력갱생(自力更生)'이라는 구호를 내걸고, 중국의 물
적·인적 자원을 총동원하여 '보다 빠르게 사회주의 사회를 건설하자.'는 '삼면홍
기(三面紅旗)운동'을 전개하였다.

그 내용은 대약진 운동, 사회주의 건설의 총 노선(路線), 인민공사 운동의 세 가
지였다. 그러나 그 운동들은 결국 실패하고 말았다. 그 이유는 어디에 있었을까?

첫째, 중국정부는 전체 농가의 99.1%인 12,690만 가구를 강제적으로 가입시켜
26,300개의 인민공사를 설립하였다. 농업과 공업을 결합하여 대형 합작사(合作
社)를 만들고, 정부와 생산기능을 통합하여 생산과 소유의 공유화(共有化)를 도
모했던 것이다.

생산자 개인의 사유재산은 완전 부인되었으며 각자의 노력에 따른 성과급(成果
給)도 완전 폐지되었다. 원래 공산주의는 이윤이 없고 사유재산이 부인되는 제도이
기 때문이었다.

'인민공사'는 가족생활도 파괴

게다가 농민들은 남녀가 각각 공동합숙소에서 별거생활을 해야 했고, 어린이
는 공동탁아소에 따로 맡겨야 했다. 그 결과 개인의 가정생활이 완전히 파괴되었
고, 가옥·가축이나 개인의 사적인 소비물품도 완전히 몰수되었다. 그렇게 되자
농민의 생산의욕이 감퇴하고 태업이 만연했으며 생산량이 감소하고 곡물이 유실
(流失)되는 현상이 나타났던 것이다.

둘째, 모택동은 농업 부문의 증산(增産)을 도모하기 위하여 농산물의 줄기 사이에도 모종을 촘촘하게 심는 밀경(密耕)재배를 독려하였다. 그러나 무리한 생산목표를 배정받은 농민들은 실적을 허위보고할 수밖에 없었고, 생산물의 품질은 전반적으로 하락하였다.

1959년 이후 3년간 발생한 전국적인 가뭄현상으로 경지면적의 24~40%에 손실이 발생하였고, 농산물 생산량의 감소로 심각한 식량난이 가중되어 그 기간 동안 2,000만 명 이상의 농민이 굶어 죽었다.

공업부문에서는 용광로 건설운동을 통한 공업화를 신속하게 추진하기 위하여 전통기술에 입각하여 소형(小型) 용광로 생산에 박차를 가했다. 초기의 중국은 자본 축적(蓄積)이 부족하여 대형(大型)제철소를 건설할 수가 없었다. 그 대신 대약진운동의 하나로 마을마다 소형 용광로를 건설케 하여 1958년에는 전국적으로 소형 용광로 60만 개를 확보할 수 있었다.

그러나 대부분의 농촌에는 용광로에 투입할 철광석이 적거나 없었다. 농민들은 어쩔 수 없이 농기구를 용광로에 던져 넣어 공산당이 요구하는 생산량을 충당해야만 했다. 그 노역에는 농민 9,000만 명이 동원되어 철강 1,108만 톤을 간신히 생산했지만, 생산품 가운데서 쓸 만한 합격품은 30%에 불과했다고 한다.

'경제우선주의' 전파(專派)의 등장

인민공사, 대약진운동이 실패로 돌아가자 유소기(劉少奇)는 대약진정책의 실패 원인에 대해 "자연재해에 30%, 정책 실패에 70%의 책임이 있다."고 비판하여 중국 지도층 내부에 경제개발의 전략과 이념문제를 놓고 갈등이 깊어 갔다.

1959년 7월에 이르러 국방장관 팽덕회도 여산에서 개최된 중앙정치국 회의에서

"장기적인 경제발전을 도모하기 위해서는 기술적 진보와 발전이 더 중요하다."고 강조하고, 대약진운동을 가리켜 "공산주의자가 천국(天國)으로 가겠다는 얘기로 소(小)자본주의적인 광신(狂信)"이라고 신랄하게 비판했다.

그렇게 되자 국가주석 모택동은 회의석상에서 "자기와 팽덕회 둘 중 하나를 선택하라."고 대의원들을 위협, 팽덕회를 숙청하고 말았다. 그 대신 인민공사를 대폭 축소하여 자연촌(自然村)이 단위가 된 집단농경을 허용하였고, 국가주석직을 2인자인 유소기에게 이양하고 2선으로 물러앉았다.

그 결과 실용파의 경제우선주의자였던 유소기, 등소평 등이 정치·경제의 최전면에 나서게 되었다. 1961년 6월에 중국은 경제 회복을 위해 "공업정책은 농업생산을 지원한다."는 기본정책을 채택하고 실사구시(實事求是)의 정신 아래 정책의 조정(調整)방침을 공식화했다.

유소기와 등소평 등은 농민에게 생산 증대를 장려하기 위하여 과감하게 자유경작지, 자유시장, 자영(自營)기업을 허용하고 농업생산을 각 농가에 청부(請負)시키는 제도를 도입하였다. 그리고 국유기업을 운영함에 있어서는 책임자들이 손실(損失)이라는 개념을 인식하고 이윤(利潤)의 크기를 기준으로 삼아 기업을 운영할 것을 강조했다.

그리고 기업에는 공산주의의 교조적인 이데올로기[紅]에 투철한 당 간부보다 전문적인 기술지식이 풍부한 전문관리자[專]가 최고경영권을 갖도록 개선하였다. 또한 중앙의 통제경제를 완화하고 그 대신 지방의 당조직과 지방정부에 자율권을 많이 부여하여 생산의 목표량과 생산물을 각자가 자율적으로 결정할 수 있도록 허용했다.

이와 같은 조정(調整)정책에는 자본주의적인 물적 인센티브(성과급(成果給)제도)가 새로 도입되어 농민들의 생산 의욕이 크게 고취되었고, 때마침 1962년에는 풍년까지 들어 농업생산은 상당한 발전을 거둘 수 있었다.

즉 1957년에 비해 1965년에는 농업부분에서 55%, 공업부분에서 99%가 증산(增産)되는 성과를 거두었다. 그리고 대경유전(油田)의 개발을 계기로 석유공업이 발달하고, 공업과 농업의 생산액 비중도 1960년에 비해 1965년에는 78:22에서 63:37로 크게 개선되었다.

'문화대혁명' 이용, 홍(紅)파의 반격

경제조정정책이 진행되자 농촌에서는 사농(私農)이 성행하였고, 공산당 간부들이 공금을 탈취하는 등 부정부패가 만연되기 시작했다.

그렇게 되자 공산당은 간부들을 대상으로 정치사상 교육을 대대적으로 강화했다. 특히 모택동은 그 교육을 자신의 실추된 정치적 역할을 회복시키기 위한 투쟁으로 이용했다. 그러나 그 같은 사회주의 교육은 대부분 실패로 끝나고 말았다.

모택동의 꿈은 국민의 80% 이상을 차지하는 농민들을 굶주림에서 해방시키자는 데 있었다. 그 방법으로 그는 인민공사를 설치하고 농민들에게 병영(兵營)생활과 같은 공동생활을 강요하였다. 하지만 그것이 큰 오산(誤算)이었다.

농민들의 토지는 전부가 인민공사에 귀속될 수밖에 없었다. 그 토지들은 중국 공산당이 피비린내 나는 토지개혁을 통해 지주들로부터 빼앗아 농민들에게 나눠준 토지였다. 그런데 인민공사가 시작되자 농민들은 그 토지를 전부 인민공사에 합유(合有)시켜야 했다. 따라서 농민들의 불평불만은 걷잡을 수 없었다.

그 대신 개인들은 인민공사의 눈을 속여 가축들을 처분할 수 있었다. 중국이 공산혁명에는 성공했지만, 농민들은 그때까지도 개조되지 못한, 이기적인 개인일 수밖에 없었다. 그들은 결코 병영생활과 같은 인민공사 생활의 고통을 감내할 수 없었던 것이다.

모택동 신격화(神格化) 위한 문화대혁명

대약진운동이 실패하자 모택동의 처 강청 등 4인방(四人幇)은 자기 남편의 신격(神格)이 소련의 스탈린처럼 사후에 흔들릴 것을 두려워했다. 그들의 책동으로 1966년 8월 공산당 총회에서 <프롤레타리아 문화대혁명(文化大革命)에 관한 결정>이 채택되었고, 실용파(實用派)인 국가주석 유소기, 부주석 등소평을 실각시켰으며, 모택동은 손수 북경대학에 대자보를 써 붙여 <100만인 규탄집회>를 열게 했다.

그 자리에서 유소기는 '제1호 주자파(走資派)'로, 등소평은 '제2호 주자파'로 규탄되어 각각 자택에 감금되었다. 그 시절 각급 학교는 문을 닫았고 군인은 훈련을 하지 않았다. 열차는 스케줄을 통째로 취소하고 역에는 언제 올지 모를 열차를 기다리는 인민들로 가득했다. 당시에 중국 인민들의 모습은 모두가 거지꼴이었다고 한다.

유소기는 유배처에서 홍위병들의 갖은 폭행과 학대를 받아 1969년 11월 사망하였고, 시골로 쫓겨 간 등소평 부부는 트랙터 수리공장에서 막노동을 감수해야만 했다.

1966년 문화대혁명이 시작되자 중국의 경제성장은 대폭 감소하여 경제발전의 초보(初步)단계로 되돌아가는 과정을 겪어야 했다. 1972년 경제가 다소 호전되기는 했지만 '직공의 총수', '임금의 총액', '양식 판매' 등 세 가지 난관은 도저히 뚫어내지 못한 채 고전을 면할 수 없었다.

중국 신흥국가로 등장

실용주의자 등소평의 부활

등소평은 총리 주은래의 도움을 받아 1973년 3월 간신히 국무원 부총리로 재기(再起)에 성공했다. 문화혁명 기간에도 등소평을 관찰해 온 모택동은 그를 1973년 11월 중앙국사위 위원과 정치국 의원으로 임명했다. 그리하여 등소평은 병든 주은래의 대행자(代行者)로서 폐허가 된 중국경제의 재건에 나섰던 것이다.

1974년 4월 부총리 등소평은 중국 대표단을 이끌고 UN총회에 참석한 후 자본주의(資本主義) 경제의 본거지인 뉴욕과 그 인근지역을 시찰했다. 그는 브로드웨이와 마천루, 타임스퀘어 등의 발전상에 크게 감동을 받았다고 한다.

1976년 1월, 주은래가 사망하자 강청 등 4인방에 의해 등소평을 실각(失脚)시키기 위한 다각적인 음모가 계속되었다. 하지만 모택동의 신임(信任)이 두터웠던 등소평은 그때마다 용하게도 위기를 모면할 수 있었다.

동년 8월 제왕적 독재자 모택동이 죽고, 10월 후임 국가주석 화국봉과 국방장관 섭검영 등이 모의한 쿠데타에 의해, 문화대혁명이 발발한 지 10년 만에 4인방은 기어코 몰락하고 말았다. 그때부터 중국의 본격적인 개혁개방(改革開放)시대가 문을 열기 시작한 것이다.

1978년 11월 싱가포르 방문을 마치고 귀국하는 등소평을 공항에서 배웅한 리관유 총리는 부하들에게 "중국 보좌진들이 돌아가는 비행기 안에서 혼쭐이 날 것"이라고 말했다. 중국 측 준비자료에 없던 싱가포르의 발전상(發展相)을 보고 등소평이 크게 충격을 받았기 때문이었다.

중국 '개혁 개방'에 착수

평소에 중국정부를 대변하는 인민일보는 "싱가포르는 자본주의·제국주의의 주구(走狗)"라고 비난했었다. 그러던 인민일보가 등소평이 귀국하자마자 그와 동행했던 기자를 통해 "싱가포르는 녹화·공공주택·관광 등에서 연구할 가치가 충분히 있다."고 긍정적으로 보도했고, 등소평은 귀국 후 "외국자본(外國資本)을 어떻게 도입·활용하는지 싱가포르에서 배운 것이 많다."고 고백했다.

1978년 12월 18~22일에 열린 공산당의 제11기 중앙위 3차 전체회의(3중대회)에서 문화혁명(文化革命) 중의 좌경(左傾) 착오가 비판의 대상이 되어 "모택동의 지시는 전부 옳다."던 과거의 생각은 잘못이라는 결정을 내렸다. 그에 따라 모택동에 의해 임명되었던 당주석 화국봉(華國鋒)은 무력화되고 말았다.

그 대신 부주석 등소평이 중국의 새 최고지도자로 선출되어 그때부터 중국은 등소평의 영도 아래 경제발전(經濟發展)과 개혁개방(改革開放)을 최우선 과제로 삼아 경제개발에 매진하는 실용주의시대를 꽃피우기 시작한 것이다.

1978년 12월 22일 등소평이 집권 후에 내린 첫 지시는 "군인들은 열심히 훈련하고 열차는 제 시간에 맞추어 운행하라."였고 인민들에게는 '원바오(온포(溫飽), 따뜻하고 배부름)'를 제공할 것 등이 약속되었다.

1979년 중국정부는 외국자본의 도입, 외국인의 투자 유치를 위한 창구로 삼기 위해 선전·주하이 등 네 곳을 경제특구로 지정하였다.

1980년 등소평은 앞으로 20년간, 즉 2000년이 되기까지 중국의 국민소득을 판량판(번양번(飜兩飜)), 두 배의 두 배, 즉 4배로 늘리고, 중산층이 잘사는 '샤오캉(소강(小康))사회'를 만들기로 공약하였다. 등소평은 모택동이 만든 홍(紅: 이데올로기를 위주로 한)의 중국을 전(專: 실용주의를 실천하는)의 새 중국으로 탈바꿈

시켰다.

옛날부터 장사와 돈벌이를 좋아하는 중국인민들은 등소평의 개혁·개방정책을 진심으로 기뻐하고 환영했다.

중국 공산당은 2008년 12월 18일, 등소평이 사실상의 자본주의, 즉 시장경제(市場經濟)체제를 도입하고 개혁·개방정책에 착수한 지 30주년이 되는 날을 맞아 '제3혁명'을 결의·선언하였다(제1혁명: 1911년 신해혁명, 제2혁명: 1949년 사회주의혁명, 제3혁명: 1978년 개혁개방정책).

중국은 2008년 베이징 올림픽을 성공적으로 개최했고, 2010년에는 신중국(新中國) 국경절의 기념행사를 화려하게 개최하여 중국의 힘을 온 세계에 과시했다.

G2로 등장, '경제강국(强國)' 중국

지난 2010년 중국의 GDP(국내총생산)는 5조 달러를 돌파하여 일본을 추월하고 세계 제2위, 즉 미국에 이어 경제대국 G2로 도약했다.

옛 청국은 1842년 영국과 굴욕적인 남경조약을, 1860년 영국·프랑스와 치욕적인 북경조약을 강요당하는 등 유럽제국주의의 발굽 아래 무참히 짓밟혔다. 그랬던 중국이 1978년에 시작한 개혁개방정책에 힘입어 불과 30년 사이에 괄목할 고도성장을 이룩한 것이다.

물론 1962년에 시작된 '문화대혁명'은 중국경제의 시계추를 한동안 거꾸로 돌렸고, 1989년에 일어난 '천안문사건'은 개혁개방정책의 스퍼트를 지연시키기도 했다. 앞으로 중국에서 또다시 어떤 사건이 터질지는 아무도 모른다.

1992년 등소평은 90에 가까운 노구(老軀)를 이끌고 중국 각지를 돌아다니면서 "개혁·개방에 변화는 없다. 대담하게 개혁개방을 추진하라."고 명령했다. 중국에서 시장경제가 본격화된 것은 이 같은 '남순강화(南巡講話)' 이후였다.

지금 상해와 같은 대도시에 치솟는 초고층 빌딩이나 도시를 잇는 고속도로가 순식간에 건설되고, 거대한 공장지대가 힘차게 가동하는 모습을 바라보면, 그같이 거대한 인프라가 쉽게 무너지리라 상상하기는 어렵다.

중국경제가 본격적인 성장기에 들어선 것은 1980년경이었다. 그때 이래로 실질 경제성장률은 매년 8~10%를 유지해 왔다. 그 과정은 우리나라가 밟아 온 고도성장 과정과 너무나 비슷하다.

부족한 자본은 외국의 차관(借款)도입·외자(外資)유치에 의존하면서 선진국가가 한계를 느끼던 저임금을 토대로 한 '노동집약산업', 공기·수질오염 등 공해를 무릅쓴 '공해산업', 유류(油類)를 대량으로 사용해야 하는 '에너지 대량소비산업' 등을 서슴없이 도입·가동하여 고도성장을 추진했던 것이다.

하지만 중국은 이 같은 투자 방식에 의지하여 앞으로 과연 얼마 동안 고도성장을 계속 유지할 수 있을것인가?

우리나라는 고도성장 과정에서 샐러리맨을 주체로 한 중산층이 두텁게 형성되어 그들 소득은 매년 늘어날 수 있었다. 그들은 서둘러 TV·냉장고·세탁기를 사들였고 자가용차와 아파트 구입에 나섰다. 그렇다면 중국도 우리나라와 같이 중간 안정성장기에 무난히 들어설 수 있을까? 그것이 문제인 것이다.

낙관불허·다사다난 중국

중국의 국토는 광대하고 인구는 13억 명으로 대단히 많다. 하지만 중국의 GNP를 인구수로 나누면 1인당 GNP는 아직도 4,000달러에 불과하다. 그런데 도시와 농촌, 연해(沿海)지방과 내륙지방의 경제·소득 격차(隔差)는 엄청나게 크다. 농촌과 내륙지방 구석구석까지 경제성장의 혜택이 고루 미치고 중산층의 소득이 계속 늘어나기 위해서는 아직도 많은 시간이 걸릴 것이다.

2010년 9월 27일 보도에 의하면, 중국에 10억 달러 이상을 보유한 부자는 30만 명, 백만장자 숫자는 50만 명에 달하고, 중산층 숫자만 해도 5,000만 명에 달한다고 한다. 그러나 중국 사회의 불평등 격차를 나타내는 '지니계수'는 0.5수준에 도달했다고 한다. '0'과 '1' 사이의 값을 가지는 경제지표인 지니계수가 0에 가까울수록 불평등 정도가 낮고 0.4를 넘으면 심한 빈부격차로 사회가 불안해지고 0.5를 넘으면 사회가 뒤집혀진다는 평가가 있다.

앞으로 중국이 원활하게 경제성장을 지속해 나가기 위해서는 공산당의 조정(調整) 역할이 대단히 중요하다. 1949년 이래로 중국의 경제성장률은 문화혁명·천안문사건 등의 정치 정세로 인해 많은 지장을 받아 왔다. 다시 말해 공산당과 관련된 정치요소들이 바로 중국경제의 불안요소라 할 수 있다.

중국의 앞날에 가로놓인 문제들은 참으로 많은 것 같다. 언론·집회·종교의 자유 문제를 비롯하여 분리·독립을 요구하는 다양한 '민족 문제', 도시와 농촌, 연해지방과 내륙지방 간의 현저한 '격차 문제', 지방공무원들의 '부정·부패 문제', 공기와 수질의 오염 등 '환경 문제' 등이 바로 그것이다. 만약 중국 공산당이 이들 문제를 원만하게 해결하지 못한다면, 안정적인 경제성장을 무한정 바라기는 어려울 것이다.

그동안 중국은 고도성장을 뒷받침하기 위하여 공산당이 강력한 독점적 권력을 행사해 왔다. 마치 박정희 정권 시대의 우리나라 '새마을 운동'처럼 국토나 국민·기업·은행·시장 등에 국가자본주의(國家資本主義)가 마음껏 힘을 발휘하여 고도성장을 적극 이끌었다. 말하자면 나라 전체가 하나의 거대한 기업(企業)으로서 경제성장에 매진해 왔고, 그 기업을 독점적으로 강력하게 경영한 주체가 바로 공산당이었던 것이다.

오늘날 '국가자본주의'에 의해 고도성장정책을 추진하는 나라는 중국과 러시아·인도·브라질 등 소위 '신흥국(新興國)'들이다. 태평양전쟁의 패전국 일본이 한동안 그러하였고, 우리의 산업화 과정도 역시 그러했다.

정부 관료들이 민간기업과 은행에 직접 개입하여 강력한 지휘·통제력을 발휘하였기에 고속도로·기간산업·철도·공항·공단 등 사회자본 건설이 단시일 내에 추진될 수 있었고, 그에 힘입어 경제도 고도성장을 달성해 나갈 수 있었던 것이다.

개발독재의 과제, 민주화

그러나 '국가자본주의'는 무한정 계속될 수 없다는 데 문제가 있다. 우리나라에서 개발독재를 참으며 산업화를 이룩한 다음 터져 나온 일반대중들의 불같은 요구는, 바로 '민주화(民主化)'였다.

'인민이 정부를 비판·감독하고 탐관오리의 부패를 징계할 수 있는 정치체제의 개혁', 이것은 모든 신흥국가들이 절대로 회피할 수 없는 과제인 것이다.

최근 보도에 의하면, 북한의 노동신문(2010년 9월 2일)은 사설을 통해 "오늘날 사회주의 중국에서는 나라의 번영을 담보하는 비약적 발전이 이룩되고 있다."고 이례적으로 보도했다. 그리고 "후진타오(胡錦濤) 동지를 총서기로 하는 중국 공산당의 영도 아래 중국 인민은 덩샤오핑(鄧小平) 이론과 세 가지 대표사상, 그리고 과학적 발전관의 기치를 내걸고 중국 특유의 사회주의 사회를 건설하기 위한 투쟁을 힘차게 벌이고 있다."고 강조했다고 한다.

세 가지 대표 사상 가운데서 특히 주목되는 부분은, 공산당이 노동자·농민과 지식인은 물론 그들이 적(敵)으로 규탄·숙청해 오던 자본가(資本家)까지도 당원에 포함시켰다는 사실인 것이다.

자본주의의 새 과제, 경제 민주화

그러면 자본주의의 앞날은 무사하다고 볼 수 있겠는가?

미국에서 발생한 금융(金融) 위기에 이어 유럽각국에서 일어나고 있는 재정(財政) 위기로 세계경제는 다시금 불안하게 휘청거리고 있다. 그리스를 비롯한 유럽 국가의 부채(負債)문제는 언제 터질지 모를 화약고로 남아있는 것이다.

지난 20년 동안 자본주의는 사회주의의 붕괴에 힘입어 체제(體制)경쟁없이 그런대로 평온을 유지해왔다. 그러나 시장경제 체제가 모든 문제를 다 해결해 준 것은 아니었다.

가장 모범적인 자본주의국가 미국의 경우를 보면 소득계층의 1%가 경제 성장의 과실을 독식(獨食)한 반면 나머지 99%가 풍요에서 소외되는 사태를 나타냈다. 그 결과 자본주의 체제에 대한 근본적인 회의가 제기되었고, 뉴욕 월가의 금융 위기를 목격한 경제학자들 가운데 일부는 "자본주의에 종말이 오는 것이 아닌가" 우려하기도 했다.

자본주의가 이같은 위기들을 극복해 온 것은 이 체제가 최선이라서가 아니라 마땅한 대안(代案)이 없었기 때문이다.

자본주의국가가 신흥국가들의 도전을 물리치고 체제 자체를 안전하게 유지·발전시키기 위해서는 민주화된 정부가 직접 시장경제에 개입(介入)하여, 재벌과 대기업 노조(勞組)의 기득권 구조를 개혁하고 시장경쟁에서 낙오되는 영세계층에게 고용(雇傭)과 복지(福祉)의 기회를 확대해 나갈 수밖에 없을 것이다.

6. 교수 눈으로 본 한국경제

다음 글들은 필자가 저술한 책 네 권의 머리말들을 옮긴 것이다.

〈교수 눈으로 본 한국경제〉란 제목으로 굳이 이 글을 옮긴 까닭은 우리나라의 수많은 경제문제 가운데서 국가재정의 세입(租稅)·세출(豫算) 문제가 가장 절실하고 중요하다고 믿기 때문이다.

책은 시중에서 이미 절판되었지만 공공도서관에는 소장되어 있을 것이다.

≪한국재정론≫ 1986년 9월 발행

≪한국재정론≫은 1986년 9월에 서울 박영사를 통해 출판하였다. 대학에서 가르치는 재정학 교재들은 예산론·세입론·예산제도론 등 이론(理論)을 논리정연하게 잘 설명해 놓고 있다. 하지만 우리나라의 현실(現實)이 그 이론에 얼마나 잘 부합되고 있는가의 여부는 거의 설명이 없거나 부족한 실정이다.

이론 따로, 현실 따로라면 이 나라의 재정이 과연 제대로 운영되고 있는지 제3자는 도저히 알 길이 없다. 이래 가지고는 대학에서 가르치는 재정학 공부가 우리나라의 재정(財政) 발전에 얼마나 기여할 수 있을지, 의문이 아닐 수 없었다.

예산은 국가의 알몸뚱이

나는 그동안 대학교수로서, 신문사 논설위원으로서, 예산과 세금에 관한 경제평론가로서, 나라살림에 관한 300여 편의 글을 논문집·신문·잡지에 투고해 왔다.

그래서 정통재정학의 이론과 체계에 알맞게 그 글들을 대입(代入)시켜 우리 재정이 제대로 잘 운영되고 있는가를 학생들에게 알리기 위해 이 책을 집필했던 것이다. 그러면 《한국재정론》을 발간하면서 실은 머리말을 소개한다.

"독일의 재정학자 골드샤이드는 '예산(豫算)'이란 일체의 분식(粉飾)을 벗겨 버린 국가 활동의 알몸뚱이 골격(骨格)'이라 말했다. 그리고 미국의 경제학자 슘페터는 '재정(財政)을 알고 판독(判讀)할 수 있는 사람은 국가의 명운(命運)도 해명할 수 있다.'고까지 말했다.

그런데 각급 대의원(代議員)들을 포함하여 우리는 국가나 자치단체의 재정을, 예산을 과연 얼마나 알고 있는가?

우리나라는 1인당 국민소득이 2,000달러를 넘어선 신흥공업국가이고, 올해(1986년)는 3저(低)시대라는 호기를 맞아 경제성장률은 당초 목표 7%보다 훨씬 초과 달성될 것이라고 한다. 그리고 내년부터 시작될 제6차 경제사회개발계획도, 경제성장과 사회복지를 추구하는 데 목표를 두고 있다. 그런데도 국민의 조세부담률은 이 계획이 끝나는 목표연도인 1991년에 가서도 20.1% 수준에 머물 것이라고 한다.

매우 흐뭇하고 고무적인 얘기가 아닐 수 없다. 때마침 올해는 우리나라에서 아시안게임이 열리고, 1988년에는 세계올림픽까지 개최하게 되어 우리 민족의 긍지와 자부심은 한층 부풀어 올라 있다.

국가재정의 이상과 현실

그런데 몇 가지 자료를 살펴본 결과 우리 현실(現實)과 재정이론(理論) 사이에는 엄청난 괴리가 있다는 사실을 알 수 있었다.

첫째로, 우리나라의 1인당 GNP는 분명히 2,000달러를 넘어섰다. 하지만 거기서 감가상각비를 뺀 1인당 국민소득은 1,800달러 정도에 불과하다. 그리고 이것은 빈부의 격차가 무시된 평균치이다. 따라서 우리 가계(家計)의 약 60%는 아직도 평균치보다 훨씬 낮은 '불공평(不公平) 상태', '저복지(低福祉) 수준'에 머물러 있다는 것을 알 수 있다.

둘째로, 정부자료에 의하면 GNP에 대한 조세부담률은 통계상으로는 19.3%에 불과하다. 하지만 세금에다가 잡부금(雜賦金)과 국가채무(債務) 발생액을 합치면 우리 국민의 국민소득에 대한 실제부담률은 30%에 육박하고 있었던 것이다.

그리고 이것은 납세자가 자기 재산이나 소득에서 내는 직접세(直接稅)와 정부가 물건 값에 포함시켜 받아가는 간접세(間接稅)의 구성 비율이 무시된 평균치에 불과하다. 따라서 우리 사회 저소득층의 부담은 평균치보다 훨씬 높은 '불공평(不公平) 상태', '고부담(高負擔) 상태'에 놓여 있다는 것을 알 수 있다.

셋째로, 우리가 낼 세금 13조 1,975억 원이 바탕이 된 국가 예산에는 사회개발비(社會開發費)가 8%가 들어 있다. 하지만 그 가운데서 인력개발·인구대책·보건·생활환경·주택·체육·문화비 등을 제외한 사회보장비는 3%에 불과하다. 그리고 거기에는 관계 관청의 물건비와 인건비까지 들어 있다. 따라서 요구호층(要救護層)에 대한 실제지급액은 그보다 훨씬 적은 '야경국가(夜警國家)적 저복지 상태'에 머물러 있다는 것을 알 수 있다.

우리나라는 다른 자본주의 국가와 마찬가지로 재산도 소득도 없는 무산(無産)국가요, 외교·국방·치안·교육·경제·복지 등 국가의 모든 경비는 오로지 국민이 낸 세금으로 운영되는 조세(租稅)국가이다.

우리나라도 다른 민주주의 국가와 마찬가지로 세금을 내는 국민들을 대표하는 국회의원들이 국회에 진출해 있고, 그들의 손에 의해 정부가 낸 세법개정안과 예산안이 심의되고 가부(可否)가 결정되는 소위 대의(代議)제도가 실시되고 있다.

납세자의 대변자 곧 국회의원

그렇다면 국회의원들은 우리 재정에서 나타나는 이상과 같은 괴리 현상과 각계각층의 다양한 여망을 제대로 수렴·반영하고 있는가? 저자가 볼 때 유감스럽게도 그 대답은 '노(no)'이다.

물론 정부를 구성하고 있는 각급 공직자들은 그들이 받는 월급이, 그들이 쓰는 사업비가 우리 국민이 낸 혈세라는 사실을 알고 있고 또 그들이 국리민복(國利民福)을 위해 국가에 어떻게 봉사해야 하는가를 깊이 인식하고 있으리라 믿고 싶다.

하지만 그들은 어디까지나 위에서 임명된 사람들이요, 상명하복(上命下服) 관계에 있는 관료들이다.

그러므로 우리 사회 각계각층에서 터져 나오는 다양한 불만과 욕구를 올바르게 수렴하고, 그것을 국정(國政)에 반영시켜야 할 의무와 책임은 어디까지나 '아래서 선출'된 국회의원들이 져야 한다. 그리고 이들에게 맡은 바 임무를 다하게 할 권리와 책임은 바로 너와 나, 즉 납세자요, 유권자인 우리들 자신에게 있음을 결코 잊어서는 안 될 것이다.

그런데도 개헌(改憲)정국과 관련, 최근 우리 사회에서 표출되고 있는 수많은 경제·사회문제들은 다분히 이론적이며 추상적인 범위를 크게 벗어나지 못하고 있다고 생각한다.

정부·여당 측에서는 경제문제를 지나치게 낙관적으로, 사회문제를 희망적으로 내다보고 있는 데 반해, 야당·재야 측에서는 경제문제를 지나치게 비관적으로, 사회문제를 절망적으로 보고 있는 것 같다.

납세자주권의 확립, 재정민주주의 기초

우리 사회가 처해 있는 여러 가지 경제·사회문제를 어떻게 진단하고 처방하는가는 대단히 중요한 문제이다. 하지만 그것이 현행 세제(稅制)와 예산(豫算)을 통해 구체적으로 지적되고 주장되지 않는다면, 그 결과는 한갓 공리공담(空理空談)에 그칠 위험성이 대단히 높다. 예를 들면 저부담(低負擔)·고복지(高福祉)의 요구가 바로 그것이다.

그동안 저자는 대학 내외로부터 연구 청탁을 받아 우리 재정의 현장을 비교적 가까이에서 지켜봤다. 그리고 신문·잡지·TV·라디오 등을 통해 그 사실을 증언할 기회도 많이 가졌다. 물론 그에 대한 저자의 분석과 비판 역시 자료의 제한, 연구의 부족, 표현의 제약 등으로 주관적인 범위를 크게 벗어나지 못했다고 생각된다.

그러나 우리 사회에서 납세자 주권(主權)이 확립되고 재정민주주의

(財政民主主義)가 발전하기 위해서는 '한국 재정의 현실(現實)과 과제 (課題)'에 대해 누군가가 먼저 입을 열어야 하겠다고 생각했다. 그리하 여 그동안 신문·잡지에 기고한 글들을 가려 이 책을 펴내기로 결정한 것이다(1986. 9. 1)."

≪최신조세법≫ 1988년 10월 발행

≪최신조제법≫은 1988년 10월에 서울 박영사를 통해 출판한 것이다. 당시에 일반대학의 법학과에서는 사법고시 과목인 헌법과 민법·형법 등 육법(六法) 그리 고 특별법인 노동법이 강의되고 있었다.

'죽음과 세금은 피할 수 없다.'는 말이 있듯이 육법은 모르고도 살 수 있지만, 세법만은 그럴 수가 없다. 이것이 현대민주국가 국민의 숙명인 것이다. 더구나 산 업이 발달하고 경제가 활성화될수록 개인이나 기업의 상(商)거래에는 필연적으로 세금문제가 뒤따르게끔 되어 있다.

6법(法)은 몰라도 세법(稅法)은 알아야

아무리 집안살림을 알뜰하게 잘 꾸려가고 기업활동을 열심히 한다고 해도 세 법을 잘 모른다면 큰일이 아닐 수 없다. 세법을 알아야 절세(節稅)를 도모할 수 있고 탈세(脫稅)를 피할 수 있기 때문이다.

육법은 몰라도 세법은 알아야 한다. 그래서 나는 1990년부터 우리 대학 법학 과에서 세법을 강의하게 된 것을 계기로 이 책을 저술하기로 결심한 것이다. 그러면 ≪최신조세법≫을 발간하면서 실은 머리말을 다음에 소개한다.

"나에게는 귀중한 책이 한 권 있다. 산뜻한 요즘 책들 속에 끼워두기가 어색할 정도로 낡은 책이다. 1929년 일본에서 발간된 아베 켄이치 교수의 ≪재정학≫이다.

이 책은 내가 태어나기 전에 발간되어 60년이 지났다. 안쪽 책갈피에는 내 글씨로 '고시(高試)준비의 날, 단기 4287년 9월 5일'이라고 적혀 있다.

그로부터 영욕(榮辱)의 세월 34년이 흘렀다. 그런데도 이 책은 나의 최신 책들 속에 여전히 남아 있다. 이 책을 처음으로 손에 쥔 그날 지금의 나를 짐작할 수 없었다. 그런데 이제 나는 내 저서의 서문(序文)을 이렇게 쓰고 있는 것이다.

수습행정관으로 시작한 공직생활 19년, 그 후 조교수에서 시작한 교수생활 15년, 이것이 내 이력의 전부라 할 수 있다. 그동안 내가 한 일은 재정학 분야, 즉 예산(豫算)과 조세(租稅)에 관한 계획과 실무, 연구와 강의, 토론과 발표였다.

대학에 진출한 이래로 이들 분야에 대한 논문(論文)·사설(社說)·평론(評論)들을 비교적 많이 발표했다. 연구를 거듭할수록, 글을 쓰면 쓸수록 이 분야가 우리에게 얼마나 중요한 분야인가를 새삼 깨닫게 된다.

대통령을 포함한 행정부(行政府) 공직자들, 국회의원을 포함한 입법부(立法府) 요원들, 대법관을 포함한 사법부(司法府) 요원들이 받고 있는 월급·출장비, 또 그들이 쓰는 행사비·사업비는 모두가 다 우리 가계와 기업들이 벌어서 낸 세금인 것이다.

3부(府)가 쓰는 돈, 모두 국민의 혈세(血稅)

올 한 해만 해도 이 세금은 무려 18조 9,323억 7,300만 원에 달한다.
이 세금을 외교·국방·치안·교육·산업·사회·공해 등 여러 분야에 얼
마씩 분배해야 하느냐 하는 문제는 대단히 중요하다. 다다익선이라는
말 그대로 자금만 넉넉하다면 어느 대통령이, 어느 국회의원이, 국리민
복을 위한 일인데 어찌 이들 사업을 마다할 것인가.

그러나 그보다 더 중요한 문제는, 이들 세금을 농민·근로자·기능
인·기업인·자산가 등 여러 계층 가운데서 어느 계층에게 더 많이 부
담 시켜야 옳은가를 결정하는 문제일 것이다. 그래서 나의 관심분야는
재정학 가운데서도 자연히 세출(歲出)보다는 세입(歲入), 세외(稅外)수입
보다는 조세(租稅)수입 쪽에, 그리고 경제적 효율(效率)보다는 사회적
형평(衡平) 쪽에 더 많은 비중을 두게 되었다.

그런데 조세문제를 좀 더 깊이 파헤쳐 본 결과 경제정책의 일환으
로 수립·운용되고 있는 조세정책이 실정법(實定法)으로 반영되고, 이들
조세법령이 납세자들에게 개별적·구체적으로 해석·적용되는 과정에서
엄청난 문제들이 발생하고 있다는 사실을 알았다.

그로부터 나의 관심분야는 재정학에서 세법학으로 확대되었고, 때마
침 대학 법학과에서 세법강좌를 맡게 된 것을 계기로 나의 관심은 더
욱 가속화되어 오늘에 이르렀다.

그동안 국내에서는 이태로·김두천·최명근 교수 등의 노작(勞作)과

교류(交流)가 많은 도움을 주었고, 국외에서는 가네코 히로시·기요나가 게이지·아라이 류이치 교수 등의 역작(力作)과 친교(親交)가 깊은 감명을 주었다. 또 하나 도움이 된 것은 아베 켄이치 교수의 ≪재정학≫에서 얻은 지식과 교훈이었다.

재정학은 이론중심, 세법은 실무중심

이번에 이 책을 쓰게 된 것은 공인회계사의 1·2차 고시(考試)에 세법이 포함된 것이 직접적인 계기가 되었다. 우리 대학에서도 곧 이 강좌가 개설될 것이기 때문이다. 불볕더위 속에서 서둘러 정리한 원고이기에 대학교재의 틀을 크게 벗어나지 못한 것을 아쉽게 생각한다. 다만 이 책이 다음 몇 가지 점에서 학생들에게 도움이 되었으면 싶다.

첫째, 법학(法學)계열 학생들을 의식하고 경제학·재정학을 토대로 세법문제에 쉽게 접근할 수 있도록 서술했다.

둘째, 간단히 조세원칙과 조세정책을 다루어 현행 세법이 과거에 어떤 원칙과 정책 아래 제정·시행되어 왔으며, 앞으로 어떻게 개선·발전되어 나가야 할 것인가를 예측할 수 있게 했다.

셋째, 학부 학생들도 쉽게 이해할 수 있도록 일반론 위주로 설명하였고, 아직까지 논쟁이 진행 중에 있는 각종 학설에 대해서는 간단히 소개만 했다.

넷째, 이미 활발하게 전개되고 있는 개방경제시대에 호응하여 국제조세법(國際租稅法)과 관세법(關稅法)을 포함했다.

다섯째, 조세법령의 합법성과 실효성을 현실적으로 지배하는 세무행정의 높은 비중을 감안하여 세무조사를 포함했다.

여섯째, 기업들의 조세부담을 계량함에 있어서 조세법령(租稅法令)이 어떻게 작용되고 있는가를 예시하기 위하여 세무회계(稅務會計)를 소개했다.

일곱째, 보다 넓은 이해와 깊은 연구를 돕기 위하여 국내외의 관계 논문 및 문헌들을 엄선하여 각주(脚註)에 포함시켰다.

끝으로 본서의 첫 항에 실은 글 <재정민주주의(財政民主主義)와 조세>는 필자가 재정학자로서 평소에 느낀 바를 논문으로 작성한 것이다. 이 책을 완전히 소화한 후에 다시 읽어 보면 좀 더 많은 공감을 얻을 수 있으리라 믿는다(1988. 10. 3)."

≪정치재정학≫ 1993년 1월 발행

당시에 우리 대학들의 학부와 대학원에서 강의하는 재정학 교과서를 살펴본 결과 대부분이 영국 케인즈의 이론을 토대로 한 공공(公共)경제학을 다루고 있었다.

이 이론은 국민경제가 공황(恐慌)에 직면하고 뒤이어 심각한 불경기에 빠졌을 때 정부가 세금징수·국채발행·경비지출 등 정책수단을 동원해 어떻게 하면 소비와 투자를 늘려 국민경제를 활성화시킬 수 있을까를 연구하는 이론이었다.

하지만 세금을 납부하는 국민의 입장에서 보면 강력한 공권력을 가진 정부가 그 돈을 얼마나 합리적·합법적으로 올바르게 사용하는가를 감시할 수 있는 권리가 보장되어야 한다. 이런 경우를 '대의(代議) 없이 납세(納稅) 없다.'고 말하고,

이런 제도를 재정민주주의라 부른다. 이런 측면에서 재정을 연구하는 이론을 정통재정학이라고 하고, 이 이론은 공공경제학 못지않게 우리에게 매우 필요하고 또한 중요하다. 그래서 우리나라에서 '납세자주권'을 지키기 위한 사회활동의 하나로 이 책을 저술한 것이다. 그러면 ≪정치재정학≫을 발간하면서 실은 머리말을 다음에 소개한다.

재정이란 돈으로 하는 정치

"재정을 알기 쉽게 말한다면 우리들이 행하는 '집안살림'처럼 국가와 지방자치단체가 행하는 '나라살림'이라 말할 수 있다.

1992년도의 경우 중앙 및 지방 정부는 국민으로부터 무려 44조 원에 달하는 막대한 세금을 거뒀고, 그 돈으로 외교·국방·치안·교육·산업·복지 등 정부활동에 사용했다.

재정은 이처럼 규모가 매우 크고 적용범위가 대단히 넓다. 하지만 이들 공공단체도 자본주의사회에 있어서는 가계(家計)나 기업(企業)과 마찬가지로 하나의 경제주체(主體)인 까닭에 집안살림과 크게 다를 것은 없다고 보아야 한다.

나라살림에 수입(收入)이 충분하다면 쌓인 빚을 갚아야 하고, 가난한 이웃들을 돌봐야 하고, 그래도 넉넉하면 공공산업에 투자도 해야 한다. 만약 수입이 부족하다면 세금을 더 거둬야 하고, 공유재산을 팔아야 하고, 그래도 모자라면 살림 규모 자체를 줄여야 한다.

우리가 집안살림을 알뜰하게 꾸려 나가기 위해서는 수입의 범위 안에서 지출을 결정해야 한다는 소위 '양입제출(量入制出)'의 원칙이 가장 바람직하다. 그에 반해 국가재정은 지출에 필요하다면 수입을 늘려서라도 지출할 수 있는 소위 '양출제입(量出制入)의 원칙'이 허용될 수밖에 없다. 그래서 세금을 더 받거나 빚을 얻는 등의 방법으로 경비를 뒷받침할 수 있게 되어 있다. 이것을 재정고권(財政高權)이라 말하고, 이 점이 집안살림과 나라살림의 큰 차이점이라 말할 수 있다.

국가재정에도 절도(節度) 있어야

하지만 설사 그렇다 하더라도 국민경제가 감당할 수 있는 담세 능력(擔稅能力) 이상으로 세금이 계속 징수되거나 빚이 누적되어서는 안 된다. 왜냐하면 국민경제가 확대재생산(擴大再生産)을 계속하고 그에 따라 세원(稅源)이 배양되어야 공공단체가 세금을 알맞게 거두면서 나라살림을 계속해서 유지·발전시켜 나갈 수 있기 때문이다.

그런데 1930년대에 생산(生産)과잉·구매력(購買力)부족과 뒤이어 발생한 주가(株價)폭락·기업도산(倒産)·대량실업(失業) 등으로 요약되는 세계대공황이 발생하자 영국에서는 자본주의 경제를 소생시키기 위한 방편의 하나로 케인즈 이론(理論)이 등장했다.

경기불황(不況)을 타개하고 고용(雇傭)기회를 확대하기 위하여 공공단체가 과거보다 살림규모를 크게 늘려 경기부양을 주도해야 한다는 소위 '큰 정부론', '비싼 정부론'이 고개를 들었고, 국가가 필요하다면 빚(국공채)을 얻어서라도 공공투자를 적극 뒷받침해 나가야 한다는 소위 적자재정(赤字財政) 이론이 재정학 교과서에 겁도 없이 수용되기 시작했다.

그렇게 되자 우리나라에서 발간되어 대학에서 강의되고 있는 재정학(財政學) 교재에서도 '국가의 편'에서 선진공업국가의 재정을 설명하는 소위 공공경제학 이론이 대부분을 차지하게 되었다. 따라서 우리 사회에서 현대재정학은 일반 학생들에게는 어려운 학문분야로, 사회인들에게는 실무와 아무 상관이 없는 전문분야로 치부되고 있는 것이다.

케인즈 이론은, 우리 사회에서 '빈곤(貧困)의 악순환'을 타파하기 위하여 지난 60년대 이래로 역대정권에 의해 강력하게 추진되어 온 경제개발(經濟開發) 전략에 안성맞춤인 이론을 제공해 왔다.

케인즈 이론의 남용 '큰 정부론'

그런데 그 이론을 이용해서 정치인들은 유권자들로부터 인기(人氣)를 얻기 위해, 관료들은 자기의 권한(權限)을 확대하기 위해, 재벌들은 자기 사업의 여건(與件) 조성을 위해 일반 대중들이 감당할 수 있는 한도 이상으로 증세(增稅)를, 기채(起債)를 조장해 온 것은 숨길 수 없는 사실이다.

그 결과 세금은 불공평한 간접세(間接稅)를 위주로 징수되었고, 재정은 인플레를 유발하는 팽창(膨脹)예산으로 일관되어 왔던 것이다.

물론 역대 정권의 팽창, 적자예산 운영으로 기간산업이 육성되고 사회간접자본이 크게 확장되어 왔다. 그에 힘입어 우리 경제가 괄목할 만한 고도성장을 이룩해 온 것은 틀림없는 사실이다.

하지만 그 반면, 경제적 효율이 외면된 정치성 공사가 남발되었고, 불요불급한 행정기구와 고위직 공무원 수가 크게 늘어났으며, 소외계층의 빈곤의식과 상대적 박탈감이 확산되었다.

그러므로 필자는, 학생들은 물론 사회인들에게도 정통재정학의 일반이론이 무엇이며, 이를 토대로 한 우리 재정의 실태가 어떠한가를, 알기 쉽게 설명하여 세금을 부담하는 납세주권자(納税主權者)로서 나라살림을 제대로 이해하고 판단하고 비판할 수 있는 기회를 제공해야 하겠다고 생각했다.

특히 재정권력을 가진 국가라 하더라도 그 수입을 무작정 팽창시킬 수 없고 객관적인 기준이 설정되어야 한다. 그리고 그 지출에는 경제적 효율과 함께 '사회적 형평(衡平)'이 고려되어야 하는 것이다.

이 책에서는 재정을 '말'이 아니라 '돈'을 가지고 행하는 자본주의사회의 정치 및 행정으로 보고, '국민의 편'에 서서 재정이 지켜야 할 기준을 균형예산주의(均衡豫算主義)로, 재정이 지향해야 할 방향을 복지국가(福祉國家)로 보고, 가능한 한 알기 쉽고 읽기 쉬운 내용으로 서술하는 데 노력했다.

독자들에게 재정 일반에 관한 이론이 무엇인지, 이해를 돕기 위해 다음과 같은 내용을 특별히 포함시켰다.

학생도 주부도 알아야 할 재정지식

'우리는 왜 재정을 알아야 하는가.'를 비롯하여 '비싼 정부는 무엇으로 지탱되는가, 세금 종류는 왜 그렇게도 많은가, 정부는 왜 금융활동도 해야 하는가, 정부는 왜 보험활동까지 해야 하는가, 공채(公債)는 빚인가 세금인가, 예산의 법적·통제적 기능은 왜 강화되어야 하는가,

예산은 어떻게 편성·심의·집행·감독되고 있는가, 지방재정의 상하·수평단체 간 빈부의 격차는 왜 그렇게도 심한가, 국가는 그 격차를 어떻게 조정하고 있는가.' 등을 설명했다.

또 독자들에게 우리 재정이 처한 실정이 어떠한지, 판단을 돕기 위해 다음과 같은 내용을 첨부했다.

우리가 겪고 있는 '재정민주주의의 위기란 무엇인가.'를 비롯하여 '숨은 보조금 조세감면제도는 꼭 필요한가, 제2의 세금이라 할 잡부금은 왜 막지 못하는가, 우리의 납세도의(納稅道義) 수준은 어디까지 와 있는가, 조세부담률 19.5%는 왜 잘못된 비율인가, GNP 1%가 복지국가인가, 낮은 공무원 처우는 이대로 둘 것인가, 금융자산 실명제(實名制)는 왜 퇴색되었는가, 정부기업의 부채 100조 원은 어떻게 할 것인가, 국가채무 31조 7,000억 원에 문제는 없는가, <조세지출예산제도>는 왜 도입되어야 하는가, 지방재정에 활로는 없는가.' 등을 서술했다.

지난 해 노태우 정권은 우리 경제가 대단히 어려운데도 불구하고 1993년도 예산안을 일반회계만 해도 1992년도보다 13.3% 늘어난 40조 7,160억 원으로 확대·편성하였고, 국회의원들은 대통령선거에 정신이 팔려 국정감사도 예산심의도 하는 둥 마는 둥 하여 법적인 통과절차만 밟고 말았다. 올해도 우리 국민은 나라살림을 뒷받침하기 위해 지방세를 포함, 약 '50조 원'에 달하는 막중한 세금을 짊어져야 한다.

그런데도 대통령 입후보자들은 특정계층·특정단체 들이 그동안 세제(稅制)와 예산(豫算)을 통해 누려 온 기득권을 줄일 생각은 추호도 하지 않고 또다시 엄청난 세금이 필요한 선거공약만 잔뜩 나열하

고 있다. 제로섬(zero sum)게임이라는 말 그대로 우리 사회에서 기득권
층의 양보나 희생이 없이 경제의 안정과 성장은 말할 것도 없고, 계층
간에 벌어지고 있는 부(富)와 소득의 재분배는 도저히 불가능한 것이다.

　이런 때일수록 이 책이 경제학도를 비롯한 여러 학생들에게 재정학
을 흥미 있고 관심 있는 학문분야가 되게 하고, 정치인을 비롯한 각
계각층의 인사들에게는 중앙 및 지방재정을 알기 쉽게 이해하고 판단
할 수 있는 계기가 되었으면 싶다. 그리하여 다가오는 문민정치(文民
政治)시대에 우리 재정이 특정 계층, 특정 단체만을 위해서가 아니라
진실로 일반 대중들을 위한 참다운 의미의 복지국가 건설에 기여할
수 있기를 바라는 마음 간절하다(1993. 1. 30)."

≪영욕의 세월≫ 2012년 5월 발행

　≪영욕의 세월≫은 2006년 2월 '한국세정신문사'를 통해 출판한 ≪실록 국세
청≫ 초판을 대폭 수정·보완하여 다시 출판한 것이다.

　재무부·국세청에서 근무한 19년과 대학교수·경제평론가로 활동한 24년 동안
나는 주로 나라의 살림살이, 즉 세금과 예산에 관련된 문제들을 다루어 왔다. 그
과정에서 직접 취급했거나 목격한 사건들이 많았고 그때마다 평소에 가진 지식
과 경험을 총동원하여 혹은 논문을 통해 혹은 자문을 통해 나름대로 소신껏 그
에 대처해 왔다.

　하지만 해당부처의 최고책임자가 아닌 신분과 권한의 제약으로 말미암아 소

기의 성과를 거두지 못해 아쉬움을 느낀 경우가 많았다.

그래서 그런 문제점들을 증언으로 남겨 앞으로 행정책임자나 정책자문자들에게 참고자료로 제공함으로써 국가·사회의 발전에 도움이 되었으면 싶은 바람에서 이 책을 집필한 것이다. 그러면 《영욕의 세월》을 발간하면서 실은 머리말을 다음에 소개한다.

연 1회 정기국회는 '예산국회'

"일 년에 딱 한 번 열리는 정기국회, 즉 예산(豫算)국회가 올해도 문을 닫았다.

예산국회는 '대의(代議) 없이 납세(納稅) 없다.'라는 의회민주주의의 원칙 그대로, 납세자인 국민이 뽑은 국회의원들 특히 야당의원들이 납세자요, 유권자인 우리를 대표해서 정부·여당이 내놓은 내년도 예산(안)과 세제개편(안)을 심도 있게 심의·의결하게 되어 있다.

그래서 예산국회는 1년 중 가장 중요한 회기(會期)라 할 수 있다. 그런데도 제1야당인 한나라당은 여당과의 정치적 싸움에 지쳐 2006년도 예산안의 표결에 결국 불참하고 말았다. 그 결과 우리 국민들은 좋든 싫든 간에 올 한 해 동안 한 사람이 평균 약 465만 원의 세금과 국민연금 및 건강보험료를 국가에 내야 한다. 건국 이래로 가장 많고 가장 무거운 국민 부담이 되는 것이다.

물론 이 돈은 나라의 방위를 튼튼하게 하고, 어렵고 가난한 사람들을 도와주고, 교육환경을 개선할 것이다. 또 경제발전을 도모하고 첨단기술을 개발하고, 도로·항만 등 사회자본을 확충하기도 할 것이다.

예산이란 쓰는 편에서 보면 글자 그대로 다다익선(多多益善)이다.

하지만 한국은행에 의하면 2005년 6월 말 현재 국민이 짊어진 개인 금융부채는 역사상 최고로 많은 532조 6,000억 원에 달했다고 한다. 권위 있는 외국의 연구기관들은 우리 경제가 일본과 같은 장기불황에 떨어지거나 한국경제 고유의 조로(早老)현상에 들어설지 모르는 위험을 경고하기도 한다.

내년에도 만약 우리 경제가 제대로 성장하지 못한다면 국세청·관세청 등이 아무리 발버둥 쳐도 예산상의 세수(稅收)목표 달성은 어려울 것이며, 장래를 위한 세원(稅源)배양도 그만큼 줄어들 수밖에 없을 것이다.

나라살림도 기업경영과 마찬가지로, 성장 여부가 그의 성패를 좌우한다고 할 수 있다. 예산·세금문제란 때로는 한 정권의 운명을 좌우하기도 하고 때로는 국가에 큰 변고(變故)를 몰고 올 수도 있는, 참으로 민감하고 중요한 문제가 아닐 수 없다.

나는 자유당정권 때인 1950년 고등고시에 합격, 수습행정관에 임명되어 재무관료 생활을 시작했다. 그날 이래로 관직을 떠날 때까지 19년간 예산·세금 등 주로 국가재정(財政)에 관련된 직무에 종사했었다. 그때는 재무부가 예산의 편성권, 금융의 통제권, 국세의 징수권 등 소위 '경제 3권'을 쥐고 막강한 힘을 발휘하던 시절이었다.

그동안 관직에 있으면서 나는 4·19 학생혁명을 목격했고, 과도정부를 거쳐 민주당정권 때는 3·15 부정선거와 관련된 소위 '부정축재조사' 업무를 보조했다. 그리고 5·16 군사쿠데타를 지척에서 체험했고, 군사정권이 임명한 부정축재조사단이 내린 위법적인 지시를 거부하기도 했다.

한려수도

제2차 경제개발5개년계획의 제1차 연도를 앞둔 1966년에 국세청이 발족하자 연말에 가서 서울국세청장을 맡아 '700억 세수목표'를 놓고 국정감사에서 야당 국회의원들의 혹독한 추궁을 받았고, 목표액 달성을 위해 선봉장 역할을 감당하기도 했다.

국세청의 조사국장을 두 차례 맡아서는 개발인플레에 따라 솟구치는 물가대책에 동원되었고, 외자(外資)도입이 본격화되자 그 틈을 탄 외국인들의 위장 오퍼상을 적발했으며, 야당인사에 대한 자금원 조사와 중요 신문사에 대한 세무사찰을 불만 속에서 경험했다.

직세국장을 맡아서는 1970년 고리채에 시달리는 기업을 구제하기 위해 8·3 긴급명령이 발동되었을 때 사채(私債)의 신고·접수 업무를 진두지휘했다. 그리고 악명 높은 대중세(大衆稅)인 영업세 행정을 개선하기 위해 시장과 집단상가에 대한 다각적인 대책을 수립, 현장에서 직원들을 지휘하기도 했다.

1974년, 권력에 의해 관직을 빼앗기게 되자 그 전년에 모범공무원이라고 받은 홍조근정훈장을 던져 버리고 '제2의 인생'을 다시 시작하기로 결심, 43세 늦은 나이에 박사과정에 진학하는 한편 대학교수로서 주경야독(晝耕夜讀)생활을 시작했다.

대학에서 '한국재정론' 강의도

성균관대학의 학부와 대학원에서 맡은 과목은 재정학과 조세법이었고 나중에는 한국경제론과 한국재정론도 담당했다.

교수생활 24년 동안 관료 생활에서 얻은 지식과 경험을 살려 '한국조세학회'를 창설해 학자들과 학술연구와 인적 교류의 기회를 가졌고, 국무총리를 비롯해 경제기획원·재무부·내무부·상공부·국세청의 정책자문위원을 맡아 활동했다. 그리고 10년간 매일경제신문사의 예산·세금에 관한 논설위원을 겸임했으며, 당면한 재정·경제문제들에 관해 신문·잡지에 평론을 투고하고, 평소의 소신(所信)을 TV·라디오를 통해 맘껏 발현하기도 했다.

그 과정에서 '숨은 보조금'인 조세감면(減免)제도의 남발을 경계하고 '8·3 사채(私債)신고'를 적극 권장했으며, 금융자산의 실명제(實名制)를 하루속히 단행할 것을 촉구하고 고위공무원의 '고위직 인플레' 현상을 비판하고 국가의 경비절감을 통한 '작은 정부'의 실현을 강력히 요구하기도 했다.

그동안 나는 듣고 보고 겪고 느낀 바가 너무나 많았다. 후일을 경계(警戒)하기 위해 이를 반드시 증언으로 남겨야 하겠다고 생각했다. 그래서 대학에서 정년퇴임하자마자 이 '회고록' 집필에 착수했던 것이다.

만약 6·25전쟁 때 군량미(軍糧米) 및 구호미(救護米) 조달의 주역을 한 현물세(現物稅)인 토지수득세를 휴전과 동시에 자유당이 공약대로 즉시 폐지했다면 토지개혁으로 신분이 지주로 격상된 수백만 농민과 그 자손들은 이승만 대통령을 결코 외면하지 못했을 것이다.

민주당정권이 신·구파의 싸움을 그만두고 3·15 부정선거 원흉과 부정축재자들에 대한 조사·처벌을 신속하게 단행했다면 5·16 군사쿠데타는 결코 궐기할 명분을 찾지 못했을 것이다.

박정희 정권은 경제개발 촉진을 위한 자금의 부족을 메우기 위해

한·일 국교를 정상화했고, 독일에 광부·간호사를 파견했으며, 월남에 국군을 파병하기까지 했다. 그리고 기업가들의 투자의욕을 고취하기 위해 외자(外資)도입과 특례융자(融資)를 제공했으며 도로·항만·공항·철도·전력 등 사회간접자본을 확장했다. 이뿐만 아니라 '부정축재자에 대한 처벌완화', '예·적금에 관한 비밀보장', '탈세범에 대한 완전 사면', '고리채 기업에 대한 8·3 사채 동결', '중요 산업과 외자기업에 대한 조세감면제도의 확대' 등 세정(稅政)을 통해서도 경제계에 엄청난 특혜를 베풀었던 것이다.

이것은 '빈곤의 타파'와 '조국의 근대화'를 목표로 한 박정희 정부의 강력한 '산업화정책'이었다. 만약 그 같은 획기적 특례조치가 없었다면 오늘날 우리 경제는 결코 이만큼 성장하기 어려웠을 것이다.

그러므로 정부·여당의 정책당국자는 물론 대기업과 재벌들은 역사 앞에 겸손하고, 저곡가(低穀價)·저임금(低賃金) 속에서도 맡은 바 소임을 꿋꿋이 감내해 온 우리 농민·노동자 들에게 감사하며, 사회복지정책을 통해 그들에게 보상하는 마음가짐을 결코 잊지 말아야 한다.

박 대통령이 집권 17년 만에 침식을 잊다시피 고민했던 중화학공업 및 부가가치세의 존폐문제, 특히 부가가치세의 남징(濫徵)에 따른 부산 국제시장 상인들의 사무친 반감(反感)이 없었다면 시민 봉기를 가져온 부마(釜馬)사건은 물론, 박 대통령의 시해까지 몰고 온 10·26 사건은 아마도 일어나지 않았을 것이다.

재무공무원에게 보내는 응원가

신문보도에 의하면 1조 원이라는 거액을 투입한 각종 민원서류의 전산화가 전국에서 올스톱되어 큰 소동이 벌어졌다고 한다. 공무원 수는 2만 명이나 불었고 장관급 자리가 148개나 된다고 한다. 공무원 연금은 펑크가 날 지경에 이르렀고, 수백조 원을 투입한 국책사업들이 공중 분해될 위기에 처했다고 한다.

그런 판국에 국회까지 나서서 주민자치의 정신으로 시작된 지방의 회의원들에게 5,000만 원 내지 7,000만 원의 연봉을 주기로 의결했다고 한다. 이 모두가 우리 국민이 낸 혈세인 것이다.

쓰고 싶은 곳은 많은데 걷는 세금이 모자라자 정부·여당은 또다시 6조 원 규모의 국채(國債)를 발행하고 그래도 부족하자 내년도 예산을 아예 빚투성이의 적자예산(赤字豫算)으로 편성하고 말았다. 이런 마당에 국가재정과 관련해 발생하는 수많은 낭비 및 허비 사례들을 볼 때마다 납세자들은 여·야 정치인을 포함, 공직사회의 배신행위를 얼마나 원망하겠는가?

국민의 피땀 어린 돈을 아끼고 바로 쓰지 않는다면 경제가, 나라가 정말 거덜 날 수도 있다는 사실(史實)을 우리는 깊이 명심해야 하겠다.

이 책은 국가재정에 관계하는 재무공무원들에게 보내는 응원가의 뜻도 담겨 있다. 학문연구나 정책수립에 참고가 되었으면 싶은 생각에서 그동안 발표한 학술논문과 저서, 신문·잡지에 투고한 사회논문 등 300여 편의 목록을 부록으로 싣는다(2006. 2. 1)."

발문

강직한 의지(意志)로 헤쳐 온 인생

김일곤(金日坤)

(경제학박사, 부산대 명예교수)

풍해(豊海) 이철성(李喆晟)은 기나긴 세월을 사귀어 온 친구이다. 20대에 처음 만났으나, 중간에는 각자가 직업에 따라 제 길을 가면서 가끔 연락하는 정도로 지내다가, 70대에 이르러 다시 자주 환담(歡談)하는 사이가 되었다.

일전에 그는 ≪실록 국세청≫이라는 회고록을 써서, 우리나라 경제 발전과 관련된 재정(財政)과 세정(稅政)의 변화 그리고 그 속에서 공무원이던 자기의 행적과 신념을 소상하게 밝힌 바 있다.

이제 그는 자기의 개인사(個人史)를 적어 내려 한다. 말하자면 그가 강직한 의지(意志)로 헤쳐 나온 인생의 회고록인 것이다. 그러면서 필자에게 발문을 부탁했다. 주변에는 친지들이 많지만, 우리가 기탄없이 서로 비판할 수 있는 사이이기 때문인지 모른다.

　우리 두 사람은 서로 사람됨을 잘 알고, 칭찬도 할 수 있지만, 잘못이 있으면 꾸짖을 수도 있는 관계가 아닌가 여겨진다.

　이철성과 처음 만난 것은 대학 3학년 때이다. 그가 부산대학교의 국문학과에 들어왔다가 2학년을 마치면서 필자가 있던 경제학과(經濟學科)로 전과해 왔었다.

　처음에 왜 국문학과로 들어갔던가? 그가 중학교 때 담임선생이던 저명한 시인 김춘수(金春洙) 선생의 촉망 때문인 것으로 알고 있다. 그는 감수성이 예민하여 문학에 관심이 많았고, 시나 수필 같은 것을 자주 썼다. 김춘수 선생은 그의 문학 취향(趣向)을 칭찬했던 것이다.

　그런데 왜 경제학을 공부하기로 결심했던 것일까? 이번 자서전에 나와 있지만, 그의 아버지는 일제(日帝)강점기에 고향 통영에서 동아일보 기자(記者) 생활을 힘들게 하셨다. 그리고 장남인 그가 초등학교를 마치기도 전에 심로(心勞) 끝에 돌아가셨다. 그래서 어머니가 쌀가게를 운영하며 가계를 이어갔다.

　그래서 그는 '경제란 무엇인가?'를 탐구하다가 어머니를 돕기 위한 수단의 하나로 고등고시(高等考試) 재정·경제 부문에 응시하였던 것이다.

　그런데 문학보다 경제학 쪽에 관심이 쏠렸다는 점에서는 필자도 같은 상황이었다. 필자도 어설픈 문학도였다. 소설 읽기를 좋아하고, 시를 써보기도 하였다. 하지만 집안의 장남으로서 경제라는 것이 무엇인가를 꼭 알아봐야 되겠다고 생각하고 경제학과에 들어갔던 것이다. 사실 따지고 보면 당시에 우리나라에서는 경제라는 것이 가장 중요한 과제였던 것이다.

　필자와 더불어 경제학 공부에 열성을 다할 줄 알았던 그가 학기말 시험 때 말고는 강의실에 나오지 않았다. 어느새 그는 고등고시 공부를 하기 위해 고향에 내려갔던 것이다. 들으니 낮에도 방 안을 어둡게 하고 석유 등잔불을 켜놓고 공부했다고 한다. 하루 종일 낮이나 밤이나 꼭 같은 분위기를 조성하려 했던 것이다.

이렇게 집중적으로 고시 준비에 매달렸던 그는 노력한 보람이 있어 고등고시 재경(財經)부문 시험에 합격할 수 있었다. 그리고 재무부 사무관으로 들어갔다.

재무부에 들어간 후 그리고 국세청이 생긴 후 그는 많은 활약을 하였다. 한편 필자는 모교 교수가 되어 두 사람 사이에는 지리적·직업적인 거리가 생겼다. 필자가 가끔 서울에 출장을 가게 되면 한 번씩 만났다. 당시에 그는 옆에서 보아도 의기충천한 자세로 공무에 열중하고 있었다.

그를 만날 때마다 필자는 한 학기 남은 대학을 마쳐야 한다고 권유했다. 그러나 처음에 그는 대학졸업장이 없어도 괜찮다고 말하곤 했다. 그만큼 고등고시 출신의 자부심이 대단했던 것이다. 그러나 몇 차례 권유 끝에, 그는 등록금을 보내와 남은 한 학기를 마쳤다. 학점은 이미 다 땄기 때문에 졸업이 가능했던 것이다.

그 후 두 사람의 인생역정(歷程)은 떨어져 각기 제 갈 길을 갔다. 그는 재무부·국세청 등에서 승진을 거듭하여 재무부 감사과장, 부산·서울국세청 청장 등을 거쳤다. 그러나 순조롭게 승차하던 그는, 지위가 높아질수록 흔히 따라다니는 권력의 소용돌이에 휘말리게 되었다. 그것도 억울하고 잘못된 조치였고, 그 조치는 끝내 재판을 통해 잘못이 밝혀졌다. 그러나 그런 과정에서 그는 공무원의 길을 중도에서 그만두기로 결심하고 말았던 것이다.

그 대신 그는 심기일전하고 분발(奮發)하여 건국대학에서 석·박사학위를 따고, 성균관대학에서 재정학·조세론 등을 강의하는 교수가 되었다. 이러한 그의 역정(歷程)은 그의 저서 《실록 국세청》과 이 자서전에 자세히 나와 있다.

그가 지금 내려는 자서전은 읽는 사람들에게 영양소가 될 수 있을 것으로 여겨진다. 얼핏 보면 남의 인생이야기 같지만, 누구에게나 있는 인생행로에서 하나의 확실한 길잡이가 될 수 있다고 보는 것이다.

첫째로 사람의 일생이라는 것은 천차만별이지만 직접 경험하는 일은 한정되고, 다른 사람들이 겪은 일은 얼마든지 간접 경험할 수 있다. 이 자서전은 그런 간접 경험을 통해 인생을 깊이 생각하게 할 것이다.

둘째로 자기의 개성이나 의지와 사회의 환경이나 세력 사이에는 언제나 갭이 있다. 이럴 때 헤쳐 나갈 수 있는 길은, 앞서간 사람들의 선례(先例)를 많이 알면 도움이 된다. 그의 자서전은 그런 선례의 본보기가 될 수 있을 것이다.

셋째로 생활이 어렵거나 가정 형편이 고르지 못한 사람들은 역경(逆境)을 헤쳐 나갈 힘과 용기가 있어야 한다. 그러므로 이 책은 읽는 사람에게 어려움을 이겨나갈 지혜와 용기를 줄 수 있을 것이다.

이철성은 옛날부터 스타일리스트였다. 남자의 옷은 포켓이 많고 여자들의 옷에는 거의 없다. 그런데 그는 바지에 언제나 줄이 서 있고 포켓에는 아무것도 넣지 않았다. 꼭 필요한 경우에는 손에 들고 다닐 정도였다.

이제 그의 인간성에 대해서 몇 자 적고 마칠까 한다. 우선 ① 그는 성격이 강직하고 의지가 강하다. ② 세상이 어디로 가야 하고 어떻게 바뀌어야 하는가를 생각하는 사람이다. ③ 글씨를 깨끗하게 곧게 쓰면서도 대단한 속필이다.

그러나 그에게도 다소의 문제점은 있다. 자기 자신은 별로 느끼지 못하지마는, ① 개성이 강하기 때문에 이 세상은 자기를 중심으로 돌아가야 한다는 고집이 있다. ② 그래서 남의 사정이나 속마음을 충분히 헤아리지 못하는 수도 있다. 그렇지만 이런 것은 단점이라기보다는 큰일을 해내는 그의 대인(大人)으로서의 성향일 것이다.

그는 매일 아침마다 헬스클럽에 나가 몸을 단련한 지 36년이다. 따라서 나이가 70

한려수도

대 후반이라고는 도저히 믿어지지 않을 정도의 건장함을 지니고 있다. 그러므로 그는 나이와 상관없는 멋쟁이며, 지금도 스타일리스트인 것이다.

그의 장수무강(長壽無疆)을 빈다(2008. 6. 25).

통영사람 통영혼 통영 누리에

조석래(趙石來)

(문학박사, 국문학자, 시인)

참 통영(統營) 사람으로 참 통영혼을 일깨워 준 풍해 이철성(李喆晟) 박사가 고향으로 돌아가고자 인생 편력을 자서전에 담았다.

사람에게 어찌 장단(長短)이 없겠는가. 그래서 더욱 범상인(凡常人)이 아니라고 할까. 하지만 모든 행동에는 다 이유가 있는 법. 그때그때 나타나는 몸짓은 그런 몸짓이 나오게 한 이유가 있기 마련이다.

그 몸짓 하나만으로 그의 모든 생을 넘겨짚을 수는 없지 않은가. 혹시 그에 대한 편견이 있다면 이 자서전을 읽어 보고 언제쯤 어디서 그런 일이 있었던가를 대비해 보라고 권하고 싶다. 그래서 그때 그런 일이 있을 수밖에 없었구나 싶어 무릎을 치게 된다면 이 자서전은 성공한 것으로 평가될 것이다.

이 박사와의 인연은 각별하다. 처음에는 통영중·고 재경동창회 석상에서 잠깐 스치면서 인사하는 정도였다. 고향 선배이기도 하고, 엄격한 스승과도 같고, 어릴 때 자라면서 보아 온 단아한 고향 어른과도 같아 존경하면서도 약간은 어려워 가까이 근접하기가 쉽지 않았다.

그러던 중 자서전을 탈고하고 작가나 기자, 국문학을 전공한 후학들에게 그 원고를 보여주고 자문을 구하던 중 내가 틈틈이 원고 흐름을 가필하였더니 그 성의가 가상했던지, 다시 원고의 틀을 바로잡아 보라는 요청이 있어 수일간 가까이 지내면서 인연을 맺었다.

고향이 통영인 사람은 한 번쯤 이 박사와 대면할 수 있었을 것이다. 그때마다 그의 눈빛에는 통영의 남망산(南望山) 앞바다 공주섬 옆 쪽빛 물결이 출렁거리고 있음을 느꼈을 것이다. 서울에서 제일 복잡한 강남역 사거리에 오가는 사람들의 물결을, 통영 강구안의 통구미가 들락거리는 풍경쯤으로 아니면 장재섬 앞바다 고래바우를 넘실거리는 파도쯤으로 생각하고, '통영빌딩' 옥상에서 멀리 고향을 그리워했을 것이다.

파란만장하고 영욕(榮辱)으로 얼룩진 생애를 살아오면서 후인들이 본받아야 할 교훈과 철학과 처세훈을 남긴 것은 적지 않지만, 무엇보다 큰 것은 고향사랑으로 초지일관한 그의 삶일 것이다.

굵직굵직한 것만 살펴봐도 '그렇구나!' 싶을 것이다. 국유지 남망산을 통영시민의 품으로 돌려준 것, 서울에서 충무체육관 관장직을 맡아 고향 체육인들을 돌본 것, 서울에서 통영인의 문화적 향수를 달래기 위해 '통영의 밤' 행사를 여러 번 주관한 것, 물론 그때 모교의 '재경동창회장'직도 10여 년간 맡았었다. 어디 그뿐인가. 서울 중심지 강남역 사거리에 15층 빌딩을 건축하여 '통영빌딩'이라 이름 지은 것, 사재를 추렴하여 '풍해문화재단'을 설립하고 통영의 문화 중흥을 지원하고 소외된 곳을 보살핀 것, 그리고 자서전 전체를 흐르는 색깔은 모두가 고향 통영의 하늘빛 물빛 사람빛인 것이다.

그는 관직에 있으면서도 항상 이상은 위로, 현실은 아래로 두어 때와 나이를 적절한 보직 선택의 기준으로 하고 대기만성(大器晩成)을 처세훈(處世訓)으로 삼고 살았다. 그래서 긴 장래를 생각하고 서울의 요직들을 마다하고 부산으로 좌천을 자청하기도 하였다.

또 호사다마(好事多魔)를 줏대로 삼아 좋은 일이 있을 때는 안 좋은 일이 닥칠 것을 염려하고 대비하였으니 천하의 요직(要職)이라는 서울국세청장을 두 번째 제의받 았으나 끝끝내 사양했다. 한편 사무관시절 기획업무를 고행으로 수행하면서부터 습 득한 학문과 지식은 나중에 대학에 진출했을 때 중요한 바탕이 되었으며, 대학에서 억지로 맡은 '사회개발지표론' 강의가 학자의 길을 넓혀준 계기가 되었으니 인생의 위 기를 기회로 만드는 새옹지마(塞翁之馬)와 화를 이겨 복으로 삼는 전화위복(轉禍爲 福)은 그의 삶의 철학으로 늘 따라다녔다.

그런가 하면 국민의 혈세를 절약하고 효율적으로 사용해야 한다는 고집과 바람 으로 국가에 충성하고 국민에 봉사하는 사도(士道)를 실천하였으며, 조세의 수평적· 수직적 공평성 확립에 앞장서 우리 조세체계와 세무행정을 개선한 공로자로 국가의 훈장(勳章)을 받기도 했다.

1년 농사가 끝난 농부가 수확의 기쁨을 신에게 감사하는 곡식이 세금의 유래임을 늘 생각하며, 국민이 기쁜 마음으로 국가 사회를 위해 납세하는 길을 모색하였으니 본받을 만한 공복(公僕)의 표상이라고 하겠다.

그가 한 고등고시 공부는 출세를 위해서가 아니었다. 마르크스 경제학에 눈떠서 가난하고 약한 자에게 동정심을 굳힌 그는 국문과에서 경제과로 대학 전공을 바꾸 고, 자본주의 경제학에 감동하면서 이를 실천하는 길을 찾고자 공무원 등용문인 고 등고시의 재정·경제부문에 응시하였다. 이는 진정 깨끗한 청년의 꿈과 높은 이상을 향한 힘찬 도전장이었던 것이다.

나이 43세에 이르러 타의(他意)에 의해 '제2의 인생'을 시작했을 때, 그가 명리(名利) 가 따르는 사회적·정치적 유혹을 단호하게 뿌리치고 고행인 대학교수직을 선택한 것은 재무관료로서 억지 파직을 당한 분과 한을 명예롭게 풀겠다는 다짐에서였다. 대학교수로 재직하면서도 두 마리 토끼를 좇지 않겠다는 신념으로 교내 직책들을 1

년 만에 사퇴하고 학자로서 오직 연구실적을 쌓고, 교수로서 제자 육성에 전심전력을 다한 것은 사도(師道)의 귀감이라 할 것이다.

삶은 누구나 평탄하지 않다. 그러나 고비를 맞을 때마다 슬기롭게 헤쳐 나가는 철학과 용기를 가진 자만이 성공하고 살아남는다는 또 하나의 증인이 이 박사인 것만은 확실하다.

우리 고향 통영에도 예술가·체육인·사업가·정치가 등 업적이 뚜렷하여 존경받는 인물들이 많다. 그분들 이력을 들출 때마다 과연 그렇구나 하고 고개를 끄덕일 때가 많다. 하지만 이 박사의 경우처럼 고개를 여러 번 끄덕인 경우는 그렇게 많지 않다. 그 유명인 가운데 또 한 분 이름을 보탤 수 있게 된 것은 우리 고장의 자랑거리가 아닐 수 없다.

이 자서전 발문에 감히 축시 한 수를 보태고자 한다.

통영의 얼굴

조석래(趙石來)

손은 동피랑

발은 강구안

허리는 남망산

머리는 미륵산

가슴은 한산도 정기 받았으니

통영의 흙과 물과 공기로 빚은

참통영의 얼굴이로다.

소년 등과하여 만인의 부러움에 승승장구

아들딸 오순도순 행복한 가정 꾸리고

낮에는 세상으로부터 밤에는 가족으로부터

받은 사랑 밝은 웃음

분에 넘친 나날이었지.

어느 날 불어 닥친 모진 풍파에

닻 잃고 돛 잃고 돛대마저 부러지니

그 절망 그 아픔 누가 감히 짐작턴가

그래도 그 설움을 떨쳐낼 힘 용기

책 읽고 일기 쓰며 찾아냈으니

책에서는 지혜를 일기서는 자기 모습 발견했도다.

이상은 위로 현실은 아래로 두고

때와 장소 알고 대기만성 꿈꾸며

인생살이 호사다마라 늘상 대비하면서

권력 있을 때 삼감으로 더 힘차고 더 아름다웠어라

국민 혈세 절약 염원

사도(土道)와 사도(師道)의 포상 크고 큰 얼굴

정직한 기업 찾아내는 안목도 지니고

음악과 미술과 연극을 사랑한 예술인

이름과 명예를 소중히 한 군자

균형 잡힌 세제 확립한 공평인

사회정의 부르짖으며 거침없는 필치로 외친 언론인

옷매무새 단정하고 언제나 똑바른 신사

문학과 옻칠 공예와 서양화 아끼는 이 시대의 진정한 문화인

이제 명실 공히 재무관료요, 교수와 학자로서 실업가로서

모든 성취 얻긴 했어도

사랑하는 어머니 안 계시고 존경하는 아버지 가셨으니

그 명예 큰 기쁨 누구에게 드릴까

아, 그렇구나 고향에다 주는구나

아, 그렇구나 통영에다 바치누나.

이철성 연보

44. 2. 25. (13세) 통영초등학교 졸업
51. 7. 10. (20세) 통영중학교(6년제) 졸업
  〃 9. 4. (〃) 부산대학교 국문학과 입학
53. 3. 1. (22세) 부산대학교 경제학과 전과
55. 8. 15. (24세) 제6회 고등고시(高等考試) 행정과 필기시험 합격
56. 2. 20.(25세) 제7회 고등고시 행정과 재정경제(財政經濟)부문 수석 합격
  〃 7. 16. (〃) 재무부 수습행정관
59. 1. 19. (28세) 재무부 사세국 세정과 조사계장(事務官)
61. 5. 20.(30세) 재무부 사세국 직세과 법인세계장
  〃 11. 21. (〃) 재무부 사세국 감사과장(書記官)
62. 10. 17. (31세) 부산지방사세청 세무국장
66. 6. 1. (35세) 광주지방국세청 청장(理事官)
  〃 9. 23. (〃) 서울지방국세청 청장
67. 2. 27.(36세) 국세청 조사국장
  〃 8. 1. (〃) 사단법인 〈세우회(稅友會)〉 이사장(겸무)
68. 1. 1. (37세) 국세청 〈여자실업배구단〉 창단, 단장(겸무)
  〃 4. 1. (〃) 부산지방국세청 청장
70. 2. 1. (39세) 국세청 조사국장
71. 10. 11. (40세) 국세청 직세국장
72. 7. 1. (41세) 〈홍조근정훈장(勤政勳章)〉
74. 2. 12. (43세) 의원면직(免職)(강요된 사표)
  〃 9. 1. (〃) 성균관대학교, 조교수(助敎授)(재정학ㆍ조세론 담당)
75. 1. 30.(44세) 삼성문화재단, 운영 및 연구위원
75. 6. 28.(44세) 〈강요된 사표 무효〉 판결
76. 2. 21. (45세) 건국대학교, 대학원 경제학석사
77. 9. 1. (46세) 서울대학교, 의대병원 운영ㆍ관리자문위원
78. 3. 3. (47세) 성균관대학교, 기획실장 겸 사서교육원장

한려수도

78. 8. 24. (47세)   문교부, 경상계대학 평가실시위원
  〃 9. 1. (〃)   성균관대학교, 부교수(副敎授)(사회개발지표론 추가담당)
80. 2. 21. (49세)   건국대학교, 대학원 경제학박사
  〃 2. 26. (〃)   법제처, 제4공화국 헌법(憲法)연구반 자문위원
  〃 4. 21. (〃)   총무처, 4급공무원 공채(公採)시험 출제위원
  〃 12. 1. (〃)   경제기획원, 제4차 경제개발계획 사업평가 위원
81. 2. 6. (50세)   국무총리, 경제개발계획 정책평가자문위원
  〃 6. 23. (〃)   대학교육협의회, 자문 및 연구위원
  〃 7. 30. (〃)   한국조세학회 창설, 동 학회장
  〃 8. 1. (〃)   매일경제신문, 비상임 논설(論說)위원
  〃 10. 13. (〃)   국세청, 세무사(稅務士)고시 출제위원
  〃 12. 1. (〃)   경제기획원, 경제교육(經濟敎育)기획단 교수
82. 6. 23.(51세)   대학교육협의회, 대학재정연구위원
83. 9. 3. (52세)   경제기획원, 제5차 경제사회(經濟社會)발전 계획의원
  〃 9. 10. (〃)   중소기업중앙회, 정책자문위원
  〃 10. 1. (〃)   성균관대학교, 정교수(正敎授)(한국재정론, 세법 추가담당)
  〃 10. 28. (〃)   사단법인 한국조세학회 창설, 동 이사장(현재)
  〃 12. 1. (〃)   한국증권감독원, 회계(會計)제도 자문위원
84. 10. 1. (53세)   재무부, 세제(稅制)발전 심의위원
85. 9. 3. (54세)   경제기획원, 제6차계획 재정계획(財政計劃)위원장
  〃 9. 19. (〃)   상공부, 제6차계획(工業計劃)부문 자문위원
86. 12. 31. (55세)   부총리 겸 경제기획원장관 〈감사패(感謝牌)〉
87. 2. 2. (56세)   경제기획원, 예산회계(豫算會計)제도 심의의원,
             내무부, 지방세제(地方稅制) 심의의원
88. 4. 28.(57세)   국세청, 세정민관(稅政民官)협의회 협의위원
91. 9. 1.(60세)   매일경제신문 논설위원 사임
92. 3. 1. (61세)   〈동탑산업훈장(産業勳章)〉
94. 9. 25. (63세)   성균관대 20년 근속 표창장
96. 2. 28. (65세)   성균관대 정년(停年)퇴임, 명예교수(현재)
99. 7. 6. (68세)   가출(家出), 《회고록》 집필 시작
06. 5. 24.(75세)   재단법인 풍해(豊海)문화재단 설립, 동 이사장(현재)

한려수도

초판인쇄	2012년 5월 25일
초판발행	2012년 5월 25일

지은이	이철성
펴낸이	채종준
펴낸곳	한국학술정보(주)
주 소	경기도 파주시 문발동 파주출판문화정보산업단지 513-5
전 화	031) 908-3181(대표)
팩 스	031) 908-3189
홈페이지	http://ebook.kstudy.com
E-mail	출판사업부 publish@kstudy.com
등 록	제일산-115호(2000.6.19)

ISBN	978-89-268-1900-5 03810 (Paper Book)
	978-89-268-1901-2 08810 (e-Book)

이담 Books 는 한국학술정보(주)의 지식실용서 브랜드입니다.